Italo Calvino

Unsere Vorfahren

Der geteilte Visconte
Der Baron auf den Bäumen
Der Ritter, den es nicht gab

Aus dem Italienischen
von Oswalt von Nostitz

Carl Hanser Verlag

Der geteilte Visconte erschien erstmals 1952 unter dem Titel Il visconte dimezzato (deutsch 1957, 1985), Der Baron auf den Bäumen 1957 unter dem Titel Il barone rampante (deutsch 1960, 1984), Der Ritter, den es nicht gab 1959 unter dem Titel Il cavaliere inesistente (deutsch 1963, 1985), alle bei Einaudi in Turin.

ISBN 3-446-16220-8
© The Estate of Italo Calvino
Alle Rechte der deutschen Ausgabe:
© Carl Hanser Verlag München Wien 1991
Umschlagbild und Illustrationen:
Quint Buchholz, Ottobrunn
Satz: Fotosatz Otto Gutfreund, Darmstadt
Druck und Bindung:
Mohndruck Graphische Betriebe GmbH, Gütersloh
Printed in Germany

Der geteilte Visconte

1

Es war ein Krieg gegen die Türken. Der Visconte, Medardo di Terralba, mein Onkel, ritt über die böhmische Ebene, um sich zum Lager der Christen zu begeben. Ein Schildknappe namens Curzio begleitete ihn. Die Störche flogen niedrig; in weißen Schwärmen durchschnitten sie die undurchsichtige und ruhige Luft.

»Warum sieht man so viele Störche?« fragte Medardo den Curzio. »Wohin fliegen sie?«

Mein Onkel war eben eingetroffen, denn er hatte sich erst kurz zuvor anwerben lassen, um gewissen uns benachbarten Herzögen, die in jenen Krieg verwickelt waren, gefällig zu sein. In der letzten Burg, die in christlicher Hand war, hatte er sich mit einem Pferde und einem Knappen versehen und wollte sich nun im kaiserlichen Hauptquartier vorstellen.

»Sie fliegen zu den Schlachtfeldern«, sagte der Knappe düster. »Sie werden uns auf dem ganzen Wege begleiten.«

Dem Visconte Medardo war bekannt, daß der Flug der Störche in jenen Ländern als Glückszeichen gilt; so gab er sich Mühe, über ihren Anblick erfreut zu erscheinen. Doch unwillkürlich fühlte er sich beunruhigt.

»Was kann denn die Stelzvögel auf die Schlachtfelder locken, Curzio?« fragte er.

»Auch sie fressen jetzt Menschenfleisch«, erwiderte der Knappe, »seit die Not die Felder ausdörrte und die Trockenheit die Flüsse versiegen ließ. Wo Kadaver liegen, sind Störche, Flamingos und Kraniche an die Stelle der Raben und Geier getreten.«

Mein Onkel war damals sehr jung. Er stand in jenem

Lebensalter, in dem alle Empfindungen einen verworrenen Anlauf nehmen, sich noch nicht in gut und böse scheiden – dem Alter, in welchem jede neue Erfahrung, mag sie auch grausig und unmenschlich sein, von Lebenslust zittert und glüht.

»Und die Raben? Und die Geier?« fragte er. »Und die anderen Raubvögel? Wo sind die denn hin?« Er war blaß, aber seine Augen glänzten.

Der Schildknappe war ein schwärzlicher, schnurrbärtiger Soldat, der niemals den Blick hob. »Da sie darauf versessen waren, die Pestleichen zu fressen, hat die Pest auch sie befallen« – und dabei wies er mit der Lanze auf gewisse schwarze Sträucher, an denen man bei näherem Hinsehen keine belaubten Zweige, sondern Federn und steife Raubvogelfüße erkannte.

»Da sind sie, und so weiß man nicht, wer zuerst gestorben ist, der Vogel oder der Mensch, und wer sich auf den anderen gestürzt hat, um ihn zu zerfleischen«, sagte Curzio.

Um der Pest zu entkommen, welche die Völkerschaften ausrottete, waren ganze Familien über Land gewandert, und dabei hatte sie der Todeskampf überrascht. In Leichenhaufen, die über die kahle Ebene verstreut waren, sah man Männer- und Frauenleiber, nackt, von Beulen entstellt und – was zunächst unerklärlich war – gefiedert; als wären aus diesen ihren abgezehrten Armen und Rippen schwarze Federn und Flügel herausgewachsen. Es waren das die Geierkadaver, die sich mit den menschlichen Überresten vermischt hatten.

Schon zeigte das Gelände hie und da die Spuren früherer Schlachten. Es ging nun langsamer voran, da die beiden Pferde störrisch wurden, zur Seite sprangen und sich aufbäumten. »Was ist denn in unsere Pferde gefahren?« fragte Medardo den Knappen.

»Herr«, antwortete er, »nichts mißfällt den Pferden so sehr wie der Geruch der eigenen Eingeweide.«

In der Tat war der Landstreifen, den sie gerade überquerten, besät von Pferdekadavern; einige lagen auf dem Rücken und streckten die Hufe gen Himmel; andere neigten sich vornüber und bohrten ihr Maul in den Boden.

»Warum sind hier so viele Pferde gestürzt, Curzio?« fragte Medardo.

»Sobald das Pferd spürt, daß sein Bauch aufgeschlitzt ist«, erklärte Curzio, »versucht es, seine Eingeweide zusammenzuhalten. Manche legen den Bauch auf den Rücken, damit die Gedärme nicht heraushängen. Doch der Tod überrascht sie alle, ohne Säumen.«

»Sterben denn also vor allem die Pferde in diesem Kriege?«

»Die türkischen Krummsäbel scheinen eigens dazu geschaffen, ihre Leiber mit einem Hieb aufzutrennen. Weiter vorn werdet Ihr die Leichen der Soldaten sehen. Zuerst trifft es die Pferde und danach die Reiter. Aber dort ist schon das Lager.«

Am Rande des Horizontes erhoben sich die Spitzen der höchsten Zelte und die Standarten des kaiserlichen Heeres; auch stieg Rauch auf.

Als sie weitergaloppierten, sahen sie, daß die Gefallenen der letzten Schlacht fast alle entfernt und begraben waren. Nur hie und da gewahrte man Glieder, vor allem Finger, die auf den Stoppeln lagen.

»Ab und zu zeigt uns ein Finger den Weg«, sagte mein Onkel Medardo. »Was soll das bedeuten?«

»Gott verzeih ihnen! Die Lebenden schneiden den Toten die Finger ab, um die Ringe an sich zu nehmen.«

»Halt! Wer da?« rief ein Wachtposten, dessen Mantel mit Schimmel und Flechten bedeckt war, wie die Rinde eines Baumes, der dem Nordwind ausgesetzt ist.

»Es lebe die heilige Kaiserkrone«, schrie Curzio.

»Und Tod dem Sultan!« erwiderte der Wachtposten.

»Aber, ich bitte Euch, wenn Ihr beim Kommando angelangt seid, so fragt sie, wann sie sich entschließen, mir die Ablösung zu schicken, denn ich schlage hier allmählich Wurzeln.«

Die Pferde liefen nun schnell, um der Fliegenwolke zu

entgehen, die das Lager umgab und über den aufgetürmten Exkrementen summte.

»Von vielen Tapferen«, bemerkte Curzio, »liegt der gestrige Kot noch auf der Erde, und sie selber sind schon im Himmel«, und er bekreuzigte sich.

Am Eingang zum Lager kamen sie an einer Reihe von Baldachinen vorüber, unter denen in langen Brokatröcken, mit nacken Brüsten üppige und beleibte Weiber saßen, die sie schreiend und laut lachend empfingen.

»Das sind die Pavillons der Kurtisanen«, sagte Curzio. »In keinem anderen Heer gibt es so schöne.«

Mein Onkel hatte bereits im Reiten den Kopf gewandt, um sie zu betrachten.

»Achtung, Herr«, fügte der Knappe hinzu, »diese Weiber sind so verdreckt und verseucht, daß nicht einmal die Türken sie bei einer Plünderung als Beute haben möchten. Sie haben nicht nur Schaben, Wanzen und Zwecken am Leibe, sondern auch die Skorpione und Eidechsen bauen auf ihnen ihre Nester.«

Sie ritten nun an den Feldbatterien entlang. Die Artilleristen kochten abends ihre Rationen aus Wasser und Steckrüben auf den Mauerbrechern und Kanonen, deren Bronze durch das große Bombardement am Tage glühend geworden war.

Wagen trafen ein, die mit Erde beladen waren; diese wurde von den Artilleristen durchgesiebt.

»Das Schießpulver wird bereits knapp«, erläuterte Curzio, »aber der Boden, auf dem sich die Schlachten abspielen, ist derart davon durchsetzt, daß man, wenn man sich Mühe gibt, einige Ladungen zurückerlangen kann.«

Sodann kamen die Ställe der Kavallerie, wo die Veterinäre, von Fliegen umgeben, unermüdlich die Haut der Vierfüßler mit Nähten, Binden und Pflastern aus siedendem Pech zusammenflickten; alle Tiere wieherten und schlugen aus, auch nach den Doktoren.

Dann durchschritten sie das Lager der Infanteristen. Die

Sonne ging eben unter, und vor jedem Zelte saßen die Soldaten barfuß und tauchten die Füße in Bütten mit lauwarmem Wasser. Da sie Tag und Nacht an plötzliche Alarme gewöhnt waren, behielten sie auch in der Stunde der Fußwaschung den Helm auf dem Kopf und Schwert und Lanze in der Hand. In größeren Zelten, die wie türkische Lusthäuser drapiert waren, puderten sich die Offiziere die Achselhöhlen und wedelten sich mit Spitzenfächern Kühlung zu.

»Sie tun das nicht, weil sie verweichlicht sind«, bemerkte Curzio, »im Gegenteil: Sie wollen zeigen, daß sie sich trotz der Strapazen des militärischen Lebens hier völlig zu Hause fühlen.«

Der Visconte von Terralba wurde sofort zum Kaiser vorgelassen. In seinem Pavillon, der ganz mit Gobelins und Trophäen ausgeschlagen war, studierte der Herrscher auf Landkarten die Pläne zukünftiger Schlachten. Auf den Tischen häuften sich auseinandergerollte Karten, und der Kaiser steckte Nadeln darauf; diese entnahm er einem Nadelkissen, das einer der Marschälle ihm hinhielt. Die Karten waren bereits mit so vielen Nadeln bedeckt, daß man nichts mehr erkennen konnte, und um etwas von ihnen abzulesen, mußte man die Nadeln entfernen, um sie sodann wieder hinzustekken. Bei diesem Hin und Her hielten der Kaiser und die Marschälle, um die Hände frei zu haben, die Nadeln zwischen den Zähnen und konnten sich daher nur durch Grunzlaute verständigen.

Als der Monarch den jungen Mann erblickte, gab er ein fragendes Grunzen von sich und nahm dann schnell die Nadeln aus dem Munde.

»Ein soeben aus Italien eingetroffener Ritter«, stellte man ihn vor, »der Visconte von Terralba, aus einer der vornehmsten Familien der Genueser Grafschaft.«

»Er soll sofort zum Oberleutnant befördert werden!«

Mein Onkel schlug die Sporen zusammen und nahm Haltung an, während der Kaiser zu einer königlichen Geste ausholte und alle Landkarten sich zusammenrollten und auf den Boden fielen.

In jener Nacht konnte Medardo lange keinen Schlaf finden, obwohl er müde war. Er ging neben seinem Zelte auf und ab und hörte die Rufe der Wachtposten, das Wiehern der Pferde und die gebrochenen Worte, die irgendein Soldat im Schlafe ausstieß. Er blickte zu den Sternen Böhmens auf, dachte an seinen neuen Dienstgrad, an die morgige Schlacht und an das ferne Vaterland: an das Rauschen des Schilfrohrs in seinen Gießbächen. Im Herzen spürte er weder Angst noch Sehnsucht noch Zweifel. Für ihn waren die Dinge noch ganz geblieben und nicht fragwürdig geworden, und so war auch er selber. Hätte er sein schreckliches Los voraussehen können, so wäre es ihm vielleicht ebenso natürlich und vollkommen erschienen, trotz all der Schmerzen, die damit verbunden waren. Er richtete den Blick auf den nächtlichen Horizont, wo er die Lager der Feinde wußte, und drückte mit gekreuzten Armen seine Hände gegen die Schultern, denn er war es zufrieden, daß er über ferne und mannigfaltige Wirklichkeiten und zugleich über seine eigene Gegenwart in deren Mitte Gewißheit hatte. Er spürte, wie das Blut dieses grausamen Krieges, das sich durch tausend Flüsse über die Erde verteilte, auch ihn erreichte, und er ließ sich davon benetzen, ohne Ingrimm oder Mitleid zu empfinden.

2

Die Schlacht begann pünktlich um zehn Uhr morgens. Hoch von seinem Sattel überblickte der Oberleutnant Medardo die ausgedehnte Schlachtordnung des zum Angriff aufmarschierten christlichen Heeres und bot sein Gesicht dem böhmischen Winde, der den Geruch von Spreu herantrug, wie von einer staubigen Tenne.

»Nein, dreht Euch nicht um, Herr!« rief Curzio, der im Range eines Sergeanten neben ihm stand. Und um den zwingenden Ton dieser Worte zu rechtfertigen, fügte er leise hinzu: »Es heißt, das bringe Unglück vor dem Kampf.«

In Wahrheit wollte er nicht, daß der Visconte den Mut verlöre, wenn er gewahr würde, daß das christliche Heer fast allein aus jener aufmarschierten Reihe bestand und daß die Verstärkungen kaum einige Züge fußkranker Infanteristen ausmachten.

Doch mein Onkel blickte in die Ferne, auf die Wolke, die sich vom Horizont her näherte, und dachte: »Dort, diese Wolke, das sind die Türken, die echten Türken, und die Tabakspucker an meiner Seite sind die Veteranen der Christenheit, und diese Trompete, die jetzt bläst, ist der Angriff, der erste Angriff meines Lebens, und dieser Donner und diese Erschütterung, der Meteor, der sich in die Erde bohrt und von Veteranen und Pferden träge und gelangweilt betrachtet wird, ist eine Kanonenkugel, die erste feindliche Kugel, die mir begegnet. So möge nicht der Tag kommen, an dem ich sagen muß: ›Und das war die letzte.‹«

Dann galoppierte er mit gezücktem Degen über die Ebene, die Augen auf die kaiserliche Standarte gerichtet, die im Pulverdampf verschwand und wieder auftauchte, während die christlichen Kanonensalven im Himmel über seinem Kopf dröhnten und die feindlichen schon die ersten Breschen in die Front schlugen und Erdtrichter aufwühlten. Er dachte: »Nun bekomm ich die Türken zu sehen! Die Türken!« Nichts behagt den Menschen so sehr, als wenn sie Feinde haben und erkunden können, ob ihre Feinde wirklich so sind, wie sie sich das ausgemalt haben.

Er sah sie, die Türken. Zwei kamen eben von dort heran. Mit den vermummten Pferden, dem kleinen runden Lederschild, den Röcken mit schwarzen und safranfarbenen Streifen, dem Turban, dem gelblichen Gesicht und dem Schnurrbart, wie ihn einer in Terralba trug, den sie »Miché, der Türke« nannten. Einer der Türken starb, und der andere brachte einen Gegner um. Doch es kamen wer weiß wie viele hinzu, und so entstand ein Kampf mit der blanken Waffe. Wenn man zwei Türken gesehen hatte, so war das, als hätte man alle gesehn. Auch sie waren Soldaten, und alle diese Röcke stammten aus Heeresbeständen. Die Gesichter waren verbrannt und eigensinnig wie Bauerngesichter. Soweit es aufs Sehen ankam, hatte Medardo nunmehr sein Ziel erreicht; er hätte zu uns nach Terralba zurückkehren können und wäre noch für den Durchzug der Wachteln zurechtgekommen. Statt dessen hatte er sich für den Kriegsdienst verpflichtet. So machte er sich denn auf, parierte die Hiebe der Krummsäbel, bis er einen türkischen Fußsoldaten fand und ihn umbrachte. Nun hatte er gesehen, wie man das anstellt, und wollte alsbald einen Türken hoch zu Roß ausfindig machen; das erwies sich als verfehlt. Denn die kleinen waren die gefährlichen. Sie krochen mit ihren Krummsäbeln sogar unter die Pferde und schlitzten sie auf. Medardos Pferd blieb stehen und spreizte die Beine. »Was machst du da?« fragte der Visconte. Curzio kam hinzu und deutete nach unten: »Seht doch nur!« Alle Gedärme lagen schon auf dem Boden. Das arme Tier blickte auf und sah seinen Herrn an; dann senkte es den Kopf, als wollte es die Eingeweide auffressen; doch das war nur eine heroische Geste: es verlor das Bewußtsein und starb. Medardo stand auf seinen Beinen.

»Nehmt mein Pferd, Herr Leutnant«, sagte Curzio, aber ihm gelang nicht, es festzuhalten, denn, von einem türkischen

Pfeil getroffen, sank er vom Sattel, und das Pferd suchte das Weite.

»Curzio!« rief der Visconte und beugte sich über den Knappen, der stöhnend am Boden lag.

»Denkt nicht an mich, Herr!« sagte der Knappe. »Hoffentlich gibt es wenigstens noch Branntwein im Lazarett. Jedem Verwundeten steht ein Napf zu.«

Mein Onkel Medardo stürzte sich in das Getümmel. Der Ausgang der Schlacht war noch ungewiß. In solcher Verwirrung schienen die Christen Sieger zu bleiben. Jedenfalls hatten sie die türkischen Linien durchbrochen und wichtige Stellungen umzingelt. Mein Onkel war mit anderen Tapferen bis in die Nähe der feindlichen Batterien vorgestoßen, und die Türken drängten sie zurück, um die Christen unter Beschuß halten zu können. Zwei türkische Artilleristen drehten eine Kanone auf Rädern herum. Da sie Bärte trugen und von Kopf bis Fuß vermummt waren, wirkten sie mit ihren langsamen Bewegungen wie Astronomen. Mein Onkel sagte: »Jetzt geh ich hin und mache sie fertig.« Begeistert und unerfahren, wie er war, wußte er nicht, daß man sich Kanonen nur von der Seite oder von hinten nähert. Mit gezücktem Degen sprang er auf den Feuerschlund zu und dachte diesen beiden Astronomen Angst einzujagen. Statt dessen feuerten sie ihm einen Kanonenschuß mitten auf die Brust. Medardo di Terralba flog in die Luft.

Am Abend, als Gefechtsruhe eingetreten war, fuhren zwei Wagen über das Schlachtfeld, um die Leiber der Christen aufzusammeln. Der eine war für die Verwundeten, der andere für die Toten bestimmt. Die erste Auswahl fand dort an Ort und Stelle statt. »Den nimmst du, den nehme ich.« Wenn noch Rettung möglich schien, legten sie den Aufgefundenen auf den Verwundetenwagen; wenn nur noch Stücke und Fetzen übrig waren, kamen sie auf den Leichenwagen; was nicht einmal mehr als Leichnam gelten konnte, wurde den Störchen zum

Fraß überlassen. Angesichts der steigenden Verluste war in jenen Tagen angeordnet worden, bei der Kennzeichnung der Verwundeten großzügig zu verfahren. So wurden Medardos Überreste als Verwundeter betrachtet und auf den entsprechenden Wagen gelegt.

Die zweite Auslese erfolgte im Lazarett. Nach dem Kampfe bot das Feldlazarett einen noch grausigeren Anblick als die Schlacht selber. Auf dem Boden stand die lange Reihe der Tragbahren mit den Unglücklichen, und ringsherum wüteten die Chirurgen, die einander Pinzetten, Sägen, Nadeln, Garn und amputierte Glieder aus der Hand rissen. Bei den Toten, einem nach dem anderen, bei jeder Leiche taten sie das Menschenmögliche, um sie wieder zum Leben zu erwecken. Hier wurde genäht, dort gesägt; Löcher wurden tamponiert, die Adern wie Handschuhe umgestülpt und wieder an die richtige Stelle gelegt, mit mehr Fäden als Blut darin, aber geflickt und geschlossen. Die größte Schwierigkeit bereiteten die Eingeweide; waren sie erst einmal abgespult, wußte man nicht mehr, wie man sie wieder hineinstopfen sollte.

Als man das Laken entfernt hatte, kam der Körper des Visconte schrecklich verstümmelt zum Vorschein. Es fehlten ihm nicht nur ein Arm und ein Bein, sondern auch alles, was sich zwischen diesem Bein und diesem Arm von Brust und Unterleib befunden hatte, war durch den Volltreffer jener Kanone fortgerissen worden. Vom Kopfe blieben noch zurück: ein Auge, ein Ohr, eine Backe, die halbe Nase, der halbe Mund, das halbe Kinn und die halbe Stirn; von der anderen Kopfhälfte war nicht einmal ein Klecks übrig. Kurzum: es war nur die Hälfte, die rechte Seite gerettet und übrigens völlig erhalten, ohne die kleinste Schramme, abgesehen von jenem riesigen Riß, der sie von der linken Rumpfhälfte getrennt hatte.

Die Ärzte waren äußerst zufrieden. »Oh, welch schöner Fall!« Starb er ihnen nicht unter den Händen, so konnten sie den Versuch machen, ihn zu retten. Und so versammelten sie sich um ihn, während die armen Soldaten mit einem Pfeil im Arm durch Sepsis zugrunde gingen. Sie nähten, kneteten, kleisterten: wer weiß, was sie alles taten. Jedenfalls öffnete mein Onkel am nächsten Morgen das einzige Auge, den halben Mund, blähte das Nasenloch auf und atmete. Die starke Natur der Terralbas hatte standgehalten. Nun war er lebendig und halbiert.

3

Als mein Onkel nach Terralba heimkehrte, war ich sieben oder acht Jahre alt. Es war abends und dunkelte schon; es war Oktober; der Himmel war bedeckt. Tagsüber hatten wir Weinlese gehalten, und durch die Reihen der Reben hindurch sahen wir, wie sich auf dem grauen Meere die Segel eines Schiffes näherten, das die kaiserliche Flagge führte. Bei jedem Schiff, das wir damals gewahr wurden, pflegten wir zu sagen: »Da kommt Meister Medardo heim«, nicht weil wir seine Rückkehr ungeduldig erwartet hätten, sondern bloß, um etwas zu haben, worauf man warten konnte. Diesmal hatten wir richtig geraten. Am Abend erhielten wir die Gewißheit, als ein junger Mann namens Fiorfiero beim Keltern ausrief: »Oh, dort unten!«; es war fast dunkel, und wir sahen hinten im Tale einen Fackelzug den Maultierpfad entlang aufflammen; und sodann, als er über die Brücke kam, erkannten wir eine Sänfte, die von mehreren Männern getragen wurde. Nein, es gab keinen Zweifel: Das war der Visconte, der aus dem Kriege heimkam.

Die Nachricht verbreitete sich in den Tälern; im Schloßhof strömten Menschen zusammen: nahe Bekannte, Diener, Winzer, Hirten, Kriegsleute. Nur Medardos Vater fehlte, der alte Visconte Aiolfo, mein Großvater, der schon seit geraumer Zeit nicht einmal in den Hof hinabstieg. Er war der Geschäfte der Welt müde und hatte daher auf die Vorrechte seines Titels zugunsten des einzigen männlichen Erben verzichtet, bevor der in den Krieg gezogen war.

Im Hof unseres Schlosses hatte ich noch nie so viele Menschen gesehen. Die Zeit der Feste und Nachbarkriege, von der ich nur hatte erzählen hören, war vorbei. Und zum ersten Male bemerkte ich, wie Mauern und Türme verfallen waren und der Hof verschmutzt aussah, wo wir die Ziegen das Gras abweiden ließen und den Schweinetrog zu füllen pflegten. Während der

Wartezeit erörterten alle, in welchem Zustand wohl der Visconte Medardo heimkehre; schon eine Weile war bekannt, er sei von den Türken schwer verwundet worden, doch noch wußte niemand Genaues darüber, ob er verstümmelt oder krank oder nur von Narben entstellt sei; und als wir jetzt die Sänfte erblickten, waren wir auf das Schlimmste gefaßt.

Und nun wurde die Sänfte abgesetzt, und inmitten der Finsternis sahen wir eine Pupille aufleuchten. Die hagere alte Amme Balia wollte herantreten, doch erhob sich aus diesem Dunkel eine Hand, die eine Geste entschiedener Ablehnung andeutete. Dann sah man, wie der Körper in der Sänfte krampfhafte und eckige Bewegungen vollführte, und vor unseren Augen sprang Medardo di Terralba auf und stützte sich dabei auf eine Krücke. Ein schwarzer Mantel mit Kapuze bedeckte ihn von Kopf bis Fuß; auf der rechten Seite war das Tuch zurückgeschlagen und ließ die Hälfte des Gesichts und des auf die Krücke gestützten Körpers frei, während zur Linken alles in die Zipfel und Falten dieses weiten Gewandes gehüllt und verborgen zu sein schien.

Eine Weile sah er uns an, die wir im Kreise um ihn herumstanden, ohne daß jemand ein Wort gesagt hatte; aber vielleicht betrachtete er uns auch überhaupt nicht mit diesem starren Auge und wollte uns nur von sich fernhalten. Vom Meere her erhob sich ein Windstoß, und auf dem Wipfel eines Feigenbaumes stieß ein angebrochener Zweig einen Seufzer aus. Der Mantel meines Onkels wellte sich, der Wind blähte ihn auf, straffte ihn wie ein Segel, und es hatte den Anschein, als ginge er durch den Körper hindurch, ja, als sei dieser Körper gar nicht da und als sei der Umhang leer wie bei einem Gespenst. Als wir sodann genauer hinschauten, sahen wir, daß der Stoff gewissermaßen an einer Fahnenstange hing, und diese bestand aus der Schulter, dem Arm, der einen Rumpfhälfte, dem Bein: aus allen Körperteilen, die sich auf die Krücke stützten; mehr war nicht vorhanden.

Die Ziegen beobachteten den Visconte mit ihrem starren

und ausdruckslosen Blick – jede in anderer Haltung zwar, wandte sich ihm zu, so daß, da sie zusammengedrängt standen, ihre Rücken ein seltsames Muster aus rechten Winkeln bildeten. Die Schweine, die empfindlicher waren und schneller reagierten, quiekten und ergriffen die Flucht, wobei sie mit ihren Bäuchen aneinanderstießen, und nun konnten auch wir unsere Bestürzung nicht verbergen. »Mein Sohn!« schrie die Amme Sebastiana und hob die Arme, »du Ärmster!«

Mein Onkel, dem es nicht recht war, daß er solch einen Eindruck hervorgerufen hatte, schob die Spitze seiner Krücke auf dem Boden vor und strebte mit einer ruckhaften Bewegung dem Schloßeingang zu. Doch auf den Stufen vor dem Portal hatten sich die Sänftenträger mit gekreuzten Beinen niedergelassen, halbnackte Kerle mit goldenen Ohrringen und kahlgeschorenen Schädeln, auf denen Haarbüschel wuchsen. Diese Burschen erhoben sich, und einer, der einen Zopf trug, offenbar ihr Anführer, sagte: »Wir warten auf unseren Lohn, Señor.«

»Wieviel?« fragte Medardo, und es sah fast aus, als ob er lachte.

Der Bezopfte antwortete: »Ihr wißt ja, was die Beförderung einer Person in einer Sänfte kostet.«

Mein Onkel nestelte sich eine Börse vom Gürtel los und warf den klirrenden Beutel dem Träger vor die Füße. Der wog ihn nur eben in der Hand und rief dann: »Das ist aber viel weniger als die ausbedungene Summe, Señor!«

»Die Hälfte«, erwiderte Medardo, während der Wind die Zipfel seines Mantels hochtrieb. Er ließ den Träger stehen und bewegte sich in kleinen Sprüngen mit seinem einzigen Fuße die Stufen hinauf; dann trat er in das offenstehende Portal, das ins Schloß hineinführte, stieß mit der Krücke die beiden schweren Flügel zurück, so daß sie sich ächzend schlossen, und da noch die Seitentür offengeblieben war, schlug er auch sie zu, worauf er unseren Blicken entschwand. Aus dem Innern hörten wir noch abwechselnd das dumpfe Aufstoßen von Fuß und Krükke; sie bewegten sich in den Fluren auf den Flügel des Schlosses zu, in dem seine Privatgemächer gelegen waren; auch vernahmen wir, wie dort gleichfalls Türen zugeschlagen und verriegelt wurden.

Sein Vater erwartete ihn schweigend hinter dem Eisengitter des Vogelhauses. Medardo hatte nicht einmal hineingeschaut, um ihn zu begrüßen; allein hatte er sich in seine Zimmer eingeschlossen, und nicht einmal der Amme Sebastiana, die lange Zeit damit zubrachte, anzuklopfen und ihn zu bemitleiden, wollte er sich zeigen oder antworten.

Die alte Sebastiana war eine hochgewachsene Frau, die in schwarzen Kleidern und verschleiert ging; ihr rötliches Gesicht war ohne Runzeln, von der Falte abgesehen, die fast ihre Augen verdeckte; allen Kindern der Familie Terralba hatte sie ihre Milch gespendet, mit allen Älteren war sie ins Bett gegangen, und allen Verstorbenen hatte sie die Augen geschlossen. Nun wanderte sie in den Loggien zwischen den beiden Eingeschlossenen hin und her und wußte nicht, wie sie ihnen zu Hilfe kommen sollte.

Am folgenden Morgen fuhren wir fort mit der Weinlese, da Medardo immer noch kein Lebenszeichen gab, aber alle Fröhlichkeit war verflogen, und auf den Weinbergen sprach man von nichts anderem als von seinem Schicksal, nicht, weil es uns besonders am Herzen gelegen hätte, sondern weil das Thema anziehend und undurchsichtig war. Nur die Amme Sebastiana blieb im Schloß und lauerte angespannt auf jedes Geräusch.

Doch der alte Aiolfo, als hätte er vorausgesehen, daß der Sohn so schwermütig und menschenscheu heimkehren würde, hatte schon seit geraumer Zeit einen seiner Lieblingsvögel, eine Möwe, so abgerichtet, daß sie zu dem Trakt des Schlosses flog, in dem sich die damals leerstehenden Gemächer Medardos befanden, und ins Fensterchen seines Zimmers hineinschlüpfte. An jenem Morgen öffnete der Alte das Türchen für die Möwe und verfolgte ihren Flug bis zum Fenster des

Sohnes; dann streute er weiter Futter für die Elstern und Meisen und ahmte ihr Piepen nach.

Bald danach hörte er einen dumpfen Anprall gegen den Fensterrahmen. Er beugte sich hinaus und sah seine Möwe tot auf dem Fensterbrett liegen. Er nahm sie in seine hohle Hand und stellte fest, daß ein Flügel gebrochen war, als wenn man versucht hätte, ihn abzutrennen, auch war ein Beinchen abgerissen, wie durch den Druck zweier Finger, und ein Auge war ausgestochen. Der alte Mann preßte den Vogel gegen die Brust und begann zu weinen.

Am gleichen Tage legte er sich ins Bett, und die Diener, die ihn durch das Eisengitter der Voliere betrachteten, sahen, daß es sehr schlecht um ihn stand. Doch niemand konnte sich ihm nähern, um ihn zu pflegen, denn er hatte sich eingeschlossen und die Schlüssel versteckt. Rings um sein Bett schwirrten die Vögel. Sie flatterten alle umher, seit er sich hingelegt hatte, und wollten sich nicht niedersetzen und nicht mit dem Flügelschlagen aufhören.

Als die Amme am nächsten Morgen ihr Gesicht an das Gitter preßte, sah sie, daß der Visconte Aiolfo gestorben war. Die Vögel saßen alle auf seinem Bett wie auf einem Baumstamm, der mitten im Meere schwamm.

4

Nach dem Tode seines Vaters begann Medardo sich außerhalb des Schlosses zu zeigen. Wiederum bemerkte das die Amme Sebastiana als erste, denn eines Morgens fand sie die Türen offenstehen und die Zimmer verlassen. Eine Schar Knechte wurde ausgesandt, damit sie die Felder durchstreifte und den Spuren des Visconte folgte. Die Knechte brachen auf und kamen an einem Birnbaum vorbei, den sie am Abend zuvor voll später, noch saurer Früchte gesehen hatten.

»Seht dort oben!« sagte einer der Knechte. Da gewahrten sie die Birnen, die sich von dem dämmernden Himmel abhoben, und erschraken bei dem Anblick. Denn die Früchte waren nicht ganz; man sah lauter längsseits durchgeschnittene Birnenhälften, die noch alle an ihren Stielen hingen. Von jeder Birne blieb nur die rechte Hälfte (oder die linke, je nach dem Standort des Beschauers, aber bei allen war es die gleiche Seite), und die andere Hälfte war verschwunden, abgeschnitten oder vielleicht abgebissen.

»Hier ist der Visconte vorbeigekommen«, sagten die Knechte. Gewiß hatte er nach dem vieltägigen Fasten in seiner Klausur des Nachts Hunger bekommen und war den erstbesten Baum hinaufgeklettert, um Birnen zu essen.

Als die Knechte weitergingen, trafen sie auf einem Stein einen halben Frosch an, der vermöge seiner Froschnatur noch lebendig umhersprang. »Wir sind auf der richtigen Fährte«, sagten sie und setzten ihren Weg fort. Sie verirrten sich, weil sie eine halbe Melone zwischen Blättern übersehen hatten, und mußten zurückgehen, bis sie sie gefunden hatten.

So verließen sie die Felder und kamen in den Wald; dort sahen sie einen halbierten Pilz, einen Steinpilz, dann einen andern, einen roten giftigen Satanspilz, und wie sie immer weiter durch den Wald gingen, stießen sie von Zeit zu Zeit auf solche Pilze, die mit einem halben Stil aus dem Boden ragten und nur einen halben Schirm öffneten. Es sah aus, als wenn sie durch einen glatten Schnitt gespalten wären, und von der anderen Hälfte war nicht einmal eine Spore mehr übrig. Es gab Pilze jeder Sorte, Boviste, Pfifferlinge, Schwämme; und die giftigen waren etwa ebenso zahlreich vertreten wie die eßbaren.

Als die Knechte dieser sich immer wieder verlierenden Spur folgten, gelangten sie zu der sogenannten »Nonnenwiese«, in deren Mitte sich ein Weiher befand. Der Morgen graute, und am Rande des Weihers spiegelte sich Medardos spärliche, in den schwarzen Mantel gehüllte Gestalt im Wasser, auf dem weiße oder gelbe oder erdfarbene Pilze schwammen. Es waren das die Hälften der Pilze, die er mitgenommen hatte und die jetzt auf der durchsichtigen Fläche verstreut waren. Im Wasser wirkten sie ungespalten, und der Visconte betrachtete sie. Die Knechte versteckten sich am anderen Ufer des Weihers und getrauten sich nicht, ein Wort zu sagen; sie starrten gleichfalls auf die schwimmenden Pilze, bis sie gewahr wurden, daß alle eßbar waren. Und die giftigen? Wenn er sie nicht in den Teich geworfen hatte – was war dann mit ihnen geschehen? Die Knechte rannten wieder durch den Wald. Sie mußten nicht lange suchen, da sie auf dem Pfade einem kleinen Jungen mit einem Korbe begegneten: darin befanden sich all diese giftigen Pilze.

Der kleine Junge war ich. Nachts pflegte ich allein auf der Nonnenwiese zu spielen und suchte mir selber Angst einzujagen, indem ich ganz plötzlich zwischen den Bäumen hervorbrach; dabei traf ich auf meinen Onkel, der mit seinem einen Fuß über die Wiese hüpfte und ein Körbchen am Arm hängen hatte.

»Grüß dich, Onkel!« schrie ich. Es war das erste Mal, daß mir dieser Ausruf glückte.

Ihm schien mein Anblick ungelegen zu kommen. »Ich sammle Pilze«, erklärte er mir.

»Und hast du welche gefunden?«

»Schau her«, sagte mein Onkel, und dann setzten wir uns ans Ufer des Weihers. Er machte sich daran, die Pilze zu sortieren; einige warf er ins Wasser, andere ließ er im Körbchen.

»Nimm«, sagte er und gab mir das Körbchen mit den von ihm ausgewählten Pilzen. »Brate sie dir!«

Ich hätte ihn gern gefragt, weshalb sich nur die Hälfte eines jeden Pilzes in seinem Korbe befand, doch sah ich ein, daß diese Frage nicht sehr rücksichtsvoll gewesen wäre, und so lief ich fort, nachdem ich mich bedankt hatte. Ich war auf dem Heimweg und wollte sie mir braten lassen, als ich dem Trupp der Diener begegnete, und von ihnen erfuhr ich, daß die Pilze giftig waren.

Als man der Amme Sebastiana die Geschichte erzählte, sagte sie: »Von Medardo ist die schlechte Hälfte heimgekommen. Wer weiß, wie der Prozeß heute ausgehen wird!«

An jenem Tage sollte ein Prozeß gegen eine Räuberbande stattfinden, welche die Häscher des Schlosses tags zuvor festgenommen hatten. Die Briganten waren in unserem Gebiete ansässig, und daher war es Sache des Visconte, sie zu richten. Das Gericht trat zusammen, und Medardo saß ganz schief auf seinem Sessel und knabberte an einem Fingernagel. Es erschienen die Briganten in Ketten. Bandenführer war jener junge Mann namens Fiorfiero, der als erster beim Keltern die Sänfte gesichtet hatte. Es erschienen die Geschädigten, eine Gesellschaft toskanischer Edelleute, die auf dem Wege in die Provence unsere Wälder durchzogen hatten, als sie von Fiorfiero und seiner Bande überfallen und beraubt worden waren. Fiorfiero führte zu seiner Verteidigung an, jene Edelleute seien in unser Land gekommen, um zu wildern, und er habe sie aufgehalten und entwaffnet, eben weil er der Meinung gewesen sei, es handle sich um Wilderer, und auch weil die Häscher nichts unternommen hätten. Man muß wissen, daß derartige Überfälle in jenen Jahren recht häufig vorkamen, weil das Gesetz sie nur milde ahndete: überdies war unsere Gegend für

Räubereien besonders geeignet, so daß sich auch einige Mitglieder unserer Familie, vor allem in unruhigen Zeiten, den Banden anschlossen. Vom Wildern rede ich gar nicht; es war das leichteste Vergehen, das man sich vorstellen konnte.

Doch die Befürchtungen der Amme Sebastiana waren begründet. Medardo verurteilte Fiorfiero und seine ganze Bande wegen Raubes zum Tode durch den Strang. Da aber auch die Beraubten des Wilderns schuldig waren, verurteilte er sie gleichfalls zum Tode am Galgen. Und um die Häscher zu bestrafen, die zu spät eingegriffen hatten, ohne die Missetaten der Wilderer und der Briganten zu verhindern, ordnete er an, daß auch sie gehängt werden sollten.

Im ganzen waren das etwa zwanzig Personen. Dieser grausame Urteilsspruch rief bei uns allen Bestürzung und Schmerz hervor, nicht so sehr wegen der toskanischen Edelleute, die niemand zuvor gesehen hatte, als wegen der Briganten und der Häscher, die allgemein beliebt waren. Meister Pietrochiodo, Sattler und Stellmacher, erhielt den Auftrag, den Galgen zu errichten; er war ein gewissenhafter und intelligenter Arbeiter, der sich einem jeden Werke mit Eifer widmete. Mit großem Schmerze, da zwei der Verurteilten seine Verwandten waren, baute er einen Galgen, der wie ein Baum verzweigt war und dessen Stricke alle zusammen bei Betätigung einer einzigen Winde in die Höhe schnellten; es war das eine so große und kunstvolle Maschine, daß man damit gleichzeitig auch mehr Personen als jene Verurteilten erhängen konnte. Der Visconte nutzte denn auch die Gelegenheit, um noch zehn Katzen aufzuknüpfen, die jeweils mit zwei Delinquenten abwechselten. Die steifen Leichname und die Katzenkadaver baumelten drei Tage, und zunächst getraute sich niemand, sie anzuschauen. Doch bald wurde man gewahr, welch einen imponierenden Anblick sie boten, und auch unser Urteil löste sich in widersprechende Empfindungen auf, so daß man sich schließlich nur ungern entschloß, sie abzunehmen und die große Maschine zu zerstören.

5

Das waren glückliche Zeiten für mich, als ich ständig mit Doktor Trelawney die Wälder durchstreifte und nach den Fossilien von Seetieren suchte. Der Doktor Trelawney war Engländer: Nach einem Schiffbruch hatte er, auf einem Bordeauxfaß reitend, unsere Küste erreicht. Sein ganzes Leben lang war er Schiffsarzt gewesen und hatte lange und gefährliche Reisen gemacht, unter anderem mit dem berühmten Kapitän Cook, aber er hatte nie etwas von der Welt gesehen, da er immer unter Deck war, um Tresett zu spielen. Als er nach dem Schiffbruch zu uns kam, hatte er sofort an dem »Cancarone« genannten Wein Gefallen gefunden, dem herbsten und zähflüssigsten unserer Gegend, und er konnte nun ohne ihn nicht mehr auskommen, so daß er stets eine volle Feldflasche umgehängt trug. Er war in Terralba geblieben und unser Arzt geworden, kümmerte sich aber nicht um die Kranken, sondern nur um seine wissenschaftlichen Entdeckungen, derentwegen er – und ich mit ihm – in Feldern und Wäldern Tag und Nacht unterwegs war. Zuerst handelte es sich um eine Erkrankung der Grillen, eine unmerkliche Krankheit, an der nur eine Grille unter tausend litt, ohne irgendeinen Schaden davonzutragen; und der Doktor Trelawney wollte sie alle auffinden und eine geeignete Kur entwickeln. Dann ging es um Zeichen aus jener Zeit, als unsere Gegend noch von Meer bedeckt war; und nun beluden wir uns auf unseren Gängen mit Kieselsteinen, von denen der Doktor sagte, sie seien früher einmal Fische gewesen. Seine letzte große Leidenschaft waren schließlich die Irrlichter. Er wollte die Methode herausfinden, wie man sie fangen und aufbewahren konnte, und zu diesem Zweck verbrachten wir die Nächte damit, in unserem Friedhof herumzustreifen; dort warteten wir darauf, daß zwischen den Gräbern solch ein unbestimmter Lichtschein aus Erde und Gras hervorbrach; dann suchten wir ihn an uns heranzulocken, zu erreichen, daß er hinter uns herlief, und bemühten uns, ihn, ohne daß er erlosch, in Behältnissen einzufangen, die wir nach und nach ausprobierten: in Säcken, Weinflaschen, bauchigen Korbflaschen, deren Umhüllung wir entfernt hatten, Wärmetöpfen, Fleischbrühtrichtern. Der Doktor Trelawney war in eine nahe dem Friedhof gelegene Hütte gezogen, die früher einmal dem Totengräber als Unterkunft gedient hatte. Das war in den Zeiten gewesen, als Hungersnöte, Kriege und Epidemien es angebracht erscheinen ließen, daß ein Mann ausschließlich diesen Beruf ausübte. Dort hatte der Doktor sein Laboratorium eingerichtet, mit Fläschchen in jeder Form, um die Irrlichter aufzubewahren, und kleinen Netzen, wie man sie beim Fischen verwendet, um sie einzufangen; er besaß auch Destillierkolben und Schmelztiegel, in denen er untersuchte, wie diese blassen Flämmchen im Erdreich der Friedhöfe und aus den Ausdünstungen der Leichen entstanden. Doch es lag ihm nicht, sich lange in solche Studien zu vertiefen: er hörte schnell damit auf, begab sich ins Freie, und dann machten wir uns gemeinsam auf die Jagd nach neuen Naturphänomenen.

Ich war frei wie die Luft, denn ich hatte keine Eltern mehr und zählte weder zur Kategorie der Bediensteten noch zum Herrenstande. Nur infolge einer nachträglichen Anerkennung gehörte ich zur Sippe der Terralba, aber ich führte nicht ihren Namen und niemand brauchte sich um meine Erziehung zu kümmern. Meine arme Mutter war eine Tochter des Visconte Aiolfo und die ältere Schwester Medardos gewesen, aber sie hatte die Familienehre befleckt, da sie mit einem Wilderer geflohen war, der dann mein Vater wurde. Ich kam in der Hütte des Wilderers zur Welt, im Ried am Waldrande; bald danach wurde mein Vater in einer Schlägerei umgebracht, und meiner Mutter, die allein in jener elenden Hütte zurückgeblieben war, gab die Pellagra den Rest. Darauf wurde ich ins Schloß aufgenommen, da sich mein Großvater Aiolfo meiner erbarmte, und ich wuchs dort unter der Obhut der hageren

Amme Sebastiana auf. Ich entsinne mich, daß mich Medardo, als er noch ein Junge war und ich einige Jahre zählte, mitunter an seinen Spielen teilnehmen ließ, als wären wir von gleichem Stande; sobald wir dann größer wurden, nahm auch der Abstand zwischen uns zu, und so wurde ich weiter wie ein Knecht behandelt. Jetzt fand ich in Doktor Trelawney einen Kameraden, wie ich ihn nie gehabt hatte.

Der Doktor war sechzig Jahre alt, aber von Statur so groß wie ich; unter Dreispitz und Perücke hatte er ein so runzeliges Gesicht wie eine trockene Kastanie; die Beine, die bis zur Mitte des Schenkels in Ledergamaschen gezwängt waren, wirkten noch größer und unproportionierter als Grillenbeine, auch weil er so lange Schritte machte; er trug einen taubenfarbenen Frack mit rotem Besatz und hatte die Feldflasche mit dem Wein »Cancarone« umgehängt. Seine Leidenschaft für die Irrlichter veranlaßte uns zu langen Nachtmärschen, die zu den Friedhöfen der benachbarten Dörfer führten; denn dort konnte man zuweilen Flämmchen sehen, die die Irrlichter auf unserem verlassenen Friedhof an Größe und Leuchtkraft übertrafen. Doch wehe, wenn diese unsere Streifzüge von den Landleuten entdeckt wurden. Einmal hielt man uns für Kirchenräuber, worauf uns ein Trupp, der mit Dreizack und Mistgabeln bewaffnet war, über mehrere Meilen verfolgte.

Wir befanden uns in einem abschüssigen Gelände, das von Sturzbächen durchzogen war; ich und der Doktor Trelawney setzten mit großen Sprüngen über die Felsblöcke, als wir hörten, wie die wildgewordenen Bauern uns immer näher kamen. An einer Stelle, die unter dem Namen *Salto della Chigna* bekannt ist, überspannte ein Brücklein aus Baumstämmen einen überaus tiefen Abgrund. Ich und der Doktor überquerten nicht diese Brücke, sondern versteckten uns in letzter Minute auf einer Felsstufe hart am Rande des Abgrunds, als uns schon die Bauern dicht auf den Fersen waren. Sie sahen uns nicht, schrien: »Wo sind sie denn hin, diese Hundsfötter?« und rannten schnurstracks über die Brücke. Dann krachte es, und heulend wurden sie Hals über Kopf vom Sturzbach verschlungen, der dort in der Tiefe dahinbrauste.

Der Schrecken, der mir und Trelawney in die Glieder gefahren war, verwandelte sich in Erleichterung, daß wir dieser Gefahr entronnen waren, und dann abermals in Entsetzen über das schreckliche Ende, das unsere Verfolger gefunden hatten. Wir getrauten uns kaum, den Kopf vorzustrecken und in die Finsternis hinabzustarren, in der die Landleute verschwunden waren. Als wir dann nach oben schauten, erblickten wir die Reste des Brückleins: Die Baumstämme waren noch recht solide und nur zur Hälfte abgebrochen, als hätte man sie angesägt; auf andere Weise konnten wir uns auch nicht erklären, wie dieses dicke Holz einen so glatten Bruch erleiden konnte.

»Mir ist klar, wer da seine Hand im Spiel hat«, sagte der Doktor Trelawney, und auch ich war bereits im Bilde.

Wahrhaftig hörte man schnellen Hufschlag, und dann erschienen ein Pferd und die Hälfte eines in einen schwarzen Mantel gehüllten Reiters am Rande der Schlucht. Es war der Visconte Medardo, und mit seinem eisigen Dreieckslächeln betrachtete er den tragischen Erfolg des Schelmenstreichs, ein Ergebnis, das vielleicht ihm selber unerwartet gekommen war. Gewiß hatte er es auf uns beide abgesehen; statt dessen fügte es sich, daß er uns das Leben rettete. Zitternd sahen wir, wie er das Weite suchte auf seinem mageren Klepper, der über die Felsen sprang, als wäre eine Ziege seine Mutter gewesen.

Damals war mein Onkel stets zu Pferde unterwegs; vom Sattler Pietrochiodo hatte er sich einen Spezialsattel anfertigen lassen, an dessen einem Steigbügel er sich mit Riemen festschnallen konnte, während am anderen ein Gegengewicht angebracht war. Neben dem Sattel waren ein Degen und eine Krücke befestigt. Und so ritt der Visconte einher, mit einem breitkrempigen Federhut, der zur Hälfte unter einem Flügel des ständig umherflatternden Mantels verschwand. Wo man den Hufschlag seines Pferdes hörte, stoben alle noch schneller davon, als wenn Galateo, der Aussätzige, vorüberkam; auch Kinder und Tiere brachte man in Sicherheit und bangte um die Pflanzen, denn die Bosheit des Visconte verschonte niemanden und konnte sich jeden Augenblick in völlig unvorhersehbaren und unverständlichen Handlungen entladen.

Er war nie krank gewesen und hatte daher nie eine Behandlung durch Doktor Trelawney nötig gehabt; aber ich weiß nicht, wie sich der Doktor in solch einem Fall aus der Verlegenheit gezogen hätte; tat er doch alles, um meinem Onkel aus dem Wege zu gehen und ihn nicht einmal erwähnen zu hören. Sprach man ihm vom Visconte und von seinen Grausamkeiten, schüttelte der Doktor Trelawney den Kopf, verzog den Mund und murmelte: »Oh, oh, oh! . . . Sst, sst, sst!«, wie er es zu tun pflegte, wenn man ihm etwas Unangebrachtes, Ungebührliches sagte. Und um das Thema zu wechseln, begann er dann von den Reisen des Kapitäns Cook zu erzählen. Einmal versuchte ich, ihn zu fragen, wie denn seiner Meinung nach mein Onkel derart verstümmelt leben könnte, aber der Engländer wußte mir darauf nichts anderes zu sagen als jenes »Oh, oh, oh! . . . Sst, sst, sst!« Unter medizinischen Gesichtspunkten schien dieser Fall den Doktor in keiner Weise zu interessieren; aber mir kam der Gedanke, daß er vielleicht nur auf Befehl der Familie oder aus Konvention Arzt geworden war und daß ihn diese Wissenschaft völlig gleichgültig ließ. Möglicherweise hatte er auch seine Karriere als Schiffsarzt nur seinen Fähigkeiten im Tresett zu verdanken, weswegen sich die berühmtesten Seefahrer, vor allem Kapitän Cook, darum bemüht hatten, ihn als Spielpartner zu haben.

Eines Nachts fischte Doktor Trelawney mit dem Netz nach Irrlichtern in unserem alten Friedhof, als er auf einmal di Terralba vor sich sah, der sein Pferd an den Gräbern weiden ließ. Der Doktor war sehr verwirrt und eingeschüchtert, aber der Visconte trat an ihn heran und fragte mit der äußerst mangelhaften Aussprache seines halbierten Mundes:

31

»Sucht Ihr Nachtschmetterlinge, Doktor?«

»Oh, Mylord«, antwortete der Doktor mit dünner Stimme, »oh, oh, nicht eigentlich Schmetterlinge, Mylord . . . Irrlichter, wißt Ihr? Irrlichter . . .«

»Ja, die Irrlichter. Oft habe auch ich mich gefragt, wodurch sie eigentlich entstehen.«

»Schon seit geraumer Zeit ist das in aller Bescheidenheit das Ziel meiner Studien, Mylord . . .«, sagte Trelawney, den dieser wohlwollende Ton etwas beherzter gemacht hatte.

Medardo verzog die ihm verbliebene winklige Gesichtshälfte, deren Haut glatt war wie ein Totenschädel, zu einem Lächeln. »Als Gelehrter verdient Ihr jede Unterstützung«, sagte er ihm. »Nur schade, daß dieser Friedhof in seinem verlassenen Zustande für Irrlichter kein günstiger Boden ist. Doch ich verspreche Euch, daß ich schon morgen mein Bestes tun werde, um Euch zu helfen.«

Der morgige Tag war der Gerichtstag, und der Visconte verurteilte an ihm etwa zehn Bauern zum Tode, weil sie, seinen Berechnungen zufolge, nicht den ganzen Teil der Ernte, den sie schuldig waren, an das Schloß abgeführt hatten. Die Toten wurden auf dem Grund begraben, der für Massengräber vorgesehen war, und so brachte der Friedhof allmählich zahlreiche Irrlichter hervor. Der Doktor Trelawney war ganz entsetzt über diese Hilfeleistung, wenn er sie auch als sehr nützlich für seine Studien erachtete.

In diesen tragischen Zeitläufen hatte Meister Pietrochiodo seine Kunst des Galgenbaus sehr vervollkommnet. Jetzt waren es wahre Meisterwerke der Tischlerei und Mechanik, und das galt nicht nur von den Galgen, sondern auch von den Marterböcken, den Hebewinden und anderen Folterinstrumenten, mit denen der Visconte Medardo den Angeklagten ihre Geständnisse abpreßte. Ich war oft in Pietrochiodos Werkstatt, weil es recht schön war, ihn mit so viel Geschick und Leidenschaft arbeiten zu sehen. Doch ein Kummer nagte stets am Herzen des Sattlers. Was er da baute, waren Galgen für

Unschuldige. »Wie kann ich es nur anstellen«, dachte er bei sich, »um den Auftrag zu erhalten, etwas zu bauen, das genauso kunstvoll zusammengesetzt ist, aber einem anderen Zwecke dient? Und wie sollen die Maschinen aussehen, die ich am liebsten bauen würde?« Doch da er auf diese Fragen keine Antwort wußte, suchte er sie sich aus dem Sinne zu schlagen und blieb darauf versessen, die schönsten und ausgeklügeltsten Apparate anzufertigen.

»Du mußt den Zweck vergessen, für den sie bestimmt sind«, sagte er auch zu mir. »Betrachte sie bloß als etwas Mechanisches. Siehst du, wie schön sie sind?«

Ich betrachtete diese Aufbauten von Balken, das Auf und Ab der Stricke, die Verknüpfungen von Winden und Flaschenzügen und bemühte mich, die gequälten Leiber darüber zu vergessen, aber je mehr ich mich anstrengte, um so öfter mußte ich an sie denken; so sagte ich zu Pietrochiodo: »Wie soll ich das anfangen?«

»Und wie soll ich es denn anfangen, mein Junge?« antwortete er. »Was soll ich denn erst anfangen?«

Doch trotz allen Kummers, aller Ängste hatten diese Zeiten auch ihre frohen Seiten. Die schönste Stunde kam heran, wenn die Sonne hoch am Himmel stand, das Meer golden dalag, die Hühner gackerten, nachdem sie ihr Ei gelegt hatten, und auf den Fußwegen das Horn des Aussätzigen zu hören war. Der Aussätzige kam jeden Morgen vorüber, um für seine Unglücksgefährten zu sammeln. Er hieß Galateo und hatte ein Jagdhorn um den Hals hängen, dessen Schall schon von weitem sein Kommen ankündigte. Die Frauen hörten das Horn und legten Eier oder Gurken oder Tomaten und zuweilen auch ein kleines gehäutetes Kaninchen vorn auf das Mäuerchen; dann entschlüpften sie, um sich zu verstecken, und trugen die Kinder fort, denn niemand darf auf der Straße bleiben, wenn der Aussätzige vorüberkommt. Der Aussatz ist auch aus der Entfernung ansteckend, und schon der Anblick des Kranken ist gefährlich. Galateo, dem die Klänge seines

Horns voranzogen, kam sachte, sachte die verlassenen Wege hinunter, mit dem langen Stecken in der Hand und dem ganz zerfetzten Gewand, das auf der Erde schleifte. Er hatte lange stoppelige gelbe Haare und ein rundes weißes Gesicht, das schon etwas vom Aussatz zerfressen war. Er sammelte die Geschenke ein, steckte sie in seinen Tragekorb und rief mit seiner honigsüßen Stimme Dankesworte zu den Häusern der versteckten Bauern hinauf, wobei er immer eine boshafte oder spaßige Anspielung einfließen ließ.

In jenen Zeiten war der Aussatz in den ans Meer grenzenden Landstrichen ein verbreitetes Übel, und in unserer Nachbarschaft gab es ein Dörfchen, Pratofungo, das nur von Aussätzigen bewohnt war; diese hatten wir mit Gaben zu versorgen, welche ebenjener Galateo einsammelte. Wenn jemanden an der Küste oder auf dem Lande der Aussatz befiel, verließ er Eltern und Freunde; dann begab er sich nach Pratofungo, um dort den Rest seines Lebens zu verbringen und darauf zu warten, bis er von der Krankheit zerfressen wurde. Es war die Rede von großen Festen, die jeden Neuankömmling empfingen. Von weitem hörte man bis in die Nacht hinein Klänge und Gesänge von den Häusern der Aussätzigen aufsteigen.

Viele Dinge erzählte man sich von Pratofungo, obwohl keiner der Gesunden jemals dort gewesen war; aber alle Gerüchte stimmten darin überein, daß das Leben dort in ständiger Ausgelassenheit verlief. Bevor das Dorf zu einem Asyl der Aussätzigen wurde, war es eine Brutstätte der Prostituierten gewesen, wo Seeleute jeder Rasse und Religion zusammenkamen, und es sah so aus, als hätten die Frauen noch ihre liederlichen Sitten aus jenen Zeiten beibehalten. Die Aussätzigen bebauten nicht den Boden, außer einem Weinberge mit Erdbeertrauben, dessen Treberwein sie das ganze Jahr über in einen Zustand leichter Trunkenheit versetzte. Ihre Hauptbeschäftigung war das Musizieren auf seltsamen, von ihnen erfundenen Instrumenten: Harfen, in denen Glöckchen an die einzelnen Saiten gehängt waren; auch sangen sie im

Falsett und bepinselten die Eier mit allen möglichen Farben, als wäre immer Ostern. So schwelgten sie in den süßesten Melodien, umkränzten ihre entstellten Gesichter mit Jasmingirlanden und vergaßen dadurch die menschliche Gemeinschaft, von der sie die Krankheit getrennt hatte.

Kein einheimischer Arzt hatte sich jemals der Aussätzigen annehmen wollen, aber als sich Trelawney bei uns niederließ, hegten manche die Hoffnung, er werde vielleicht seine Wissenschaft dazu verwenden, um unsere Gegend von dieser Plage zu befreien. Auch ich teilte diese Hoffnungen auf meine kindliche Art. Seit geraumer Zeit schon hatte ich den großen Wunsch, bis nach Pratofungo vorzudringen, um an den Festen der Aussätzigen teilzunehmen, und hätte sich der Doktor darauf verlegt, seine Arzneien an jenen Unglücklichen zu erproben, so hätte er mir vielleicht auch zuweilen erlaubt, ihn bei einem Besuche ins Dorfinnere zu begleiten. Doch nichts dergleichen geschah. Kaum hörte der Doktor das Horn Galateos, als er auch schon im Laufschritt das Weite suchte, und niemand schien sich mehr als er vor Ansteckung zu fürchten. Manchmal versuchte ich ihn über die Natur dieser Krankheit zu befragen, aber dann gab er nur ausweichende und verlegene Antworten, als wenn das Wort »Aussatz« schon genügt hätte, um ihm Mißbehagen zu bereiten.

Ich weiß eigentlich nicht, weshalb wir so hartnäckig darauf bestanden, ihn als Arzt anzusehen. Den Naturerscheinungen, den Tieren (vor allem den kleinsten), den Steinen schenkte er die größte Aufmerksamkeit, doch menschliche Wesen und ihre Krankheiten flößten ihm Widerwillen und Ekel ein. Vor Blut empfand er Abscheu, die Kranken berührte er nur mit der Fingerspitze, und wenn er schwere Fälle vor sich hatte, hielt er sich ein seidenes, in Essig getauchtes Taschentuch vor die Nase. Er war schamhaft wie ein junges Mädchen, errötete beim Anblick eines nackten Körpers, wenn es sich vollends um eine Frau handelte, blickte er zu Boden und kam ins Stottern; auf seinen weiten Reisen über die Ozeane schien er nie weibliche Bekanntschaften gemacht zu haben. Zum Glück waren damals bei uns die Geburten Sache der Hebammen und nicht der Ärzte, sonst weiß ich nicht, wie er sich aus der Affäre gezogen hätte.

Mein Onkel kam auf den Gedanken, Brände zu legen. Nachts stand plötzlich ein Heuboden armer Bauern in Flammen oder ein Baum aus gutem Brennholz oder gar ein ganzer Wald. Dann waren wir bis zum Morgen auf den Beinen, und die Wassereimer gingen von Hand zu Hand, um die Flammen zu löschen. Die Opfer waren arme Teufel, die mit dem Visconte einen Wortwechsel gehabt hatten, wegen einer seiner Anordnungen, die immer strenger und ungerechter wurden, oder wegen der Abgaben, die er verdoppelt hatte. Es trieb ihn, nicht nur ihren Besitz, sondern auch ihre Wohnhäuser in Flammen aufgehen zu lassen. Offenbar schlich er sich des Nachts heran, warf brennende Lunten auf die Dächer und suchte dann zu Pferde das Weite; doch gelang es nie, ihn bei frischer Tat zu ertappen. Einmal kamen zwei alte Männer ums Leben; ein anderes Mal wurde einem Jungen nahezu die Haut vom Schädel abgezogen. Der Haß der Bauern gegen den Visconte nahm zu. Seine erbittertsten Feinde waren jene Hugenottenfamilien, die in den Weilern des Col Gerbido hausten; dort hatten die Männer während der ganzen Nacht einen Wachtdienst eingerichtet, um die Brandstiftungen zu verhüten.

Ohne irgendeinen ersichtlichen Grund suchte er eines Nachts sogar die Häuser in Pratofungo heim, die Strohdächer hatten, und warf brennendes Pech darauf. Die Aussätzigen haben die Eigenheit, daß sie keinen Schmerz empfinden, wenn sie versengt werden, und hätten die Flammen sie im Schlaf überrascht, wären sie gewiß nicht mehr aufgewacht. Doch als der Visconte fortgaloppierte, hörte er, wie die Weise einer Geige im Dorfe aufklang. Die Einwohner von Pratofungo waren noch munter, da sie von ihren Spielen in Anspruch genommen waren. Sie alle erlitten Brandwunden, aber empfanden keinen Schmerz und hatten sogar ihren Spaß daran, wie das ihrem Geisteszustande entsprach. Die Feuersbrunst löschten sie schnell; auch ihre Häuser nahmen durch die Flammen nur wenig Schaden, vielleicht weil auch sie durch den Aussatz infiziert waren.

Medardos Bosheit verschonte nicht einmal seinen eigenen Besitz, das Schloß. Das Feuer brach in dem Flügel aus, in dem die Dienerschaft wohnte, und loderte auf, während die von den Flammen Eingeschlossenen laute Schreie ausstießen; den Visconte sah man derweil über die Felder fortreiten. Es war das ein Anschlag auf das Leben seiner Amme und Pflegemutter Sebastiana. Frauen sind oft darauf versessen, ihre Autorität über Erwachsene zu behaupten, die sie schon von Kindesbeinen an gekannt haben, und so pflegte Sebastiana dem Visconte jede neue Missetat vorzuhalten, obwohl alle mittlerweile davon überzeugt waren, daß ihm eine unheilbare, krankhafte Grausamkeit angeboren war. Die Amme wurde übel zugerichtet aus den verkohlten Mauern hervorgezogen und mußte viele Tage das Bett hüten, um ihre Brandwunden ausheilen zu lassen.

Eines Abends öffnete sich die Tür des Zimmers, in dem sie lag, und der Visconte trat an ihr Bett.

»Was sind denn das für Flecken auf Eurem Gesicht, Amme?« sagte Medardo und deutete auf die Verbrennungen.

»Eine Spur deiner Sünden, mein Sohn«, antwortete die Alte ruhig.

»Eure Haut ist gesprenkelt und zerschunden, was habt Ihr für ein Übel, Amme?«

»Ein Übel, das nichts ist im Vergleich mit dem, was dich in der Hölle erwartet, wenn du nicht in dich gehst.«

»Ihr solltet schnell gesund werden; ich möchte nicht, daß die Leute erfahren, an welcher Krankheit Ihr leidet . . .«

»Ich brauche keinen Mann zu nehmen, um meinen Leib zu heilen. Das gute Gewissen genügt mir. Könntest du das bloß auch von dir sagen!«

»Und doch wartet schon Euer Bräutigam, um Euch mitzunehmen, wißt Ihr das nicht?«

»Spotte nicht über das Alter, mein Sohn, du, dessen Jugend Schaden litt.«

»Ich scherze nicht. Horcht nur, Amme: Euer Bräutigam bringt Euch ein Ständchen unter Eurem Fenster...«

Sebastiana lauschte und hörte, wie das Horn des Aussätzigen vor dem Schlosse erklang.

Am nächsten Morgen ließ Medardo den Doktor Trelawney rufen.

»Auf dem Gesicht einer unserer alten Mägde zeigten sich verdächtige Flecken, die wir uns nicht erklären können«, sagte er dem Doktor. »Wir alle fürchten, es könnte Aussatz sein. Doktor, wir vertrauen Eurer erleuchteten Weisheit.«

Trelawney verneigte sich und stammelte: »Meine Pflicht, Mylord... stets zu Euren Diensten, Mylord...«

Er machte kehrt, ging hinaus, schlüpfte heimlich aus dem Schloß, nahm ein Tönnchen Weines »Cancarone« mit und verschwand in den Wäldern. Eine Woche lang ließ er sich nicht mehr blicken.

Als er zurückkam, war die Amme schon ins Aussätzigendorf verschickt worden.

Eines Abends bei Sonnenuntergang hatte sie schwarzgekleidet und verschleiert, mit einem Bündel unter dem Arm, das ihre Kleider enthielt, das Schloß verlassen. Sie wußte, daß ihr Los besiegelt war: Sie mußte den Weg nach Pratofungo gehen. Sie trat aus dem Zimmer, in dem man sie bis dahin festgehalten hatte, und es war niemand in den Gängen und auf den Treppen zu sehen. Sie ging hinunter, überquerte den Hof, gelangte ins Freie: Alles war wie ausgestorben; jeder entfernte und versteckte sich, sobald sie vorüberkam. Sie hörte, wie ein Jagdhorn einen Lockruf erschallen ließ, der nur zwei Noten abwandelte: vor ihr auf dem Pfade war Galateo, der die Mündung seines Instrumentes gen Himmel hob. Die Amme ging langsamen Schrittes weiter; der Pfad führte auf die untergehende Sonne zu. Galateo zog in weitem Abstand vor ihr her; von Zeit zu Zeit blieb er stehen, als wollte er die im Laube summenden Hummeln betrachten, hob das Horn und stimmte einen traurigen Akkord an; die Amme blickte auf die Obstgärten und Wiesen, die sie nun verlassen mußte, und setzte dann ihren Weg fort. Allein, Galateo von weitem folgend, erreichte sie Pratofungo, und die Gatter des Dorfes schlossen sich hinter ihr, während die Harfen und Geigen zu spielen begannen.

Doktor Trelawney hatte mich sehr enttäuscht. Er hatte keinen Finger gerührt, um zu verhindern, daß die alte Sebastiana zum Aussätzigenasyl verurteilt wurde – obwohl er doch wußte, daß ihre Flecken nicht vom Aussatz herrührten. Das zeugte von seiner Feigheit, und zum erstenmal regte sich in mir ein Gefühl des Abscheus gegen den Doktor. Es kam noch hinzu, daß er mich auf seiner Flucht in die Wälder nicht mitgenommen hatte, obwohl er doch wußte, wie sehr ich ihm bei der Jagd auf Eichhörnchen und der Suche nach Himbeeren hätte von Nutzen sein können. Jetzt fand ich nicht mehr das gleiche Gefallen daran wie früher, mit ihm nach Irrlichtern zu forschen, und oft streifte ich allein umher, auf der Suche nach neuen Freunden.

Die Menschen, die mir nunmehr am besten gefielen, waren die Hugenotten, die auf dem Col Gerbido wohnten. Sie waren aus Frankreich geflohen, wo der König alle Anhänger ihrer Konfession in Stücke hauen ließ. Auf der Wanderung über das Gebirge hatten sie ihre Bilder und Kultgegenstände verloren; so besaßen sie keine Bibel mehr, konnten keine Messe mehr lesen, keine Hymnen mehr singen, keine Gebete mehr sprechen. Mißtrauisch, wie Leute nun einmal sind, die Verfolgungen durchgemacht haben und inmitten Andersgläubiger leben, hatten sie kein religiöses Buch mehr empfangen wollen und es auch abgelehnt, Ratschläge darüber zu beachten, wie sie ihren Gottesdienst gestalten sollten. Wenn jemand sie aufsuchte und sich für ihren hugenottischen Mitbruder ausgab, befürchteten sie, einen verkleideten Sendboten des Papstes vor sich zu haben, und hüllten sich in Schweigen. So hatten sie sich darangemacht, den kargen Boden des Col Gerbido zu bebauen, und von der Morgendämmerung bis spät in die Nacht plagten sich Männer und Frauen mit ihrer Arbeit und hofften, die Gnade werde sie erleuchten. Da sie über die Natur der Sünde wenig Bescheid wußten, vermehrten sie die Verbote, um nicht fehlzugehen, und hatten es so weit kommen lassen, daß sie einander mit strengen Augen betrachteten, um auszuspähen, ob irgendeine unscheinbare Geste eine schuldhafte Absicht verriete. Sie erinnerten sich dunkel an die Dispute in ihrer Kirche und unterließen es, den Namen Gottes und andere religiöse Ausdrücke zu gebrauchen, da sie Angst hatten, sie könnten auf frevlerische Weise darüber reden. So befolgten sie keinerlei religiöse Vorschrift, hüteten sich wohl, über Glaubensfragen nachzusinnen, wiewohl sie ein ernstes Wesen zur Schau trugen, als dächten sie an nichts anderes. Statt dessen hatten die Regeln ihres mühseligen Ackerbaus mit der Zeit eine Geltung erlangt, die der der Zehn Gebote gleichkam, ebenso stand es mit den sparsamen Gewohnheiten, zu denen sie gezwungen wurden, und den häuslichen Tugenden der Frauen.

Sie waren eine große Sippe mit vielen Enkeln und Schwiegertöchtern, waren alle hager und knorrig und bestellten den Boden stets in Feiertagskleidern, schwarz zugeknöpft, die Männer mit Hüten, deren breite Krempen herabhingen, die Frauen mit weißen Hauben. Die Männer hatten lange Bärte und gingen immer mit umgehängter Flinte, doch es hieß, daß sie noch nie geschossen hätten, außer auf Spatzen, da es ihnen ihre Gebote untersagten.

Von den kalkigen Bodenstufen, auf denen kümmerliches Getreide und einige klägliche Reben mühsam gediehen, erhob sich die Stimme des alten Ezechiel, der mit zum Himmel gereckten Fäusten, mit bebendem weißem Ziegenbarte, mit rollenden Augen unter dem trichterförmigen Hute unaufhörlich schrie: »Pest und Hungersnot! Pest und Hungersnot!« und die über ihre Arbeit gebückten Angehörigen anfuhr: »Los mit der Hacke, Giona! Reiß das Unkraut aus, Susanna! Tobias, streu den Mist aus!«; so gab er tausend Befehle und verteilte Vorwürfe mit dem Groll eines Mannes, der sich an eine Herde von Taugenichtsen und Verschwendern wendet; und jedesmal, wenn er die tausend Anordnungen herausgeschrien hatte, denen sie nachkommen sollten, damit das Land nicht verderbe, schickte er sich an, seine Befehle selber auszuführen, jagte ringsumher die anderen fort und brüllte ständig: »Pest und Hungersnot!«

Seine Frau hingegen schrie nie und schien, zum Unterschiede von den anderen, einer ihr eigenen und bis in die kleinsten Einzelheiten festgelegten verborgenen Religion sicher zu sein, von der sie nie auch nur ein Wort verlauten ließ. Es genügte, daß sie die anderen starr anblickte, wobei sich die Pupille über das ganze Auge weitete, und mit gespitzten Lippen sagte: »Dünkt dir das wirklich so, Schwester Rahel? Dünkt dir das wirklich so, Bruder Aron?«, damit das seltene Lächeln aus den Gesichtern der Angehörigen wich und ihr Ausdruck wieder ernst und gespannt wurde.

Ich kam eines Abends nach Col Gerbido, während die Hugenotten dem Gebete oblagen. Nicht daß sie Worte gesprochen, die Hände gefaltet oder gekniet hätten, sie standen aufrecht nebeneinander im Weinberge, die Männer auf der einen Seite und die Frauen auf der anderen, und dahinter der alte Ezechiel, dessen Bart die Brust bedeckte. Sie blickten gerade vor sich hin, mit geballten Fäusten, die von den langen knorrigen Armen herabhingen; aber obwohl sie in ihr Gebet vertieft erschienen, ließen sie nicht die Dinge aus den Augen, die sie umgaben: Tobias streckte die Hand aus, um eine Raupe von einer Rebe zu entfernen, Rahel verscheuchte eine Schnekke mit ihrer genagelten Schuhsohle, und sogar Ezechiel nahm auf einmal den Hut ab, um die Spatzen zu erschrecken, die sich auf dem Weizen niedergelassen hatten.

Dann stimmten sie einen Psalm an. Sie erinnerten sich nicht an die Worte, sondern nur an die Melodie, und auch die konnten sie nicht genau; häufig verlor einer den Ton, oder vielleicht detonierten sie auch alle ständig, aber sie machten nie eine Pause, und wenn eine Strophe zu Ende war, begannen sie eine andere, immer ohne Worte.

Ich spürte, wie mich jemand am Arm zog; es war der kleine Esau, der mir andeutete, ich sollte still sein und mit ihm kommen. Esau war so alt wie ich und der jüngste Sohn des alten Ezechiel; von den Seinen hatte er nur den harten und gespannten Gesichtsausdruck mitbekommen, aber mit einem Anflug spitzbübischer Bosheit. Wir krochen auf allen vieren durch den Weinberg, während er mir sagte: »Die treiben das so noch eine halbe Stunde lang; so 'n Bart! Komm und sieh dir meine Höhle an!«

Esaus Höhle war geheim. Er versteckte sich darin, damit ihn die Seinen nicht fanden und ihn dazu anhielten, die Ziegen zu hüten oder die Schnecken aus dem Gemüse herauszuklauben.

Er verbrachte dort ganze Tage mit Nichtstun, während ihn sein Vater brüllend im ganzen Lande suchte. Esau reichte mir eine Zigarre und wollte, daß ich rauchen sollte. Auch er steckte sich eine an und stieß große Rauchwolken mit einer Gier aus, wie ich sie noch nie bei einem Jungen gesehen hatte. Ich rauchte zum ersten Male; mir wurde sofort übel, so daß ich aufhörte. Um mich zu stärken, zog Esau eine Schnapsflasche heraus und goß mir ein Glas ein, wodurch ich husten mußte; auch drehte sich mir der Magen um. Er trank davon, als wäre es Wasser.

»Es braucht schon was, um mich betrunken zu machen«, sagte er.

»Wo hast du denn alle diese Sachen her, die du in der Höhle aufbewahrst?« fragte ich ihn.

Esau hob die Pfote und schnalzte mit den Fingern: »Geklaut!«

Er hatte sich zum Anführer einer Bande katholischer Bengels aufgeworfen, die das umliegende Land ausplünderte; und sie begnügten sich nicht mit den Obstbäumen, sondern drangen auch in die Häuser und Hühnerställe ein. Sie fluchten noch kräftiger und häufiger als selbst Meister Pietrochiodo, kannten alle katholischen und hugenottischen Schimpfworte und tauschten sie untereinander aus.

»Aber ich begehe auch so viele andere Sünden«, erklärte er mir, »ich lege falsches Zeugnis ab, vergesse es, die Bohnen zu begießen, ehre nicht Vater und Mutter, komme abends erst spät nach Hause. Jetzt will ich alle Sünden begehen, die es gibt, auch die, von denen es heißt, ich sei noch nicht groß genug, um sie zu begreifen.«

»Alle Sünden?« fragte ich ihn. »Auch töten?«

Er zuckte mit den Achseln. »Töten paßt mir jetzt nicht in den Kram und bringt mich nicht weiter.«

»Es heißt, daß mein Onkel aus Spaß tötet und töten läßt«, warf ich ein, um ebenfalls etwas zu haben, womit ich Esau beeindrucken konnte.

Esau spuckte aus.

»So was macht Schwachköpfen Spaß«, sagte er.

Es donnerte jetzt, und draußen vor der Höhle begann es zu regnen.

»Zu Hause werden sie dich suchen«, sagte ich zu Esau. Mich suchte nie jemand, aber mir fiel auf, daß die anderen Jungen stets von den Eltern gesucht wurden, besonders bei schlechtem Wetter, und so hielt ich das für wichtig.

»Warten wir hier ab, bis der Regen aufgehört hat«, sagte Esau, »so lange können wir würfeln.«

Er zog die Würfel und einen Geldstempel heraus. Ich hatte kein Geld und spielte daher um Pfeifen, Messer und Schleudern, was ich alles verlor.

»Nur den Mut nicht verlieren«, sagte mir Esau schließlich, »ich mogele nämlich.«

Draußen donnerte und blitzte es, auch ging ein Sturzregen nieder. Esaus Höhle wurde allmählich überschwemmt. Er brachte die Zigarren und seine sonstige Habe in Sicherheit, dann sagte er: »Es wird die ganze Nacht über gießen! Besser, wir laufen nach Hause und suchen dort Schutz.«

Wir waren durchnäßt und schlammbespritzt, als wir den verfallenen Bau des alten Ezechiel erreichten. Beim Schein eines Lämpchens saßen die Hugenotten rings um den Tisch und suchten sich an irgendeine Erzählung der Bibel zu erinnern, wobei sie streng darauf achteten, darüber wie von etwas zu reden, das sie vermutlich einmal gelesen hatten und dessen Sinn und Wahrheitsgehalt im dunkeln blieben.

»Pest und Hungersnot«, schrie Ezechiel und hieb mit der Faust auf den Tisch, als sein Sohn Esau mit mir in der Türöffnung erschien.

Ich begann mit den Zähnen zu klappern. Esau zuckte mit den Achseln. Draußen schienen sich sämtliche Blitze auf den Col Gerbido zu entladen. Während die anderen das erloschene Lämpchen wieder anzündeten, zählte der Alte mit erhobenen Fäusten die Sünden seines Sohnes auf und nannte sie die verruchtesten, die je ein Mensch begangen habe, doch waren sie ihm nur zu einem kleinen Teil bekannt. Die Mutter bekundete stumm ihre Zustimmung, und all die anderen Söhne und Schwiegersöhne und Schwiegertöchter und Enkel senkten beim Zuhören das Kinn auf die Brust und verbargen ihr Gesicht in den Händen. Esau knabberte an einem Apfel, als ginge ihn diese Strafpredigt nichts an. Ich aber zitterte wie Espenlaub angesichts des grollenden Donners und der Stimme Ezechiels.

Das Schelten wurde unterbrochen, als die Wächter nach Hause kamen, in Säcke statt in Mäntel gehüllt und völlig vom Regen durchnäßt. Mit Flinten, Winzermessern und Heugabeln bewehrt, hielten die Hugenotten der Reihe nach während der ganzen Nacht Wache, um den heimtückischen Angriffen des Visconte, der jetzt ihr erklärter Feind war, zuvorzukommen.

»Vater! Ezechiel!« sagten diese Hugenotten. »Das ist eine Nacht, in der die Wölfe zu Haus bleiben. Bestimmt wird der

Hinkefuß heute nicht kommen! Könnten wir nicht in unseren vier Wänden bleiben, Vater?«

»Hat der Krüppel ringsumher nicht genügend Zeichen hinterlassen?« fragte Ezechiel.

»Nein, Vater, abgesehen vom Brandgeruch, der von den Blitzen herrührt. Für den Einäugigen ist das keine Nacht heute.«

»Dann bleibt zu Hause und wechselt eure Kleider. Möge das Unwetter uns und dem Hohlhüftigen Frieden bringen.«

Der Hinkefuß, der Krüppel, der Einäugige, der Hohlhüftige waren einige Bezeichnungen, mit denen die Hugenotten meinen Onkel bedachten; auch hörte ich nie, daß sie ihn bei seinem richtigen Namen nannten. Mit solchen Reden bekundeten sie eine Art Vertraulichkeit mit dem Visconte, als wüßten sie genau Bescheid über ihn und als wäre er ein uralter Erzfeind von ihnen gewesen. Sie raunten sich lakonische Sätze zu, die sie mit einem Auflachen und Augenblinzeln begleiteten: »Ja, ja, der Krüppel... Das sieht ihm wirklich ähnlich, dem Halbtauben...«, als wären ihnen die finsteren Narreteien Medardos einleuchtend und vorhersehbar erschienen.

Sie sprachen noch so miteinander, als man einen Faustschlag gegen die Tür hörte. »Wer klopft noch bei solch einem Wetter?« sagte Ezechiel. »Macht ihm schnell auf.«

Sie öffneten, und auf der Schwelle stand der Visconte, aufrecht auf seinem einzigen Bein, in seinen tropfenden schwarzen Mantel gehüllt, mit dem vom Regen verdorbenen Federhut.

»Ich habe mein Pferd in Eurem Stall angebunden«, sagte er. »Gewährt bitte auch mir Gastfreundschaft. Es ist eine schlimme Nacht für einen Wandersmann.«

Alle blickten auf Ezechiel. Ich hatte mich unter dem Tisch versteckt, denn mein Onkel sollte nicht merken, daß ich in diesem feindlichen Hause verkehrte.

»Setzt Euch ans Feuer!« sagte Ezechiel. »Ein Gast ist in diesem Hause stets willkommen.«

Neben der Schwelle lag ein Haufen Tücher, wie man sie unter den Bäumen ausbreitet, um Oliven zu sammeln. Medardo streckte sich darauf aus und schlief ein.

Im Dunkeln scharten sich die Hugenotten um Ezechiel. »Vater, jetzt haben wir den Hinkefuß in unserer Hand!« flüsterten sie. »Sollen wir ihn entwischen lassen? Sollen wir dulden, daß er andere Verbrechen gegen Unschuldige begeht? Ezechiel, ist jetzt nicht der Augenblick gekommen, daß der Mann mit der einen Hinterbacke die Zeche bezahlt?«

Der Alte hob die Fäuste gegen die Decke. »Pest und Hungersnot!« schrie er, sofern man es Schreien nennen kann, wenn einer nahezu tonlos, aber mit aller Kraft Worte hervorbringt.

»In unserem Hause ist noch nie einem Gaste ein Leid geschehen. Ich selber werde Wache halten, um seinen Schlaf zu schützen.«

Und mit übergehängter Flinte stellte er sich neben dem liegenden Visconte auf. Medardos Auge öffnete sich. »Was macht Ihr da, Meister Ezechiel?«

»Ich schütze Euren Schlaf, Gast. Viele hassen Euch.«

»Das weiß ich«, sagte der Visconte. »Ich schlafe nicht im Schloß, weil ich befürchte, die Knechte könnten mich im Schlaf umbringen.«

»Auch in unserem Hause seid Ihr nicht beliebt, Meister Medardo. Doch heute nacht wird man Euch nichts antun.«

Der Visconte schwieg eine Weile, dann sagte er: »Ezechiel, ich möchte mich zu Eurer Konfession bekehren.«

Der Alte erwiderte kein Wort.

»Ich bin von unzuverlässigen Leuten umgeben«, fuhr Medardo fort. »Ich möchte sie loswerden und die Hugenotten ins Schloß rufen. Ihr werdet dann mein Minister, Meister Ezechiel. Ich werde Terralba zu hugenottischem Gebiet erklären und die katholischen Fürsten mit Krieg überziehen. Ihr und Eure Angehörigen werdet die Anführer sein. Einverstanden, Ezechiel? Könnt Ihr mich bekehren?«

Der Alte stand aufrecht und regungslos, mit dem Flinten-gurt quer über die breite Brust. »Ich habe zu viele Dinge von unserer Religion vergessen«, sagte er, »als daß ich mich getrauen könnte, jemanden zu bekehren. Ich werde auf mei-nem Boden bleiben, wie es mein Gewissen verlangt. Bleibt auch Ihr, wo Ihr seid, mit Eurem Gewissen.«

Der Visconte stützte sich auf seinen Ellenbogen: »Wißt Ihr auch, Ezechiel, daß ich der Inquisition noch nicht die An-wesenheit von Ketzern auf meinem Gebiet angezeigt habe? Und daß ich bei der Kurie sofort in hohen Gnaden stünde, wenn ich eure Köpfe dem Bischof als Geschenk übersenden würde?«

»Unsere Köpfe sitzen noch fest auf unseren Hälsen, Euer Gnaden«, sagte der Alte, »aber es gibt etwas, was man uns noch schwerer entreißen kann.«

Medardo sprang auf und öffnete die Tür. »Lieber schlafe ich dort unten unter der Eiche als im Haus meiner Feinde.« Und schon hüpfte er im Regen davon.

Der Alte rief die anderen: »Kinder, es stand geschrieben, als erster werde der Hinkefuß kommen, um uns heimzusuchen. Jetzt ist er gegangen; der Pfad zu unserem Hause ist wieder frei; verzagt nicht, Kinder, eines Tages wird vielleicht ein besserer Wandersmann des Weges ziehen.«

All die bärtigen Hugenotten und die Frauen mit ihren dichten Schöpfen neigten das Haupt.

»Und auch wenn niemand kommen sollte«, fügte Ezechiels Frau hinzu, »bleiben wir, wo wir sind.«

In diesem Augenblick zerriß ein Blitz den Himmel, und der Donner ließ Ziegeln und Mauersteine erbeben. Tobias rief: »Der Blitz hat die Eiche getroffen! Jetzt brennt sie.«

Sie liefen mit den Laternen hinaus und sahen, daß der große Baum vom Gipfel bis zu den Wurzeln zur Hälfte verkohlt war, die andere Hälfte war unversehrt. Von weitem hörten sie den Hufschlag eines Pferdes im Regen, und im Schein eines Blitzes erblickten sie die vermummte Gestalt des hageren Reiters.

»Du hast uns gerettet, Vater«, sagten die Hugenotten. »Hab Dank, Ezechiel.«

Der Himmel wurde hell im Osten; es begann zu tagen.

Esau rief mich zur Seite: »Gib zu, daß sie Schwachköpfe sind«, raunte er, »sieh nur, was ich inzwischen getan habe«, und er zeigte mir eine Handvoll glitzernder Gegenstände, »alle goldenen Buckel des Sattels hab ich ihm abgerissen, während das Pferd im Stall angebunden war. Gesteh nur: sie waren Schwachköpfe, daß sie nicht auf diesen Gedanken kamen!«

Esaus Handlungsweise behagte mir nicht, und das Verhalten seiner Eltern flößte mir Scheu ein. So blieb ich lieber für mich und ging ans Meer, um Muscheln zu sammeln und Krabben zu fangen. Während ich von einer Felsenspitze aus eine kleine Krabbe aus ihrer Höhle zu treiben suchte, sah ich, wie sich im ruhigen Wasser unter mir eine Degenklinge spiegelte, die über meinem Kopf geschwungen wurde; ich erschrak darüber so sehr, daß ich ins Meer fiel. »Halte dich hieran fest«, sagte mein Onkel, denn er war es, der sich mir von hinten genähert hatte. Und er wollte, daß ich mich an die scharfe Schneide seines Degens klammern sollte.

»Nein, das kann ich allein«, antwortete ich und kletterte auf einen Felsenvorsprung, den ein Wasserarm von den übrigen Klippen schied.

»Willst du Krabben fangen?« sagte Medardo, »ich bin auf Polypen aus«; und dann ließ er mich seine Beute sehen. Es waren dicke Polypen, braune und weiße. Durch einen Säbelhieb waren sie in zwei Hälften gespalten, aber bewegten weiter ihre Fangarme. »So könnte man jedes ganze Ding halbieren«, sagte mein Onkel, während er bäuchlings auf der Klippe lag und jene zuckenden Polypenhälften streichelte, »so könnte ein jeder aus seiner stumpfsinnigen und unwissenden Ganzheit herausfinden. Ich war ganz, und alle Dinge kamen mir natürlich und verworren vor, dumm wie die Luft; ich glaubte alles zu sehen, und es war doch nur die Schale. Solltest du jemals zu einer Hälfte deiner selbst werden, und das wünsche ich dir, mein Junge, wirst du Dinge verstehen, die der Intelligenz ganzer Gehirne verschlossen bleiben. Du wirst dann die Hälfte deiner selbst und der Welt verloren haben, aber die verbliebene Hälfte wird tausendmal tiefer und kostbarer sein. Und auch du wirst wollen, daß alles zerrissen und gespalten sei nach deinem Bilde, denn Schönheit und Weisheit und Gerechtigkeit finden sich nur in der Zerstückelung.«

»Ah«, sagte ich, »was sind hier viele Krabben«, denn ich gab vor, mich nur für meine Jagd zu interessieren, um den Degen meines Onkels von mir fernzuhalten. Ich kehrte erst zum Ufer zurück, als er sich mit seinen Polypen entfernt hatte. Doch der Nachhall seiner Worte beunruhigte mich weiterhin, und ich fühlte mich ohne Schutz gegen diese Verstümmelungswut. Wohin ich auch sah: Trelawney, Pietrochiodo, die Hugenotten, die Aussätzigen – wir alle standen im Bann des Halbierten; er war der Herr, dem wir dienten und von dem wir uns nicht zu befreien vermochten.

6

Angeschnallt an den Sattel seines leichtfüßigen Pferdes ritt Medardo di Terralba am frühen Morgen die Felsenhänge hinauf und hinunter und blickte ins Tal, das er mit Raubvogelauge durchforschte. So erspähte er das Hirtenmädchen Pamela auf einer Wiese inmitten ihrer Ziegen.

Der Visconte sagte sich: »Wahrhaftig, unter meinen hitzigen Gefühlen entspricht nichts der Empfindung, welche die ganzen Menschen Liebe nennen. Und wenn ihnen ein derart albernes Gefühl so wichtig ist, dann wird gewiß das, was in mir dem entsprechen könnte, herrlich und furchtbar sein.«

Und so beschloß er, sich in Pamela zu verlieben, die rundlich und barfüßig, in einem schlichten rosa Kleidchen, auf dem Bauche im Grase lag, wo sie vor sich hin döste, mit den Ziegen sprach und an den Blumen schnupperte.

Doch der Gedanke, den er so nüchtern gefaßt hatte, darf uns nicht irreführen. Beim Anblick Pamelas hatte Medardo eine unbestimmte Wallung des Blutes verspürt, wie er sie schon seit geraumer Zeit nicht mehr kannte, und so war er gewissermaßen mit verängstigter Hast auf diese Überlegungen verfallen.

Auf ihrem Heimweg am Mittag bemerkte Pamela, daß alle Gänseblümchen auf den Wiesen nur noch die Hälfte ihrer Blütenblätter behalten hatten; die andere Hälfte war abgerissen. »Weh mir«, sagte sie sich, »von allen Mädchen im Tal mußte das ausgerechnet mir geschehen!« Es war ihr bewußt geworden, daß sich der Visconte in sie verliebt hatte. Sie pflückte alle halben Gänseblümchen, nahm sie mit nach Hause und legte sie zwischen die Seiten ihres Meßbuchs.

Am Nachmittag ging sie auf die Nonnenwiese, um dort die Enten zu hüten und sie im Weiher schwimmen zu lassen. Die Wiese war übersät mit weißen Pastinaken, aber auch diese Blumen hatte das gleiche Los ereilt wie die Gänseblümchen; sie sahen aus, als wäre ein Teil jeder Dolde mit einer Schere abgeschnitten. »Weh mir«, sagte sie sich, »er hat es wahrhaftig auf mich abgesehen!«; und pflückte einen Strauß halbierter Pastinaken, um ihn hinter den Spiegel der Kommode zu stecken.

Dann dachte sie nicht mehr daran, band sich den Zopf hoch, zog ihr Kleid aus und nahm ein Bad im Teiche zusammen mit ihren Enten.

Die Wiesen, über die sie abends nach Hause gingen, standen voller Kuhblumen, die auch »Pusteblumen« heißen. Und Pamela bemerkte, daß diese nur auf einer Seite ihre Schirmchen verloren hatten. Man hätte meinen können, daß sich jemand auf den Boden gelegt hatte, um sie nur von der einen Seite oder mit halbem Munde abzublasen. Pamela pflückte einige der weißen Halbkugeln, blies darauf, und das zarte Gefieder flog weit fort. »Weh mir«, sagte sie sich, »er hat es wahrhaftig auf mich abgesehen. Wie soll das nur enden?«

Pamelas Häuschen war so klein, daß man sich nicht mehr darin bewegen konnte, sobald die Ziegen im ersten Stock und die Enten im Erdgeschoß untergebracht waren. Ringsherum schwirrten Bienen, da ihre Eltern auch Bienenstöcke hatten. Und unter der Erde wimmelte es von Ameisen, so daß man nur eine Hand auf eine beliebige Stelle zu legen brauchte, um sie schwarz und übersät von den Tierchen wieder hochzuziehen. Unter diesen Umständen schlief Pamelas Mutter im Strohschober, der Vater in einem leeren Faß und Pamela in einer Hängematte, die zwischen einem Feigenbaum und einem Ölbaum aufgehängt war.

Auf der Schwelle blieb Pamela stehen. Es lag dort ein toter Schmetterling. Ein Flügel und der halbe Leib waren mit einem Stein zerquetscht. Pamela stieß einen Schrei aus und rief nach Vater und Mutter.

»Wer war hier?« fragte Pamela.

»Unser Visconte ist vor kurzem vorbeigekommen«, antworteten Vater und Mutter, »er sagte, er verfolge einen Schmetterling, der ihn gestochen habe.«

»Wann hat denn ein Schmetterling schon jemanden gestochen?« sagte Pamela.

»Ja, das fragen wir uns auch!«

»In Wahrheit«, sagte Pamela, »hat sich der Visconte in mich verliebt, und so müssen wir auf das Schlimmste gefaßt sein.«

»Na, na, nimm es nicht so tragisch, nur nicht übertreiben!« antworteten die Eltern, so wie alte Leute immer tun, wenn ihnen die jungen nicht damit zuvorkommen.

Als Pamela am nächsten Morgen bei dem Stein anlangte, auf dem sie gewöhnlich saß, wenn sie ihre Ziegen hütete, stieß sie einen Schrei aus. Abscheuliche Überreste verunzierten den Stein: die Hälfte einer Fledermaus und die Hälfte eines Seesterns, die eine von schwarzem Blut tropfend, die andere eine klebrige Masse, die eine mit entfaltetem Flügel, die andere mit weichen, gallertartigen Fransen. Das Hirtenmädchen erkannte, daß es sich um eine Botschaft handelte. Sie lautete: »Stelldichein heute abend am Meeresstrand.« Pamela faßte sich ein Herz und ging hin.

Am Meeresufer setzte sie sich auf den Strand und lauschte dem Rauschen der weißen Wogen. Dann trappelte es auf dem Kies, und Medardo kam herangaloppiert. Er hielt an, schnallte sich ab und sprang vom Sattel.

»Pamela, ich habe beschlossen, in dich verliebt zu sein«, sagte er.

»Und deshalb«, sie sprang auf, »schändet Ihr alle Geschöpfe der Natur?«

»Pamela«, seufzte der Visconte, »das ist die einzige Sprache, in der wir miteinander reden können. Jede Begegnung zweier Wesen auf der Welt ist ein Sichzerfleischen. Komm mit mir, ich weiß über dieses Übel Bescheid, und so bist du bei mir am besten aufgehoben; denn ich tue Böses wie alle anderen, doch zum Unterschied von ihnen habe ich eine sichere Hand.«

»Und werdet Ihr auch mich schänden wie die Gänseblümchen oder die Seerosen.«

»Ich weiß noch nicht, was ich mit dir anstellen werde. Gewiß werden mir, wenn ich dich erst besitze, Dinge möglich sein, die ich mir noch gar nicht vorstellen kann. Ich werde dich ins Schloß bringen und dich dort festhalten; kein anderer wird dich zu sehen bekommen, und wir werden dann Tage und Monate vor uns haben, um herauszufinden, was wir tun sollen, und uns immer neue Arten unseres Zusammenseins ausdenken.«

Pamela lag ausgestreckt auf dem Strande, und Medardo hatte sich neben ihr hingekniet. Beim Sprechen gestikulierte er und umkreiste sie ganz nah mit der Hand, ohne sie jedoch zu berühren.

»Nun schön, zuerst muß ich wissen, was Ihr mit mir anfangen werdet. Und Ihr könnt mir gern schon jetzt davon eine Probe geben; dann werde ich entscheiden, ob ich ins Schloß kommen kann oder nicht.«

Der Visconte näherte Pamelas Wange seine zierliche und krumme Hand. Die Hand zitterte, und es war nicht ersichtlich, ob sie sich straffte, um zu streicheln oder um zu kratzen. Doch er hatte sie noch nicht berührt, als er die Hand plötzlich zurückzog und sich aufrichtete.

»Im Schloß will ich dich haben«, sagte er und schwang sich aufs Pferd, »ich lasse jetzt den Turm richten, wo du wohnen sollst. Ich gebe dir noch einen Tag Bedenkzeit, und dann muß dein Entschluß gefaßt sein.«

Und mit diesen Worten sprengte er davon, den Strand entlang.

Am nächsten Morgen kletterte Pamela wie gewöhnlich auf den Maulbeerbaum, um Beeren zu pflücken, als sie im Laube ein Stöhnen und Flattern hörte. Fast wäre sie vor Schreck hinuntergefallen. Auf einem hohen Ast war ein Hahn mit den Flügeln angebunden, und dicke bläuliche Raupen fraßen ihn an: ein Nest von Spannern, einem Ungeziefer, das auf Fichten lebt, hatte ihn regelrecht auf den Kamm gesetzt.

Offenbar war das eine weitere der schrecklichen Botschaften

des Visconte. Und Pamela deutete sie wie folgt: »Morgen nach Sonnenaufgang treffen wir uns im Walde.«

Unter dem Vorwande, sie müsse einen Sack mit Kienäpfeln holen, lief Pamela in den Wald, und, gestützt auf seine Krücke, kam Medardo hinter einem Stamm hervor.

»Nun«, fragte er Pamela, »hast du dich entschlossen, ins Schloß zu kommen?«

Pamela lag auf den Fichtennadeln. Entschlossen, nicht hinzugehen, sagte sie, fast ohne sich umzudrehn: »Wenn Ihr mich wollt, so trefft mich im Walde.«

»Du wirst ins Schloß kommen. Der Turm, wo du wohnen sollst, ist gerichtet, und du wirst seine alleinige Herrin sein.«

»Ihr wollt mich nur gefangenhalten und mich vielleicht gar bei lebendigem Leibe verbrennen oder durch Mäuse annagen lassen. Nein, nein, ich sagte schon: Ich gehöre Euch, wenn Ihr wollt, aber nur hier auf den Fichtennadeln.«

Der Visconte hatte sich neben ihrem Kopf niedergekauert. Er hielt eine Fichtennadel in der Hand, näherte sich ihr und strich ihr damit um den Hals. Pamela spürte, wie sie eine Gänsehaut bekam, aber sie hielt still. Sie sah, wie sich das Gesicht des Visconte über sie neigte: Dieses Profil, das Profil blieb, auch wenn man es von vorn sah, und das halbe Zahngehege, das ein Scherenlächeln entblößte. Medardo preßte die Fichtennadel in seine Faust und zerbrach sie. Er erhob sich wieder. »Eingesperrt im Schloß will ich dich haben, eingesperrt im Schloß!«

Pamela begriff, daß sie sich etwas herausnehmen konnte; sie bewegte ihre nackten Füße in der Luft und sagte: »Hier im Walde sage ich nicht nein; eingeschlossen bekommt Ihr mich nicht einmal tot.«

»Ich werde schon sehen, wie ich dich hinbringe!« sagte Medardo und legte die Hand auf die Schulter des Pferdes, das sich ihm genähert hatte, als wenn es zufällig dort vorbeigekommen wäre. Er kletterte auf den Sattel und sprengte auf den Waldwegen davon.

In jener Nacht schlief Pamela in ihrer zwischen Ölbaum und Feigenbaum angebrachten Hängematte, und am Morgen – o Graus! – fand sie einen kleinen blutigen Leichnam in ihrem Schoß. Es war ein halbes Eichhörnchen, das wie üblich der Länge nach aufgeschnitten war, doch mit noch heilem rötlichem Schwanz.

»Ach, ich Ärmste«, sagte sie zu den Eltern, »dieser Visconte läßt mich nicht in Ruhe!«

Vater und Mutter reichten sich den Leichnam des Eichhörnchens von Hand zu Hand.

»Den Schwanz hat er aber ganz gelassen«, sagte der Vater. »Vielleicht ist das ein gutes Zeichen ...«

»Vielleicht fängt er jetzt an, brav zu werden«, sagte die Mutter.

»Er zerschneidet immer alles in zwei Hälften«, sagte der Vater, »aber das Schönste, was das Eichhörnchen hat: den Schwanz, den verschont er ...«

Pamela raufte sich die Haare. »Was muß ich nur von euch hören, Vater und Mutter! Da steckt etwas dahinter: Der Visconte hat mit euch gesprochen ...«

»Das nicht«, sagte der Vater, »aber er hat uns sagen lassen, er wolle uns besuchen und sich unseres Elends annehmen.«

»Vater, wenn er kommt, um mit dir zu reden, so deck die Bienenstöcke auf und laß die Bienen auf ihn los!«

»Tochter, es kann sein, daß sich Meister Medardo jetzt bessert ...«, sagte die Alte.

»Mutter, wenn er kommt, um mit dir zu reden, so binde ihn am Ameisenhaufen fest und laß ihn liegen.«

In jener Nacht begann der Strohschober, in dem die Mutter schlief, zu brennen, und das Faß, in dem der Vater schlief, brach auseinander. Am Morgen betrachteten die beiden alten Leutchen, was von diesem Unglück übriggeblieben war, als der Visconte erschien.

»Es tut mir leid, daß ich euch heute nacht erschreckt habe«, sagte er, »aber ich wußte nicht, wie ich mit euch ins Gespräch kommen sollte. Die Dinge liegen so, daß mir eure Tochter Pamela gefällt und daß ich sie mir ins Schloß holen möchte. Daher bitte ich euch in aller Form, sie mir anzuvertrauen. Ihr Leben wird sich dann ändern, und das eure auch.«

»Ob wir darüber nicht froh wären, Euer Gnaden!« sagte das Alterchen. »Aber wenn Ihr nur wüßtet, was für einen Charakter sie hat! Stellt Euch nur vor, sie hat gesagt, wir sollten die Bienen aus den Stöcken auf Euch loslassen...«

»Denkt nur, Euer Gnaden...«, sagte die Mutter, »denkt nur, sie hat gesagt, wir sollten Euch auf dem Ameisenhaufen festbinden...«

Es war noch ein Segen, daß Pamela an diesem Tage früh nach Hause kam. Sie fand Vater und Mutter gefesselt und geknebelt, ihn auf dem Bienenstock, sie auf dem Ameisenhaufen. Glücklicherweise kannten die Bienen den alten Mann, und die Ameisen hatten anderes zu tun, als die alte Frau zu zwicken. So konnte sie alle beide retten.

»Habt ihr nun gesehen, wie er sich gebessert hat, der Visconte?« sagte Pamela.

Doch die beiden Alten brüteten etwas aus. Und am nächsten Morgen fesselten sie Pamela und sperrten sie im Haus mit den Tieren ein; dann gingen sie ins Schloß, um dem Visconte zu sagen, wenn er ihre Tochter haben wolle, so solle er sie holen lassen, denn sie seien bereit, ihm Pamela zu übergeben.

Doch Pamela verstand es, mit den Tieren zu reden. Durch Bisse mit dem Schnabel befreiten die Enten sie von ihren Fesseln, und mit den Hörnern stießen die Ziegen die Tür ein. Pamela lief fort und nahm ihre Lieblingsente und ihre Lieblingsziege mit, um mit ihnen im Walde zu leben. Sie hauste in einer Höhle; diese war nur ihr und einem Jungen bekannt, der ihr Nahrung und Nachrichten brachte.

Der Junge war ich. Mit Pamela lebte es sich schön im Walde. Ich brachte ihr Früchte, Käse und gebackene Fische, und sie gab mir dafür zuweilen einen Becher Milch von der

Ziege und ein Ei von der Ente. Wenn sie in den Weihern und Bächen ein Bad nahm, hielt ich Wache, damit niemand sie sah.

Zuweilen kam mein Onkel durch den Wald, aber er hielt sich fern; doch bekundete er seine Anwesenheit auf die gewohnte traurige Weise. Mitunter streifte ein Steinhagel Pamela und ihre Tiere; mitunter gab ein Fichtenstamm nach, an den sie sich lehnte, da er an der Wurzel durch Axthiebe unterhöhlt war; mitunter war eine Quelle durch die Überreste getöteter Tiere verunreinigt.

Mein Onkel ging jetzt auf die Jagd mit einer Armbrust, die er mit dem einzigen Arm zu handhaben vermochte. Doch er wirkte jetzt noch finsterer und hagerer, als wäre dieses Überbleibsel seines Leibes durch neue Leiden heimgesucht worden.

7

Rings um Pratofungo wuchsen Pfefferminzbüsche und Rosmarinsträucher, und es war nicht klar, ob es sich um Wildwuchs oder Kulturen eines Gewürzgartens handelte. Ich schweifte darin umher, einen süßlichen Geruch in der Nase, und suchte den Weg, auf dem ich die alte Amme Sebastiana erreichen konnte.

Seit Sebastiana auf dem Pfade, der zum Aussätzigendorf führte, entschwunden war, mußte ich häufiger daran denken, daß ich Waise war. Es bedrückte mich, daß ich nichts mehr von ihr hörte; ich erkundigte mich bei Galateo nach ihr, hockte auf einem Baumwipfel und rief ihn an, wenn er vorüberkam; doch Galateo war kein Freund der Kinder, die ihn zuweilen von den Baumwipfeln aus mit lebenden Eidechsen bewarfen, und daher gab er mir mit seiner kreischenden und honigsüßen Stimme spöttische und unverständliche Antworten. Zu der Neugierde, die mich nach Pratofungo lockte, war nun noch die Sehnsucht nach der alten Amme hinzugekommen; so trieb ich mich rastlos in den duftenden Sträuchern herum. Da erhob sich auf einmal eine hell gekleidete Gestalt, die einen Strohhut trug, aus einem Thymiangebüsch und bewegte sich auf das Dorf zu. Es war ein ältlicher Aussätziger, und ich wollte ihn nach der Amme fragen; ich näherte mich ihm daher bis in Hörweite und sagte ihm, aber ohne zu schreien: »Heda, Herr Aussätziger!«

Doch im gleichen Augenblick setzte sich in meiner unmittelbaren Nähe eine andere Gestalt auf, vielleicht weil sie meine Worte geweckt hatten, und rekelte sich. Sie hatte ein völlig schuppichtes Gesicht, wie eine trockene Rinde, und einen wolligen, schütteren, weißen Bart. Sie holte ein Pfeifchen aus der Tasche und trillerte in meiner Richtung, als wenn sie mich verhöhnen wollte. Da bemerkte ich, daß an diesem sonnigen Nachmittag viele Aussätzige umherlagen, die vom Gesträuch verdeckt gewesen waren und sich in ihren weißen Gewändern jetzt langsam aufrichteten; dann wanderten sie der Sonne entgegen nach Pratofungo, wobei sie Musikinstrumente oder Gartengeräte in der Hand hielten und damit Lärm vollführten. Ich hatte mich zurückgezogen, um mich von jenem bärtigen Manne fernzuhalten, aber lief nahezu einer Aussätzigen ohne Nase in die Arme, die sich unter einem Lorbeerbaum kämmte, und ich mochte noch so sehr im Gebüsch hin- und herspringen – überall stieß ich auf andere Aussätzige; auch bemerkte ich, daß meine Schritte, wohin ich sie auch lenkte, alle nach Pratofungo führten, dessen mit Papierdrachen geschmückte Strohdächer jetzt am Fuße jenes Hanges nah vor mir lagen.

Die Aussätzigen bekundeten nur ab und zu durch Augenzwinkern oder Akkorde auf ihren Drehorgeln, daß sie mich beachteten, doch hatte ich den Eindruck, daß eben ich im Mittelpunkt dieses ihres Marsches stand und daß sie mich nach Pratofungo geleiteten, als wäre ich ein gefangenes Tier. Im Dorfe waren die Häuserwände lila angemalt, und an einem Fenster war eine nur zur Hälfte mit losen Tüchern bekleidete Frau zu sehen, die lila Flecken auf Gesicht und Busen aufwies – eine Leierspielerin schrie: »Die Gärtner sind heimgekehrt!«; dazu spielte sie auf ihrer Leier. Andere Frauen zeigten sich an den Fenstern und auf den Altanen; sie schwenkten Halsbänder mit Schellen und sangen: »Schön willkommen, Gärtnersmann!«

Ich war bemüht, auf der Mitte der Gasse zu bleiben und niemanden zu berühren; doch sah ich mich auf einer Art Wegkreuzung ganz umringt von Aussätzigen: Männer und Frauen saßen auf ihren Türschwellen in ihren zerlumpten und verblichenen Kitteln, aus denen Beulen und Schamteile hervorschauten, während Anemonen und Weißdorn ihr Haar schmückten. Die Aussätzigen veranstalteten ein kleines Konzert: zu meinen Ehren, wie mir schien. Manche neigten mir ihre Geigen entgegen, wobei sie in übertriebener Weise den Bogenstrich verzögerten, andere begannen wie Frösche zu quaken, sobald ich sie ansah, und wieder andere zeigten mir seltsame Marionetten, die sie an einem Faden hochzogen und niederließen. Eben aus all diesen so zusammenhanglosen Gebärden und Tönen setzte sich das Konzert zusammen, aber von Zeit zu Zeit wiederholten sie eine Art Kehrreim: »Ohne Makel war das Küchlein, das durch Beeren sich befleckte.«

»Ich suche meine Amme«, sagte ich laut, »die alte Sebastiana: wißt ihr, wo sie steckt?«

Sie brachen in Lachen aus, mit ihrer wissenden und boshaften Miene.

»Sebastiana!« rief ich, »Sebastiana, wo bist du?«

»Hier, Kindchen«, sagte ein Aussätziger, »braves Kindchen«, und deutete auf eine Tür.

Die Tür öffnete sich, und heraus trat eine olivengrüne Frau, vielleicht eine Sarazenin, die halbnackt und tätowiert war, Papierschlangen auf dem Leibe trug und auf schamlose Weise zu tanzen begann. Ich verstand nicht recht, was sodann geschah: Männer und Frauen stürzten sich aufeinander und begannen etwas, was offenbar eine Orgie war, wie ich später erfuhr.

Ich wollte im Erdboden versinken, als sich auf einmal die alte Sebastiana in diesem Reigen Gehör verschaffte:

»Ihr häßlichen Schmutzfinken!« sagte sie. »Habt doch wenigstens Achtung vor einer unschuldigen Seele.« Sie nahm mich an der Hand und zog mich fort, während die andern sangen:

»Ohne Makel war das Küchlein, das durch Beeren sich befleckte.«

Sebastiana war in hellviolette Gewänder gekleidet, die fast an die Tracht einer Nonne erinnerten, und schon entstellten einige Flecken ihre faltenlosen Wangen. Ich war glücklich, daß ich die Amme wiedergefunden hatte, aber verzweifelt, daß sie mich an die Hand genommen, so daß ich nun gewiß von Aussatz befallen war. Und das sagte ich ihr.

»Hab keine Angst«, sagte Sebastiana, »mein Vater war ein

Pirat und mein Großvater ein Einsiedler. Ich kenne die Heil-
kräfte aller Kräuter gegen die Krankheiten bei uns zulande und
bei den Mohren. Die Leute hier peitschen sich auf mit Dosten
und Eibisch; ich hingegen braue mir ganz heimlich gewisse
Tränke mit Boretsch und Kresse; daher werde ich mein Leben
lang keinen Aussatz bekommen.«

»Aber die Flecken, die Ihr auf dem Gesicht habt, Amme?«
fragte ich, sehr erleichtert, aber noch nicht völlig überzeugt.

»Griechisches Pech. Um sie glauben zu machen, daß auch
ich Aussatz habe. Komm zu mir, um einen heißen Gerstentee
zu trinken, denn wenn man in dieser Gegend herumstreift,
kann man nicht vorsichtig genug sein.«

Sie hatte mich in ihre Wohnung geführt, eine etwas abgele-
gene saubere, aber ärmliche Hütte, wo alles umherlag; dort
unterhielten wir uns.

»Und Medardo? Und Medardo?« fragte sie, und jedesmal,
wenn ich den Mund auftat, unterbrach sie mich.

»Ach, dieser Halunke! Ach, dieser Landstreicher! Verliebt!
Das arme Mädchen! Und hier, und hier, das könnt ihr euch gar
nicht vorstellen! Wenn ihr wüßtet, was hier alles vergeudet
wird! All die Dinge, die wir uns vom Munde absparen, um sie
Galateo zu geben, und weißt du, was sie hier damit machen? Ja,
dieser Galateo taugt nicht viel, denke dir! Ein übles Subjekt,
und er ist nicht der einzige! Was sie nachts alles treiben! Und
auch am Tage! Und diese Weiber, so schamlose habe ich noch
nie gesehen. Wenn sie nur ihre Kleider anständig halten
könnten, aber nicht einmal das! Sie sind unordentlich und
zerlumpt! Oh, das sagte ich ihnen ins Gesicht. Und weißt du,
was sie mir geantwortet haben?«

Sehr befriedigt über diesen Besuch bei der Amme ging ich am
nächsten Morgen Aale fischen.

In einem vom Gießbach gebildeten kleinen See warf ich die
Angelrute aus und schlief ein während des Wartens. Ich weiß
nicht, wie lange mein Schlaf anhielt; ein Lärm weckte mich

auf. Ich öffnete die Augen und sah eine Hand, die nach meinem Kopf langte und auf dieser Hand eine haarige rote Spinne. Ich wandte mich um, da stand mein Onkel in seinem schwarzen Mantel.

Entsetzt sprang ich auf, doch in diesem Augenblick biß die Spinne in die Hand meines Onkels und verschwand dann im Nu. Mein Onkel führte die Hand an die Lippen, saugte die Wunde ein wenig aus und sagte: »Du schliefst, als ich sah, wie sich eine giftige Spinne von dem Zweig dort auf deinen Hals hinunterließ. Ich streckte meine Hand vor, und nun hat sie mich gebissen.«

Ich glaubte ihm kein Wort: Wenigstens dreimal hatte er mir schon mit solchen Praktiken nach dem Leben getrachtet. Doch es stand fest, daß ihn jetzt diese Spinne in die Hand gebissen hatte und daß die Hand anschwoll.

»Du bist mein Neffe«, sagte Medardo.

»Ja«, antwortete ich etwas überrascht, denn zum erstenmal zeigte er, daß er mich erkannt hatte.

»Ich erkannte dich sofort«, sagte er. Und fügte hinzu: »Oh, du Spinne! Ich habe eine einzige Hand, und du willst sie mir vergiften! Doch sicher ist es besser, wenn meine Hand leidet als der Hals dieses Kindes.«

Meines Wissens hatte mein Onkel noch nie so geredet. Ein Zweifel stieg in mir auf, ob er nicht vielleicht doch die Wahrheit sagte und ganz plötzlich gut geworden war, aber ich verscheuchte sofort diesen Gedanken: Listen und Ränke waren bei ihm gang und gäbe. Freilich wirkte er sehr verändert: Sein Ausdruck war nicht mehr grausam und gespannt, sondern milde und bekümmert, vielleicht wegen der Angst und des Schmerzes, die er durch den Biß ausstand. Doch auch seine Kleidung, die verstaubt und etwas anders zugeschnitten war als sonst bei ihm üblich, trug zu diesem Eindruck bei: Sein schwarzer Mantel war etwas zerfetzt, trockene Blätter und Kastanienschalen klebten an dem Saum; auch der Anzug war nicht aus dem gewohnten schwarzen Samt, sondern aus zerschlissenem und glanzlosem Barchent, und sein Bein steckte nicht mehr in einem hohen Lederstiefel, sondern in einem Wollstrumpf mit blauen und weißen Streifen.

Um zu zeigen, daß ich mich nicht für ihn interessierte, schaute ich nach, ob vielleicht ein Aal an meiner Angel angebissen hatte. Ein Aal war nicht zu sehen, aber am Angelhaken glänzte ein goldener Ring mit einem Diamanten. Ich zog ihn hoch und erblickte das Wappen der Terralbas auf dem Stein.

Der Visconte folgte mir mit den Augen und sagte: »Wundre dich nicht! Als ich hier vorbeikam, sah ich, wie sich ein Aal am Angelhaken abmühte, und er tat mir so leid, daß ich ihn befreite; dann dachte ich an den Schaden, den ich dem Fischer durch meine Handlungsweise zugefügt hatte; ich wollte ihn durch meinen Ring entschädigen, die einzige Wertsache, die mir geblieben ist.«

Ich war sprachlos. Und Medardo fuhr fort:

»Dabei wußte ich noch nicht, daß du der Fischer warst. Dann sah ich dich schlafend auf dem Grase liegen, und die Freude, dich zu sehen, schlug sofort in Angst um, wegen der Spinne, die sich auf dich herunterließ. Das übrige weißt du ja schon« – und bei diesen Worten betrachtete er traurig die geschwollene und violette Hand.

Möglicherweise wollte er mich mit alledem nur hinters Licht führen; doch ich mußte daran denken, wie schön solch eine plötzliche Wandlung seiner Gefühle gewesen wäre und welch eine Freude sie Sebastiana, Pamela und allen anderen, die unter seiner Grausamkeit litten, bereiten würde.

»Onkel«, sagte ich zu Medardo, »warte hier auf mich. Ich laufe zur Amme Sebastiana, die alle Kräuter kennt, und lasse mir eines geben, das die Bisse von Spinnen heilt.«

»Die Amme Sebastiana...«, sagte der Visconte, der auf dem Boden lag und die Hand auf die Brust preßte: »Wie geht es ihr denn?«

Ich getraute mich nicht, ihm zu sagen, daß Sebastiana keinen

Aussatz bekommen hatte, und bemerkte bloß: »Na, soso! Ich geh jetzt« – dann rannte ich fort und war vor allem darauf erpicht, von Sebastiana zu erfahren, was sie über diese sonderbaren Erscheinungen dachte.

Ich fand die Amme in ihrer Hütte. Ich war atemlos durch den Lauf und meine Ungeduld, und so erstattete ich ihr einen etwas wirren Bericht, aber die Alte interessierte sich mehr für den Biß als für Medardos gute Werke. »Eine rote Spinne, sagst du? Ja, ja, ich weiß schon, was für ein Kraut man da braucht... Einem Holzfäller schwoll einmal der Arm an... Er ist jetzt brav geworden, meinst du? Ja, was soll ich dir dazu sagen! Er war immer solch ein Kind, auch ihn muß man zu nehmen wissen... Aber wo hab ich nur das Kraut hingetan? Man braucht ihm nur einen Wickel zu machen. Er war ein Schlingel von klein auf, der Medardo... Da ist das Kraut, ich hatte ein Säckchen davon aufgehoben... Aber so war es immer: Wenn er sich wehgetan hatte, kam er zur Amme, um sich auszuweinen... Ist denn der Biß sehr tief gegangen?«

»Seine Linke ist ganz geschwollen. So dick!« sagte ich.

»Oh, o Kindchen...«, lachte die Amme. »Die Linke... Und wo hat er sie denn, seine Linke, der Meister Medardo? Drunten in Böhmen hat er sie gelassen, bei den Türken, die der Teufel holen soll, da blieb die ganze linke Hälfte seines Leibes...«

»Nun ja«, wandte ich ein, »und trotzdem... Dort stand er, hier stand ich, er drehte die Hand nach dort. Wie ist das nur möglich?«

»Kannst du denn nicht mehr rechts und links unterscheiden?« sagte die Amme. »Das hast du doch schon gelernt, als du fünf Jahre alt warst...«

Ich kannte mich nicht mehr aus. Sebastiana hatte freilich recht, und doch war alles in meiner Erinnerung gerade umgekehrt.

»Also Mut, bring ihm das Kraut!« sagte die Amme, und ich lief los.

Keuchend langte ich am Gießbach an, aber mein Onkel war nicht mehr da. Ich blickte mich überall um: Er war verschwunden mitsamt seiner geschwollenen und vergifteten Hand.

Es wurde Abend, und ich streifte zwischen den Ölbäumen umher. Auf einmal sehe ich ihn, wie er, in seinen schwarzen Mantel gehüllt, am Rande eines Baches steht und sich an einen Stamm lehnt. Er drehte mir den Rücken und schaute zum Meer hin. Ich spürte, wie die Angst über mich kam, und mühsam, mit dünnem Stimmchen gelang es mir, ihm zu sagen: »Onkel, hier ist das Kraut für den Biß...«

Das Halbgesicht wandte sich sofort um und verzog sich zu einer wilden Grimasse.

»Was für ein Kraut, was für ein Biß?« schrie er.

»Doch das Heilkraut...«, sagte ich. Da war nun jener milde Ausdruck von vorhin schon verschwunden, es war das nur eine vorübergehende Anwandlung gewesen; jetzt kam vielleicht ein gezwungenes Lächeln zurück, aber man sah deutlich, daß es trügerisch war.

»Ja... brav von dir... steck es dort in die Baumhöhle, ich hole es mir dann später«, sagte er.

Ich gehorchte und steckte die Hand in die Höhle. Es war ein Wespennest. Sie flogen alle auf mich zu. Ich lief davon, von dem Schwarm verfolgt, und warf mich in den Gießbach. Ich tauchte unter, und so gelang es mir, die Wespen zu vernichten. Als ich den Kopf hob, hörte ich die düstere Lache des Visconte, der sich entfernte.

Abermals war es ihm gelungen, uns hinters Licht zu führen. Doch vieles blieb mir unverständlich, und so ging ich zum Doktor Trelawney, um mit ihm darüber zu reden. Der Engländer befand sich in seinem Totengräberhäuschen, wo er beim Schein eines Öllämpchens ein Buch über menschliche Anatomie studierte, was selten geschah.

»Doktor«, fragte ich ihn, »ist es schon vorgekommen, daß einer, der von einer roten Spinne gebissen wurde, wieder ganz gesund wurde?«

»Eine rote Spinne, sagst du?« fuhr er auf. »Wer ist denn noch von einer roten Spinne gebissen worden?«

»Mein Onkel, der Visconte«, sagte ich, »und ich hatte ihm schon ein Kraut der Amme gebracht, als er, der anscheinend ein guter Mensch geworden war, wieder böse wurde und meine Hilfe ablehnte.«

»Gerade eben habe ich den Visconte behandelt, der von einer roten Spinne in die Hand gebissen worden war«, sagte Trelawney.

»Und sagen Sie mir doch, Doktor: kam er Ihnen gut oder böse vor?«

Da erzählte mir der Doktor, wie alles vor sich gegangen war.

Nachdem ich den auf dem Grase liegenden Visconte mit seiner entzündeten Hand verlassen hatte, war dort Doktor Trelawney vorbeigekommen. Er bemerkt den Visconte und sucht sich, verängstigt wie immer, zwischen den Bäumen zu verstecken. Doch Medardo hat die Schritte gehört, erhebt sich und ruft: »Hallo, wer ist da?« Der Engländer denkt: »Wenn er herausbekommt, daß ich es bin, der sich hier versteckt, weiß ich nicht, was er noch gegen mich aushecken wird«, und läuft weg, um nicht erkannt zu werden. Er stolpert jedoch und fällt in den vom Gießbach gebildeten Teich. Obwohl Doktor Trelawney sein Leben auf Schiffen verbracht hat, kann er nicht schwimmen; er schlägt wild um sich inmitten des Teiches und schreit um Hilfe. Da sagte der Visconte: »Warten Sie auf mich!«, er geht ans Ufer, steigt ins Wasser, wobei er sich mit seiner schmerzenden Hand an einer aus dem Wasser ragenden Wurzel festhält, und streckt sich, bis sich der Doktor an seinem Fuß anklammert. Lang und dünn, wie er ist, dient er als Seil, damit der Verunglückte das Ufer erreichen kann.

Da sind sie nun in Sicherheit, und der Doktor stottert: »Oh, oh, Mylord… Danke schön, wirklich, Mylord… wie kann ich…«, und er niest ihm ins Gesicht, da er sich einen Schnupfen geholt hat.

»Gesundheit!«, sagte Medardo, aber Sie müssen sich bitte etwas anziehn!«, und dann hängt er ihm seinen Mantel um die Schultern.

Der Doktor sträubt sich, verlegener denn je. Und der Visconte bedeutete ihm: »Behalten Sie ihn doch! Er gehört Ihnen!«

Da bemerkt Trelawney Medardos geschwollene Hand.

»Welch ein Tier hat Sie gebissen?«

»Eine rote Spinne.«

»Lassen Sie sich von mir kurieren, Mylord!«

Und dann führt er ihn ins Totengräberhäuschen, wo er die Hand mit Heilmitteln und Binden behandelt. Währenddessen unterhält sich der Visconte mit ihm auf eine sehr menschliche und höfliche Weise. Beim Abschied versprechen sie einander, sich bald wiederzusehen und ihre Freundschaft zu pflegen.

»Doktor!« sagte ich, nachdem ich seine Erzählung angehört hatte, »der Visconte, den Sie behandelt haben, ist bald danach wieder seinem grausamen Wahnsinn verfallen und hat einen Wespenschwarm gegen mich aufgescheucht.«

»Nicht der Visconte, der von mir behandelt wurde«, sagte der Doktor und zwinkerte mit den Augen.

»Was meinen Sie damit, Doktor?«

»Das wirst du später erfahren. Sprich jetzt mit niemandem darüber! Und überlaß mich meinen Studien, denn es stehen wirre Zeiten bevor.«

Und dann kümmerte sich Doktor Trelawney nicht mehr um mich. Er versank wieder in jene ungewohnte Lektüre einer Abhandlung über die Anatomie des Menschen. Offenbar brütete er einen besonderen Plan aus, und auch in den folgenden Tagen blieb er schweigsam und geistesabwesend.

Doch von verschiedenen Seiten trafen Nachrichten ein über eine zweite Natur Medardos. Kinder, die sich im Walde verirrt hatten, wurden von dem an der Krücke gehenden Halbmenschen eingeholt, was ihnen große Angst einjagte, dann aber von ihm an die Hand genommen, nach Hause gebracht und mit Feigenblüten und Pfannkuchen beschenkt; arme Witwen, die Reisigbündel trugen, erhielten von ihm Hilfe; Hunde, die von Schlangen gebissen waren, wurden gepflegt; Arme fanden geheimnisvolle Geschenke auf den Fensterbrettern und Türschwellen; Obstbäume, die vom Winde entwurzelt waren, wurden aufgerichtet und wieder in ihre Scholle eingepflanzt, bevor noch die Eigentümer die Nase aus ihrer Tür gesteckt hatten.

Gleichzeitig hatten jedoch die Erscheinungen des halben, in seinen schwarzen Mantel gehüllten Visconte düstere Geschehnisse im Gefolge: geraubte Kinder wurden später in Höhlen, die mit Steinen versperrt waren, aufgefunden; Holzstämme und Felsen stürzten auf alte Frauen herunter; Kürbisse, die eben herangereift waren, wurden aus bloßem Mutwillen in Stücke zerschnitten. Seit geraumer Zeit zielte der Visconte mit seiner Armbrust nur noch auf Schwalben; und zwar so, daß sie nicht erlegt, sondern nur verwundet und verstümmelt wurden. Doch begann man jetzt Schwalben am Himmel zu sehen, deren Beinchen verbunden und mit Holzstäbchen geschient oder deren Flügel zusammengeklebt und geputzt waren; es gab eine ganze Schar so aufgezäumter Schwalben, die vorsichtig in Schwärmen dahinflogen, wie Rekonvaleszenten eines Vogelspitals, und es ging das unwahrscheinliche Gerücht um, der gleiche Medardo sei ihr Arzt.

Einmal wurde Pamela mit ihrer Ziege und ihrer Ente an einem entlegenen wüsten Orte von einem Gewitter überrascht. Sie wußte, daß sich in der Nähe eine freilich nur kleine Grotte, eine kaum im Felsgestein angedeutete Höhlung, befand, und begab sich dorthin. Da sah sie, wie ein schäbiger und geflickter Stiefel aus der Grotte herausragte, und darin kauerte der in den schwarzen Mantel gehüllte halbierte Körper. Sie wollte fliehen, aber schon hatte sie der Visconte bemerkt, trat in den strömenden Regen hinaus und sagte ihr:

»Stell dich hier unter, Mädchen, komm!«

»Da stelle ich mich bestimmt nicht unter«, antwortete Pamela, »denn da hat kaum eine Person Platz, und Ihr wollt mich ja nur angeknabbert dort unterbringen!«

»Hab keine Angst«, sagte der Visconte, »ich werde draußen bleiben, und du kannst es dir darin ganz bequem machen, mitsamt deiner Ziege und deiner Ente!«

»Ziege und Ente schadet der Regen nichts.«

»Du wirst sehen, daß wir auch für sie Schutz finden.« Pamela, die von den seltsamen gütigen Anwandlungen des Visconte hatte erzählen hören, sagte sich: »Versuchen wir's mal!« und duckte sich in die Grotte nieder, wobei sie die beiden Tiere an sich preßte. Der Visconte stellte sich aufrecht davor und breitete den Mantel wie ein Zelt, damit nicht einmal Ente und Ziege naß werden sollten. Pamela betrachtete seine Hand, die den Mantel hielt, stutzte einen Augenblick nachdenklich, blickte auf ihre eigenen Hände, verglich beide miteinander und brach dann in ein schallendes Gelächter aus.

»Es freut mich ja, wenn du lustig bist, Mädchen«, sagte der Visconte, »aber warum lachst du eigentlich, mit Verlaub?«

»Ich lache, weil ich begriffen habe, was alle meine Landsleute nachgerade verrückt macht.«

»Was denn?«

»Daß Ihr einmal gut und einmal böse seid. Jetzt ist ja alles ganz natürlich.«

»Und warum?«

»Weil ich daraufgekommen bin, daß Ihr die andere Hälfte seid. Der Visconte, der im Schloß lebt, dieser Bösewicht, ist die eine Hälfte. Und Ihr seid die andere Hälfte, von der man glaubte, sie sei im Kriege umgekommen, und die statt dessen jetzt heimgekehrt ist. Und das ist eine gute Hälfte.«

»Nett von dir. Danke schön.«

»Oh, so ist es einfach, ich sag es nicht, um Euch ein Kompliment zu machen.«

Das ist nun also Medardos Geschichte, wie sie Pamela an jenem Abend erfuhr. Es stimmte nicht, daß die Kanonenkugel einen Teil seines Körpers zerkrümelt hatte: er war in zwei Hälften zerspalten worden; die eine wurde von den Trägern gefunden, welche die Verwundeten des Heeres auflasen; die andere blieb unter einer Pyramide christlicher und türkischer Überreste begraben und kam nicht zum Vorschein. Mitten in der Nacht gingen zwei Eremiten über das Schlachtfeld, von denen man nicht genau weiß, ob es Gläubige der rechten Religion oder Negromanten waren – Leute, die sich wie manch einer in Kriegszeiten damit begnügten, im Niemandsland zwischen den beiden Lagern zu leben, und vielleicht auch, wie es jetzt heißt, versuchten, die christliche Dreieinigkeit und den Allah Mahomets miteinander zu vereinen. In ihrer bizarren Frömmigkeit hatten diese Eremiten den von ihnen gefundenen halbierten Körper Medardos in ihre Höhle gebracht, wo sie ihn mit von ihnen bereiteten Balsamen und Salben behandelten und heilten. Kaum war der Verwundete wieder bei Kräften, als er sich von seinen Rettern verabschiedete; hinkend, auf seine Krücke gestützt, war er dann Monate und Jahre durch die christlichen Länder gewandert, um in sein Schloß heimzukehren, und hatte die Menschen, die ihm begegneten, durch seine guten Taten in Erstaunen gesetzt.

Nachdem der gute halbe Visconte Pamela seine Geschichte erzählt hatte, wollte er nun auch diejenige des Hirtenmädchens hören. Und Pamela berichtete ihm, wie der böse Medardo ihr aufgelauert habe, wie sie daher von zu Hause geflohen sei und nun in den Wäldern umherirre. Der gute Medardo wurde gerührt durch Pamelas Schilderung und teilte sein Mitleid zwischen der verfolgten Unschuld des Hirtenmädchens, der trostlosen Traurigkeit des bösen Medardo und der Einsamkeit, unter der Pamelas arme Eltern leiden mußten.

»Ach die!« sagte Pamela. »Meine Eltern sind zwei alte Tunichtgute. Die verdienen es wirklich nicht, daß man Mitleid mit ihnen hat.«

»Oh, denk doch an sie, Pamela, wie traurig werden sie jetzt

in ihrem alten Häuschen sein, wo sich niemand um sie kümmert und niemand auf den Feldern und im Stall die Arbeit für sie tut!«

»Wenn er nur über ihrem Kopf einstürzte, der Stall!« sagte Pamela. »Allmählich dämmert mir, daß Ihr etwas zu zart besaitet seid, und statt Euch über Euer anderes Stück zu erbosen all der Schurkereien wegen, die es ausheckt, sieht es fast so aus, als hättet Ihr auch mit ihm Mitleid.«

»Und wie sollte ich nicht? Ich weiß, was es heißt, wenn man nur ein halber Mensch ist, ich kann nicht umhin, ihn zu bedauern.«

»Aber Ihr seid doch anders; auch etwas verdreht, aber gut.«

Da sagte der gute Medardo: »O Pamela, das ist der Vorteil davon, wenn man halbiert ist: Man begreift bei jedem Menschen und bei jedem Dinge, wie ein jeder und ein jedes an seiner eigenen Unvollkommenheit leidet. Ich war ganz und begriff nicht; stumpf und ohne mich mitteilen zu können, bewegte ich mich inmitten der Schmerzen und Wunden, die überall dort verteilt sind, wo sich jemand weniger als ganz zu glauben wagt. Nicht ich allein, Pamela, bin ein gespaltenes und entwurzeltes Wesen, sondern du ebenso und alle andern. Jetzt nun habe ich teil an einer Brüderlichkeit, die mir früher, als ganzer Mensch, unbekannt war: sie verbindet mich mit allen Verstümmelungen und Mängeln der Welt. Wenn du mit mir kommst, Pamela, wirst du lernen, an den Leiden der anderen teilzuhaben und deine Leiden dadurch zu heilen, daß du die ihren heilst.«

»Das ist sehr schön«, sagte Pamela, »aber ich habe großes Pech mit diesem Eurem anderen Stück, das sich in mich verliebt hat, und nun weiß man nicht, was es mit mir anstellen wird.«

Mein Onkel ließ den Mantel fallen, denn das Gewitter war vorbei.

»Auch ich bin in dich verliebt, Pamela.«

Pamela sprang aus ihrer Grotte: »Wie herrlich! Der Regen-

71

bogen steht am Himmel, und ich habe einen neuen Liebhaber gefunden. Auch er ist halbiert, aber hat ein gutes Herz.«

Sie gingen unter noch tropfenden Zweigen auf ganz verschlammten Waldwegen. Der halbe Mund des Visconte verzog sich zu einem liebevollen, unvollständigen Lächeln.

»Also, was tun wir?« sagte Pamela.

»Ich meine, wir sollten zu deinen Eltern gehn, den Ärmsten, und ihnen etwas bei der Arbeit helfen.«

»Geh doch hin, wenn du Lust hast«, sagte Pamela.

»Gewiß habe ich Lust dazu, Liebe«, bemerkte der Visconte.

»Und ich bleibe hier«, sagte Pamela und blieb stehen, mit Ente und Ziege.

»Zusammen Gutes tun ist die einzige Art, wie wir uns lieben können.«

»Schade. Ich glaubte, es gäbe noch andere Arten.«

»Auf Wiedersehn, Liebe. Ich werde dir Honigkuchen bringen.« Und damit humpelte er an seiner Krücke auf dem Waldwege fort.

»Was meinst du dazu, Ziege? Was meinst du dazu, Entlein?« sagte Pamela, als sie mit ihren Tieren allein war. »Warum müssen sich denn lauter solche Burschen gerade mit mir abgeben?«

8

Seit alle wußten, daß die andere Hälfte des Visconte heimgekehrt war, eine ebenso gute Hälfte, wie die andere schlecht
war, änderte sich das Leben in Terralba erheblich.

Morgens pflegte ich Doktor Trelawney bei seinen Kranken-
besuchen zu begleiten; denn nach und nach hatte der Doktor
seine ärztliche Praxis wiederaufgenommen und war darauf
aufmerksam geworden, daß unsere Bevölkerung, deren Kon-
stitution die langen Entbehrungen der letzten Zeiten untergra-
ben hatten, an vielen, zuvor gar nicht behandelten Krankheiten
litt.

Wir schritten die Feldwege entlang und sahen an einigen
Anzeichen, daß mein Onkel dort vor uns gewesen war. Ich
meine damit meinen Onkel, den Guten, der ebenfalls jeden
Morgen nicht nur Kranke, sondern auch Arme, alte Leute und
überhaupt jeden Hilfsbedürftigen aufsuchte.

Im Garten der Bacciccias waren alle reifen Früchte des
Granatbaums mit verknoteten Schnupftüchern umwickelt.
Wir sahen daran, daß Bacciccia Zahnweh hatte. Mein Onkel
hatte die Granatäpfel eingewickelt, damit sie nicht jetzt faulten
und aufplatzten, da der Eigentümer durch Krankheit verhin-
dert war, das Haus zu verlassen und sie zu pflücken; zugleich
war das aber ein Hinweis für Doktor Trelawney, er solle den
Kranken besuchen und eine Zange mitbringen.

Der Prior Cecco hatte eine kümmerliche Sonnenblume auf
seiner Terrasse, die nie Blüten trug. An jenem Morgen sahen
wir dort drei Hennen am Geländer angebunden, die eifrig
Vogelfutter fraßen und ihren weißen Kot im Topf der Sonnenblume abluden. Wir sahen daran, daß der Prior offenbar an
Durchfall litt. Mein Onkel hatte die Hennen angebunden, um
die Sonnenblume zu düngen, aber auch, um Doktor Trelawney auf diesen dringenden Fall aufmerksam zu machen.

Auf der Treppe der alten Giromina gewahrten wir eine

Schneckenprozession, die sich auf die Haustür zubewegte: Es waren große Schnecken, wie man sie gerne gesotten ißt. Mein Onkel hatte sie aus dem Walde Giromina als Geschenk mitgebracht, aber zugleich dienten sie als Zeichen, daß sich das Herzleiden der armen Alten verschlimmert hatte und daß der Doktor beim Betreten ihres Hauses leise sein müsse, um sie nicht zu erschrecken.

Alle diese chiffrierten Mitteilungen wurden von Medardo, dem Guten, verwandt, um die Kranken nicht durch ein allzu ungestümes Verlangen nach ärztlicher Pflege aufzuregen, aber auch, damit Trelawney sofort eine Vorstellung bekäme, worum es sich handelte, bevor er in ein Haus ging, und damit er auf solche Weise seine Abscheu davor überwände, unter ein fremdes Dach zu treten und mit Kranken in Berührung zu kommen, deren Leiden er nicht kannte.

Da pflanzte sich auf einmal der Alarm im Tale fort: »Der Bösewicht! Es kommt der Bösewicht!«

Damit war die böse Hälfte meines Onkels gemeint, die man durch das Land hatte reiten sehen. Da lief ein jeder, um sich zu verstecken, allen voran Doktor Trelawney, und ich hinter ihm her.

Wir kamen am Hause der Giromina vorüber, und auf der Treppe waren die Spuren auseinandergerissener Schnecken: Überall sah man Schleim und die Splitter der Schneckenhäuser.

»Hier ist er schon gewesen! Tempo!«

Auf der Terrasse des Priors Cecco waren die Hennen auf das Flechtwerk gebunden, auf dem die Tomaten trocknen sollten, und so besudelten sie diese Gottesgaben.

»Tempo!«

Im Garten der Bacciccia lagen alle Granatäpfel zerfetzt auf dem Boden, und von den Zweigen hingen die Fetzen herunter.

»Tempo!«

So verging unser Leben zwischen Nächstenliebe und Terror. Der Gute (wie man die linke Hälfte meines Onkels nannte im

Gegensatz zum Bösewicht, worunter man die andere verstand) wurde nunmehr wie ein Heiliger verehrt. Die Krüppel, die Armen, die verlassenen Frauen: alle, die irgendein Kummer drückte, strömten ihm zu. Er hätte das nutzen können, um selber Visconte zu werden. Statt dessen spielte er weiter den Vagabunden, streifte umher, halb in seinen zerlumpten schwarzen Mantel gehüllt, auf die Krücke gestützt, mit einem weißen und einem blauen Strumpf, die voller Flicken waren, und tat Gutes allen jenen, die es von ihm verlangten, wie auch solchen, die ihn schmählich davonjagten. Und das Schaf, das sich in der Schlucht das Bein gebrochen hatte, der Trinker, der in der Schenke das Messer zog, die Ehebrecherin, die des Nachts zum Geliebten lief – sie alle sahen ihn wie vom Himmel gefallen plötzlich auftauchen: schwarz und hager, mit freundlichem Lächeln, um Hilfe zu leisten, um gute Ratschläge zu geben, um Gewalttaten und Sünden zu verhindern.

Pamela lebte noch immer im Walde. Sie hatte sich eine Schaukel zwischen zwei Fichten gebastelt und daneben eine solidere für die Ziege sowie eine leichtere für die Ente angebracht; nun verbrachte sie die Zeit damit, sich mit ihren Tieren zu schaukeln. Doch zu einer bestimmten Stunde kam der gute Medardo mit einem Bündel auf dem Rücken zwischen den Fichten herangehinkt. Es enthielt Sachen, die gereinigt und geflickt werden mußten und die er bei Bettlern, Waisen und allein auf der Welt stehenden Kranken eingesammelt hatte; er gab sie Pamela zum Waschen und verschaffte so auch ihr die Gelegenheit, etwas Gutes zu tun. Pamela, die sich langweilte, weil sie sich immer im Walde aufhalten mußte, wusch alles im Bach und half ihm. Dann hängte sie die Wäsche an den Leinen der Schaukel zum Trocknen auf, und der Gute saß derweil auf einem Stein und las ihr aus Torquato Tasso vor.

Pamela fand keinen Geschmack an der Lektüre; sie lag behaglich im Grase, lauste sich (denn durch das Waldleben

75

hatte sie sich einige dieser Tierchen geholt), kratzte sich mit einer »Stich-den-Hintern« genannten Pflanze, gähnte, schnellte mit den nackten Füßen Steine in die Luft und betrachtete ihre Beine, die ihr rosa und feist genug erschienen. Ohne die Augen vom Buche zu heben, deklamierte Medardo, der Gute, einen Achtzeiler nach dem anderen in der Absicht, die Sitten des bäurischen Mädchens zu verfeinern.

Doch sie, die dem Faden nicht folgte und sich langweilte, stiftete ganz heimlich die Ziege an, dem Guten sein halbes Gesicht abzulecken, und die Ente, sich auf das Buch zu setzen. Der Gute sprang zurück und hob das Buch, das sich schloß; doch gerade in diesem Augenblick sprengte der Bösewicht zwischen den Bäumen hervor und zückte eine große Sichel gegen den Guten. Die Klinge der Sichel traf das Buch und zerschnitt es seiner ganzen Länge nach säuberlich in zwei Hälften. Der Teil mit dem Buchrücken blieb dem Guten in der Hand, und die andere Hälfte zerfiel in tausend halbe Blätter, die durch die Luft flatterten. Der Bösewicht galoppierte davon; gewiß hatte er versucht, den halben Kopf des Guten abzusicheln, aber die beiden Tiere hatten sich gerade im richtigen Augenblick dort eingefunden. Tassos halbe Seiten mit den weißen Rändern und den halbierten Versen wurden vom Winde fortgetragen und ließen sich auf den Fichtenzweigen, auf dem Grase und auf den Bächen nieder. Von einem Hügel betrachtete Pamela dieses weiße Geflatter und sagte: »Wie schön!«

Einige weiße Blätter wehten auch auf den Waldweg, den Doktor Trelawney und ich hinuntergingen. Der Doktor haschte eines im Fluge, drehte es hin und her, versuchte diese Verse ohne Anfang und Ende zu entziffern und schüttelte den Kopf.

»Das ist ja gar nicht zu verstehen... Sst... sst...«

Der Ruf Medardos, des Guten, war bis zu den Hugenotten gedrungen, und man sah des öfteren, wie der alte Ezechiel auf der höchsten Bodenstufe des gelben Weinberges stehenblieb und den steinigen Maultierpfad betrachtete, der vom Tal heraufführte.

»Vater«, sagte einer der Söhne, »ich sehe, Ihr blickt ins Tal hinunter, als wartetet Ihr auf jemanden.«

»Dem Menschen steht es an zu warten«, erwiderte Ezechiel, »und zwar dem Gerechten mit Zuversicht; dem Ungerechten mit Angst.«

»Wartet Ihr auf den Hinkefuß-am-anderen-Bein, Vater?«

»Hast du von ihm reden hören?«

»Im ganzen Tal spricht man von nichts anderem als dem linkshändigen Krüppel. Meint Ihr, er wird zu uns heraufkommen?«

»Wenn unser Boden Menschen gehört, die guten Willens sind, und auch er guten Willens ist, so besteht kein Grund, weshalb er nicht kommen sollte.«

»Der Maultierpfad ist steil für einen, der an der Krücke gehen muß.«

»Es hat schon einmal einen Einfüßigen gegeben, der ein Pferd fand, auf dem er hinaufgelangte.«

Als die anderen Hugenotten Ezechiel sprechen hörten, waren sie zwischen den Furchen hervorgekommen und hatten sich um ihn versammelt. Und als sie hörten, wie er auf den Visconte anspielte, erstarrten sie in Schweigen.

»Vater Ezechiel«, sagten sie, »in der Nacht, als der Dünne kam und der Blitz die halbe Eiche in Brand setzte – damals sagtet Ihr, eines Tages würde uns vielleicht ein besserer Wanderer besuchen.«

Ezechiel neigte zustimmend den Bart bis auf die Brust.

»Vater, der Lahme, von dem wir eben sprachen, gleicht dem anderen und ist ihm entgegengesetzt, in Leib und Seele: er ist barmherzig, so wie der andere grausam war. Sollte das der Besucher sein, den Eure Worte ankündigten?«

»Ein jeder Wanderer auf jeder Straße kann es sein, also auch er.«

»Dann wollen wir alle hoffen, er möge es sein«, sagten die Hugenotten.

Starr vor sich hinblickend kam Ezechiels Frau hinzu, die einen Karren mit Reisig schob.

»Wir hoffen stets auf das Gute«, sagte sie, »daher müssen wir beständig so handeln, wie es die Gerechtigkeit vorschreibt, und unser Feld bestellen, auch wenn einer, der durch unsere Hügel humpelt, bloß ein armer Kriegsinvalide ist, der Gutes oder Böses im Schilde führt.«

»Das versteht sich«, antworteten die Hugenotten, »haben wir etwa das Gegenteil behauptet?«

»Nun gut«, sagte die Frau, »wenn wir uns einig sind, so können wir ja zu Hacke und Karst zurückkehren.«

»Pest und Hungersnot!« brach Ezechiel los, »wer hat euch gesagt, daß ihr mit Hacken aufhören sollt?«

Die Hugenotten verteilten sich zwischen den Furchen, um in den begonnenen Arbeiten fortzufahren, aber im gleichen Augenblick rief Esau, der bemerkt hatte, wie geistesabwesend sein Vater war, so daß er auf dem Feigenbaum sitzend die frühreifen Früchte verspeiste:

»Seht da drunten! Wer kommt denn da auf dem Maultier?«

Wahrhaftig kam die Steigung ein Maultier herauf, auf dessen Saumsattel ein halber Mann gebunden war. Es war das Medardo, der Gute, der das elende alte Tier gekauft hatte, als man es eben im Bach ertränken wollte; denn es war so heruntergekommen, daß es nicht einmal mehr für das Schlachthaus taugte.

»Was macht das, ich wiege ja nur soviel wie ein halber Mann!« sagte er sich, »und das alte Maultier wird mich noch tragen können. Wenn auch ich dann beritten bin, komme ich weiter herum und kann überall Gutes tun.« So machte er sich auf seiner ersten Reise zu einem Besuche der Hugenotten auf.

Die Hugenotten waren zu seinem Empfang kerzengerade in Reih und Glied angetreten und sangen einen Psalm. Dann trat der Alte heran und bot ihm Willkommen wie einem Bruder.

Der Gute, der vom Maultier gestiegen war, erwiderte feierlich diese Begrüßung, neigte sich, um Ezechiels Frau, die trotzig und krumm dastand, die Hand zu küssen, erkundigte sich nach aller Gesundheit, streckte die Hand aus, um Esaus borstigen Kopf zu streicheln, worauf der Knabe zurückwich, interessierte sich für jedermanns Kümmernisse und ließ sich die Geschichte ihrer Verfolgungen erzählen; gerührt nahm er an allem Anteil und brach in Klagen aus. Natürlich sprachen sie darüber, ohne die religiöse Kontroverse hervorzuheben, als handelte es sich um eine Verkettung unglücklicher Umstände, für die man die allgemeine menschliche Bosheit verantwortlich machen müsse. Medardo überging den Umstand, daß die Verfolgungen von der Kirche geführt wurden, zu der er sich selbst bekannte, und die Hugenotten sahen ihrerseits von Glaubensbeteuerungen ab, schon weil sie befürchteten, sie könnten etwas theologisch Falsches sagen. So endete ihre Unterhaltung mit verschwommenen menschenfreundlichen Reden, in denen sie jede Gewalttat und jede Ausschreitung mißbilligten. Alle waren sich einig, doch wirkte die ganze Atmosphäre etwas kühl.

Dann besichtigte der Gute die Felder, bedauerte die Hugenotten wegen der spärlichen Erträge und zeigte sich zufrieden, daß sie heuer doch zumindest eine gute Roggenernte gehabt hätten.

»Für wieviel verkauft ihr euren Roggen?« fragte er sie.

»Für drei Taler das Pfund«, sagte Ezechiel.

»Drei Taler das Pfund? Aber in Terralba sterben die armen Leute vor Hunger, Freunde, und können nicht einmal eine Handvoll Roggen kaufen! Vielleicht wißt ihr nicht, daß der Hagel im Tal die Roggenernte zerstört hat und daß ihr die einzigen seid, die so viele Familien vom Hunger erretten könnten?«

»Das wissen wir«, sagte Ezechiel, »und ebendeshalb können wir auch gut verkaufen...«

»Aber denkt doch nur an den Liebesdienst, den ihr diesen

Ärmsten erweisen würdet, wenn ihr den Roggenpreis senk-
tet... Denkt an das Gute, das ihr tun könnt...«

Der lange Ezechiel blieb mit verschränkten Armen vor dem
Guten stehen, und alle Hugenotten taten es ihm nach.

»Nächstenliebe üben, Bruder«, sagte er, »heißt nicht, daß
wir mit unseren Preisen heruntergehen.«

Der Gute ging in den Feldern umher und sah alte, zum
Skelett abgemagerte Hugenotten in der Sonnenglut den Boden
hacken.

»Ihr seht schlecht aus«, sagte er einem Alten, dessen Bart so
lang war, daß ihn die Hacke traf, »fühlt Ihr Euch vielleicht
nicht wohl?«

»So wohl, wie sich einer fühlen kann, der mit siebzig Jahren
zehn Stunden lang hackt und nur Rübensuppe im Bauch hat.«

»Das ist mein Vetter Adam«, sagte Ezechiel, »ein unge-
wöhnlicher Arbeiter.«

»Aber Ihr müßt Euch doch ausruhen und besser ernähren,
bei Eurem Alter«, wollte der Gute eben sagen, aber barsch zog
ihn Ezechiel fort.

»Wir alle müssen uns hier sehr sauer unser Brot verdienen,
Bruder«, sagte er in einem Ton, der keine Widerrede duldete.

Zuvor, als er gerade vom Maultier gestiegen war, hatte es
der Gute selber anbinden wollen und um einen Sack Hafer
gebeten, damit es sich nach dem Aufstieg stärke. Ezechiel und
seine Frau hatten sich beide angesehen, denn ihrer Meinung
nach wäre für solch ein Maultier eine Handvoll wilder Zicho-
rien gut genug gewesen; doch die herzliche Begrüßung des
Gastes befand sich gerade auf ihrem Höhepunkt, und so hatten
sie den Hafer bringen lassen. Jetzt indessen bedachte es der alte
Ezechiel noch einmal und konnte sich wahrhaftig nicht damit
abfinden, daß dieses Gerippe von einem Maultier ihren wenigen Hafer verzehren sollte; ohne daß sein Gast ihn hören
konnte, rief er daher Esau und sagte ihm:

»Esau, geh ganz sachte zum Maultier hin, nimm ihm den
Hafer weg und gib ihm etwas anderes.«

»Einen Trank gegen Asthma?«

»Abgekernte Maiskolben, Erbsenschoten, was du willst.«

Esau ging hin, nahm dem Maultier den Sack weg und empfing einen Fußtritt, durch den er eine Weile lahmte. Um sich dafür zu entschädigen, versteckte er den übriggebliebenen Hafer, um ihn auf eigene Rechnung zu verkaufen, und sagte, das Maultier habe den Sack schon völlig leergefressen.

Die Sonne ging eben unter. Der Gute befand sich mit den Hugenotten inmitten der Felder, und sie wußten nicht mehr, was sie einander sagen sollten.

»Wir haben noch eine gute Stunde Arbeit vor uns, Gast«, sagte Ezechiels Frau.

»Dann will ich nicht mehr lästig fallen.«

»Viel Glück, Gast.«

Und der gute Medardo trat auf seinem Maultier den Rückweg an.

»Ein armer Kriegsinvalide«, sagte die Frau, als er sich entfernt hatte. »Wie viele gibt es doch in dieser Gegend! Die Ärmsten!«

»Weiß Gott, die Ärmsten!« pflichteten alle Angehörigen bei.

»Pest und Hungersnot!« brüllte der alte Ezechiel auf seinem Rundgang durch die Felder und reckte beim Anblick der mißratenen Arbeiten und der Schäden durch Trockenheit die Fäuste gen Himmel. »Pest und Hungersnot!«

9

Häufig ging ich am Morgen in Pietrochiodos Werkstatt, um die Maschine zu betrachten, die der erfinderische Meister eben baute. Der Zimmermann lebte in immer größeren Ängsten und Gewissensnöten, seit ihn Medardo, der Gute, zu nächtlicher Stunde aufsuchte, ihm den traurigen Zweck seiner Erfindung vorhielt und ihn ermahnte, Apparate zu konstruieren, die von der Güte und nicht dem Durst nach Grausamkeit in Gang gesetzt würden.

»Aber was für eine Maschine soll ich denn bauen, Meister Medardo?« fragte Pietrochiodo.

»Hör zu: du könntest zum Beispiel...«, und der Gute begann, ihm die Maschine zu beschreiben, die er bei ihm bestellt hätte, wenn er an Stelle seiner anderen Hälfte Visconte gewesen wäre; dabei unterstützte er seine Erläuterung durch konfuse Zeichnungen.

Pietrochiodo hatte zunächst den Eindruck, diese Maschine solle eine Orgel sein, eine riesige Orgel, deren Tasten die lieblichsten Melodien hervorrufen würden; so begann er bereits, das für die Orgelpfeifen geeignete Holz auszusuchen; aber von einer neuen Unterhaltung mit dem Guten hatte er nur ganz verworrene Vorstellungen über ein solches Instrument mitbekommen. Anscheinend wollte der Gute nicht Luft, sondern Mehl durch die Pfeifen strömen lassen. Und das Ganze sollte offenbar nicht nur Orgel, sondern auch Mühle sein und für die Armen mahlen und außerdem möglichst einen Backofen zum Kuchenbacken ersetzen. Jeden Tag vervollständigte der Gute seine Idee und skizzierte Pläne, Bogen auf Bogen, aber Pietrochiodo vermochte nicht mit ihm Schritt zu halten; denn diese Orgel-Mühle, die zugleich Backofen war, sollte auch Wasser aus den Brunnen schöpfen, um den Eseln die Mühe abzunehmen, und sich auf Rädern fortbewegen, um die verschiedenen Dörfer zu versorgen, und schließlich an

Festtagen in der Luft schweben, um mit ringsum angebrachten Netzen Schmetterlinge zu fangen.

Und der Zimmermann begann sich zu fragen, ob es nicht die menschlichen Möglichkeiten überstiege, gute Maschinen zu bauen, während Galgen und Marterinstrumente als einzige zweckmäßig und genau funktionierten. Wahrhaftig, kaum hatte der böse Medardo dem Pietrochiodo die Idee eines neuen Mechanismus dargelegt, als der Meister auch schon vor sich sah, wie sich dieser Einfall verwirklichen ließe; so machte er sich an die Arbeit; eine jede Einzelheit kam ihm unersetzlich und vollkommen vor, und das fertige Instrument erschien ihm als ein Meisterwerk der Technik und der Erfindungsgabe.

Der Meister härmte sich: »Sollte vielleicht meine Seele von solcher Bosheit erfüllt sein, daß mir nur grausame Maschinen gelingen?« Aber gleichwohl fuhr er fort, mit Eifer und Geschick weitere Folterwerkzeuge zu erfinden.

Eines Tages sah ich ihn an einem seltsamen Apparat arbeiten: einem weißen Galgen, der eine schwarze Holzwand einrahmte; der ebenfalls weiße Strick war durch zwei Löcher in der Wand gezogen, gerade an der Stelle, wo die lose Schlinge angebracht war.

»Was ist das für eine Maschine, Meister?« fragte ich ihn.

»Ein Galgen, auf dem man im Profil aufhängen kann«, sagte er.

»Und für wen habt ihr den gebaut?«

»Für einen einzigen Menschen, der das Urteil spricht und zugleich verurteilt wird. Mit dem halben Kopf verurteilt er sich selber zum Tode, und mit der anderen Hälfte schlüpft er in die Schlinge und stößt seinen letzten Seufzer aus. Es wäre mir am liebsten, wenn man die beiden miteinander verwechseln würde.«

Ich entnahm daraus, daß der Bösewicht, der spürte, wie die gute Hälfte seines Ichs immer volkstümlicher wurde, beschlossen hatte, diese so schnell wie möglich zu beseitigen.

In der Tat rief er die Häscher herbei und sagte:

»Ein anrüchiger Vagabund macht schon allzulange unsere Gegend unsicher und sät Zwietracht. Verhaftet den Unruhestifter bis morgen und bringt ihn uns!«

»Der Befehl wird ausgeführt, Euer Gnaden«, sagten die Häscher und gingen ihres Weges. Da der Böse nicht schieläugig war, bemerkte er nicht, daß sie sich zugezwinkert hatten, als sie ihm antworteten.

Nun muß man wissen, daß in jenen Tagen eine Palastverschwörung angezettelt worden war, der sich auch die Häscher angeschlossen hatten. Es handelte sich darum, den gegenwärtigen halben Visconte gefangenzunehmen und zu beseitigen und dann Schloß und Titel der anderen Hälfte zu übergeben. Diese wußte jedoch nichts davon. So erwachte der Gute eines Nachts im Heuschober, in dem er schlief, und sah sich von Häschern umgeben.

»Habt keine Angst!« sagte ihr Anführer, »der Visconte hat uns ausgesandt, Euch umzubringen, aber wir sind seine grausame Tyrannei satt und haben daher beschlossen, *ihn* umzubringen und Euch an seine Stelle zu setzen.«

»Was höre ich da! Und das habt ihr am Ende schon getan? Ich sage – habt ihr den Visconte schon umgebracht?«

»Nein, aber wir sind im Begriff, es zu tun, noch diesen Morgen.«

»Oh, dem Himmel sei Dank! Nein, befleckt euch nicht mit dem Blut anderer, es ist davon schon genug geflossen. Was für ein Segen könnte auf einer Herrschaft ruhn, die durch ein Verbrechen errichtet wurde!«

»Das macht nichts, wir sperren ihn im Turm ein, und so haben wir endlich Ruhe vor ihm!«

»Hebt nicht die Hand gegen ihn und gegen niemanden, ich flehe euch an! Auch mich schmerzt die Gewalttätigkeit des Visconte: und doch gibt es dagegen kein anderes Mittel, als daß wir ihm ein gutes Beispiel geben und uns freundlich und tugendhaft gegen ihn zeigen.«

»Dann müssen wir *Euch* umbringen, Herr!«

»O nein! Ich sagte euch doch: ihr dürft niemanden umbringen!«

»Wie ist das möglich! Wenn wir den Visconte nicht umbringen, müssen wir ihm gehorchen!«

»Nehmt dieses Fläschchen! Es enthält einige Unzen – die letzten, die mir blieben – von der Salbe, mit der mich die böhmischen Eremiten kuriert haben; sie brachten mir bisher Linderung, wenn mich bei einem Wetterwechsel die riesige Narbe schmerzte. Bringt sie dem Visconte und sagt ihm nur: Dies schenkt Euch einer, der weiß, was es heißt, wenn man Adern hat, die in einem Pfropfen enden.«

Die Häscher gingen zum Visconte mit dem Fläschchen, und der Visconte verurteilte sie zum Tod durch den Strang. Um die Häscher zu retten, beschlossen die anderen Verschworenen loszuschlagen. Aber sie waren zu ungeschickt, um ihre Absichten geheimzuhalten. Die Revolte wurde aufgedeckt und im Blut erstickt. Der Gute brachte Blumen zu den Gräbern und tröstete Witwen und Waisen.

Von der Güte Medardos, des Guten, ließ sich nur die alte Sebastiana nicht beeindrucken. Auf seinen eifrigen Unternehmungen kehrte er häufig in der Hütte der alten Amme ein und zeigte sich immer liebenswürdig und aufmerksam. Sie aber hielt ihm jedesmal eine Strafpredigt. Vielleicht infolge ihrer unbestimmten Mutterliebe, vielleicht auch, weil das Alter allmählich ihren Geist trübte, kümmerte sie sich wenig um die Scheidung Medardos in zwei Hälften: sie schalt die eine Hälfte wegen der Missetaten der anderen, erteilte der einen Ratschläge, welche nur die andere befolgen konnte, und so fort.

»Und warum hast du Großmutters Bigins Hahn den Kopf abgeschnitten, der Ärmsten, die nur diesen einen besaß?«

»So groß wie du bist, treibst du nichts als Unfug...«

»Aber weshalb sagst du mir das, Amme? Du weißt doch, daß ich es gar nicht gewesen bin...«

»Da hört sich doch alles auf! Wer ist es denn sonst gewesen?«

»Ich, aber . . . «

»Aha! Siehst du! . . . «

»Aber nicht ich hier . . . «

»He, weil ich alt bin, hältst du mich wohl für blöd? Aber wenn man mir von irgendeiner Schurkerei erzählt, weiß ich sofort, ob du sie angezettelt hast. Und dann sage ich mir im stillen: Ich wette, da steckt Medardo dahinter . . . «

»Aber Ihr irrt Euch stets . . «

»Ich irre mich? . . . Ihr Jungen sagt uns Alten, wir irrten uns . . . Und was tut ihr denn? Du hast deine Krücke dem alten Isidor geschenkt. Und da bist du noch stolz darauf? Er benutzte sie, um seine Frau zu prügeln, die Ärmste . . . «

»Er hat mir gesagt, er könnte nicht gehen, wegen der Gicht.«

»Da hat er geschwindelt . . . Und du schenkst ihm gleich die Krücke . . . Jetzt hat er sie auf dem Rücken seiner Frau zerbrochen, und du wanderst umher und stützt dich auf den Ast eines Weinstocks . . . Du hast keinen Kopf, ja, so bist du! Immer derselbe! Und als du Bernardos Stier mit Branntwein besoffen machtest? . . . «

»Das war ich nicht . . . «

»Ja, ja, das warst du nicht! Alle sagen es ja: immer der Visconte!«

Die häufigen Besuche des Guten in Pratofungo erklärten sich, abgesehen von seiner kindlichen Anhänglichkeit an die Amme, aus dem Umstande, daß er sich damals der armen Aussätzigen annahm. Gegen eine Ansteckung war er immun (offenbar wiederum infolge der geheimnisvollen Kur der Eremiten), und so wanderte er durchs Dorf, erkundigte sich eingehend nach den Bedürfnissen eines jeden und ließ ihnen keine Ruhe, bis er sich auf jede Weise für sie eingesetzt hatte. Häufig pendelte er auf dem Rücken seines Maultiers zwischen Pratofungo und dem Häuschen des Doktors Trelawney hin und her, um Ratschläge und Medizin zu erbitten. Wenn sich auch der Doktor noch immer nicht getraute, den Aussätzigen nahe zu kommen, so schien er sich doch, durch Vermittlung des Guten, allmählich für sie zu interessieren.

Doch mein Onkel hatte noch größere Pläne: Er hatte sich nicht nur vorgenommen, die Körper der Aussätzigen zu heilen, sondern auch ihre Seelen. Und so hielt er sich ständig in ihrer Mitte auf, um sie zu belehren, um seine Nase in ihre Angelegenheiten zu stecken, um Anstoß zu nehmen und Predigten zu halten. Die Aussätzigen konnten ihn nicht leiden. Die glücklichen und liederlichen Zeiten in Pratofungo waren zu Ende. Mit diesem schmächtigen Kerl, der nur auf einem Bein einherstelzte, diesem Schwarzrock und feierlichen Sentenzenspucker konnte man nicht mehr seinem Vergnügen nachgehen, ohne daß man in aller Öffentlichkeit dafür getadelt wurde, was einem Bosheiten und Schabernack eintrug. Auch die Musik wurde ihnen vergällt, da sie immer wieder zu hören bekamen, ihr Musizieren sei eitel, unzüchtig und nicht von guten Empfindungen eingegeben und so bedeckten sich ihre seltsamen Instrumente mit Staub. Da die aussätzigen Frauen nun nicht mehr in solcher Ausgelassenheit eine Ablenkung fanden, fühlten sie sich auf einmal vereinsamt und wurden sich ihrer Krankheit bewußt: So verbrachten sie die Abende weinend und in Verzweiflung.

»Von den beiden Hälften ist die gute noch schlimmer als die böse«, begann man in Pratofungo zu sagen.

Doch nicht nur bei den Aussätzigen war die Bewunderung für den Guten im Schwinden.

»Es ist noch ein Glück, daß ihn die Kanonenkugel bloß halbiert hat«, sagten alle, »wer weiß, was wir noch alles hätten erleben müssen, wenn sie ihn in drei Teile zerrissen hätte!«

Die Hugenotten ließen jetzt Wachen die Runde machen, um sich auch vor ihm zu schützen, denn er hatte nunmehr vor ihnen allen Respekt verloren und kam zu jeder Stunde, um auszuspionieren, wie viele Säcke sich in ihren Kornspeichern befanden, und sie wegen der zu hohen Preise zur Rede zu stellen; danach ging er umher und erzählte es jedermann, wodurch er ihnen die Geschäfte verdarb.

So vergingen die Tage in Terralba, und unsere Empfindungen wurden immer farbloser und abgestumpfter, denn wir fühlten uns wie verloren zwischen Niedertracht und Tugend, die gleichermaßen unmenschlich waren.

10

Es gibt keine Mondnacht, in der nicht in ruchlosen Seelen die bösen Gedanken sich ineinander verschlingen wie eine Schlangenbrut und in menschenfreundlichen Gemütern Lilien der Entsagung und Hingabe aufsprießen. So schweiften Medardos beide Hälften auf den Steilhängen Terralbas umher, von entgegengesetzten Gefühlen gepeinigt.

Nachdem sie beide ihren Entschluß gefaßt hatten, machten sie sich am Morgen auf, um ihn zu verwirklichen.

Als Pamelas Mutter Wasser schöpfen wollte, geriet sie in einen Hinterhalt und stürzte in den Brunnen. An einem Seil hängend schrie sie: »Zu Hilfe!«, als sie in der Brunneneinfassung gegen den Himmel die Silhouette Medardos des Bösen erblickte, der ihr sagte:

»Ich wollte nur mit Euch reden. Ich habe mir folgendes überlegt: In Gesellschaft Eurer Tochter Pamela sieht man öfters einen halbierten Vagabunden. Zwingt sie, ihn zu heiraten; er hat sie nachgerade kompromittiert, und wenn er ein Ehrenmann ist, muß er den Schaden wiedergutmachen. So hab ich's mir ausgedacht; verlangt keine weiteren Erklärungen von mir.«

Pamelas Vater trug einen Sack voller Oliven, die von seinem Ölbaum stammten, zur Ölpresse, aber der Sack hatte ein Loch, und so folgte ihm auf dem Pfad eine Olivenspur. Als er spürte, daß seine Last leichter geworden war, nahm er den Sack von der Schulter und gewahrte, daß dieser fast leer war. Doch dahinter sah er den Guten kommen, der die Oliven Stück für Stück aufsammelte und in den Mantel steckte.

»Ich ging Euch nach, um mit Euch zu reden, und hatte das Glück, Eure Oliven zu retten. Hört, was ich auf dem Herzen habe. Schon seit einer Weile dünkt mir, daß jemand, dem ich gerne helfen möchte, gerade unter meiner Gegenwart leidet. Ich werde also Terralba verlassen. Doch nur, wenn mein

Fortgehen zwei Menschen den Frieden wieder schenkt: Eurer Tochter, die in einer Höhle schläft, während sie für eine edle Bestimmung ausersehen ist, und meiner unseligen rechten Hälfte, die nicht so allein bleiben darf. Pamela und der Visconte sollten miteinander die Ehe eingehn.«

Pamela richtete gerade ein Eichhörnchen ab, als sie ihre Mutter traf, die so tat, als wollte sie Kienäpfel sammeln.

»Pamela«, sagte die Mutter, »es ist an der Zeit, daß dich der Vagabund, den sie den Guten nennen, heiratet.«

»Wie kommst du auf diesen Gedanken?« sagte Pamela.

»Er hat dich kompromittiert, so muß er dich heiraten. Er ist so nett, daß er nicht nein sagen wird, wenn du's ihm anträgst.«

»Aber warum hast du dir das bloß in den Kopf gesetzt?«

»Schweig still: wenn du wüßtest, wer mich darauf gebracht hat, würdest du nicht mehr so viel fragen! Der Bösewicht in Person hat's mir gesagt, unser erlauchtester Visconte!«

»Ei der Daus!« sagte Pamela und ließ das Eichhörnchen in ihren Schoß fallen, »wer weiß, was er da im Schilde führt!«

Bald danach versuchte sie, sich das Blasen auf einem Grashalm beizubringen, als sie ihrem Vater begegnete, der so tat, als wollte er Reisig sammeln.

»Pamela«, sagte der Vater, »unter der einen Bedingung, daß er dich in der Kirche heiratet, mußt du dem Visconte jetzt dein Jawort geben.«

»Stammt diese Idee von dir, oder hat dir das jemand gesagt?«

»Möchtest du nicht gern Viscontessa werden?«

»Antworte mir auf meine Frage!«

»Na schön; stell dir vor, eine herzensgute Seele sagte das: der Vagabund, den sie den Guten nennen!«

»Ach, dem fällt aber auch nichts Besseres ein! Du wirst schon sehn, was ich aushecke!«

Während er auf seinem mageren Klepper durchs Gestrüpp ritt, dachte der Bösewicht über seinen Feldzugsplan nach: Falls Pamela den Guten heiratete, war sie vor dem Gesetz die Gattin

Medardo Terralbas, das heißt seine Frau. Auf dieses Recht pochend, hätte sie der Bösewicht leicht seinem so gefügigen und wenig kampflustigen Rivalen wegnehmen können.

Doch da begegnet er Pamela, die ihm sagt: »Visconte, ich habe beschlossen, daß wir heiraten, wenn Euch das recht ist.«

»Du und wer?« fragte der Visconte.

»Ich und du, und dann komme ich mit aufs Schloß und werde Viscontessa.«

Das hatte der Bösewicht nicht erwartet, und er dachte bei sich: »Dann hat es ja keinen Zweck, diese ganze Komödie aufzuziehn: Ich heirate sie selber, und damit ist alles in Ordnung!«

Er sagte daher: »Mir ist's recht.«

Und Pamela: »Einigt Euch mit meinem Papa.«

Bald danach begegnete Pamela dem Guten auf seinem Maultier.

»Medardo«, sagte sie, »mir ist klargeworden, daß ich regelrecht in dich verliebt bin, und wenn du mich glücklich machen willst, mußt du um meine Hand anhalten.«

Dem Ärmsten, der ihr zuliebe jenen großen Verzicht ausgesprochen hatte, blieb der Mund offen. »Aber wenn es ihr Freude macht, mich zu heiraten, kann ich sie doch nicht einen anderen heiraten lassen«, dachte er bei sich und sagte: »Liebe, ich eile, um alles für die Trauung vorzubereiten.«

»Einige dich nur bitte mit meiner Mama!« sagte sie.

Ganz Terralba stand Kopf, als bekannt wurde, daß Pamela heiraten werde. Manche sagten, sie heirate den einen, manche, sie heirate den anderen. Offenbar hatten es ihre Eltern eigens darauf abgesehen, die Verwirrung noch zu steigern. Im Schloß freilich putzten und schmückten sie alles, als stände ein großes Fest bevor. Und der Visconte hatte sich einen schwarzen Anzug mit einem großen Puffärmel und einem puffigen Hosenbein anfertigen lassen. Doch auch der Vagabund ließ das arme Maultier striegeln und sich Ellbogen und Knie flicken.

Auf jeden Fall brannten derweil in der Kirche alle Kerzen auf den Kandelabern.

Pamela sagte, sie werde erst den Wald verlassen, wenn der Brautzug sich ordne. Ich machte die Besorgungen für ihre Aussteuer. Ein weißes Kleid mit Schleier und endloser Schleppe wurde genäht, und ein Kranz und ein Gürtel aus Lavendelblüten wurden geflochten. Da ihr Schleier noch ein paar Meter zu lang war, schneiderte sie auch ein Brautkleid für die Ziege und eins für die Ente und lief so durch den Wald, gefolgt von ihren Tieren, bis der Schleier völlig zerriß und die Schleppe alle auf den Waldwegen trocknenden Fichtennadeln und Kastanienschalen mitnahm.

Doch in der Nacht vor der Hochzeit wurde sie nachdenklich und ängstigte sich etwas. Sie saß auf einem baumlosen Hügelchen mit der Schleppe, die sie um ihre Füße gewickelt hatte, dem Lavendelkränzchen, das ihr schief auf dem Kopf saß, stützte ihr Kinn auf eine Hand und schaute seufzend auf die Wälder ringsum.

Ich war immer bei ihr, da ich als Hochzeitspage ausersehen war, zusammen mit Esau, der sich jedoch nie blicken ließ.

»Wen wirst du heiraten, Pamela?« fragte ich sie.

»Das weiß ich nicht«, sagte sie, »ich weiß wirklich nicht, was geschehen wird. Wird es gut enden? Wird es schlecht enden?«

Aus den Wäldern stieg bald eine Art Kehllaut, bald ein Seufzer auf. Das waren die beiden halbierten Freier, die, in ihre schwarzen Mäntel gehüllt, von der Aufregung des Vorabends erfaßt, in den Schluchten und auf den Steilhängen des Waldes umherschweiften, der eine auf seinem mageren Gaule, der andere auf seinem haarlosen Maultier; so grunzten und seufzten sie, ganz erfüllt von ihren Sehnsüchten und Grillen. Und das Pferd sprang über Felsen und Steingeröll, das Maultier kletterte über Abhänge und Bergstürze, ohne daß sich die beiden Reiter jemals begegneten.

Bis im Morgengrauen das zum Galopp angespornte Pferd

beim Abstieg in eine Schlucht zu lahmen begann; so konnte der Bösewicht nicht rechtzeitig zur Hochzeit erscheinen. Das Maultier hingegen zog gemächlich und wohlbehalten seines Weges, und der Gute traf pünktlich in der Kirche ein, gerade als auch die Braut dort anlangte; ich und Esau, der sich ziehen ließ, trugen ihr die Schleppe.

Als die Menge nur den Guten, auf seine Krücke gestützt, als Bräutigam kommen sah, war sie etwas enttäuscht. Doch wurde die Eheschließung ordnungsgemäß vollzogen, die Brautleute gaben sich das Jawort, tauschten ihre Ringe und der Priester sprach: »Medardo di Terralba und Pamela Marcolfi, ich bestätige euren Bund.«

In diesem Augenblick trat der Visconte ein und schritt, sich an seiner Krücke aufrichtend, durch das Kirchenschiff; sein neuer bauschiger Samtanzug war durchnäßt und zerrissen. Er sagte: »Medardo di Terralba bin ich, und Pamela ist meine Frau.«

Der Gute hinkte zu ihm hin: »Nein, der Medardo, der Pamela geheiratet hat, bin ich.«

Der Böse warf die Krücke fort und legte die Hand an den Degen. Der Gute konnte nicht umhin, das gleiche zu tun.

»Achtung!«

Der Böse machte einen Ausfall, der Gute ging in Verteidigungsstellung, aber schon kugelten sie beide auf den Boden.

Sie sahen ein, daß man unmöglich fechten konnte, wenn man mit einem einzigen Bein das Gleichgewicht halten mußte.

Es wurde also nötig, das Duell zu vertagen, um es noch besser vorzubereiten.

»Und wißt ihr, was ich jetzt tue?« sagte Pamela, »ich kehre in den Wald zurück!« Dann lief sie aus der Kirche, aber diesmal ohne Pagen, die ihr die Schleppe trugen. Auf der Brücke fand sie Ziege und Ente vor, die dort auf sie gewartet hatten und nun neben ihr herhüpften.

Es wurde vereinbart, daß das Duell am kommenden Morgen bei Sonnenaufgang auf der Nonnenwiese stattfinden sollte. Meister Pietrochiodo erfand eine Art Zirkelbein, das am Leibgurt der Halbierten befestigt wurde und mit dessen Hilfe sie aufrecht stehen, sich fortbewegen und auch den Oberkörper nach vorn und rückwärts beugen konnten; dabei bohrte sich die Spitze dieses Kunstbeins in den Boden, um ihnen Halt zu geben. Ein Aussätziger namens Galateo, der vor seiner Erkrankung adligen Standes gewesen war, fungierte als Schiedsrichter; die Sekundanten des Bösewichts waren Pamelas Vater und der Anführer der Häscher; die Sekundanten des Guten waren zwei Hugenotten. Doktor Trelawney sorgte für den ärztlichen Beistand und erschien mit einem Ballen von Binden und einer großen Korbflasche voller Wundbalsam, als hätte er die Opfer einer ganzen Schlacht betreuen müssen. Für mich war das von Vorteil, denn da ich ihm bei der Beförderung dieser Dinge helfen mußte, konnte ich an dem Treffen teilnehmen.

Der Morgen dämmerte grünlich herauf; auf der Wiese standen die beiden hageren, schwarzen Duellanten regungslos in strammer Haltung. Der Aussätzige blies das Horn, das war das Signal: der Himmel erbebte wie eine straffe Membrane; die Siebenschläfer in den Höhlen gruben ihre Krallen ins Erdreich; ohne den Kopf zu heben, den sie zwischen ihre Flügel gesteckt hatten, rissen sich die Elstern unter Schmerzen eine Feder aus der Achselgrube; das Maul des Regenwurms fraß den eigenen Schwanz, die Viper stach sich mit ihren Zähnen, die Wespe brach ihren Stachel am Stein, und alle Dinge kehrten sich gegen sich selbst: der Rauhreif auf den Brunnen gefror, die Moosflechten wurden zu Stein und die Steine zu Flechten, das trockene Laub wurde zu Erde, und das zähe und dickflüssige Harz vernichtete unbarmherzig die Bäume. Mit beiden Händen, die einen Degen als Waffe führten, stürzte sich so auch der Mensch in den Kampf gegen sich selbst.

Abermals hatte Pietrochiodo ein Meisterwerk vollbracht: Die Zirkel zeichneten Kreise auf den Rasen, und die Fechter vollführten ruckhafte und hölzerne Attacken mit Paraden und

Finten. Aber sie berührten sich nicht. Bei jedem Ausfall schien sich die Degenspitze mit Sicherheit dem flatternden Mantel des Gegners zuzukehren; ein jeder schien hartnäckig auf die Seite zu zielen, wo nichts vorhanden war, wo sich also er selber hätte befinden müssen. Wären sie statt halber Duellanten ganze Duellanten gewesen, hätten sie sich freilich ungezählte Male verwunden müssen. Der Böse schlug sich mit wütendem Ingrimm, und doch glückte es ihm nie, dort anzugreifen, wo sich sein Feind befand; der Gute war ein untadeliger Linkshänder, aber er durchlöcherte lediglich den Mantel des Visconte.

Schließlich standen sie Degenglocke gegen Degenglocke; die Zirkelspitzen bohrten sich in den Boden wie Eggen. Der Böse befreite sich durch einen Ruck, und schon war er drauf und dran, das Gleichgewicht zu verlieren und auf den Boden zu purzeln, als es ihm gelang, einen schrecklichen Hieb zu führen, mit dem er den Leib des Gegners nicht eigentlich traf, aber streifte: Dieser Hieb lief parallel zu der Linie, die den Körper des Guten unterbrach, und zwar in solcher Nähe, daß man zuerst nicht wußte, ob sie sich mehr außen oder innen befand. Doch alsbald sahen wir, wie sich der Körper vom Kopf bis zum Ansatz des Beins blutrot färbte, und so gab es keinen Zweifel mehr. Dem Guten schwanden die Kräfte, aber in einer letzten weitausholenden und nahezu barmherzigen Bewegung ließ auch er den Degen in nächster Nähe des Rivalen, vom Kopf bis zum Unterleib niedersausen: dort, wo der Körper des Bösen nicht mehr vorhanden war und dort, wo sein Dasein eben begann. Auch der Leib des Bösen schwitzte jetzt Blut, so weit der riesige alte Riß reichte: die Hiebe des einen und des andern hatten abermals alle Adern aufgetrennt und die Wunde wieder geöffnet, die sie gespalten und ihnen ihre Gesichter verliehen hatte. Nunmehr lagen sie auf dem Rücken, und beider Blut, das schon einmal vereint gewesen war, mischte sich von neuem auf dem Rasen.

Ich war ganz in diesen schrecklichen Anblick vertieft und hatte daher nicht auf Trelawney achtgegeben, bis ich gewahr

wurde, daß der Doktor mit seinen Grillenbeinchen Freuden-
sprünge vollführte, in die Hände klatschte und schrie: »Er ist
gerettet, er ist gerettet! Laßt mich nur machen!«

Eine halbe Stunde später trugen wir einen einzigen Verwundeten auf einer Bahre ins Schloß zurück. Der Bösewicht und
der Gute waren eng zusammengebunden: der Doktor hatte alle
Adern und Eingeweide der einen und der anderen Seite
sorgfältig zusammengefügt und sie sodann mit kilometerlan-
gen Binden so straff bandagiert, daß man eher eine antike
Mumie als einen Verwundeten vor sich zu sehen meinte.

Man pflegte meinen Onkel Tag und Nacht, während er
zwischen Leben und Tod schwebte. Als dann die Amme
Sebastiana eines Morgens dieses Gesicht betrachtete, das von
der Stirn bis zum Kinn ein roter, sich dann am Hals fortsetzen-
der Strich durchzog, rief sie aus: »Da! Er hat sich bewegt!«

Wahrhaftig durchlief ein Zucken die Gesichtszüge meines
Onkels, und der Doktor weinte vor Freude, als er sah, wie es
von der einen auf die andere Wange übersprang.

Schließlich öffnete Medardo die Augen, die Lippen; zuerst
war sein Ausdruck verzerrt: Ein Auge blickte finster, das
andere flehend drein, die Stirn war hier gerunzelt, dort heiter,
der eine Mundwinkel lächelte und der andere zeigte die Zähne.
Dann wurde nach und nach alles wieder symmetrisch.

Der Doktor Trelawney sagte: »Jetzt ist er genesen.« Und
Pamela rief: »Endlich bekomme ich nun einen Ehemann, der
komplett ist.«

Auf diese Weise wurde mein Onkel Medardo wieder zu einem
ganzen Menschen, der weder gut noch schlecht war, sondern
eine Mischung von Bosheit und Güte; offenbar also dem
Manne nicht unähnlich, der er vor seiner Halbierung gewesen
war. Doch ihm eignete die Erfahrung der beiden nun wieder
miteinander verschmolzenen Hälften, und er mußte daher
recht weise sein. Sein Leben verlief glücklich, er hatte viele
Kinder und führte ein gerechtes Regiment. Auch unser Leben

nahm eine Wendung zum Besseren. Vielleicht erwarteten wir, daß nunmehr, da der Visconte wieder ganz geworden war, für uns ein goldenes Zeitalter anbrechen würde; doch es liegt auf der Hand, daß ein vollkommener Visconte nicht ausreicht, um die ganze Welt vollkommen zu machen.

Immerhin baute Pietrochiodo nicht mehr Galgen, sondern Mühlen, und Trelawney vernachlässigte die Irrlichter, um sich statt dessen den Masern und der Wundrose zu widmen. Ich hingegen fühlte mich immer bekümmerter und mangelhafter inmitten all dieses Ganzheitsüberschwangs. Mitunter hält sich einer für unvollkommen und ist nur jung.

Ich hatte inzwischen die Schwelle des Jünglingsalters erreicht, und noch versteckte ich mich zwischen den Wurzeln der großen Bäume im Walde, um mir Geschichten zu erzählen. Es kam vor, daß ich eine Fichtennadel als einen Ritter oder eine Dame oder einen Hanswurst ansah; ich ließ sie vor meinen Augen hin- und herhüpfen und begeisterte mich an endlosen Erzählungen. Dann schämte ich mich auf einmal solcher Faseleien und lief davon.

Und es kam der Tag, an dem mich auch Doktor Trelawney verließ. Eines Morgens lief eine Flotte bewimpelter Schiffe, welche die englische Flagge führte, in unserem Golf ein und ging an der Reede vor Anker. Ganz Terralba kam ans Ufer gelaufen, um sie zu sehen, außer mir, der ich nichts davon wußte. An den Brustwehren der Aufbauten und auf den Masten wimmelte es von Matrosen, die Ananasfrüchte und Schildkröten zeigten und mit lateinischen und englischen Sprüchen beschriftete Bändchen schwenkten. Auf dem Achterdeck stand Kapitän Cook inmitten der Offiziere, die Dreispitz und Perücke trugen, und fixierte mit dem Fernrohr das Ufer: Kaum hatte er Doktor Trelawney erblickt, als er befahl, ihm die folgende Botschaft durch Flaggensignale zu übermitteln: »Kommen Sie sofort an Bord, Doktor, wir müssen unseren Tresett weiterspielen!«

Der Doktor grüßte alle in Terralba und verließ uns. Die

Matrosen stimmten eine Hymne an: »O Australia!«, und der Doktor wurde, auf einem Faß des Weines »Cancarone« reitend, an Bord gehievt. Dann lichteten die Schiffe den Anker.

Ich hatte nichts gesehen. Ich war im Walde versteckt, wo ich mir Geschichten erzählte. Zu spät erfuhr ich alles, worauf ich zur Küste rannte und rief: »Doktor! Doktor Trelawney! Nehmen Sie mich mit! Sie können mich doch nicht allein hier lassen, Doktor!«

Doch schon verschwanden die Schiffe am Horizonte, und ich blieb hier zurück, in dieser unserer Welt voller Verantwortung und Irrlichter.

Der Baron auf den Bäumen

1

Es war der 15. Juni 1767, als Cosimo Piovasco di Rondò, mein Bruder, zum letzten Male in unserer Mitte saß. Wir befanden uns im Speisesaal unserer Villa in Ombrosa; die Fenster umrahmten die dichten Zweige der großen Steineiche des Parks. Es war Mittag, und unsere Familie saß, altem Herkommen gemäß, zu dieser Stunde bei Tische, obwohl unter dem Adel schon der Brauch aufgekommen war – er stammte von dem zum Frühaufstehen wenig geneigten französischen Hofe –, erst am vorgerückten Nachmittag zu speisen. Der Wind wehte vom Meer her, das weiß ich noch, und die Blätter bewegten sich. Cosimo erklärte: »Ich habe gesagt, daß ich nicht will, und ich will nicht!« Dann stieß er den Teller mit den Schnecken zurück. Niemals hatte man ärgeren Ungehorsam erlebt.

An der Spitze der Tafel thronte Baron Arminio Piovasco di Rondò, unser Vater, mit der langen Perücke im Stil Ludwigs XIV. über den Ohren, die veraltet war wie so viele seiner Gepflogenheiten. Zwischen mir und meinem Bruder saß der Abbé Fauchelefleur, der Kaplan unserer Familie und Erzieher von uns Jungen. Vor uns hatten wir die Generalin Corradina di Rondò, unsere Mutter, und unsere Schwester Battista, die Hausnonne. Am anderen Ende der Tafel, unserem Vater gegenüber, saß in türkischer Tracht der Cavaliere Rechtsanwalt Enea Silvio Carrega, Verwalter und Wasserbaumeister unserer Güter und zugleich unser natürlicher Onkel, denn er war ein illegitimer Bruder unseres Vaters.

Seit einigen Monaten waren wir beide, da Cosimo das zwölfte und ich das achte Lebensjahr vollendet hatten, zum Tisch unserer Eltern zugelassen; genauer gesagt, war mir diese

Beförderung meines Bruders vorzeitig zugute gekommen, da sie mich nicht fortan allein speisen lassen wollten. Ich sage, sie war mir zugute gekommen, wie man so etwas dahersagt; in Wahrheit war damit für mich wie für Cosimo das Schlaraffenland zu Ende, und so trauerten wir den Mahlzeiten in unserem Kämmerchen nach, die wir beide dort allein mit dem Abbé Faucheléfleur eingenommen hatten. Der Abbé war ein vertrocknetes und runzliges altes Männlein und stand in dem Rufe, Jansenist zu sein; in der Tat war er aus der Dauphiné, seiner Heimat, geflohen, um einem Inquisitionsprozeß zu entgehen. Doch die Sittenstrenge, die alle an ihm zu rühmen pflegten, die innere Härte, die er sich und den anderen abverlangte, waren ständig auf der Flucht vor seinem eingewurzelten Hang zur Nonchalance, seiner Neigung, den Dingen ihren Lauf zu lassen; es war, als hätten die langen Meditationen, bei denen er ins Leere stierte, nur eine große Langeweile und Verdrossenheit hervorgerufen und als erblickte er in der kleinsten Schwierigkeit das Anzeichen für ein Verhängnis, gegen das jeder Widerstand müßig war. Unsere Mahlzeiten in Anwesenheit des Abbés begannen nach langen Gebeten mit gemessenen, rituellen, schweigend vollzogenen Bewegungen der Löffel, und wehe, wenn einer die Augen vom Teller hob oder beim Schlürfen der Fleischbrühe das leiseste Geräusch machte; nach Beendigung der Suppe war aber der Abbé schon müde, gelangweilt, er blickte ins Leere, schnalzte bei jedem Schluck Wein mit der Zunge, als hätten ihn nur noch die oberflächlichsten und flüchtigsten Sinneswahrnehmungen erreichen können; beim Hauptgericht konnten wir dann mit den Händen essen, und am Ende der Mahlzeit bewarfen wir uns mit Birnenresten, während der Abbé von Zeit zu Zeit träge ein »Oooo bien... Oooo alors!« von sich gab. Jetzt indessen, da wir mit der Familie bei Tisch saßen, nahmen die familiären Rankünen, dieses traurige Kindheitskapitel, Gestalt an. Ständig hatten wir dort unseren Vater und unsere Mutter vor uns: Benutzt das Besteck zum Huhn, sitzt gerade, fort mit den

Ellbogen vom Tisch – so ging es ständig, und dazu kam noch unsere so unsympathische Schwester Battista.

Damals nahm eine Kette von Standpauken, Strafen, Züchtigungen, Verboten ihren Anfang, die sich bis zu dem Tage fortsetzte, an dem Cosimo die Schnecken zurückwies und beschloß, sein Schicksal von dem unseren zu trennen.

Welch ein Familiengroll sich da angesammelt hatte, wurde mir erst in der Folge klar: Damals war ich acht Jahre alt, alles kam mir vor wie ein Spiel, und der Krieg, den wir Kinder gegen die Erwachsenen führten, unterschied sich nicht von dem Krieg, der bei allen Kindern Brauch ist; ich begriff noch nicht, daß in dem Eigensinn, den mein Bruder an den Tag legte, etwas Tieferes verborgen war.

Der Baron, unser Vater, war ein unausstehlicher Mann, das steht fest, wenn er auch nicht eben böse war: Er war unausstehlich, weil sein Leben von unzeitgemäßen Gedanken beherrscht war, wie das in Übergangsperioden häufig der Fall ist. Unruhige Zeiten lassen in vielen Menschen das Bedürfnis entstehen, selber eine Unruhe zu entfalten, die allem Trotz bietet, sich abseits vom Wege vollzieht; so erhob unser Vater, während so vieles damals in den Töpfen brodelte, Ansprüche auf den Titel eines Herzogs von Ombrosa und hatte nichts anderes im Kopf als Stammtafeln und Erbfolgen und Rivalitäten und Allianzen mit benachbarten und entlegenen Potentaten.

Bei uns zu Hause lebte man daher ständig, als fände gerade Generalprobe für einen Hofbesuch statt, ich weiß nicht ob am Hofe der Kaiserin von Österreich oder des französischen Ludwig oder gar jener Turiner Bergbewohner. Wurde ein Truthahn serviert, so musterte uns unser Vater, ob wir auch beim Tranchieren und beim Ablösen des Fleisches die königlichen Vorschriften beachteten, und der Abbé nahm kaum einen Bissen, um sich nicht bei einem Vergehen erwischen zu lassen; mußte er doch unserem Vater bei seinen Strafreden sekundieren. Was den Cavaliere Rechtsanwalt Carrega anging, so blieb uns seine schwarze Seele nicht verborgen: Er ließ ganze

Schenkel unter den Falten seines Türkenrocks verschwinden, um sie später, ganz wie es ihm behagte, abzunagen, während er sich im Weinberg versteckt hielt; und wir hätten unsere Hand dafür ins Feuer gelegt (obwohl es uns nie glückte, ihn auf frischer Tat zu ertappen, so behend waren seine Bewegungen), daß seine Taschen, wenn er zu Tisch kam, voller bereits abgenagter Knöchelchen waren, die er sodann an Stelle der völlig unversehrt verschwindenden Truthahnviertel auf seinem Teller zurückließ. Unsere Mutter, die Generalin, kam für das Zeremoniell nicht in Betracht, denn sie brauchte, auch wenn sie sich bei Tisch bedienen ließ, schroffe militärische Wendungen: »So! Noch ein bißchen! Gut!« – und niemand hatte etwas daran auszusetzen; aber bei uns hielt sie wenn nicht auf die Etikette so doch auf Disziplin und unterstützte den Baron tatkräftig durch ihre Befehle im Kasernenhofton: »Sitz still! Und wisch dir das Maul ab!« Die einzige, die sich in ihrem Elemente fühlte, war Battista, die Hausnonne, die das Fleisch der Masthühner Faser für Faser mit minutiöser Verbissenheit abschabte; sie benutzte hierfür bestimmte geschärfte Messerchen, die nur sie besaß, eine Art chirurgische Lanzetten. Der Baron, der sie uns doch als Beispiel hätte vorführen sollen, getraute sich nicht, sie anzuschauen, denn mit ihren hervorquellenden Augen unter den Flügeln der gestärkten Haube, mit ihren Raffzähnen in dem gelben Mäusegesichtchen jagte sie auch ihm Angst ein. Es wird daher begreiflich, weshalb die Familientafel der Ort war, an dem alle unsere Zwistigkeiten, alles, was an uns unverträglich war, und auch alle unsere Narrheiten und Heucheleien zum Vorschein kamen, und weshalb sich gerade bei Tische Cosimos Auflehnung entschied. Daher erzähle ich auch so eingehend davon; von gedeckten Tischen wird ohnedies im Leben meines Bruders nicht mehr die Rede sein, soviel steht fest.

Es war das auch die einzige Gelegenheit, bei der wir mit den Erwachsenen zusammenkamen. Den Rest des Tages verbrachte meine Mutter zurückgezogen in ihren Gemächern mit der Anfertigung von Spitzen, Stickereien und Filets; denn in Wahrheit verstand sich die Generalin allein auf diese nach altem Brauch weiblichen Arbeiten und konnte nur dadurch ihrer Leidenschaft für das Kriegswesen freien Lauf lassen. Auf diesen Spitzen und Stickereien waren in der Regel Landkarten dargestellt; unsere Mutter pflegte sie auf Kissen oder seidenen Gobelins auszubreiten und mit Nadeln und Fähnchen zu bestecken; damit markierte sie die Schlachtpläne des Erbfolgekrieges, von denen sie jede Einzelheit kannte, oder sie stickte auch Kanonen mit den verschiedenen Schußlinien, die von den Feuerschlünden ausgingen, ihren Gabelungen und Einfallswinkeln, denn sie verstand viel von Ballistik und verfügte außerdem über die ganze Bibliothek ihres Vaters mit Abhandlungen über die Kriegskunst, mit Schießtabellen und Atlanten. Unsere Mutter war eine von Kurtewitz, mit Vornamen Konradine, die Tochter des Generals Konrad von Kurtewitz, der zwanzig Jahre zuvor unsere Ländereien als Befehlshaber der Truppen Maria Theresias von Österreich besetzt hatte. Ihre Mutter war früh gestorben, weshalb sie der Vater auf seinen Feldzügen mitnahm. Daran war nichts romantisch; sie reisten mit allem Komfort, wohnten in den besten Schlössern in Begleitung eines Schwarms von Mägden, und sie selber verbrachte ihre Tage mit dem Besticken von Klöppelkissen: Wenn man erzählt, sie sei gleichfalls hoch zu Roß in die Schlacht gezogen, so sind das alles Legenden; sie ist immer ein Frauchen mit rosa Teint und Stupsnase gewesen, als welches sie in unserer Erinnerung fortlebt, aber geblieben war ihr die väterliche Passion für das Kriegshandwerk, vielleicht aus Protest gegen den Gatten.

Unser Vater gehörte zu den wenigen Edelleuten in unserer Gegend, die sich in jenem Kriege den Kaiserlichen angeschlossen hatten; den General von Kurtewitz hatte er mit offenen Armen auf seinem Gute empfangen, ihm seine Leute zur Verfügung gestellt, und um seine Hingabe an die kaiserliche Sache noch nachdrücklicher zu bekunden, hatte er Konradine geheiratet – das alles in der Hoffnung, den Herzogstitel zu erhalten, aber wie üblich hatte er auch damals kein Glück gehabt; denn die Kaiserlichen zogen bald wieder ab, und die Genuesen schröpften ihn mit Steuern. Freilich hatte er auf diese Weise eine brave Ehefrau heimgeführt: die Generalin, wie man sie nannte, nachdem ihr Vater auf dem Feldzug in die Provence gefallen war – und Maria Theresia schickte ihr ein goldenes Halsband auf einem Damastkissen. Sie war ihm eine Gattin, mit der er fast immer einigging, auch wenn sie, die in Kriegslagern groß geworden war, stets nur von Armeen und Schlachten träumte und ihm vorwarf, er sei nichts weiter als ein vom Pech verfolgter Intrigant.

Doch im Grunde lebten sie beide noch in den Zeiten des Erbfolgekrieges, sie mit all ihren Kanonen im Kopfe und er mit seinen Stammbäumen; sie, die für uns Jungen eine Offiziersstelle in irgendeinem Heer ersehnte, er, der uns statt dessen mit einer Kurfürstin des Heiligen Römischen Reiches verheiratet sah.

Dabei waren sie vortreffliche Eltern, aber so zerstreut, daß wir nahezu uns selbst überlassen aufwachsen konnten. Hatte das sein Gutes oder sein Schlechtes? Wer könnte es sagen! Cosimos Leben war derart ungewöhnlich, das meine so geregelt und bescheiden, und doch verbrachten wir gemeinsam unsere Kindheit, blieben beide gleichgültig gegenüber diesen Zornesausbrüchen der Erwachsenen und suchten unsere Wege abseits von der großen Heerstraße.

Wir kletterten auf Bäume (diese ersten unschuldigen Spiele sind jetzt in meiner Erinnerung von einem bedeutungsschwangeren prophetischen Lichte umflossen – doch wer hätte das damals gedacht?), drangen bis zu den Quellen der Bergbäche vor, indem wir von Fels zu Fels sprangen, erforschten Höhlen am Meeresufer, rutschten im Treppenhause der Villa die marmorne Balustrade hinunter. Durch eine dieser Rutschpartien kam es zu einem der ärgsten Zusammenstöße zwischen Cosimo und den Eltern, denn er wurde bestraft, zu Unrecht, wie er meinte, und seither hegte er einen Groll gegen die Familie (oder die Gesellschaft oder die Welt im allgemeinen?), der sodann in seinem Entschluß vom 15. Juni seinen Ausdruck fand.

Um die Wahrheit zu sagen, waren wir vor diesem Herunterrutschen auf der Marmorbalustrade bereits gewarnt worden, nicht aus Angst, wir könnten uns ein Bein oder einen Arm brechen, denn darum kümmerten sich unsere Eltern überhaupt nicht – und das war wohl der Grund, daß wir uns nie etwas brachen –, sondern weil wir größer und schwerer wurden und deshalb die Gefahr bestand, daß wir die Ahnenstatuen herunterrissen: Unser Vater hatte sie auf den kleinen Pfeilern, die den Abschluß jeder Treppenrampe bildeten, anbringen lassen. In der Tat hatte Cosimo bereits einen Bischof und Ururonkel mit Mitra und vollem Ornat hinuntergestürzt; er wurde bestraft und lernte seitdem zu bremsen, gerade bevor er am Ende der Rampe anlangte, und buchstäblich um Haaresbreite vor dem Anprall gegen die Statue abzuspringen. Auch ich, der ich ihm alles nachmachte, lernte diese Kunst, nur daß ich stets bescheidener und vorsichtiger war und daher schon auf der Mitte der Rampe absprang oder mit häufigen Unterbrechungen und ständigem Bremsen hinunterrutschte. Eines Tages schoß er wieder die Balustrade wie ein Pfeil hinunter, und wer kam da die Treppe herauf? Der Abbé Faucheleflour, der gemächlich mit aufgeschlagenem Brevier einherschritt, aber starr ins Leere blickte wie ein Huhn. Hätte er doch auch jetzt vor sich hingedämmert! Doch nein, er hatte einen jener hellwachen Momente, die gleichfalls über ihn kamen und in denen ihm alle Dinge Sorge bereiteten. Er erblickt Cosimo und denkt sich: Balustrade, Statue, jetzt prallt er dagegen, dann werde auch ich ausgescholten (denn wie bei allen unseren Dummenjungenstreichen bekam auch er sein Teil ab, weil er nicht auf uns aufgepaßt hatte), und so wirft er sich auf die Balustrade, um meinen Bruder aufzufangen. Cosimo prallt gegen den Abbé, reißt ihn mit hinunter (der Abbé war

ein altes Männlein, das nur aus Haut und Knochen bestand),
kann nicht bremsen und stößt daher mit verdoppelter Wucht
gegen die Statue unseres Ahnen Cacciaguerra Piovasco, des
Kreuzfahrers ins Heilige Land, und so stürzen sie alle am Fuße
der Treppe zu Boden: der Kreuzfahrer in Trümmern (er war
aus Gips), der Abbé und Cosimo. Es kam zu endlosen Vorwürfen, zu Peitschenhieben, zu Strafarbeiten, zu Karzer mit
Brot und kalter Suppe. Und Cosimo, der sich unschuldig fühlte, weil nicht er selbst, sondern der Abbé das Unglück hervorgerufen hatte, brach in die Schmähworte aus: »Alle Eure Ahnen können mir den Buckel hinunterrutschen, Herr Papa!«,
worin sich bereits seine Berufung zum Rebellen ankündigte.

Mit unserer Schwester lag es im Grunde nicht anders. Auch
sie war stets ein rebellischer und einsamer Geist gewesen,
mochte ihr auch die Isolierung, in der sie lebte, nach der
Geschichte mit dem Marchesino della Mela durch unseren
Vater aufgezwungen worden sein. Was eigentlich damals mit
dem Marchesino geschehen war, wurde nie völlig bekannt.
Wie war dieser Sohn einer uns feindlichen Familie in unser
Haus hineingetappt? Und warum? Um unsere Schwester zu
verführen, ja, um sie zu vergewaltigen, so hieß es in dem
langen Streit zwischen beiden Familien, der sich daran an-
schloß. In Wahrheit konnten wir uns diesen sommersprossi-
gen Tölpel unmöglich als Verführer vorstellen, und erst recht
nicht als Schänder unserer Schwester, die bestimmt stärker
war als er und die berühmt dafür war, daß sie sogar mit den
Stallknechten die Kraft ihrer Arme erprobte. Und außerdem:
Weshalb hatte denn *er* solch ein Geschrei erhoben? Und wie
kam es, daß ihn die Dienstboten, die zusammen mit unserem
Vater herbeigeeilt waren, mit aufgerissenen Hosen antrafen,
die einen Anblick boten, als hätten die Krallen einer Tigerin sie
zerfetzt! Die Della Mela gaben niemals zu, daß ihr Sohn die
Ehre Battistas habe antasten wollen, und lehnten es ab, ihre
Zustimmung zur Heirat zu geben. So wurde unsere Schwester
schließlich in unserem Hause lebendig eingesargt: in Nonnen-

kleidern, obwohl sie in Anbetracht ihrer zweifelhaften Berufung nicht einmal ein Gelübde als Terziarin abgelegt hatte.

Ihr boshafter Charakter fand vor allem in der Küche seinen Ausdruck. Sie kochte ausgezeichnet, da es ihr weder an Sorgfalt noch an Phantasie gebrach, den wichtigsten Gaben einer guten Köchin; aber wenn sie die Hand im Spiel hatte, wußte man nie, was für Überraschungen auf den Tisch kamen. So hatte sie einmal belegte Brote, die wirklich köstlich schmeckten, mit Mäuseleber zubereitet, was sie uns erst sagte, nachdem wir dieses Gericht schon gegessen und gelobt hatten; von Heuschreckenbeinen ganz zu schweigen, den harten, gezackten Hinterbeinchen, die mosaikartig auf einer Torte verteilt waren, und Schweineschwänzchen, die sie wie Brezeln geröstet hatte. Und ein anderes Mal ließ sie ein ganzes Stachelschwein kochen, mitsamt allen seinen Stacheln, wer weiß, warum; gewiß nur, um uns zu beeindrucken, wenn der Deckel von der Speiseplatte abgehoben wurde, denn nicht einmal sie selber, die doch sonst von all dem Zeug zu essen pflegte, das sie zubereitet hatte, wollte etwas davon versuchen, obwohl es ein knuspriges, rosa und sicherlich zartes Stachelschweinchen war. In der Tat hatte sie viele dieser grausigen Speisen mehr des Aussehens wegen ersonnen als um des Gefallens willen, den sie daran empfand, Speisen mit schaudererregendem Geschmack in unserer Gesellschaft zu verzehren. Alle diese Gerichte Battistas waren gleichsam erlesenste Kunstwerke aus tierischen und pflanzlichen Stoffen: Blumenkohlköpfe mit Hasenohren, die auf eine Halskrause aus Hasenfell gesetzt waren; oder ein Schweinskopf, aus dessen Maul, als wollte sie die Zunge herausjagen, eine rote Languste hervorkam, und die Languste hielt die Schweinszunge zwischen ihren Zangen, als hätte sie sie ausgerissen. Dann die Schnecken: Es war ihr gelungen, einer großen Zahl von Schnecken den Kopf abzutrennen, und die Köpfe, diese so weichen Schneckenköpfchen hatte sie, ich glaube mit einem Zahnstocher, jeweils auf einem kleinen Krapfen befestigt; wenn sie auf dem Tisch erschienen, glichen sie daher einem Schwarm winziger Schwäne. Und mehr noch als der Anblick dieser Leckerbissen beeindruckte der Gedanke an die fanatische Verbissenheit, die Battista bei der Vorbereitung bekundet haben mußte. Wir stellten uns ihre zarten Hände vor, während sie diese Tierkörperchen zerlegten.

Die Art und Weise, in der die Schnecken die makabre Phantasie unserer Schwester erregten, rief bei meinem Bruder und mir eine Rebellion hervor, an der sowohl unsere Solidarität mit den armen zerfleischten Tierchen wie der Abscheu vor dem Geschmack der gekochten Schnecken und unsere Unduldsamkeit gegen alles und alle beteiligt waren; so ist es denn nicht weiter verwunderlich, wenn dadurch Cosimos Tat mit allen ihren Folgen heranreifte.

Wir hatten einen Plan ausgeheckt. Sobald der Cavaliere Carrega einen Korb voller eßbarer Schnecken heimbrachte, wurden diese im Keller in ein Faß getan, damit sie dort fasten, nichts als Kleie essen und sich purgieren sollten. Wenn man die Bretter fortschob, die das Faß bedeckten, blickte man in eine Art Hölle, wo die Schnecken mit einer Langsamkeit, die schon den Todeskampf ankündigte, die Dauben heraufkrochen; sie waren umgeben von Kleieresten, Streifen geronnenen Speichels und farbigen Schneckenexkrementen, ein Andenken an die schöne Zeit in frischer Luft und im Grase. Manche hatten ihr Gehäuse völlig verlassen, streckten den Kopf vor und spreizten die Hörner, während andere ganz in sich zusammenkrochen und nur mißtrauische Fühler vorstreckten; wiederum andere bildeten ein Kränzchen wie Klatschbasen oder waren eingeschlafen und in sich verschlossen oder lagen tot da mit umgestürztem Schneckenhaus. Um sie vor der unheimlichen Köchin und uns vor ihren Gerichten zu bewahren, bohrten wir ein Loch in den Faßboden, und von dort aus zogen wir mit zerriebenen Grashalmen und Honig eine möglichst verborgene Bahn hinter Fässern und Kellergerümpel, um die Schnecken zur Flucht anzuspornen; so sollten sie zu einem Fensterchen gelangen, das auf unbestelltes und mit Gestrüpp bewachsenes Gartenland blickte.

Am nächsten Tage stiegen wir in den Keller hinunter, um die Wirkung unseres Feldzugsplans zu überprüfen, und betrachteten Wände und Zugänge im Lichte einer Kerze. »Da ist eine!... Und dort noch eine... Und schau doch, wie weit die da gekommen ist!«, denn bereits bewegte sich eine Prozession von Schnecken in kurzen Abständen auf dem Boden und an den Wänden vom Faß zum Fensterchen, wobei sie unserer Fährte folgte. »Schnell, ihr Schnecklein! Sputet euch, reißt aus!« Wir konnten nicht umhin, ihnen diese Worte zuzurufen, da wir sahen, daß sich die Tierchen ganz sachte fortbewegten, nicht ohne sinnlose Kreise auf den rauhen Kellerwänden zu ziehen – Abwege, auf die sie durch gelegentliche Ablagerungen und Schimmelpilze und Verkrustungen gelockt wurden; doch der Keller war finster, voller Gerümpel und holprig: Wir hofften, niemand könnte sie entdecken, so daß sie alle Zeit fänden zu entwischen.

Indessen durchstreifte unsere Schwester Battista, diese ruhelose Seele, des Nachts das ganze Haus, um Mäuse zu fangen, wobei sie einen Leuchter hielt und die Flinte unter den Arm geklemmt hatte. Sie kam in dieser Nacht in den Keller, und dort fiel der Schein des Leuchters auf eine Schnecke, die sich an die Decke verirrt hatte, und auf ihre Spur aus silbrigem Schleim. Ein Flintenschuß dröhnte. Wir alle sprangen in unseren Betten in die Höhe, sanken aber sogleich wieder in unsere Kissen zurück, da wir an die nächtlichen Jagden unserer Hausnonne gewöhnt waren. Doch nachdem Battista die Schnecke vernichtet hatte und ein Stück des Verputzes durch ihren unvorsichtigen Schuß herabgestürzt war, begann sie mit ihrem schrillen Stimmchen zu schreien: »Zu Hilfe! Sie entwischen alle! Zu Hilfe!« Die halbbekleideten Knechte, unser Vater, der sich mit einem Säbel bewaffnet hatte, der Abbé ohne Perücke stürzten herbei, während der Cavaliere Carrega, aus Angst vor Unannehmlichkeiten und bevor er noch irgend etwas begriffen hatte, ins Feld hinauslief, um auf einem Heuhaufen weiterzuschlafen.

Im Fackelschein machten alle Jagd auf die im Keller verstreuten Schnecken, obwohl niemand darauf erpicht war. Aber da die Hausbewohner nun einmal wach waren, erlaubte der übliche Eigendünkel es ihnen nicht, zuzugeben, daß man sie umsonst gestört hatte. Sie entdeckten das Loch im Faß und wußten sofort, daß wir die Übeltäter waren. Unser Vater eilte herbei und traktierte uns im Bett mit der Kutscherpeitsche. Schließlich – unser Rücken, unsere Hinterbacken und Beine waren mit lila Streifen bedeckt – sperrte man uns in das elende Kämmerchen, das als Karzer für uns diente.

Wir mußten darin drei Tage verbringen: mit Brot, salzigem Wasser, Ochsenschwarten und kalter Suppe (die wir zum Glück schätzten). Sodann fand, als wäre nichts geschehen, an jenem Mittag des 15. Juni das erste Familienessen statt, wobei alle pünktlich zur Stelle waren. Und was hatte unsere Schwester Battista, die Küchenaufseherin, dafür zubereitet: Schneckensuppe und Schnecken als Hauptgericht! Cosimo wollte kein einziges Schneckenhaus anrühren. »Entweder eßt ihr jetzt, oder wir sperren euch sofort wieder ins Kämmerchen!« Ich gab nach und begann diese Weichtiere hinunterzuwürgen. (Das war etwas feige von mir und hatte zur Folge, daß sich mein Bruder noch einsamer fühlte; indem er uns verließ, protestierte er auch gegen mich, der ich ihn enttäuscht hatte; aber ich war erst acht Jahre alt, und im übrigen wäre es wenig sinnvoll, meine Willenskraft – oder vielmehr die Willenskraft, die ich als kleiner Junge hätte entfalten können – mit der übermenschlichen Widerspenstigkeit zu vergleichen, die dem Leben meines Bruders das Gepräge gab.)

»Und nun?« sagte unser Vater zu Cosimo.

»Nein und nochmals nein!« rief Cosimo und stieß den Teller zurück.

»Fort von diesem Tisch!«

Doch schon hatte Cosimo uns allen den Rücken gekehrt, um den Saal zu verlassen.

»Wohin gehst du?«

Wir sahen ihm durch die Glastür nach, während er in der Vorhalle seinen Dreispitz und seinen Kinderdegen ergriff.

»Das geht euch nichts an.«

Er lief in den Garten.

Bald danach sahen wir durchs Fenster, daß er die Steineiche hinaufkletterte. Er war sehr adrett gekleidet und zurechtgemacht, so wie sein Vater wünschte, daß er trotz seiner zwölf Jahre bei Tisch erscheine: Die Haare waren gepudert, und er trug ein Band am Zöpfchen, einen Dreispitz, ein Spitzenjabot, eine grüne Joppe mit Schwalbenschwanz, malvenfarbene Strümpfchen und lange Gamaschen aus weißem Leder, die den halben Schenkel bedeckten – das einzige Zugeständnis an eine Tracht, die mehr den Bedürfnissen unseres Landlebens entsprach. (Da ich erst acht Jahre alt war, hatte man mir – außer bei festlichen Anlässen – das Pudern der Haare erlassen, desgleichen den Degen, obwohl ich ihn gern getragen hätte.) So klomm er den knorrigen Baum empor und bewegte Beine und Arme zwischen den Zweigen mit einer Sicherheit und Behendigkeit, die sich durch unsere lange gemeinsame Übung erklärte.

Ich sagte bereits, daß wir Stunden und Stunden auf den Bäumen verbrachten, und zwar nicht aus Nützlichkeitsgründen, wie so viele Jungen, die nur hinaufklettern, um Früchte oder Vogelnester zu suchen, sondern weil wir Gefallen an der Überwindung schwieriger Ausbuchtungen und Gabelungen des Stammes fanden und weil wir möglichst hoch hinauf zu gelangen und schöne Plätze zu erkunden suchten, auf denen wir verweilen konnten, um die Welt da drunten zu betrachten und den dort Vorübergehenden irgendwelche Scherze und Ausdrücke zuzurufen. Es kam mir daher ganz natürlich vor, daß – als sich der ungerechte Ingrimm gegen ihn entlud – Cosimos erster Gedanke gewesen war, die Steineiche zu erklettern, diesen uns so vertrauten Baum, der seine Zweige in Höhe der Saalfenster vorstreckte und daher die gekränkte und beleidigte Haltung meines Bruders der ganzen Familie vor Augen führte.

»Vorsicht, Vorsicht! Jetzt fällt er hinunter, der Ärmste!« rief unsere Mutter voller Angst, denn sie hätte uns zwar gerne im Artilleriefeuer gesehen, verfolgte einstweilen aber all unsere Spiele mit Sorge.

Cosimo kletterte bis zur Gabelung eines dicken Zweiges hinauf, der ihm bequem Platz bot, und dort blieb er sitzen, ließ seine Beine hinunterbaumeln, kreuzte die Arme, indem er die Hände unter die Achselhöhlen steckte, und vergrub seinen Kopf zwischen den Schultern, während ihm der Dreispitz über die Stirn rutschte.

Unser Vater neigte sich aus dem Fenster heraus. »Wenn du das Sitzen da droben satt hast, wirst du's dir anders überlegen«, rief er ihm zu.

»Das werde ich mir nie anders überlegen«, antwortete mein Bruder von seinem Zweige.

»Sobald du herunterkommst, werde ich's dir schon zeigen.«

»Ich komme nicht mehr herunter.« Und er hielt Wort.

2

Cosimo war auf der Steineiche. Die Zweige, hohe Brücken über dem Erdboden, bewegten sich lebhaft. Es wehte ein schwacher Wind; die Sonne schien. Die Sonne drang durch das Blätterdach, und so mußten wir die Hand vor die Augen halten, wenn wir Cosimo sehen wollten. Er aber betrachtete die Welt vom Baum aus: Alles, was man von dort oben sah, war andersartig, und schon das machte Vergnügen. Die Allee zeigte sich in einer ganz anderen Perspektive und so auch die Gartenbeete, die Hortensien, die Kamelien, das Eisentischchen, das zum Kaffeetrinken im Garten diente. Weiter in der Ferne wurde das Laubwerk der Bäume spärlicher, und das Gartenland ging in kleine stufenförmige Felder über, die von Steinmauern umschlossen waren; Ölbäume bildeten die dunkle Rückwand, dahinter erstreckten sich die verblaßten Ziegel- und Schieferdächer der Ortschaft Ombrosa, und dort, wo unter ihr der Hafen lag, kamen Rahen und Masten zum Vorschein. Im Hintergrunde dehnte sich mit hohem Horizont das Meer, auf dem langsam ein Segelschiff vorüberzog.

Jetzt traten der Baron und die Generalin nach dem Kaffee in den Garten hinaus. Sie betrachteten einen Rosenstrauch und gaben sich den Anschein, als schenkten sie Cosimo keine Beachtung. Sie reichten einander den Arm, aber dann trennten sie sich plötzlich, um sich zu besprechen und zu gestikulieren. Ich hingegen begab mich unter die Steineiche und tat, als spielte ich für mich, suchte aber in Wahrheit Cosimos Aufmerksamkeit auf mich zu lenken; er indessen grollte mir noch immer und blickte weiter von dort oben in die Ferne. So hörte ich auf und kauerte mich hinter einer Gartenbank nieder, um ihn ungesehen von dort beobachten zu können.

Mein Bruder stand da wie auf Posten. Er sah alles, und alles war wie nichts. Zwischen den Zitronenbäumen ging eine Frau mit einem Tragkorb vorüber. Den Abhang herauf kam ein

Maultiertreiber, der sich am Schwanz des Maultieres festhielt. Sie erblickten einander nicht; als die Frau den Hufschlag hörte, wandte sie sich um und neigte sich zur Straße, aber es war zu spät. Darauf begann sie zu singen, aber der Maultiertreiber hatte bereits die Biegung erreicht, spitzte die Ohren, klatschte mit der Peitsche und rief dem Maultier ein »Aah!« zu. Und damit hatte alles ein Ende. Cosimo sah sie alle beide.

Der Abbé Fauchelefleur schritt mit offenem Brevier die Allee hinunter. Cosimo brach etwas von seinem Zweig ab und ließ es ihm auf den Kopf fallen; der Abbé wußte nicht, was es war: vielleicht eine kleine Spinne oder ein Stückchen Rinde; er hob es nicht auf. Cosimo stocherte sodann mit seinem Degen in einem Astloch herum. Heraus kam eine wütende Wespe; Cosimo verjagte sie, indem er seinen Dreispitz schwenkte, und folgte ihr mit den Augen bis zu einer Kürbispflanze, in der sie sich verkroch. Hurtig wie immer verließ der Cavaliere das Haus, stieg das Gartentreppchen empor und verschwand zwischen den Rebenreihen des Weinbergs. Um festzustellen, wohin er sich begab, schwang sich Cosimo auf einen anderen Zweig. Dort war ein Schwirren zwischen dem Blattwerk zu hören: Eine Amsel flog auf. Cosimo war deswegen ungehalten, da er schon so lange dort oben gehockt hatte, ohne sie zu bemerken. Er blickte weiter gegen das Licht, da er sehen wollte, ob dort noch weitere Amseln waren. Nein, es waren keine da.

Die Steineiche stand neben einer Ulme; die beiden Blattkronen berührten einander beinahe. Ein Ast der Ulme erstreckte sich im Abstande von einem halben Meter über einen Zweig des anderen Baumes; es war für meinen Bruder ein leichtes, hinüberzuspringen und auf diese Weise den Wipfel der Ulme zu erreichen, die wir noch niemals erforscht hatten; denn ihr glatter Stamm war sehr hoch, so daß sie sich vom Boden aus nur schwer erklettern ließ. Während er sodann ständig danach Ausschau hielt, wo ein Ast unmittelbar neben den Ästen eines anderen Baumes herlief, wechselte er auf einen Johannisbrotbaum und danach auf einen Maulbeerbaum über. Auf diese Weise sah ich Cosimo von einem Ast zum anderen gelangen und gleichsam schwebend den Garten überqueren.

Einige Äste des großen Maulbeerbaums stießen an die Umfassungsmauer unseres Parks oder reichten in den Garten hinein, der den Ondarivas gehörte. Obwohl wir Nachbarn waren, wußten wir nichts von den Marchesi d'Ondariva und Edelleuten von Ombrosa; da sie nämlich seit mehreren Generationen im Genuß gewisser Lehensrechte waren, auf die unser Vater Ansprüche erhob, trennte ein gegenseitiger Groll die beiden Familien, ebenso wie eine hohe Mauer, die wie eine Festungsbastion anmutete, unsere beiden Parks voneinander schied. Ich weiß nicht, ob unser Vater oder der Marchese sie hatte errichten lassen. Es kam noch hinzu, daß die Ondarivas ihren Garten wie ihren Augapfel hüteten. Wie man sich erzählte, befanden sich darin nie gesehene Pflanzenarten. In der Tat hatte bereits der Großvater des jetzigen Marchese, ein Schüler Linnés, die ganze weitverzweigte Verwandtschaft der Familie an den Höfen Frankreichs und Englands aufgeboten, um sich die kostbarsten botanischen Raritäten aus den Kolonien senden zu lassen, und jahrelang hatten daher die Schiffe Säcke mit Sämereien, Bündel von Schößlingen, in Töpfen eingepflanzte Büsche und sogar ganze Bäume, deren Wurzeln von riesigen Erdballen umgeben waren, in Ombrosa ausgeladen; so war schließlich – wie man sich erzählte – ein Wald in diesem Garten herangewachsen, der eine Mischung der Wälder Westindiens und Amerikas, ja vielleicht sogar Neuhollands darstellte.

Alles was wir hiervon zu sehen bekamen, waren dunkle Blätter, die an den Rand der Mauer stießen; sie gehörten einer Pflanze, die kürzlich aus den amerikanischen Kolonien eingeführt worden war: der Magnolie, die über schwarzen Zweigen eine fleischige weiße Blüte entfaltete. Von unserem Maulbeerbaum aus erreichte Cosimo den Mauerkranz, balancierte darauf ein paar Schritte und schwang sich sodann, indem er sich mit den Händen festklammerte, auf die andere Seite hinüber, wo sich die Blätter und die Blüte der Magnolie befanden. Dort entschwand er meinen Blicken, und das, was ich jetzt berichten werde, hat er mir später erzählt, wie vieles, was in dieser Schilderung seines Lebens enthalten ist, sofern ich es nicht selber spärlichen Zeugnissen und Hinweisen entnommen habe.

Cosimo befand sich auf der Magnolie. Trotz ihres dichten Gezweigs konnte ein Junge wie mein Bruder, der sich in allen Baumarten auskannte, sie gut erklimmen; auch trugen ihre Äste sein Gewicht. Freilich waren sie nicht sehr dick und bestanden aus weichem Holze, das Cosimos Schuhe abschälten, indem sie der schwarzen Rinde weiße Wunden schlugen. Zugleich umfing den Knaben der frische Duft der Blätter, während der Wind sie bewegte und bald das stumpfe, bald das leuchtende Grün ihrer Seiten hervorkehrte.

Doch der ganze Garten duftete, und wenn ihn Cosimo auch noch nicht überblicken konnte – so unregelmäßig war seine Dichte –, erforschte er ihn doch schon mit der Nase und versuchte, seine verschiedenen Wohlgerüche zu unterscheiden; freilich waren sie ihm bereits von den Zeiten her bekannt, da sie, vom Winde getragen, bis in unseren Garten drangen und uns mit dem Geheimnis jenes Parks unlösbar verbunden erschienen. Sodann betrachtete er das Laub und gewahrte neue Blätter: manche groß und glitzernd, als wäre ein Wasserschleier über sie hinweggelaufen, andere winzig und behaart, dazu ganz glatte und ganz schuppige Stämme.

Es war sehr still. Nur kleine Zaunkönige flogen zwitschernd auf. Und ein Stimmchen war zu hören, das sang: »O lala... o la balançoire...« Cosimo blickte hinab. An einem großen Baum in seiner Nähe war eine Schaukel befestigt, auf der ein ungefähr zehnjähriges Mädchen saß.

Es war ein blondes Mädchen mit hochgekämmtem Haar, was in Anbetracht seines Alters etwas komisch aussah; auch das blaue Kleid wirkte zu erwachsen, und der beim Schaukeln hochgeraffte Unterrock war überreich mit Spitzen besetzt. Die Kleine hatte die Augen halb geschlossen und hielt die Nase in die Luft, als sei sie gewohnt, die große Dame zu spielen; sie knabberte an einem Apfel und neigte bei jedem Biß den Kopf der Hand entgegen, die den Apfel umklammern und sich zugleich am Seil der Schaukel festhalten mußte; jedesmal, wenn die Schaukel den Tiefpunkt ihrer Bahn erreichte, stieß sie sich ab, wobei sich die Spitzen ihrer Schuhchen ins Erdreich bohrten, und blies sich die Schalenreste der verzehrten Apfelstücke von den Lippen; zugleich sang sie: »O la la la... O la balançoire...«, wie ein kleines Mädchen singt, das sich aus Schaukel und Lied und Apfel schon nichts mehr macht (wenn ihm auch der Apfel noch etwas wichtiger ist) und das bereits andere Gedanken im Kopfe hat. Cosimo hatte sich vom Gipfel der Magnolie bis zur untersten Astreihe hinuntergelassen, und nun stand er mit seinen Füßen auf je einer Astgabel und stützte beide Ellbogen auf einen vor ihm liegenden Ast, wie auf ein Fensterbrett. Die Schwünge der Schaukel trugen ihm das Mädchen bis dicht unter die Nase.

Sie gab nicht acht und hatte ihn nicht bemerkt. Auf einmal sah sie ihn dort, aufrecht auf dem Baume, mit Dreispitz und Gamaschen. »Oh!« sagte sie. Der Apfel fiel ihr aus der Hand und rollte unter die Magnolie. Cosimo zückte seinen Degen, neigte sich vom letzten Ast hinunter, erreichte den Apfel mit der Degenspitze, spießte ihn auf und streckte ihn dem Mädchen hin, das inzwischen die ganze Schaukelstrecke durchmessen hatte und sich an der gleichen Stelle wie eben befand. »Nehmen Sie ihn nur, er ist nicht schmutzig geworden, nur auf der einen Seite etwas eingedrückt!«

Das blonde Mädchen bereute bereits, daß es über den unbekannten kleinen Jungen dort auf der Magnolie so verdutzt gewesen war, und hatte seine hochnäsige Haltung wieder eingenommen. »Sind Sie ein Dieb?« fragte es.

»Ein Dieb?« sagte Cosimo gekränkt; dann dachte er darüber nach: In gewisser Hinsicht gefiel ihm der Gedanke. »Ja, das bin ich«, antwortete er und zog sich den Dreispitz über die Stirn. »Haben Sie etwas dagegen?«

»Und was wollen Sie hier stehlen?«

Cosimo betrachtete den Apfel, den er auf die Spitze seines Degens gespießt hatte; dann fiel ihm ein, daß er hungrig war und bei Tisch kaum eine Speise angerührt hatte. »Diesen Apfel«, sagte er und begann, ihn mit der Klinge seines Degens zu schälen, die er entgegen den häuslichen Verboten stets äußerst scharf zu halten pflegte.

»Dann sind Sie also ein Obstdieb«, bemerkte die Kleine.

Mein Bruder mußte an die Rotten ärmlicher Halbwüchsiger aus Ombrosa denken, die über Mauern und Zäune kletterten und Obstbäume plünderten; man hatte ihm beigebracht, diese Banden zu verachten und zu fliehen; nun kam ihm zum erstenmal die Idee, wie frei und beneidenswert dieses Dasein sein müßte. Wahrhaftig: Vielleicht könnte er sich ihnen anschließen und fortan ein solches Leben führen! »Ja«, sagte er. Er hatte den Apfel in Stücke geschnitten und begann, ihn zu kauen.

Das blonde kleine Mädchen brach in ein Lachen aus, das anhielt, während die Schaukel einmal hinauf- und hinunterschwang. »Was Sie nicht sagen! Die Jungen, die Obst stehlen, die kenn ich! Sie alle sind meine Freunde. Aber die laufen in Hemdsärmeln und unfrisiert, nicht mit Gamaschen und Perücken.«

Mein Bruder wurde so rot wie die Schale des Apfels. Daß er nicht nur wegen seiner gepuderten Haare, auf die er gar nichts gab, sondern auch wegen seiner Gamaschen, die ihm wert und teuer waren, verspottet wurde und daß man sein Aussehen abfälliger beurteilte als die Aufmachung eines Obstdiebs und jenes Gesindels, dem man noch kurz zuvor seine Verachtung bezeigt hatte, und vor allem die Entdeckung, daß dieses Dämchen, das sich im Garten der Ondarivas als Herrin aufspielte, mit allen Obstdieben auf freundschaftlichem Fuße stand, nicht aber mit ihm – das alles erfüllte ihn mit Groll, Scham und Eifersucht.

»O la la la… Mit Gamaschen und Perücke«, trällerte das Mädchen auf der Schaukel vor sich hin.

Sein Stolz begann sich wieder zu regen. »Ich bin kein Dieb, wie Sie meinen«, rief er, »ich bin überhaupt kein Dieb! Ich habe das nur gesagt, um Sie nicht zu erschrecken; denn wüßten Sie, wer ich in Wahrheit bin, Sie würden vor Angst sterben: Ich bin ein Brigant, ein schrecklicher Brigant!«

Das kleine Mädchen schaukelte weiter bis unter seine Nase; es sah so aus, als hätte es ihn mit den Fußspitzen streifen wollen. »Ach, gehn Sie doch! Und wo ist denn die Flinte? Alle Briganten haben eine Flinte oder eine Donnerbüchse! Ich hab sie gesehen! Sie haben schon fünfmal auf der Fahrt vom Schloß hierher unsere Kutsche angehalten.«

»Aber nicht ihr Hauptmann. Ich bin ihr Hauptmann. Der Brigantenhauptmann hat keine Flinte. Er hat bloß einen Degen«, und damit streckte er seinen Kinderdegen vor.

Das Mädchen zuckte abweisend die Achseln. »Der Brigantenhauptmann«, erläuterte es, »ist ein gewisser Gian dei Brughi, der uns Weihnachten und Ostern immer Geschenke bringt.«

»Ach so!« rief Cosimo, in dem plötzlich der Familiengroll aufwallte. »Dann hat mein Vater also recht, wenn er sagt, der Marchese d'Ondariva sei der Beschützer aller Briganten und Schmuggler in der ganzen Gegend!«

Die Kleine kam nah an den Boden heran, und statt sich wieder abzustoßen, bremste sie schnell mit den Beinen und sprang hinunter. Die leere Schaukel schnellte an ihren Seilen in die Luft. »Kommen Sie sofort von dort oben herunter! Wie konnten Sie sich erdreisten, unseren Boden zu betreten!« sagte sie und zeigte erbost mit dem Finger auf den Knaben.

»Ich habe ihn nicht betreten und werde nicht hinunterkommen«, erwiderte Cosimo ebenso hitzig, »und das wird auch um alles Gold in der Welt nie geschehen.«

Das Mädchen ergriff darauf gleichmütig einen Fächer, der auf einem Korbsessel lag, und fächelte sich, obwohl es nicht sehr heiß war, Kühlung zu, während es auf und ab schritt. »Jetzt werde ich die Dienstboten rufen«, bemerkte es in aller Ruhe, »und Sie ergreifen und verprügeln lassen. So werden Sie schon lernen, was das Sicheinschleichen auf unseren Grund und Boden für Folgen hat.« Ständig schlug diese Kleine einen anderen Ton an, was meinen Bruder jedesmal außer Fassung brachte.

»Wo ich bin, da ist kein Grund und Boden, und es gehört euch auch nicht!« verkündete Cosimo und fühlte sich versucht hinzuzufügen: »Und außerdem bin ich der Herzog von Ombrosa und Herr über das ganze Gebiet!«, aber er hielt an sich, denn er wiederholte nicht gern die Worte, die sein Vater ständig im Munde führte, zumal er jetzt im Streit mit ihm vom Tisch fortgelaufen war; er fand keinen Gefallen daran und hielt es auch deshalb für unangebracht, weil ihm diese Ansprüche immer als Hirngespinste erschienen waren; wie kam er, Cosimo, nunmehr dazu, sich als Herzog aufzuspielen? Aber er wollte sich nicht selber Lügen strafen und fuhr fort in seiner Rede, wie es ihm gerade in den Sinn kam. »Hier ist nicht euer Gebiet«, wiederholte er, »denn nur der Boden gehört euch, und nur wenn ich ihn betreten würde, wäre ich ein Eindringling. Hier oben aber bin ich es nicht, und so gehe ich überall hin, wo es mir gefällt.«

»Dann gehört das also dir, da oben...«

»Natürlich! Alles hier oben ist mein persönliches Gebiet« – und damit deutete er mit einer unbestimmten Geste auf die Zweige, auf die Blätter, hinter denen die Sonne stand, auf den Himmel. »Auf den Zweigen der Bäume ist alles mein Gebiet. Sag nur, sie sollen mich greifen, wenn es ihnen gelingt!«

Jetzt, nach all den Aufschneidereien, wartete er drauf, daß sie sich wer weiß wie über ihn lustig machen würde. Statt dessen zeigte sie sich überraschend interessiert.

»Ja, wirklich? Und wie weit reicht denn dein Gebiet?«

»So weit, wie man auf den Bäumen gelangen kann: bis dahin, bis dorthin, über die Mauer hinweg, in den Olivenhain, bis zu den Hügeln, bis zur anderen Seite der Hügel, bis in den Wald, in das Gebiet des Bischofs...«

»Auch bis nach Frankreich?«

»Bis nach Polen und Sachsen«, sagte Cosimo, dessen geographische Kenntnisse nur aus den Namen bestanden, die er von unserer Mutter hörte, wenn sie vom Erbfolgekrieg erzählte.

»Ich bin aber kein solcher Egoist wie du. Ich lade dich in mein Gebiet ein!«

Unterdessen waren sie beide dazu übergegangen, sich zu duzen, aber sie hatte damit begonnen. »Und wem gehört denn die Schaukel?« sagte sie und setzte sich darauf, mit dem geöffneten Fächer in der Hand.

»Die Schaukel gehört dir«, bestimmte Cosimo, »aber da sie an diesen Ast angebunden ist, untersteht sie immer mir. Wenn du also den Boden mit den Füßen berührst, bist du auf deinem Gebiet; wenn du dich in die Luft erhebst, bist du in meinem.«

Sie stieß sich ab und flog dahin, die Hände an die Seile gepreßt. Cosimo sprang von der Magnolie auf den dicken Ast, an dem die Schaukel befestigt war, und von dort aus packte er die Seile und zog an ihnen. Die Schaukel schwang immer höher.

»Hast du Angst?«

»Ich nicht! Wie heißt du denn?«

»Cosimo. Und du?«

»Violante, aber man nennt mich Viola.«

»Mich heißen sie Mino, weil Cosimo ein Name für große Leute ist.«

»Das mag ich nicht.«

»Was? Cosimo?«

»Nein, Mino.«

»Ach so. Du kannst mich ja Cosimo nennen.«

»Fällt mir nicht im Traum ein. Hör zu! Wir müssen zu klaren Abmachungen kommen.«

»Was sagst du?« fragte er und hatte wiederum ein unbehagliches Gefühl.

»Ich sage: Ich habe das Recht, zu dir hinaufzusteigen, und bin dann unverletzlich als dein Gast, einverstanden? Ich kann kommen und gehen, wann ich will. Du hingegen bist unverletzlich und unantastbar, wenn du dich auf den Bäumen, also auf deinem Gebiet, aufhältst; sobald du aber den Boden meines Gartens berührst, bist du mein Sklave und wirst in Ketten gelegt.«

»Nein, ich komme nicht in deinen Garten hinunter, und nicht einmal in meinen. Der ganze Boden ist für mich Feindgebiet. Du kannst mich hier oben besuchen, und auch deine Freunde, die Obstdiebe, vielleicht auch mein Bruder Biagio, obwohl er ein ziemlicher Feigling ist, und dann sind wir zusammen eine Armee auf den Bäumen und bringen die Erde und ihre Bewohner zur Räson.«

»Nein, nein, nichts von alledem! Laß dir erklären, wie die Dinge stehn. Du herrschst über die Bäume, aber wenn du einmal die Erde mit einem Fuß berührst, verlierst du dein ganzes Reich und bleibst der niedrigste der Sklaven. Hast du verstanden? Ach, wenn dir ein Ast zerbricht und du fällst, ist alles verloren!«

»Ich bin noch niemals im Leben vom Baum gefallen!«

»Freilich, aber *wenn* du fällst – wenn du fällst, wirst du zu Staub und Asche, und der Wind trägt dich fort.«

»Alles Märchen. Ich falle nicht hinunter, weil ich nicht will.«

»Ach, du bist langweilig.«

»Nein, nein, wir wollen spielen! Könnte ich zum Beispiel etwas schaukeln?«

»Gewiß, wenn's dir gelingt, dich auf die Schaukel zu setzen, ohne daß du den Boden berührst.«

Neben Violas Schaukel befand sich, an demselben Ast befestigt, noch eine zweite, die aber mittels eines Knotens an den Seilen hochgezogen war, damit beide nicht zusammenstoßen sollten. Cosimo ließ sich vom Ast herunter, indem er eines der Seile umklammerte – eine Übung, in der er sich sehr hervortat, da ihn meine Mutter viel Gymnastik treiben ließ; so erreichte er den Knoten, knüpfte ihn auf, stellte sich mit beiden Füßen auf die Schaukel, und um in Schwung zu kommen, verlagerte er sein Gewicht, ging in die Knie und schnellte sich nach vorn. Auf diese Weise stieß er sich immer höher. Die beiden Schaukeln schwangen in entgegengesetzter Richtung; nunmehr hatten sie die gleiche Höhe erreicht und zogen auf halbem Wege aneinander vorbei. »Versuch doch mal, dich hinzusetzen und dich mit den Füßen abzustoßen, dann kommst du höher!« suchte ihm Viola einzuflüstern.

Cosimo schnitt ihr eine Grimasse.

»Komm herunter und stoß mich ab, sei doch brav!« flötete sie und lächelte ihm zu.

»Aber nein, wir hatten doch ausgemacht, daß ich auf keinen Fall herunterkommen darf...«; und wiederum blieb sie ihm unverständlich.

»Sei doch lieb...«

»Nein!«

»Na sieh doch! Beinah wärst du heruntergefallen. Mit einem Fuß auf dem Boden hättest du schon alles verloren.«

Viola sprang von ihrer Schaukel und begann Cosimos Schaukel sachte anzustoßen. »Uh!« Auf einmal hatte sie den Sitz der Schaukel, auf dem mein Bruder stand, gepackt und umgestürzt. Es war ein Glück, daß Cosimo sich unausgesetzt an den Seilen festhielt. Sonst wäre er hinuntergepurzelt wie eine Salamiwurst.

»Verräterin!« schrie er und kletterte nach oben, wobei er sich an beide Taue klammerte, aber der Aufstieg war weit schwieriger als der Abstieg, vor allem da das junge Mädchen einen seiner boshaftesten Augenblicke hatte und mit aller Macht von unten an den Stricken zog. Schließlich erreichte er den dicken Ast und setzte sich rittlings darauf. Mit seinem Spitzenkragen trocknete er sich den Schweiß von der Stirn.

»Haha, du hast es nicht geschafft!«

»Aber beinah!«

»Und ich meinte, du seist meine Freundin!«

»Hast du dir gedacht!«, und wieder begann sie sich zu fächern.

»Violante«, rief in diesem Augenblick eine scharfe Frauenstimme, »mit wem sprichst du denn da?« Auf dem weißen Treppchen, das ins Haus führte, war eine Dame erschienen: hager, in einem sehr weiten Rock; sie blickte durch eine Lorgnette. Eingeschüchtert entschwand Cosimo im Laub.

»Mit einem Jungen, ma tante«, antwortete das kleine Mädchen, »einem Jungen, der auf einem Baumwipfel geboren ist und aus Zauberei nicht den Erdboden betreten kann.«

Cosimo war ganz rot geworden und fragte sich im stillen, ob das Mädchen so sprach, um sich vor der Tante über ihn lustig zu machen, oder ob es nur das Spielen fortsetzen wollte oder ob er selber oder die Tante und das Spiel ihm völlig gleichgültig waren. Zugleich spürte er, wie ihn die Dame durch ihr Augenglas musterte; sie war näher an den Baum herangetreten, um ihn wie einen seltsamen Papagei zu betrachten. »Uh, mais c'est un des Piovasques, ce jeune homme, je crois. Viens, Violante!«

Cosimo verging fast angesichts dieser Demütigung. Daß sie ihn so ohne weiteres erkannt hatte, ohne sich auch nur die Frage zu stellen, weshalb er sich eigentlich dort befand; daß sie das Mädchen sofort in entschiedenem Ton, aber ohne Strenge zurückgerufen hatte und daß Viola bereitwillig, ohne sich auch nur umzudrehen, der Tante gehorchte – aus alledem schien ihm hervorzugehen, daß er überhaupt nicht für voll genommen wurde, sozusagen gar nicht existierte. Auf diese Weise versank dieser ungewöhnliche Nachmittag in einer Wolke der Scham.

Doch sieh da: Das Mädchen macht der Tante ein Zeichen, die Tante neigt den Kopf, das Mädchen flüstert ihr etwas ins Ohr. Die Tante richtet die Lorgnette wieder auf Cosimo.

»Nun, junger Herr«, spricht sie ihn an, »wollen Sie nicht eine Tasse Schokolade mit uns trinken? So können wir beide uns kennenlernen, da Sie ja schon« – und damit blickte sie Viola von der Seite an – »ein Freund der Familie sind!«

Cosimo war sprachlos und sah Tante und Nichte mit runden Augen an. Das Herz pochte ihm stark. Da war er nun von den Ondarivas und Ombrosas eingeladen, der hochnäsigsten Familie jener Gegend, und damit verwandelte sich die eben noch erlittene Demütigung in Genugtuung. Er rächte sich so an seinem Vater, indem er von dessen Feinden in Gnaden aufgenommen wurde, die ihn bisher stets von oben herab angesehen hatten; außerdem hatte sich Viola für ihn verwandt: Er war nun offiziell als ihr Freund anerkannt und sollte mit ihr in jenem Garten spielen, der sich von allen anderen Gärten unterschied. Das alles empfand Cosimo; zugleich aber überkam ihn ein entgegengesetztes, wenn auch unbestimmtes Gefühl – eine Mischung von Schüchternheit, Stolz, Einsamkeit, Empfindlichkeit; und in diesem Widerstreit innerer Regungen klammerte sich mein Bruder an den Ast, der über ihm war, kletterte hinauf, schlüpfte unter das Blätterdach, sprang auf einen anderen Baum hinüber und verschwand.

3

Es war ein Nachmittag, der kein Ende nehmen wollte. Von Zeit zu Zeit hörte man einen dumpfen Fall, ein Rauschen der Zweige, wie häufig in Gärten; dann liefen wir hinaus, da wir hofften, er sei es; er habe sich entschlossen hinunterzukommen. Doch dem war nicht so: Ich sah, wie der Wipfel der Magnolie mit seinen weißen Blüten schwankte und wie Cosimo auf der anderen Seite der Mauer erschien und sie überkletterte. Ich kam ihm auf dem Maulbeerbaum entgegen. Als er mich erblickte, schien er sich zu ärgern; er war mir noch böse. Er setzte sich auf einen Ast des Maulbeerbaums über dem meinen und begann mit seinem kleinen Degen Kerben in das Holz zu schneiden, als hätte er nicht die Absicht, mich anzureden.

»Man kommt gut auf den Maulbeerbaum hinauf«, sagte ich, nur um etwas zu sagen, »früher haben wir's nie versucht...«

Er schälte weiter an dem Ast, dann sagte er spitz: »Nun, haben dir die Schnecken geschmeckt?«

Ich streckte ihm ein Körbchen hin. »Ich hab dir zwei trockene Feigen gebracht, Mino, und etwas Torte.«

»Haben *sie* dich geschickt?« fragte er, immer noch abweisend, aber schon blickte er auf das Körbchen und schluckte seine Spucke hinunter.

»Nein, wenn du wüßtest, ich mußte mich vor dem Abbé davonschleichen«, sagte ich hastig, »sie wollten mich den ganzen Abend beim Unterricht festhalten, damit ich nicht mit dir Verbindung aufnähme, aber der Alte ist eingeschlafen! Die Mama macht sich Sorgen, du könntest hinunterfallen, und möchte dich suchen lassen, aber seit dich der Papa nicht mehr auf der Steineiche sieht, sagt er, sicher seist du jetzt hinunter und habest dich in irgendeinen Winkel verkrochen, um über deine Missetaten nachzudenken, und sie brauche keine Angst zu haben.«

»Ich bin nicht ein einziges Mal unten gewesen«, sagte mein Bruder.

»Warst du im Garten der Ondarivas?«

»Ja, aber immer von einem Baum zum anderen, ohne den Boden zu berühren.«

»Warum denn?« fragte ich; es war das erstemal, daß ich ihn diese seine Regel verkünden hörte, aber er hatte davon gesprochen, als sei dies schon eine zwischen uns abgemachte Sache; als komme es ihm darauf an, mich darüber zu beruhigen, daß er dieses Gebot nicht übertreten hatte; daher wagte ich es nicht mehr, auf meinem Verlangen nach näheren Erklärungen zu bestehen.

»Weißt du«, sagte er, statt mir zu antworten, »um das alles da drüben bei den Ondarivas ganz kennenzulernen, braucht man Tage! Mit Bäumen aus den Wäldern Amerikas, du würdest staunen!« Dann fiel ihm ein, daß er ja mit mir Streit hatte und daß er infolgedessen keinen Gefallen daran finden durfte, mir seine Entdeckungen mitzuteilen. Er brach daher ab und bemerkte schroff: »Jedenfalls nehme ich dich nicht mit! Von nun an kannst du mit Battista spazierengehen und mit dem Cavaliere.«

»Ach, Mino, nimm mich doch mit«, flehte ich ihn an, »du mußt mir nicht böse sein wegen der Schnecken! Sie waren abscheulich, aber ich konnte das Gezeter nicht mehr aushalten.«

Cosimo schlang währenddessen die Torte hinunter. »Ich werde dich auf die Probe stellen«, sagte er, »du mußt mir beweisen, daß du zu mir hältst und nicht zu ihnen.«

»Sag mir, was ich alles tun soll!«

»Du mußt mir Stricke verschaffen, lange und feste Stricke; denn bei manchen Überquerungen muß ich mich anseilen; dann einen Flaschenzug und Haken, ganz dicke Nägel…«

»Aber was willst du denn damit machen? Einen Kran?«

»Wir müssen viel Zeug hinaufschaffen; was, werden wir dann noch sehen: Tische, Bretter, Stangen…«

»Willst du denn auf einem Baum eine Hütte bauen? Und wo denn?«

»Das kommt darauf an. Den Platz werden wir noch aussuchen. Inzwischen wohne ich dort in der hohlen Eiche. Ich werde das Körbchen mit dem Seil hinunterlassen, und du kannst dann alles hineintun, was ich brauche.«

»Aber warum denn? Du redest ja, wie wenn du wer weiß wie lange versteckt bliebest! Meinst du denn nicht, daß sie dir verzeihen werden?«

»Was kümmert's mich, ob sie mir verzeihen? Und außerdem verstecke ich mich nicht: Ich habe vor niemandem Angst! Und du, hast du Angst, mir zu helfen?«

Natürlich hatte ich begriffen, daß mein Bruder im Augenblick nicht herunterkommen wollte; trotzdem tat ich, als verstünde ich ihn nicht, da ich ihn zwingen wollte, Farbe zu bekennen und dem Sinne nach folgendes zu sagen: Ja, ich will noch bis zum Vesperbrot auf den Bäumen bleiben oder bis zum Sonnenuntergang oder bis zum Abendessen oder solange es hell ist – kurzum, er sollte etwas äußern, was seinem Protest Maß und Grenze setzte. Statt dessen sagte er nichts dergleichen, so daß ich es etwas mit der Angst zu tun bekam.

Sie riefen uns von unten. Unser Vater schrie: »Cosimo! Cosimo!« Und dann – da er schon überzeugt war, daß ihm Cosimo nicht antworten würde – rief er mich: »Biagio, Biagio!«

»Ich sehe eben nach, was sie wollen, dann komme ich wieder und erzähle es dir«, sagte ich hastig. Ich gestehe offen, daß es mir nicht nur darum zu tun war, meinen Bruder schnell zu unterrichten, sondern daß ich mich auch geschwind aus dem Staube machen wollte, da ich befürchtete, man könnte mich erwischen, während ich mit ihm im Wipfel des Maulbeerbaums schwatzte, und ich hätte dann mit ihm die Strafe zu teilen, die ihn zweifellos erwartete. Doch Cosimo schien mir diese Anwandlung der Feigheit nicht vom Gesicht abzulesen: Er ließ mich gehen, nicht ohne mit einem Achselzucken seine

Gleichgültigkeit gegenüber all dem zu bekunden, was ihm mein Vater etwa zu sagen hatte.

Als ich zurückkam, war er noch immer dort; er hatte auf einem gestürzten Stamm einen guten Sitzplatz gefunden, stützte das Kinn auf die Knie und hatte die Arme um seine Schienbeine geschlungen. »Mino, Mino!« rief ich, während ich atemlos zu ihm hinaufkletterte. »Sie haben dir verziehen! Sie warten auf dich! Das Vesperbrot ist auf dem Tisch, und Papa und Mama sitzen schon und legen uns Tortenstücke auf die Teller! Es gibt nämlich Creme- und Schokoladentorte, aber Battista hat sie nicht gebacken, weißt du! Battista hat sich wahrscheinlich, grün vor Ärger, auf ihrem Zimmer eingeschlossen. Beide haben sie mir den Kopf gestreichelt. ›Geh zu dem armen Mino und sage ihm, daß wir Frieden schließen und nicht mehr davon reden wollen!‹ Komm schnell!«

Cosimo knabberte an einem Blatt. Er rührte sich nicht. »Hör zu«, sagte er, »versuche doch, eine Decke zu erwischen, ohne daß man dich sieht, und bring sie mir. Es wird heute nacht kalt werden.«

»Aber du willst doch nicht die Nacht auf den Bäumen verbringen!«

Er antwortete nicht, stützte das Kinn auf die Knie, kaute an einem Blatt und schaute vor sich hin. Ich folgte seinem Blick, der an der Mauer des Gartens der Ondarivas haftenblieb, dort, wo die weiße Blüte der Magnolie hervorlugte und weit weg ein großer Adler kreiste.

So wurde es Abend. Die Diener kamen und gingen, im Saal waren die Leuchter schon angezündet. Cosimo mußte das alles von seinem Baume aus sehen, und der Baron Arminio rief, den Schatten vor dem Fenster zugewandt: »Wenn du da oben bleiben willst, wirst du verhungern!«

An diesem Abend setzten wir uns zum erstenmal ohne Cosimo zu Tisch. Er hockte rittlings auf einem hohen Ast der Steineiche: seitwärts, so daß wir nur die baumelnden Beine sahen. Das heißt, wir sahen sie, wenn wir ans Fensterbrett traten und in die Finsternis hinausspähten, denn das Zimmer war erleuchtet, und draußen war es dunkel. Sogar der Cavaliere fühlte sich verpflichtet, hinauszuschauen und etwas zu sagen, aber wie üblich gelang es ihm, sich eines Urteils über die Frage zu enthalten. Er bemerkte: »Oooh – ein kräftiges Holz... Das hält ja noch hundert Jahre!«, und dann fügte er einige türkische Worte hinzu, vielleicht den Namen der Steineiche; kurzum, er tat, als spräche man vom Baume und nicht von meinem Bruder.

Bei unserer Schwester Battista hingegen kam eine Art Neid gegenüber Cosimo zum Vorschein, als hätte sie, die es gewohnt war, die Familie ständig durch ihre Schrullen in Atem zu halten, nun jemanden gefunden, der ihr überlegen war; und so biß sie sich weiter die Nägel ab. (Sie tat das, indem sie nicht etwa den Finger zum Munde emporführte, sondern ihn senkte, mit umgestülpter Hand und mit gehobenem Ellbogen.)

Der Generalin fielen gewisse Soldaten ein, die in einem Lager auf den Bäumen Wache gehalten hatten, ich weiß nicht mehr, ob in Pommern oder Slawonien, und denen es gelungen war, den Feind rechtzeitig zu erkennen und einen Überfall zu verhindern. Diese Erinnerung riß sie auf einmal aus ihren Mutterängsten und versetzte sie wieder in die militärische Atmosphäre, in der sie sich wohl fühlte; und als wäre es ihr schließlich gelungen, sich über das Verhalten ihres Sohnes Klarheit zu verschaffen, wurde sie ruhiger und beinahe stolz. Niemand schenkte ihr Gehör, außer dem Abbé Faucheleufleur, der den kriegerischen Berichten und dem Vergleiche, den meine Mutter daraus herleitete, mit großem Ernst beipflichtete; hätte er sich doch an jedes beliebige Argument geklammert, da ihm nur darum zu tun war, die Geschehnisse natürlich zu finden und seinen Kopf von Verantwortung und Sorgen zu befreien.

Nach dem Abendessen gingen wir bald schlafen, veränderten somit nicht einmal an diesem Abend unseren üblichen Tageslauf. Nunmehr hatten unsere Eltern beschlossen, Cosimo nicht mehr die Genugtuung zu bereiten, daß sie sich um ihn kümmerten, da sie hofften, die Müdigkeit, seine unbequeme Lage und die Kälte der Nacht würden ihn aus seinem Schlupfwinkel vertreiben. Jeder ging in sein Zimmer, und an der Fassade des Hauses öffneten die angezündeten Kerzen Goldaugen im Viereck der Fensterläden. Welches Heimweh, welch eine Sehnsucht nach Wärme mußte dieses ihm so vertraute Haus in meinem Bruder erwecken, der im Freien nächtigte! Ich trat ans Fenster unseres Zimmers und meinte, seinen in einer Höhlung der Steineiche zwischen Ast und Stamm zusammengekauerten Schatten zu sehen; da hockte er, in seine Decke eingehüllt und – vermutlich – mehrfach mit einem Strick umwunden, um nicht hinunterzufallen.

Der Mond ging spät auf und leuchtete über den Zweigen. In den Nestern schlummerten die Meisen, zusammengekauert wie er. In der Nacht, unter offenem Himmel, war die Stille des Parks von hundertfachem Rascheln und fernen Geräuschen durchzogen, und der Wind lief hindurch. Zuweilen drang von ferne ein Rauschen herüber: das Meer. An meinem Fenster lauschte ich diesem stoßweisen Atmen und suchte mir vorzustellen, wie es für ihn, der nicht das vertraute Flußbett des Hauses im Rücken hatte, klingen mußte; für ihn, der dort in einer Entfernung von wenigen Metern diesem Atem ganz preisgegeben und ringsum nur von der Nacht umschlossen war; dem als einziger vertrauter Gegenstand, um den er seinen Arm schlingen konnte, nur ein Baumstamm zur Verfügung stand, ein Baumstamm mit seiner Rinde, durchzogen von winzigen Gängen, in denen die Larven schlummerten.

Ich ging zu Bett, wollte aber nicht die Kerze löschen. Vielleicht konnte ihm dieses Licht am Fenster seines Zimmers Gesellschaft leisten. Wir hatten eine gemeinsame Kammer mit zwei Bettchen, die noch Kinderbetten waren. Ich blickte auf das seine, unberührte, in das Dunkel vor dem Fenster, das ihn umgab, und wälzte mich zwischen den Bettdecken, wobei ich vielleicht zum ersten Male Freude darüber empfand, daß ich ausgezogen, mit nackten Füßen in einem warmen und weißen Bett liegen konnte, zugleich aber das Mißbehagen des anderen mit empfand, der dort oben in eine rauhe Decke eingeschnürt war, die Beine in engen Gamaschen, mit zerschlagenen Knochen, ohne daß er sich hätte umdrehen können. Und so überkam mich ein Gefühl, das mich seit dieser Nacht nicht mehr verlassen hat – das Bewußtsein, welch ein Glück es bedeutet, ein Bett zu haben, mit sauberen Leintüchern und weicher Matratze! In dieser Empfindung schlossen sich meine Gedanken, nachdem sie so viele Stunden zu dem Menschen gewandert waren, dem alle unsere Ängste galten, über mir zusammen, und so schlief ich ein.

4

Ich weiß nicht, ob es zutrifft, was man in den Büchern lesen kann, daß in alten Zeiten ein Affe, wenn er sich von Rom aus auf den Weg machte und von Baum zu Baum sprang, Spanien erreichen konnte, ohne jemals den Boden zu berühren. Zu meinen Zeiten gab es solch dichten Baumwuchs nur noch im Golf von Ombrosa von einem Ende zum anderen und bis hinauf zu den Bergkämmen; und dafür war unsere Gegend allgemein bekannt.

Heutzutage ist dieser Himmelsstrich nicht mehr wiederzuerkennen. Als die Franzosen ins Land kamen, hatte man damit begonnen, Wälder abzuholzen, als wären es Wiesen, die man alljährlich abmäht und die dann wieder wachsen. Sie sind nicht wieder gewachsen. Damals schien das mit dem Kriege, mit Napoleon, mit den Zeitläuften zusammenzuhängen; statt dessen ging es immer so weiter. Die Hänge sind kahl, und für uns, die wir sie früher gekannt haben, ist ihr Anblick bestürzend. Damals waren stets Zweige und Laub zwischen uns und dem Himmel, wohin wir uns auch wandten. Eine Zone niedrigerer Vegetation bildeten lediglich die Zitronensträucher, aber auch in ihrer Mitte reckten sich die Feigenbäume empor, die weiter bergwärts den ganzen Himmel der Obstgärten mit den Kuppeln ihres schweren Blattwerks versperrten; wo sie fehlten, gab es Kirschbäume mit ihren braunen Blättern oder die zarteren Quittensträucher, Pfirsich- und Mandelbäume, junge Birnbäume, üppige Zwetschgenbäume, und sodann Spierlingsbäume, Johannisbrotbäume, wo nicht ein Maulbeerbaum oder ein alter Nußbaum stand. Hinter den Obstgärten begannen die silbriggrauen Oliven, wie Wolkenflocken über dem Horizont. Im Hintergrunde schichtete sich das Dorf auf, zwischen dem Hafen in der Tiefe und der Zitadelle auf der Höhe; und auch dort kamen überall Baumgruppen zum Vorschein: Steineichen, Platanen, auch deutsche Eichen – eine uneigennützigere und würdevollere Vegetation, die in der Gegend, wo der Adel seine Villen gebaut und seine Parks mit Zäunen umschlossen hatte, zum Durchbruch kam, freilich nach einer gewissen Ordnung und Regel.

Oberhalb der Oliven begann der Wald. Wahrscheinlich hatten die Pinien früher die ganze Küste beherrscht, denn sie zogen sich noch in Streifen und Gruppen die Hänge entlang, bis hinunter zum Meeresstrand, und das gleiche galt von den Lärchen. Die Steineichen waren zahlreicher und standen dichter, als man es heute sehen kann, denn sie waren das erste und begehrteste Opfer der Äxte. Weiter oben wichen die Pinien den Kastanien, der Wald überkletterte den Bergkamm, und seine Grenzen waren nicht auszumachen. Das war der Lebenssaft, der uns umgab, in dem wir gediehen, wir Bewohner Ombrosas, fast ohne etwas davon zu bemerken.

Der erste, der sich darüber Gedanken machte, war Cosimo. Er erkannte, daß er bei solcher Dichte des Baumwuchses von Ast zu Ast wechseln und mehrere Meilen zurücklegen konnte, ohne jemals den Boden zu betreten. Mitunter nötigte ihn eine kahle Fläche zu endlosen Umwegen, aber bald wußte er über alle Routen Bescheid und maß die Entfernungen nicht mehr nach unseren Schätzungen, sondern stellte stets die gewundenen Strecken in Rechnung, die er von Ast zu Ast bewältigen mußte. Und wo er nicht einmal mit einem Sprunge den nächsten Ast erreichen konnte, traf er seine Vorkehrungen, doch davon werde ich später berichten. Jetzt befinden wir uns noch in der ersten Morgendämmerung, in der er auf dem Wipfel einer Steineiche erwachte, inmitten pfeifender und schwatzender Stare, feucht vom kalten Tau, erstarrt, mit zerschlagenen Knochen, mit kribbelnden Armen und Beinen; und so machte er sich glücklich auf, um die neue Welt zu erforschen.

Er erreichte den letzten Baum des Parks, eine Platane; unter ihr sank das Tal ab, und darüber war der Himmel, durchzogen von Wolken und Rauch, der von irgendeinem Schieferdach aufstieg, von Weilern, die sich wie Steinhaufen hinter den Felsen verbargen. In diesen Himmel reichten die Blätter der Feigen- und Kirschbäume hinein, und die niedrigeren Pflaumen- und Pfirsichbäume spreizten ihre stämmigen Äste: Alles war zu sehen, auch das Gras, Blättchen an Blättchen, aber nicht die Färbung des Bodens, denn der war bedeckt mit den trägen Blättern der Kürbisse oder den Büscheln des Lattichs oder den Kohlköpfen auf den Beeten, und so sah es auf beiden Seiten des V-förmigen Tales aus, das sich trichterartig dem Meere zu öffnete.

Und diese Landschaft durchlief gleichsam eine Welle; sie war nicht sichtbar und auch nur von Zeit zu Zeit zu hören, aber was man hörte, genügte, um die Unruhe fortzupflanzen: Ganz plötzlich erschollen schrille Schreie, und dann war es, als wenn etwas dumpf auf den Boden prasselte, und vielleicht krachte auch ein zerbrochener Ast, dann schrie es wieder, aber es war ein wütendes Gezeter anderer Stimmen, die sich allmählich an dem Orte vereinigten, von wo zunächst die schrillen Schreie gekommen waren. Dann war nichts, ein sinnerfülltes Nichts, als lauerte etwas, was nicht von dort, sondern von einer ganz anderen Seite zu erwarten war, und wahrhaftig begann dieses Durcheinander von Stimmen und Lärm von neuem, und die Stellen hie und da im Tale, von denen es vermutlich herkam, waren dieselben, an denen sich die kleinen gezackten Blätter der Kirschbäume im Winde bewegten.

So geschah es, daß Cosimo mit jenem Teil seines Geistes, der zerstreut dahinsegelte – ein anderer Teil seines Ichs hingegen wußte und begriff alle Dinge im voraus –, auf folgenden Gedanken verfiel: Die Kirschen reden.

Cosimo bewegte sich auf den nächsten Kirschbaum zu oder vielmehr auf eine Reihe von Kirschbäumen mit schönem grünem Laub und schwarzen Kirschen, aber mein Bruder hatte noch nicht das Auge, um sofort unterscheiden zu können, was zwischen den Zweigen war und was nicht. Er hielt dort inne: Zuerst hörte er Lärm, und dann wieder war es still.

Er selbst hockte auf einem der untersten Äste und hatte ein Gefühl, als wären alle Kirschen an seinem Körper; er hätte sich nicht erklären können, weshalb sie sich um ihn zu sammeln schienen: Wahrhaftig, dieser Baum schien Augen statt Kirschen zu tragen.

Cosimo hob das Gesicht, und eine überreife Kirsche klatschte ihm auf die Stirn. Er kniff die Augen zusammen, um gen Himmel zu blicken (wo die Sonne gerade aufging), und stellte fest, daß auf diesem und auf den benachbarten Bäumen überall Jungen hockten.

Als sie sich entdeckt sahen, verhielten sie sich nicht mehr ruhig, und mit ihren grellen, wenn auch gedämpften Stimmen sagten sie ungefähr: »Sieh doch, wie schön er ist!«, und zugleich bog ein jeder die Blätter seines Zweiges zurück und kletterte einen Ast tiefer, dem Knaben entgegen, der einen Dreispitz trug. Sie selber waren barhäuptig oder trugen zerfranste Strohhüte, und einige waren in Säcke gehüllt; sie trugen zerlumpte Hemden und Hosen; wer nicht barfuß war, hatte sich Stoffetzen um die Füße gewickelt; einige hatten sich auch ihre Holzschuhe, die sie beim Klettern behinderten, um den Hals gehängt. Sie alle bildeten die große Bande der Obstdiebe, von der sich Cosimo und ich – darin den Weisungen der Familie gehorsam – immer recht fern gehalten hatten.

An jenem Morgen indessen schien mein Bruder nichts anderes als diese Begegnung zu suchen, obwohl auch er sich nicht im klaren war, was er sich eigentlich davon versprach. Er rührte sich nicht und erwartete sie, während sie von ihren Zweigen herunterkamen, dabei auf ihn zeigten und ihm mit ihren schrillen halblauten Stimmen Worte zuriefen wie: »Was sucht der denn hier?« und ihn mit Kirschkernen bespuckten oder ihn mit verfaulten oder von Amseln angepickten Kirschen bewarfen, nachdem sie sie an ihren Stielen mit einer Schleuderbewegung in die Luft gewirbelt hatten.

»Uuuh!« riefen sie plötzlich. Sie hatten den kleinen Degen erblickt, der ihm hinten herunterhing. »Habt ihr gesehen, was er da hat?« Und sie lachten schallend. »Dieser Angeber!« Dann verstummten sie und unterdrückten ihr Lachen, weil sich etwas anbahnte, was einen unbändigen Spaß versprach: Zwei dieser kleinen Halunken hatten sich heimlich auf einen Ast unmittelbar über Cosimo begeben und ließen einen Sack mit der Öffnung nach unten auf seinen Kopf hinunter, einen jener schmierigen Säcke, die sie offenbar zum Verstauen ihrer Beute verwandten und die sie sich, wenn sie noch leer waren, wie auf die Schultern herabhängende Kapuzen über den Kopf stülpten. Im nächsten Augenblick hätte mein Bruder im Sack gesteckt, ohne zu wissen, wie; dann hätten sie ihn wie eine Zervelatwurst verschnüren und ihn unter Hieben und Stößen fortschleppen können.

Cosimo witterte die Gefahr, oder vielleicht witterte er auch nichts: Er fühlte sich wegen des Degens verspottet, und aus gekränktem Ehrgefühl wollte er ihn ziehen. Er schwang ihn über seinem Haupte, die Klinge berührte den Sack; so wurde er ihn gewahr, knüllte ihn zusammen und entriß ihn der Hand der beiden Diebe, worauf er ihn fortwarf.

Das war ein guter Schachzug. Die anderen gaben ihre Enttäuschung und Verwunderung durch »Ohs« zu erkennen und bedachten die beiden Komplicen, die sich den Sack hatten entreißen lassen, mit Schimpfworten in ihrem Dialekte wie: »Cuiasse, Belinùi!«

Er kam nicht dazu, sich seines Erfolges zu freuen. Auf dem Boden ereignete sich ein Wutausbruch anderer Art: Man keifte, warf Steine und schrie: »Diesmal entwischt ihr uns nicht, ihr Diebespack«, und damit erhoben sich Heugabeln. Die Spitzbuben duckten sich zusammen, zogen Beine und Ellbogen hoch. Dieser Lärm rings um Cosimo hatte den Bauern, die auf der Lauer lagen, als Signal gedient.

Der Angriff war zahlenmäßig gut vorbereitet. Mehrere kleine Grundeigentümer und Pächter im Tale, die es leid waren, sich ihr Obst während der Reifezeit stehlen zu lassen, hatten sich zusammengetan. Der Taktik der Diebe, die alle miteinander einen Baumgarten überfielen, ihn ausplünderten, worauf sie sich nach einer ganz anderen Richtung davonmachten, um dort von neuem zu beginnen – diese Taktik konnte man nur auf eine ähnliche Weise begegnen, das heißt, man mußte auf einem Grundstück, das sie früher oder später heimsuchen würden, gemeinsam Wache halten, um sie auf frischer Tat zu ertappen.

Jetzt begannen die losgekoppelten Hunde zu bellen und zähnefletschend an den Kirschbäumen hochzuspringen, während sich die Heugabeln in die Luft reckten. Drei oder vier der kleinen Diebe sprangen noch so rechtzeitig hinunter, daß sich ihnen die Gabelspitzen in den Rücken bohrten und die zuschnappenden Hunde ihren Hosenboden durchlöcherten, worauf sie schreiend davonrannten und Hals über Kopf die Weinbergzeilen durchbrachen. Infolgedessen getraute sich keiner mehr hinunter. Sie alle, wie auch Cosimo, hockten verstört auf ihren Ästen. Schon legten die Bauern ihre Leitern an den Kirschbäumen an und kletterten hinauf, wobei sie den spitzen Zinken ihrer Gabeln den Vortritt ließen.

Einige Minuten vergingen, bevor Cosimo begriffen hatte, daß es sinnlos war, zu erschrecken, weil diese Strolche erschrocken waren, so wie auch die Vorstellung töricht war, daß nur sie jeder Lage gewachsen sein sollten und er nicht. Daß sie sich wie Einfaltspinsel nicht von der Stelle rührten, war schon ein Beweis dafür: Worauf warteten sie denn noch, bevor sie auf die benachbarten Bäume entwichen? Mein Bruder war auf diesem Wege hierhergekommen und konnte auf die gleiche Weise wieder fort: Er stülpte den Dreispitz auf den Kopf, suchte den Zweig, der ihm als Brücke gedient hatte, wechselte vom letzten Kirschbaum auf einen Johannisbrotbaum über, ließ sich von dort auf einen Pflaumenbaum hinunter und so fort. Als die anderen bemerkten, daß er sich so ortskundig auf diesen Ästen bewegte, sahen sie ein, daß sie sich sofort entschließen mußten, wenn sie sich nicht wer weiß wie lange abmühen wollten, um seinen Weg wiederzufinden: So folgten sie schweigend, Arme und Beine gebrauchend, seiner gewundenen Marschroute. Derweil überkletterte Cosimo einen Feigenbaum, schwang sich über die Hecke, die das Feld umgab, zog sich an einem Pfirsichbaum hoch, dessen Äste so zart waren, daß nur einer auf einmal hinüberkonnte. Der Pfirsichbaum verhalf ihm dazu, daß er sich an den schiefen Stamm eines Ölbaums anklammern konnte, der eine Mauer überragte; vom Ölbaum aus war er mit einem Sprunge auf einer Steineiche, deren einer Ast sich über dem Wildbach spannte; so konnten sie die Bäume am anderen Ufer erreichen.

Die Männer mit den Heugabeln, die bereits die Obstdiebe erwischt zu haben meinten, sahen sie durch die Luft entkommen, als wären es Vögel. Sie verfolgten sie im Laufschritt, zusammen mit den kläffenden Hunden, mußten aber die Hecke und dann die Mauer umgehen; schließlich gab es an jener Stelle des Wildbachs keine Brücken, und bis sie eine Furt gefunden hatten, ging viel Zeit verloren; währenddessen waren die Lausbuben schon davongelaufen.

Sie liefen wie Christenmenschen mit den Füßen auf dem Boden. Mein Bruder war allein auf den Bäumen zurückgeblieben. »Wo steckt denn dieses Rotkehlchen mit seinen Gamaschen?« fragten sie, da sie ihn nicht mehr vor sich sahen. Sie blickten in die Höhe; da kletterte er ja auf den Oliven. »Hallo, du da oben, komm doch runter, jetzt kriegen sie uns nicht mehr!« Er aber kam nicht herunter, sprang von Baum zu Baum, wechselte von einer Olive zur anderen über, entschwand ihren Blicken zwischen den dichten Silberblättern.

Die Rotte der kleinen Strolche mit den Säcken als Kapuzen und Stöcken in Händen plünderte jetzt einige Kirschbäume hinten im Tale. Sie arbeiteten methodisch, pflückten einen Zweig nach dem anderen ab, doch wen erblickten sie auf einmal auf dem höchsten Baumwipfel, wo er mit gekreuzten Beinen hockte, die Kirschenstiele mit zwei Fingern abzupfte, um die Früchte in den Dreispitz auf seinen Knien zu sammeln? Den Jungen mit den Gamaschen! »Heda, wo kommst du denn her?« fragten sie ihn herablassend. Doch sie waren bestürzt, denn er schien wahrhaftig durch die Luft geflogen zu sein.

Mein Bruder holte jetzt die Kirschen einzeln aus dem Dreispitz und führte sie zum Munde, als wären es Kandisfrüchte. Dann blies er mit geschürzten Lippen die Kerne fort, wobei er darauf achtete, daß sie nicht seine Weste beschmutzten.

»Was hat denn dieser Eisfresser bei uns zu suchen?« sagte einer. »Was kommt er uns in die Quere? Weshalb ißt er denn nicht die Kirschen in seinem eigenen Garten?« Sie waren indessen etwas eingeschüchtert, denn sie hatten erkannt, daß er sich auf den Bäumen besser auskannte als sie alle miteinander.

»Unter diesen Eisfressern«, bemerkte ein zweiter, »kommt versehentlich manchmal einer zur Welt, der mehr auf Draht ist als die anderen. Denk doch nur an die Sinforosa...!«

Als Cosimo diesen geheimnisvollen Namen hörte, spitzte er die Ohren und errötete, ohne auch nur zu wissen, weshalb.

»Die Sinforosa hat uns verraten«, sagte ein dritter.

»Aber sie war in Ordnung, wenn man bedenkt, daß auch sie zu den Eisfressern gehört, und hätte sie heute früh auf ihrem Horn geblasen, so hätte uns keiner erwischt.«

»Selbstverständlich kann auch ein Eisfresser bei uns bleiben, wenn er zu uns gehören will.«

Cosimo begriff jetzt, daß mit den »Eisfressern« die Stadtbewohner oder Edelleute oder überhaupt hochgestellte Personen gemeint waren.

»Hör mal!« rief ihm einer zu. »Wir müssen Klarheit haben: Wenn du bei uns bleiben willst, mußt du mit uns das Obst abschlagen und uns alle Kniffe beibringen, die du kennst.«

»Und uns in den Obstgarten deines Vaters hineinlassen«, sagte ein anderer. »Auf mich haben sie einmal mit Salz geschossen.«

Cosimo hörte aufmerksam zu, schien aber ganz in Gedanken versunken. Dann fragte er: »Sagt doch, wer ist denn die Sinforosa?«

Da brachen alle diese Bengel auf den Zweigen in schallendes Gelächter aus; sie lachten so sehr, daß einer von ihnen fast von seinem Kirschbaum heruntergepurzelt wäre; ein anderer warf sich zurück, während er sich mit den Beinen am Ast festhielt, und ein dritter schaukelte, an den Händen hängend, hin und her und lachte dabei fortwährend aus vollem Halse.

Infolge solchen Lärms hatten sie natürlich wieder die Verfolger auf den Fersen. Ja, anscheinend hatte der ganze Haufen mit den Hunden gerade dort auf sie gewartet, denn es erhob sich ein großes Gekläff, und da waren sie alle wieder mit ihren Heugabeln. Nur daß sie diesmal, durch die erlittene Schlappe gewitzigt, zunächst mit Leitern, wie man sie zum Einsammeln des Harzes benutzt, die umliegenden Bäume erkletterten, um die Obstdiebe auf diese Weise mit Mistgabeln und Rechen einzukreisen. Während sich die Männer derart auf die Bäume verteilten, wußten die Hunde auf dem Boden zuerst nicht recht, wohin sie hetzen sollten; daher liefen sie etwas durcheinander und bellten mit hochgerecktem Maul. So konnten die kleinen Gauner sich flink auf die Erde werfen und inmitten der verwirrten Hunde jeder nach einer anderen Seite davonlaufen; und wenn auch der eine oder andere einen Biß in die Wade oder Stockschläge oder einen Steinhagel in Kauf nehmen mußte, so räumten doch die meisten ungeschoren das Feld.

Cosimo blieb auf seinem Baume zurück. »Komm doch runter!« riefen ihm die anderen zu, während sie davonliefen. »Was tust du denn? Schläfst du? Komm runter, solange der Weg noch frei ist!« Er aber zog seinen Kinderdegen, während er die Knie an den Ast preßte. Um ihn zu erreichen, streckten die Bauern von den umliegenden Bäumen ihre Gabeln aus, an die sie Stöcke gebunden hatten. Cosimo hielt sie von sich ab, indem er seinen Degen herumwirbelte, bis sie ihm eine Gabel mitten auf die Brust pflanzten und ihn am Stamm festnagelten.

»Halt!« schrie da eine Stimme. »Das ist ja der kleine Baron di

Piovasco! Was treibt er denn da droben, der junge Herr! Wieso hat er sich unter solch ein Gesindel gemischt!«

Cosimo erkannte Giuà della Vasca, einen Pächter unseres Vaters.

Die Gabeln wichen zurück. Viele aus dem Haufen zogen den Hut. Auch mein Bruder lüftete den Dreispitz mit zwei Fingern und verneigte sich.

»Heda, ihr da drunten, nehmt die Hunde an die Leine!« riefen die andern. »Laßt ihn hinunter! Ihr könnt jetzt hinabklettern, junger Herr, aber Achtung, der Baum ist hoch! Einen Augenblick, wir legen eine Leiter an! Ich selbst bringe Euch dann nach Hause!«

»Nein, besten Dank«, sagte mein Bruder. »Macht euch nur keine Mühe, ich kenne meinen Weg, ich kenne ihn ganz allein.«

Er verschwand hinter dem Stamm, um wieder auf einem anderen Ast zum Vorschein zu kommen, dann umkreiste er abermals den Stamm und erschien wieder auf einem höheren Ast; von neuem verschwand er hinter dem Stamm, und dann waren nur die Füße auf einem höheren Ast zu sehen, denn oben war das Laub dicht; die Füße sprangen, und dann sah man nichts mehr.

»Wo ist er denn hin?« fragten sich die Männer, und sie wußten nicht, wohin sie blicken sollten, ob nach oben oder nach unten.

»Da ist er!« Er war auf dem Wipfel eines anderen Baums, weiter fort, und verschwand wieder.

»Da ist er!« Er war wieder auf einem anderen Wipfel, schwebte wie vom Winde getragen und sprang.

»Er ist hinuntergefallen! Nein! Dort ist er!« Über dem gestutzten Grün sah man nur Dreispitz und Schwalbenschwanz.

»Aber was hast du denn für einen Herrn?« fragten die anderen Giuà della Vasca. »Ist er ein Mensch oder ein wildes Tier? Oder ist es der Teufel in Person?«

Giuá della Vasca hatte es die Sprache verschlagen. Er bekreuzigte sich.

Man hörte Cosimos Gesang, eine Art Schrei, der die Tonleiter hinaufkletterte: »O la Sin-fo-ro-saaa...!«

5

Die Sinforosa: Aus den Erzählungen der kleinen Diebe erfuhr Cosimo nach und nach viele Dinge über dieses Wesen. Mit diesem Namen pflegten sie ein junges Mädchen zu bezeichnen, das aus einem der Landhäuser stammte und auf einem weißen Pony umherstreifte; mit ihnen, dem Lumpenpack, hatte sie Freundschaft geschlossen, sie eine Weile beschützt und auch, herrisch, wie sie war, kommandiert. Auf ihrem weißen Pferdchen galoppierte sie Straßen und Pfade entlang; wenn sie reifes Obst in einem unbewachten Obstgarten erblickte, gab sie ihnen Nachricht und begleitete ihre Überfälle hoch zu Roß wie ein Offizier. Sie hatte ein Jagdhorn um den Hals hängen; während die Bande Mandel- oder Birnbäume heimsuchte, ritt sie an der Küste auf und ab, von wo man das Land überblicken konnte; und sobald sie verdächtige Bewegungen von Gutsherren oder Bauern wahrnahm, die zur Entdeckung der Diebe oder zu einer Aktion gegen sie hätten führen können, blies sie in ihr Horn. Sobald sie dessen Klang hörten, sprangen die kleinen Halunken von ihren Bäumen und suchten das Weite; daher waren sie nie erwischt worden, solange das Mädchen zu ihnen gehalten hatte.

Was dann geschehen war, ließ sich schwer feststellen: Jener »Verrat«, den die Sinforosa ihnen gegenüber beging, schien zum Teil darin bestanden zu haben, daß sie sie alle in ihren Garten gelockt hatte, damit sie dort Obst essen sollten, um sie dann durch die Dienstboten verprügeln zu lassen; außerdem schien sie einen aus ihrem Haufen, einen gewissen Bel-Loré, der deswegen noch immer gehänselt wurde, bevorzugt, zugleich aber auch einem anderen, einem gewissen Ugasso, ihre Gunst geschenkt zu haben, um sie dann gegeneinander aufzuwiegeln; zu eben jenen Stockschlägen von seiten der Dienstboten war es anscheinend nicht anläßlich eines Obstdiebstahls, sondern während einer Expedition der beiden eifersüchtigen

Favoriten gekommen, die sich schließlich gegen das Mädchen verbündet hatten; man erzählte auch von gewissen Torten, die sie ihnen wiederholt versprochen und schließlich auch gegeben hatte, doch waren sie mit Rizinusöl zubereitet gewesen, so daß sie eine Woche lang an Bauchgrimmen gelitten hatten.

Dieser oder ein ähnlicher Streich oder vielleicht auch alles zusammen hatte dazu geführt, daß es zwischen der Sinforosa und der Bande zum Bruch gekommen war, und jetzt sprachen sie von ihr voller Groll, doch zugleich mit Bedauern.

Cosimo vernahm all diese Dinge mit gespitzten Ohren und gab seine Zustimmung zu erkennen, als hätte sich alles in ein ihm bekanntes Bild eingefügt; schließlich entschloß er sich zu der Frage: »Aber in welcher Villa lebt sie denn, diese Sinforosa?«

»Wie, kennst du sie denn nicht? Ihr seid doch Nachbarn! Die Sinforosa aus der Villa der Ondarivas!«

Cosimo hätte sicherlich nicht dieser Bestätigung bedurft, um Gewißheit zu haben, daß die Freundin der Strolche Viola war, das Mädchen auf der Schaukel. Und gerade – so scheint mir – weil sie ihm gesagt hatte, sie kenne alle Obstdiebe der Umgebung, war er sogleich darauf erpicht gewesen, die Bande aufzuspüren. Von diesem Augenblick an verstärkte sich indessen die Sucht, die ihn ergriffen hatte, mochte sie auch noch unbestimmt sein. Gern hätte er die Bande angeführt, damit sie die Bäume des Parks der Ondarivas ausplündere, und dann wollte er wieder in Violas Dienste treten, um sie vor den Strolchen zu beschützen; am liebsten hätte er ihr wohl Verdruß bereitet, um sie dann verteidigen zu können, oder Heldentaten vollbracht, von denen sie durch Mittelsleute erfahren mußte. Während ihm solche Pläne durch den Kopf gingen, folgte er der Bande immer unlustiger; wenn die anderen von den Bäumen heruntersteigen, blieb er allein zurück, während ein Schleier der Schwermut über sein Gesicht zog wie Wolken über die Sonne. Dann fuhr er auf einmal in die Höhe, kletterte flink wie eine Katze von Ast zu Ast und durcheilte Obstplantagen und Gärten, während er irgend etwas zwischen den Zähnen vor sich hin summte. Es war ein nervöses, nahezu stummes Summen, dabei starrten die Augen vor sich hin, so daß man meinen konnte, sie sähen nichts und er halte sich nur vermöge seines Instinktes im Gleichgewicht, genau wie die Katzen.

In solcher Besessenheit sahen wir ihn mehrmals auf den Ästen unseres Gartens vorüberziehen. »Da ist er, da ist er!« schrien wir dann, denn bei allem, was wir unternahmen, dachten wir doch ständig an ihn; wir zählten die Stunden, die Tage, die er auf den Bäumen verbrachte, und unser Vater sagte: »Er ist verrückt, der Teufel ist in ihn gefahren!« und nahm sodann den Abbé Fauchelefleur aufs Korn. »Es gibt nur eins: Er muß ihm ausgetrieben werden! Worauf warten Sie denn noch, ich spreche zu Ihnen, mon Abbé, was stehen Sie denn da und falten die Hände! Mein Sohn hat den Teufel im Leib, verstehen Sie denn nicht, sacré nom de Dieu!«

Der Abbé schien plötzlich aus seinen Träumen zu erwachen; das Wort »Teufel« löste offenbar eine bestimmte Gedankenkette in ihm aus, und so begann er mit sehr verwickelten theologischen Darlegungen über die Frage, wie die Gegenwart des Teufels richtig zu verstehen sei, wobei man nicht genau wußte, ob er meinem Vater widersprechen oder nur allgemeine Betrachtungen anstellen wollte; jedenfalls nahm er nicht dazu Stellung, ob eine Beziehung zwischen meinem Bruder und dem Teufel denkbar sei oder von vornherein ausgeschlossen werden müsse.

Der Baron wurde ungeduldig, der Abbé verlor den Faden, mir selber war es schon langweilig geworden. Bei unserer Mutter hatte sich hingegen der mütterliche Angstzustand, wie das nach einer Weile mit allen ihren Empfindungen zu geschehen pflegte, aus einer alles beherrschenden Gemütsbewegung zu praktischen Entscheidungen und zur Suche nach den geeigneten Hilfsmitteln verdichtet. Es war das genau die Art und Weise, wie die Probleme eines Generals ihre Lösung finden sollen. Sie hatte ein langes, mit einem Dreifuß versehenes Fernrohr ausfindig gemacht, durch das sie hindurchzuschauen pflegte; so verbrachte sie ihre Stunden auf der Terrasse der Villa und regulierte ständig die Linsen, um den Jungen inmitten des Blattwerks selbst dann im Auge zu behalten, wenn wir geschworen hätten, er sei außer Sichtweite. »Siehst du ihn noch?« fragte sie vom Garten aus unser Vater, der unter den Bäumen auf und ab spazierte und dem es nie glückte, Cosimo zu Gesicht zu bekommen, außer wenn er sich unmittelbar über seinem Kopf befand. Die Generalin nickte und bedeutete uns zugleich, daß wir still sein und sie nicht stören sollten, als verfolge sie Truppenbewegungen auf einer Anhöhe.

Natürlich sah sie ihn manchmal überhaupt nicht, aber aus einem unerfindlichen Grunde hielt sie an der Vorstellung fest, daß er nur an einer bestimmten Stelle wiederauftauchen könne, und hatte daher das Fernrohr dorthin gerichtet. Mitunter freilich mußte sie im stillen zugeben, daß sie sich geirrt hatte; dann hob sie das Auge von der Linse und begann eine Katasterkarte zu studieren, die auf ihrem Schoß ausgebreitet war; dabei ruhte die eine Hand in nachdenklicher Haltung auf dem Munde, während sie mit der anderen den Hieroglyphen der Karte folgte, bis sie den Punkt festgestellt hatte, den ihr Sohn erreicht haben mußte; alsbald berechnete sie den Einfallswinkel, richtete das Fernrohr auf irgendeinen Baumwipfel in diesem Blättermeer und stellte langsam die Linsen ein. Wenn darauf ein ängstliches Lächeln auf ihren Lippen erschien, wußten wir, daß sie ihn gesehen hatte, daß er sich wahrhaftig dort befand! Sofort ergriff sie gewisse bunte Fähnchen, die neben ihr auf dem Bänkchen lagen, und schwenkte sie, erst das eine, dann das andere, mit entschiedenen, rhythmischen Bewegungen, als handelte es sich um Botschaften in einer verabredeten Sprache. Ich war hierüber etwas verdrossen, denn ich hatte nicht gewußt, daß unsere Mutter diese Fähnchen besaß und mit ihnen umzugehen verstand; und gewiß wäre es schön gewesen, wenn sie uns das Spielen mit den

149

Fähnchen beigebracht hätte, vor allem früher, als wir beide noch klein waren; aber unsere Mutter pflegte nie etwas zum Spaß zu tun, und jetzt war alle Hoffnung vergebens.

Ich muß zugeben, daß sie trotz ihres ganzen Kriegsinstrumentariums immer Mutter blieb, mit dem Herzen, das ihr die Kehle zuschnürte, mit dem in der Hand zusammengeknüllten Taschentuch; es hatte indessen den Anschein, daß sie sich ausruhte, indem sie die Generalin spielte, oder daß es ihren Schmerz linderte, wenn sie diese Angst in der Vermummung einer Generalin und nicht als schlichte Mutter durchlebte, eben weil sie ein so zartes Persönchen war, dem als einzige Waffe jener von den Kurtewitz ererbte militärische Stil zu Gebote stand.

Da schwenkte sie nun eines ihrer Fähnchen, während sie durchs Fernrohr blickte, und auf einmal strahlte sie über das ganze Gesicht und lachte. So wußten wir gleich, daß ihr Cosimo geantwortet hatte. Wie, das weiß ich nicht: Vielleicht hatte er seinen Hut geschwenkt oder einen Zweig hochschnellen lassen. Jedenfalls ging in meiner Mutter seitdem eine Veränderung vor sich: Sie hatte nicht mehr die bisherigen Angstzustände, und mochte sich auch ihr Mutterlos, mit einem so sonderbaren, dem üblichen Gefühlsleben entrückten Sohn, vom Schicksal jeder anderen Mutter unterscheiden, so fand sie sich doch als erste von uns allen mit Cosimos sonderbarem Wesen ab, als sei sie nunmehr durch die Grüße, die er ihr fortan von Zeit zu Zeit ganz unversehens zu senden pflegte, durch diese schweigenden Botschaften, die sie miteinander austauschten, völlig zufriedengestellt.

Das Seltsame dabei war, daß sich unsere Mutter in keiner Weise der Täuschung hingab, Cosimo sei jetzt, da er ihr einen Gruß gesandt hatte, geneigt, seine Flucht zu beenden und zu uns zurückzukehren. Unser Vater hingegen lebte ständig in dieser Geistesverfassung, und selbst die kleinste Neuigkeit über Cosimo veranlaßte ihn zu phantasieren: »Ja wirklich? Habt ihr ihn gesehen? Wird er heimkommen?« Unsere Mutter hingegen, die ihm vielleicht am fernsten stand, schien die einzige zu sein, die ihn so zu nehmen vermochte, wie er wirklich war, vielleicht weil sie sich sein Verhalten nicht zu erklären suchte.

Doch kehren wir zu jenem Tage zurück. Hinter unserer Mutter tauchte für einen Augenblick auch Battista auf, die sich sonst nie zu zeigen pflegte. Mit sanftem Augenaufschlag präsentierte sie einen Teller mit einem gewissen Brei und hob ein Löffelchen empor. »Cosimo? Möchtest du was?« Sie empfing dafür eine Backpfeife von unserem Vater und kehrte wieder ins Haus zurück. Wer weiß, was für ein abscheuliches Müsli sie da zubereitet hatte. Unser Bruder war verschwunden.

Wie gern hätte ich ihn begleitet, vor allem jetzt, da er an den Unternehmungen der kleinen Strolche teilnahm, und mir war, als hätte er mir die Tore zu einem neuen Reich geöffnet, das ich nicht mehr mit ängstlichem Mißtrauen, sondern mit solidarischer Begeisterung betrachtete. Ich befand mich bald auf der Terrasse, bald an einer hochgelegenen Dachluke, von der ich die Baumwipfel überblicken konnte; von dort verfolgte ich mehr mit dem Gehör als mit den Augen das plötzliche Lärmen der Bande in den Obstgärten, sah, wie sich die Wipfel der Kirschbäume bewegten, erblickte ungekämmte oder in Sackleinwand gehüllte Köpfe und hörte in dem Stimmengewirr auch Cosimos Stimme, so daß ich mich fragte: Wie stellt er es nur an, daß er schon dort unten ist? Eben war er doch noch hier im Park! Kommt er schon schneller voran als ein Eichhörnchen?

Ich weiß noch, daß sie sich auf den roten Pflaumenbäumen über dem großen Teich befanden, als das Horn erscholl. Auch ich vernahm es, beachtete es aber nicht, da ich nicht wußte, was es zu bedeuten hatte. Sie aber! Wie mir mein Bruder später erzählte, waren sie sprachlos, als sie es von neuem hörten, und vergaßen ganz, daß es ja ein Alarmsignal war; statt dessen fragten sie sich, ob sie richtig gehört hätten und ob Sinforosa abermals auf den Straßen umherzog, um sie vor Gefahren zu warnen. Plötzlich stürmten sie aus dem Obstgarten, aber sie flohen nicht, um zu fliehen, sondern um die Sinforosa zu suchen, sie zu erreichen.

Nur Cosimo blieb dort zurück, mit feuerrotem Gesicht. Doch kaum hatte er begriffen, daß die kleinen Diebe fortliefen, daß sie zu Viola wollten, als er auch schon in Sprüngen, die jedesmal halsbrecherisch waren, über die Äste setzte.

Viola hielt an der Biegung einer ansteigenden Straße; die Hand mit den Zügeln ruhte auf der Pferdemähne, in der anderen schwang sie eine Gerte. Sie musterte die Jungen von Kopf bis Fuß und führte die Spitze der Gerte zum Munde, um daran zu nagen. Sie trug ein himmelblaues Kleid; das an einem Halskettchen befestigte Horn war vergoldet.

Die Jungen standen alle in einem Haufen herum, und auch sie knabberten an etwas: an Pflaumen oder Fingern oder Narben, die sie auf Armen oder Beinen trugen, oder an Sackfetzen. Und fast als müßten sie ihre Verlegenheit überwinden – nicht von einem wirklichen Gefühl getrieben, sondern vielleicht sogar Widerspruch erwartend –, kamen nach und nach aus ihren knabbernden Mündern nahezu stimmlos Worte, die einem Rhythmus folgten, als wenn sie singen wollten: »Weshalb... bist du jetzt hier... Sinforosa... nun kommst du zurück... doch bist du nicht mehr... unsere Freundin... oh, oh, oh... o du Memme...!«

Es rauscht in den Zweigen, und auf einem hohen Feigenbaum erscheint Cosimos Kopf und späht zwischen den Blättern hervor. Sie indessen, noch mit der Gerte im Munde, betrachtete ihn und die anderen von unten nach oben, alle mit dem gleichen Blick umfassend. Cosimo hielt nicht an sich.

Noch ganz außer Atem, stieß er hervor: »Weißt du, daß ich seit damals nie mehr von den Bäumen heruntergekommen bin?«

Unternehmungen, die sich auf innere Zähigkeit gründen, müssen stumm und verborgen bleiben; sobald einer davon spricht oder sich mit ihnen brüstet, wirkt alles eitel, sinnlos oder geradezu kläglich. So hätte auch mein Bruder diese Worte, sobald sie heraus waren, am liebsten niemals gesagt, ja, es war ihm nun alles gleichgültig, und er empfand geradezu das Bedürfnis, herunterzukommen und Schluß zu machen. Das um so mehr, als Viola langsam die Gerte aus dem Munde nahm und in liebenswürdigem Ton sagte: »Ja, wahrhaftig? Brav gemacht, Amsel!«

Aus den Mündern all dieser Bengel begann ein Gelächter zu dröhnen, noch bevor sie sich zu einem ohrenbetäubenden Geschrei öffneten, und Cosimo wurde infolgedessen droben auf seinem Feigenbaum so sehr von Wut übermannt, daß dessen trügerisches Holz nachgab; ein Ast zerbrach ihm unter den Füßen. Cosimo stürzte herab wie ein Stein.

Er fiel mit geöffneten Armen, ohne sich festzuhalten. Während seines Aufenthaltes auf den Bäumen dieser Erde war das wahrhaftig das einzige Mal, daß er nicht den Willen und den Instinkt aufbrachte, sich anzuklammern. Zum Glück verfing sich ein Zipfel seiner Weste in einem niederen Zweig: Vier Fuß über dem Boden blieb er daher in der Luft hängen, mit dem Kopf nach unten.

Ihm war, als triebe ihm die Scham das Blut in den Kopf. Als er dann die Augen in verkehrter Richtung aufriß und die schreienden Buben mit dem Kopfe nach unten erblickte, die jetzt alle wie wild Purzelbäume vollführten, worauf einer nach dem anderen wieder in die Normallage zurückkehrte, als klammere er sich an eine über den Abgrund gestülpte Erde, und als er das blonde Mädchen auf dem sich bäumenden Pferdchen sah, da kam ihm nur ein einziger Gedanke: daß er zum erstenmal von seinem Leben auf den Bäumen gesprochen hatte und daß dies auch das letztemal sein werde.

Er schnellte sich hoch, klammerte sich an den Ast an und schwang sich wieder rittlings darauf. Viola, die ihr Pferd beruhigt hatte, tat jetzt, als hätte sie nichts von dem Vorfall bemerkt. Cosimo vergaß sofort seine Bestürzung. Das Mädchen hob das Horn an die Lippen und ließ das dumpfe Alarmsignal erschallen. Die Bengel, denen – wie Cosimo später erläuterte – durch Violas Anwesenheit eine seltsame Erregung in die Glieder fuhr, wie Hasen im Mondschein, nahmen sofort Reißaus. Es war das gewissermaßen eine instinktive Reaktion, obwohl sie wußten, daß Viola es nicht ernst gemeint hatte; und auch sie nahmen es nicht ernst mit ihrer Flucht und äfften das Horn nach, während sie die abschüssige Straße hinunterliefen, hinter dem Mädchen her, das ihnen auf seinem kurzbeinigen Pferdchen vorausgaloppierte.

Sie rannten so blindlings und Hals über Kopf, daß sie Viola zuweilen aus den Augen verloren. Sie hatte einen Haken geschlagen, war von der Straße abgewichen, um die Jungen dort sich selbst zu überlassen. Wo wollte sie hin? Sie galoppierte zwischen den Ölbäumen, die sich auf den sanft abfallenden Wiesen bis ins Tal hinunterzogen, suchte den Baum, auf dem sich Cosimo gerade abmühte, galoppierte im Kreise um ihn herum und jagte wieder davon. Dann war sie von neuem unter einem anderen Ölbaum zu sehen, während mein Bruder zwischen den Blättern seine Künste vollführte. Auf diese Weise bewegten sich die beiden in Kurven, die geschwungen waren wie die Äste der Ölbäume, und stiegen so miteinander zu Tale.

Als das die kleinen Diebe gewahr wurden und die Tändelei des Paares auf Ast und Sattel bemerkten, fingen sie alle zusammen an zu pfeifen, und dieses Pfeifen klang boshaft und spöttisch. Unter immer schrilleren Pfiffen entschwanden sie in Richtung Porta Capperi.

Das Mädchen und mein Bruder blieben allein zurück, um sich unter den Ölbäumen zu haschen, aber zu seiner Enttäuschung stellte Cosimo fest, daß Violas Lust an dem Spiel zu schwinden begann, sobald das kleine Gesindel nicht mehr da war, als hätte die Langeweile sie schon übermannt. Und ihm kam der Verdacht, sie täte das alles, um die anderen zu erbosen, zugleich aber hegte er die Hoffnung, sie lege es jetzt eigens darauf an, ihn selbst aufzuwiegeln: Auf jeden Fall hatte sie stets das Bedürfnis, jemanden zu erzürnen, um sich zur Geltung zu bringen. (Alle diese Empfindungen wurden freilich dem Knaben Cosimo kaum bewußt; in Wahrheit kletterte er auf diesen rauhen Rinden herum, ohne irgend etwas zu begreifen, ungefähr wie eine Nachteule.)

An der Kurve eines Hügelrückens empfängt sie auf einmal ein heftiger Hagel von Kieselsteinen. Das Mädchen verbirgt den Kopf hinter dem Hals des Pferdchens und sucht das Weite; mein Bruder aber bleibt hinter der Krümmung eines deutlich sichtbaren Zweiges im Schußfeld. Doch die Steinchen fallen dort oben zu schräg ein, um weh zu tun, außer ein paar Treffern auf der Stirn oder den Ohren. Sie pfeifen und lachen, diese ausgelassenen Bengel; sie rufen: »Sin-fo-ro-sa ist ein Eee-kel!«, dann laufen sie davon.

Jetzt sind die Strolche in Porta Capperi angelangt, wo grüne Kapernstauden die Mauern überwuchern. Aus den verfallenen Katen ringsum rufen die Mütter. Doch die kleinen Diebe gehören zu den Kindern, die abends nicht von den Müttern gerufen werden, damit sie heimkommen, sondern die ihre Schelte empfangen, weil sie heimgekommen sind; weil sie zum Nachtmahl erscheinen, statt sich anderswo ihre Nahrung zu suchen. Rings um Porta Capperi hausten in dürftigen Hütten und Verschlägen, in wackligen Kutschen oder in Zelten die Ärmsten Ombrosas – Leute, die so arm waren, daß man sie außerhalb der Stadttore und fern von den Feldern untergebracht hatte, Auswanderer entlegener Länder und Gegenden, von wo sie Teuerung und Elend, die in allen Staaten zunahmen, vertrieben hatten. Die Sonne war am Untergehen, und ungekämmte Frauen mit Kindern an der Brust fachten rauchige Öfchen an; Bettler rekelten sich in der Kühle und deckten ihre Wunden auf, andere würfelten, wobei sie heisere Schreie ausstießen. Die Gefährten der Obstbande waren jetzt in die Kochdämpfe und Streitereien hineingeraten, bezogen Backpfeifen von ihren Müttern, rauften sich miteinander und wälzten sich im Staub. Und schon hatten ihre Lumpen die Farbe aller anderen Lumpen angenommen, und ihr vogelhafter Frohsinn gerann zu zähflüssiger Albernheit in diesem Menschenschleim, so sehr, daß sie kaum die verschüchterten Augen hoben, als das blonde Mädchen herangaloppierte und Cosimo auf den benachbarten Bäumen auftauchte; statt dessen wichen sie weiter zurück, suchten sich in den Staubwolken und im Rauch der Herdstellen zu verbergen, als hätte sich auf einmal eine Wand vor ihnen aufgerichtet.

Das alles war für die beiden nur ein Nu, ein Augenblick. Jetzt hatte Viola den Rauch der Baracken hinter sich gelassen, der sich mit der Abenddämmerung und den schrillen Schreien der Frauen und Kinder vermischte, und galoppierte zwischen den Pinien am Ufer dahin.

Dort war das Meer. Man hörte, wie es über die Steine rollte. Es war dunkel. Ein klirrendes Gepolter: das Pferdchen, das in seinem Lauf Funken aus den Kieseln schlug. Von einer niedrigen verkrüppelten Pinie aus blickte mein Bruder auf den scharfen Schatten des blonden Mädchens, der den Strand überquerte. Eine Woge, fast ohne Schaumkrone, erhob sich aus der schwarzen See, stieg höher, um sich zu überschlagen; jetzt brandete sie ganz weiß heran, brach sich; der Schatten des Pferdes mit der Kleinen hatte sie mitten im Lauf gestreift, und auf der Pinie näßte ein weißer Spritzer salzigen Wassers Cosimos Gesicht.

6

Jene ersten Tage Cosimos auf den Bäumen verliefen ohne Plan und Ziel; sie standen ganz im Zeichen seines Wunsches, dieses Reich kennenzulernen und in Besitz zu nehmen. Am liebsten hätte er es sofort bis zu seinen äußersten Grenzen erforscht, alle Möglichkeiten erprobt, die es bot, es Baum für Baum und Zweig für Zweig entdeckt. Ich sage, so wäre es ihm am liebsten gewesen; in Wahrheit sahen wir ihn ständig wieder über unseren Köpfen erscheinen, in jener gehetzten und blitzschnellen Art, wie sie wilden Tieren eigen ist, die wir freilich auch in Ruhe an der Tränke sehen, doch immer auf dem Sprunge, als ob sie gleich forteilen wollten.

Weshalb kehrte er in unseren Park zurück? Wenn wir ihn im Blickfeld des Fernrohrs unserer Mutter von einer Platane auf eine Steineiche überwechseln sahen, hätte man meinen können, die Kraft, die ihn trieb, seine beherrschende Leidenschaft, sei immer noch jener Streit mit uns gewesen, der Drang, unseren Zorn oder unseren Kummer zu nähren. (Ich spreche von uns allen miteinander, weil es mir nicht gelungen war, herauszubekommen, was er eigentlich dachte: Hatte er etwas nötig, schien sein Bündnis mit mir niemals in Frage gestellt; es kam aber auch vor, daß er über mir vorüberzog, ohne daß er mich zu beachten schien.)

In Wahrheit war das für ihn nur eine Durchgangsstation. Die Mauer vor der Magnolie zog ihn an; dort sahen wir ihn zu jeder Tageszeit verschwinden, auch wenn das blonde Mädchen bestimmt noch nicht aufgestanden war oder wenn sie der Schwarm der Tanten und Gouvernanten bereits ins Haus getrieben hatte.

Im Garten der Ondarivas streckten sich die Äste wie Saugrüssel wunderlicher Tiere; auf dem Boden öffneten sich gezackte Blätter mit grüner Eidechsenhaut, und gelbe, leichte Bambusrohre schwankten mit papierenem Knistern. Cosimo, den es danach verlangte, dieses andersartige Grün wie auch das hindurchscheinende andersartige Licht und das andersartige Schweigen völlig auszukosten, ließ sich vom höchsten Baume mit dem Kopf nach unten hängen, und so wurde der umgestürzte Garten zu einem Wald – zu einem Wald, nicht von dieser Erde, zu einer neuen Welt.

Dann erschien Viola. Cosimo erblickte sie plötzlich, wenn sie schon auf der Schaukel hockte und sich abstieß oder auf dem Sattel ihres Ponys saß, oder er hörte aus dem Garten den tiefen Ton des Jagdhorns.

Der Marchese von Ondariva hatte sich über die Streifzüge des kleinen Mädchens niemals Gedanken gemacht. Solange sie zu Fuß ging, waren die Tanten hinter ihr her; kaum saß sie im Sattel, war sie frei wie die Luft, denn die Tanten konnten nicht reiten und sahen daher nicht, wohin sie sich begab. Und dann war auch der Gedanke, sie könnte sich mit diesen Strolchen einlassen, so unbegreiflich, daß er ihnen nicht in den Kopf wollte. Den kleinen Baron jedoch, der sich auf den Bäumen herumtrieb, den hatten sie gleich bemerkt und waren auf der Hut, obwohl sie eine Art überlegene Verachtung zur Schau trugen.

Bei unserem Vater hingegen verschmolz die Bitterkeit, die er wegen Cosimos Ungehorsam empfand, mit seiner Abneigung gegen die Ondarivas, als hätte er ihnen die Schuld zuschieben wollen und als wären sie es gewesen, die seinen Sohn in ihren Garten gelockt, ihn beherbergt und ihn zu seinem rebellischen Spiel angespornt hatten. Plötzlich beschloß er, eine Treibjagd zu veranstalten, um Cosimo zu fangen, und zwar nicht in unseren Besitzungen, sondern gerade während sich mein Bruder im Garten der Ondarivas aufhielt. Und um diese aggressive Absicht gegen unsere Nachbarn gewissermaßen noch zu betonen, wollte er nicht selber diese Aktion anführen und persönlich bei den Ondarivas vorsprechen, um seinen Sohn von ihnen zurückzufordern – was zwar ungerechtfertigt gewesen wäre, aber doch dem würdigen Verkehr zwischen Edelleuten entsprochen hätte –, sondern entsandte einen Trupp von Dienern unter dem Befehl des Advokaten Cavaliere Enea Silvio Carrega.

Mit Leitern und Stricken bewehrt, erschienen diese Diener am Gartentor der Ondarivas. Der Cavaliere, der einen langen Leibrock und einen Fez trug, stammelte unter vielen Entschuldigungen, ob man ihnen Einlaß gewähren könne. Die Leute der Ondarivas glaubten zunächst, die Besucher seien gekommen, um einige unserer Bäume zu beschneiden, die auf ihrem Boden überhingen; als dann der Cavaliere halbe Worte hervorbrachte: »Wir fang..., wir fang...«, hoben sie die Nasen in die Luft, schauten zwischen die Zweige, trippelten hin und her und fragten: »Aber was ist Ihnen denn ausgerissen: ein Papagei?«

»Der Sohn, der Erstgeborene, der Leibeserbe«, stieß der Cavaliere hastig hervor, ließ eine Leiter an eine indische Kastanie anlegen und begann selbst hinaufzuklettern. Zwischen den Zweigen sah man Cosimo sitzen, der mit den Beinen schlenkerte, als ob nichts geschehen wäre. Viola – auch sie, als ob nichts geschehen wäre – spazierte auf den Gartenwegen und spielte mit ihrem Kreisel. Die Diener reichten dem Cavaliere Stricke, die kraft irgendwelcher Manöver dazu dienen sollten, meinen Bruder zu fangen. Doch bevor der Cavaliere die Mitte der Leiter erreicht hatte, war Cosimo schon im Wipfel eines anderen Baumes. Der Cavaliere ließ die Leiter verrücken, und das vier- oder fünfmal hintereinander, und jedesmal wurde dadurch ein Beet zerstört, während Cosimo mit zwei Sprüngen auf den nächsten Baum überwechselte. Viola sah sich auf einmal von Tanten und Vizetanten umringt, die sie ins Haus führten und darin einschlossen, um sie von diesem Tumult fernzuhalten. Cosimo zerbrach einen Zweig, schwang ihn mit beiden Händen und teilte pfeifende Stockhiebe ins Leere aus.

»Aber können Sie sich denn nicht in Ihren eigenen Park begeben und diese Jagd dort fortsetzen, liebe Herren?« sagte der Marchese d'Ondariva, der feierlich auf der Treppe der Villa im Morgenrock und mit einem Käppchen erschienen war, wodurch er dem Cavaliere seltsam ähnlich sah. »Ich spreche zu euch, der ganzen Familie Piovasco di Rondò!« – und damit machte er eine weite kreisende Geste, die den kleinen Baron auf seinem Baume, den natürlichen Onkel, das Gesinde und jenseits der Mauer alle umfaßte, die unter der Sonne zu uns gehörten.

In diesem Augenblick schlug Enea Silvio Carrega einen anderen Ton an. Er trabte in die Nähe des Marchese, worauf er, als ob nichts geschehen wäre, von den Wasserspielen des vor ihnen liegenden Teiches zu stottern begann und darlegte, wie ihm der Gedanke an ein weit höheres Wasserspiel gekommen sei, das nach Auswechslung einer Rosette auch zum Besprengen des Rasens benutzt werden könne. Es war das ein neuer Beweis dafür, wie unbestimmbar und unzuverlässig der Charakter unseres natürlichen Onkels war; hatte ihn doch der Baron mit einem bestimmten Auftrag und in der Absicht dorthin entsandt, daß er gegenüber den Nachbarn eine streitbare Haltung bewahren sollte; wie kam er also dazu, freundschaftlich mit dem Marchese zu plaudern, als hätte er ihm seinen Dank abstatten wollen? Das um so mehr, als er diese geselligen Eigenschaften immer nur dann an den Tag legte, wenn es ihm in den Kram paßte, und namentlich, wenn man seinem widerspenstigen Charakter Vertrauen schenkte. Das schönste dabei war, daß ihm der Marchese recht gab, ihm Fragen stellte und ihn mit sich nahm, damit er alle Teiche und alle Wasserspiele besichtige; beide waren sie gleich gekleidet, beide trugen sie diese überlangen Röcke, waren nahezu gleich groß, so daß man sie hätte verwechseln können, und hinter ihnen folgte die große Schar ihrer und unserer Bediensteten, manche mit Leitern auf den Schultern, mit denen sie nichts anzufangen wußten.

Derweil sprang Cosimo unbekümmert auf die Bäume vor den Fenstern der Villa und versuchte, hinter den Gardinen das

Zimmer zu entdecken, in das sie Viola eingeschlossen hatten. Schließlich entdeckte er es und warf eine Beere gegen den Fensterladen.

Das Fenster wurde geöffnet; das Gesicht des blonden kleinen Mädchens erschien, und sie sagte: »Durch deine Schuld bin ich hier eingesperrt!« – dann machte sie das Fenster wieder zu und zog die Gardine vor.

Cosimo war auf einmal verzweifelt.

Wenn meinen Bruder eine seiner Rasereien packte, konnte man es wahrhaftig mit der Angst bekommen. Wir sahen ihn dann rennen (sofern das Wort »rennen« noch seinen Sinn behält, wenn man es nicht mehr auf die Erdoberfläche bezieht, sondern auf eine Welt unregelmäßiger Stützen von verschiedener Höhe, mit dem leeren Raum dazwischen), und von einem Augenblick zum anderen schien er unweigerlich zu straucheln und hinzufallen, was jedoch niemals geschah. Er sprang, er bewegte sich mit blitzschnellen Schritten auf einem schiefen Ast, hängte sich an einen höheren Ast, schwang sich plötzlich hinauf, und nach vier oder fünf dieser gewagten Zickzackbewegungen war er verschwunden.

Wohin wollte er? Diesmal rannte er und rannte, von den Steineichen zu den Ölbäumen und zu den Buchen, und war im Walde. Keuchend hielt er inne. Unter ihm breitete sich eine Wiese aus. Der Bodenwind ließ dort in wechselnden grünen Tönen eine Welle durch die dichten Grasbüschel laufen. Ungreifbar flogen die Federn jener Blumen umher, die man Pusteblumen nennt. Mitten auf der Wiese stand einsam, unerreichbar eine Pinie mit länglichen Nadeln. Die Baumläufer, sehr flinke Vögel mit braun geschecktem Gefieder, ließen sich auf den Spitzen der dichten Nadeln in schiefen Stellungen nieder: Manche kehrten den Schwanz nach oben und den Schnabel nach unten, um Raupen und Pinienkerne zu picken.

Jenes Bedürfnis, von einem schwer beherrschbaren Element Besitz zu ergreifen, das meinen Bruder zu seinen Baumwanderungen angespornt hatte, bohrte noch immer unbefriedigt in ihm und erfüllte ihn mit dem Verlangen nach einer eingehenderen Durchdringung, nach einer Beziehung, die ihn mit jedem Blatt, jedem Stückchen Rinde, jeder Feder, jedem Vogelschwirren verbinden sollte. Es war jene Liebe, wie sie der Jäger für alles Lebendige empfindet und die er nur so zu äußern weiß, daß er mit seiner Flinte darauf zielt. Cosimo vermochte dieses Gefühl noch nicht zu erkennen und suchte es zu übertäuben, indem er sich ganz seinem Forschungsdrang hingab.

Der Wald war dicht, undurchdringlich. Cosimo mußte sich mit seinem Kinderdegen einen Weg bahnen, und allmählich vergaß er völlig sein Verlangen, da ihn die Schwierigkeiten, vor die er sich immer von neuem gestellt sah, ständig in Anspruch nahmen; auch hatte ihn die Angst erfaßt (die er sich nicht eingestehen wollte, die aber da war), er könnte sich zu weit von den ihm vertrauten Plätzen entfernen. So arbeitete er sich durch das Dickicht hindurch, bis er zwei Augen sah, die ihn fixierten: gelbe Augen zwischen dem Laubwerk, unmittelbar vor ihm. Cosimo streckte den Degen vor, bog einen Zweig zurück und ließ ihn langsam wieder in seine frühere Stellung zurückschwingen. Er seufzte erleichtert auf und lachte über den ausgestandenen Schrecken: Jetzt wußte er, wem die gelben Augen gehörten; es waren die Augen einer Katze.

Das Bild der Katze, das er beim Zurückbiegen des Zweiges kaum gesehen hatte, blieb seinem Gedächtnis fest eingeprägt, und nach einer Weile bebte er schon wieder vor Angst. Denn diese Katze, die in allem einer Katze glich, war ein entsetzliches, furchterregendes Tier, bei dessen bloßem Anblick man am liebsten aufgeschrien hätte. Was eigentlich so furchterregend an ihr war, läßt sich mit Worten nicht wiedergeben: Sie war eine gescheckte Katze, größer als alle gescheckten Katzen; doch das besagt noch nichts. Sie war so schrecklich durch ihre Schnurrhaare, die aufrecht standen wie die Stacheln eines Stachelschweins; durch ihren Atem, den man fast mehr mit

den Augen als mit dem Gehör wahrnahm und der zwischen
einer doppelten Reihe hakenförmiger Zähne hervorfauchte;
durch ihre von einem trügerischen schütteren Flaum bedeckten Ohren, die noch mehr als spitz waren und in ihrer
Gespanntheit zwei Flammen glichen; durch ihre völlig ge-
sträubten Haare, die sich rings um den gekrümmten Hals zu
einer blonden Halskrause aufblähten (dort teilten sich die
Streifen des Fells, die auf den Flanken bebten, als hätten sie sich
selber liebkost); durch den Schwanz, der in einer so unnatürli-
chen Stellung verharrte, daß sie unhaltbar zu sein schien. Zu all
diesen Einzelheiten, die Cosimo während einer Sekunde hinter
dem sofort wieder zurückschnellenden Zweig erblickt hatte,
kam noch hinzu, was er so geschwind nicht hatte erkennen
können, aber sich in seiner Phantasie ausmalte: die übergroßen
Haarbüschel, die rings um die Pfoten die zerfleischende Kraft
der Krallen verhüllten – dieser Krallen, die bereit waren, sich
auf ihn zu stürzen; und auch das, was er noch vor sich sah: die
gelbe Iris der Augen, die ihn aus dem Laub heraus anstarrte
und rings um die schwarze Pupille kreiste; schließlich das, was
er hörte: das immer tiefere und eindringlichere Fauchen; dies
alles ließ ihn erkennen, daß er sich der ungestümsten Wildkatze
des Waldes gegenübersah.

Alles Gezwitscher, alles Vogelschwirren war verstummt.
Sie sprang, die Wildkatze, aber nicht in Richtung des Jungen.
Sie machte einen nahezu senkrechten Sprung, der Cosimo
mehr erstaunte als erschreckte. Der Schrecken stellte sich erst
nachher ein, als er das Untier auf einem Ast unmittelbar über
seinem Kopfe gewahr wurde. Da war sie, zusammenge-
krümmt; er sah ihren Bauch mit dem langhaarigen, nahezu
weißen Fell, die gespannten Pfoten mit den Krallen im Holze,
während sie den Rücken wölbte, »Fff...« machte und anscheinend im Begriffe war, sich auf ihn herabzustürzen. Cosimo
wechselte mit einer beherrschten, nicht einmal überlegten
Bewegung auf einen niedrigeren Ast über. »Fff... fff...«,
zischte die Wildkatze, und bei jedem solchen »Fff...« sprang

sie bald hierhin, bald dorthin und erreichte abermals einen Ast über Cosimos Kopf. Mein Bruder wiederholte sein Manöver, fand sich aber rittlings auf dem untersten Ast jener Buche wieder. Der Sprung von dort zu Boden war keine Kleinigkeit, doch war es sicherlich besser, hinunterzuspringen, als abzuwarten, was das Tier nach diesen markdurchdringenden Lauten – einem Mittelding zwischen Fauchen und Miauen – unternehmen würde. Cosimo hob ein Bein, wie wenn er hätte hinunterspringen wollen, aber gleichsam, als kämpften in ihm zwei Instinkte miteinander – der natürliche Selbsterhaltungstrieb und seine Entschlossenheit, um keinen Preis hinunterzuspringen, selbst wenn es das Leben kosten sollte –, preßte er gleichzeitig Schenkel und Knie an den Ast.

Als die Katze den Jungen so unschlüssig sah, hielt sie den richtigen Augenblick für gekommen, sich fallen zu lassen; sie sprang ihn an: ein Gewirr von Haaren, starrenden Krallen und fauchendem Atem. Cosimo wußte nichts Besseres zu tun, als die Augen zu schließen und den Degen vorzustrecken – eine törichte Bewegung, welcher die Katze mit Leichtigkeit auswich; schon saß sie ihm auf dem Kopf und war gewiß, daß sie ihn mit sich herunterreißen würde. Ein Hieb der Krallen traf Cosimos Wange, aber er fiel nicht vom Baum, da er ja die Knie an den Ast gepreßt hielt, sondern streckte sich der Länge nach auf dem Rücken aus. Die Katze hatte das Gegenteil erwartet; sie wurde dadurch zur Seite geschleudert und kam nun selbst zu Fall. Sie suchte nach einem Halt, wollte sich am Ast festkrallen; durch dieses Gezappel überschlug sie sich in der Luft. Der kurze Augenblick genügte Cosimo, um in jähem siegessicherem Ansturm einen Ausfall gegen ihren Bauch zu machen und die Miauende mit seinem Degen aufzuspießen.

Er war gerettet und blutüberströmt; die Wildkatze steckte steif auf seinem Degen wie auf einem Bratspieß. Über Cosimos Wange aber zog sich vom Auge bis zum Kinn eine dreifache tiefe Schramme. Er heulte vor Schmerz und über seinen Sieg, begriff nichts und preßte sich eng an den Ast, an seinen Degen, an den Katzenkadaver: Es war der verzweifelte Augenblick eines Kämpfers, der zum ersten Male gesiegt hat und nunmehr weiß, daß Siegen eine Qual bedeutet; daß er von jetzt an verpflichtet ist, auf der einmal eingeschlagenen Bahn fortzuschreiten, und daß ihm der Ausweg des Scheiternden nicht vergönnt sein wird.

In diesem Zustande sah ich ihn auf den Bäumen herankommen; blutbeschmiert bis zur Weste, mit aufgelöstem Zopf unter dem verbeulten Dreispitz; und am Schwanze hielt er die tote Wildkatze, die jetzt wie eine ganz gewöhnliche Katze aussah.

Ich lief zur Generalin, die auf der Terrasse saß. »Frau Mutter«, schrie ich, »er ist verwundet!«

»Was? Wo ist er verwundet?«, und schon stellte sie ihr Fernrohr ein.

»Verwundet, so daß er wie ein Verwundeter aussieht!« sagte ich, und die Generalin hielt meine Beschreibung für zutreffend; denn als ich das Fernrohr hinter ihr hertrug, während sie sich schneller als je zuvor fortbewegte, sagte sie: »Das stimmt!«

Sofort begann sie, Gaze, Binden und Wundbalsam herzurichten, als hätte sie das Lazarett eines ganzen Bataillons zu versorgen; alles das gab sie mir, damit ich es ihm bringen sollte, ohne auch nur die leiseste Hoffnung zu hegen, er könnte sich wegen seiner Pflegebedürftigkeit zur Heimkehr entschließen. Ich lief mit dem Verbandpäckchen in den Park, um ihn auf dem letzten Maulbeerbaum neben der Mauer der Ondarivas zu erwarten, denn er war bereits in Richtung der Magnolie entschwunden.

Im Garten der Ondarivas erschien er triumphierend mit dem erlegten Tier in der Hand. Und was sah er auf dem freien Platz der Villa? Eine reisefertige Kutsche mit Dienern, die Gepäck auf dem Wagenverdeck verstauten, und inmitten eines Schwarms von Gouvernanten und schwarzer, bitterstrenger Tanten umarmte Viola im Reisekleide den Marchese und die Marchesa.

»Viola!« rief er und hielt die Katze am Schwanze hoch. »Wo fährst du hin?«

Alle, die um die Kutsche herumstanden, blickten zu den Zweigen empor, und als sie ihn dort abgerissen, blutend, einem Verrückten gleichend und mit dem toten Tier in der Hand erblickten, fuhren sie entsetzt zusammen. »Ici de nouveau! Und in solch einer Aufmachung!« – und wie von der Tarantel gestochen, drängten alle Tanten das kleine Mädchen in die Kutsche.

Viola drehte sich hochnäsig um; verächtlich, mit gelangweilter und gravitätischer Miene, die den Eltern galt, aber auch gegen Cosimo gerichtet sein konnte, sagte sie mit Betonung – womit sie offenbar seine Frage beantwortete –: »Sie schicken mich ins Internat!« Und damit machte sie kehrt und stieg in die Kutsche. Sie hatte weder ihn noch seine Beute eines Blickes gewürdigt.

Schon war der Kutschenschlag geschlossen, der Kutscher saß auf dem Bock, und Cosimo, der sich mit dieser Abreise noch nicht abfinden konnte, suchte Violas Aufmerksamkeit zu erregen, um ihr begreiflich zu machen, daß er ihr diesen blutigen Sieg weihe, aber er vermochte sich nicht anders auszudrücken, als indem er ihr zurief: »Ich habe eine Katze besiegt!«

Die Peitsche knallte, während die Tanten ihre Taschentücher schwenkten, und aus dem Wagenschlag hörte man ein »Aber bravo!« Violas, wobei man nicht recht wußte, ob Begeisterung daraus sprach oder Spott. So vollzog sich der Abschied der beiden, und alles zusammen – die Aufregung, der Schmerz durch die Kratzwunden, die Enttäuschung, daß er durch sein Unternehmen keinen Ruhm geerntet hatte, die Verzweiflung über diese plötzliche Trennung – führte dazu, daß Cosimo in ein wildes Geheul ausbrach, das von einzelnen Schreien und dem Splittern abgerissener Zweige begleitet wurde. »Hors d'ici! Hors d'ici! Polisson sauvage! Hinaus aus unserem Garten!« zeterten die Tanten, und alle Bediensteten der Ondarivas kamen mit langen Stöcken herbeigelaufen oder warfen Steine, um ihn zu verjagen.

Schluchzend und heulend schleuderte Cosimo die tote Katze einem, der unter ihm stand, ins Gesicht. Die Diener packten das Tier am Schwanze und warfen es in die Mistgrube.

Als ich erfuhr, daß unsere Nachbarin abgereist war, hoffte ich eine Weile, Cosimo werde herunterkommen. Ich weiß nicht, warum, jedenfalls brachte ich den Entschluß meines Bruders, auf den Bäumen zu bleiben, mit ihr oder teilweise mit ihr in Zusammenhang.

Davon jedoch war keineswegs die Rede. Ich kletterte zu ihm hinauf, um ihm Binden und Balsam zu bringen, und er verband sich selber die Kratzwunden im Gesicht und an den Armen. Dann verlangte er nach einer Angelschnur mit einem Haken. Er verwandte sie, um vom Wipfel eines Ölbaums aus, der die Mistgrube der Ondarivas überragte, die tote Katze emporzuhieven. Er zog ihr das Fell ab, richtete es her, so gut er konnte, und nähte sich eine Mütze. Es war das die erste der Pelzmützen, die wir ihn sein Leben lang tragen sahen.

7

Der letzte Versuch, Cosimo zu fangen, wurde von unserer Schwester Battista unternommen. Natürlich handelte sie aus eigenem Entschluß, ohne dabei irgend jemanden zu Rate zu ziehen: ganz im stillen, wie das so ihre Art war. Sie schlich sich nachts aus dem Hause mit einem Kessel voller Vogelleim und einer Leiter; dann bestrich sie mit dem Leim einen Johannisbrotbaum von oben bis unten. Auf diesem Baum pflegte sich Cosimo jeden Morgen niederzulassen.

Am nächsten Morgen fanden wir auf ihm Stieglitze kleben, die mit den Flügeln schlugen, Zaunkönige, die ganz von der klebrigen Masse umschlossen waren, Nachtschmetterlinge, vom Winde hergewehte Blätter, den Schwanz eines Eichhörnchens und auch einen von Cosimos Frack abgerissenen Rockschoß. Wer weiß, ob er auf dem Ast gesessen hatte und ob es ihm sodann gelungen war, sich zu befreien, oder ob er vielmehr – was wahrscheinlicher war, da wir ihn schon seit geraumer Zeit nicht mehr im Frack gesehen hatten – diesen Fetzen absichtlich angebracht hatte, um sich über uns lustig zu machen. Auf jeden Fall blieb der Baum häßlich mit Vogelleim beschmiert, um schließlich zu verdorren.

Allmählich wurde uns zur Gewißheit, daß Cosimo nicht heimkehren würde; das galt auch von unserem Vater. Seit mein Bruder im ganzen Gebiet von Ombrosa auf den Bäumen umhersprang, wagte der Baron nicht mehr, sich auf Rundgängen sehen zu lassen, da er befürchtete, die herzogliche Würde könne bedroht sein. Sein Gesicht wurde immer blasser und eingefallener, und ich weiß nicht, inwieweit er Vaterängste ausstand oder dynastische Verwicklungen befürchtete. Doch das kam nunmehr auf dasselbe heraus, denn Cosimo war sein Erstgeborener, Erbe des Titels, und wenn man sich schon einen wie ein Haselhuhn auf den Bäumen umherhüpfenden Baron schlecht vorstellen konnte, so traf das erst recht auf

einen Herzog zu, mochte er auch ein Kind sein; jedenfalls hätte
solch ein Betragen des Erben nicht eben ein Argument zugunsten des umstrittenen Titels ergeben.

Solche Besorgnisse waren freilich ganz nutzlos, denn alle
Welt lachte über diese Anwandlungen meines Vaters, und die
Edelleute, die in jener Gegend Landhäuser besaßen, hielten ihn
für verrückt. Damals war bei den Adligen der Brauch aufgekommen, daß man – statt auf seinen Lehensburgen zu sitzen –
Landhäuser in einer angenehmen Umgebung bewohnte, und
das führte bereits dazu, daß man wie Privatleute zu leben
suchte, um jedem Verdruß aus dem Wege zu gehen. Wer
dachte da noch an das alte Herzogtum von Ombrosa? Das
schönste dabei war, daß Ombrosa allen und niemandem
gehörte: Den Marchesi von Ondariva, die fast den ganzen
Boden besaßen, standen einige Rechte zu, aber der Ort war
schon seit längerer Zeit eine freie Gemeinde, die der Steuerho-
heit der Republik Genua unterstand. Wir selbst hätten mit den
Ländereien, die unser Erbe waren, und den anderen, die wir
für einen Spottpreis von der damals schwer verschuldeten
Gemeinde erworben hatten, ganz zufrieden sein können. Was
wollte man denn mehr? In der Umgebung lebte ein kleiner
Kreis adliger Familien mit Villen, Parks und Obstgärten, die
sich bis ans Meer erstreckten; alle führten ein fröhliches
Dasein, besuchten einander und gingen auf die Jagd; die
Lebenskosten waren nicht hoch, und man genoß die Vergün-
stigungen, wie sie den bei Hofe Zugelassenen zuteil werden,
ohne daß man an den Verwicklungen, Verpflichtungen und
Ausgaben der Regierenden, die sich um ihre königliche Familie kümmern müssen und eine Hauptstadt, eine Politik haben,
beteiligt gewesen wäre. Unser Vater hingegen hatte für diese
Dinge keinen Sinn; er kam sich wie ein entthronter Monarch
vor und hatte schließlich zu den benachbarten Edelleuten alle
Beziehungen abgebrochen (von unserer Mutter, der Auslän-
derin, ist zu sagen, daß sie diese Beziehungen niemals unterhalten hatte); das bot auch gewisse Vorteile, denn da wir mit

niemandem verkehrten, sparten wir viele Ausgaben und verdeckten den dürftigen Zustand unserer Finanzen.

Man kann nicht gerade sagen, daß unser Verhältnis zur
Bevölkerung von Ombrosa besser gewesen wäre. Die Ombrosaner sind bekanntlich etwas kleinliche Leute und auf ihren
Vorteil bedacht. Damals fing man an, mit Zitronen gute
Geschäfte zu machen, da es bei den Reichen Brauch geworden
war, gezuckerte Limonaden zu trinken. Sie hatten überall
Zitronengärten angelegt und den Hafen, der schon lange zuvor
durch die Einfälle der Piraten zerstört worden war, wieder
instand gesetzt.

Inmitten der Republik Genua, der Besitzungen des Königs
von Sardinien, des Königreichs Frankreich und der bischöflichen Gebiete trieben sie Handel mit jedermann und hätten sich
um niemanden geschert, wenn nicht jene Abgaben gewesen
wären, die sie Genua schuldeten und die bei jedem Fälligkeits-
termin viel Schweiß kosteten, was alljährlich zu Tumulten
gegen die Steuereintreiber führte.

Jedesmal, wenn es zu diesen Aufständen wegen der Steuern
kam, war der Baron di Rondò der Meinung, daß die Bevölkerung drauf und dran sei, ihm die herzogliche Krone anzutra-
gen. Er pflegte dann auf dem Marktplatz zu erscheinen, um
sich den Ombrosanern als Beschützer anzubieten, aber stets
mußte er schleunigst unter einem Hagel fauler Zitronen die
Flucht ergreifen. Er sagte dann, man habe eine Verschwörung
gegen ihn angezettelt und wie üblich seien die Jesuiten die
Anstifter. Denn er hatte sich in den Kopf gesetzt, daß zwischen
ihm und den Jesuiten Todfeindschaft bestehe und daß die
Jesuiten nichts anderes im Sinne hätten, als ihn ins Verderben
zu stürzen. In der Tat war es wegen eines Obstgartens, auf den
unsere Familie und die Gesellschaft Jesu Ansprüche erhoben,
zu Zerwürfnissen gekommen; daraus hatte sich ein Rechts-
streit entwickelt, und da sich der Baron damals gut mit dem
Bischof stand, war es ihm gelungen, die Entfernung des
Provinzials aus dem Gebiete der Diözese zu erwirken. Seitdem

war mein Vater davon überzeugt, daß die Gesellschaft Jesu ihre Agenten aussandte, um ihm nach dem Leben zu trachten und seine Rechte anzutasten; er seinerseits suchte eine Miliz gläubiger Katholiken auf die Beine zu stellen, um den Bischof zu befreien, der seiner Auffassung nach ein Gefangener der Jesuiten war; ferner gewährte er allen Schutz und Asyl, die sich als Verfolgte der Jesuiten ausgaben; daher hatte er auch jenen Phantasten und halben Jansenisten zu unserem Beichtvater erwählt.

Einem einzigen Menschen schenkte unser Vater Vertrauen, und das war der Cavaliere Rechtsanwalt. Der Baron hatte eine Schwäche für diesen illegitimen Bruder wie für einen einzigen und vom Unglück verfolgten Sohn; ich vermag jetzt nicht zu sagen, ob wir uns darüber klar waren, aber sicherlich mischte sich in unsere Einstellung gegenüber Carrega ein Quentchen Eifersucht, da dieser fünfzigjährige Bruder dem Herzen unseres Vaters näherstand als wir Knaben. Im übrigen waren wir nicht die einzigen, die ihn mit scheelen Blicken betrachteten: Die Generalin und Battista gaben vor, daß sie ihm Achtung bezeigten, konnten ihn aber nicht ausstehen; ihm seinerseits waren trotz seines unterwürfigen Gebarens alle Menschen und Dinge völlig einerlei, ja, vielleicht haßte er uns alle miteinander, auch den Baron, dem er so viel verdankte. Der Cavaliere war wortkarg, zuweilen hätte man ihn für einen Taubstummen oder Sprachunkundigen halten können: Wer weiß, wie er es früher fertiggebracht hatte, als Anwalt aufzutreten, und ob er schon so konfus gewesen war, bevor er sich bei den Türken aufhielt. Vielleicht verfügte er doch über einige geistige Fähigkeiten, da er von den Türken alle möglichen hydraulischen Berechnungen gelernt hatte; dies war das einzige Gebiet, auf dem er sich noch betätigte, wofür ihn mein Vater mit überschwenglichem Lob bedachte. Ich habe nie Näheres über seine Vergangenheit erfahren können; daher weiß ich nicht, wer seine Mutter war, welche Beziehungen ihn in seiner Jugend mit unserem Großvater verbunden hatten (gewiß muß auch dieser ihm sehr gewogen gewesen sein, da er ihn auf den Anwaltsberuf vorbereitet und ihm den Titel eines Cavaliere verschafft hatte) und weshalb er schließlich in die Türkei kam. Es steht auch nicht genau fest, ob er sich wirklich so lange in der Türkei oder ob er sich vielmehr bei den Barbaresken, in Tunis oder in Algier aufgehalten hatte. Jedenfalls war es ein mohammedanisches Land, und es ging die Rede, er selbst sei damals Mohammedaner geworden. So vielerlei erzählte man sich: Als hoher Würdenträger des Sultans habe er wichtige Ämter verwaltet, sei Wasserbaumeister des Diwans oder dergleichen gewesen, dann aber durch eine Palastverschwörung oder weibliche Eifersucht oder Spielschulden in Ungnade gefallen und als Sklave verkauft worden. Bekanntlich wurde er als angeketteter Rudersklave in einer von den Venezianern erbeuteten ottomanischen Galeere aufgefunden und von diesen befreit. In Venedig führte er nahezu ein Bettlerdasein, bis er auch dort etwas anstellte, in eine Schlägerei verwickelt wurde (wie es bei einem so scheuen Menschen dazu kommen konnte, weiß der Himmel), worauf er wieder in Ketten endete. Unser Vater löste ihn aus, wobei die Republik Genua ihre guten Dienste zur Verfügung stellte, und so tauchte er bei uns auf: ein kahlköpfiges Männchen mit schwarzem Bart, das ganz verschüchtert war, kaum ein Wort hervorbrachte (ich war damals ein kleiner Junge, aber die Szene jenes Abends hat sich mir fest eingeprägt) und in weiten Kleidern steckte, die ihm nicht gehörten. Unser Vater führte ihn bei allen als Respektsperson ein, ernannte ihn zum Verwalter, wies ihm ein Studierzimmer an, das sich allmählich mit Papieren füllte, die stets in Unordnung waren. Der Cavaliere trug einen langen Leibrock mit einem Käppchen, das einem Fez glich, eine Tracht, die damals viele Edelleute und Bürger in ihren Arbeitsräumen bevorzugten; nur hielt er sich in Wahrheit nie in seinem Studierzimmer auf, und so sah man ihn allmählich auch draußen, auf freiem Felde, in dieser Kleidung umhergehen.

Schließlich erschien er sogar bei Tisch in seinen türkischen Gewändern, und das seltsamste war, daß unser Vater, der doch sonst so großen Wert auf die Einhaltung aller Konventionen legte, daran keinen Anstoß nahm.

Trotz seinen Obliegenheiten als Verwalter sprach der Cavaliere fast nie ein Wort mit Vögten und Pächtern, was sich durch sein schüchternes Wesen und seine Sprachschwierigkeiten erklärte; alle praktischen Maßnahmen, die Erteilung von Weisungen, die Beaufsichtigung der Leute, mußten daher in Wahrheit von unserem Vater erledigt werden.

Enea Silvio Carrega besorgte die Buchhaltung, und ich weiß nicht, ob seine Rechnungsführung schuld daran war, daß es mit unseren Geschäften abwärtsging, oder ob es um seine Rechnungsführung so schlecht stand, weil unsere Geschäfte einen entsprechenden Verlauf nahmen. Außerdem stellte er Berechnungen für Bewässerungsanlagen an, arbeitete hierfür die Pläne aus und bedeckte eine große Schiefertafel mit Linien und Ziffern sowie Worten in türkischer Schrift.

Von Zeit zu Zeit zog sich unser Vater mit ihm für mehrere Stunden in das Studierzimmer zurück (es waren das die längsten Aufenthalte des Cavaliere in diesem Raume), und nach einer Weile hörte man hinter der geschlossenen Tür die zornige Stimme des Barons und das wogende Hin und Her eines Wortwechsels; freilich war die Stimme des Cavaliere kaum zu vernehmen. Dann öffnete sich die Tür. Mit seinen eiligen Schrittchen, in seinen faltenreichen Leibrock gehüllt und den Fez genau auf dem Haarwirbel, kam der Cavaliere herausgetrippelt, entschwand durch eine Fenstertür, und fort ging's durch Park und Felder. »Enea Silvio!« rief unser Vater und lief hinter ihm her, aber der Stiefbruder befand sich bereits zwischen den Reihen des Weinbergs oder inmitten der Zitronenbäume, und man sah nur seinen roten Fez eigensinnig zwischen den Blättern vorrücken. Unser Vater folgte ihm rufend; nach einer Weile sahen wir sie zusammen zurückkom-

173

men; der Baron diskutierte immer noch mit ausgebreiteten Armen; der Cavaliere ging klein und bucklig neben ihm und ballte die Fäuste in den Taschen seines Leibrocks.

8

In jenen Tagen maß sich Cosimo häufig mit den Leuten auf dem Boden in Wettkämpfen, wobei es um Zielsicherheit und um Geschicklichkeit ging; auch wollte er seine eigenen Möglichkeiten erproben und feststellen, was ihm alles von dort oben gelang. So forderte er die Lausbuben zum Steinchenwerfen heraus. Sie befanden sich in der Nähe von Porta Capperi zwischen den Baracken der Armen und Landstreicher. Cosimo war eben auf einer halbverdorrten und entlaubten Steineiche mit Steinchenwerfen beschäftigt, als er einen Reiter herankommen sah, einen hochgewachsenen, etwas gebeugten Mann, der in einen schwarzen Mantel gehüllt war.

Er erkannte seinen Vater. Die Bubenschar lief auseinander. Die Frauen standen vor den Türen ihrer elenden Hütten und schauten zu.

Der Baron Arminio ließ sein Pferd unter dem Baum halten. Die Sonne ging gerade rot unter. Cosimo hockte zwischen den kahlen Ästen. Sie blickten sich an. Es war das erstemal seit jenem Schneckenessen, daß sie einander leibhaftig vor sich sahen. Viele Tage waren seitdem vergangen, die Dinge hatten ein anderes Aussehen angenommen: Beide wußten, daß die Schnecken oder Sohnesgehorsam oder väterliche Autorität jetzt keine Rolle mehr spielten, daß viele logische und kluge Dinge, die man hätte sagen können, hier nicht am Platze waren, und doch mußte etwas gesagt werden.

»Ihr gebt wahrhaftig ein schönes Schauspiel«, begann der Vater bitter, »ein Schauspiel, das eines Edelmannes würdig ist!« (Er hatte ihn mit »Ihr« angeredet, wie er es früher bei ernsten Vorhaltungen zu tun pflegte; jetzt aber sollte diese Anrede Entfernung und Trennung ausdrücken.)

»Ein Edelmann, Herr Vater, bleibt Edelmann, auf dem Boden wie in den Wipfeln der Bäume«, erwiderte Cosimo und fügte sogleich hinzu: »Sofern er sich ehrbar aufführt!«

»Ein gutes Wort«, pflichtete der Baron in ernstem Tone bei, »es ist aber noch nicht lange her, da habt Ihr einem Pächter Pflaumen gestohlen!«

Das stimmte. Mein Bruder war in die Enge getrieben! Er lächelte, aber es war kein zynisches und hochmütiges, sondern ein verlegenes Lächeln; zugleich errötete er.

Auch der Vater lächelte; es war ein trauriges Lächeln, und weiß der Himmel, weshalb – auch er errötete. »Und jetzt steckt Ihr unter einer Decke mit den übelsten Bastarden, dem schlimmsten Bettlervolk!« sagte er dann.

»Nein, Herr Vater, ich handle auf meine Verantwortung, und jeder andere handelt auf seine«, erklärte Cosimo entschieden.

»Ich bitte Euch, auf den Boden zurückzukehren und die Pflichten Eures Standes zu erfüllen«, sagte der Baron mit ruhiger, nahezu tonloser Stimme.

»Ich gedenke nicht, Euch zu gehorchen, Herr Vater«, erwiderte Cosimo, »es tut mir aufrichtig leid.«

Beide waren verdrossen und fühlten sich unbehaglich. Jeder wußte im voraus, was der andere sagen würde. »Und Eure Studien, Euer christliches Glaubensleben?« sagte der Vater. »Wollt Ihr denn aufwachsen wie ein Wilder aus Amerika?«

Cosimo schwieg. Solche Gedanken waren ihm noch nicht gekommen, und er wollte sich jetzt nicht damit abgeben. Nach einer Weile sagte er: »Meint Ihr denn, gute Lehren erreichten mich nicht, weil ich mich ein paar Meter über dem Erdboden aufhalte?«

Auch das war eine geschickte Antwort, aber er verringerte dadurch die Tragweite seines Schrittes, und so war sie ein Zeichen der Schwäche.

Der Vater bemerkte das und schlug einen dringlicheren Ton an. »Ein aufsässiges Gebaren bemißt sich nicht nach Metern«, sagte er; »auch wenn eine Reise über nur wenige Spannen zu gehen scheint, kann sie ohne Rückkehr sein.«

Mein Bruder hätte jetzt irgendeine andere noble Antwort

geben können, etwa in Form einer lateinischen Maxime, wie sie mir gerade eben nicht einfällt, von denen wir damals aber sehr viele auswendig wußten. Statt dessen war er es leid geworden, sich so feierlich zu geben; er streckte die Zunge heraus und schrie: »Aber von den Bäumen pisse ich am weitesten!« – ein Satz, der nicht viel Sinn hatte, aber die Diskussion bündig beendete.

Als wenn sie diese Worte gehört hätten, stießen die Lausbuben rings um Porta Capperi einen Schrei aus. Das Pferd des Barons machte einen Satz, der Baron zog die Zügel an und hüllte sich in seinen Mantel, als wollte er sich entfernen. Er wandte sich indessen noch einmal um, streckte einen Arm aus dem Mantel, wies zum Himmel empor, der sich plötzlich mit schwarzen Wolken bedeckt hatte, und rief: »Hab acht, mein Sohn! Einen gibt es, der auf uns alle pissen kann«, worauf er davonsprengte.

Der von den Landleuten seit langem ersehnte Regen begann in dicken, spärlichen Tropfen zu fallen. Zwischen den verfallenen Gemäuern begannen die Lausbuben, in Säcke vermummt, eilends zu flüchten und sangen dabei:

> »Ciêuve, Ciêuve!
> L'aiga va pe êuve!«

Cosimo verschwand, indem er sich an den schon triefenden Blättern festhielt, und jedesmal, wenn er sie anfaßte, prasselte eine Dusche auf ihn hinunter.

Kaum hatte ich bemerkt, daß es regnete, als ich mir um ihn Sorgen machte. Ich stellte mir vor, wie er sich aufgeweicht an einen Stamm preßte, ohne daß er den schräg einfallenden Wasserfluten entgehen konnte. Und schon wußte ich, daß ein Gewitter nicht ausreichen würde, um ihn zur Heimkehr zu bewegen. Ich lief zu unserer Mutter. »Es regnet! Was wird Cosimo machen, Frau Mutter?«

Die Generalin schlug die Gardine zurück und sah es regnen.

Sie nahm es ruhig auf. »Das Lästige am Regen ist die Verschlammung des Bodens. Da er sich dort oben aufhält, bleibt er davon verschont.«

»Werden ihm die Bäume ausreichend Schutz bieten?«

»Er wird sich in seine Zelte zurückziehen.«

»Welche denn, Frau Mutter?«

»Er wird schon rechtzeitig vorgesorgt haben.«

»Aber glaubt Ihr nicht, wir sollten versuchen, ihm einen Regenschirm zu beschaffen?«

Als hätte sie das Wort »Regenschirm« plötzlich ihrem ländlichen Beobachtungsposten entrückt und in alle ihre Muttersorgen zurückgeworfen, rief die Generalin aus: »Aber natürlich! Und auch eine gut angewärmte und in einen Wollstrumpf gewickelte Flasche mit Apfelsirup! Und Wachsleinwand, die man ausbreiten kann, ohne daß Feuchtigkeit hindurchdringt... Aber wo mag er jetzt stecken, der Ärmste...? Hoffentlich kannst du ihn finden...«

Mit Paketen beladen, trat ich unter einem riesigen grünen Regenschirm in den Regen hinaus, und einen anderen solchen Schirm klemmte ich ungeöffnet unter den Arm, um ihn Cosimo zu geben.

Ich ließ unseren Pfiff hören, aber nur das endlose Rauschen des Regens auf den Bäumen antwortete mir. Es war finster: Als ich den Garten verlassen hatte, wußte ich nicht, wohin ich gehen sollte; aufs Geratewohl schritt ich über glitschige Steine, durchwatete Pfützen und aufgeweichte Wiesen; ich pfiff, und damit mein Pfiff nach oben dringen sollte, bog ich den Schirm zurück, so daß mir der Regen ins Gesicht peitschte und mir den Pfiff von den Lippen wusch. Ich wollte ein bestimmtes Gelände der Domäne erreichen, wo hohe Bäume standen, da ich meinte, er könnte dort irgendwo einen Schlupfwinkel gefunden haben; doch in dieser Finsternis verirrte ich mich und stand da, während ich Schirme und Pakete an mich preßte und mir nur die in den Wollstrumpf gewickelte Sirupflasche etwas Wärme spendete.

Da sah ich auf einmal hoch oben in der Dunkelheit einen Lichtschein inmitten der Bäume, der nicht von Mond oder Sternen herrühren konnte. Auf meinen Pfiff meinte ich seine Antwort zu hören.

»Cosimoooo!«

»Biagioooo!« rief eine Stimme im Regen von dort oben herab.

»Wo steckst du?«

»Hier... Ich komme dir entgegen, aber mach schnell, ich werde naß!«

Wir fanden uns. In eine Decke eingemummelt, kletterte er bis zur niedrigen Gabelung einer Trauerweide hinunter, um mir zu zeigen, wie man über ein kompliziertes System von Verzweigungen zu dem hohen Buchenstamm gelangte, aus dem der Lichtschein drang. Ich gab ihm sofort den einen Schirm und einige Pakete, und so versuchten wir, mit den aufgespannten Schirmen hinaufzuklettern, aber das war unmöglich, und wir wurden trotzdem naß. Schließlich erreichte ich die Stelle, zu der er mich hinführte; ich gewahrte nichts außer einem schwachen Schein, der durch die Wände eines Zeltes zu dringen schien.

Cosimo lüpfte eine der Zeltwände und ließ mich eintreten. Ich sah mich in einer Art Kämmerchen, das eine Laterne erleuchtete; es war überall von Vorhängen und Teppichen umschlossen, wurde vom Stamm der Buche durchzogen und hatte Bretter als Fußboden; dicke Äste verliehen dem Ganzen Halt. Zunächst kam es mir königlich vor, aber bald mußte ich feststellen, wie unstabil der Bau war, denn schon dadurch, daß wir uns zu zweit darin befanden, wurde das Gleichgewicht in Frage gestellt, und Cosimo mußte sich sogleich mit der Ausbesserung von Ritzen und Senkungen befassen. Er spannte auch die beiden Schirme auf, die ich mitgebracht hatte, um zwei Löcher über unseren Köpfen zu verdecken; doch das Wasser rann an verschiedenen anderen Stellen herein, und so wurden wir alle beide durchnäßt; was die Temperatur anging, so war es genauso kühl wie im Freien. Freilich hatte er so viele Decken aufgestapelt, daß man sich ganz unter ihnen verkriechen konnte und nur den Kopf draußen ließ. Die Laterne spendete ein schwankendes, flimmerndes Licht, und Zweige und Blätter warfen auf die Wände und die Decke dieses seltsamen Gemachs verworrene Schatten. Cosimo trank in großen Zügen den Apfelsirup, wobei er »Puh, puh!« machte.

»Ein schönes Haus ist das«, sagte ich.

»Ach, es ist noch ganz provisorisch«, beeilte er sich zu erwidern, »ich muß das noch gründlicher studieren.«

»Hast du es denn ganz allein gebaut?«

»Mit wem denn sonst? Es ist geheim.«

»Darf ich dich hier besuchen?«

»Nein, du würdest jemand anderem den Weg zeigen.«

»Papa hat gesagt, er würde dich nicht mehr suchen lassen.«

»Es muß trotzdem geheim bleiben.«

»Wegen der Jungen, die stehlen? Aber das sind doch deine Freunde?«

»Manchmal ja, manchmal nein.«

»Und das Mädchen auf dem Pony?«

»Was geht dich das an?«

»Ich wollte nur fragen, ob sie deine Freundin ist und ob ihr zusammen spielt.«

»Manchmal ja und manchmal nein.«

»Warum manchmal nein?«

»Weil *ich* nicht will oder *sie* nicht will.«

»Und würdest du sie hier herauflassen?«

Cosimo versuchte mit finsterem Gesicht eine Matte geradezuziehen, die sich auf einem Ast verschoben hatte. »Wenn sie käme, würde ich sie herauflassen«, sagte er ernst.

»Will sie denn nicht?«

Cosimo warf sich auf den Boden. »Sie ist abgereist.«

»Sag«, fragte ich leise, »seid ihr verlobt?«

»Nein«, antwortete mein Bruder und versank in ein langes Schweigen.

Am nächsten Tage war schönes Wetter, und es wurde beschlossen, daß Cosimo seinen Unterricht beim Abbé Fauchelefleur wiederaufnehmen sollte. Über die Art und Weise verlautete nichts. Ohne Umschweife und etwas brüsk forderte der Baron den Abbé auf (»Statt daß Sie hier die Fliegen an der Wand zählen, mon Abbé«), meinen Bruder zu suchen und ihn etwas Vergil übersetzen zu lassen. Sodann befürchtete er, er hätte dadurch den Abbé in zu große Bedrängnis gebracht, und versuchte, ihm seine Aufgabe zu erleichtern; er bedeutete mir: »Geh und sag deinem Bruder, er möge sich in einer halben Stunde im Garten zur Lateinstunde einfinden!« Er sagte das so natürlich wie möglich, in einem Tone, den er fortan beibehalten wollte: Mit Cosimo auf den Bäumen sollte alles so weitergehen wie bisher.

Folgendermaßen fand also der Unterricht statt. Mein Bruder hockte rittlings, mit baumelnden Beinen auf dem Ast einer Ulme, unter ihm, im Grase, saß der Abbé auf einem Schemel, und so sprachen sie im Chor die Hexameter. Ich spielte in der Nähe und verlor sie eine Weile aus den Augen; als ich wiederkam, befand sich auch der Abbé auf dem Baume; mit seinen langen, dünnen Beinen, die in schwarzen Strümpfen steckten, suchte er sich auf eine Astgabel emporzuziehen, und Cosimo half ihm, indem er ihn am Ellbogen stützte. Sie fanden eine bequeme Stellung für den Alten und buchstabierten, über das Buch gebeugt, zusammen eine schwierige Stelle. Mein Bruder schien großen Fleiß zu bekunden.

Ich weiß nicht, wie es dann kam, daß der Schüler das Weite suchte: Vielleicht war der Abbé dort oben zerstreut gewesen und hatte wie üblich geistesabwesend ins Leere gestarrt; jedenfalls hockte nur noch der alte schwarze Geistliche zwischen den Ästen. Das Buch auf den Knien, sah er einen weißen Schmetterling fortfliegen und verfolgte seine Bahn mit offenem Munde. Als der Schmetterling verschwunden war, bemerkte er auf einmal, daß er dort oben saß, und bekam es mit der Angst. Er klammerte sich an den Stamm und begann zu schreien: »Au secours! Au secours!«, bis Bedienstete mit einer Leiter erschienen, worauf er sich allmählich beruhigte und hinunterkletterte.

9

Kurzum, trotz seiner berühmten Flucht lebte Cosimo fast wie früher an unserer Seite. Er war ein Einsiedler, der die Menschen nicht floh. Man hätte sogar meinen können, daß ihm allein die Menschen am Herzen lagen. Wo die Bauern hackten, den Mist wendeten oder die Wiesen mähten, erschien er über ihnen und begrüßte sie mit freundlichen Worten. Wenn sie erstaunt den Kopf hoben, suchte er ihnen sogleich verständlich zu machen, wo er sich befand, denn er hatte nicht mehr die Gewohnheit, die unten Vorübergehenden mit dem Kuckucksruf oder allerhand Schabernack zu necken, wie wir das früher so oft zu tun pflegten, als wir noch zusammen auf die Bäume kletterten. Zuerst konnten sich die Bauern keinen Vers darauf machen, als sie ihn derartige Entfernungen nur auf den Ästen zurücklegen sahen; sie wußten nicht: Sollten sie den Hut vor ihm ziehen, wie das den Hochgeborenen gegenüber Brauch war, oder ihn wie einen Lausbuben anschreien. Dann aber gewöhnten sie sich daran, unterhielten sich mit ihm über ihre Arbeiten, über das Wetter und zeigten auch Verständnis für sein Spiel, da droben zu bleiben, das ihnen weder besser noch schlechter dünkte als so viele andere Spiele, die sie die hohen Herren treiben sahen.

Auf seinem Baume verweilte er zuweilen eine halbe Stunde, um ihren Arbeiten zuzuschauen und Fragen über Düngemittel und Saaten zu stellen; als er noch auf dem Erdboden umherging, war ihm das niemals eingefallen, denn sein störrisches Wesen hatte ihn stets davon abgehalten, Dienstboten oder Dorfbewohner anzureden. Mitunter teilte er den Landleuten mit, ob die Furche, die sie aushackten, gerade oder krumm geriet, ob auf dem Felde des Nachbarn die Tomaten schon reif waren. Oder er erbot sich, kleine Aufträge auszuführen; so bestellte er etwa der Frau eines Schnitters, sie solle ihrem Mann einen Schleifstein bringen, oder überbrachte die Weisung, in einem Gemüsegarten das Wasser anzustellen. Wenn er dann mit solchen vertraulichen Botschaften für die Bauern unterwegs war und sah, wie sich ein Sperlingsschwarm in einem Getreidefeld niederließ, schlug er Lärm und schwenkte die Mütze, um sie zu verscheuchen.

Auf seinen einsamen Wanderungen durch die Wälder prägten sich menschliche Begegnungen – mochte es auch seltener dazu kommen als anderswo – seinem Gedächtnis ein; es waren Begegnungen, wie sie unsereinem nicht zuteil werden. Damals hatten sich allerhand fahrende Leute in den Wäldern niedergelassen: Köhler, Kesselschmiede, Glaser, Familien, die der Hunger von ihrem Grund und Boden vertrieben hatte und die sich nun mit unbeständigen Gewerben ihr Brot verdienten. Sie richteten ihre Werkstätten im Freien ein und bauten sich Hütten aus Zweigen als Schlafstätten. Der mit Fellen bedeckte Jüngling, der da auf den Bäumen vorüberzog, hatte ihnen anfangs Angst eingejagt: vor allem den Frauen, die ihn für einen Kobold hielten; dann aber schloß er Freundschaft mit ihnen, schaute ihnen stundenlang bei der Arbeit zu, und wenn sie abends um das Feuer herumsaßen, hockte er sich auf einen Ast in der Nähe, um die Geschichten anzuhören, die sie erzählten.

Die Köhler auf ihrem mit Aschenerde festgestampften Lagerplatze waren am zahlreichsten. Sie schrien: »Hura! Hota!«, denn sie waren Bergamasken, und niemand verstand ihre Sprache. Sie hatten den größten Einfluß und standen alle in Verbindung miteinander – eine in sich geschlossene Zunft, die mit ihren Verwandtschaften und Bindungen und Streitigkeiten in allen Wäldern verbreitet war. Cosimo trat zuweilen als Mittelsmann zwischen zwei Gruppen auf, überbrachte Nachrichten und wurde mit Aufträgen bedacht.

»Die Leute unter der Roten Eiche haben mich gebeten, euch zu sagen, daß Hanfa la Hapa Hota 'l Hoc!«

»Antworte ihnen, daß Hegn Hobet Hò de Hot!« Er merkte sich alle diese geheimnisvollen Hauchlaute und bemühte sich, sie zu wiederholen, so wie er das Gezwitscher der Vögel, die ihn in der Frühe aus dem Schlaf weckten, nachzuahmen suchte.

Wenn sich auch nunmehr die Kunde verbreitet hatte, daß ein Sohn des Barons di Rondò seit Monaten nicht mehr von den Bäumen herunterkam, so versuchte doch unser Vater, das Geheimnis vor auswärtigen Gästen zu wahren. Eines Tages besuchten uns die Grafen Estomac, die nach Frankreich reisten, wo sie in der Bucht von Toulon Besitzungen hatten, und unterwegs bei uns Station machen wollten. Ich weiß nicht, was für Interessen dabei mitspielten: Wollten sie Ansprüche auf gewisse Güter geltend machen oder eine Pfründe für einen Sohn bestätigt erhalten, der Bischof war – jedenfalls brauchten sie die Zustimmung des Barons di Rondò; und man kann sich leicht ausmalen, was für Luftschlösser mein Vater im Hinblick auf diese Verbindung baute, um seine dynastischen Ansprüche auf Ombrosa zu verfolgen.

Es fand ein Abendessen statt, das sterbenslangweilig war – so viele Komplimente machte man sich. Auch hatten die Gäste einen stutzerhaften Sohn mitgebracht, einen Knicker mit Zopf und Perücke. Der Baron stellt seine Söhne vor, das heißt mich allein, und bemerkt dann: »Meine Tochter Battista, die Ärmste, lebt sehr zurückgezogen, sie ist sehr fromm, ich weiß nicht, ob Sie sie sehen können…«, und da erscheint auch schon diese Schwachsinnige mit ihrer Nonnenhaube, aber ganz aufgeputzt mit Bändern und Krausen, mit gepudertem Gesicht und halblangen Handschuhen. Man mußte Verständnis für sie haben, denn seit jener Begegnung mit dem jungen Marquis della Mela hatte sie, abgesehen von Knechten und Dorfleuten, keinen jungen Mann mehr gesehen. Der junge Graf von Estomac machte einen tiefen Bückling, und sie brach in ein kurzes hysterisches Lachen aus. Der Baron, der seine Tochter bereits abgeschrieben hatte, begann im stillen wieder neue Pläne zu schmieden.

Der Graf zeigte sich indessen gleichgültig. Er fragte: »Haben Sie nicht noch einen anderen Sohn, Herr Arminio?«

»Ja, den Ältesten«, erwiderte unser Vater, »er ist zufällig gerade auf Jagd.«

Er hatte nicht gelogen, denn damals war Cosimo ständig im Walde mit dem Gewehr unterwegs, um Hasen und Drosseln nachzustellen. Das Gewehr hatte ich ihm beschafft; es war jene leichte Flinte, die Battista gegen Ratten und Mäuse zu verwenden pflegte und die sie seit geraumer Zeit unbenutzt an einem Nagel hängen hatte, da sie ihre Jagdunternehmungen vernachlässigte.

Der Graf begann, sich nach dem Wild in unserer Gegend zu erkundigen. Der Baron antwortete mit allgemeinen Betrachtungen; denn da es ihm an Aufmerksamkeit und Geduld für seine Umwelt gebrach, verstand er nichts von der Jagd. Ich mischte mich ein, obwohl es mir untersagt war, bei den Gesprächen der Erwachsenen den Mund aufzumachen.

»Und was weißt du davon, so klein, wie du bist?« fragte der Graf.

»Ich hole das Wild, das mein Bruder erlegt hat, und bringe es ihm auf die...«, sagte ich gerade, als mich mein Vater unterbrach: »Wer hat dich aufgefordert, an der Unterhaltung teilzunehmen? Geh spielen!«

Wir befanden uns im Garten, es war Abend, aber noch hell, da Sommer war. Und auf einmal kam Cosimo seelenruhig über die Platanen und Ulmen heran; er hatte die Mütze aus Katzenfell auf dem Kopf, trug über der einen Schulter seine Flinte, über der anderen einen Spieß, und seine Beine steckten in Ledergamaschen.

»Ei, ei!« sagte der Graf, erhob sich und bewegte amüsiert den Kopf, um besser sehen zu können. »Wer ist denn das? Wer ist denn dort droben auf den Bäumen?«

»Was das ist? Ich weiß wirklich nicht... Es kommt Ihnen wohl nur so vor...«, bemerkte unser Vater und schaute nicht in die angegebene Richtung, sondern in die Augen des Grafen, als wollte er sich vergewissern, daß dieser wirklich etwas gesehen hatte.

Währenddessen war Cosimo unmittelbar über ihren Köpfen angelangt und hockte breitbeinig auf einer Astgabel.

»Ach ja, das ist mein Sohn Cosimo, es sind eben Kinder; um uns zu überraschen, sehn Sie, ist er da hinaufgeklettert...«

»Ist er der Ältere?«

»Ja, ja, von den beiden Buben ist er der größere, freilich sind sie nicht weit auseinander, sie sind noch zwei kleine Jungen, sie spielen...«

»Er hat aber Schneid, daß er so von Ast zu Ast klettert. Und mit dieser ganzen Ausrüstung auf dem Leibe...«

»Ja, ja, sie spielen...« – und in der verzweifelten Bemühung, sich zu verstellen, wodurch er ganz rot anlief, rief er: »Was machst du denn da oben? Willst du nicht herunterkommen? Sag doch dem Herrn Grafen guten Tag!«

Cosimo zog seine Mütze aus Katzenfell und verneigte sich. »Meine Verehrung, Herr Graf!«

»Ha, ha, ha«, lachte der Graf. »Ausgezeichnet, ausgezeichnet! Lassen Sie ihn doch da oben, lassen Sie ihn nur, Monsieur Arminio! Ein tüchtiger junger Mann, der auf den Bäumen spazierengeht.« Und er lachte. Sein dämlicher Sohn vermochte nur immer wieder zu sagen: »C'est original, ça c'est très original!«

Cosimo saß dort auf der Astgabel. Unser Vater wechselte das Thema und redete die ganze Zeit, um den Grafen abzulenken. Der aber blickte ab und zu in die Höhe und sah meinen Bruder noch immer dort oben, bald auf diesem Baum oder jenem, während er sein Gewehr putzte oder seine Gamaschen einfettete oder sich dicken Flanell umhängte, weil es Nacht wurde.

»Ach, aber schaun Sie doch nur! Der bringt ja dort oben einfach alles fertig, der junge Mann! Nein, ich finde das wirklich großartig! Ich werde es am Hofe erzählen, sobald ich wieder dort hinkomme! Ich werde es meinem Sohn, dem

Bischof, erzählen! Ich werde es meiner Tante, der Prinzessin, erzählen!«

Mein Vater kochte innerlich. Überdies hatte er eine andere Sorge: Er sah seine Tochter nicht mehr, und auch der junge Graf war verschwunden.

Cosimo, der sich auf einem seiner Erkundungsgänge entfernt hatte, kehrte atemlos zurück. »Er hat durch sie den Schluckauf bekommen. Er hat den Schluckauf bekommen!«

Der Graf verdüsterte sich. »Das ist aber unangenehm. Mein Sohn leidet sehr an Schluckauf! Geh, braver Junge, und sieh, ob es vorübergeht. Sag, sie sollen zurückkommen!«

Cosimo eilte fort und kam noch atemloser zurück. »Sie haschen sich! Sie will ihm eine lebende Eidechse unters Hemd stecken, damit ihm der Schluckauf vergeht. Er will es nicht.« Dann entfernte er sich wieder, um weiter zu beobachten.

Auf solche Weise verbrachten wir den Abend in unserer Villa; in Wahrheit unterschied er sich wenig von allen anderen Abenden mit Cosimo, der gewissermaßen auf dem Baume der geheime Teilhaber unseres Lebens war, aber diesmal waren Gäste zugegen, und die Kunde von dem sonderbaren Verhalten meines Bruders verbreitete sich an den europäischen Höfen, was unser Vater als Schande empfand. Zu Unrecht; jedenfalls gewann der Graf von Estomac einen günstigen Eindruck von unserer Familie, und so fügte es sich, daß sich unsere Schwester Battista mit dem jungen Grafen verlobte.

10

Die Ölbäume mit ihren Windungen sind bequeme und ebene Wege für Cosimo, geduldige und freundliche Bäume, auf deren rauher Rinde gut weiterzukommen oder zu verweilen ist, obwohl sie nur wenige dicke Äste haben und man nicht sehr viele verschiedene Bewegungen auf ihnen machen kann. Auf einem Feigenbaum hingegen ist des Umherschweifens kein Ende, wenn man darauf achtet, daß er einen trägt; Cosimo hat das Zelt seiner Blätter über sich, sieht, wie zwischen den feinen Blattrippen die Sonne hindurchleuchtet und die grünen Früchte allmählich anschwellen; er riecht die Säure, die der Schaft des Blattstiels ausschwitzt. Der Feigenbaum nimmt einen ganz gefangen, durchtränkt einen mit seinem klebrigen Saft, mit dem Gebrumm der Hummeln; nach einer Weile hat Cosimo die Empfindung, selbst zur Feige zu werden, und entfernt sich, da ihn ein Unbehagen befällt.

Auf dem harten Spierlingsbaum oder auf dem Maulbeerbaum ist man gut aufgehoben; schade, daß sie so selten sind. Das gleiche gilt von den Nußbäumen, und es besagt alles, daß auch mich der Drang überkam, es meinem Bruder nachzutun und dort oben zu bleiben, wenn ich sah, daß er sich in der Unendlichkeit eines alten Nußbaumes verlor wie in einem Palast mit vielen Stockwerken und zahllosen Gemächern; so groß sind die Kraft und die Sicherheit, die dieser Baum in sein Baumsein hineinlegt, ist sein zähes Bestreben, gewichtig und hart zu bleiben, das sich sogar in den Blättern ausdrückt.

Cosimo verweilte gern inmitten der gewellten Blätter der immergrünen Eichen (der Steineichen oder *elci,* wie ich sie genannt habe, wenn es sich um den Park unseres Hauses handelte, vielleicht angeregt durch die gezierte Sprache meines Vaters); er liebte ihre rissige Rinde, aus der er, wenn er nachdenklich war, die viereckigen Stückchen mit den Fingern herauszuklauben pflegte, nicht in dem Drange, etwas Böses zu tun, sondern gleichsam, um dem Baume bei seinem langwierigen Bemühen um Selbsterneuerung zu helfen. Oder er schälte auch die weiße Rinde der Platanen ab, wobei er Schichten alten, schimmeligen Goldes aufdeckte. In den Wäldern bevorzugte er Buchen und Eichen, da bei den eng aneinandergedrängten Fichten mit ihrem schwachen Wuchs und dichten Nadeln kein Raum freibleibt und ein Greifen nicht möglich ist. Desgleichen liebte er bucklige Stämme, wie die der Ulmen, auf deren Auswüchsen sich zarte Triebe sowie Büschel gezackter Blätter und papierener Flügelfrüchte zusammendrängen; doch kommt man auf ihnen nur schwer voran, da die schmächtigen und dicht belaubten Äste nach oben wachsen und kaum einen Durchgang offenlassen; die Kastanien schließlich mit ihren stacheligen Blättern, den Schalen ihrer Früchte, ihrer Rinde, den hohen Ästen sind offenbar eigens dazu geschaffen, Besucher fernzuhalten.

Diese Freundschaften und Unterscheidungen lernte Cosimo erst später und erst allmählich kennen oder erkannte vielmehr, daß sie ihm vertraut waren; doch schon in diesen ersten Tagen begannen sie ihm zu gehören wie ein Naturtrieb. Die Welt sollte von nun an für ihn ein anderes Gesicht haben; sie bestand jetzt aus schmalen und gewundenen Brücken im leeren Raum, aus Knoten und Splittern oder Runzeln, welche die Rinden aufrauhen, aus Lichtern, deren Grün sich je nach dem Zeltdach dichterer oder spärlicherer Blätter verändert – Lichtern, die beim ersten Luftzug über den Blattstielen zu zittern beginnen oder sich zugleich mit dem Neigen des Baumes wie Schleier bewegen. Unten dagegen erstreckte sich unser Teil der Welt in seiner Flachheit; wir sahen verzerrte Bilder vor uns und verstanden sicherlich nichts von dem, was er dort oben wußte – er, der in seinen Nächten wahrnahm, wie das Holz die Kreise, welche im Innern der Stämme die Jahre bezeichnen, aus seinen Zellen zusammenpreßt; wie die Schimmelpilze ihre Flecken beim Wehen des Nordwinds erweitern; wie die im Nest eingeschlummerten Vögel zusammenschauernd den

Kopf dorthin stecken, wo das Gefieder am weichsten ist; wie die Raupe erwacht und das Ei des Würgers sich öffnet. Es ist das der Augenblick, da das Ohr das Schweigen der Natur in den feinen Staub einzelner Geräusche zerlegt: ein Krächzen, ein Bläffen, ein blitzschnelles Schwirren im Grase, ein Klatschen im Wasser, ein Getrippel zwischen Erdboden und Steinen und, alles beherrschend, das Zirpen der Zikade. Die Geräusche überlagern einander, doch das Gehör vermag immer neue auszusondern, so wie sich Händen, die einen Wollknäuel entwirren, in jeder Strähne immer feinere und nicht ertastbare Fäden erschließen. Derweil hält das Quaken der Frösche an, das im Hintergrund bleibt und den Strom der Töne nicht ändert, so wie das Licht nicht durch das ständige Flimmern der Sterne verändert wird. Doch jedesmal, wenn sich ein Windstoß erhob oder entfernte, wandelte sich jedes Geräusch und wurde neu. Nur in der tiefsten Höhlung des Ohrs hielt sich ständig ein fernes Brausen oder Rauschen: Das war das Meer. –

Der Winter kam heran; Cosimo fertigte sich eine Pelzjacke. Er nähte sie sich selbst aus den Fellen verschiedener Tiere, die er erlegt hatte: von Hasen, Füchsen, Mardern und Frettchen. Auf dem Kopfe trug er stets jene Wildkatzenmütze. Er nähte sich auch Hosen, die einen Boden aus Ziegenfell und lederne Kniestücke hatten. Was das Schuhwerk anging, so sah er schließlich ein, daß für die Bäume Pantoffeln am geeignetsten waren, und so fertigte er sich ein Paar aus irgendwelchen Fellen, vielleicht aus Dachsfell.

Auf diese Weise schützte er sich vor der Kälte. Freilich hatten wir in jener Zeit milde Winter, nicht die jetzige Kälte, von der es heißt, sie habe Napoleon aus Rußland vertrieben und ihn bis in unsere Breiten verfolgt. Doch auch damals war eine im Freien verbrachte Winternacht keine Annehmlichkeit.

Für die Nacht hatte er das System des Schlafsacks eingeführt; er benutzte keine Zelte und Hütten mehr, sondern schlüpfte in einen mit Pelz gefütterten Schlafsack, der an einem Ast aufgehängt war. Er verschwand ganz darin, um zusammengekauert wie ein kleines Kind einzuschlafen. Wenn ein ungewohntes Geräusch in der Finsternis zu hören war, kamen aus der Sacköffnung zunächst Pelzmütze und Flintenlauf hervor, dann folgte er selbst mit aufgerissenen Augen. (Man erzählte sich, er habe Augen bekommen, die wie die der Katzen und Eulen im Dunkeln leuchteten: Ich habe das freilich niemals bemerkt.)

In der Frühe hingegen, wenn der Eichelhäher schrie, tauchten aus dem Sack zunächst zwei Fäuste auf, die sich lösten, worauf sich zwei Arme ausbreiteten und reckten und durch dieses Recken sein gähnendes Gesicht zum Vorschein kam, dann sein Oberkörper mit dem übergehängten Gewehr und dem Pulverhorn und schließlich seine krummen Beine (sie wurden allmählich etwas schief, da er sich ständig auf allen vieren oder geduckt zu bewegen pflegte). Diese Beine sprangen heraus, bewegten sich, und nach einem Schütteln des Rückens und kurzem Kratzen unter der Pelzjacke begann Cosimo seinen Tageslauf, wach und frisch wie eine Rose.

Er ging dann zum Brunnen, denn er verfügte über einen Brunnen, den er selbst ersonnen oder vielmehr mit Hilfe der Natur gebaut hatte. Es floß dort ein Bach, der an einer steilen Stelle einen Wasserfall bildete und in dessen Nachbarschaft eine Eiche ihre hohen Äste ausbreitete. Cosimo hatte aus einem einige Meter langen Stück Pappelrinde eine Art Rinne hergestellt, die das Wasser der Kaskade bis auf die Äste der Eiche beförderte, so daß er dort trinken und sich waschen konnte. Daß er sich wusch, kann ich bestätigen, denn ich habe es mehrmals gesehen; es geschah nicht sehr gründlich und auch nicht alle Tage, aber er wusch sich und besaß sogar ein Stück Seife. Mit dieser Seife veranstaltete er mitunter auch große Wäsche, wenn ihm der Sinn danach stand; er hatte eigens einen Bottich auf die Eiche heraufgeholt. Sodann pflegte er die Wäsche auf Leinen, die er von einem Ast zum anderen spannte, aufzuhängen und zu trocknen.

Kurzum, er führte alle Verrichtungen auf den Bäumen aus.

Er hatte auch eine Methode ersonnen, wie sich das erlegte Wild am Spieße rösten ließ, ohne daß er den Boden zu betreten brauchte: Zunächst setzte er einen Pinienzapfen mittels eines Feuersteins in Brand und warf ihn dann in die vorgesehene Feuerstelle (diese hatte ich ihm unter Verwendung gewisser glatter Steine aufgebaut), dann ließ er dürre Zweige darauf fallen und regulierte die Flamme mit Hilfe eines Feuerbocks, den er an einer langen Stange befestigt hatte; auf diese Weise erreichte er den zwischen zwei Ästen aufgehängten Bratspieß. Bei alledem bedurfte es besonderer Vorsicht wegen der großen Brandgefahr in den Wäldern. Mit gutem Grunde befand sich daher auch diese Feuerstätte unter der Eiche und in der Nähe des Wasserfalls, aus dem sich notfalls Wasser in beliebigen Mengen holen ließ.

Auf diese Weise war er, da er das erlegte Wild selbst verzehrte oder es bei den Bauern gegen Obst und Gemüse eintauschte, völlig ausreichend versorgt, auch ohne daß er etwas von zu Hause hinzubekam. Eines Tages erfuhren wir, daß er jeden Morgen frische Milch trank; er hatte sich mit einer Ziege angefreundet, die auf die Astgabel eines Ölbaumes hinaufzuklettern pflegte; eine leicht erreichbare Stelle, zwei Handbreit über dem Erdboden; genauer gesagt, kletterte sie nicht, sondern stellte sich mit den Hinterbeinen hinauf, so daß er sie melken konnte, nachdem er sich, mit einem Eimer versehen, auf die Astgabel hinuntergelassen hatte. Eine ähnliche Abmachung hatte er mit einer wackeren roten Paduaner Henne getroffen. Er hatte ihr in der Höhlung eines Stammes ein verborgenes Nest gebaut, und ein um den anderen Tag fand er darin ein Ei, in das er zwei Löcher mit einer Nadel bohrte, um es auszutrinken.

Ein weiteres Problem war: Er mußte seine Notdurft verrichten. Zunächst besorgte er das hie und da, ohne besonders achtzugeben; die Welt ist groß, und so erleichterte er sich, wo sich gerade eine Gelegenheit bot. Dann sah er ein, daß so etwas nicht schön war. Da entdeckte er am Ufer des Gießbachs

Merdanzo eine Erle, die an einem recht geeigneten und abgelegenen Orte wuchs und auf deren Astgabel man bequem Platz nehmen konnte. Der Merdanzo war ein trüber Bach mit schneller Strömung, der hinter Schilf verborgen floß und in den die angrenzenden Dörfer ihre Abwässer leiteten. So lebte der junge Piovasco di Rondò gesittet und achtete die Würde seiner Mitmenschen wie seine eigene.

Doch es fehlte ihm noch eine notwendige Ergänzung seines Jägerlebens: ein Hund. Ich war's, der in die Gebüsche, unter die Sträucher kroch, um die Drosseln, Schnepfen, Wachteln zu suchen, die sein Schuß vom Himmel herunterholte, oder auch die Füchse, wenn er einen solchen Rotrock nach einer auf dem Anstand verbrachten Nacht erwischt hatte. Doch ich konnte mich nur manchmal in die Wälder davonstehlen: Der Unterricht beim Abbé, die Schularbeiten, meine Obliegenheiten als Meßdiener, die Mahlzeiten mit den Eltern nahmen mich in Anspruch, die hundert Pflichten des Familienlebens, dem ich mich einordnete, denn im Grunde war der Satz, den ich wiederholt hörte: »Ein Rebell langt für eine Familie!«, nicht unberechtigt, und er wurde bestimmend für mein ganzes Leben. Cosimo ging also fast immer allein auf die Jagd, und um das erlegte Wild zu erlangen (falls nicht der Glücksfall eintrat, daß die Goldammer mit ihren niedergestreckten gelben Flügeln an einem Zweig hängenblieb), benutzte er eine Art Fischfanggerät – Schnüre mit Haken oder Angelruten –, aber er hatte nicht immer Erfolg damit, und es kam vor, daß eine Schnepfe, schwarz von Ameisen, unter einem Dornbusch ihr Ende fand.

Ich erwähnte bisher nicht die Aufgaben der Hunde beim Apport. Denn damals ging Cosimo fast nur auf Anstand und verbrachte Vormittage oder Nächte zusammengekauert auf seinem Ast, wo er darauf wartete, daß sich eine Drossel auf einem Baumwipfel niederließ oder ein Hase auf einer Lichtung erschien. Sonst streifte er aufs Geratewohl umher, folgte dem

Gesang der Vögel oder erriet, welche Wege das Wild nehmen würde. Und wenn er das Gekläff der Spürhunde hörte, die hinter einem Hasen oder Fuchs her waren, so wußte er, daß er sich anderswohin wenden mußte, denn für ihn, den einsamen Zufallsjäger, war solch ein Tier nicht bestimmt. Da er alle Gebote zu achten pflegte, brachte er selbst dann nicht die Flinte in Anschlag, wenn er das von fremden Hunden gejagte Wild von seinem unfehlbaren Aussichtsposten aus erspähen konnte. Er wartete dann, bis der Jäger, keuchend, mit gespitztem Ohr und wirrem Blick, auf dem Waldpfad auftauchte, und wies ihm die Richtung, die das Tier eingeschlagen hatte.

Eines Tages sah er einen Fuchs laufen: eine rote Woge inmitten des grünen Grases, ein wildes Schnauben, gesträubte Schnurrhaare; er durchquerte die Wiese und verschwand in der Heide. Und dahinter – Uau auaaa! – die Hunde.

Sie kamen herangestürmt, beschnupperten den Boden und hatten zweimal keine Witterung mehr in ihrer Nase, worauf sie einen rechtwinkligen Haken schlugen.

Sie waren schon weit, als kläffend – Ui, Ui – einer das Gras durchschnitt, der eher wie ein Fisch als wie ein Hund einhersprang: eine Art Delphin, der beim Schwimmen eine spitzere Schnauze, herabhängendere Ohren als die Spürhunde aufwies. Hinten war er Fisch; beinlos und langgestreckt, schien er mit Flossen oder mit Füßen eines Schwimmvogels daherzurudern. Dann tauchte er im freien Gelände auf: Es war ein Dachshund.

Offenbar hatte er sich dem Rudel der Spürhunde angeschlossen und war dann zurückgeblieben; seiner Jugend wegen, denn er wirkte noch fast wie ein Welpe.

Das Gekläff der Spürhunde klang jetzt verächtlich – Buaff –, weil sie die Fährte verloren hatten und der dicht gedrängte Lauf in ein Netz einzelner schnüffelnder Verfolgungen zerfiel, die sich alle rings um eine sumpfige Waldwiese abspielten; dabei war die Ungeduld, den verlorenen Geruchsfaden wiederzufinden, so groß, daß eine gründliche Nachforschung unmöglich wurde; zugleich erlahmte der Eifer, und schon nutzte der und jener die Gelegenheit, einen Stein anzupinkeln.

So kam es, daß der Dachshund sie einholte, der in seinem atemlosen Lauf die Schnauze ungerechtfertigterweise triumphierend emporreckte. Ebenso ungerechtfertigt war sein Schlauheit vortäuschendes Gekläff: Uai! Uai!

Alsbald knurrten ihn die Spürhunde an – Aurrrrch! –, gaben einen Augenblick lang die Suche nach der Witterung auf und fletschten die Zähne: Ggghrr! Dann zeigten sie sich sogleich uninteressiert und liefen weiter.

Cosimo folgte dem Dachshund, der aufs Geratewohl an dieser Stelle umherschweifte, und auch der Dachshund, der mit zerstreuter Nase herumschwänzelte, sah den Jungen auf dem Baume und wedelte ihm zu. Cosimo war überzeugt, daß sich der Fuchs dort noch versteckt hielt. Die Spürhunde hatten sich in der Ferne zerstreut; man hörte noch zuweilen, wie sie, ermuntert von den unterdrückten und aneifernden Stimmen der Jäger, auf den gegenüberliegenden Hügeln ein gebrochenes und unmotiviertes Gebell anstimmten. Cosimo rief dem Dachshund zu: »Los! Los! Such!«

Der junge Hund begann zu schnüffeln, und von Zeit zu Zeit wandte er sich um und blickte zu dem Jungen dort oben empor.

»Los! Los!«

Jetzt sah er ihn nicht mehr. Er hörte ein Rascheln in den Sträuchern, dann brach es los: »Auauauaaa! Iai, iai, iai!« Er hatte den Fuchs aufgespürt!

Cosimo sah das Tier über die Wiese laufen. Durfte man aber auf einen Fuchs schießen, den ein fremder Hund aufgespürt hatte? Cosimo ließ ihn vorüber und gab keinen Schuß ab. Der Dachshund hob die Schnauze und sah ihn mit jenem Blick an, den Hunde haben, wenn sie etwas nicht begreifen und nicht wissen, daß sie durchaus im Recht sein können, wenn sie es nicht begreifen; dann begann er wieder mit gesenkter Nase den Fuchs zu verfolgen.

»Iai, iai, iai!« Er jagte ihn im Kreise herum. Da kam er zurück. Durfte man schießen oder nicht? Cosimo schoß nicht. Der Dachshund sah ihn mit traurigen Augen an. Er kläffte nicht mehr, die Zunge hing ihm noch tiefer herab als die Ohren, er war erschöpft, lief aber weiter.

Durch sein Aufspüren hatte er Hunde und Jäger völlig verwirrt. Auf der Schneise kam ein Alter mit einer schweren Büchse gelaufen. »Heda!« rief ihm Cosimo zu. »Gehört euch der Dachshund da?«

»Laß es dir und deiner ganzen Sippschaft gesagt sein«, schrie der Alte zurück, der offenbar recht mißgelaunt war, »sehn wir vielleicht so aus, als wenn wir mit Dackel jagten?«

»Dann werde ich schießen, wenn er ihn aufspürt«, sagte Cosimo, der in jeder Beziehung korrekt verfahren wollte.

»Schieß nur zu, sei's auch auf deinen Schutzheiligen!« erwiderte der andere und lief weiter.

Der Dachshund trieb ihm abermals den Fuchs zu. Cosimo schoß und erlegte ihn. Der Dachshund wurde sein Hund. Er nannte ihn Ottimo Massimo.

Ottimo Massimo war herrenlos und hatte sich dem Rudel der Spürhunde aus jugendlicher Jagdleidenschaft angeschlossen. Doch woher stammte er? Um das herauszufinden, ließ Cosimo sich von ihm führen.

Der Dachshund, der sich dicht am Boden hielt, durchquerte Hecken und Gräben; dann drehte er sich um, da er feststellen wollte, ob es dem Jungen dort oben gelang, mit ihm Schritt zu halten. Diese Route war so ungewohnt, daß Cosimo im ersten Augenblick nicht wußte, wo sie sich befanden. Als er es erfaßt hatte, sprang ihm das Herz in der Brust: Er war im Garten der Marchesi von Ondariva.

Die Villa war verschlossen, die Fensterläden verrammelt; nur ein Laden vor einem Dachfenster schlug im Winde hin und her. Der verwilderte Garten glich mehr denn je einem Walde aus dem Jenseits. Und auf den jetzt grasbewachsenen Wegen und den von Unkraut überwucherten Beeten bewegte sich Ottimo Massimo so glücklich, als wäre er hier zu Hause, und haschte nach Schmetterlingen.

Er verschwand in einem Busch und kam mit einem Bändchen im Maul zurück. Cosimo schlug das Herz stärker. »Was ist das, Ottimo Massimo? Wem gehört das? Sag!«

Ottimo Massimo schwänzelte.

»Apport, Apport, Ottimo Massimo!«

Cosimo war auf einen niedrigen Ast hinuntergeklettert und nahm dem Hund den verblichenen Fetzen aus dem Maul; bestimmt gehörte die Haarschleife Viola, genauso wie der Hund Viola gehört haben mußte und offenbar bei der Abreise der Familie vergessen worden war. Ja, Cosimo glaubte sich jetzt an das Hündchen vom vergangenen Sommer zu erinnern, das aus einem Korbe am Arm des kleinen blonden Mädchens hervorgelugt hatte, und vielleicht hatte sie es eben damals geschenkt bekommen.

»Such, Ottimo Massimo!« Und der Dachshund stürzte sich zwischen das Bambusrohr und kehrte mit anderen Andenken an sie zurück: dem Sprungseil, dem Fetzen eines Papierdrachens, einem Fächer.

Auf dem Wipfel des höchsten Baumes im Garten ritzte mein Bruder mit der Spitze seines Degens die Namen »Viola« und »Cosimo« ein, und darunter schrieb er, da er wußte, daß es ihr Freude gemacht hätte, auch wenn sie ihn mit einem anderen Namen rief: »Dachshund Ottimo Massimo«.

Wenn man fortan den Jungen auf den Bäumen erblickte, konnte man absolut sicher sein, daß man vorneweg oder in seiner Nähe den Dachshund Ottimo Massimo mit dem Bauch auf dem Boden einhertrotten sah. Er hatte ihn die Obliegenheiten aller Jagdhunde – das Aufspüren, das Stellen des Wildes und den Apport – gelehrt, und es gab kein Tier im Walde, das sie nicht gemeinsam gejagt hätten. Zum Apport des erlegten Wildes pflegte Ottimo Massimo die Baumstämme, so hoch er konnte, mit seinen Vorderbeinen emporzuklettern; Cosimo ließ sich dann herab, um ihm den Hasen oder das Rebhuhn aus dem Maule zu nehmen, und streichelte ihn. Darin erschöpften sich ihre Vertraulichkeiten, ihre Freudenfeiern. Doch ständig war zwischen Ästen und Erdboden ein Gespräch, ein Meinungsaustausch im Gange, der aus einsilbigen Kläfflauten und Finger- und Zungenschnalzen bestand. Jene notwendige Gegenwart, die für den Hund der Mensch und für den Menschen der Hund bedeutet, gab keiner von beiden jemals preis; und obwohl sie sich so sehr von allen Menschen und Hunden auf der Welt unterschieden, konnte man von ihnen sagen, daß sie als Mensch und als Hund glücklich waren.

11

Lange Zeit, während einer entscheidenden Periode seines jungen Lebens, bedeutete die Jagd für Cosimo die ganze Welt. Dazu gehörte auch der Fischfang, denn in den Teichen, die der Gießbach bildete, fischte er Aale und Forellen mit einer Angelschnur. Zuweilen verfiel ich auf den Gedanken, daß er jetzt andere Sinne und Instinkte besäße als wir und daß die Felle, aus denen er seine Kleidung gefertigt hatte, einem völligen Wandel seiner Natur entsprächen. Die ständige Berührung mit den Rinden der Bäume, die gebannte Betrachtung von Flügelschlag, Fell und Schuppen, die ganze Farbskala, die dieser Aspekt der Welt bietet, und dazu das wechselnde Grün, das wie das Blut einer anderen Welt in den Adern der Blätter pulsiert – alle diese Lebensformen, wie Baumstamm, Drosselschnabel oder Fischkieme, die der menschlichen Formenwelt so fremd sind, alle diese Konturen der Wildnis, in die er sich so tief hineingewagt hatte, waren freilich imstande, fortan seine Seele zu formen, ihn jede Menschenähnlichkeit verlieren zu lassen. Hingegen war mir stets klar, daß er, wie viele Fähigkeiten er sich durch die Gemeinschaft mit den Pflanzen und im Kampf mit den Tieren auch angeeignet haben mochte, seinen Platz diesseits der Grenze hatte: daß er auf unserer Seite stand.

Manche Bräuche waren freilich von ihm, ohne daß er es wollte, seltener beachtet und gerieten in Vergessenheit. Dazu gehörte seine Teilnahme am Hochamt in Ombrosa. In den ersten Monaten war er darauf bedacht. Wenn wir am Sonntag aus dem Haus traten und die ganze Familie festtäglich gekleidet in Reih und Glied aufmarschierte, sahen wir ihn auf den Ästen, und auch er war gewissermaßen um ein Sonntagsgewand bemüht; so hatte er beispielsweise wieder den alten Frack ausgegraben oder den Dreispitz an Stelle der Pelzmütze aufgesetzt. Dann machten wir uns auf den Weg, und er folgte uns auf den Bäumen; auf diese Weise erreichten wir den Kirchplatz, während uns alle Ombrosaner angafften (aber bald waren sie es gewohnt, und es schwand auch das Mißbehagen meines Vaters); wir alle benahmen uns recht gesetzt, während er sich durch die Luft schwang – ein sonderbarer Anblick, namentlich im Winter, wenn die Bäume kahl waren.

Wir betraten die Kirche und nahmen auf unserer Familienbank Platz, während er draußen blieb und sich auf einer Buche neben einem der Kirchenschiffe postierte, gerade in Höhe eines großen Fensters. Von unserer Bank aus sahen wir durch die Scheiben Cosimos Silhouette mit dem Hut auf der Brust und geneigtem Kopf. Auf Grund einer Absprache meines Vaters mit einem Küster wurde dieses Kirchenfenster jeden Sonntag halb geöffnet, so daß er von seinem Baum aus die Messe hören konnte. Doch mit der Zeit sahen wir ihn nicht mehr. Das Fenster wurde geschlossen, da Zugluft herrschte.

So viele Dinge, die früher für ihn wichtig gewesen wären, erschienen ihm nunmehr belanglos. Im Frühjahr verlobte sich unsere Schwester. Wer hätte das noch ein Jahr zuvor für möglich gehalten! Graf und Gräfin Estomac erschienen mit ihrem Sohn, und es fand ein großes Fest statt. In unserem Hause war jedes Zimmer erleuchtet, der ganze Adel der Umgebung war zugegen, und es wurde getanzt. Wer dachte da noch an Cosimo! Nun, so war es nicht: Wir dachten alle an ihn. Von Zeit zu Zeit blickte ich aus dem Fenster, um zu sehen, ob er wohl käme; unser Vater war traurig, und bei dieser Familienfestlichkeit wanderten seine Gedanken gewiß zu ihm, der sich selbst ausgeschlossen hatte; auch die Generalin, die das ganze Fest wie einen Exerzierplatz kommandierte, wollte dadurch nur ihrem Kummer Luft machen, den sie um den Abwesenden empfand. Sogar Battista, die Pirouetten vollführte und ohne ihre Nonnengewänder nicht wiederzuerkennen war (sie trug eine Perücke, die wie ein Marzipankuchen aussah, und einen mit Korallen garnierten *grand panier,* den ich weiß nicht welche Schneiderin für sie angefertigt hatte) – ich wette, daß auch sie an ihn dachte.

Und er war zugegen, ungesehen – ich erfuhr es später –, im Schatten des Wipfels einer Platane, draußen in der Kälte; so sah er die Fenster im Lichterglanz, die festlich hergerichteten, ihm wohlbekannten Räume, die tanzenden Menschen mit ihren Perücken. Was für Gedanken sind ihm da wohl durch den Kopf gegangen? Trauerte er nicht doch ein wenig unserem Leben nach? Überlegte er sich, wie kurz der Schritt war, der ihn von der Rückkehr in unsere Welt trennte, wie kurz und wie einfach? Ich weiß nicht, was er damals dachte und erwog. Ich weiß nur, daß er während des ganzen Festes dort verweilte, und auch noch länger; bis ein Kandelaber nach dem anderen erlosch und kein einziges Fenster mehr erleuchtet blieb.

Die Beziehungen Cosimos zur Familie nahmen also schlecht und recht ihren Fortgang. Zu einem der Angehörigen gestalteten sie sich sogar enger, und man kann sagen, daß Cosimo ihn erst jetzt richtig kennenlernte; ich meine den Cavaliere Enea Silvio Carrega.

Cosimo fand heraus, daß dieser nahezu nicht vorhandene, sich allem entziehende Mann, von dem sich nie feststellen ließ, wo er steckte und was er trieb, der einzige der ganzen Familie war, der zahlreichen Beschäftigungen nachging und stets etwas Nützliches in Angriff nahm.

So verließ er beispielsweise, den Fez auf dem Kopf, das Haus in der heißesten Nachmittagsstunde, sich bei jedem Schritt in den bis zum Boden herabreichenden Leibrock verwickelnd, und verschwand sodann, als hätten ihn die Falten des Geländes oder die Hecken oder die Steine der Mauern verschluckt. Selbst Cosimo, der Gefallen daran fand, ständig Ausschau zu halten (oder vielmehr fand er nicht Gefallen daran, sondern es war ihm nunmehr zur zweiten Natur geworden, als überblickte sein Auge unwillkürlich einen so weiten Horizont, daß es alles umfassen konnte), selbst Cosimo sah ihn nach einer Weile nicht mehr. Mitunter lief er von Zweig zu Zweig auf die Stelle zu, wo der Cavaliere verschwunden war, aber er konnte nie herausfinden, welchen Weg dieser eingeschlagen hatte. Ein Zeichen jedoch gab es, das an solchen Orten stets wiederkehrte: fliegende Bienen. Cosimo gelangte schließlich zu dem Schluß, daß die Unternehmungen des Cavaliere etwas mit den Bienen zu tun hatten und daß man, um ihm auf die Schliche zu kommen, deren Flug verfolgen mußte. Aber wie? Jede Pflanze, die in Blüte stand, war von schwachem Bienengesumm umgeben; es galt, sich nicht durch vereinzelte und ziellose Flüge ablenken zu lassen, sondern der unsichtbaren Luftstraße zu folgen, auf der das Kommen und Gehen der Bienen immer dichter wurde, bis man hinter einer Hecke wie eine Rauchfahne eine dichte Wolke aufsteigen sah. Darunter standen auf einem Brett die Bienenstöcke, einer oder mehrere, und niemand anders als der Cavaliere beobachtete dieses Bienengewimmel.

Die Bienenzucht gehörte in der Tat zu den geheimen Beschäftigungen unseres natürlichen Onkels; geheim war sie freilich nur mit gewissen Einschränkungen, da er selbst von Zeit zu Zeit eine eben erst aus dem Stock entfernte tröpfelnde Honigwabe zu den Mahlzeiten mitbrachte; doch spielte sich diese Tätigkeit außerhalb des Bereiches unserer Besitzungen an Orten ab, die er offenbar nicht bekanntgeben wollte. Dabei handelte es sich zweifellos um eine Vorsichtsmaßnahme, die verhindern sollte, daß die Erträgnisse dieses privaten Gewerbefleißes mit der Familienwirtschaft in einen Topf geworfen wurden; vielleicht wollte er auch nur etwas besitzen, in das der Baron, sein Bruder, nicht seine Nase hineinsteckte, bei dem er sich nicht anmaßte, ihn zu bevormunden, denn der Geiz gehörte nicht zu seinen Eigenschaften, und was konnten ihm schließlich etwas Honig und Wachs einbringen? Oder es lag ihm einfach daran, die wenigen Dinge, die er gern hatte, wie beispielsweise die Bienenzucht, von den vielen Dingen getrennt zu halten, die er nicht schätzte, wie zum Beispiel die Verwaltungsarbeit.

Auf jeden Fall stand fest, daß ihm unser Vater niemals die

Bienenzucht in der Nähe des Hauses gestattet hätte, denn der Baron hatte eine unvernünftige Angst vor Stichen, und wenn zufällig eine Wespe oder eine Biene im Garten auf ihn zuflog, begann er wie närrisch durch die Alleen zu laufen, wobei er die Finger in seine Perücke bohrte, als müßte er sich vor den Schnabelhieben eines Adlers schützen. Einmal flog ihm die Perücke fort, worauf die Biene, wild geworden, ihn anflog und ihren Stachel in seinen kahlen Schädel bohrte. Danach preßte er sich drei Tage lang essiggetränkte Tücher auf den Kopf, denn er war aus solchem Holze geschnitzt, daß er die schlimmsten Schicksalsschläge mit Stolz und Fassung ertrug, während ein kleiner Kratzer oder Pickel ihn rasend machen konnte.

Enea Silvio Carrega hatte also seine Bienenzucht da und dort über das ganze Tal von Ombrosa verteilt. Gegen etwas Honig als Entgelt erlaubten ihm die Eigentümer, ein oder zwei Bienenstöcke am Rande ihrer Felder aufzustellen, und so war er ständig zwischen diesen Plätzen unterwegs und umkreiste seine Stöcke mit Bewegungen, als hätte er Bienenbeinchen statt der Hände – ein Eindruck, der sich dadurch noch verstärkte, daß er, um nicht gestochen zu werden, schwarze Handschuhe zu tragen pflegte. Über dem Gesicht, unter dem Fez befestigt, trug er einen schwarzen Schleier, der bei jedem Atemzug am Munde festklebte, um sich dann wieder zu heben. Ferner bediente er sich bei der Kontrolle der Stöcke eines Gerätes, das Rauch ausströmte, um die Insekten zu verscheuchen. Und alles das – Bienengesumm, Schleier, Rauchwolke – wirkte auf Cosimo wie ein Zauber, den dieser Mann auszuüben suchte, damit er dort verschwinden, sich auslöschen, sich in die Lüfte erheben könne, um sodann zu anderer Zeit oder an anderer Stelle wiederaufzuerstehen. Freilich war er kein großer Zauberer, da er stets wieder in gleicher Gestalt zum Vorschein kam und vielleicht gar an einem gestochenen Finger lutschte.

Es war Frühling. Eines Morgens dünkte es Cosimo, die

ganze Luft sei närrisch geworden; sie hallte wider von einem noch nie gehörten Ton, von einem Gesumm, das mitunter zum Donner anschwoll: Es war von einer Hagelwolke begleitet, die sich, statt niederzugehen, in waagerechter Richtung fortbewegte; dabei bildete sich ein Wirbel mit geringer Streuung, der jedoch einer dichteren Säule folgte. Es waren unzählige Bienen, umgeben von Grün und Blumen und Sonne; Cosimo, der nicht begriff, was das bedeutete, wurde von einer sehnsüchtigen und wilden Erregung ergriffen. »Die Bienen reißen aus, Cavaliere! Die Bienen reißen aus!« rief er und lief über die Bäume, um Carrega zu suchen.

»Sie reißen nicht aus, sie schwärmen!« sagte die Stimme des Cavaliere, und Cosimo sah ihn unter sich, aus dem Boden gewachsen wie ein Pilz, während er ihm Schweigen gebot. Dann lief er auf einmal fort, verschwand. Wo war er geblieben?

Es war die Zeit des Schwärmens. Ein Bienenschwarm folgte einer Königin, die den alten Stock verlassen hatte. Cosimo blickte umher. Da trat der Cavaliere wieder aus der Küchentür und hatte einen Kessel und eine Pfanne in der Hand. Er stieß mit der Pfanne gegen den Kessel und erzeugte ein schrilles Deng-deng, das Cosimos Trommelfell erschütterte und in einem langen, schwingenden Ton ausklang, der so lästig war, daß er sich die Ohren zuhielt. Der Cavaliere schritt hinter dem Schwarm her und trommelte alle drei Schritte mit Zweigen auf diese Geräte. Bei jedem dieser Klänge erbebte der Schwarm gleichsam; er schien sich plötzlich zu senken, um dann wieder emporzusteigen, und das Summen wirkte leiser, der Flug unsicherer. Cosimo sah es nicht deutlich, aber er hatte den Eindruck, daß der ganze Schwarm jetzt einem Punkt im Grünen zustrebte und sich nicht weiter fortbewegte. Carrega aber schlug weiter gegen die Pfanne.

»Was geht denn da vor, Cavaliere? Was tun Sie denn da?« fragte ihn mein Bruder, als er ihn eingeholt hatte. »Schnell!« stotterte der andere. »Steig auf den Baum, auf dem der

Schwarm haltgemacht hat, aber laß ihn ja in Ruhe, bis ich da bin!«

Die Bienen ließen sich auf einem Granatapfelbaum nieder. Cosimo erreichte ihn und sah zunächst nichts; dann bemerkte er auf einmal eine Art dicken Tannenzapfen, der an einem Ast hing; er bestand ganz aus Bienen, die sich aneinanderklammerten, und es kamen ständig neue hinzu, die ihn vergrößerten.

Cosimo hockte auf dem Wipfel des Granatbaumes und hielt den Atem an. Dort unten hing die Bienentraube, und je dicker sie wurde, um so leichter wirkte sie, als hinge sie an einem Faden oder gar nur an den Beinchen einer alten Bienenkönigin; aus feinen Knorpeln war sie gefügt, mit all jenen summenden Flügeln, die ihr durchscheinendes Grau über den schwarzen und gelben Streifen der Leiber ausbreiteten.

Der Cavaliere kam herangehüpft und hielt einen Bienenstock in Händen. Er stellte ihn verkehrt herum unter die Traube. »Gib ihr einen kleinen Stoß!« sagte er leise zu Cosimo.

Cosimo schüttelte den Granatbaum nur ganz wenig. Der Schwarm mit den Tausenden von Bienen löste sich wie ein Blatt und fiel in den Stock, worauf ihn der Cavaliere mit einem Brett zudeckte. »Jetzt haben wir's!«

Auf diese Weise kam es zwischen Cosimo und dem Cavaliere zu einem Einvernehmen, einer Zusammenarbeit, die man auch als Freundschaft hätte bezeichnen können, wäre nicht »Freundschaft« für die Beziehung zweier so ungeselliger Menschen ein übertriebener Ausdruck gewesen.

Auch auf dem Gebiet des Wasserbaus fanden die beiden schließlich Berührungspunkte. Das mag sonderbar klingen, da einer, der auf den Bäumen lebt, kaum mit Wasser und Kanälen zu tun hat. Doch ich erwähnte bereits jenes von Cosimo ersonnene System eines schwebenden Brunnens, bei dem ein Stück Pappelrinde das Wasser eines Wasserfalls bis zu den Zweigen einer Eiche leitete. Obwohl nun der Cavaliere so zerstreut war, entging ihm doch nichts, was sich in den Wasseradern der ganzen Gegend abspielte. Aus seinem Versteck in einem Ligusterstrauch oberhalb der Kaskade beobachtete er, wie Cosimo die Rinne aus dem Laube der Eiche hervorzog (wo er sie zu verwahren pflegte, wenn er sie nicht benutzte, dem von ihm sofort übernommenen Brauche der Wilden getreu, alles und jedes zu verstecken), worauf er sie durch eine Astgabel der Eiche und auf der gegenüberliegenden Seite durch einige Steine des Wassersturzes abstützte und aus ihr zu trinken begann.

Wer weiß, was dem Cavaliere bei diesem Anblick durch den Kopf schoß: Ihn überkam ein seltenes Glücksgefühl. Er sprang aus dem Busch heraus, klatschte in die Hände, schnellte zwei- oder dreimal in die Luft, als machte er Seilsprünge, spritzte mit Wasser umher und wäre um ein Haar in den Wasserfall gehüpft und ihn hinuntergesprungen. Sodann begann er, dem Jungen den Einfall zu erklären, den er gehabt hatte. Dieser Einfall war konfus und die Erläuterung noch konfuser; für gewöhnlich drückte sich der Cavaliere im Dialekt aus, mehr aus Bescheidenheit als aus Unkenntnis unserer Sprache, aber in solchen Augenblicken plötzlicher Erregung begann er unvermittelt Türkisch zu reden, so daß man nichts mehr verstand.

Um es kurz zu machen: Er war auf den Gedanken verfallen, einen schwebenden Aquädukt zu bauen, dessen Leitung eben durch die Äste der Bäume gestützt werden sollte; dadurch könnte man den mit Gestrüpp bewachsenen gegenüberliegenden Hang des Tales erreichen und ihn bewässern. Cosimo unterstützte sofort sein Projekt, und über die Verbesserung, die Carrega ihm vorschlug, daß an gewissen Stellen durchlöcherte Stämme für die Leitung verwandt werden sollten, um eine Berieselung der Baumschulen zu ermöglichen, geriet er vollends in Entzücken.

Er verkroch sich sogleich in sein Studierzimmer, um ein Blatt nach dem anderen mit Entwürfen zu bedecken. Auch Cosimo befaßte sich damit, da ihm alles gefiel, was man auf den Bäumen bewerkstelligen konnte, und er der Meinung war, daß dadurch seiner Stellung dort oben eine neue Bedeutung und Autorität verliehen werde; in Enea Silvio Carrega glaubte er nunmehr einen unverhofften Gefährten gefunden zu haben. Auf gewissen niedrigen Bäumen gaben sie sich ein Stelldichein; der Cavaliere kam mit einem trigonometrischen Meßgerät hinaufgeklettert und war mit Rollen beladen, die seine Pläne enthielten; so erörterten sie stundenlang die immer verwickeltere Gestalt dieses Aquädukts.

Doch kam es nie zu einer praktischen Ausführung. Enea Silvio wurde es leid; seine Unterhaltung mit Cosimo stellte er allmählich ein, vollendete niemals seine Entwürfe, und nach einer Woche war alles bereits vergessen. Cosimo weinte der Sache nicht nach: Er hatte bald herausgefunden, daß sie sein Leben nur auf ärgerliche Weise kompliziert hätte, ohne etwas einzubringen.

Selbstverständlich hätte unser natürlicher Onkel auf dem Gebiet des Wasserbaus noch viel mehr leisten können. Er hatte die Passion dafür, auch fehlte es ihm nicht an der besonderen Begabung, die für dieses Fach erforderlich ist, doch konnte er nichts in die Tat umsetzen: Er verlor sich in diesem und jenem, bis sich jeder Plan in Nichts auflöste, so wie ein schlecht kanalisiertes Wasser nur eine kleine Weile umläuft, um dann im porösen Boden zu versickern. Hierfür gab es vielleicht folgende Erklärung: Die Bienenzucht konnte er auf eigene Faust und nahezu im verborgenen betreiben, ohne dabei auf Dritte angewiesen zu sein. Von Zeit zu Zeit erwuchs daraus ein Honig- und Wachsgeschenk, das ihm niemand abverlangt hatte. Bei den Kanalisierungsarbeiten mußte er hingegen auf die Interessen aller möglichen Leute ebenso wie auf die Ansichten und Befehle des Barons oder sonstiger Auftraggeber Rücksicht nehmen. Da er schüchtern und unentschlossen war, widersetzte er sich niemals dem Willen eines anderen, wurde aber der Arbeit bald überdrüssig oder ließ sie liegen.

Zu jeder Tageszeit sah man ihn auf einem Felde, umringt von Arbeitern, die mit Pfählen und Hacken ausgerüstet waren, während er selbst ein Metermaß sowie einen eingerollten Plan in der Hand hielt und Weisungen zur Ausschachtung eines Kanals erteilte oder das Gelände mit seinen Schritten abmaß, die ungewöhnlich kurz waren, so daß er sie auf übertriebene Weise verlängern mußte. Er ließ die Grabungen erst an einer Stelle, dann an einer anderen beginnen und sie schließlich unterbrechen, um abermals Messungen vorzunehmen. Es wurde Abend, und so stellte man die Arbeit ein. Schwerlich entschloß er sich, am nächsten Morgen an der gleichen Stelle fortzufahren. In der Regel ließ er sich eine Woche lang nicht mehr blicken.

Seine Leidenschaft für die Wasserbaukunst leitete sich von verschiedenen Bestrebungen, Impulsen und Wünschen her. Sie beruhte auf einer Erinnerung, die er in seinem Herzen bewahrte, der Erinnerung an die köstlichen, gut bewässerten Ländereien des Sultans, seine Gemüse- und Ziergärten, in denen er offenbar glücklich gewesen war, ja die einzige glückliche Zeit seines Lebens verbracht hatte; mit diesen Gärten in der Berberei oder Türkei verglich er ständig die Felder Ombrosas, fühlte sich bewogen, sie zu vervollkomm- nen, suchte sie mit seinem Erinnerungsbild in Übereinstim- mung zu bringen, und da er sich auf die Wasserbaukunst verstand, konzentrierten sich seine Änderungswünsche auf sie; dabei stieß er immer wieder auf eine andersgeartete Wirklich- keit, die ihm Enttäuschung bereitete.

Er betätigte sich auch als Rutengänger, ohne sich dabei blicken zu lassen, denn in jenen Zeiten konnte man durch jene seltsamen Künste noch in den Verdacht der Hexerei geraten. Einmal sah ihn Cosimo auf einer Wiese allerhand Pirouetten vollführen, wobei er eine gespaltene Rute vor sich hinstreckte. Auch das blieb offenbar nur ein Versuch, denn es erfolgte nichts darauf. Aus seiner Kenntnis des Charakters Enea Silvio Carregas zog Cosimo in folgender Hinsicht Gewinn: Er begriff viele Dinge, die das Alleinsein betreffen und die für sein späteres Leben von Nutzen waren. Ja, man kann sagen, daß er das abwegige Bild des Cavaliere stets vor Augen hatte, als warnendes Beispiel dafür, was aus einem Menschen werden kann, der sein Los von dem seiner Mitmenschen trennt, und daß es ihm gelang, diesem Bilde niemals ähnlich zu werden.

12

Zuweilen wurde Cosimo nachts von Schreien aufgeweckt: »Zu Hilfe! Die Briganten! Steht uns bei!«

Schnell begab er sich über die Bäume dorthin, wo die Schreie herkamen. Es war vielleicht ein Weiler kleiner Bauern; draußen stand die Familie, spärlich bekleidet, und rang die Hände. »Weh uns, weh uns, Gian dei Brughi war da und hat uns unsere ganze Ernte fortgeholt!«

Leute strömten herbei.

»Gian dei Brughi? War er's? Habt ihr ihn gesehn?«

»Er war's! Er war's! Er hatte eine Maske vor dem Gesicht, eine Pistole, die war *so* lang, und hinter ihm kamen zwei andere mit Masken, denen er seine Befehle gab! Das war Gian dei Brughi!«

»Und wo steckt er? Wohin ist er?«

»Du bist gut! Fang einer mal den Gian dei Brughi! Wer weiß, wo er sich inzwischen herumtreibt!«

Oder es waren die Schreie eines Reisenden, dem man mitten auf der Landstraße alles geraubt hatte: Pferd, Geldbörse, Mantel und Felleisen. »Zu Hilfe! Räuber! Gian dei Brughi!«

»Wie ist das geschehn? Erzählt es uns!«

»Von dort kam er her, schwarz, bärtig, und legte die Büchse an, um ein Haar wäre ich tot!«

»Schnell! Ihm nach! Wohin ist er entwischt?«

»Dorthin! Nein, vielleicht dort! Er lief wie der Wind!«

Cosimo hatte sich in den Kopf gesetzt, Gian dei Brughi zu Gesicht zu bekommen. Er durchstreifte den Wald kreuz und quer, folgte den Hasen oder den Vögeln und spornte den Dackel an: »Such, such, Ottimo Massimo!« Aber es ging ihm darum, den Banditen in Person aus seinem Schlupfwinkel hervorzulocken – nicht um ihm etwas anzutun oder ihn anzusprechen; er wollte nur einen so vielgenannten Mann leibhaftig vor sich sehen! Es war ihm jedoch nie geglückt, ihm zu begegnen, selbst wenn er eine ganze Nacht auf den Beinen blieb. Wahrscheinlich war er heute nacht nicht unterwegs! sagte sich Cosimo dann; indes versammelten sich bei Tagesanbruch die Menschen hie und da im Tale, um auf einer Hausschwelle oder an einer Biegung der Straße über die neue Untat zu sprechen. Cosimo eilte herbei und hörte mit großen Augen alle diese Geschichten an.

»Du bist doch immer da droben auf den Bäumen im Walde«, sagte ihm einer bei solch einer Gelegenheit, »hast du denn Gian dei Brughi noch nie gesehen?«

Cosimo schämte sich sehr. »Ja... ich glaube noch nicht...«

»Und wie könnte er ihn auch gesehen haben«, mischte sich ein anderer ein, »Gian dei Brughi hat Verstecke, die keiner finden kann, und zieht auf Wegen, die keiner kennt!«

»Wer ihn fängt, kann es sich sein Leben lang gut sein lassen mit dem Kopfgeld, das auf ihn ausgesetzt ist!«

»Tja, aber die Leute, die wissen, wo er steckt, müssen fast eine so große Rechnung wie er mit der Justiz begleichen, und wenn sie sich vorwagen, enden auch sie am Galgen.«

»Gian dei Brughi, Gian dei Brughi! Aber ist denn wirklich er es, der das alles auf dem Kerbholz hat?«

»Ach geh! Er ist so vieler Untaten angeklagt, daß, selbst wenn es ihm gelänge, bei zehn Raubüberfällen seine Unschuld zu beweisen, man ihn inzwischen wegen des elften schon aufgehangen hätte!«

»In allen Wäldern an der Küste trieb er sich als Brigant herum.«

»In seiner Jugend hat er sogar seinen eigenen Räuberhauptmann umgebracht.«

»Selbst unter Banditen hat er sich als Bandit aufgeführt!«

»Deshalb suchte er auch auf unserem Gebiet Zuflucht.«

»Wir sind eben zu brave Leute!«

Sobald Cosimo etwas Neues hörte, besprach er es mit den Kupferschmieden. Unter den Leuten, die im Walde hausten, gab es damals viel Gesindel: allerhand fahrendes Volk wie Kupferschmiede, Stuhlflechter, Seidenfadenhaspeler, Hausierer, die am Morgen den Diebstahl ausheckten, den sie am Abend ausführen wollten. Im Walde hatten sie nicht so sehr ihre Werkstatt als ihren Schlupfwinkel, in dem sie ihr Diebesgut verwahrten. »Wißt ihr schon, heute nacht hat Gian dei Brughi eine Kutsche überfallen!«

»Wahrhaftig. Nun, alles ist möglich...«

»Die galoppierenden Pferde hat er angehalten, indem er sie am Zügel packte!«

»Na schön, aber vielleicht war er's auch nicht, oder es waren keine richtigen Pferde, sondern nur Heupferdchen...«

»Was sagt ihr da? Glaubt ihr denn nicht, daß es Gian dei Brughi war?«

»Aber natürlich war er's, was für Flausen setzt du ihnen in den Kopf! Gian dei Brughi ist es gewesen, ganz bestimmt!«

»Gibt es denn etwas, dessen Gian dei Brughi nicht fähig wäre?«

»Meinst du wirklich?«

Wenn Cosimo solche Reden über Gian dei Brughi hörte, fühlte er sich ratlos; er durchstreifte dann den Wald, um in einem anderen Lager der Vagabunden Erkundigungen einzuziehen.

»Sagt doch, was meint ihr, die Sache heute nacht mit der Kutsche, war das auch ein Streich von Gian dei Brughi?«

»Alle Streiche, die gelingen, sind Streiche Gian dei Brughis, weißt du das nicht?«

»Warum denn nur, wenn sie gelingen?«

»Weil sie, wenn sie nicht gelingen, dann erst recht Streiche Gian dei Brughis sind!«

»Ach geh, dieser Pfuscher!«

Cosimo verstand nun überhaupt nichts mehr. »Ist denn Gian dei Brughi ein Pfuscher?«

Die anderen pflegten dann gleich einen anderen Ton anzuschlagen: »Aber keineswegs! Ein Brigant ist er, der allen Angst einjagt!«

»Habt ihr ihn denn gesehen?«

»Wir? Und wer hat ihn denn jemals gesehen?«

»Seid ihr wirklich sicher, daß es ihn überhaupt gibt?«

»Was du nicht sagst! Natürlich gibt es ihn. Und selbst wenn es ihn nicht gäbe...«

»Wenn es ihn nicht gäbe?«

»... dann wäre er jemand Bestimmtes. Haha!«

»Aber alle sagen doch...«

»Natürlich, so muß man auch sagen: Gian dei Brughi raubt und mordet überall, der schreckliche Brigant! Den möchten wir sehen, der daran zweifelt!«

»Und du, Bürschchen, getraust du dich vielleicht, daran zu zweifeln?«

Kurzum, Cosimo hatte begriffen, daß die Furcht vor Gian dei Brughi, die drunten im Tale herrschte, immer mehr in eine zweifelnde und häufig sogar offen verächtliche Haltung überging, je weiter man in den Bergwald eindrang.

Das Verlangen nach einer Begegnung verging ihm, weil er erfaßt hatte, daß die erfahrenen Leute gar nichts von Gian dei Brughi hielten. Und gerade da widerfuhr es ihm, daß er mit dem Briganten zusammentraf. –

Cosimo befand sich eines Nachmittags auf einem Nußbaum und las. Seit einiger Zeit sehnte er sich nach Lektüre: Es wird auf die Dauer langweilig, wenn man den ganzen Tag mit angelegter Büchse auf einen Sperling wartet.

Er las also den *Gil Blas* von Lesage und hielt in der einen Hand das Buch und in der anderen die Flinte. Ottimo Massimo, dem es nicht recht war, daß sein Herr las, streifte umher und suchte nach Vorwänden, um ihn abzulenken: Beispielsweise bellte er einen Schmetterling an und hoffte zu erreichen, daß Cosimo mit dem Gewehr darauf zielte.

Und in diesem Augenblick kam bergab auf dem Waldpfad ein bärtiger, schlechtgekleideter Mann gelaufen, der umherspähte; er war unbewaffnet, und hinter ihm kamen zwei Häscher mit gezückten Säbeln, die schrien: »Haltet ihn! Es ist Gian dei Brughi! Endlich haben wir ihn aus seiner Höhle herausgetrieben!«

Der Brigant hatte sich etwas von seinen Verfolgern abgesetzt; wenn er sich aber weiter so gehemmt fortbewegte wie einer, der Angst hat, den Weg zu verfehlen oder in eine Falle zu geraten, mußten sie ihm bald wieder auf den Fersen sein. Cosimos Nußbaum bot keinem, der hätte hinaufklettern wollen, einen Halt, aber er hatte dort oben auf seinem Ast eines jener Seile, die er stets mit sich führte, um schwierige Übergänge bewältigen zu können. Er warf das eine Ende auf den Boden hinunter und band das andere an dem Ast fest. Der Bandit sah, wie ihm dieser Strick nahezu auf die Nase fiel; einen Augenblick rang er unentschlossen die Hände, aber dann klammerte er sich an das Seil und kletterte blitzschnell den Baum hinauf, wodurch er sich als einer jener unschlüssigen und impulsiven Naturen erwies, die ständig den rechten Augenblick zu verpassen scheinen, aber in Wahrheit jedesmal die Gelegenheit beim Schopf packen.

Die Häscher kamen heran. Der Strick war schon hochgezogen, und Gian dei Brughi hockte neben Cosimo im Laube des Nußbaums. Es war dort eine Wegkreuzung. Von den Häschern ging der eine nach rechts, der andere nach links, dann vereinigten sie sich wieder und wußten nicht mehr, wohin sie sich wenden sollten. Da stießen sie auf Ottimo Massimo, der in dem Gelände herumschwänzelte.

»Heda!« sagte einer der Schergen zum anderen. »Ist das nicht der Hund des jungen Barons; der auf den Bäumen lebt, weißt du? Wenn der Junge hier in der Nähe ist, könnte er uns Auskunft geben.«

»Ich bin hier oben«, schrie Cosimo. Doch er rief nicht von dem Nußbaum aus, wo er sich zunächst befunden hatte und wo der Brigant versteckt war: Er war schnell auf eine gegenüberliegende Kastanie hinübergewechselt, so daß die Häscher sogleich dort hinaufschauten, ohne den Bäumen ringsum Beachtung zu schenken.

»Guten Tag, Euer Gnaden«, sagten sie, »habt Ihr nicht zufällig den Briganten Gian dei Brughi hier vorbeilaufen sehen?«

»Wer es war, weiß ich nicht«, erwiderte Cosimo, »wenn ihr aber ein Männchen sucht, das davonrannte: Das ist zum Wildbach dort gelaufen.«

»Ein Männchen? Ein Trumm von einem Kerl, daß man es mit der Angst kriegt...«

»Ja, von hier oben seht ihr eben alle klein aus...«

»Danke, Euer Gnaden!«, und fort waren sie, hinunter zum Wildbach.

Cosimo begab sich wieder auf den Nußbaum und setzte die Lektüre des *Gil Blas* fort. Gian dei Brughi umklammerte immer noch den Ast, bleich bis auf Haare und Bart, die struppig und rot waren (genau wie Heidekraut, das bei uns *brughi* genannt wird) und verfilzt mit trockenen Blättern, Kastanienschalen und Fichtennadeln. Er musterte Cosimo mit zwei grünen, runden und verstörten Augen; häßlich, er war häßlich.

»Sind sie weg?« fragte er schließlich.

»Ja, gewiß«, sagte Cosimo liebenswürdig. »Sind Sie der Brigant Gian dei Brughi?«

»Woher kennen Sie mich?«

»Nun so, vom Hörensagen.«

»Und sind Sie es, der niemals von den Bäumen herunterkommt?«

»Ja. Woher wissen Sie das?«

»Nun, auch vom Hörensagen.«

Sie betrachteten einander achtungsvoll wie zwei prominente Persönlichkeiten, die sich zufällig getroffen haben und zufrieden sind, daß einer dem anderen nicht unbekannt ist.

Cosimo wußte nicht, was er weiter sagen sollte, und setzte seine Lektüre fort.

»Was lesen Sie da Schönes?«

»Den *Gil Blas* von Lesage.«

»Ist es gut?«

»O ja.«

»Haben Sie noch lange dran zu lesen?«

»Warum fragen Sie? Na, noch etwa zwanzig Seiten.«

»Weil ich Sie bitten wollte, es mir zu leihen, wenn Sie fertig sind!«

Er lächelte etwas verlegen. »Sehen Sie, ich muß mich tagelang versteckt halten und weiß nie, was ich tun soll. Hätte ich doch nur zuweilen ein Buch, sage ich mir. Einmal habe ich eine Kutsche angehalten; es war nicht viel zu holen, aber ein Buch war dabei, das hab ich genommen. Ich hab es hier heraufgeschleppt, versteckt unter dem Wams; die ganze übrige Beute hätte ich hingegeben, nur um dieses Buch zu behalten. Abends zünde ich die Laterne an, will zu lesen anfangen... da war es Lateinisch! Ich verstand kein einziges Wort...« Er schüttelte den Kopf. »Sehen Sie, ich kann kein Latein...«

»Ja, hol's der Teufel, Latein ist schwer«, bemerkte Cosimo und spürte, daß er unwillkürlich eine Beschützermiene aufsetzte. »Dies hier ist auf französisch...«

»Französisch, Toskanisch, Provenzalisch, Kastilisch, das kann ich alles«, sagte Gian dei Brughi. »Auch Katalanisch spreche ich etwas: Bon dia! Bona nit! Està la mar mòlt alborotada.«

Nach einer halben Stunde hatte Cosimo das Buch ausgelesen und lieh es Gian dei Brughi.

Auf diese Weise begannen die Beziehungen zwischen meinem Bruder und dem Briganten. Kaum hatte Gian dei Brughi ein Buch gelesen, so eilte er zu Cosimo, um es ihm zurückzugeben, entlieh sich ein anderes, verbarg sich geschwind in seinem geheimen Schlupfwinkel und vertiefte sich in die Lektüre.

Cosimo wiederum erhielt die Bücher durch mich; ich besorgte sie ihm aus der Hausbibliothek, und er gab sie mir zurück, wenn er sie gelesen hatte. Nunmehr behielt er sie länger, da er sie erst selbst las und dann an Gian dei Brughi weitergab; häufig kamen sie jetzt mit aufgerissenem Einband, Schimmelflecken und Schneckenstreifen zurück, da sie der Bandit wer weiß wo zu verwahren pflegte.

An festgesetzten Tagen gaben sich Cosimo und Gian dei Brughi ein Stelldichein auf einem bestimmten Baum, tauschten die Bücher aus, und fort ging's wieder, denn der Wald wurde ständig von Häschern durchkämmt. Dieses so einfache Verfahren war für beide sehr gefährlich: auch für meinen Bruder, der für seine Freundschaft mit diesem Verbrecher bestimmt keine triftigen Gründe hätte vorbringen können. Über Gian dei Brughi war indessen eine solche Lesewut gekommen, daß er einen Roman nach dem anderen verschlang, und da er die ganze Zeit in seinem Versteck hockte, um zu lesen, bewältigte er manche Bücher an einem Tage, zu denen mein Bruder eine Woche gebraucht hatte. In solch einem Fall war nichts zu machen: Er wollte ein neues haben, und wenn nicht gerade der verabredete Tag war, durchstürmte er das Land, erschreckte die Familien in den Weilern und Gehöften und bewirkte, daß sich die ganze Polizeimacht Ombrosas auf seine Spuren heftete.

Cosimo, der ständig von dem Briganten bedrängt wurde, genügten jetzt die Bücher nicht mehr, die ich ihm beschaffen konnte, und so mußte er sich auf die Suche nach anderen Lieferanten machen. Er kannte einen jüdischen Buchhändler, einen gewissen Orbecche, der ihm auch mehrbändige Werke besorgte. Von den Ästen eines Johannisbrotbaumes aus pflegte er an sein Fenster zu klopfen und brachte ihm eben erst erlegte Hasen, Krammetsvögel und Rebhühner im Tausch gegen die Bücher. Doch Gian dei Brughi hatte einen eigenen Geschmack: Man konnte ihm nicht aufs Geratewohl ein Buch geben; anderenfalls brachte er es schon am nächsten Tage zurück, um es auszutauschen. Mein Bruder war in dem Alter, in dem man beginnt, an gehaltvollerer Lektüre Gefallen zu finden, aber er mußte sich damit vorsehen, seit ihm Gian dei Brughi *Die Abenteuer des Telemach* zurückgegeben und ihm gedroht hatte, wenn er noch einmal einen so langweiligen Schinken erhalte, werde er ihm seinen Baum absägen.

Cosimo hätte jetzt am liebsten die Werke, die er selbst in aller Ruhe lesen wollte, von den Büchern geschieden, die er sich nur beschafft hatte, um sie dem Briganten zu leihen. Doch davon konnte keine Rede sein: Auch diese letzteren mußte er wenigstens überfliegen, denn Gian dei Brughi wurde immer anspruchsvoller und mißtrauischer, und bevor er ein Buch in Empfang nahm, wünschte er, daß ihm Cosimo etwas über die Handlung erzähle; wehe, wenn er ihn bei falschen Angaben ertappte! Mein Bruder versuchte, ihn mit leichten Liebesromanen abzuspeisen, worauf ihn der Brigant wütend zur Rede stellte und fragte, ob er ihn etwa für ein einfältiges Weibchen halte. Man konnte nie voraussehen, was für eine Lektüre ihm genehm war.

Kurzum, da ihm Gian dei Brughi ständig das Messer an die Kehle setzte, entwickelte sich Cosimos Lektüre aus einem halbstündigen Zeitvertreib zur Hauptbeschäftigung und zum Zweck des ganzen Tages. Und durch all dieses Bücherwälzen, durch das Urteilen und Vergleichen, durch den Zwang, immer neue Bücher kennenzulernen, hin- und hergerissen zwischen der Lektüre Gian dei Brughis und dem wachsenden Lesebedarf, wurde Cosimo von einer solchen Leidenschaft für die Literatur und das ganze menschliche Wissen ergriffen, daß ihm die Stunden von Sonnenauf- bis Sonnenuntergang für seine Lesewut nicht mehr genügten; beim Lichte einer Laterne las er auch in der Dunkelheit noch weiter.

Schließlich entdeckte er die Romane Richardsons. Gian dei Brughi gefielen sie. Kaum war er mit einem fertig, wollte er sofort den nächsten haben. Orbecche verschaffte ihm einen ganzen Haufen. Der Brigant war so mit Lesestoff für einen Monat versorgt. Cosimo hatte wieder seinen Frieden und vertiefte sich in die Lebensbeschreibungen Plutarchs.

Derweil lag Gian dei Brughi auf seiner Ruhestätte; die struppigen roten Haare voller trockener Blätter hingen ihm über die Stirn, die grünen Augen röteten sich durch die Anstrengung, und so las er und las, während er die Kinnbakken beim eifrigen Buchstabieren bewegte und einen mit Spucke benetzten Finger in die Höhe hielt, um gleich die nächste Seite umwenden zu können. Während der Lektüre Richardsons zerschmolz er gleichsam in einem Verlangen, das schon seit geraumer Zeit in seiner Seele geschlummert hatte: in der Sehnsucht nach einem regelmäßigen und häuslichen Tageslauf, nach verwandtschaftlichen Beziehungen, nach Familiengefühlen, nach Tugend und Abscheu vor den Bösen und Lasterhaften. Seine ganze Umgebung interessierte ihn nicht mehr und erfüllte ihn mit Widerwillen. Er verließ seine Höhle nur noch, um zu Cosimo zu laufen und ein Buch umzutauschen, vor allem, wenn es sich um einen mehrbändigen Roman handelte und er erst die Hälfte der Geschichte gelesen hatte. So führte er ein absonderliches Leben, ohne sich darüber klar zu sein, welch einen Groll er entfesselt hatte – sogar unter den Bewohnern des Waldes, die einstmals seine treuen Komplicen gewesen waren, es nun jedoch satt hatten, einen untätigen Briganten in ihrer Mitte zu haben, der den ganzen Schwarm der Häscher auf sich zog.

Früher hatten sich alle um ihn geschart, die in unserer Gegend mit der Justiz nicht im reinen waren: mochten sie nun wie jene ambulanten Kupferschmiede die üblichen kleinen Diebstähle – bloße Lappalien – oder wie seine Gefährten, die Banditen, regelrechte Verbrechen auf dem Kerbholz haben. Bei jedem Diebstahl oder Raub nahmen diese Leute seine Hilfe und Autorität in Anspruch oder benutzten seinen Namen, der in aller Munde war, als Schutz und Schirm, um selbst im dunkeln zu bleiben. Auch diejenigen, die nicht an ihren Anschlägen beteiligt waren, kamen irgendwie auf ihre Kosten, denn der Wald füllte sich mit Diebes- und Schmugglergut jeder Art, das es zu verwerten oder zu verkaufen galt, und alle, die sich dort herumtrieben, fanden Gelegenheit, damit Handel zu treiben. Und wenn einer auf eigene Faust Räubereien beging, ohne daß Gian dei Brughi davon wußte, so bediente auch er sich dieses furchtbaren Namens, um den Überfallenen Angst einzujagen und das Äußerste aus ihnen herauszuholen; denn die Leute lebten in Furcht und Schrecken, meinten bei jedem Spitzbuben, sie hätten Gian dei Brughi oder einen aus seiner Bande vor sich, und schnürten eiligst ihre Geldbeutel auf.

Diese schönen Zeiten hatten lange gedauert; Gian dei Brughi war zu dem Schluß gekommen, daß er sich von seinen Einkünften ernähren könne, und so war er allmählich bequem geworden. Er war der Meinung, alles gehe so weiter wie früher; statt dessen hatte sich die Einstellung der Menschen geändert: Sein Name flößte nun nicht mehr die gleiche Achtung ein.

Wem war Gian dei Brughi jetzt noch von Nutzen? Er hielt sich verborgen, um mit heißen Tränen in den Augen Romane zu lesen; Unternehmungen führte er nicht mehr aus, beschaffte keine Ware mehr, niemand konnte mehr Geschäfte machen, tagtäglich erschienen die Häscher, um ihn zu suchen, und wenn ein armer Teufel auch nur etwas verdächtig aussah, nahmen sie ihn gleich mit auf die Wache. Wenn man überdies noch bedachte, welch eine Versuchung der auf ihn ausgesetzte Kopfpreis bedeutete, so lag es auf der Hand, daß Gian dei Brughis Tage gezählt waren.

Zwei andere Briganten, zwei junge Leute, die unter ihm groß geworden waren und sich nicht mit dem Verlust eines so prächtigen Bandenchefs abfinden konnten, wollten ihm Gelegenheit geben, sich zu rehabilitieren. Sie hießen Ugasso und Bel-Loré und hatten als Jungen zur Bande der kleinen Obstdiebe gehört. Herangewachsen, waren sie nunmehr Straßenräuber geworden.

Sie machten sich also auf, um Gian dei Brughi in seiner Höhle aufzusuchen. Da lag er auf dem Stroh. »Na, was ist denn los?« fragte er, ohne die Augen von seinem Buch zu heben.

»Wir wollen dir einen Vorschlag machen, Gian dei Brughi!«

»Hm... was denn?« brummte der und las weiter.

»Weißt du, wo das Haus Costanzos liegt, des Zolleinnehmers?«

»Ja, ja... Was? Wie heißt der Zolleinnehmer?«

Bel-Loré und Ugasso sahen einander ärgerlich an. Wenn sie den Banditen nicht von diesem Buch abbrachten, würde er kein einziges Wort kapieren.

»Laß mal das Buch einen Augenblick, Gian dei Brughi! Hör zu!«

Gian dei Brughi umklammerte das Buch mit beiden Händen, richtete sich auf die Knie auf, preßte das Buch an die Brust, ohne es zuzuklappen; dann wurde das Verlangen nach weiterer Lektüre zu stark, und während er es noch immer festhielt, schob er es höher, bis er die Nase hineinstecken konnte.

Bel-Loré hatte einen Einfall. Es war dort ein Spinngewebe mit einer großen Spinne darin. Bel-Loré nahm es mitsamt der Spinne behutsam in die Hand und warf es dann Gian dei Brughi zwischen Buch und Nase. Dieser Unglücksmensch war ein solcher Schlappschwanz geworden, daß ihm sogar eine Spinne Angst einjagte. Er spürte diese zusammengeballten Spinnenbeine und klebrigen Fäden auf seiner Nase, und bevor er noch recht begriffen hatte, was es war, stieß er in seiner Überraschung einen kleinen Schrei aus, ließ das Buch fallen, wedelte mit den Händen vor dem Gesicht herum, während er um sich spuckte und die Augen verdrehte.

Ugasso warf sich zu Boden, und es gelang ihm, das Buch zu ergreifen, bevor Gian dei Brughi einen Fuß darauf gesetzt hatte.

»Gib mir das Buch zurück!« sagte Gian dei Brughi und versuchte, sich mit der einen Hand von Spinne und Spinngewebe zu befreien und mit der anderen Ugasso das Buch aus der Hand zu reißen.

»Nein, erst mußt du uns anhören!« sagte Ugasso und versteckte das Buch hinter seinem Rücken.

»Ich las gerade *Clarissa*. Gebt es mir zurück! Es war der Höhepunkt...«

»Hör zu! Wir bringen heute abend eine Ladung Holz in das Haus des Zolleinnehmers. Statt des Holzes steckst du in dem Sack. Wenn es dunkel ist, kommst du dann aus dem Sack heraus.«

»Ich möchte *Clarissa* zu Ende lesen!« Es war ihm gelungen, die letzten Reste des Spinngewebes von seinen Händen zu entfernen; nun wollte er mit den beiden jungen Männern einen Ringkampf beginnen.

»Hör zu! Nachts kommst du aus dem Sack heraus, mit zwei Pistolen in der Hand, und läßt dir vom Zolleinnehmer die ganzen Wocheneinnahmen herausgeben; er verwahrt sie am Kopfende seines Bettes...«

»Laßt mich doch wenigstens das Kapitel auslesen! Seid doch so lieb...«

Die beiden jungen Burschen mußten an die Zeiten zurückdenken, da Gian dei Brughi dem ersten besten, der ihm zu widersprechen wagte, zwei Pistolen auf die Brust gesetzt hätte. Diese Erinnerung stimmte sie wehmütig. »Du holst also die Geldsäcke, abgemacht?« bedrängten sie ihn bekümmert. »Bringst du sie uns, geben wir dir das Buch zurück; dann kannst du so viel lesen, wie du Lust hast. Bist du einverstanden? Gehst du hin?«

»Nein, ich bin nicht einverstanden. Ich gehe nicht!«

»Was, du gehst nicht, du willst also nicht... dann sieh dir mal das an!« Damit packte er eine Seite der letzten Hälfte des Romans (»Nein!« schrie Gian dei Brughi.), zerriß sie (»Nein, halt!«), knüllte sie zusammen und warf sie ins Feuer.

»O du Hund! Das kannst du nicht tun! Dann weiß ich ja

nicht, wie es ausgeht«, und damit lief er hinter Ugasso her, um ihm das Buch wegzunehmen.

»Gehst du also zum Zolleinnehmer?«

»Nein, ich gehe nicht!« Ugasso zerriß zwei weitere Seiten.

»Halt! So weit bin ich noch nicht! Du kannst sie nicht verbrennen!«

Ugasso hatte sie bereits ins Feuer geworfen.

»Du Hund! Clarissa! Nein!«

»Also gehst du? Ich...« Ugasso riß drei weitere Seiten heraus und warf sie ins Feuer.

Gian dei Brughi setzte sich nieder und verbarg das Gesicht in den Händen. »Ich gehe«, sagte er. »Aber versprecht mir, daß ihr mit dem Buch vor dem Hause des Zolleinnehmers auf mich wartet.«

Der Brigant wurde in einen Sack gesteckt, mit einem Reisigbündel über dem Kopf. Bel-Loré trug den Sack auf den Schultern. Dahinter kam Ugasso mit dem Buch.

Sobald Gian dei Brughi in seinem Sack durch einen Fußtritt oder ein Brummen zu erkennen gab, daß es ihm leid wurde, ließ Ugasso ihn das Zerreißen einer Seite hören, worauf Gian dei Brughi sich sofort wieder ruhig verhielt.

Auf diese Weise trugen sie ihn, als Holzhändler verkleidet, ins Haus des Zolleinnehmers und ließen ihn dort zurück. Sie postierten sich in geringer Entfernung hinter einem Ölbaum, um die Stunde abzuwarten, in der er nach der Tat wieder zu ihnen stoßen sollte.

Gian dei Brughi hatte es indessen zu eilig; er kam vor Dunkelheit aus seinem Sack heraus, als sich noch zu viele Leute im Hause befanden. »Hände hoch!« Doch er war nicht mehr der alte, es war, als betrachtete er sich von außen, als käme er sich selbst etwas lächerlich vor. »Hände hoch! hab ich gesagt... Alle an die Wand, die hier im Zimmer sind...« Nein, nicht einmal er selbst glaubte mehr daran; er tat das nur, weil etwas geschehen mußte. »Seid ihr alle da?«

Er hatte nicht gemerkt, daß ein kleines Mädchen entwischt war.

Obgleich jede Minute kostbar war bei diesem Geschäft, zog er die Sache in die Länge; der Zolleinnehmer stellte sich dumm, konnte den Schlüssel nicht finden. Gian dei Brughi begriff, daß sie ihn nicht mehr ernst nahmen, und im Grunde seines Herzens war es ihm recht, daß es so gekommen war.

Schließlich verließ er das Haus, schwer beladen mit Geldbörsen. Er lief nahezu blindlings auf den Ölbaum zu, der als Treffpunkt verabredet war. »Das ist alles, was da war. Gebt mir *Clarissa* zurück!«

Vier, sieben, zehn Arme umklammerten ihn, so daß er sich vom Scheitel bis zur Sohle nicht rühren konnte. Er wurde von einer ganzen Rotte von Häschern in die Luft gehoben und wie eine Wurst verschnürt. »Clarissa wirst du hinter schwedischen Gardinen wiedersehen!«, und damit transportierten sie ihn ins Gefängnis.

Das Gefängnis war ein Türmchen am Meeresufer. In der Nähe wuchs ein Pinienwäldchen. Im Wipfel einer dieser Pinien hockend, befand sich Cosimo nahezu in gleicher Höhe mit Gian dei Brughi und sah sein Gesicht hinter dem Eisengitter.

Dem Briganten waren Verhöre und Prozeß völlig gleichgültig; was auch geschehen mochte: Er wurde ja doch gehängt; leid taten ihm indessen diese leeren Tage dort im Gefängnis, an denen er nicht lesen konnte, und der Roman, in dem er nur bis zur Hälfte gekommen war. Cosimo gelang es, sich ein weiteres Exemplar von *Clarissa* zu beschaffen, das er auf die Pinie mitbrachte.

»Bis wohin bist du gekommen?«

»Bis da, wo Clarissa aus dem Freudenhaus entflieht!«

Cosimo blätterte etwas und sagte dann: »O ja, ich hab's. Also...« Dann begann er laut vorzulesen, wobei er sich dem Gitterfenster zuwandte, an dem Gian dei Brughis angeklammerte Hände zu sehen waren.

Die Verhöre zogen sich lange hin. Der Brigant ertrug die Folter. Bis er alle seine unzähligen Verbrechen gestanden hatte, brauchte es viele Tage. So kam es, daß er täglich vor und nach den peinlichen Befragungen Cosimo zuhörte, der ihm vorlas. Als sie mit *Clarissa* zu Ende waren und er einen etwas betrübten Eindruck machte, kam Cosimo auf den Gedanken, daß Richardson, wenn man nicht in der frischen Luft lebe, leicht deprimierend wirke; so begann er, ihm lieber einen Roman von Fielding vorzulesen, der ihn mit seiner bewegten Handlung ein wenig für die verlorene Freiheit entschädigen sollte. Es waren die Tage des Prozesses, und Gian dei Brughi hatte nichts anderes im Kopf als die Abenteuer Jonathan Wilds.

Bevor der Roman zu Ende war, kam der Tag der Hinrichtung. In Begleitung eines Mönchs machte Gian dei Brughi auf dem Karren die letzte Reise seines Lebens. In Ombrosa pflegte man die Delinquenten an einer hohen Eiche mitten auf dem Marktplatz zu hängen. Ringsum versammelte sich schaulustiges Volk.

Als Gian dei Brughi schon den Knoten am Halse hatte, hörte er einen Pfiff zwischen den Zweigen. Er blickte empor. Es war Cosimo mit dem geschlossenen Buch.

»Sag mir, wie es ausgeht!« bat der Verurteilte.

»Es tut mir leid, daß ich dir das sagen muß, Gian«, erwiderte Cosimo, »Jonathan stirbt am Galgen.«

»Danke! So soll es auch mir ergehen. Lebe wohl!« – und damit stieß er selbst die Leiter fort und wurde erdrosselt.

Sobald sich der Körper nicht mehr bewegte, ging die Menge nach Hause. Cosimo blieb bis zum Einbruch der Dunkelheit auf dem Ast sitzen, an dem der Erhängte baumelte. Jedesmal, wenn eine Krähe sich näherte, um dem Leichnam Augen oder Nase auszupicken, schwang Cosimo seine Mütze, um sie zu verjagen.

13

Seit seinem Umgang mit dem Briganten war Cosimo also von einer maßlosen Leidenschaft für Lektüre und Studien ergriffen, die ihn sein Leben lang nicht verließ. Wenn man ihn jetzt antraf, saß er für gewöhnlich rittlings auf einem bequemen Ast, mit einem offenen Buch in der Hand, oder hockte auf einer Astgabel wie auf einer Schulbank, vor sich auf einem Brettchen ein Blatt, das Tintenfaß in einem Astloch, und schrieb mit einem langen Gänsekiel.

Nunmehr war er es, der sich auf die Suche nach dem Abbé Fauchelefleur machte, damit er ihn unterrichten, ihm Tacitus und Ovid, die Himmelskörper und die Gesetze der Chemie erklären sollte; doch abgesehen von der Grammatik und etwas Theologie versank der alte Priester in einem Meer von Zweifel und Unwissen, und den Fragen des Schülers begegnete er nur, indem er die Arme ausbreitete und die Augen gen Himmel hob.

»Mon Abbé, wie viele Frauen kann man in Persien haben? Mon Abbé, wer ist der Savoyardische Vikar? Mon Abbé, können Sie mir das System Linnés erklären?«

»Alors... Maintenant... Voyons...«, begann der Abbé, dann wurde er verwirrt und wußte nicht mehr weiter.

Doch Cosimo, der Bücher jeder Sorte verschlang und die Hälfte seiner Zeit mit Lektüre und die andere Hälfte auf der Jagd verbrachte, um die Rechnungen des Buchhändlers Orbecche bezahlen zu können – Cosimo wußte ihm stets eine neue Geschichte zu berichten. Von Rousseau, der botanisierend die Schweizer Wälder durchstreifte, von Benjamin Franklin, der die Blitze mit Papierdrachen einfing, vom Baron de Hontan, der glücklich unter den Indianern in Amerika lebte.

Der alte Fauchelefleur lauschte diesen Reden mit verwunderter Aufmerksamkeit, wobei sich schwer sagen läßt, ob er wirklich interessiert war oder sich nur erleichtert fühlte, weil er selbst nicht zu dozieren brauchte; er pflichtete Cosimo bei und äußerte ein »Non, ditesle-moi!«, wenn sich Cosimo an ihn wandte und fragte: »Wissen Sie vielleicht, weshalb...«; oder er bemerkte: »Tiens! C'est bien épatant!«, wenn Cosimo ihm des Rätsels Lösung mitteilte; zuweilen steuerte er auch ein »Mon Dieu!« bei, was zweierlei ausdrücken konnte: Jubel über die Herrlichkeiten Gottes, die sich ihm in diesem Augenblick offenbarten, oder Kummer über die Allgegenwart des Bösen, das unweigerlich in allen nur denkbaren Erscheinungen die Welt beherrschte.

Ich war damals noch sehr jung, und die Freunde Cosimos gehörten alle den ungebildeten Schichten an; daher gab er sich völlig dem Bedürfnis hin, die Entdeckungen, die er in den Büchern machte, zu kommentieren, und überschüttete seinen alten Lehrer mit Fragen und Erläuterungen. Der Abbé hatte bekanntlich ein entgegenkommendes und ausgleichendes Wesen, das sich von seinem überlegenen Wissen um die Eitelkeit aller Dinge herleitete, und Cosimo nutzte diese Eigenschaft. Das Lehrverhältnis zwischen den beiden kehrte sich daher um: Cosimo trat als Lehrer und Fauchelefleur als Schüler auf. Und solch eine Autorität hatte mein Bruder erlangt, daß es ihm gelang, den zitternden alten Mann auf seinen Baumwanderungen mitzuschleppen. Er veranlaßte, daß er einen ganzen Nachmittag im Garten der Ondarivas verbrachte, während seine mageren Beine vom Ast einer indischen Kastanie herunterbaumelten und er von dort aus die seltenen Pflanzen und die sich im Seerosenbecken spiegelnde untergehende Sonne betrachten konnte; zugleich diskutierten sie über Monarchien und Republiken, über Wahrheit und Gerechtigkeit in den verschiedenen Religionen sowie über chinesische Riten, das Erdbeben von Lissabon, die Leidener Flasche und den Sensualismus.

Ich sollte meine Griechischstunde haben, aber der Lehrer war nicht aufzufinden. Die ganze Familie wurde alarmiert;

man durchstreifte die Felder; schließlich durchsuchte man sogar mit Stangen den Fischteich, weil man befürchtete, er könnte in seiner Zerstreutheit hineingefallen und ertrunken sein. Abends kam er nach Hause und klagte über Schmerzen in den Hüften, die er sich durch das stundenlange Sitzen in einer so unbequemen Stellung zugezogen hatte.

Man darf jedoch nicht vergessen, daß dieser Zustand des passiven Hinnehmens von Augenblicken abgelöst wurde, in denen bei dem alten Jansenisten seine ursprüngliche Leidenschaft für geistlichen Rigorismus wieder aufflammte. Und wenn er in seiner zerstreuten und willfährigen Verfassung irgendeine neue oder ausschweifende Idee widerstandslos akzeptiert hatte, wie zum Beispiel die Gleichheit aller Menschen vor dem Gesetz oder die Tugendhaftigkeit der Naturvölker oder den verhängnisvollen Einfluß des Aberglaubens, übermannten ihn schon eine Viertelstunde später Rigorismus und das Streben nach Absolutheit, so daß er sich auf die Ideen versteifte, die er kurz zuvor so leichthin übernommen hatte, und sein ganzes Bedürfnis nach Konsequenz und Sittenstrenge auf sie übertrug. Dann wurden in seinem Munde die Pflichten der freien und gleichen Bürger oder die Tugenden eines Anhängers der natürlichen Religion zu Geboten einer unbarmherzigen Disziplin, zu Artikeln eines fanatischen Glaubens; hiervon abgesehen, bot sich ihm nur ein schwarzes Bild der Verderbnis: All die neuen Philosophen waren zu milde und zu nachlässig in der Verdammung des Bösen, und mochte der Weg zur Vollendung auch steil sein, er duldete jedenfalls keine Kompromisse und Halbheiten.

Angesichts solcher plötzlicher Aufwallungen des Abbés getraute sich Cosimo nicht mehr, den Mund aufzutun, da er befürchtete, jedes seiner Worte werde inkonsequent und nicht streng genug erscheinen und ihm einen Verweis eintragen: So erstarrte ihm die üppig wuchernde Welt, die er in Gedanken zu erwecken trachtete, zusehends zu einem marmornen Friedhof. Zum Glück ermüdete der Abbé bald infolge dieser Anspannung seines Willens und war dann völlig erschlafft, als geriete er durch die Entstofflichung aller Begriffe und ihre Rückführung auf das reine Wesen in den Bann aufgelöster und ungreifbarer Schatten: Er verdrehte die Augen, stieß einen Seufzer aus, ging vom Seufzer zum Gähnen über und kehrte wieder in sein Nirwana zurück.

Doch in den Zeiten zwischen der einen und der anderen Geistesverfassung verbrachte er fortan seine Zeit damit, die von Cosimo begonnenen Studien zu verfolgen; er eilte zwischen den Bäumen, auf denen mein Bruder sich aufhielt, und dem Laden Orbecches hin und her, um bei diesem Bücher zu bestellen, die von Buchhändlern in Amsterdam und Paris angefordert werden mußten, oder um neu eingetroffene Bücher abzuholen. Und dadurch bereitete er sein Verhängnis vor. Denn das Gerücht, in Ombrosa gebe es einen Priester, der sich über alle mit dem schärfsten kirchlichen Verbot belegten Publikationen Europas auf dem laufenden halte, kam auch dem geistlichen Gericht zu Ohren. Und eines Nachmittags fanden sich die Sbirren in unserer Villa ein, um das Kämmerchen des Abbés zu durchsuchen. Zwischen seinen Brevieren fanden sie die noch unaufgeschnittenen Werke Bayles. Das genügte ihnen, um ihn in ihre Mitte zu nehmen und abzuführen.

Es war eine traurige Szene an diesem wolkenverhangenen Nachmittag, und ich erinnere mich noch, wie bestürzt ich sie vom Fenster meines Zimmers aus beobachtete, um sodann das Konjugieren des Aorists einzustellen, da nun kein Unterricht mehr stattfinden würde. Der alte Pater Fauchelefleur entfernte sich auf der Allee zwischen jenen bewaffneten Schergen und blickte zu den Bäumen empor; einen Augenblick durchzuckte es ihn, als wollte er auf eine Ulme zulaufen und hinaufklettern, aber die Beine versagten ihm den Dienst. Cosimo war an jenem Tage auf Jagd im Walde und hatte keine Ahnung von den Vorgängen. So konnten sie nicht Abschied voneinander nehmen.

Wir konnten nichts tun, um ihm zu helfen. Unser Vater

schloß sich in seinem Zimmer ein und wollte keine Speise anrühren, da er befürchtete, die Jesuiten könnten ihn vergiften. Der Abbé verbrachte den Rest seiner Tage zwischen Kloster und Gefängnis und gab immer wieder Erklärungen ab, mit denen er Abbitte leistete, bis ihn der Tod erlöste: Nach einem ganz und gar dem Glauben gewidmeten Leben hatte er noch nicht begriffen, *woran* er eigentlich glaubte, doch war er bis zuletzt bemüht, *fest* daran zu glauben.

Durch die Verhaftung des Abbés wurde indessen die Fortbildung meines Bruders in keiner Weise beeinträchtigt. In jene Zeit fällt sein Briefwechsel mit den bedeutendsten Philosophen und Gelehrten Europas, an die er sich wandte, damit sie ihm Fragen beantworteten und Einwände ausräumten oder mit denen er nur deshalb Fühlung nahm, weil er gern mit hervorragenden Geistern diskutierte und sich zugleich in fremden Sprachen übte. Es ist schade, daß alle seine Papiere, die er in nur ihm bekannten hohlen Bäumen zu verwahren pflegte, niemals gefunden wurden; sicherlich haben die Eichhörnchen sie inzwischen zernagt, oder sie sind vermodert: Es befanden sich darunter Briefe von der Hand der berühmtesten Weisen unserer Zeit.

Für seine Bücher baute Cosimo mehrfach eine Art hängender Bibliothek, die, so gut es ging, gegen Regen und Nagetiere geschützt war; jedoch verlegte er sie ständig an einen anderen Ort, je nach seinen Studien und seinem augenblicklichen Geschmack, denn er betrachtete die Bücher ein wenig wie Vögel und wollte sie nicht in einen Käfig gezwängt sehen. Sonst würden sie verkümmern, pflegte er zu sagen. In das massivste dieser schwebenden Regale reihte er nach und nach die Bände der Enzyklopädie Diderots und d'Alemberts ein, sobald er sie von einem Livorneser Buchhändler erhielt. Und wenn er in letzter Zeit durch all das Bücherlesen etwas den Zusammenhang mit der Wirklichkeit verloren hatte, da er an seiner Umwelt immer weniger interessiert war, so entdeckte er jetzt wieder, durch einige wunderschöne Worte wie *abeille, arbre, bois, jardin* alle Dinge seiner Umgebung wie etwas völlig Neues. Unter den Büchern, die er sich kommen ließ, befanden sich nun auch Abhandlungen über praktische Fragen, wie beispielsweise über Baumkunde, und er konnte es kaum abwarten, die neuen Kenntnisse zu erproben.

Die menschliche Arbeit hatte Cosimo stets interessiert, aber sein Leben auf den Bäumen, seine Wanderungen, seine Jagden waren bisher stets Ausdruck zusammenhangloser und willkürlicher Launen gewesen, wie bei einem Vöglein. Jetzt empfand er hingegen das Bedürfnis, für seine Nächsten etwas Nützliches zu leisten. Und auch das hatte er, genaugenommen, durch seinen Umgang mit dem Briganten gelernt: das Bedürfnis, sich nützlich zu machen, den anderen einen unersetzlichen Dienst zu erweisen.

Er lernte die Kunst, Bäume zu beschneiden, und bot den Obstzüchtern im Winter seine Dienste an, wenn die Bäume ein unregelmäßiges Labyrinth dürrer Zweige bildeten und nicht geneigt erschienen, sich auf geordnetere Formen reduzieren zu lassen, um sich mit Blüten, Blättern und Früchten zu bedecken. Cosimo verstand sich gut aufs Baumschneiden und verlangte nur wenig als Entgelt; so gab es keinen Eigentümer oder Pächter, der ihn nicht gebeten hätte, bei ihm vorbeizukommen; in der kristallklaren Luft der Wintermorgen sah man daher, wie er aufrecht und breitbeinig, den Hals bis zu den Ohren in einen Schal gehüllt, auf den niedrigen kahlen Bäumen saß, die Baumschere hob und – zack! zack! – mit sicheren Schnitten überschüssige Zweiglein und Baumspitzen davonfliegen ließ. Die gleiche Kunst übte er, mit einer kurzen Säge bewaffnet, bei Gartenbäumen, die als Schattenspender dienten oder nur zur Zierde da waren, sowie in den Wäldern, wo er die Axt der Holzfäller, die nur dazu taugt, um Schläge gegen den Fuß ehrwürdiger, zum Fällen in einem Stück ausersehener Stämme zu führen, durch sein flinkes Handbeil zu ersetzen suchte, das sich nur in den höheren Lagen und in den Wipfeln verwenden ließ.

Kurzum, die Liebe zu diesem seinem Baumelement machte ihn reifer, wie das bei jeder wahren Liebe der Fall ist, die – mag sie auch noch so unbarmherzig und schmerzhaft sein – verwundet und stutzt, um das Wachstum zu fördern und Form zu verleihen.

Freilich war er beim Beschneiden und Abholzen stets darauf bedacht, nicht nur dem Interesse des Baumeigentümers, sondern auch seinen eigenen Bedürfnissen als Wanderer zu dienen, der seine Verkehrswege gangbarer gestalten möchte: Er sorgte daher dafür, daß die Äste, die er als Brücke von Baum zu Baum zu benutzen pflegte, erhalten blieben und durch die Beseitigung der anderen an Kraft noch gewannen. So trug er durch seine Kunst dazu bei, daß die Natur Ombrosas, die er bereits als wohltätig erkannt hatte, ihm noch gewogener wurde, und war zugleich ein Freund des Nächsten, der Natur und seines Selbst. Die Vorteile dieses weisen Vorgehens genoß er vor allem mit zunehmendem Alter, als die Gestalt der Bäume immer mehr für seine schwindenden Kräfte einen Ausgleich bot. Später genügte dann das Heranwachsen von unverständigeren Generationen – von Leuten, die von einer kurzsichtigen Gier beherrscht und niemandem freund waren, nicht einmal sich selbst –, daß sich nunmehr alles gewandelt hat; kein Cosimo kann jetzt mehr Fürsprache für die Bäume einlegen.

14

Während die Zahl der Freunde Cosimos zunahm, hatte er sich auch Feinde gemacht. Nach der Bekehrung Gian dei Brughis zur guten Lektüre und seinem anschließenden Sturz waren nämlich für die Vagabunden des Waldes schlechte Zeiten angebrochen. Eines Nachts schlief mein Bruder in seinem Schlafsack, den er an einer Esche befestigt hatte, als ihn das Gebell des Dachshundes weckte. Er schlug die Augen auf, und es war ganz hell; der Lichtschein kam von unten: Gerade am Fuße des Baumes brannte ein Feuer, und die Flammen züngelten schon den Stamm hinauf.

Ein Waldbrand! Wer hatte ihn angefacht? Cosimo wußte genau, daß er am Abend zuvor nicht einmal den Feuerstein gerieben hatte. So war es also ein Streich jenes Gesindels! Sie wollten den Wald anzünden, um Holz zu erbeuten, und damit zugleich den Verdacht auf Cosimo lenken, ja, ihr Plan war: Er sollte bei lebendigem Leibe verbrennen.

Im Augenblick dachte Cosimo nicht an die Gefahr, die ihn so unmittelbar bedrohte: Ihm stand vor Augen, daß dieses Reich voller Wege und Schlupfwinkel, über das er allein gebot, vernichtet werden könnte, und nur darüber erschrak er. Ottimo Massimo floh bereits, um sich vor den Flammen zu retten, und brach, wenn er sich von Zeit zu Zeit umwandte, in ein verzweifeltes Gekläff aus: Das Feuer hatte schon das Unterholz ergriffen.

Cosimo verlor nicht den Kopf. Auf die Esche, die ihm damals als Zuflucht diente, hatte er viele Dinge mitgenommen, wie er das stets zu tun pflegte, darunter ein Fläschchen Mandelmilch, um seinen sommerlichen Durst zu stillen.

Er kletterte zu dem Fläschchen empor und wollte bereits den Pfropfen lösen, um den Eschenstamm zu besprengen und ihn vor den Flammen zu retten, als er bedachte, daß sich das Feuer schon im Grase, in den trockenen Blättern und Sträuchern weiterfraß und sehr bald alle Bäume der Umgebung erfaßt haben würde. Er beschloß, es zu riskieren: Die Esche kann meinetwegen abbrennen! Glückt es mir, mit der Mandelmilch ringsherum den Boden, den die Flammen noch nicht erreicht haben, anzufeuchten, so halte ich den Brand auf! Er öffnete daher die Flasche und schüttete ihren Inhalt mit kreisenden und wellenförmigen Bewegungen auf das Erdreich sowie auf die äußersten Feuerzungen, die er dadurch löschte. So war das im Unterholz wütende Feuer von nassen Gräsern und Blättern eingekreist und konnte sich nicht weiter ausbreiten.

Vom Wipfel der Esche sprang Cosimo auf eine benachbarte Buche hinüber. Er hätte nicht länger warten können. Der unten ausgebrannte Stamm stürzte mit Getöse zu einem Scheiterhaufen zusammen, während die Eichhörnchen vergeblich aufkreischten.

War der Brand an dieser Stelle eingedämmt? Schon griffen Funken und Flämmchen auf die Umgebung über; sicherlich hätte der schwache Damm aus nassen Blättern eine weitere Verbreitung nicht aufhalten können.

»Feuer! Feuer!« begann Cosimo aus Leibeskräften zu schreien. »Feuriooooo!«

»Was ist los? Wer ruft da?« antworteten Stimmen. Nicht weit entfernt befand sich ein Kohlenmeiler, wo eine Schar Bergamasken, Cosimos Freunde, in einer Hütte schliefen.

»Feurioooo! Zu Hiiilfe!«

Bald hallte der ganze Berg von Rufen wider. Die Köhler, die im ganzen Wald verstreut lebten, verständigten sich in ihrer unverständlichen Sprache. Schon kamen sie von allen Seiten herbeigelaufen. Der Brand wurde gelöscht.

Dieser erste Versuch einer vorsätzlichen Brandstiftung und eines Anschlags auf sein Leben hätte für Cosimo eine Mahnung sein müssen, sich vom Walde fernzuhalten. Statt dessen begann er zu überlegen, wie man einen Feuerschutz einrichten könnte. Es war der Sommer eines trockenen und heißen Jahres. In den Wäldern an der Küste in Richtung der Provence wütete seit einer Woche ein gewaltiger Brand. Nachts gewahrte man von den Bergen den hohen Feuerschein wie einen Ausläufer des Sonnenuntergangs. Die Luft war trocken, Bäume und Gestrüpp waren ein einziger Köder in dieser Glut. Es sah so aus, als könnten die Winde die Flammen bis in unser Gebiet tragen, wenn nicht vorher schon durch Anstiftung oder Zufall ein Feuer ausbräche, das sich dann mit jenem Brand zu einem einzigen lodernden Scheiterhaufen entlang der Küste vereinigen würde. Ombrosa lebte verstört angesichts dieser Gefahr, wie eine Festung mit einem Strohdach, die von Brandstiftern belagert wird. Auch der Himmel schien an dieser Branddrohung nicht unbeteiligt zu sein; allnächtlich zogen Schwärme von Sternschnuppen über das Firmament, und wir warteten darauf, daß sie auf uns niederfallen würden.

In diesen Tagen allgemeiner Bestürzung kaufte Cosimo überall Eimer auf, ließ sie voll Wasser laufen und hievte sie in die Wipfel der höchsten Bäume, die an beherrschenden Punkten des Geländes standen. »Das hilft nicht viel, aber etwas, wie die Erfahrung zeigt.« Damit noch nicht zufrieden, untersuchte er den Zustand der Gießbäche, die halb vertrocknet den Wald durchflossen, sowie die Quellen, die nur ein dünnes Rinnsal spendeten. Er ging zum Cavaliere, um sich bei ihm Rat zu holen.

»O ja!« rief Enea Silvio Carrega aus und schlug sich mit einer Hand auf die Stirn. »Wasserbecken! Deiche! Man muß Pläne ausarbeiten!« Damit brach er in kurze Schreie aus und vollführte Sprünge der Begeisterung, während ihm Tausende von Ideen durch den Kopf schwirrten.

Mein Bruder bewegte ihn dazu, Berechnungen anzustellen und Pläne zu entwerfen, währenddessen ging er selbst daran, die privaten Waldbesitzer, die Verwalter der staatlichen Forsten, die Holzfäller, die Köhler für seine Idee zu interessieren. Mit Cosimos Hilfe, der ihre Arbeiten aus der Höhe beaufsichtigte, bauten alle miteinander Wasserreservoire unter Leitung des Cavaliere (oder vielmehr: Der Cavaliere baute unter ihrer aller Leitung, da er gezwungen war, sie zu leiten, und sich dem nicht entziehen konnte), so daß man, falls an einer Stelle ein Brand ausbrechen sollte, sogleich wußte, wo die Spritzen anzuschließen seien.

Doch damit nicht genug; man mußte auch Löschtrupps aufstellen, die im Falle eines Feueralarms sogleich in der Lage wären, eine Kette zu bilden, um Wassereimer von Hand zu Hand weiterzureichen und den Brand einzudämmen, bevor er sich ausgebreitet haben würde. Diese Männer rekrutierte Cosimo aus der Schar der Bauern und Handwerker von Ombrosa. Wie das bei jeder Vereinigung zu geschehen pflegt, bildete sich sogleich eine Art Korpsgeist; die einzelnen Trupps wetteiferten miteinander und waren zu großen Taten bereit. Auch Cosimo spürte, wie ihn neue Kraft und Zuversicht erfüllten: Er hatte entdeckt, daß er die Fähigkeit besaß, die Menschen zusammenzuschließen und anzuführen; zu seinem Glück mißbrauchte er diese Fähigkeit nie und bediente sich ihrer sein Leben lang nur in ganz seltenen Fällen, wobei er stets ein wichtiges Ziel vor Augen hatte und immer erfolgreich war.

Eines wurde ihm dabei klar: daß Vereinigungen den Menschen stärker machen und die guten Eigenschaften des einzelnen zur Geltung kommen lassen; sie gewähren eine Freude, die einem nur selten zuteil wird, wenn man sich auf sich selbst zurückzieht – die Freude, daß man herausfindet, wer ehrlich und tüchtig und fähig ist und für wen es sich lohnt, etwas Gutes zu wollen. Lebt man hingegen für sich allein, so erfährt man häufig das Gegenteil und sieht nur jenes andere Gesicht der Menschen, dessentwegen die Hand ständig am Degengriff bleiben muß.

Jener Sommer der Waldbrände war also ein guter Sommer: Es gab ein gemeinsames Problem, dessen Lösung allen am Herzen lag; ein jeder stellte es seinen anderen persönlichen Interessen voran, und alle sahen sich durch die Befriedigung entschädigt, die es gewährt, mit so vielen anderen vortrefflichen Leuten in Eintracht zu leben und ihre Achtung zu genießen.

Später mußte Cosimo die Erfahrung machen, daß, wenn jenes gemeinsame Problem nicht mehr vorhanden ist, Verbindungen an Wert verlieren und daß man dann besser als Einzelwesen und nicht als Anführer existiert. Doch einstweilen verbrachte er, obwohl er jetzt Anführer war, die Nächte ganz allein im Wald als Wächter, auf einem Baum, so wie er immer gelebt hatte.

Für den Fall, daß er das Aufflammen eines Brandherdes gewahren sollte, hatte er auf einem Baumwipfel ein Glöckchen angebracht, das weithin hörbar war und Alarm läutete. Auf diese Weise gelang es ihnen drei- oder viermal, dort ausgebrochene Brände rechtzeitig zu löschen und die Wälder zu retten. Dabei handelte es sich um Brandstiftungen, und sie ermittelten als die Schuldigen jene beiden Banditen Ugasso und Bel-Loré und veranlaßten, daß sie aus dem Gebiet der Gemeinde ausgewiesen wurden. Ende August begannen die großen Regenfälle; die Brandgefahr war vorbei.

Damals konnte man in Ombrosa über meinen Bruder nur Gutes hören. Auch bei uns zu Hause vernahm man lobende Äußerungen wie: »Er ist aber doch so tüchtig« oder: »Manche Dinge macht er aber gut!«, in einem Tone, wie man ihn anschlägt, wenn man objektive Urteile über Angehörige einer anderen Religion oder einer gegnerischen Partei abgeben und eine Gesinnung bezeugen möchte, die so aufgeschlossen ist, daß sie auch den abwegigsten Ideen Verständnis entgegenbringt.

Die Generalin pflegte auf solche Mitteilungen schroff und summarisch zu reagieren: »Haben sie Waffen?« fragte sie, wenn man ihr von der Brandwache erzählte, die Cosimo aufgestellt hatte, »exerzieren sie auch?«; denn sie dachte bereits an die Bildung einer bewaffneten Miliz, die im Kriegsfalle an den militärischen Operationen hätte teilnehmen können.

Unser Vater hingegen hörte sich alles schweigend an und schüttelte den Kopf, so daß man nicht recht wußte, ob ihm jede Nachricht über seinen Sohn schmerzlich war oder ob er vielmehr zustimmte, da ihn neue Zuversicht erfüllte und er nichts Besseres erwartete, als wieder auf ihn hoffen zu können. Offenbar traf das letztere zu, denn ein paar Tage später ritt er aus, um ihn zu suchen.

Sie trafen sich auf einem offenen Gelände, das von einer Reihe junger Bäumchen umgeben war. Der Baron ritt zwei- oder dreimal auf und ab, ohne den Sohn anzublicken, den er jedoch schon gesehen hatte. Vom entferntesten Baume kam der Junge Sprung um Sprung zu immer näheren Bäumen herüber. Als er sich dem Vater gegenübersah, lüftete er den Strohhut (den er im Sommer mit der Wildkatzenmütze zu vertauschen pflegte) und sagte: »Guten Tag, Herr Vater!«

»Guten Tag, mein Sohn!«

»Seid Ihr wohlauf?«

»So wie es meinen Jahren und Sorgen entspricht.«

»Es freut mich, Euch so rüstig zu sehen!«

»Das gleiche möchte ich von dir sagen, Cosimo! Ich habe gehört, daß du dich um das gemeinsame Wohl bemühst.«

»Der Schutz der Wälder, in denen ich lebe, liegt mir am Herzen, Herr Vater.«

»Weißt du, daß uns ein Wäldchen gehört, ein Erbteil deiner armen Großmutter Elisabeth, der guten Seele?«

»Jawohl, Herr Vater. In Belrio. Mit dreißig Kastanienbäumen, zweiundzwanzig Buchen, acht Pinien und einem Ahorn. Ich besitze eine Abschrift aller Katasterkarten. Und gerade als Mitglied einer Familie mit Waldbesitz wollte ich alle Beteiligten in einem Verband zusammenschließen, um den Wald zu erhalten.«

»Gut«, sagte der Baron, der diese Antwort gnädig aufnahm. Doch er fügte hinzu: »Wie ich höre, handelt es sich um eine

Vereinigung von Bäckern, Gemüsegärtnern und Hufschmieden.«

»Die gehören auch dazu, Herr Vater, neben allen anderen
ehrbaren Berufen.«

»Weißt du auch, daß du den Titel eines Herzogs führen und
dem ganzen Lehnsadel befehlen könntest?«

»Ich weiß, daß ich, wenn ich mehr Ideen im Kopf habe als
andere Leute, sie an diesen Ideen teilhaben lasse, sofern sie sie
annehmen, und das heißt dann befehlen.«

Und pflegt man heutzutage auf den Bäumen zu leben, um
befehlen zu können? hatte der Baron schon auf der Zunge.
Doch was half's, wenn er diese alte Geschichte wieder aufs
Tapet brachte!

Er seufzte und hing seinen Gedanken nach. Dann schnallte
er den Gürtel auf, an dem sein Degen befestigt war.

»Du bist jetzt achtzehn Jahre... Es wird Zeit, daß man dich
als Erwachsenen ansieht... Ich werde nicht mehr lange leben...«, und damit hielt er den flachen Degen in beiden
Händen. »Erinnerst du dich daran, daß du ein Baron di Rondò
bist?«

»Ja, Herr Vater, ich erinnere mich meines Namens.«

»Willst du des Namens und Titels würdig sein, den du
trägst?«

»Ich werde bemüht sein, mich des Namens Mensch so
würdig zu erweisen, wie ich vermag, und so werde ich auch
eines jeden seiner Attribute würdig sein.«

»Nimm diesen Degen, meinen Degen!« Er hob sich in den
Bügeln. Cosimo neigte sich auf den Ast herab, und es gelang
dem Baron, ihm den Degen umzuschnallen.

»Danke, Herr Vater! Ich gelobe, von ihm guten Gebrauch
zu machen!«

»Leb wohl, mein Sohn!« Der Baron wandte sein Pferd, zog
kurz die Zügel an und ritt langsam davon.

Cosimo überlegte einen Augenblick, ob er ihn nicht mit
dem Degen grüßen sollte; dann kam er jedoch zu dem Schluß,

daß er ihn vom Vater erhalten hatte, um sich mit ihm zu wehren, nicht aber um mit ihm zu paradieren, und so behielt er ihn in der Scheide.

15

In jenen Tagen, als Cosimo häufig mit dem Cavaliere zu tun hatte, fiel ihm etwas Sonderbares in dessen Verhalten auf, oder vielmehr: Er bemerkte etwas, das sich von seinem gewohnten Benehmen unterschied, gleichviel ob dieses nun sonderbarer oder weniger sonderbar war. Es war, als erklärte sich seine grüblerische Miene nicht mehr durch Zerstreutheit, sondern durch eine fixe Idee, die von ihm Besitz ergriffen hatte. Es kam jetzt häufiger vor, daß er sich gesprächig zeigte, und wenn er zuvor in seiner ungeselligen Art niemals die Stadt betreten hatte, so hielt er sich jetzt ständig im Hafen auf, stand mit alten Kapitänen und Seeleuten im Kreise herum oder hockte mit ihnen im Vorfeld der Bastionen, um sich mit ihnen über Ankunft und Abfahrt der Schiffe oder die Missetaten der Piraten zu unterhalten.

Auf der offenen See vor unseren Küsten tummelten sich damals noch die Seeräuber aus der Berberei und belästigten unseren Handelsverkehr. Freilich war es nunmehr ein bescheidenes Piratentum: nicht mehr wie in jenen Zeiten, da man als Sklave in Tunis oder Algier endete oder Nase und Ohren einbüßte, wenn man den Piraten in die Hände fiel. Glückte es jetzt den Mohammedanern, eines Schiffchens aus Ombrosa habhaft zu werden, so eigneten sie sich die Fracht an: Fässer mit Stockfisch, holländischen Käse, Baumwollballen und so fort. Manchmal waren die Unsrigen schneller, entkamen ihnen und gaben einen Schuß mit dem Mauerbrecher auf ihr Mastwerk ab; als Antwort spien die Barbaresken aus, schnitten Grimassen und stießen häßliche Schreie aus.

Kurzum, es war eine ziemlich harmlose Seeräuberei, die ihren Fortgang nahm, weil die Paschas jener Länder vorgaben, sie hätten gewisse Forderungen an unsere Kaufleute und Reeder zu stellen, waren sie doch von diesen, wie sie behaupteten, in einigen Fällen mangelhaft beliefert oder geradezu betrogen worden. Und so suchten sie nun nach und nach durch ihre Räubereien das Konto auszugleichen, setzten aber gleichzeitig unter ständigem Feilschen und immer neuen Einwänden die Handelsbesprechungen fort. Bei keiner der beiden Parteien bestand somit ein Interesse daran, sich endgültige Kränkungen zuzufügen; die Schiffahrt war zwar voller Unsicherheiten und Risiken, die indessen niemals zu Tragödien führten.

Die Geschichte, die ich im folgenden berichten werde, wurde von Cosimo in vielen verschiedenen Versionen erzählt. Ich halte mich dabei an die Fassung, die die meisten Einzelheiten enthält und am wahrscheinlichsten klingt. Wenn es auch feststeht, daß mein Bruder die Schilderung seiner Abenteuer mit vielen eigenen Erfindungen ausschmückte, so bleibe ich, in Ermangelung anderer Quellen, gleichwohl bemüht, buchstäblich wiederzugeben, was er mir sagte.

Cosimo also, der durch seine Brandwachen die Gewohnheit angenommen hatte, nachts plötzlich aufzuwachen, gewahrte bei dieser Gelegenheit einmal ein Licht, das sich ins Tal hinunterbewegte. Schweigend folgte er ihm auf den Zweigen mit seinen Katzenschritten, bis er Enea Silvio Carrega erblickte, der mit Fez und Leibrock hurtig einhertrippelte und eine Laterne in der Hand hielt.

Weshalb war der Cavaliere zu dieser Stunde unterwegs, obwohl er sonst mit den Hühnern ins Bett zu gehen pflegte? Cosimo schlich hinter ihm her. Er machte kein Geräusch, obgleich er wußte, daß der Onkel, wenn er derart eifrig einherschritt, wie taub war und kaum die Hand vor Augen sah.

Auf Maultierpfaden und Seitenwegen erreichte der Cavaliere das Meeresufer an einer steinigen Stelle; dann begann er die Laterne zu schwenken. Der Mond schien nicht; außer dem Schaumgewoge der Brandung war auf dem Meer nichts zu sehen. Cosimo befand sich auf einer Pinie in einigem Abstand vom Strand, denn dort unten wurde die Vegetation immer spärlicher, so daß es nicht mehr so einfach war, auf den Bäumen überallhin zu gelangen. Immerhin konnte er deutlich erkennen, wie das alte Männlein mit seinem hohen Fez auf dem verlassenen Gestade seine Laterne dem Meeresdunkel entgegenschwenkte; aus diesem Dunkel antwortete ganz plötzlich, als sei es soeben erst entzündet worden, das nahe Licht einer anderen Laterne, dann tauchte in rascher Fahrt ein kleines Boot mit viereckigem dunklem Segel und Rudern auf, das sich von den bei uns üblichen Barken unterschied, und erreichte das Ufer.

Im schwankenden Licht der Laternen erblickte Cosimo Männer mit Turbanen: Einige blieben im Boot zurück, das sie mit kurzen Ruderschlägen nahe am Ufer hielten; andere stiegen aus. Sie trugen weite rote Pluderhosen und funkelnde Krummsäbel, die sie am Gürtel befestigt trugen. Cosimo spitzte Augen und Ohren. Der Onkel und jene Berber flüsterten miteinander in einer Sprache, die unverständlich blieb und doch häufig bekannt anmutete: Sicherlich war es die berühmte Lingua franca*. Von Zeit zu Zeit verstand Cosimo ein Wort unserer Sprache, das Enea Silvio besonders betonte und mit anderen unverständlichen Worten durcheinandermischte; diese Worte unseres Idioms aber betrafen Schiffsnamen, die Namen bekannter Kutter oder Brigantinen, die Reedern in Ombrosa gehörten oder zwischen unserem Hafen und anderen Häfen hin und her fuhren.

Es gehörte wenig dazu, um zu begreifen, was der Cavaliere den Piraten mitteilte! Er unterrichtete sie über die Abfahrts- und Ankunftstage der Schiffe Ombrosas, über ihre Ladungen, ihre Reiseroute und die Waffen, die sie an Bord mit sich führten.

Offenbar hatte der Alte jetzt alles berichtet, was er wußte, denn er machte auf einmal kehrt und entfernte sich eilig,

---

* Mischsprache mit römischen und türkischen Elementen, die namentlich im Handelsverkehr mit der Levante Verwendung fand.   (Anm. d. Übers.)

während die Piraten wieder in ihre Schaluppe kletterten und auf dem finsteren Meere verschwanden. Ihre zügig geführte Unterhaltung ließ erkennen, daß sie schon eine gewisse Übung darin hatten.

Wer weiß, wie lange die heimtückischen Barbaresken bereits die Nachrichten unseres Onkels in Empfang nahmen!

Cosimo war auf der Pinie geblieben, denn er konnte sich nicht vom Fleck rühren, nicht von der einsamen Küste losreißen. Der Wind wehte, die Woge nagte am Gestein, der Baum stöhnte in allen seinen Fugen, und mein Bruder klapperte mit den Zähnen, nicht wegen des kalten Luftzugs, sondern wegen der Kälte dieser traurigen Enthüllung.

Dieses schüchterne und geheimnisvolle alte Männchen – gegen das wir Jungen immer mißtrauisch gewesen waren und das Cosimo, wie er meinte, allmählich schätzen und bedauern gelernt hatte – erwies sich nun als ein Verräter, der keinen Pardon verdiente, als ein Undankbarer, der dem Lande, welches ihn nach einem Leben voller Verirrungen wie ein Strandgut geborgen hatte, alles Böse wünschte... Weshalb? Trieb ihn das Heimweh so heftig zu jenen Völkern und in jene Zonen, wo er vielleicht ein einziges Mal in seinem Leben glücklich gewesen war? Oder hegte er einen unerbittlichen Groll gegen dieses Land, wo ihm offenbar jeder Bissen nach Demütigung schmeckte? Cosimo fühlte sich hin und her gerissen zwischen dem Verlangen, sogleich die Machenschaften dieses Spions anzuzeigen, die Frachten unserer Kaufleute zu retten, und dem Gedanken an den Schmerz, den unser Vater infolge jener unerklärlichen Zuneigung, die ihn an seinen natürlichen Stiefbruder band, empfunden hätte. Schon sah Cosimo im Geiste die Szene vor sich – den Cavaliere, in Handschellen und von Sbirren umringt, zwischen den beiden Reihen der Ombrosaner, die ihm Schmähworte zuriefen; so wurde er zum Marktplatz geführt, wo sie ihm die Schlinge um den Hals legten, ihn aufhängten... Nach der Totenwache für Gian dei Brughi hatte sich Cosimo geschworen, niemals mehr einer Hinrichtung beizuwohnen, und nun mußte er selbst über das Todesurteil gegen einen Blutsverwandten entscheiden.

Während der Nacht und auch noch während des ganzen folgenden Tages quälte er sich mit diesen Überlegungen herum; dabei sprang er wütend von einem Ast auf den anderen, schlug nach hinten aus, zog sich mit den Armen empor, ließ sich die Stämme hinuntergleiten wie stets, wenn ihn ein Gedanke ganz in Anspruch nahm. Schließlich kam er zu einem Entschluß: Er wollte einen Mittelweg wählen, den Piraten und dem Onkel einen Schrecken einjagen, damit sie ihre anrüchige Beziehung abbrächen, ohne daß es eines Eingreifens der Justiz bedürfte. Er gedachte, nachts auf der gleichen Pinie Wache zu halten, und zwar mit drei oder vier geladenen Gewehren (er hatte sich mittlerweile für die verschiedenen Bedürfnisse der Jagd ein ganzes Waffenlager angelegt). Wenn sich dann der Cavaliere mit den Piraten traf, wollte er eine Flinte nach der anderen abfeuern, daß ihnen die Kugeln über die Köpfe pfiffen. Es stand zu erwarten, daß die Piraten und der Onkel, sobald sie diese Schießerei hören würden, jeder auf eigene Faust Reißaus nähmen. Und der Cavaliere, der sicherlich kein Mann von großem Schneid war, würde dann befürchten müssen, daß man ihn erkannt habe, und gewiß sein können, daß man jene Zusammenkünfte am Meeresufer fortan überwachen werde; daher würde er sich ängstlich hüten, sich ein weiteres Mal mit den mohammedanischen Schiffsbesatzungen einzulassen.

Cosimo wartete denn auch mehrere Nächte mit entsicherten Gewehren auf der Pinie. Und nichts geschah. In der dritten Nacht aber kam der Alte mit dem Fez herangetrippelt, stolperte über die Steine am Gestade und machte Blinkzeichen mit der Laterne, worauf die Schaluppe mit den turbantragenden Seeleuten landete.

Cosimo hatte schon den Finger am Abzugsbügel, gab jedoch keinen Schuß ab. Denn diesmal kam alles ganz anders. Nach kurzem Verhandeln gaben zwei der an Land gegangenen

Piraten der Barke ein Zeichen; darauf begannen die anderen, Waren auszuladen: Fässer, Kisten, Ballen, Säcke, Korbflaschen, Tragen, die ganz mit Käse beladen waren. Es war nicht nur ein Boot erschienen, sondern eine ganze Reihe von Booten, die alle Fracht mit sich führten, und eine lange Kette von Trägern mit Turbanen zog sich am Ufer entlang, geführt von unserem Onkel, der ihnen mit seinen zögernden kleinen Schritten den Weg zu einer Höhle inmitten der Felsen wies. Dort luden die Mohren alle diese Güter ab, die offenbar den Ertrag ihrer letzten Raubzüge darstellten.

Warum brachten sie das alles ans Ufer? Später ließen sich die Geschehnisse unschwer rekonstruieren: Da die Feluke der Barbaresken in einem unserer Häfen vor Anker gehen mußte (wegen eines legitimen Handelsgeschäfts, wie es zwischen ihnen und uns, unbeschadet der räuberischen Unternehmungen, immer wieder getätigt wurde), waren sie genötigt, sich der Zollkontrolle zu unterwerfen; infolgedessen galt es, die erbeuteten Waren an einem sicheren Orte zu verbergen, wo sie auf der Rückfahrt wieder abgeholt werden konnten. So hätte das Schiff auch den Beweis dafür erbracht, daß es an den letzten Raubzügen nicht beteiligt war, und hätte so mitgeholfen, die normalen Handelsbeziehungen zu unserem Lande zu festigen.

Über all diese Hintergründe erfuhr man Genaueres erst später. Im Augenblick hielt sich Cosimo nicht mit Grübeleien über solche Fragen auf. Ein Schatz der Piraten war in einer Höhle versteckt; die Piraten stiegen wieder in ihre Boote und ließen ihn dort zurück; man mußte sich daher so schnell wie möglich seiner bemächtigen. Zunächst dachte Cosimo daran, die Kaufleute Ombrosas aufzuwecken, die als rechtmäßige Eigentümer dieser Waren in Betracht kamen. Doch sogleich fielen ihm seine Freunde, die Köhler, ein, die im Walde mit ihren Familien Hunger litten. Er zögerte nicht lange: Über die Äste eilte er auf kürzestem Wege zu der Stätte, wo die Bergamasken rings um die grauen Flecken festgestampfter Erde in grobgefertigten Laubhütten schliefen.

»Schnell! Kommt alle! Ich habe den Piratenschatz entdeckt!« Unter den Zelten, dem Gezweig der Laubhütten gab es ein Schnauben, ein Spucken, ein Fluchen, und schließlich kam es zu erstaunten Ausrufen und Fragen: »Gold? Silber?«

»Ich habe es nicht genau gesehen...«, sagte Cosimo. »Dem Geruch nach zu urteilen, scheint eine Menge Stockfisch und Schafkäse dabei zu sein!«

Bei diesen seinen Worten erhoben sich alle Männer des Waldes. Wer eine Flinte hatte, nahm sie zur Hand, die anderen ergriffen Äxte, Spieße, Spaten und Schaufeln, vor allem aber nahmen sie Behältnisse mit, um die Sachen zu verstauen, darunter ihre großen Kohlenkörbe und schwarzen Säcke. So setzte sich ein langer Zug in Bewegung – Hura! Hota! –, auch die Frauen schlossen sich an, mit leeren Körben auf dem Kopf, und die in Säcke vermummten Buben hielten die Fackeln. Cosimo zog ihnen voran und sprang von Waldpinien auf Ölbäume, von Ölbäumen auf Meerespinien. Schon wollten sie bei einer Felsnadel, hinter der sich die Höhle öffnete, um die Ecke biegen, als auf dem Wipfel eines gewundenen Feigenbaumes der weiße Schatten eines Piraten auftauchte, der den Krummsäbel zückte und Alarm schrie. In wenigen Sprüngen erreichte Cosimo einen Ast über ihm und bohrte ihm seinen Degen in den Rücken, worauf der Getroffene hinunterstürzte.

In der Höhle fand eine Zusammenkunft der Piratenführer statt. (Cosimo hatte zuvor bei dem Kommen und Gehen während des Ausladens nicht bemerkt, daß sie dort zurückgeblieben waren.) Diese hören den Schrei des Wachpostens, treten ins Freie und sehen sich von jener Horde rußgeschwärzter, in Säcke vermummter und mit Schaufeln bewehrter Männer und Frauen umringt. Sie zücken ihre Krummsäbel und werfen sich ihnen entgegen, um sich eine

Bresche zu schlagen. »Hura! Hota!« – »Inschallah!« So begann die Schlacht.

Die Köhler waren in der Überzahl, doch die Piraten waren besser bewaffnet. Freilich: Gegen Krummsäbel gibt es bekanntlich keine bessere Abwehrwaffe als Schaufeln. Deng! Deng!, und schon zogen sich jene Klingen Marokkos völlig zerhackt zurück. Die Flinten hingegen machten Donner und Rauch, aber das war auch alles. Einige Piraten (offenbar Offiziere) hatten ebenfalls Gewehre, die einen prächtigen Anblick boten: Sie waren über und über damasziert; in der Höhle waren jedoch die Feuersteine feucht geworden und versagten. Die gewitzteren Köhler schlugen mächtig mit ihren Schippen auf die Köpfe dieser Offiziere ein, um ihnen ihre Gewehre entwenden zu können. Da aber die Berber durch Turbane geschützt waren, erreichte sie jeder Schlag so gedämpft, als würde er auf Kissen geführt; besser war es schon, sie mit den Knien in den Bauch zu stoßen, weil ihre Nabel nackt waren.

Da lediglich Steine im Überfluß vorhanden waren, gingen die Köhler zum Bombardement über. Alsbald begannen auch die Mauren mit Steinen zu werfen. Auf diese Weise kam schließlich Ordnung in die Schlacht. Da aber die Köhler sich den Eintritt in die Höhle zu erzwingen suchten – denn der von dort herausdringende Geruch des Stockfisches lockte sie immer mehr an –, während die Berber zu der auf dem Strande zurückgebliebenen Schaluppe entkommen wollten, fehlte es beiden Parteien an wesentlichen Streitpunkten.

Schließlich traten die Bergamasken zum Sturmangriff an, der ihnen den Zugang zur Höhle öffnete. Unter einem Steinhagel leisteten die Mohammedaner noch Widerstand, bis sie sahen, daß der Weg zum Meere frei war. Weshalb sollten sie da noch weiter ausharren? Besser war es, die Segel zu hissen und das Weite zu suchen.

Als drei der Piraten – sämtlich hohe Offiziere – das Schiffchen erreicht hatten, begannen sie, die Segel zu hissen. Mit einem Sprunge von einer nahe am Ufer wachsenden Pinie erreichte Cosimo den Mastbaum, klammerte sich an die Querstange der Rahe und zückte von dort aus seinen Degen, während er sich mit den Knien festpreßte. Auch die drei Piraten zogen ihren Krummsäbel. Mit Hieben, die er nach rechts und links austeilte, hielt mein Bruder alle drei in Schach. Die Schaluppe, die sich noch auf dem Strande befand, neigte sich bald nach der einen, bald nach der anderen Seite. In jenem Augenblick ging der Mond auf und ließ den Degen, den der Baron seinem Sohne übergeben hatte, und jene mohammedanischen Klingen aufblitzen. Mein Bruder glitt den Mastbaum hinunter und stieß seine Waffe einem Piraten in die Brust, der über Bord fiel. Flink wie ein Wiesel, kletterte er dann wieder hinauf und verteidigte sich durch zwei Ausfälle gegen die Hiebe der beiden anderen; dann ließ er sich nochmals hinunter und spießte den zweiten auf, klomm abermals hoch, focht eine Weile mit dem dritten, bis er im Zuge eines weiteren Rutschmanövers auch diesen durchbohrte.

Die Bärte voller Algen, lagen die drei mohammedanischen Offiziere halb im Wasser und ragten halb daraus hervor. Die übrigen Piraten waren durch die Steinwürfe und Schaufelschläge am Höhleneingang zu Boden gestreckt worden. Cosimo, der noch auf dem Mastbaum der Schaluppe hockte, blickte triumphierend um sich, als gänzlich von Sinnen, wie eine Katze, der Feuer auf dem Schwanz brennt, der Cavaliere aus der Höhle herausstürzte, wo er sich bis dahin versteckt gehalten hatte. Mit gesenktem Kopf raste er zum Strande, stieß das Boot vom Ufer ab, sprang hinein, packte die Ruder und legte sich mit aller Macht in die Riemen, um die offene See zu gewinnen.

»Cavaliere! Was macht Ihr da? Seid Ihr wahnsinnig?« rief Cosimo, der sich an die Rahe klammerte. »Zurück zum Ufer! Wo wollt Ihr denn hin?«

Aber nein! Es war klar, daß Enea Silvio dem Piratenschiff zustrebte, um sich in Sicherheit zu bringen. Nunmehr war sein

Verrat endgültig aufgedeckt, und wäre er am Ufer geblieben, hätte er zweifellos sein Ende am Galgen gefunden. Daher ruderte er und ruderte, während Cosimo nicht wußte, was er tun sollte, obwohl er noch den bloßen Degen in der Hand hielt und der Alte unbewaffnet und kraftlos war. Im Grunde widerstrebte es ihm, seinem Onkel Gewalt anzutun; außerdem hätte er vom Mast hinunterklettern müssen, um ihn zu erreichen; und ob dieser Abstieg in ein Boot dem Abstieg auf den Erdboden gleichzusetzen wäre oder ob er etwa schon durch den Sprung von einem eingewurzelten Baume auf einen Mastbaum seine inneren Gesetze übertreten hatte – diese Frage war zu verwickelt, als daß er sie sich im Augenblick hätte stellen können. So ließ er den Dingen ihren Lauf, hatte sich auf der Rahe niedergelassen, mit dem einen Bein diesseits, dem andern jenseits des Mastbaumes, und trieb im Meer dahin, während ein schwacher Wind das Segel blähte und der Alte unablässig ruderte.

Dann hörte er ein Gebell. Es durchzuckte ihn freudig. Der Hund Ottimo Massimo, den er während der Schlacht aus den Augen verloren hatte, lag zusammengekuschelt im Boote und wedelte mit dem Schwanze, als wäre nichts geschehen. Eigentlich war ja kein Grund zur Aufregung, ging es Cosimo durch den Kopf: Er befand sich im Kreise seiner Familie, mit Onkel und Hund, unternahm eine Bootsfahrt, was nach so vielen Jahren seines Baumlebens eine angenehme Abwechslung bedeutete.

Der Mond stand über dem Meere. Der Alte war jetzt erschöpft. Er ruderte mühsam, weinte und murmelte: »O Zaira... O Allah, Allah, Zaira... O Zaira, Inschallah...« Es folgten unverständliche Worte auf türkisch, und dann wiederholte er immer wieder diesen Frauennamen, den Cosimo noch nie gehört hatte.

»Was sagt Ihr, Cavaliere? Was habt Ihr nur? Wo wollt Ihr hin?« fragte er.

»Zaira... O Zaira... Allah, Allah!« rief der Alte.

»Wer ist Zaira, Cavaliere? Meint Ihr, Ihr kämt auf diese Weise zu Zaira?«

Und Enea Silvio Carrega nickte zustimmend, redete türkisch unter Tränen und schrie diesen Namen zum Mond empor.

Sofort begann Cosimo über Zaira allerhand Vermutungen anzustellen. Vielleicht sollte sich nun das tiefste Geheimnis dieses scheuen und rätselhaften Menschen enthüllen. Wenn der Cavaliere zum Piratenschiff unterwegs war, um mit besagter Zaira zusammenzutreffen, so mußte es sich um eine Frau aus jenen ottomanischen Ländern handeln. Vielleicht wurde sein ganzes Leben vom Heimweh nach dieser Frau beherrscht; vielleicht war sie das Sinnbild des entschwundenen Glücks, dem er nachjagte, wenn er Bienen züchtete oder Kanäle plante, vielleicht war sie eine Geliebte, eine Gattin, die in den Gärten jener überseeischen Länder zurückgeblieben war, oder – wahrscheinlicher noch – eine leibhaftige Tochter, die er nur als Kind gekannt hatte. Auf der Suche nach ihr hatte er sich offenbar schon seit Jahren um Beziehungen zu einem der türkischen oder maurischen Schiffe bemüht, die unsere Häfen anliefen, und wahrscheinlich hatte er nun endlich Nachricht von ihr erhalten. Möglicherweise hatte er erfahren, daß sie Sklavin war, und, um sie auszulösen, den Berbern angeboten, Auskünfte über die Fahrten der Frachtkähne Ombrosas für sie einzuholen. Denkbar war auch, daß er diesen Preis hatte zahlen müssen, damit er wieder in ihrer Mitte aufgenommen werde und sich ins Land Zairas einschiffen könne.

Jetzt, da sein Ränkespiel aufgedeckt war, sah er sich gezwungen, aus Ombrosa zu fliehen; auch konnten es die Berber nun nicht mehr ablehnen, ihn aufzunehmen und zu Zaira zu bringen. In seine atemlosen und abgehackten Reden mischten sich hoffnungsvolle und flehende Töne, aber auch Angst: Angst, er könnte diesmal wiederum nicht sein Ziel erreichen, irgendein Mißgeschick könnte ihn abermals von dem ersehnten Wesen fernhalten.

Er war nicht mehr imstande, die Ruder zu bewegen, als ein Schatten herannahte, eine weitere Schaluppe der Berber. Vielleicht hatten sie vom Schiff aus den Kampflärm am Ufer gehört und sandten nun Kundschafter aus.

Cosimo glitt den Mastbaum zur Hälfte hinunter, damit das Segel ihn verberge. Indessen begann der Alte mit ausgebreiteten Armen in der Lingua franca zu rufen, sie möchten ihn aufnehmen, ihn zum Schiff bringen. Er fand denn auch Gehör: Zwei beturbante Janitscharen packten ihn an den Schultern, sobald er sich in Reichweite befand, hoben ihn, leicht wie er war, in die Höhe und zogen ihn in ihr Boot. Cosimos Barke wurde dagegen durch den Rückstoß fortgetrieben, der Wind schwellte das Segel, und so kam es, daß mein Bruder, der schon sein Ende nahe glaubte, nicht entdeckt wurde.

Während er sich, vom Winde getrieben, entfernte, drangen von der Schaluppe der Piraten Stimmen an sein Ohr, die auf einen Wortwechsel schließen ließen. Ein Ausdruck, den die Berber gebrauchten – er klang ähnlich wie »Abtrünniger« – und die Stimme des Alten, der wie stumpfsinnig ständig »O Zaira!« wiederholte, ließen keinen Zweifel darüber bestehen, welchen Empfang die Cavaliere gefunden hatte. Offenbar machten sie ihn verantwortlich für den Überfall in der Höhle, den Verlust der Beute, den Tod ihrer Leute und warfen ihm Verrat vor... Ein Schrei war zu hören, ein dumpfer Fall, dann war Stille. Cosimo glaubte die Stimme seines Vaters zu hören, wenn er seinem Stiefbruder mit dem Rufe »Enea Silvio! Enea Silvio!« auf den Feldern nachlief, und verhüllte sein Gesicht im Segeltuch.

Dann kletterte er wieder die Rahe hinauf, um festzustellen, welche Richtung das Boot einschlug. Etwas schwamm im Meere, wie von einer Strömung fortgeführt, ein Gegenstand, der einer Boje ähnelte, einer Boje jedoch, die einen Schwanz zu haben schien. Er wurde vom Mond angestrahlt. Nun entdeckte Cosimo, daß dieser Gegenstand ein Kopf war – ein Kopf, den ein Fez mit einer Troddel bedeckte: Er erkannte das liegende Gesicht des Cavaliere, der wie üblich bestürzt und mit offenem Munde dreinblickte; vom Barte an abwärts war alles im Wasser und unsichtbar. Cosimo rief ihn an: »Cavaliere, Cavaliere, was macht Ihr da? Warum kommt Ihr nicht herauf? Haltet Euch doch am Boot fest! Cavaliere, ich helfe Euch!«

Doch der Onkel gab keine Antwort; er trieb weiter im Meere und schaute mit jenen ängstlichen Augen, die nichts wahrzunehmen schienen, in die Höhe. »Los, Ottimo Massimo! Spring ins Wasser! Faß den Cavaliere am Kragen! Rette ihn! Rette ihn!« Der brave Hund sprang hinein, suchte den Alten am Kragen festzuhalten, was ihm nicht gelang; daher packte er ihn am Barte. »Am Kragen hab ich gesagt, Ottimo Massimo!«, doch der Hund faßte den Cavaliere am Barte und zog ihn bis an den Bootsrand heran; dann erst sah man, daß es keinen Kragen, keinen Hals mehr gab: Es war kein Leib und nichts mehr vorhanden, nur noch ein Kopf – der vom Hieb eines Krummsäbels abgetrennte Kopf Enea Silvio Carregas.

16

Das Ende des Cavaliere wurde von Cosimo zunächst in einer ganz anderen Version berichtet. Nachdem der Wind das Boot zum Ufer getragen hatte – wobei Cosimo auf dem Mast hockte, während Ottimo Massimo hinter dem Schiffchen herschwamm und den abgetrennten Kopf mit sich zog –, erzählte er von der Pinie aus, zu der er mit Hilfe eines Seiles schnell hinübergewechselt war, den auf seine Rufe hin herbeigeeilten Leuten eine viel einfachere Geschichte. Danach war der Cavaliere von Piraten geraubt und ermordet worden. Vielleicht fühlte er sich durch die Rücksicht auf seinen Vater, dem die Nachricht vom Tode des Stiefbruders sehr nahegehen mußte, zu dieser Version bewogen und hatte es beim Anblick der kümmerlichen sterblichen Reste nicht übers Herz bringen können, ihm durch die Enthüllung der Wahrheit noch weiteren Schmerz zu bereiten. Später bemühte er sich sogar, als er hörte, in welch trostlose Stimmung der Baron verfallen war, unseren natürlichen Onkel dadurch mit einer falschen Gloriole zu umgeben, daß er ausstreute, dieser habe schon seit geraumer Zeit einen geheimen und listigen Kampf gegen die Piraten geführt, dessen Entdeckung ihm den Kopf gekostet habe. Es war freilich eine Erzählung voller Widersprüche und Lücken, und das auch deshalb, weil Cosimo noch etwas anderes verbergen wollte: das Ausladen des Diebesgutes der Piraten in der Höhle und das Eingreifen der Köhler. In der Tat hätte die Bevölkerung Ombrosas, wäre die Sache ruchbar geworden, die Bergamasken wie Diebe behandelt und wäre hinauf in den Wald gestürzt, um ihnen die Waren wieder abzunehmen.

Nach ein paar Wochen, als er sicher war, daß die Köhler die Sachen verbraucht hatten, erzählte er von dem Überfall in der Höhle. Und wenn einer sich dort hinauf begab, um etwas wiederzuerlangen, kam er mit leeren Händen zurück. Den größten Teil der Vorräte, die Stockfische, die Schlackwürste, den Käse, hatten die Köhler, Stück für Stück, gerecht unter sich aufgeteilt, und mit dem Rest veranstalteten sie ein großes Gelage im Walde, das einen ganzen Tag dauerte.

Unser Vater war sehr gealtert, und der Schmerz über den Verlust Enea Silvios wirkte sich sonderbar auf seinen Charakter aus. Mit wahrer Besessenheit bemühte er sich um die Erhaltung der Werke seines Stiefbruders. Daher wollte er sich selbst um die Bienenzucht kümmern und trat sehr anmaßend auf, obwohl er noch niemals zuvor einen Bienenstock aus der Nähe gesehen hatte. Um sich Rat zu holen, wandte er sich an Cosimo; nicht daß er ihm Fragen gestellt hätte, aber er brachte die Rede auf die Bienenzucht und hörte sich an, was Cosimo darüber zu sagen hatte, um es sodann als Befehl an die Landleute weiterzugeben; dabei schlug er einen gereizten und süffisanten Ton an, als handelte es sich um altbekannte Dinge. Den Stöcken suchte er nicht zu nahe zu kommen, da er entsetzliche Angst vor Bienenstichen hatte, aber er wollte doch zeigen, daß er dieser Angst Herr werden konnte, und wer weiß, was ihn das für eine Überwindung gekostet hat! Desgleichen ordnete er den Bau gewisser Kanäle an, um ein von dem armen Enea Silvio begonnenes Vorhaben zu Ende zu führen; und wäre ihm das geglückt, hätte es einen schönen Erfolg bedeutet, da der Gute nie mit einem seiner Projekte zu Rande gekommen war.

Leider währte diese verspätete Passion des Barons für praktische Dinge nicht lange. Eines Tages trieb er sich vielbeschäftigt und nervös zwischen Bienenkörben und Kanälen umher, als er eine plötzliche Bewegung machte und daraufhin einige Bienen auf sich zufliegen sah. Er bekam es mit der Angst zu tun, begann mit den Händen herumzufuchteln, stürzte einen Bienenstock um und lief davon, verfolgt von einer Bienenwolke. Da er blindlings Reißaus nahm, fiel er schließlich in jenen Kanal, der gerade mit Wasser gefüllt wurde; völlig durchnäßt zog man ihn heraus.

Man steckte ihn ins Bett. Eine Woche lang fieberte er infolge der Stiche und des unfreiwilligen Bades; dann konnte er als genesen gelten, doch hatte ihn eine Niedergeschlagenheit befallen, aus der er sich nicht mehr aufraffen wollte.

Er lag ständig im Bett und hatte jede Freude am Leben verloren. Alles, was er hatte unternehmen wollen, war ihm mißlungen: vom Herzogstitel war nicht mehr die Rede; sein Erstgeborener lebte immer noch auf den Bäumen, obwohl er inzwischen zum Manne herangewachsen war; seinen Stiefbruder hatte man umgebracht; die Tochter lebte in der Ferne und hatte in eine Familie hineingeheiratet, die noch unsympathischer war als sie selbst; ich war noch zu sehr Kind, um ihm nahezustehen, und seine Frau hatte ein zu schroffes und zu herrisches Wesen.

Er begann irrezureden, zu erklären, die Jesuiten hielten nunmehr das Haus besetzt, so daß er das Zimmer nicht verlassen könne; und in dieser Verfassung – voller Bitternisse und fixer Ideen, wo wie er immer gelebt hatte – traf der Tod ihn an.

Auch Cosimo folgte dem Leichenzug, indem er von Baum zu Baum überwechselte, doch konnte er nicht in den Friedhof gelangen, da das Klettern auf den Zypressen mit ihrem dichten Grün schlechterdings unmöglich war. Jenseits der Mauer wohnte er dem Begräbnis bei, und als wir alle eine Handvoll Erde auf den Sarg warfen, warf er ein belaubtes Zweiglein hinzu. Mir kam der Gedanke, daß wir unserem Vater stets so fern gewesen waren wie Cosimo auf den Bäumen.

Nunmehr war Cosimo der Baron di Rondò. Sein Leben änderte sich dadurch nicht. Zwar kümmerte er sich um unsere Besitzungen, aber stets auf eine sprunghafte Weise. Wenn die Gutsverwalter und Pächter ihn suchten, war er nirgends zu finden; wenn ihnen hingegen besonders daran gelegen war, ungesehen zu bleiben, erschien er plötzlich auf einem Ast.

Auch um diese Familienangelegenheiten zu erledigen, zeigte

sich Cosimo jetzt häufiger in der Stadt und verweilte auf dem großen Nußbaum am Markte oder auf den Steineichen in der Nähe des Hafens. Die Leute behandelten ihn ehrerbietig, nannten ihn »Herr Baron«, und er seinerseits gefiel sich ein wenig in Altmännerposen, wie das bei jungen Leuten manchmal der Fall ist, und hielt sich dort auf, um einem Kreise von Ombrosanern, der sich rings um den Baum versammelte, Geschichten zu erzählen.

Immer wieder – und stets mit anderen Varianten – schilderte er das Ende unseres natürlichen Onkels, und nach und nach enthüllte er, daß der Cavaliere mit den Piraten unter einer Decke gesteckt hatte; um indessen die sofort aufflammende Entrüstung unserer Mitbürger zu dämpfen, fügte er sogleich die Geschichte über Zaira hinzu, als wäre sie ihm von Carrega vor seinem Tode anvertraut worden, und so brachte er es schließlich zuwege, daß seine Zuhörer mit dem traurigen Schicksal des alten Mannes Mitleid empfanden.

Es scheint, daß Cosimo nach der ersten frei erfundenen Fassung in immer neuen Versuchen zu einer nahezu wahrheitsgetreuen Darstellung gelangte. Das glückte ihm zwei- oder dreimal; als die Ombrosaner dann aber nie müde wurden, seinen Geschichten zu lauschen, und immer neue Zuhörer hinzukamen, die alle nach weiteren Einzelheiten verlangten, sah er sich bewogen, Zusätze, Erweiterungen, Übertreibungen anzubringen: Er führte neue Personen und Episoden ein, und so artete die Erzählung immer mehr aus und beruhte noch stärker auf Phantasie als am Anfang.

Nunmehr hatte Cosimo ein Publikum, das mit offenem Munde alles anhörte, was er sagte. Er fand immer mehr Geschmack am Erzählen, und sein Leben auf den Bäumen, seine Jagderlebnisse, der Brigant Gian dei Brughi, der Hund Ottimo Massimo lieferten ihm den Stoff für Schilderungen, die kein Ende nehmen wollten.

Einige Episoden dieser Lebenserinnerungen sind hier genau so wiedergegeben, wie er sie seinem plebejischen Auditorium vorzutragen pflegte; ich erwähne das, um Nachsicht dafür zu erbitten, wenn nicht alles, was ich schreibe, wahrheitsgetreu anmutet und manches einer harmonischen Betrachtung der Menschheit und der Tatsachen zu widersprechen scheint. Einer dieser Tagediebe fragte ihn zum Beispiel: »Stimmt es wirklich, Herr Baron, daß Ihr nie anderswohin als auf Bäume den Fuß gesetzt habt?«

Und Cosimo ging darauf ein. »Ja, einmal bin ich aus Versehen auf das Geweih eines Hirsches gesprungen. Ich dachte, ich wechselte auf einen Ahorn über, und statt dessen war es ein aus dem königlichen Gehege entkommener Hirsch, der sich nicht vom Fleck rührte: Der Hirsch spürte mein Gewicht auf dem Geweih und floh in den Wald. Ihr könnt euch nicht vorstellen, was für Qualen ich ausgestanden habe. Ich hockte da droben und spürte, wie ich von allen Seiten durchbohrt wurde: von den geschärften Spitzen des Geweihs, den Fichtennadeln, den Zweigen des Waldes, die mich ins Gesicht stachen... Der Hirsch bockte, suchte sich von mir zu befreien, ich aber saß fest...«

An dieser Stelle pflegte er innezuhalten, worauf die Zuhörer fragten: »Und wie seid Ihr davongekommen, gnädiger Herr?«

Cosimo pflegte dann jedesmal der Geschichte einen anderen Schluß zu geben: »Der Hirsch rannte und rannte, bis er das Rudel erreichte. Als ihn seine Artgenossen so herankommen sahen, mit einem Menschen auf dem Geweih, nahmen sie teils Reißaus, teils näherten sie sich neugierig. Ich ging in Anschlag, denn ich trug ständig ein Gewehr umgehängt, und schoß jeden Hirsch nieder, den ich vor mir sah. Ich erlegte fünfzig...«

»Und wo hat es denn jemals fünfzig Hirsche bei uns gegeben?« fragte einer der Müßiggänger.

»Seither ist es mit der Rasse bergab gegangen. Denn diese fünfzig waren alle Hirschkühe, versteht ihr! Jedesmal, wenn sich mein Hirsch einer Hirschkuh nähern wollte, schoß ich, so daß sie tot umfiel. Der Hirsch konnte sich das gar nicht erklären und war verzweifelt. Schließlich beschloß er, sich umzubringen. Er lief einen hohen Fels hinauf und stürzte sich in die Tiefe. Ich aber klammerte mich an eine Pinie, die dort wuchs, und so seht ihr mich hier!«

Oder er berichtete auch vom Kampf zweier Hirsche, die Geweihe trugen; bei jedem Stoß sei er vom Geweih des einen auf das Geweih des anderen gesprungen und schließlich durch einen besonders wuchtigen Anprall auf eine Eiche geschleudert worden...

Kurzum, ihn hatte die Leidenschaft des Geschichtenerzählers ergriffen, und man weiß ja nie, ob die wirklich geschehenen Geschichten schöner sind, deren Vergegenwärtigung ein ganzes Meer von verflossenen Stunden, präzisesten Empfindungen, Augenblicken der Langeweile, der Glückseligkeit, der Ungewißheit, der Ruhmsucht, des Ekels vor dem eigenen Ich heraufbeschwört, oder ob man die erfundenen vorziehen soll, bei denen man gewaltig aufschneiden kann und alles ganz einfach erscheint; doch je mehr man ins Fabulieren gerät, um so eindringlicher wird man gewahr, daß man wiederum auf all das zu sprechen kommt, was man schon in der Wirklichkeit des Lebens durchgemacht oder begriffen hat.

Cosimo war noch in dem Alter, da die Lust am Erzählen die Lebenslust steigert und da man des Glaubens ist, man habe noch nicht genug erlebt, um davon erzählen zu können. So ging er auf die Jagd, war oft wochenlang unterwegs und kehrte dann zu den Bäumen am Marktplatz zurück, wo er Marder, Dachse und Füchse am Schwanze hielt und den Ombrosanern neue Geschichten vortrug, die im Laufe des Erzählens von wahren zu erfundenen und von erfundenen zu wahren Geschichten wurden.

Doch in diesem Drange äußerte sich ein tieferes Unbefriedigtsein; hinter dieser Suche nach Zuhörern verbarg sich ein Suchen anderer Art. Cosimo kannte die Liebe noch nicht, und was ist alle Erfahrung ohne sie? Was hilft's, wenn einer sein Leben eingesetzt hat, ohne die Würze des Lebens zu kennen?

Die jungen Obstgärtnerinnen und Pfirsichverkäuferinnen zogen über den Marktplatz von Ombrosa, die jungen Dämchen fuhren in Kutschen vorüber, und Cosimo musterte sie mit summarischen Blicken, ohne noch recht zu begreifen, weshalb in einer jeden etwas von dem steckte, was er suchte, und weshalb es in keiner völlig vorhanden war. Nachts, wenn in den Häusern die Lichter angezündet wurden und Cosimo im Gezweig mit den gelben Augen der Käuze allein blieb, träumte er zuweilen von Liebe. Wenn sich Liebespaare hinter Hecken oder zwischen den Reihen der Weinberge ein Stelldichein gaben, erfüllte ihn Bewunderung und Neid; er folgte ihnen mit den Augen, bis sie sich im Dunkel verloren; legten sie sich aber am Fuße seines Baumes nieder, so entfloh er voller Scham.

Um das natürliche Schamgefühl seiner Augen zu überwinden, verlegte er sich darauf, das Liebesspiel der Tiere zu beobachten. Im Frühling war die Welt über den Bäumen eine hochzeitliche Welt: Die Eichhörnchen liebten sich mit nahezu menschlichen Bewegungen und Quiecklauten; die Vögel paarten sich, indem sie mit den Flügeln schlugen; auch die Eidechsen enteilten mit ineinander verknoteten Schwänzen, und die Stachelschweine schienen ihre Starrheit abzulegen, damit ihre Umarmungen inniger würden. Der Hund Ottimo Massimo, den der Umstand, daß er der einzige Dachshund Ombrosas war, nicht im geringsten entmutigte, machte im Vertrauen auf die natürlichen Sympathien, die er einflößte, mit der größten Dreistigkeit dicken Schäfer- oder Wolfshündinnen den Hof. Zuweilen kehrte er, von Bissen übel zugerichtet, nach einer solchen Unternehmung zurück, aber ein einziges glückliches Liebeserlebnis genügte, um ihn für alle Niederlagen zu entschädigen.

Auch Cosimo war, wie Ottimo Massimo, das einzige Exemplar seiner Gattung. In seinen Wachträumen sah er sich von den entzückendsten Mädchen geliebt, doch wie hätte er der Liebe auf den Bäumen begegnen können? In seinen Phantasien gelang es ihm noch nicht, sich auszumalen, wo sich diese Dinge zutragen sollten: auf dem Erdboden oder dort, wo er sich gerade befand. Er stellte sich einen Ort im Nirgendwo vor, einen Ort gleichsam, den man nur erreichen konnte, wenn man höher hinaufstieg und nicht hinab. Ja, das war's: Vielleicht gab es einen Baum, der so hoch war, daß man zu einer anderen Welt, zum Monde gelangte, wenn man ihn erstieg!

Inzwischen führte das regelmäßige Marktpalaver dazu, daß er mit sich selbst immer unzufriedener wurde. Und als an einem Markttage einer, der aus der benachbarten Stadt Olivabassa gekommen war, die Bemerkung machte: »Aha, da habt ihr also auch euren Spanier!« und auf die Frage, was er denn damit meine, zur Antwort gab: »In Olivabassa gibt es ein ganzes Völkchen von Spaniern, die auf Bäumen leben!«, da fand Cosimo keinen Frieden mehr, bis er über die Bäume der Wälder die Reise nach Olivabassa angetreten hatte.

17

Olivabassa war ein Städtchen im Innern des Landes; Cosimo traf dort nach einer zweitägigen Wanderung ein, bei der er allerhand Gefahren auf den Strecken mit spärlicher Vegetation zu überwinden hatte. Wenn er Behausungen in kürzerer Entfernung passierte, stießen die Bewohner, die ihn noch nie gesehen hatten, verwunderte Rufe aus, und manch einer warf Steine hinter ihm her, weshalb er so unbemerkt wie möglich voranzukommen suchte. Als er sich indessen Olivabassa näherte, fiel ihm auf, daß Holzbauer, Bauern oder Olivenpflükkerinnen, die ihn erblickten, keinerlei Erstaunen zeigten; die Männer zogen sogar den Hut, um ihn zu grüßen, als wenn er ihnen bekannt wäre, und gebrauchten Worte, die sicherlich nicht dem örtlichen Dialekt entstammten und in ihrem Munde sonderbar klangen, wie etwa: »Señor! Buenas dias, Señor!«

Es war Winter, die Bäume waren teilweise unbelaubt. In Olivabassa durchzog eine doppelte Reihe von Ulmen und Platanen die Wohngegend. Und als mein Bruder herankam, sah er, daß sich zwischen den kahlen Ästen Menschen befanden; einer oder zwei oder auch drei standen oder saßen in gemessener Haltung auf je einem Baum. Mit wenigen Sprüngen hatte er sie erreicht.

Es waren Männer in vornehmer Kleidung, die Dreispitze mit Federbüschen und weite Umhänge trugen, sowie Frauen, ebenfalls vornehmen Aussehens, die zu zweit oder zu dritt auf den Ästen saßen; manche von ihnen stickten, und von Zeit zu Zeit bewegten sie sich ruckartig und schauten auf die Straße hinunter, wobei sie den Arm auf den Ast stützten wie auf ein Fensterbrett!

Die Männer entboten ihm ihren Gruß und bekundeten damit auf gleichsam bittere Weise ihr Verständnis: »Buenas dias, Señor!« Und Cosimo verbeugte sich und zog den Hut.

Vermutlich der Angesehenste unter ihnen, der wegen seiner

Leibesfülle so eingezwängt auf der Astgabel einer Platane saß, daß er sich nicht mehr erheben zu können schien, ein Mann mit der Haut eines Leberkranken, die trotz seines vorgerückten Alters den schwarzen Schatten des abrasierten Bartes durchscheinen ließ, erkundigte sich offenbar bei seinem spindeldürren und schwarzgekleideten Nachbarn, auf dessen Wangen ebenfalls der schwärzliche Schatten eines abrasierten Bartes lag, nach jenem die Baumreihe entlangwandernden Unbekannten.

Cosimo schien jetzt der Augenblick gekommen, um sich vorzustellen.

Er fand sich auf der Platane des beleibten Herrn ein, verneigte sich und sagte: »Baron Cosimo Piovasco di Rondò, Euch zu Diensten.«

»Rondos? Rondos?« bemerkte der Dicke. »Aragonés, Galiciano?«

»Nein, Euer Gnaden.«

»Catalan?«

»Nein, Euer Gnaden. Ich stamme aus dieser Gegend.«

»Desterrado tambien?«

Der spindeldürre Edelmann sah es als seine Aufgabe an, den Dolmetscher zu machen, was er auf eine sehr schwülstige Weise tat. »Seine Hoheit Frederico Alonso Sanchez de Guatamurra y Tobasco fragt, ob Euer Gnaden gleichfalls zu den Verbannten gehören, da wir Euch auf diesen Zweigen herumklettern sehen!«

»Nein, Euer Gnaden. Oder jedenfalls bin ich kein Verbannter auf Befehl irgendeines anderen.«

»Viaja usted sobre los arboles po gusto?«

Und der Dolmetscher: »Seine Hoheit Frederico Alonso geruhen, Euch zu fragen, ob Euer Gnaden diese Wanderung zum eigenen Vergnügen unternehmen.«

Cosimo überlegte ein wenig und antwortete: »Ich tue das, weil ich glaube, daß es sich für mich ziemt, obwohl ich von niemandem dazu gezwungen werde.«

»Feliz usted!« rief Frederico Alonso Sanchez aus und seufzte.

»Ay de mi, ay de mi!«

Und der Schwarzgekleidete erläuterte Cosimo auf immer schwülstigere Weise: »Seine Hoheit haben soeben bemerkt, daß sich Euer Gnaden glücklich preisen dürfen, eine solche Freiheit zu genießen; können wir es uns doch nicht erlauben, sie mit unserer Zwangslage zu vergleichen, die wir freilich voller Ergebenheit in Gottes Ratschluß auf uns nehmen!«, wobei er sich bekreuzigte.

Dergestalt, vermöge eines lakonischen Ausrufs des Fürsten Sanchez und einer eingehenden Erläuterung des schwarzgekleideten Herrn, vermochte Cosimo die Geschichte der Kolonie, die auf den Platanen Aufenthalt genommen hatte, zu rekonstruieren. Es handelte sich um spanische Edelleute, die sich wegen umstrittener lebensrechtlicher Privilegien gegen König Karl III. aufgelehnt hatten, weshalb sie mit ihren Familien verbannt worden waren. Nach ihrem Eintreffen in Olivabassa war ihnen die Fortsetzung ihrer Reise untersagt worden: Auf Grund eines alten Vertrages mit Seiner Katholischen Majestät durften nämlich jene Gebiete aus Spanien ausgewiesene Personen weder aufnehmen noch ihnen Durchzug gewähren. Die Lage dieser vornehmen Familien war infolgedessen recht kompliziert, aber die Behörden Olivabassas, die mit den ausländischen Kanzleien keinen Ärger haben wollten, andererseits aber gegen jene reichen Reisenden nichts einzuwenden hatten, fanden einen Ausweg: Dem Buchstaben nach sah der Vertrag vor, daß die Ausgewiesenen in jenem Territorium nicht den »Boden betreten« durften; es genügte also, daß sie sich auf den Bäumen aufhielten, damit der Vorschrift Genüge geschah. Die Verbannten waren infolgedessen auf die Platanen und Ulmen gestiegen; hierfür hatte ihnen die Gemeinde Gartenleitern zur Verfügung gestellt, die später wieder entfernt wurden. Schon seit mehreren Monaten hockten sie nun dort oben, im Vertrauen auf das milde Klima, auf eine baldige Amnestie Karls III. und auf die göttliche Vorsehung. Sie waren mit spanischen Dukaten versehen, kauften ihre Lebensmittel und gaben so dafür dem Handel der Stadt Auftrieb. Um die Speisen heraufzubefördern, hatten sie einige Flaschenzüge angebracht. Auf anderen Bäumen befanden sich Baldachine, unter denen sie schliefen. Kurzum, sie hatten es verstanden, sich gut einzurichten, oder es waren vielmehr die Einwohner Olivabassas, die sie so trefflich ausgestattet hatten, da ja auch für sie, die Gastgeber, etwas dabei heraussprang. Die Verbannten hingegen rührten den ganzen Tag lang keinen Finger.

Cosimo traf zum erstenmal mit menschlichen Wesen zusammen, die auf Bäumen wohnten; so begann er, ihnen praktische Fragen zu stellen.

»Und wenn es regnet, was tut ihr dann?«

»Sacramos todo el tiempo, Señor!«

Und der Dolmetscher, bei dem es sich um den Padre Sulpicio de Guadalete von der Gesellschaft Jesu handelte, der seit der Ausweisung des Ordens aus Spanien Emigrant war, erläuterte: »Durch unsere Baldachine geschützt, wandern unsere Gedanken zum Herrn; so danken wir ihm für das wenige, das für uns ausreicht!«

»Geht ihr manchmal auf die Jagd?«

»Con el visco, Señor, alguna vez.«

»Zuweilen bestreicht einer von uns zum Zeitvertreib einen Ast mit Vogelleim.«

Cosimo wurde es nicht müde, herauszufinden, wie sie die Probleme gelöst hatten, mit denen auch er sich auseinandersetzen mußte.

»Und wenn ihr euch waschen wollt, was macht ihr dann?«

»Por lavar? Hay lavanderas!« sagte Don Frederico, indem er die Achseln zuckte.

»Wir übergeben unsere Kleidungsstücke den Wäscherinnen der Gegend«, übersetzte Don Sulpicio. »Genau gesagt, wir lassen jeden Montag den Korb mit der schmutzigen Wäsche hinunter.«

»Nein, das meinte ich nicht, ich wollte wissen, wie ihr euch Körper und Gesicht wascht.«

Don Frederico grunzte und zuckte die Achseln, als hätte sich ihm diese Frage noch niemals gestellt.

Don Sulpicio hielt sich für verpflichtet zu erläutern: »Seine Hoheit ist der Auffassung, daß es sich hierbei um die privaten Angelegenheiten jedes einzelnen handelt.«

»Und, mit Verlaub, wo verrichtet ihr eure Notdurft?«

»Ollas, Señor.«

Und Don Sulpicio erklärte, immer in dem gleichen ehrerbietigen Ton: »Offen gestanden, wir benutzen gewisse Nachtgeschirre.«

Nachdem Cosimo sich von Don Frederico verabschiedet hatte, machte er, geführt von Pater Sulpicio, den verschiedenen Mitgliedern der Kolonie auf ihren Wohnbäumen seine Aufwartung. Alle diese Hidalgos und Damen bewahrten trotz der unvermeidlichen Unbequemlichkeit dieses Aufenthalts ihre gewohnte gemessene Haltung. Einige Männer verwandten Reitsättel, um rittlings auf den Ästen sitzen zu können, was Cosimo sehr gefiel; denn in all diesen Jahren hatte er niemals an ein solches System gedacht (das namentlich, wie ihm sogleich auffiel, wegen der Steigbügel äußerst zweckmäßig war; behoben diese doch den Nachteil, daß man mit baumelnden Beinen sitzen mußte, was einem nach einer Weile ein Kribbeln verursachte). Manche benutzten Ferngläser, wie sie bei der Marine üblich sind (einer von ihnen bekleidete den Rang eines Admirals), die wahrscheinlich nur dazu dienten, die Neugier zu stillen und zu Klatschereien anzuregen, indem einer den anderen von Baum zu Baum betrachtete. Die Matronen und jungen Damen saßen alle auf selbstgestickten Kissen und strickten (sie waren die einzigen, die eine Tätigkeit entfalteten), oder sie streichelten dicke Katzen. Katzen befanden sich in großer Zahl auf diesen Bäumen, desgleichen auch Vögel, die letzteren in Käfigen (vielleicht waren sie Opfer des Vogelleims), außer einigen frei umherfliegenden Tauben, die sich den jungen Mädchen auf die Hand setzten, worauf sie mit traurigen Liebkosungen bedacht wurden.

Der Empfang in solch einer Art Baumsalon vollzog sich mit gastlicher Gravität. Man bot Cosimo Kaffee an; dann kam sogleich die Rede auf ihre Paläste in Sevilla und Granada sowie auf ihre Güter, Kornspeicher und Marställe, und schließlich erging an ihn eine Einladung für den Tag, da sie wieder in ihre Ehren und Würden eingesetzt sein würden. Vom König, der sie verbannt hatte, sprachen sie in einem Ton, der zugleich fanatische Abneigung und unterwürfige Ehrerbietung verriet, wobei es ihnen mitunter gelang, die Person, gegen die ihre Familien im Kampf standen, und die königliche Würde, aus der sich ihre eigene herleitete, säuberlich voneinander zu trennen. Es kam aber auch vor, daß sie absichtlich die beiden gegensätzlichen Betrachtungsweisen in einem einzigen Herzenserguß miteinander vermischten. Jedesmal, wenn die Unterhaltung das Thema des Souveräns berührte, wußte daher Cosimo nicht, was er für ein Gesicht machen sollte.

Alle Gebärden und Unterhaltungen der Emigranten hatten etwas Trauriges und Bekümmertes an sich, was zum Teil der Natur dieser Menschen, zum Teil aber auch einer bewußten Willenshaltung entsprach, wie das mitunter zu geschehen pflegt, wenn einer für eine Sache streitet, die der Überzeugung nach nicht klar umrissen ist, so daß er durch ein imposantes Auftreten dafür einen Ausgleich zu schaffen sucht.

Die jungen Mädchen, an denen Cosimo im ersten Augenblick der etwas zu kräftige Haarwuchs und die zu stumpfe Hautfarbe auffielen, durchpulste ein innerer Schwung, den sie stets rechtzeitig zu zügeln wußten.

Zwei von ihnen spielten Federball von einer Platane zur anderen – tick-tack, tick-tack, dann folgte ein kleiner Aufschrei: Der Federball war auf die Straße gefallen. Ein Gassenjunge hob ihn auf und verlangte für das Hinaufwerfen zwei Pesetas.

Auf dem letzten Baum, einer Ulme, stand, ohne Perücke und nachlässig gekleidet, ein alter Mann, der El Conde genannt wurde. Als Padre Sulpicio sich ihm näherte, senkte er die Stimme und forderte Cosimo auf, ein Gleiches zu tun. El Conde bog von Zeit zu Zeit einen Zweig zurück und blickte den Abhang hinunter, wo sich eine teils grünende, teils ausgedörrte Ebene in der Ferne verlor.

Don Sulpicio erzählte Cosimo im Flüsterton von einem Sohn des Alten, der von König Karl im Kerker gefangengehalten und gefoltert werde. Meinem Bruder wurde dadurch klar, daß – während all die anderen Hidalgos sich nur das Ansehen von Verbannten gaben und sich von Zeit zu Zeit ins Gedächtnis rufen und wieder einschärfen mußten, weshalb sie sich eigentlich hier befanden – allein dieser Greis wirklich litt. Jene Bewegung, mit der er den Zweig zurückbog, als erwartete er, daß ein anderes Land vor ihm auftauchen würde, jenes zögernde Sichvorantasten der Augen in der weiten Ebene, als hoffte er, er werde niemals auf einen Horizont`stoßen und es könne ihm gelingen, die ach so ferne Heimat zu erblicken – all das erschien Cosimo als erstes echtes Anzeichen eines wahrhaften Exils. Der Alte, der vielleicht der ärmste aller Emigranten war und sicherlich in seinem Vaterlande ein geringeres Ansehen als sie genoß, führte auf diese Weise den andern vor Augen, was sie zu leiden und zu hoffen hatten.

Als Cosimo von seiner Besuchstour zurückkehrte, sah er auf einer Erle ein junges Mädchen sitzen, das er vorher noch nicht erblickt hatte. Sie hatte wunderschöne Augen von der Farbe des Immergrüns und einen duftigen Teint. Sie trug einen Eimer.

»Wie kommt es, daß ich alle gesehen habe und Euch nicht?«

»Ich war am Brunnen, um Wasser zu holen«, sagte sie und

lächelte. Aus dem etwas geneigten Eimer floß Wasser heraus.

»Ihr steigt also von den Bäumen hinunter?« Er half ihr, ihn zu halten.

»Nein, der Brunnen befindet sich im Schatten eines verwachsenen Kirschbaums. Dort lassen wir den Eimer hinunter. Kommt einmal mit.«

Sie schritten einen Ast entlang und gelangten auf die andere Seite einer Hofmauer. Das Mädchen führte ihn bis zum Übergang auf den Kirschbaum. Darunter war der Brunnen.

»Schaut doch, Baron!«

»Woher wißt Ihr, daß ich ein Baron bin?«

»Ich weiß alles.« Sie lächelte. »Meine Schwestern haben mich sofort über Euren Besuch unterrichtet.«

»Sind das die Federballspielerinnen?«

»Irena und Raimunda, ja freilich.«

»Die Töchter Don Fredericos...«

»Ja.«

»Und wie heißt Ihr?«

»Ursula.«

»Ihr kommt ja besser als alle anderen auf den Bäumen voran!«

»Ich bin schon als Kind viel geklettert... In Granada hatten wir große Bäume im Patio...«

»Könntet Ihr diese Rose pflücken?«

In einem Baumwipfel war eine Kletterrose aufgeblüht.

»Nein, leider nicht.«

»Schön. Ich werde sie Euch pflücken.«

Er machte sich auf den Weg und kam mit der Rose zurück. Ursula lächelte und streckte ihm die Hände entgegen.

»Ich möchte sie Euch selbst anstecken. Sagt mir, wo!«

»Auf den Kopf, danke schön!« Und damit führte sie seine Hand.

»Hört einmal«, sagte Cosimo, »könntet Ihr diesen Mandelbaum erreichen?«

»Wie macht man das?« Sie lachte. »Ich kann doch nicht fliegen!«

»Wartet!« – und Cosimo knüpfte eine Schlinge –, »wenn Ihr Euch an dieses Seil binden laßt, so schwinge ich Euch hinüber.«

»Nicht doch... ich hab Angst!«, aber sie lachte dabei.

»Das ist meine Methode. So reise ich nun schon seit Jahren und mache alles allein.«

»Oje!«

Er beförderte sie hinüber. Dann kam er selbst nach. Der Mandelbaum war zart und bot wenig Platz. Sie hockten auf ihm eng beieinander. Ursula war noch ganz außer Atem und rot von dem Fluge. »Erschrocken?«

»Nein!«, aber sie hatte Herzklopfen.

»Die Rose ist nicht abgefallen«, sagte er und berührte Ursula, um die Blume wieder fest anzustecken.

So eng aneinandergepreßt, wie sie auf diesem Baume saßen, kam es bei jeder ihrer Bewegungen fast zu einer Umarmung. »Uh!« sagte sie, und dann küßten sie sich, wobei er den Anfang machte.

So begann ihre Liebe; der Junge war darüber glücklich und verdutzt, und sie war glücklich, aber keineswegs überrascht (Mädchen stößt niemals von ungefähr etwas zu). Es war die Liebe, die Cosimo ersehnt hatte und die jetzt ganz unerwartet über ihn gekommen war: so schön, daß es unverständlich blieb, wie er sie sich zuvor als etwas Schönes hatte vorstellen können. Das Wunderbarste daran aber war ihre große Einfachheit, und der Knabe meinte in diesem ersten Augenblick, daß es immer so sein müsse.

18

Es war die Zeit der Pfirsich-, Mandel- und Kirschblüte. Cosimo und Ursula verbrachten zusammen den ganzen Tag auf den Blütenbäumen. Der Frühling verlieh sogar der grabesdüsteren Nachbarschaft der ganzen Sippe heitere Farben.

In der Kolonie der Verbannten wußte mein Bruder sich sogleich dadurch nützlich zu machen, daß er sie die verschiedenen Methoden lehrte, mit denen man von einem Baum auf den andern überwechseln kann, und die vornehmen Familien anspornte, ihr gewohntes gemessenes Wesen abzulegen, um sich ein wenig Bewegung zu machen. Er spannte auch Seilbrücken, so daß die älteren Verbannten einander besuchen konnten. Und so stattete er während seines nahezu einjährigen Aufenthalts bei den Spaniern die Kolonie mit vielen von ihm erfundenen Gerätschaften aus: Wasserbehältern, Kochherden, aus Fellen gefertigten Schlafsäcken. Da ihm daran gelegen war, neue Erfindungen zu machen, förderte er die Gepflogenheiten der Hidalgos auch dann, wenn sie mit den Ideen seiner Lieblingsautoren nicht übereinstimmten: Als er beispielsweise feststellte, daß diese frommen Menschen den Wunsch hatten, regelmäßig ihre Beichte abzulegen, zimmerte er in einem Stamm einen Beichtstuhl, in dem der hagere Don Sulpicio Platz hatte und durch ein Gitterfensterchen ihr Sündenbekenntnis anhören konnte.

Die bloße Leidenschaft für technische Neuerungen reichte schließlich nicht hin, um ihm die Beachtung der geltenden Regeln zu ersparen; es brauchte dazu neue Ideen. Cosimo schrieb an den Buchhändler Orbecche und bat ihn, ihm die inzwischen eingegangenen Bücher mit der Post nachzusenden. So konnte er Bernardin de Saint-Pierres *Paul et Virginie* und Rousseaus *La Nouvelle Héloïse* Ursula zur Lektüre geben.

Die Verbannten kamen häufig auf einer geräumigen Eiche

zu Ständetagen zusammen, auf denen sie Schreiben an ihren König aufsetzten. Diese Schreiben sollten grundsätzlich stets in einem entrüsteten und protestierenden Ton gehalten sein und gewissermaßen Ultimaten darstellen; nach einer Weile pflegte indessen der eine oder andere mildere und ehrerbietigere Formulierungen vorzuschlagen, und so kam schließlich eine Bittschrift zustande, in der sie sich demütigst der Allergnädigsten Majestät zu Füßen warfen und um Vergebung flehten.

Dann erhob sich El Conde. Alle verstummten. El Conde blickte in die Höhe und begann mit leiser und eindringlicher Stimme auszusprechen, was er auf dem Herzen hatte. Nachdem er sich wieder gesetzt hatte, blieben die anderen ernst und stumm. Die Bittschrift wurde von niemandem mehr erwähnt.

Cosimo war nunmehr in die Gemeinschaft aufgenommen worden und wohnte auch dem Ständetag bei. Dort schilderte er mit unbefangener Frische und jugendlichem Feuer die Ideen der Philosophen und die Verirrungen der Herrscher und legte dar, wie die Staaten im Einklang mit Vernunft und Gerechtigkeit regiert werden könnten. Doch die einzigen, die ihm Gehör schenkten, waren der Conde, der trotz seines hohen Alters ständig um Verständnis und Anteilnahme bemüht war, ferner Ursula, die ein paar Bücher gelesen hatte, und einige junge Mädchen, die etwas geweckter waren als die übrigen. Sonst bestand die Kolonie aus Köpfen wie Ledersohlen, in die man Nägel hätte einschlagen können.

Schließlich entschloß sich der Conde, statt in einem fort die Landschaft zu betrachten, mit einer Lektüre zu beginnen. Rousseau war ihm etwas zu herb; Montesquieu hingegen gefiel ihm, und das war schon ein erster Schritt. Die anderen Hidalgos hingegen hatten für nichts Interesse, außer daß einige, hinter dem Rücken des Paters Sulpicio, Cosimo um Voltaires *La Pucelle d'Orléans* baten, um die pikantesten Stellen zu lesen. Durch den Conde, der die neuen Ideen innerlich verarbeitete, erhielten die Zusammenkünfte auf der

Eiche nunmehr ein neues Gesicht. Es war jetzt davon die Rede, daß man nach Spanien zurückkehren müsse, um Revolution zu machen.

Pater Sulpicio witterte anfangs die Gefahr nicht. An und für sich hatte er keine sehr feine Nase, und da er von der ganzen Hierarchie seiner Oberen abgeschnitten war, wußte er nicht mehr Bescheid, welche Gifte gegenwärtig die Gewissen bedrohten. Kaum hatte er aber wieder Ordnung in seine Gedanken gebracht (oder kaum hatte er, wie andere sagten, gewisse Briefe mit den bischöflichen Siegeln erhalten), als er auch schon zu erklären begann, der Teufel habe sich in diese Gemeinschaft eingeschlichen und es sei ein Feuerregen zu erwarten, der die Bäume mit allem, was sich auf ihnen befinde, in Schutt und Asche legen werde.

Eines Nachts wurde Cosimo durch Klagerufe aufgeweckt. Er eilte mit einer Laterne herbei und sah, wie auf der Ulme des Conde der Greis bereits an den Stamm gefesselt war und Pater Sulpicio die Knoten festzog.

»Heda, Pater! Was ist denn das?«

»Der Arm der heiligen Inquisition, mein Sohn! Dieser unglückselige Greis muß jetzt seine Ketzerei bekennen und aus seinem Munde speien. Dann kommst du an die Reihe!«

Cosimo zog seinen Degen und hieb die Stricke durch. »Nehmt Euch in acht, Pater! Es gibt noch andere starke Arme, die der Vernunft und Gerechtigkeit dienen!«

Der Jesuit zog einen bloßen Degen unter dem Mantel hervor. »Baron di Rondò, schon seit geraumer Zeit hat mein Orden eine Rechnung mit Eurer Familie zu begleichen!«

»Also hatte mein seliger Vater doch recht!« rief Cosimo, während sie die Klingen kreuzten. »Die Gesellschaft Jesu kennt keinen Pardon!«

Sie kämpften und hielten sich dabei auf den Ästen im Gleichgewicht. Don Sulpicio war ein ausgezeichneter Fechter, und so geriet mein Bruder mehrmals in arge Bedrängnis. Sie waren beim dritten Gang, als der Conde, der wieder zu sich gekommen war, um Hilfe rief. Darauf erwachten die anderen, eilten herbei und warfen sich zwischen die Duellanten. Sulpicio ließ sogleich seinen Degen verschwinden und mahnte zur Ruhe, als wäre nichts geschehen.

Einen so schwerwiegenden Vorfall zu verheimlichen wäre in jeder anderen Gemeinschaft undenkbar gewesen, nicht aber in dieser, wo ein jeder bestrebt war, die Gedanken, die sich in seinem Kopfe regten, auf ein Mindestmaß zu beschränken. So bot denn Don Frederico seine guten Dienste an, und es kam zwischen Don Sulpicio und El Conde zu einer Art Versöhnung, wodurch alles beim alten blieb.

Cosimo freilich mußte weiterhin mißtrauisch sein, und wenn er mit Ursula auf den Bäumen unterwegs war, befürchtete er stets, daß der Pater ihm nachspionierte. Er wußte, daß dieser Don Frederico in den Ohren lag, man solle das Mädchen nicht mehr mit ihm ausgehen lassen. Diese vornehmen Familien waren in Wahrheit nach sehr kleinlichen Grundsätzen erzogen, aber da sie jetzt auf Bäumen und in der Verbannung lebten, nahmen sie viele Dinge nicht mehr so wichtig. Cosimo betrachteten sie als einen wackeren jungen Mann, der einen Adelstitel führte und sich nützlich zu machen verstand; er blieb bei ihnen, ohne daß ihn jemand dazu gezwungen hätte. Sie ahnten zwar, daß sich zwischen ihm und Ursula zarte Bande geknüpft hatten, und bemerkten wohl, daß die beiden häufig in Richtung der Obstbäume entschwanden, um Früchte und Blütenzweige zu holen, drückten aber ein Auge zu, um nicht in die Lage zu kommen, etwas mißbilligen zu müssen.

Nun aber, da Don Sulpicio Böses im Schilde führte, konnte Don Frederico nicht länger den Ahnungslosen spielen.

Er ließ Cosimo auf seine Platane zu einer Unterredung bitten. Neben ihm stand, hager und schwarz, Don Sulpicio.

»Baron, man sagt mir, daß du häufig mit meiner niña zu sehen bist.«

»Sie lehrt mich, hablar vuestro idioma, Hoheit.«

»Wie alt bist du?«

»Bald werde ich neunzehn, diez y nueve.«

»Joven! Zu jung! Meine Tochter ist im heiratsfähigen Alter. Porqué gehst du mit ihr?«

»Ursula ist siebzehn...«

»Denkst du schon daran, a casarte?«

»Woran?«

»Meine Tochter bringt dir El Castillano nicht gut bei, hombre. Ich frage, ob du schon vorhast, dir ein novia zu suchen, dir ein Heim zu gründen?«

Sulpicio und Cosimo streckten beide wie abwehrend die Hände aus. Die Unterhaltung nahm jetzt eine Wendung, die keineswegs den Absichten des Jesuiten, geschweige denn denen meines Bruders entsprach.

»Mein Heim«, sagte Cosimo, und damit deutete er ringsumher auf die höchsten Äste, die Wolken, »mein Haus ist überall, wohin ich gelange, wenn ich höher hinaufsteige...«

»No es esto!«, und der Fürst Frederico Alonso schüttelte den Kopf. »Baron, wenn du nach Granada kommen willst, sobald wir wieder daheim sind, wirst du das reichste Lehnsgut der Sierra kennenlernen. Mejor que aquí.«

Don Sulpicio konnte nicht mehr an sich halten. »Aber Hoheit, dieser Mann ist ein Voltairianer... Er darf nicht mehr mit Eurer Tochter zusammenkommen...«

»Oh, es joven, er ist ja noch jung, die Ideen kommen und gehen, que se case, er muß heiraten, dann kommt er schon auf andere Gedanken, er soll uns nur bald in Granada besuchen!«

»Muchas gracias a usted... Ich werde es mir überlegen...«, und Cosimo drehte die Mütze aus Katzenfell in seinen Händen, worauf er sich mit vielen Verbeugungen empfahl.

Als er Ursula wiedersah, war er ganz in Gedanken versunken. »Weißt du, Ursula, dein Vater hat mit mir gesprochen... Er hat mir gewisse Dinge gesagt...«

Ursula erschrak. »Will er etwa, daß wir uns nicht mehr sehen?«

»Nein, das ist es nicht. Er möchte, daß ich nach Granada komme, sobald ihr nicht mehr verbannt seid.«

»O ja, das wäre schön!«

»Hör zu, ich will dir wohl, aber ich bin immer auf den Bäumen gewesen, und auf ihnen will ich bleiben!«

»O Cosme, auch bei uns zu Hause gibt es schöne Bäume!«

»Ja, aber um mit euch zu reisen, müßte ich auf den Boden hinunter, und wenn ich erst einmal unten bin...«

»Mach dir nur keine Gedanken, Cosimo! Bis auf weiteres sind wir jedenfalls verbannt, und vielleicht bleiben wir es unser Leben lang.«

So schlug sich mein Bruder diese Sorgen aus dem Kopf. Doch Ursulas Voraussage erwies sich als falsch. Bald danach erhielt Don Frederico ein Schreiben mit dem königlich spanischen Siegel. Durch huldvollen Gnadenerweis Seiner Katholischen Majestät war die Verbannung aufgehoben worden. Die vornehmen Emigranten konnten in ihre Häuser und Besitzungen heimkehren. Es entstand ein großes Durcheinander oben auf den Platanen. »Wir fahren heim! Wir fahren heim! Madrid! Cadiz! Sevilla!«

Die Nachricht verbreitete sich mit Windeseile in der Stadt. Die Einwohner Olivabassas erschienen mit Gartenleitern. Von den Verbannten stiegen die einen unter dem Jubel des Volkes von den Bäumen hinunter, während sich die anderen um ihr Gepäck kümmerten.

»Das ist noch nicht das Ende!« rief El Conde. »Die Cortes werden von uns zu hören bekommen und auch die Krone!« – und da ihm keiner seiner Standesgenossen in diesem Augenblick Gehör schenken wollte und die Damen sich bereits mit ihren Kleidern, die nicht mehr der Mode entsprachen, und ihrer erneuerungsbedürftigen Garderobe beschäftigten, begann er, der Bevölkerung Olivabassas große Reden zu halten: »Jetzt geht's nach Spanien, da werdet ihr was erleben! Da werden wir unsere Rechnung präsentieren! Ich und dieser junge Mann werden für Gerechtigkeit sorgen!« Damit deutete er auf Cosimo. Und Cosimo, der ganz verwirrt war, machte eine ablehnende Geste.

Von hilfreichen Armen getragen, war Don Frederico auf dem Boden angelangt. »Baja, joven bizarro«, rief er Cosimo zu. »Hinunter, wackerer junger Mann! Komm mit uns nach Granada!«

Cosimo, auf einem Ast zusammengekauert, hielt sich abseits. Und der Fürst: »Como no? Du sollst es wie mein eigener Sohn haben!«

»Die Verbannung ist zu Ende!« sagte El Conde. »Endlich können wir nun in die Tat umsetzen, was wir so lange erwogen haben! Was wollt Ihr denn noch auf den Bäumen, Baron? Dazu ist jetzt kein Grund mehr!«

Cosimo breitete die Arme aus. »Ich bin vor euch hier hinaufgestiegen, meine Herren, und ich werde nach euch noch hier oben sein!«

»Du willst dich drücken!« schrie El Conde.

»Nein, Widerstand leisten!« antwortete der Baron.

Ursula, die bei den ersten war, die hinunterstiegen, und sich zusammen mit ihren Schwestern bemühte, ihr Gepäck in einer Kutsche zu verstauen, stürzte auf den Baum zu. »Dann bleibe ich bei dir! Ich bleibe bei dir!« – und sie lief, um eine Leiter zu holen.

Zu viert oder fünft hielten sie sie fest, rissen sie zurück, entfernten die Leitern von den Bäumen.

»Adios, Ursula! Sei glücklich!« sagte Cosimo, während man sie gewaltsam in die Kutsche zerrte, die abfuhr.

Ein festliches Gebell war auf einmal zu hören. Ottimo Massimo, der, solange sein Herr sich in Olivabassa aufhielt, ein knurrendes Mißbehagen bekundet hatte, das vielleicht durch die ständigen Fehden mit den Katzen der Spanier noch gesteigert worden war – Ottimo Massimo machte nun wieder einen glücklichen Eindruck. Er begann jetzt, aber nur zum

Spaß, die wenigen auf den Bäumen vergessenen Katzen, die ihr Fell sträubten und ihn anfauchten, zu jagen.

Zu Pferde, in Kutschen, in Reisewagen brachen die Verbannten auf. Die Straße leerte sich. Auf den Bäumen Olivabassas blieb allein mein Bruder zurück. In den Zweigen hingen noch einige Federn, einige Bänder und Spitzentücher, die im Winde flatterten, ein Handschuh, ein Sonnenschirm mit Spitzensaum, ein Fächer, ein Stiefel mit Sporn.

19

Es war ein Sommer mit Vollmondnächten, Fröschegequake und Finkengezwitscher, als der Baron wieder in Ombrosa auftauchte. Eine vogelhafte Unrast schien über ihn gekommen zu sein: Schnüffelnd, scheu, unschlüssig sprang er von Ast zu Ast.

Bald erzählte man sich, eine gewisse Checchina, die jenseits des Tales lebte, sei seine Geliebte. Fest stand, daß dieses Mädchen mit einer tauben Tante in einem einsamen Hause wohnte und daß der Ast eines Ölbaums nahe an ihr Fenster heranreichte. Die Müßiggänger auf dem Marktplatz stritten sich, ob er der Betreffende sei oder nicht. »Ich hab die beiden gesehn, sie auf dem Fensterbrett, ihn auf dem Ast. Er fuchtelte mit den Armen herum wie eine Fledermaus, und sie lachte. «

»Aber geh, wenn er doch geschworen hat, sein Leben lang nicht von den Bäumen herunterzukommen!«

»Na schön, er hat diese Regel für sich aufgestellt; so kann er auch die Ausnahme festsetzen...«

»Na, wenn man erst einmal damit anfängt, Ausnahmen zu machen...«

»Aber nicht doch, ich sage euch, sie springt vom Fensterbrett auf den Ölbaum!«

»Und wie machen sie das? Sie werden's recht unbequem haben!«

»Sie haben sich nie berührt, sage ich euch! Freilich, er macht ihr den Hof, aber sie lockt ihn an. Aber er kommt nicht herunter...«

Ja, nein, er, sie, das Fensterbrett, der Sprung, der Ast – die Diskussion wollte kein Ende nehmen. Die Verlobten und Ehemänner mußte man jetzt sehen: Wehe, wenn ihre Bräute oder Frauen auf einen Baum hinaufschauten!

Die Weiber hingegen; kaum, daß sie sich trafen: »Hast du schon gehört?« Von wem war die Rede? Von ihm!

Die Geschichte mit der Checchina mochte stimmen oder nicht – jedenfalls hatte mein Bruder seine Liebeshändel, ohne jemals von den Bäumen zu steigen. Ich begegnete ihm einmal, wie er mit einer Matratze auf der Schulter über die Äste lief; er tat das mit der gleichen Selbstverständlichkeit, mit der wir ihn Flinten, Seile, Handbeile, Doppelsäcke, Feldflaschen, Pulverhörner befördern sahen.

Eine gewisse Dorothea, ein galantes Frauenzimmer, gestand mir einmal, daß sie sich mit ihm getroffen habe; die Anregung sei von ihr ausgegangen, nicht des Geldes wegen, sondern um sich von der Sache ein Bild zu machen.

»Und wie war das Ergebnis?«

»Oh, ich bin's zufrieden...«

Ein anderes loses Mädchen, eine gewisse Zobeida, erzählte mir, daß sie von dem »Klettermann«, wie sie ihn nannte, geträumt habe, und dieser Traum zeugte von solcher Sachkunde und Kenntnis der Einzelheiten, daß sie ihn meiner Meinung nach selbst erlebt haben muß.

Natürlich weiß ich nicht, wie sich diese Dinge abspielten, aber Cosimo muß auf die Frauen eine besondere Anziehung ausgeübt haben. Seit er mit jenem Spanier zusammen war, legte er Wert auf ein gepflegtes Äußere. Er ging nun nicht mehr in Felle eingemummelt wie ein Bär, vielmehr trug er Hosen, einen eng anliegenden Frack und einen Zylinder nach englischer Art. Ja, auf Grund seiner Kleidung konnte man jetzt mit Sicherheit sagen, ob er auf die Jagd ging oder zu einem galanten Stelldichein unterwegs war.

Verbürgt ist auch folgendes: Eine Edelfrau reiferen Alters hier aus Ombrosa, deren Namen ich nicht erwähnen möchte (ihre Töchter und Enkelkinder leben noch und könnten daran Anstoß nehmen, aber damals war es eine allgemein bekannte Geschichte), diese Dame also fuhr immer allein in ihrer Kutsche, mit dem alten Kutscher auf dem Bock, und ließ sich dorthin bringen, wo die Landstraße durch den Wald führt. Nach einer Weile sagte sie dann zum Kutscher: »Giovita, der

Wald wimmelt von Pilzen! Flink! Füll dieses Körbchen, und dann komm zurück!«; zugleich reichte sie ihm einen Korb. Der Ärmste, der an Rheuma litt, kletterte vom Bock herunter, lud den Korb auf die Schulter, verließ die Fahrstraße, machte sich im Tau zwischen dem Farnkraut zu schaffen und drang immer tiefer in den Buchenwald ein, während er sich bückte und jedes Blatt durchforschte, um einen Steinpilz oder einen Pfifferling zu entdecken. Derweil verschwand die Dame aus der Kutsche im dichten Laubwerk, das die Straße überdachte, als würde sie in den Himmel entrückt. Mehr weiß man nicht darüber, außer daß Vorübergehende öfters die im Walde haltende Kutsche gesehen haben. Dann saß auf einmal die Dame wieder in der Kutsche, was sich auf die gleiche geheimnisvolle Weise vollzog wie ihr vorheriges Verschwinden, und blickte schmachtend vor sich hin. Schließlich kehrte Giovita schlammbespritzt zurück, mit wenigen zusammengeklaubten Pilzen in seinem Korbe, und man fuhr wieder heim.

Viele solcher Geschichten wurden erzählt, vor allem im Hause gewisser Genueser Damen, die Zusammenkünfte für wohlhabende Männer veranstalteten (solange ich noch unverheiratet war, habe auch ich dort verkehrt), und so erklärt es sich wohl, daß diese fünf Damen auf den Gedanken kamen, dem Baron einen Besuch abzustatten. In der Tat geht die Rede von einer Eiche, die noch heute im Volksmunde die Eiche der fünf Spatzen heißt, und wir Alten wissen, was damit gemeint ist. Ein gewisser Gé, ein Rosinenhändler und durchaus glaubwürdiger Mann, hat diesen Vorfall berichtet: Es war ein schöner sonniger Tag, und Gé ging im Walde auf die Jagd; er kommt an besagter Eiche vorbei, und was sieht er dort? Cosimo hatte alle fünf auf die Äste heraufgeholt, die eine da, die andere dort; so genossen sie völlig nackt das warme Wetter, und dabei hatten sie ihre Schirmchen aufgespannt, um sich vor der Sonne zu schützen; in ihrer Mitte aber saß der Baron und las lateinische Verse vor; Gé vermochte nicht zu erkennen, ob von Ovid oder von Lukrez.

Soviel erzählte man sich, und ich weiß nicht, was davon wahr ist. Damals war er sehr zurückhaltend und verschwiegen über diese Dinge; später, im Alter, erzählte er und erzählte bis zum Überdruß, aber meistens waren das Geschichten, die weder Hand noch Fuß hatten und aus denen nicht einmal er selbst klug wurde. Eines freilich steht fest: Damals begann es üblich zu werden, daß man aus Bequemlichkeit ihm die Schuld zuschob, wenn ein Mädchen geschwängert worden war und man den Vater nicht kannte. Eine junge Dirne erzählte, beim Olivensammeln sei sie auf einmal von zwei Armen in die Höhe gehoben worden, die so lang gewesen seien wie Affenarme... Nach einer Weile brachte sie dann Zwillinge zur Welt. Ombrosa füllte sich mit Bankerten des Barons, mochte es sich nun um echte oder unechte handeln. Jetzt sind sie herangewachsen, und der eine oder andere sieht ihm freilich ähnlich; allerdings könnte das auch auf Suggestion zurückzuführen sein, denn die schwangeren Frauen erschraken mitunter, wenn sie Cosimo plötzlich von einem Ast zum anderen springen sahen. Sei dem, wie ihm wolle: Ich persönlich glaube überhaupt nicht an diese Geschichten, die man erzählte, um die vielen Entbindungen zu erklären. Ich weiß nicht, ob er so viele Frauen besessen hat, wie das Gerücht es wahrhaben wollte; diejenigen, die ihn wirklich gekannt hatten, zogen es jedenfalls vor, den Mund zu halten.

Und außerdem: Hätte er so viele Frauen zu seiner Verfügung gehabt, so gäbe es keine Erklärung für die Mondnächte, in denen er auf Feigen- und Pflaumen- und Granatapfelbäumen nahe den Wohnhäusern, in der Zone der Obstgärten, die vom äußeren Kreis der Häuser Ombrosas überragt wurden, wie ein Kater umherstrich, jene Nächte, in denen er lamentierte und gewisse Seufzer, Gähn- und Klagelaute ausstieß, die ihm – so sehr er sie zu beherrschen und in erträgliche, gewöhnliche Äußerungen zu verwandeln suchte – wie ein Miauen oder ein tierisches Geheul aus der Kehle drangen. Und die Ombrosaner, die nachgerade Bescheid wußten, erschraken keineswegs, wenn sie dadurch im Schlafe gestört wurden, sondern drehten sich auf die andere Seite und sagten: »Das ist der Baron, der sein Weibchen sucht. Hoffentlich findet er eins und läßt uns schlafen!«

Manchmal kam es vor, daß einer jener alten Leute, die an Schlaflosigkeit leiden und gern ans Fenster treten, wenn sie ein Geräusch hören, in den Obstgarten hinausschaute und inmitten des Schattens, den ein Feigenbaum im Mondlicht auf den Boden warf, auch seinen Schatten erblickte: »Könnt Ihr denn heute nacht keinen Schlaf finden, gnädiger Herr?«

»Wie sehr ich mich auch herumwälze, ich bleibe immer wach!« sagte Cosimo, der sprach, als läge er im Bett, in den Kissen versunken, und als wartete er nur darauf, daß ihm die Augen zufielen, während er doch in Wahrheit wie ein Akrobat dort im Baum hing. »Ich weiß nicht, was das heute abend ist – eine Hitze, ein solches Kribbeln: Vielleicht schlägt das Wetter um, spürt Ihr's nicht auch?«

»Freilich, ich spür's in den Knochen, ich spür's... Doch ich bin alt, gnädiger Herr, Ihr aber habt Blut, das Euch treibt...«

»Ja, wahrhaftig, es treibt, um anzulocken...«

»Schön, seht doch zu, ob es Euch nicht etwas von hier fortziehen könnte, Herr Baron, denn hier ist ja doch nichts, was Euch Linderung verschafft: nur arme Familien, die beim Morgengrauen aufstehen müssen und jetzt schlafen möchten...«

Cosimo antwortete nicht und entfernte sich in andere Obstgärten.

Stets verstand er es, die gebotenen Grenzen zu beachten, und andererseits fanden sich auch die Ombrosaner mit seinen wunderlichen Launen ab: vielleicht, weil er immerhin der Baron war, und teilweise wohl auch, weil er ein Baron war, der sich von den anderen unterschied.

Diese tierischen Laute, die ihm aus der Brust drangen, fanden aber zuweilen auch Fenster, die ihnen bereitwilliger Gehör schenkten; es genügte als Zeichen, daß eine Kerze angezündet wurde, daß ein unterdrücktes Gekicher zu hören war oder daß Frauenworte zwischen Licht und Schatten erklangen, die unverständlich blieben, mit denen man sich aber bestimmt über ihn lustig machte, ihn schalt oder zum Schein rief – und dann war es schon Ernst, war es schon Liebe für diesen Verlassenen, der von Ast zu Ast sprang wie ein Zeisig. Doch sieh: Wie um festzustellen, was dort geschah, wagte sich eine Dreistere ans Fenster, noch warm vom Bett, mit entblößten Brüsten, gelösten Haaren, einem weißen Lachen zwischen den geöffneten Lippen, und so kam es zu Zwiegesprächen. »Wer ist da? Ein Kater?«

»Und er: »Ein Mann! Ein Mann!«

»Ein Mann, der miaut?«

»Ach, ich seufze nur!«

»Warum? Was fehlt dir denn?«

»Mir fehlt etwas, was du hast!«

»Was denn?«

»Komm, dann sag ich's dir!«

Ich erwähnte schon, daß er niemals unter Unfreundlichkeiten oder Vergeltungsmaßnahmen der Männer zu leiden hatte, was mir als ein Zeichen dafür gilt, daß er keine allzu große Gefahr bedeutete. Nur einmal wurde er auf geheimnisvolle Weise verwundet. Eines Morgens verbreitete sich die Nachricht. Der Wundarzt aus Ombrosa mußte auf den Nußbaum hinaufklettern, auf dem mein Bruder wehklagte. Im Bein hatte er eine Schrotladung mit Körnern kleinen Kalibers, wie man sie für Spatzen verwendet. Man mußte sie ihm einzeln mit einer Pinzette herausziehen. Er hatte starke Schmerzen, war aber bald wieder genesen. Es wurde niemals genau bekannt, was eigentlich geschehen war: Er selbst sagte, beim Überklettern eines Astes sei ihm ein Schuß aus Versehen losgegangen. –

Während er als Rekonvaleszent auf seinem Nußbaum saß, ohne sich rühren zu können, schöpfte er Kraft aus seinen ernsteren Studien. Damals begann er, den *Entwurf einer Ver-*

fassung für einen auf den Bäumen gegründeten Idealstaat auszuarbei-
ten, in dem er eine von gerechten Menschen bewohnte Baum-
republik beschrieb. Er begann im Stil einer Abhandlung über
Gesetze und Regierungsformen, aber während des Schreibens
gewann seine Neigung, komplizierte Geschichten auszuden-
ken, die Überhand, und so wurde daraus ein Sammelsurium
von Abenteuern, Duellen und erotischen Histörchen, welch
letztere er in ein Kapitel über das Eherecht einfügte. Das Buch
sollte folgenden Epilog haben: Nach der Gründung des vollkommenen Staates in den Baumwipfeln und nachdem die
ganze Menschheit zu dem Entschluß gelangt war, sich dort
niederzulassen und ein glückliches Leben zu führen, stieg der
Verfasser von den Bäumen hinunter, um auf dem nunmehr
verlassenen Erdboden Wohnung zu nehmen.

Das sollte der Schluß des Werkes sein, aber es blieb unvoll-
endet. Mein Bruder schickte eine Zusammenfassung an Diderot, unter die er lediglich die Worte setzte: »Cosimo Rondò,
Leser der Enzyklopädie.« Diderot dankte mit einem Briefchen.

20

Aus jener Zeit kann ich nicht viel berichten, denn damals machte ich meine erste Reise durch Europa. Ich hatte mein einundzwanzigstes Lebensjahr vollendet und konnte mich nach meinem Belieben am Familienvermögen erfreuen, denn mein Bruder war mit wenigem zufrieden, und das galt auch von meiner Mutter: Die Ärmste war in letzter Zeit sehr gealtert. Mein Bruder wollte mir den Nießbrauch des ganzen Vermögens überlassen, sofern ich mich bereit fand, ihm eine monatliche Apanage zu geben, seine Steuern zu zahlen und mich etwas um die Geschäfte zu kümmern. Ich brauchte also nur die Verwaltung der Güter zu übernehmen und mir eine Frau zu suchen, um jenem geregelten und friedlichen Leben entgegenzusehen, das ich denn auch in der Tat – trotz der großen Umwälzungen um die Jahrhundertwende – führen konnte.

Zuvor aber gönnte ich mir noch eine Reisezeit. Unter anderem hielt ich mich in Paris auf, gerade rechtzeitig, um den triumphalen Empfang zu erleben, der Voltaire zuteil wurde, als er nach vielen Jahren – zur Aufführung einer seiner Tragödien – dorthin zurückkehrte. Doch dies sind nicht meine Lebenserinnerungen, deren Niederschrift kaum der Mühe wert wäre; ich wollte nur darauf hinweisen, wie sehr mich während der ganzen Reise die Fama beeindruckte, die sich auch unter fremden Völkern über den Klettermann von Ombrosa verbreitet hatte. Sogar in einem Almanach fand ich eine Abbildung mit folgendem Text: »Der wilde Mann von Ombrosa (Rep. Genua). Lebt nur auf Bäumen.« Er war als ein ganz mit Flaum bedecktes Wesen mit langem Bart und langem Schwanz dargestellt, das einen Hummer verspeiste. Diese Abbildung befand sich im Kapitel über die Ungeheuer, zwischen dem Hermaphroditen und der Sirene.

Angesichts solcher Phantastereien hütete ich mich wohl, der

Tatsache, daß der wilde Mann mein Bruder war, Erwähnung zu tun. Ich verkündete sie indessen laut und deutlich, als ich in Paris zu einem Empfang geladen war, der zu Ehren Voltaires stattfand. Der alte Philosoph saß in seinem Fauteuil, umhegt von einem Damenschwarm, gutgelaunt wie ein Pascha und boshaft wie ein Stachelschwein. Als er hörte, daß ich aus Ombrosa kam, redete er mich an: »C'est chez vous, mon cher Chevalier, qu'il y a ce fameux philosophe qui vit sur les arbres comme un singe?«

Geschmeichelt konnte ich mich nicht enthalten zu erwidern: »C'est mon frère, Monsieur, le Baron de Rondeau.«

Voltaire war sehr erstaunt, vielleicht auch, weil der Bruder dieses Wunderwesens einen so normalen Eindruck machte, und begann, mir Fragen zu stellen wie etwa: »Mais c'est pour être plus proche au ciel, que votre frère reste là-haut?«

»Mein Bruder ist der Meinung«, entgegnete ich, »daß einer, der die Erde deutlich sehen möchte, den notwendigen Abstand einhalten muß«, und Voltaire zeigte sich über diese Antwort sehr befriedigt.

»Jadis, c'etait seulement la nature qui créait des phenomènes vivants«, bemerkte er abschließend, »maintenant c'est la raison.« Und damit vertiefte sich der alte Weise wieder in das Geplapper seiner deistischen Gebetsschwestern.

Bald mußte ich meine Reise unterbrechen und nach Ombrosa zurückkehren, da mich eine dringende Botschaft nach Hause rief. Das Asthma, an dem unsere Mutter litt, hatte sich plötzlich verschlimmert, und die Ärmste konnte ihr Bett nicht mehr verlassen.

Als ich die Gartentür durchschritt und zu unserer Villa emporblickte, war ich überzeugt, daß ich ihn sehen würde. Cosimo war auf einen hohen Ast des Maulbeerbaums geklettert, der nahe an das Fensterbrett unserer Mutter heranreichte. »Cosimo!« rief ich ihn an, aber mit gedämpfter Stimme. Er machte mir ein Zeichen, das zugleich besagen sollte, der Mutter gehe es ein wenig besser, doch sei ihr Zustand nach wie vor ernst; ich solle nur zu ihr hinaufgehen, aber mich leise verhalten.

Im Zimmer herrschte Dämmerlicht. Die Mutter lag im Bett, und aufgetürmte Kissen stützten sie unter den Schultern, so daß sie größer wirkte, als wir sie jemals gesehen hatten. Bei ihr befanden sich einige Frauen des Gesindes. Battista war noch nicht eingetroffen, da der Graf, ihr Mann, durch die Weinernte aufgehalten wurde. Von der Düsternis des Zimmers hob sich das offene Fenster ab, das Cosimo auf seinem Ast umrahmte.

Ich beugte mich nieder, um unserer Mutter die Hand zu küssen. Sie erkannte mich sofort und legte mir die Hand auf die Stirn. »Da bist du ja, Biagio!« Sie sprach mit dünner Stimme, wenn ihr das Asthma die Brust nicht zu sehr zuschnürte, aber fließend, und war bei vollem Verstande. Nur eines wunderte mich: Sie wandte sich an Cosimo genauso wie an mich, als hätte auch er neben ihr am Bett gesessen. Und Cosimo antwortete ihr von seinem Baume aus. »Ist es schon lange her, daß ich die Medizin genommen haben, Cosimo?«

»Nein, erst ein paar Minuten, Mama, warte noch etwas damit, denn jetzt würde sie dir nicht bekommen!«

Nach einer Weile sagte sie: »Cosimo, gib mir eine Orangenscheibe!«, was mich sehr erstaunte. Doch noch verdutzter war ich, als ich sah, wie Cosimo durch das Fenster eine Art Fischspieß steckte, damit eine Orangenscheibe von der Konsole aufpickte und sie unserer Mutter in die Hand legte.

Es fiel mir auf, daß sie sich wegen all dieser kleinen Handreichungen am liebsten an ihn wandte. »Cosimo, gib mir doch meinen Schal!«

Alsbald suchte er mit dem Angelhaken den Schal aus den Kleidungsstücken heraus, die auf dem Lehnstuhl lagen, hob ihn hoch und reichte ihn ihr. »Da hast du ihn, Mama!«

»Danke, mein Sohn!«

Sie sprach stets mit ihm, als wäre er nur einen Schritt von ihr entfernt, aber ich bemerkte, daß sie ihn niemals um etwas bat, was er von seinem Baume aus nicht hätte ausführen können. In solchen Fällen wandte sie sich immer an mich oder an die Frauen.

Nachts fand unsere Mutter keinen Schlaf. Cosimo hielt Nachtwache bei ihr auf dem Baum und hatte eine kleine Laterne an den Ast gehängt, damit sie ihn auch im Dunkeln sehen könne.

In der Frühe war das Asthma am schlimmsten. Das beste Mittel dagegen war, daß man versuchte, sie abzulenken, und so spielte Cosimo auf einer Flöte kleine Arien oder ahmte den Gesang der Vögel nach oder fing Schmetterlinge und ließ sie dann im Zimmer umherfliegen oder entfaltete Glyziniengirlanden.

Es war ein sonniger Tag. Cosimo, mit einem Schälchen oben auf seinem Baum, fing an, Seifenblasen zu machen, und blies sie ins Zimmer hinein, auf das Bett der Kranken zu. Unsere Mutter sah, wie diese Regenbogenfarben umherflogen und das Zimmer erfüllten; sie sagte: »Was treibt ihr denn da für Späße!« und erinnerte uns damit an die Zeiten, da wir Kinder waren und sie unsere Vergnügungen als zu zwecklos und kindlich angesehen hatte. Doch jetzt, vielleicht zum ersten Male, fand sie Gefallen an unserem Spiel. Die Seifenblasen flogen ihr ins Gesicht, und durch ihren Atem ließ sie sie platzen und lächelte dazu. Eine Blase traf ihre Lippen und blieb unversehrt. Wir beugten uns über sie. Cosimo ließ das Schälchen fallen. Sie war tot.

Auf Trauerfälle folgen früher oder später freudige Ereignisse; das ist ein Lebensgesetz. Ein Jahr nach dem Tode unserer Mutter verlobte ich mich mit einem Mädchen, das einer benachbarten Adelsfamilie entstammte. Ich mußte alle Künste aufbieten, um meine Braut mit dem Gedanken an einen Aufenthalt in Ombrosa vertraut zu machen: Sie hatte Angst vor meinem Bruder. Daß sich dort ein Mensch auf den Bäumen bewegte, daß er jede Bewegung durch die Fenster verfolgen konnte, daß er immer dann auftauchte, wenn man es am wenigsten erwartete – diese Idee erschreckte sie schon deshalb, weil sie Cosimo nie gesehen hatte und ihn sich gewissermaßen wie einen Indianer vorstellte. Um ihr diese Angst zu nehmen, veranstaltete ich ein Essen im Freien, unter den Bäumen, zu dem auch Cosimo geladen war. Von Tellern, die auf einem Tischchen standen, speiste er über uns auf einer Buche, und ich muß sagen, daß er seine Sache sehr gut machte, obwohl er an Mahlzeiten in Gesellschaft nicht mehr gewöhnt war. Meine Braut beruhigte sich etwas, da sie sich nun überzeugt hatte, daß er, abgesehen von seinem Baumdasein, ein Mensch war wie alle anderen auch, doch behielt sie ein unüberwindbares Mißtrauen.

Auch als wir geheiratet hatten und uns in der Villa in Ombrosa niederließen, wich sie nicht nur Unterhaltungen mit dem Schwager aus, sondern floh auch möglichst seinen An-blick, woran nicht einmal die Tatsache etwas änderte, daß der Ärmste ihr von Zeit zu Zeit einen Blumenstrauß oder kostbare Felle brachte. Als uns dann Söhne geboren wurden und heranwuchsen, setzte sie es sich in den Kopf, daß die Nähe des Onkels einen schlechten Einfluß auf ihre Erziehung haben könnte. Sie gab sich nicht eher zufrieden, bis wir die Burg auf unserem alten Lehnsitz Rondò, die seit langem nicht mehr bewohnt war, wieder instand setzen ließen und uns dort häufiger als in Ombrosa aufhielten, damit die Kinder kein schlechtes Vorbild hätten.

Auch Cosimo begann gewahr zu werden, wie die Zeit verging, und das Zeichen dafür war der Dachshund Ottimo Massimo, der allmählich alt wurde und nicht mehr Lust hatte, sich den Meuten der Spürhunde anzuschließen, die hinter Füchsen her waren, oder mit Bulldoggen oder Fleischerhün-dinnen anzubändeln. Er kuschte ständig, als lohnte es sich wegen der so geringen Entfernung, die seinen Bauch vom Erdboden trennte, nicht, auf allen vieren zu bleiben. Und wenn er, so lang er war, vom Schwanz bis zur Schnauze ausgestreckt, unter dem Baume lag, auf dem sich Cosimo befand, blickte er mit müden Augen zu seinem Herrn empor und wedelte kaum. Cosimo beschlich ein Unbehagen: Das Gefühl, daß die Zeit verrann, bewirkte, daß ihm sein Leben, dieses Hinauf und Hinunter zwischen dem immer gleichen dürren Gezweig, keine Befriedigung mehr gewährte. Und nichts mehr machte ihn völlig glücklich, weder die Jagd noch seine flüchtigen Liebschaften noch die Bücher. Was er eigentlich wollte, wußte er selbst nicht: In seinen Wutanfällen kletterte er blitzschnell die zartesten und gebrechlichsten Wipfel empor, gleichsam als suchte er andere Bäume, auf den Baumwipfeln wachsende Bäume, um auch sie zu erklimmen.

Eines Tages war Ottimo Massimo unruhig. Als witterte er Frühlingswind. Er hob die Schnauze, schnüffelte in alle Richtungen, legte sich wieder hin. Zwei- oder dreimal erhob er sich, schweifte umher, streckte sich wieder aus. Auf einmal begann er zu laufen. Er trabte jetzt nur noch langsam und hielt von Zeit zu Zeit inne, um Atem zu holen. Cosimo folgte ihm auf den Bäumen.

Ottimo Massimo strebte dem Walde zu. Er schien eine ganz bestimmte Richtung im Sinn zu haben, denn wenn er auch zuweilen haltmachte, pißte, sich mit heraushängender Zunge ausruhte und dabei seinen Herrn anschaute, schüttelte er sich doch bald wieder und setzte unbeirrt seinen Weg fort. Er begab sich so in eine Gegend, die Cosimo selten aufsuchte, ja, die ihm nahezu unbekannt war, denn hier begann das Jagdgehege des Fürsten Tolemaico. Der Fürst Tolemaico war ein gebrechlicher Greis und ging sicherlich schon seit langem nicht mehr auf die Jagd, aber in sein Gehege konnte sich kein Wilderer hineinwagen, denn es gab dort viele und stets wachsame Waldhüter, und Cosimo, der darüber schon allerlei gehört hatte, hielt sich lieber von ihnen fern. Jetzt aber drangen Ottimo Massimo und Cosimo immer tiefer in das Gehege ein; freilich dachte keiner von beiden daran, das kostbare Wild aufzuscheuchen: Der Dachshund trabte weiter, einem geheimen Anruf Folge leistend, und den Baron hatte eine ungestüme Neugierde ergriffen; wollte er doch herausfinden, wohin sich der Hund eigentlich begab.

Ottimo Massimo erreichte so eine Stelle, an der der Wald aufhörte und eine Wiese begann. Zwei Steinlöwen saßen auf Pfeilern und hielten ein Wappenschild. Hier begann vielleicht ein Park, ein Garten, ein privaterer Bereich des fürstlichen Besitzes, aber man sah nur diese beiden Steinlöwen und dahinter die Wiese, eine sehr große Wiese mit kurzgeschnittenem grünem Gras, deren Begrenzung, ein schwarzes Eichenwäldchen, man erst in weiter Ferne erblickte: Der Himmel dahinter war mit leichten Wolken bedeckt. Nicht ein einziger Vogel sang.

Für Cosimo war diese Wiese ein bestürzender Anblick. Da er immer inmitten der dichten Vegetation Ombrosas gelebt hatte, wo er die Gewißheit besaß, daß er jeden Ort auf seinen Wegen erreichen konnte, brauchte er nur eine leere, unpassierbare Fläche vor sich zu sehen, strauchlos unter dem Himmel, um ein Schwindelgefühl zu bekommen.

Ottimo Massimo stürmte auf die Wiese und jagte davon, wie verjüngt. Cosimo pfiff von der Esche, auf der er hockte, hinter ihm her, rief ihn: »Hierher, komm zurück, Ottimo Massimo! Wohin willst du?« – aber der Hund gehorchte nicht, wandte sich nicht einmal um; er lief und lief über die Wiese, bis man nur einen fernen Strich sah: seinen Schwanz, und auch der verschwand schließlich.

Auf seiner Esche rang Cosimo die Hände. An ein Verschwinden, ein Fortbleiben des Dachshundes war er freilich gewöhnt; jetzt aber entschwand Ottimo Massimo auf dieser unüberschreitbaren Wiese; sein Fliehen wurde eins mit jener Angst, die Cosimo kurz zuvor empfunden hatte, und erfüllte sie mit einer unbestimmten Erwartung, mit der Aussicht auf etwas, was jenseits der Wiese auftauchen würde.

Er hing solchen Gedanken nach, als er Schritte unter seiner

Esche hörte. Er erblickte einen Jagdhüter, der pfeifend, mit den Händen in den Hosentaschen, daherkam. Ehrlich gesagt, bot er einen so saloppen und zerstreuten Anblick, daß er schwerlich zu jenen gefürchteten Jagdhütern gehören konnte, und doch trug er die fürstlichen Abzeichen auf seinem Rock, weshalb Cosimo sich eng an seinen Stamm schmiegte. Aber die Sorge um den Hund gewann die Oberhand; er redete den Jagdhüter an: »Heda, Sergeant, habt Ihr vielleicht einen Dachshund gesehen?«

Der schaute auf. »Ach, Ihr seid's! Der fliegende Jäger mit dem kriechenden Hund! Nein, den Dackel hab ich nicht gesehen. Hattet Ihr gute Beute heute früh?«

Cosimo hatte einen seiner wildesten Gegner erkannt und sagte: »Keine Spur! Der Hund ist mir entwischt, und ich mußte ihm bis hierher nachlaufen... Meine Flinte ist nicht geladen...«

Der Jagdhüter lachte. »Die könnt Ihr ruhig laden und schießen, soviel Ihr Lust habt! Jetzt kommt's ja nicht mehr darauf an!«

»Jetzt, wieso?«

»Jetzt, da der Fürst tot ist, kümmert sich doch keiner mehr um das Gehege.«

»Ach, er ist gestorben, das wußte ich nicht.«

»Er ist tot und liegt seit drei Monaten im Grabe. Und nun gibt's einen Streit zwischen den Erben des ersten und zweiten Betts und der jungen Witwe.«

»Hatte er denn ein drittesmal geheiratet?«

»Mit achtzig, ein Jahr vor seinem Tode, heiratete er ein Mädchen von einundzwanzig oder nicht viel älter. Welche Verrücktheit, kann man da nur sagen... Eine Frau, die nicht einen einzigen Tag mit ihm zusammen war; jetzt erst sieht sie sich seine Besitzungen an, und sie gefallen ihr nicht.«

»Wieso gefallen sie ihr nicht?«

»Nun, sie besucht einen Palazzo oder eine Burg, erscheint dort mit ihrem ganzen Hofstaat, denn ein ganzer Schwarm von Gecken ist ständig um sie her, und nach drei Tagen kommt ihr alles trist und häßlich vor, dann reist sie wieder ab. Darauf tauchen die anderen Erben auf, stürzen sich auf diesen Besitz, machen ihre Rechte geltend. Und sie: ›Ach so, dann nehmt ihn euch doch!‹ Jetzt ist sie hier im Jagdpavillon, aber ob sie hierbleiben wird? Nicht lange, glaube ich.«

»Und wo liegt der Jagdpavillon?«

»Dort drüben, hinter der Wiese, hinter den Eichen.«

»Dann ist also mein Hund dort hingelaufen...«

»Vielleicht sucht er dort Knochen... Doch mit Verlaub, mir scheint fast, daß Euer Gnaden ihn ein wenig kurzhalten«, und damit brach er in ein Lachen aus.

Cosimo antwortete nicht, blickte auf die unübersehbare Wiese und wartete auf die Rückkehr des Hundes. Während des ganzen Tages zeigte er sich nicht.

Am nächsten Morgen hockte Cosimo wieder auf seiner Esche und starrte auf die Wiese, als bliebe ihm nichts anderes übrig, seit sie ihm solchen Kummer verursacht hatte. Gegen Abend tauchte der Dachshund wieder auf; erst als ein schwaches Pünktchen auf der Wiese, das nur Cosimos scharfes Auge zu erkennen vermochte, dann kam er immer deutlicher in Sicht. »Ottimo Massimo! Hierher! Wo warst du denn?« Der Hund war stehengeblieben, schwänzelte, blickte den Herrn an, schien ihn aufzufordern, doch zu kommen, ihn zu begleiten, doch dann wurde er sich offenbar über die Entfernung klar, die er nicht überwinden konnte, wandte sich rückwärts, machte einige unsichere Schritte und kehrte schließlich um. »Ottimo Massimo! Hierher! Ottimo Massimo!« Doch der Hund lief fort, in die Wiese hinein, entschwand in der Ferne.

Später kamen zwei Jagdhüter vorbei. »Wartet Ihr noch immer auf den Hund, Euer Gnaden? Den habe ich im Pavillon gesehen, da ist er in guten Händen...«

»Wie?«

»Gewiß, die Marchesa oder die Fürstinwitwe – wir nennen sie immer noch Marchesa, denn als Mädchen war sie die

Marchesina – hat ihm einen Empfang bereitet, als wäre er immer bei ihr gewesen. Das ist ein Hund aus Nudelteig, das sag ich Ihnen, gnädiger Herr! Jetzt hat er ein weiches Nest gefunden, und da bleibt er...« Und die beiden Häscher entfernten sich grinsend.

Ottimo Massimo kam nicht mehr zurück. Cosimo hockte den ganzen Tag auf der Esche und blickte auf die Wiese, als könnte er etwas aus ihr herauslesen, was schon seit einer Weile in ihm arbeitete: den Gedanken an die Ferne, an das Unüberbrückbare, an die Erwartung, die ein ganzes Leben lang andauern kann.

21

Eines Tages hielt Cosimo Ausschau von der Esche. Die Sonne schien, ein Strahl lief über die Wiese, deren Erbsengrün sich in Smaragd verwandelte. Drüben im Schwarz des Eichenwaldes bewegte sich das Laub, und heraus sprengte ein Pferd. Auf dem Pferd saß ein Reiter, schwarzgekleidet, mit einem Mantel – nein, einem Rock; es war kein Reiter, es war eine Reiterin, sie galoppierte mit verhängten Zügeln und war blond.

Cosimos Herz begann stärker zu schlagen, und in ihm regte sich die Hoffnung, die Reiterin werde näher herankommen, bis er ihr genau ins Gesicht sehen könne, und dieses Gesicht werde schön sein. Doch neben dieser Erwartung ihres Näherkommens und ihrer Schönheit keimte noch eine dritte Erwartung, ein dritter Hoffnungszweig, der sich mit den beiden anderen verflocht, und das war das Verlangen, diese immer strahlendere Schönheit werde sein Bedürfnis, einen wohlbekannten und nahezu vergessenen Eindruck aufzufrischen, stillen, werde eine Erinnerung erwecken, von der nur ein Umriß, eine Farbe zurückgeblieben war und die mit allem übrigen wieder auftauchen oder, besser noch, in etwas Gegenwärtigem wieder erscheinen sollte.

Und während ihn solche Gedanken bewegten, fieberte er dem Augenblick entgegen, da sie sich dem Wiesensaum vor ihm, wo die Pfeiler mit den beiden Löwen emporragten, nähern würde; doch dieses Warten wurde immer schmerzhafter, da er gewahr geworden war, daß die Reiterin die Wiese nicht gradlinig, in Richtung auf den Löwen zu, sondern in der Diagonale durchquerte, so daß man annehmen mußte, sie werde bald wieder im Walde verschwinden. Schon verlor er sie fast aus den Augen, als sie plötzlich das Pferd herumriß und jetzt die Wiese auf einer anderen Diagonale durchquerte, die näher an ihn heranführte, doch drohte sie dann wieder auf der entgegengesetzten Seite der Wiese zu entschwinden.

Zugleich bemerkte Cosimo zu seinem Verdruß, daß zwei braune Pferde aus dem Walde auf die Wiese herausgetreten waren, auf denen Reiter saßen, doch suchte er sogleich diesen Gedanken zurückzudrängen und entschied, daß diese Reiter ganz belanglos waren – man brauchte ja nur zu sehen, wie sie hinter ihr hin und her irrten –; sie verdienten bestimmt keine Beachtung, und doch mußte er zugeben, daß sie ihm Ärger bereiteten.

Da war wieder die Amazone, bevor sie von der Wiese verschwand; auch diesmal wandte sie ihr Pferd um, aber nach rückwärts, so daß sie sich von Cosimo entfernte... Nein, jetzt machte das Pferd kehrt und galoppierte auf ihn zu; dieses Manöver schien eigens dazu bestimmt, die beiden umherirrenden Reiter zu verwirren, und wahrhaftig galoppierten die beiden jetzt in weiter Entfernung und hatten noch nicht begriffen, daß sie die entgegengesetzte Richtung eingeschlagen hatte.

Jetzt ging ihm wirklich alles nach Wunsch: Die Reiterin galoppierte in der Sonne; sie wirkte immer schöner, befriedigte immer mehr jenes Erinnerungsverlangen Cosimos, und das einzig Beunruhigende war ihr ständiger Zickzackkurs, der keinerlei Rückschlüsse auf ihre Absichten zuließ. Auch die beiden Reiter begriffen nicht, wohin sie eigentlich wollte; sie bemühten sich, ihren Kapriolen zu folgen, und machten viele Umwege, zeigten aber stets guten Willen und große Beflissenheit. Da, ehe Cosimo darauf gefaßt war, hatte die Dame zu Pferde den Wiesensaum vor seinen Augen erreicht; jetzt ritt sie zwischen den Pfeilern hindurch, auf denen die Löwen thronten, als wären sie ihr zu Ehren dort aufgebaut worden, wandte sich mit weit ausholender Geste – gleichsam einer Abschiedsgeste – der Wiese und allem, was dahinter lag, zu, galoppierte dann weiter, kam an der Esche vorüber, und so hatte Cosimo deutlich ihr Gesicht, ihre aufrecht auf dem Sattel sitzende Gestalt gesehn: Es war das Gesicht einer stolzen, aber zugleich kindlichen Frau; die Stirn war glücklich darüber, daß sie über solchen Augen thronen durfte, die Augen waren glücklich darüber, daß sie in solch einem Gesicht stehen durften; die Nase, der Mund, das Kinn, der Hals – alles an ihr war glücklich über alles, was sonst noch an ihr war, und alles, wahrhaftig alles, erinnerte an das kleine Mädchen, das der Zwölfjährige an dem Tage, als er auf die Bäume gestiegen war, auf der Schaukel erblickt hatte, erinnerte an Sofonisba Viola Violante d'Ondariva.

Doch durch diese Entdeckung – oder vielmehr durch die Tatsache, daß diese vom ersten Augenblick an uneingestandene Entdeckung nunmehr so weit gediehen war, daß er sie sich selbst verkünden konnte – wurde Cosimo gleichsam von einem Fieber geschüttelt; er wollte einen Lockruf ausstoßen, damit sie zur Esche emporschauen und ihn erblicken sollte, aber nur der Schnepfenruf drang ihm aus der Kehle, und sie wandte sich nicht um.

Der Schimmel galoppierte jetzt durch den Kastanienwald, und die Hufe trafen die auf dem Boden liegenden Kastanien und klopften sie auf, so daß die holzige und leuchtende Schale der Frucht zum Vorschein kam. Die Reiterin lenkte ihr Pferd bald in die eine, bald in die andere Richtung, so daß Cosimo zuweilen dachte, sie sei bereits fern und unerreichbar, um sie dann wieder, während er von Baum zu Baum sprang, überraschend zwischen den Stämmen auftauchen zu sehen; und diese Art der Fortbewegung schlug aus der Erinnerung, die in ihm glimmte, immer hellere Funken. Er hatte den Wunsch, ein Ruf, ein Zeichen seiner Gegenwart, möge sie erreichen, aber ihm kam nur der Ruf des grauen Rebhuhns über die Lippen, dem sie kein Gehör schenkte.

Die beiden Reiter, die ihr folgten, schienen erst recht nicht zu begreifen, welche Absichten sie verfolgte, welchen Weg sie wählte, und schlugen weiterhin eine falsche Richtung ein, wobei sie an Dornenbüschen hängenblieben oder im Morast mit Schlamm bespritzt wurden, während sie sicher und ungreifbar vorbeiflitzte. Von Zeit zu Zeit erteilte sie den beiden sogar gewissermaßen Befehle und spornte sie an, indem sie den Arm mit der Reitgerte emporhob oder die Schote eines Johannisbrotbaums abriß und in die Luft warf, als wollte sie damit sagen, dorthin führe der Weg. Sofort galoppierten die Reiter über Wiesen und Bachufer; sie aber hatte sich schon in eine andere Richtung gewandt und beachtete sie nicht mehr.

Sie ist's, sie ist's! dachte Cosimo immer hoffnungsfreudiger und wollte ihren Namen herausschreien, aber es kam ihm nur ein langgezogener und trauriger Laut von den Lippen, der an den Regenpfeifer erinnerte.

Es zeigte sich nun aber, daß sich dieses ganze Hin und Her, das Irreführen der Reiter und die Neckereien, rings um eine Linie bewegte, die zwar unregelmäßig und wellenförmig war, eine gewisse Planmäßigkeit jedoch nicht ausschloß. Cosimo, der diese Absicht erriet und nicht mehr an dem unmöglichen Unterfangen festhielt, der Reiterin zu folgen, sagte sich: Jetzt gehe ich an einen Ort, wohin auch sie kommen wird, wenn sie es wirklich ist! Ja, sie kann sogar nirgendwo anders hinwollen! Und so sprang er auf seinen eigenen Wegen voran und erreichte den alten verlassenen Park der Ondarivas.

Dort im Schatten, in der duftgeschwängerten Luft, wo Blätter und Hölzer von anderer Farbe und anderer Substanz waren, überwältigten ihn die Erinnerungen an seine Kindheit, und er vergaß fast die Reiterin; oder wenn er sie nicht vergaß, so sagte er sich doch, sie könnte es auch nicht sein, und Erwartung und Hoffnung auf sie könnten so intensiv sein, daß der Schein wie Wirklichkeit anmute.

Doch dann vernahm er ein Geräusch. Es war der Hufschlag des weißen Pferdes auf dem Gartenkies. Es kam durch den Garten, ging jetzt aber im Schritt, als wollte die Reiterin jede Einzelheit aufs genaueste betrachten und wiedererkennen. Von den einfältigen Reitern war nichts mehr zu hören und zu sehen: Offenbar hatte Viola es zuwege gebracht, daß sie ihre Spur völlig verloren hatten.

Er erblickte sie: Sie kam am Teich, am kleinen Pavillon, an

den Amphoren vorüber. Sie betrachtete die inzwischen riesig gewordenen Bäume mit den hängenden Luftwurzeln, die Magnolien, die sich zu einem Walde verdichtet hatten. Ihn aber, der sie mit dem Schrei des Wiedehopfes, dem Flöten der Wiesenlerche, der sie mit Tönen zu rufen suchte, die sich im lauten Gezwitscher der Vögel im Garten verloren, ihn sah sie nicht.

Sie war abgesessen, ging zu Fuß und führte das Pferd am Zügel hinter sich her. Sie erreichte die Villa, ließ das Pferd stehen, trat in die Säulenhalle. Sie begann zu rufen: »Ortensia! Gaetano! Tarquinio! Das muß weiß gestrichen werden, die Fensterläden müssen neu gefirnißt, die Wandteppiche aufgehängt werden. Und dorthin will ich den Tisch haben, dort die Konsolen, in der Mitte muß das Spinett stehen, und die Bilder müssen alle umgehängt werden!«

Cosimo bemerkte jetzt, daß dieses Haus, das seinem zerstreuten Blick eben noch genauso verlassen und unbewohnt vorgekommen war wie bisher, in Wahrheit wieder geöffnet war und von Leuten und Bediensteten wimmelte, die putzten, ausbesserten, lüfteten, Möbel zurechtrückten, Teppiche ausklopften. Viola kehrte also zurück, ließ sich wieder in Ombrosa nieder, ergriff abermals von der Villa Besitz, die sie als junges Mädchen verlassen hatte! Und wenn Cosimos Herz freudig schlug, so unterschied sich das nicht allzusehr von einem angstvollen Herzklopfen, denn wenn sie nun zurückgekehrt war und er sie so überraschend und so stolz vor Augen hatte, so konnte das bedeuten, daß er sie niemals mehr besitzen würde, nicht einmal in der Erinnerung, nicht einmal in jenem verborgenen Duft der Blätter und in der Färbung des durch das Grün hindurchscheinenden Lichts; es konnte bedeuten, daß er genötigt sein würde, sie zu meiden und damit auch die erste Erinnerung an sie als junges Mädchen aus seinem Gedächtnis zu verdrängen.

Mit solch zwiespältigem Herzklopfen sah Cosimo zu, wie sie sich inmitten der Dienerschaft bewegte, Diwane, Cembalos, Eckschränke transportieren ließ, sodann in Eile in den Garten zurückkehrte, wieder aufs Pferd stieg, während der Schwarm von Bediensteten, weiterer Befehle gewärtig, hinter ihr herlief und sie ihnen bedeutete, sie sollten die verwahrlosten Beete wieder bepflanzen, den vom Regen fortgewaschenen Kies auf den Wegen erneuern, die Korbstühle, die Schaukel wieder herbeischaffen...

Was die Schaukel anging, so bezeichnete Viola mit ausführlichen Gesten den Ast, an dem sie früher gehangen hatte und jetzt wieder hängen sollte, und wie lang ihre Seile, ihre Schwungweite sein sollten. Und während sie mit Blick und Gebärde dieses anzeigte, ging sie bis zum Magnolienbaum, auf dem ihr Cosimo einmal erschienen war. Und wahrhaftig, auf dem Magnolienbaum sah sie ihn wieder.

Sie war überrascht. Sehr überrascht. Freilich faßte sie sich gleich wieder und gab sich selbstzufrieden, wie das ihre Art war; aber im ersten Augenblick war sie doch recht verdutzt und begann zu lachen: mit Augen, Mund und einem Zahn, den sie noch genauso hatte wie als kleines Mädchen.

»Du bist's« – und dann suchte sie einen ungezwungenen Ton anzuschlagen, doch gelang es ihr nicht, ihr freudiges Interesse zu verbergen. »Ach, da bist du also seit damals hiergeblieben und bist nie heruntergekommen?«

Cosimo gelang es, die Stimme, die ihm wie ein Sperlingsruf aus der Kehle wollte, in ein »Ja, ich bin's, Viola! Erinnerst du dich noch?« zu verwandeln.

»Du hast also nie, wirklich nie, den Boden betreten?«

»Niemals!«

Worauf sie bemerkte, als hätte sie sich schon zu viel erlaubt: »Ach, siehst du, da ist es dir ja geglückt! Es war also nicht so schwer.«

»Ich habe auf deine Rückkehr gewartet...«

»Ausgezeichnet. He, ihr da, wo schleppt ihr denn diesen Vorhang hin? Laßt alles liegen, bis ich's gesehen habe!« Dann wandte sie sich ihm wieder zu. Cosimo war an jenem Tage zur

Jagd angezogen: struppig, mit Katzenfellmütze und Flinte. »Du siehst ja aus wie Robinson.«

»Hast du das Buch gelesen?« sagte er sofort, um zu zeigen, daß er auf dem laufenden war.

Viola hatte sich schon umgewandt. »Gaetanao! Ampelio! Das welke Laub! Überall sind welke Blätter!« Und zu ihm: »In einer Stunde, hinten im Park. Warte auf mich!« Und damit sprengte sie auf ihrem Pferde davon, um Weisungen zu erteilen.

Cosimo stürzte sich ins Dickicht: Am liebsten wäre es ihm gewesen, wenn es noch tausendmal dichter gewesen wäre – eine Lawine von Blättern, Zweigen, Dornen, Geißblättern und Venushaar, in die er untertauchen, versinken wollte, um erst, nachdem er ganz darin begraben war, allmählich zu begreifen, ob er eigentlich glücklich war oder wahnsinnig vor Angst.

Auf dem großen Baum hinten im Park, die Knie eng an den Ast gepreßt, las er die Zeit von einem Nürnberger Ei ab, einem Erbstück seines Großvaters mütterlicherseits, des Generals von Kurtewitz, und sagte sich: Sie wird nicht kommen! Statt dessen erschien Donna Viola nahezu pünktlich, zu Pferde; sie hielt unter dem Baume, ohne auch nur hinaufzuschauen; sie trug keinen Hut und keine Reitjacke mehr; die weiße, mit Spitzen besetzte Bluse zum schwarzen Rock wirkte nahezu klösterlich.

Während sie sich in den Steigbügeln aufstellte, reichte sie ihm eine Hand zum Baum hinauf; er half ihr, während sie auf den Sattel stieg, so daß sie den Ast erreichte; dann kletterte sie schnell hinauf, immer noch ohne ihn anzuschauen, suchte sich eine bequeme Astgabel und setzte sich. Cosimo kauerte sich ihr zu Füßen nieder, und es fiel ihm nichts anderes ein als die Frage: »Bist du wieder da?«

Viola betrachtete ihn ironisch. Sie war noch ebenso blond wie als kleines Mädchen. »Woher weißt du das?« sagte sie.

Er antwortete, ohne den Scherz zu verstehen: »Ich sah dich auf der Wiese, im Jagdgehege des Fürsten…«

»Das Gehege gehört mir. Möge es mit Brennesseln vollwachsen. Weißt du denn alles? Über mich, meine ich?«

»Nein... Erst jetzt hab ich erfahren, daß du Witwe bist...«

»Freilich bin ich Witwe.« Sie schlug sich auf den schwarzen Rock, der sich entfaltete, und begann dann herauszusprudeln: »Du weißt überhaupt nichts. Den ganzen Tag lang hockst du auf den Bäumen, um deine Nase in die Angelegenheiten anderer Leute zu stecken, und dann weißt du trotzdem nichts. Ich hab den alten Tolemaico geheiratet, weil mich meine Familie dazu gezwungen hat, jawohl: gezwungen. Sie sagten, ich kokettiere herum und könne nicht ohne Mann bleiben. Ein Jahr lang war ich Fürstin Tolemaico, und das war das langweiligste Jahr meines Lebens, auch wenn ich mit dem Alten nicht länger als eine Woche zusammengewesen bin. Nie mehr werde ich meinen Fuß in eine ihrer Burgen, ihrer Ruinen und Rattennester setzen; mögen nur die Schlangen darin nisten! Von nun an werde ich dort bleiben, wo ich als Kind gewesen bin. Natürlich nur so lange, bis es mir leid wird, dann gehe ich wieder; ich bin Witwe und kann nun endlich tun und lassen, was mir Spaß macht. Allerdings habe ich schon immer getan, was mir Spaß macht; auch den Tolemaico hab ich geheiratet, weil mir das in den Kram paßte; es stimmt nicht, daß sie mich gezwungen hätten, ihn zu nehmen: Sie wollten nur, daß ich um jeden Preis heiratete, und da hab ich dann den gebrechlichsten Freier genommen, den es gab. So werde ich früher Witwe! sagte ich mir, und jetzt bin ich's auch!«

Cosimo war fast betäubt durch diesen Schwall von Neuigkeiten und apodiktischen Behauptungen, und Viola war ihm ferner denn je: eine Kokette, eine Witwe, eine Fürstin; sie gehörte einer unerreichbaren Welt an, und alles, was ihm auf die Zunge kam, war nur: »Und mit wem hast du kokettiert?«

Und sie: »Da haben wir's! Du bist eifersüchtig. Hör zu, niemals werde ich dulden, daß du eifersüchtig wirst!«

Einen Augenblick fühlte sich Cosimo wahrhaftig wie ein

eifersüchtiger Streithahn, aber dann schoß es ihm durch den Kopf: Wie? Eifersüchtig? Aber weshalb gibt sie denn zu, daß ich eifersüchtig sein könnte? Warum sagte sie: »Niemals werde ich dulden, daß du...« Das heißt doch, sie meint, daß wir... Hochrot im Gesicht, gerührt, wollte er ihr das sagen, sie danach fragen, es herauszufinden; statt dessen war sie's, die ihm trocken die Frage stellte:

»Und was hast *du* alles getan?«

»Ach, allerhand«, begann er seinerseits zu erzählen, »ich bin auf die Jagd gegangen, auch auf Wildschweine, aber vor allem auf Füchse, Hasen, Marder und natürlich auf Drosseln und Amseln; dann sind die Piraten gekommen, die türkischen Piraten, und es hat eine große Schlacht gegeben, mein Onkel ist dabei umgekommen; viele Bücher hab ich gelesen, für mich und für einen Freund von mir, einen gehenkten Briganten; ich besitze die ganze Enzyklopädie Diderots und habe ihm auch geschrieben, und er hat mir geantwortet: aus Paris; und ich habe viel gearbeitet, Bäume beschnitten, einen Waldbrand verhütet...«

»Und wirst du mich immer lieben, unbedingt, mehr als alles andere, und alles für mich tun?«

Auf diesen Ausbruch Violas antwortete Cosimo verdutzt mit: »Ja...«

»Bist du ein Mann, der immer nur mir zuliebe auf den Bäumen gelebt hat, um mich liebenzulernen...?«

»Ja... ja...«

»Küß mich!«

Er drückte sie gegen den Stamm, küßte sie. Als er aufblickte, wurde er ihrer Schönheit gewahr, als hätte er sie noch nie zuvor gesehen. »Mein Gott, wie schön du bist...«

»Für dich«, und damit knöpfte sie ihre weiße Bluse auf. Die Brüste waren jung, mit rosa Wärzchen. Cosimo konnte sie nur eben streicheln. Viola entschlüpfte ihm über die Zweige; er kletterte hinter ihr her und hatte den Rock vor Augen.

»Aber wo bringst du mich denn hin?« fragte Viola, als

hätte er sie geführt und nicht sie ihn, während sie ihm vorauseilte.

»Dorthin«, sagte Cosimo, und nun übernahm er die Führung; bei jedem Übergang auf einen anderen Ast faßte er ihre Hand oder umklammerte ihre Taille und lehrte sie, welche Schritte sie tun mußte.

»Dort!« Jetzt schritten sie auf Ölbäumen, die sich über einem steilen Hang erhoben, und von einem ihrer Wipfel aus entdeckten sie auf einmal das Meer, das sie bisher nur stückweise zwischen Blättern und Zweigen gesehen hatten, als wäre es auseinandergesplittert: Es war ruhig, durchsichtig und weit wie der Himmel. Der Horizont öffnete sich breit und hoch, das Blau spannte sich fleckenlos, ohne ein Segel, und man konnte auf ihm das kaum angedeutete Gekräusel der Wogen ablesen. Nur eine ganz schwache Brandung lief wie ein Seufzer über die Ufersteine hinweg.

Mit fast geblendeten Augen tauchten Cosimo und Viola wieder im tiefgrünen Dunkel des Blätterdaches unter. »Dorthin!«

Auf der Ausbuchtung eines Nußbaumstammes befand sich eine muschelförmige Höhlung, die Wunde alter Axthiebe, und dort hatte Cosimo einen seiner Unterschlüpfe. Das Fell eines Wildschweins war darin ausgebreitet, und darüber hingen eine Korbflasche, ein paar Werkzeuge, eine Trinkschale.

Viola warf sich auf das Wildschweinfell. »Hast du schon andere Frauen hierhergebracht?«

Er zögerte mit der Antwort. Und Viola: »Wenn du nicht andere mitgebracht hast, so bist du kein echter Mann!«

»Ja... ein paar...«

Er erhielt eine Ohrfeige. »*So* also hast du auf mich gewartet?«

Cosimo strich sich mit der Hand über die rote Backe und wußte nicht, was er sagen sollte; sie aber schien schon wieder gut gelaunt zu sein. »Und wie waren sie? Sag mir: Wie waren sie?«

»Nicht so wie du, Viola, nicht wie du...«

»Was weißt du denn, wie ich bin, sag, was weißt du denn?«

Sie war ganz sanft geworden, und Cosimo kam durch diese plötzlichen Schwankungen aus dem Staunen nicht heraus. Er näherte sich ihr. Viola war Gold und Honig.

»Sag...«

»Sag...«

Sie erkannten sich. Er erkannte sie und sich selbst, denn in Wahrheit hatte er sich noch nie gekannt. Und sie erkannte ihn und sich selbst, denn obgleich sie sich schon immer gekannt hatte, war es ihr doch noch nie vergönnt gewesen, sich auf solche Weise zu erkennen.

22

Ihr erster Pilgergang führte sie zu jenem Baum mit der tief in die Rinde eingekerbten Inschrift, die schon so alt und verwittert war, daß sie nicht mehr wie ein Werk aus Menschenhand anmutete, und die mit ihren groben Buchstaben lautete: »*Cosimo, Viola*«, und darunter: »*Ottimo Massimo*«.

»Hier oben? Wer ist es gewesen? Und wann?«

»Ich, damals.«

Viola war gerührt. »Und was soll das heißen?« Damit deutete sie auf die Worte »Ottimo Massimo«.

»Mein Hund – deiner vielmehr. Der Dackel!«

»Turcaret?«

»Ottimo Massimo; der Name stammt von mir.«

»Turcaret! Wie hab ich geweint, als ich bei der Abfahrt bemerkte, daß sie ihn nicht in der Kutsche verstaut hatten... Ach, dich nicht mehr zu sehen, das war mir gleich, aber ich war verzweifelt, daß ich den Dackel nicht mehr hatte.«

»Ohne ihn hätte ich dich nicht wiedergefunden! Er witterte, daß du in der Nähe warst, und gab keine Ruhe, bis er dich gefunden hatte...«

»Ich hab ihn sofort erkannt, als ich ihn ganz atemlos am Pavillon ankommen sah... Die anderen sagten: ›Wo kommt der denn her?‹ – ›Aber das ist doch Turcaret! Der Dackel, den ich als Kind in Ombrosa hatte!‹ Ich beugte mich zu ihm hinunter, um seine Farbe, seine Flecken zu betrachten.«

Cosimo lachte. Sie rümpfte die Nase. »Ottimo Massimo... Welch häßlicher Name! Wo hast du denn so häßliche Namen her?« Und sofort verdüsterte sich Cosimos Miene.

Für Ottimo Massimo waren indessen Zeiten eines ungetrübten Glücks angebrochen. Sein altes, zwischen zwei Herren geteiltes Hundeherz war nun endlich zur Ruhe gekommen, nachdem er sich tagelang bemüht hatte, die Marchesa bis an die Grenzen des Jagdgeheges zu locken; zur Esche, auf der Cosimo

Wache hielt. Am Rock hatte er sie gezogen oder war mit irgendeinem Gegenstand im Maul entwischt und die Wiese hinuntergelaufen, damit sie ihn verfolgen sollte; sie aber rief: »Was willst du denn? Wohin ziehst du mich? Turcaret! Laß das! Was für einen unartigen Hund hab ich wiederbekommen!« Doch schon hatte der Anblick des Dackels die Kindheitserinnerung, das Heimweh nach Ombrosa wieder geweckt. Und sogleich hatte sie die Abreise vom fürstlichen Jagdpavillon in die Wege geleitet, um zur alten Villa mit den sonderbaren Bäumen zurückzukehren.

Nun war sie wieder da, die Viola. Für Cosimo hatte jetzt die schönste Zeit seines Lebens begonnen, und auch für sie, die auf ihrem Schimmel die Felder abritt: Kaum erspähte sie den Baron zwischen Laub und Himmel, sprang sie vom Sattel und kletterte die schiefen Stämme und die Äste empor, denn sie hatte bald die gleiche Gewandtheit erlangt wie er und konnte ihn überall erreichen.

»Ach, Viola, ich weiß nicht mehr, ich möchte wer weiß wohin klettern...«

»Zu mir«, sagte Viola leise, und er gebärdete sich darauf wie toll.

Die Liebe war für beide eine heroische Übung: Die Lust vereinte sich mit Mutproben, mit Hingabe und einer Anspannung aller Seelenkräfte. Die schwierigsten, die gewundensten, die unwegsamsten Bäume waren ihre Welt.

»Dorthin!« rief er und deutete auf eine andere Astgabel, worauf sie zusammen losstürmten, um sie zu erreichen; so wetteiferten sie in Akrobatenkünsten, die in neuen Umarmungen endeten. Sie liebten einander, über dem Abgrund hängend, stützten oder klammerten sich an Äste, und sie warf sich auf ihn, gleichsam im Fluge.

Violas verliebter Eigensinn begegnete dem Cosimos, und zuweilen kam es auch zu Zusammenstößen. Cosimo verabscheute die Verzögerungen, die Erschlaffungen, die raffinierten Perversitäten: Nichts gefiel ihm, was nicht Ausdruck natürlicher Liebe war. Die republikanischen Tugenden lagen in der Luft: Schon damals kündeten sich zugleich ausschweifende und sittenstrenge Zeiten an. Cosimo, der unersättlich Liebende, war Stoiker, Asket, Puritaner. Stets auf der Suche nach Liebesseligkeit, war er doch immer der Wollust feind. Er gelangte dazu, dem Kuß, der Liebkosung, der Wortschmeichelei, kurzum, alldem zu mißtrauen, was das Natürlich-Gesunde trübte oder zu verdrängen suchte. Es war Viola, die ihn dessen Fülle hatte entdecken lassen, und mit ihr erlebte er nie jene Traurigkeit nach dem Liebesakt, die von den Theologen verkündet wird, ja, er schrieb sogar einen philosophischen Brief über dieses Thema an Rousseau, der ihm nicht antwortete, vielleicht, weil er darüber betroffen war.

Doch Viola war eine raffinierte Frau, kapriziös, durchtrieben und mit Leib und Seele katholisch. Cosimos Liebe beglückte ihre Sinne, ließ aber ihre Launen unbefriedigt. Daraus ergaben sich Zerwürfnisse und Mißstimmigkeiten. Freilich hielt das nicht lange an; dazu waren ihr Leben, ihre Umwelt zu vielgestaltig.

Wenn sie müde waren, suchten sie ihre Zuflucht auf den Bäumen mit dem dichtesten Blätterdach: in Hängematten, die ihre Leiber wie ein zusammengerolltes Blatt umhüllten, oder in hängenden Zelten, die im Winde flatterten, oder auf gefiederten Ruhelagern. Bei solchen Vorkehrungen entfalteten sich Donna Violas Talente: Wo sie sich auch aufhielt, sie hatte die Gabe, überall Wohlbehagen, Luxus und eine komplizierte Bequemlichkeit zu schaffen; kompliziert freilich nur dem Aussehen nach, da die Marchesa das alles mit erstaunlicher Leichtigkeit zustande brachte; mußte doch jede Sache, die sie sich in den Kopf gesetzt hatte, sofort und um jeden Preis ausgeführt werden.

Auf diesem ihrem luftigen Alkoven ließen sich die Rotkehlchen nieder, um zu zwitschern, und bunte Schmetterlingspärchen, die sich verfolgten, flogen unter ihr Zelt. An Sommernachmittagen, wenn die beiden Liebenden nebeneinander eingeschlummert waren, hüpfte zuweilen ein Eichhörnchen herein, das etwas Nagbares suchte, streichelte ihre Gesichter mit dem buschigen Schwanz oder beknabberte eine große Zehe. Daraufhin schlossen sie sorgfältiger die Vorhänge; eine Familie von Haselmäusen begann jedoch das Zeltdach anzunagen, bis es über ihnen zusammenstürzte.

Es war das die Zeit gegenseitiger Enthüllungen, in der sie einander ihr Leben erzählten, einer den anderen ausfragte.

»Hast du dich einsam gefühlt?«

»Du fehltest mir!«

»Aber einsam gegenüber der sonstigen Welt?«

»Nein. Warum denn? Ich hatte immer etwas zu tun, was mich mit anderen zusammenbrachte: Ich pflückte Obst, stutzte die Bäume, trieb Philosophie mit dem Abbé, kämpfte mit den Piraten. Ist das nicht bei allen Menschen das gleiche?«

»Du allein bist so. Deshalb liebe ich dich.«

Doch der Baron hatte noch nicht entdeckt, was Viola von ihm hinnahm und was nicht. Zuweilen genügte eine Lappalie, ein Wort, ein Ton, den er anschlug, um ihren Zorn zu erregen. Beispielsweise sagte er: »Mit Gian dei Brughi las ich Romane, mit dem Cavaliere schmiedete ich Pläne für den Wasserbau...«

»Und mit mir?«

»Mit dir schlafe ich... Es ist wie das Baumstutzen, das Obstsammeln...«

Sie schwieg, versteinert. Sofort bemerkte Cosimo, daß er ihren Zorn erregt hatte: Ihre Augen waren auf einmal zu Eis geworden.

»Wieso, was ist denn, Viola, was hab ich gesagt?«

Sie war so fern, als hätte sie ihn nicht gesehen, nicht gehört, hundert Meilen von ihm fort, mit marmorblassem Gesicht.

»Aber nicht doch, Viola, was ist denn, warum, so hör doch...«

Viola erhob sich, und behend, ohne daß sie seiner Hilfe bedurfte, begann sie, vom Baum hinunterzusteigen.

Cosimo hatte noch nicht begriffen, was für einen Fehler er begangen hatte, er hatte noch nicht darüber nachdenken können; vielleicht war es ihm auch lieber, überhaupt nicht darüber nachzudenken, es nicht zu begreifen, damit er besser seine Unschuld verkünden konnte: »Aber nein, du hast mich vielleicht nicht verstanden, Viola, hör doch...« Er folgte ihr bis zum untersten Ast: »Viola, geh doch nicht fort, nicht so, Viola...«

Jetzt sagte sie etwas, aber zum Pferde, das sie erreicht hatte und losband; sie schwang sich darauf, und fort war sie.

Cosimo fing an, verzweifelt von einem Baume zum anderen zu springen. »Nein, Viola, sag doch, Viola!«

Sie war fortgaloppiert. Er folgte ihr auf den Zweigen. »Ich flehe dich an, Viola, ich liebe dich!« Doch er sah sie nicht mehr. Er warf sich auf die unsicheren Äste, machte gewagte Sprünge. »Viola, Viola!«

Als er sicher war, daß er sie verloren hatte, und sein Schluchzen nicht mehr zurückhalten konnte – sieh da, jetzt kam sie wieder angetrabt, ohne aufzublicken.

»Schau doch, schau, Viola, was ich mache!« – und damit rannte er barhäuptig mit dem Schädel, der freilich sehr hart war, gegen einen Baumstamm an. Sie schaute nicht einmal hin. Sie war schon weit fort.

Cosimo wartete, bis sie auf ihrem Zickzackritt zwischen den Bäumen zurückgekehrt war.

»Viola! Ich bin verzweifelt!« – und damit stürzte er sich, den Kopf voran, nach unten ins Leere, wobei er sich mit den Beinen an einem Ast festklammerte und mit den Fäusten auf Haupt und Gesicht einhämmerte. Oder er begann in seiner Zerstörungswut Zweige zu zersplittern; eine belaubte Ulme sah in wenigen Augenblicken kahl und entblättert aus, als wäre ein Hagelsturm über sie hinweggegangen.

Niemals drohte er jedoch, sich umzubringen, überhaupt stieß er niemals eine Drohung aus; Gefühlsaufwallungen waren nicht seine Sache. Wenn ihm danach war, etwas zu tun, so tat er es und kündigte es erst an, während er es schon ausführte, nicht vorher.

Nach einer Weile war Donna Violas Zorn ebenso überraschend verraucht, wie er entstanden war. Hatte es zuerst den Anschein gehabt, daß alle Rasereien Cosimos sie völlig kaltließen, so entbrannte sie nun auf einmal vor Mitleid und Liebe. »Nein, Cosimo, Lieber, warte auf mich!« Schon sprang sie vom Sattel, stürzte auf einen Stamm zu, um ihn zu erklettern, während er ihr aus der Höhe hilfreich die Arme entgegenstreckte.

Die Liebe kehrte mit einer Gewalt zurück, die der des vorherigen Streites nicht nachstand. Sie waren in der Tat ein und dasselbe, aber Cosimo begriff davon nichts.

»Warum tust du mir so weh?«

»Weil ich dich liebe.«

Jetzt war er es, der ergrimmte. »Nein, du liebst mich nicht! Wer liebt, will die Freude, nicht den Schmerz.«

»Wer liebt, will nur die Liebe, sei's auch um den Preis des Schmerzes.«

»Dann läßt du mich also absichtlich leiden?«

»Ja, um zu sehen, ob du mich liebst.«

Der Baron weigerte sich, ihr in diesen Überlegungen zu folgen. »Der Schmerz ist ein negativer Zustand der Seele.«

»Die Liebe ist alles.«

»Der Schmerz muß immer bekämpft werden.«

»Die Liebe gibt sich allem hin.«

»Gewisse Dinge werde ich niemals zugeben.«

»Du gibst sie ja doch zu, denn du liebst mich und leidest.«

Cosimos unbezähmbare Freude machte sich ebenso ungestüm Luft wie seine Verzweiflung. Mitunter steigerte sich seine Glückseligkeit so sehr, daß er sich von seiner Geliebten losreißen mußte, um einherzuspringen und zu schreien und die Wunder seiner Dame zu verkünden: »Yo quiero the most wonderful puellam de todo el mundo!«

Die Leute, die auf den Schemeln Ombrosas herumsaßen, die Tagediebe und alten Matrosen hatten sich nachgerade an sein plötzliches Auftauchen gewöhnt. Dort drüben sah man ihn auf den Buchen heranspringen, während er deklamierte:

> »Zu dir, zu dir, gunàika,
> Vo cercando il mio ben,
> En la isla de Jamaica,
> Du soir jusqu'au matin.«

Oder auch:

> »Il y a un pré where the grass grows toda de oro
> Take me away, take me away, che io ci moro!«

Darauf verschwand er.

Seine Kenntnisse der klassischen und neueren Sprachen waren eigentlich nicht bedeutend, aber groß genug, daß er seine Empfindungen laut verkünden konnte; seine Sprache wurde dabei um so dunkler, je leidenschaftlichere Gefühle ihn bewegten. Man weiß noch, wie die Einwohner Ombrosas einmal auf dem Marktplatz versammelt waren, um mit Maibaum, Girlanden und Fahne das Fest ihres Schutzpatrons zu begehen. Der Baron erschien plötzlich im Wipfel einer Platane, erreichte dann mit einem jener Sprünge, wie sie nur seiner akrobatischen Behendigkeit glückten, den Maibaum, kletterte bis zur Spitze empor, rief: »Que viva die schöne Venus posteriòr!«, rutschte den eingeseiften Pfahl bis fast auf den Boden hinunter, hielt inne, kletterte schnell wieder hinauf, riß einen rötlichen runden Käse von der Siegestrophäe ab, gelangte mit einem seiner Sprünge wieder auf die Platane und enteilte, während die Ombrosaner verdutzt zurückblieben.

Die Marchesa war über nichts so glücklich wie über solch einen Überschwang seiner Gefühle, den sie ihm durch ebenso stürmische Liebesbezeigungen vergalt. Wenn die Ombrosaner sie mit losem Zügel galoppieren sahen, während ihr Gesicht beinahe unter der weißen Mähne ihres Pferdes verschwand,

314

dann wußten sie bereits, daß sie zu einem Stelldichein mit dem Baron unterwegs war. Auch im Reiten äußerte sich ihre Liebeskraft, doch hier konnte ihr Cosimo nicht folgen; obwohl er ihre Leidenschaft, zu Pferde zu sitzen, sehr bewunderte, war sie ihm daher zugleich ein geheimer Anlaß zu Groll und Eifersucht; denn er sah Viola eine Welt beherrschen, die umfassender war als die seine, und mußte begreifen, daß er sie niemals für sich allein besitzen, sie nie innerhalb der Grenzen seines Reiches einschließen konnte. Die Marchesa ihrerseits litt vielleicht darunter, daß sie nicht zugleich Geliebte und Reiterin sein konnte: Zuweilen verspürte sie das unbestimmte Bedürfnis, ihrer beider Liebe in eine Liebe zu Pferde zu verwandeln; das Laufen auf den Bäumen genügte ihr nun nicht mehr, lieber wäre sie auf ihrem Roß einhergaloppiert.

Und da das Pferd ein Gelände mit so vielen Steigungen und Abstürzen durchlaufen mußte, war es wahrhaftig so behend geworden wie ein Rehbock; auch ließ es Viola jetzt gegen bestimmte Bäume anlaufen, wie zum Beispiel gegen alte Ölbäume mit schiefem Stamm. Mitunter erreichte das Pferd die erste Astgabel, und sie gewöhnte sich daran, es nicht mehr am Boden, sondern oben an einem solchen Ölbaum anzubinden. Sie stieg dann ab und ließ es Blätter und Zweiglein abweiden.

Als daher ein Klatschbruder, der durch das Olivenwäldchen ging und neugierig hinaufschaute, dort droben Baron und Marchesa in einer Umarmung erblickte und später, nachdem er die Geschichte zum besten gegeben hatte, hinzufügte: »Und der Schimmel hockte gleichfalls auf einem Ast!«, hielten ihn alle für einen Phantasten, und keiner schenkte ihm Glauben. So blieb das Geheimnis der Liebenden auch diesmal gewahrt.

23

Der Vorgang, den ich soeben berichtet habe, ist ein Beweis dafür, daß die Ombrosaner in dem Maße, wie sie sich früher in Klatschereien über das ehemals galante Leben meines Bruders ergangen hatten, nunmehr angesichts dieser Leidenschaft, die sich sozusagen über ihren Köpfen entlud, ehrerbietige Zurückhaltung übten. Freilich fehlte es nicht an Vorwürfen wegen des Verhaltens der Marchesa, doch ging es dabei mehr um das Äußere der Sache: etwa jenes halsbrecherische Galoppieren (»Wer weiß, was sie hinterher treiben wird, da sie solche Eile hat!« hieß es, obwohl jeder genau wußte, daß sie zu einem Stelldichein mit Cosimo unterwegs war) oder um den Hausrat, den sie auf die Baumwipfel beförderte. Darin drückte sich bereits eine Haltung aus, die das alles nur für eine Modelaune des Adels hielt, für eine seiner vielen Wunderlichkeiten (»Alles hockt jetzt auf den Bäumen: Frauen wie Männer. Fällt ihnen denn nichts Besseres mehr ein?«); kurzum, es war schon eine Zeit im Kommen, die vielleicht duldsamer, aber auch heuchlerischer werden sollte.

Auf den Eichen am Marktplatz zeigte sich der Baron jetzt nur noch gelegentlich, und das war immer ein Zeichen dafür, daß Viola abgereist war. Denn sie war zuweilen monatelang fern, um ihre in ganz Europa verstreuten Güter zu betreuen; zu diesen Ausbrüchen kam es jedoch immer in Augenblicken, in denen ihre Beziehungen gespannt waren und die Marchesa sich gekränkt zeigte, weil Cosimo nicht begriff, was sie ihm von der Liebe beibringen wollte. Freilich verließ Viola ihn nicht im Streit. Es gelang ihnen immer, noch vorher Frieden zu schließen, doch blieb bei ihm der Verdacht zurück, daß sie sich zu der Reise entschlossen hatte, weil sie seiner überdrüssig war, weil er es nicht zuwege brachte, sie festzuhalten; es konnte ja sein, daß sie sich nunmehr von ihm loslöste, daß ein Reiseerlebnis oder ruhige Überlegung sie dazu bewogen, nicht mehr zurückzukehren. So lebte mein Bruder in Angst. Zwar war er bemüht, das gewohnte Leben, das er vor ihrer Begegnung geführt hatte, wiederaufzunehmen; er ging also wieder auf die Jagd, auf Fischfang, kümmerte sich um die Landarbeiten, um seine Studien, bramarbasierte auf dem Marktplatz, als hätte er nie etwas anderes getan (der jugendliche Hochmut und Eigensinn, der nicht zugeben will, daß man fremden Einflüssen unterliegt, war noch in ihm lebendig), auch fand er Gefallen daran, daß diese Liebe seinen Eifer, seinen Stolz anspornte; andererseits aber wurde er gewahr, daß ihm so vieles gleichgültig geworden war, daß ohne Viola das Leben seine Würze verloren hatte, daß seine Gedanken immer zu ihr wanderten. Je mehr er sich anstrengte, außerhalb des Wirbels, den Violas Gegenwart hervorrief, Leidenschaften und Gelüste wieder in die Gewalt zu bekommen, sie einer weisen geistigen Ökonomie zu unterwerfen, um so stärker spürte er die Leere, die sie zurückgelassen hatte, oder das Fieber, das mit ihrer Erwartung verbunden war. Kurzum, sein verliebter Zustand war genau so, wie Viola ihn haben wollte, nicht wie er selbst ihn sich wünschte; die Frau blieb immer Siegerin, mochte sie auch fern sein, und wider Willen begann er das schließlich zu genießen.

Ganz plötzlich kehrte dann die Marchesa zurück. Auf den Bäumen kam es nun wieder zu Liebesbegegnungen, aber auch zu Eifersuchtsszenen. Wo war Viola gewesen? Was hatte sie getrieben? Cosimo lag alles daran, es zu erfahren, aber zugleich ängstigte ihn die Art und Weise, wie sie seine Fragen beantwortete; sie erging sich immer nur in Andeutungen, und jede Andeutung war dazu angetan, in Cosimo einen Verdacht aufsteigen zu lassen. Es war ihm klar, daß sie ihn damit quälen wollte, und doch konnte alles auch auf Wahrheit beruhen: In solcher Ungewißheit verbarg sich zuweilen seine Eifersucht und ließ sie dann wieder stürmisch hervorbrechen; Viola ihrerseits reagierte auf diese seine Regungen auf stets verschiedene und unvorhersehbare Weise, so daß er bald meinte, sie sei ihm tiefer verbunden denn je, bald daran zweifelte, sie wieder entflammen zu können.

Welch ein Leben nun die Marchesa in Wahrheit auf ihren Reisen führte, davon konnten wir uns in Ombrosa keine Vorstellung machen, lebten wir doch fern von den Hauptstädten und ihrem Klatsch. In jene Zeit fiel jedoch meine zweite Pariser Reise, bei der es sich um bestimmte Geschäfte handelte (eine Zitronenlieferung, denn nunmehr begannen auch viele Edelleute Handel zu treiben und ich als einer der ersten).

Eines Abends traf ich Donna Viola in einem der berühmtesten Pariser Salons. Wenn ich sie trotz ihrer Aufmachung, ihrer prächtigen Coiffüre, ihres berückenden Kleides sofort wiedererkannte, ja schon beim ersten Anblick zusammenfuhr, so lag das daran, daß man diese Frau wahrhaftig mit keiner anderen verwechseln konnte.

Sie begrüßte mich gleichmütig, fand indessen bald Gelegenheit, mich beiseite zu nehmen und sich, ohne daß sie die Antwort zwischen zwei Fragen abgewartet hätte, zu erkundigen: »Haben Sie Nachrichten von Ihrem Bruder? Reisen Sie bald nach Ombrosa zurück? Hier, geben Sie ihm dies als Andenken von mir!« Damit zog sie ein seidenes Taschentuch aus ihrem Busen und drückte es mir in die Hand. Sodann ließ sie sich gleich wieder vom Schwarm der Verehrer einholen, die sich an ihre Spur geheftet hatten.

»Kennen Sie die Marchesa?« fragte mich leise ein Pariser Freund.

»Nur flüchtig«, erwiderte ich, und das traf zu. Wenn sich Donna Viola in Ombrosa aufhielt, war sie von Cosimos Menschenscheu angesteckt; daher lag ihr nichts an einem Verkehr mit den Adelsfamilien der Nachbarschaft.

»Man erlebt nur selten, daß sich so viel Schönheit mit so viel Unrast paart!« bemerkte mein Freund. »Die Klatschmäuler wollen wissen, daß sie in Paris aus den Armen des einen Liebhabers in die des nächsten überwechselt, und zwar in so regelmäßigem Reigen, daß sich keiner erlauben kann, sie sein zu nennen und sich für bevorzugt auszugeben. Von Zeit zu Zeit aber verschwindet sie monatelang, und es heißt, sie ziehe sich dann in ein Kloster zurück, um sich mit Bußübungen zu kasteien.«

Ich konnte kaum ein Lachen unterdrücken, als ich sah, daß die Aufenthalte der Marchesa auf den Bäumen Ombrosas von den Parisern für Perioden der Buße gehalten wurden, zugleich aber bekümmerten mich diese Klatschereien, da ich traurige Zeiten für meinen Bruder kommen sah.

Um ihn vor üblen Überraschungen zu bewahren, wollte ich ihn warnen; ich suchte ihn daher auf, sobald ich nach Ombrosa zurückgekehrt war. Er erkundigte sich eingehend nach meinen Reiseerlebnissen, nach Neuigkeiten aus Frankreich, aber es gelang mir nicht, ihm irgendein politisches oder literarisches Ereignis zu berichten, über das er nicht schon informiert gewesen wäre.

Schließlich zog ich Donna Violas Taschentuch hervor. »In einem Pariser Salon hab ich eine Dame getroffen, die dich kennt; sie gab mir dies für dich mit ihren Grüßen.«

Er ließ schnell das an einer Schnur hängende Körbchen hinunter, zog damit das seidene Taschentuch herauf und führte es ans Gesicht, als wolle er seinen Duft einatmen.

»Ach, hast du sie gesehen? Und wie war sie? Sag mir, wie war sie?«

»Eine schöne und strahlende Erscheinung«, erwiderte ich bedächtig, »aber man erzählt sich, daß viele Nasen diesen Duft genießen...«

Er preßte das Taschentuch an die Brust, als befürchtete er, man könnte es ihm entreißen. Mit hochrotem Kopf kehrte er sich mir wieder zu. »Und du hattest keinen Degen, um diese Lügen dem, der sie dir auftischte, wieder in den Hals hineinzujagen?«

Ich mußte ihm gestehen, daß mir dieser Gedanke nicht gekommen war.

Er schwieg eine Weile. Dann zuckte er die Achseln. »Alles Lügen! Ich allein weiß, daß sie nur mir gehört!«, und damit entschwand er zwischen den Zweigen, ohne sich zu verabschieden. Ich erkannte darin seine gewohnte Art, alles von sich zu weisen, was ihn gezwungen hätte, seine Welt zu verlassen.

Von diesem Augenblick an sah man ihn stets traurig und ungeduldig; untätig sprang er hin und her, und wenn man ihn mitunter mit den Amseln um die Wette pfeifen hörte, so brachte er doch nur ein düsteres und nervöses Piepen hervor.

Die Marchesa kehrte zurück. Wie immer fand sie Gefallen an Cosimos Eifersucht; teils stachelte sie sie noch an, teils machte sie sich darüber lustig. So begannen die schönen Tage der Liebe von neuem, und mein Bruder war glücklich. Indessen ließ sich die Marchesa jetzt keine Gelegenheit entgehen, um Cosimo vorzuwerfen, daß er von der Liebe eine zu enge Vorstellung habe.

»Was meinst du damit? Daß ich eifersüchtig bin?«

»Du kannst ruhig eifersüchtig sein! Du willst aber deine Eifersucht der Vernunft unterwerfen!«

»Allerdings. Dadurch wird sie wirksamer.«

»Du überlegst zuviel. Weshalb braucht es denn Überlegung bei der Liebe?«

»Um dich noch mehr zu lieben! Alles, was mit Überlegung getan wird, gewinnt dadurch noch an Macht.«

Du lebst auf den Bäumen und hast die Mentalität eines gichtkranken Notars.«

»Bei den kühnsten Unternehmungen ist ein möglichst schlichter Sinn vonnöten.«

Auf diese Weise pflegte er noch weitere Sentenzen von sich zu geben, bis sie vor ihm die Flucht ergriff. Dann jagte er hinter ihr her, verzweifelt, raufte sich die Haare.

In jenen Tagen ging in unserer Bucht ein englisches Admirals-schiff vor Anker. Der Admiral gab ein Fest für die Prominenz Ombrosas und die Offiziere der anderen zu Besuch weilenden Schiffe; auch die Marchesa nahm daran teil. Seit jenem Abend empfand Cosimo von neuem die Qualen der Eifersucht. Zwei Offiziere, die zwei verschiedenen Schiffen angehörten, ver-liebten sich in Donna Viola: Man sah sie ständig an Land, wo sie der Dame den Hof machten und bemüht waren, sich in Aufmerksamkeiten zu überbieten. Der eine war Leutnant zur See des englischen Admiralsschiffes; der andere war gleichfalls Leutnant zur See, aber von der neapolitanischen Flotte. Die beiden Offiziere, die sich zwei Pferde gemietet hatten, ritten vor der Terrasse der Marchesa auf und ab, und wenn sie einander begegneten, fixierte der Neapolitaner den Engländer mit rollenden Augen, als hätte er ihn in ein Häuflein Asche verwandeln wollen, während aus den halbgeschlossenen Li-dern des Engländers ein Blick so scharf wie eine Degenspitze hervorschoß.

Und Donna Viola? Erlaubte sich nicht dieses kokette Frau-enzimmer, zu Hause zu sitzen und im Morgenrock ans Fenster zu treten, als wäre sie eine frischgebackene junge Witwe, die eben erst ihre Trauer abgelegt hatte? Seit Cosimo sie nicht mehr bei sich auf den Bäumen hatte, seit er nicht mehr den Galopp des Schimmels nahen hörte, gebärdete er sich wie närrisch, und schließlich bezog auch er vor jener Terrasse Posten, um die beiden Marineoffiziere im Auge zu behalten.

Er grübelte darüber nach, wie er seinen beiden Rivalen einen Streich spielen könnte, damit sie so schnell wie möglich auf ihre Schiffe zurückkehrten, aber als er bemerkte, daß Viola das Hofieren des einen wie des anderen gleichermaßen zu schätzen schien, begann er wieder zu hoffen, sie wolle sich lediglich über die beiden lustig machen, und über ihn selbst dazu. Er erlahmte deshalb nicht in seiner Wachsamkeit: Sollte sie irgendwie zu erkennen geben, daß sie einen von ihnen bevor-zugte, war er bereit einzugreifen.

Da kommt eines Morgens der Engländer vorbei. Viola ist am Fenster. Sie lächeln einander an. Die Marchesa läßt ein Briefchen fallen. Der Offizier fängt es im Fluge auf, verneigt sich mit rotem Kopf und sprengt davon. Ein Stelldichein! Also war der Engländer der Glückliche! Cosimo gelobt sich, ihn bis zum Abend nicht in Frieden zu lassen. Derweil kommt der Neapolitaner vorbei. Auch ihm wirft Viola ein Briefchen zu. Der Offizier liest es, führt es an die Lippen und drückt einen Kuß darauf. So hielt er sich für den Auserwählten? Und was war dann mit dem anderen? Gegen wen sollte Cosimo nun vorgehen? Sicherlich hatte Donna Viola einem von ihnen ein Rendezvous versprochen; mit dem anderen hatte sie offenbar nur eine ihrer Possen getrieben! Oder wollte sie alle beide zum besten halten?

Was nun den Ort des Stelldicheins anging, so richtete sich Cosimos Verdacht auf einen Pavillon an einer entlegenen Stelle des Parks. Kurz zuvor hatte ihn die Marchesa wieder instand setzen lassen, und Cosimo war vor Eifersucht vergangen, weil sie nun nicht mehr Zelte und Diwane auf die Baumwipfel beförderte: Jetzt galt ihr Interesse nur Orten, die er niemals betreten würde. Ich werde den Pavillon überwachen! sagte sich Cosimo. Hat sie wirklich mit einem der beiden Offiziere ein Rendezvous verabredet, so kann es nur hier sein! Er versteckte sich daher im Laub einer indischen Kastanie.

Kurz vor Sonnenuntergang hörte man Pferdegalopp. Es war der Neapolitaner. Jetzt provoziere ich ihn! denkt Cosimo und schießt mit einer Schleuder ein Kügelchen Eichhörnchenkot nach ihm, das ihn im Nacken trifft. Der Offizier zuckt zusammen, schaut um sich. Cosimo beugt sich vom Ast hinunter und erblickt auf der anderen Seite der Hecke den englischen Leutnant, der sich vom Sattel schwingt und sein Pferd an einen Pfosten bindet. Dann ist er es also; vielleicht kam der andere nur zufällig vorbei! Und so trifft er ihn mit Eichhörnchenkot auf die Nase.

»Who's there?« sagt der Engländer und will gerade über die

Hecke steigen, als er sich dem Neapolitaner gegenübersieht, der wie er selbst vom Pferde gestiegen ist und ihm ebenfalls zuruft: »Wer ist da?«

»I beg your pardon, Sir«, sagt der Engländer, »aber ich muß Sie bitten, diesen Ort sofort zu verlassen!«

»Wenn ich mich hier befinde, so ist das mein gutes Recht«, erklärt der Neapolitaner, »ich bitte Euer Gnaden, sich wegzuscheren!«

»Kein Recht kommt an meines heran«, erwidert der Engländer. »I'm sorry, ich kann Ihnen nicht gestatten, hier zu bleiben!«

»Das ist eine Ehrenfrage«, erklärt der andere, »auch mein Familienname zeugt dafür: Salvatore di San Cataldo di Santa Maria Capua Vetere, von der Flotte des Königreichs beider Sizilien!«

»Sir Osbert Castlefight, dritter seines Namens«, stellt sich der Engländer vor. »Meine Ehre gebietet, daß Sie das Feld räumen!«

»Nicht bevor ich Sie mit diesem Degen verjagt habe!«, und damit zieht er ihn aus der Scheide.

»Herr, wollen Sie sich schlagen?« sagt Sir Osbert und setzt sich in Positur.

Sie fechten.

»Hier wollte ich Sie haben, Kollege, und nicht erst seit heute!« ruft der Neapolitaner und dringt mit einer Quart auf den anderen ein.

Darauf Sir Osbert, während er den Hieb pariert: »Seit geraumer Zeit verfolge ich ihr Treiben, Leutnant, und war darauf schon gefaßt!«

Die beiden Leutnants zur See, die gleichstark waren, überboten einander in Ausfällen und Finten. Sie waren gerade richtig in Feuer geraten, als – »Hört auf, um Himmels willen!« – Donna Viola auf der Schwelle des Pavillons erschien.

»Marchesa, dieser hier...«, rufen die beiden Leutnants

gleichzeitig, während jeder seinen Degen senkt und auf den anderen deutet.

Und Donna Viola: »Meine lieben Freunde! Tut eure Degen weg, ich bitte euch! Wie könnt ihr denn eine Dame so erschrecken? Ich hatte eine Vorliebe für diesen Pavillon, weil es der ruhigste und verborgenste Ort im Park ist, und kaum bin ich dort eingenickt, da weckt mich schon euer Waffengetöse!«

»Aber Mylady«, sagt der Engländer, »hattet Ihr mich denn nicht eingeladen?«

»Ihr wart doch hier, um mich zu erwarten, Signora!« sagt der Neapolitaner.

Aus Donna Violas Kehle drang leises Lachen wie das Schwirren einer Vogelschwinge. »Ach ja, ich hatte Sie eingeladen... oder auch Sie... Mein armer Kopf ist so verwirrt... Nun, worauf wartet ihr denn noch? Kommt doch herein und macht es euch bitte bequem!«

»Mylady, ich meinte, es handelte sich um eine Einladung an mich allein. Ich habe mich getäuscht. Ich bitte, mich empfehlen zu dürfen.«

»Ich wollte das gleiche sagen und mich verabschieden.«

Die Marchesa lachte. »Meine lieben Freunde... meine lieben Freunde... ich bin ja so zerstreut... Ich dachte, ich hätte Sir Osbert zu einer Stunde und Don Salvatore zu einer anderen eingeladen... Ach nein, entschuldigt bitte: zur gleichen Stunde, aber an verschiedenen Orten... Ach nein, wie wäre denn das möglich?... Na schön, da ihr nun einmal beide gekommen seid – weshalb können wir uns denn nicht zusammensetzen und uns gesittet unterhalten?«

Die beiden Leutnants schauten einander an, dann blickten sie auf Donna Viola. »Sollen wir das so verstehen, Marchesa, daß Ihr Euch nur deshalb den Anschein gebt, als schenktet Ihr unseren Aufmerksamkeiten Beachtung, um uns beide zum Narren zu halten?«

»Aber wieso denn, meine guten Freunde?... Im Gegenteil,

ganz im Gegenteil . . . Euer Eifer konnte mich nicht gleichgültig lassen . . . Ihr seid mir beide so teuer . . . Das ist ja mein ganzer Kummer . . . Wollte ich die Eleganz Sir Osberts wählen, so müßte ich Euch verlieren, mein leidenschaftlicher Don Salvatore . . . Und würde ich mich für den feurigen Leutnant di San Cataldo entscheiden, so müßte ich auf Euch verzichten, Sir! Ach, weshalb sollte es denn nicht möglich sein . . . weshalb sollte . . . «

»Was sollte möglich sein?« fragten die beiden Offiziere wie aus einem Munde.

Und Donna Viola neigte den Kopf. »Weshalb sollte es nicht möglich sein, daß ich euch beiden zugleich gehöre . . . ?«

Droben auf der indischen Kastanie hörte man Äste krachen. Es war Cosimo, der nicht mehr an sich halten konnte.

Doch die beiden Leutnants zur See waren so bestürzt, daß sie ihn nicht hörten. Sie wichen gemeinsam einen Schritt zurück.

»Das niemals, Signora!«

Die Marchesa hob ihr schönes Antlitz und zeigte ihr strahlendstes Lächeln. »Nun gut, ich werde dem ersten von euch beiden gehören, der aus Liebe zu mir – um mir in allem zu Gefallen zu sein – bereit ist, mich mit dem Rivalen zu teilen!«

»Signora . . . «

»Mylady . . . «

Die beiden Leutnants verneigten sich vor Viola mit einer trockenen Abschiedsgeste, wandten sich einander zu, reichten einander die Hand und drückten sie.

»I was sure, you were a gentleman, Signor Cataldo«, sagte der Engländer.

»Auch ich habe Sie stets für einen Ehrenmann gehalten, Mr. Osberto«, sagte der Neapolitaner.

Sie kehrten der Marchesa den Rücken und schritten auf ihre Pferde zu.

»Liebe Freunde! Warum seid ihr denn beleidigt . . . Ihr Dummköpfe . . . !« sagte Viola, aber die beiden Offiziere hatten bereits den einen Fuß im Steigbügel.

Das war der Augenblick, den Cosimo im Vorgefühl der Rache, die er vorbereitet hatte, schon seit langem erwartete: Nunmehr würden die beiden eine recht schmerzhafte Überraschung erleben. Nur daß er jetzt auf einmal mit ihnen ausgesöhnt war, als er sah, in welch männlicher Haltung sie sich von der anmaßenden Marchesa verabschiedeten! Doch war es zu spät, um das schreckliche Instrument der Rache zu entfernen. In Sekundenschnelle entschloß er sich, sie zu warnen. »Halt!« schrie er von seinem Baume. »Setzt euch nicht auf den Sattel!«

Die beiden Offiziere blickten empört zu ihm hinauf. »What are you doing thereup? Was machen Sie denn da oben? Was erlauben Sie sich? Come down!«

Hinter ihnen war Donna Violas Gelächter zu hören – eines ihrer Gelächter, das wie Vogelschwirren klang.

Die beiden waren betroffen. Offenbar hatte ein Dritter die ganze Szene mit angesehen. Die Lage wurde dadurch noch verworrener.

»In any way«, sagte der eine zum andern, »wir beide halten zusammen!«

»Bei unserer Ehre!«

»Keiner von uns wird jemals bereit sein, Mylady mit irgend jemandem zu teilen!«

»Nie im Leben!«

»Wenn aber einer von uns sich doch entschließt einzuwilligen...«

»Auch dann halten wir zusammen! Wir geben unsere Einwilligung nur gemeinsam!«

»Einverstanden! Und jetzt los...«

Nach diesem neuen Zwiegespräch biß sich Cosimo vor Wut in den Finger, weil er versucht hatte, die Ausführung seiner Rache zu verhindern. So möge sie denn ihren Lauf nehmen! Damit verschwand er unter dem Blätterdach. Die beiden Offiziere schwangen sich aufs Pferd. Jetzt schreien sie gleich, dachte Cosimo und hielt sich die Ohren zu. Es ertönte ein zweifacher Schrei. Die beiden Leutnants hatten sich jeder auf einen Igel gesetzt, der unter der Satteldecke verborgen war.

»Verrat!« Mit diesem Ruf landeten sie auf dem Boden, in einem wahren Wirbel von Sprüngen, Schreien und kreisenden Bewegungen: Es sah so aus, als wollten sie sich gegen die Marchesa wenden.

Donna Viola indessen war noch entrüsteter als ihre Verehrer und rief hinauf: »Du boshafter großer Affe, abscheulicher!« Zugleich stürmte sie auf den Stamm der indischen Kastanie zu und entschwand so schnell den Augen der Offiziere, daß beide meinten, die Erde habe sie verschlungen.

Zwischen den Zweigen sah sich Viola Cosimo gegenüber. Sie schauten einander mit flammenden Augen an, und dieser Zorn verlieh ihnen eine Art Reinheit, etwas Erzengelhaftes. Man hätte meinen können, im nächsten Augenblick würden sie sich gegenseitig in Fetzen reißen, als die Frau plötzlich ausrief: »O mein Lieber! So, so gefällst du mir – du Eifersüchtiger, Unerbittlicher!« Schon hielt sie seinen Hals umschlungen; sie umarmten einander, und Cosimo hatte alles andere vergessen...

Dann wand sie sich in seinen Armen, löste ihr Gesicht von dem seinen und sagte wie in Gedanken: »Aber hast du gesehen, wie sehr auch die beiden mich lieben? Sie sind bereit, mich unter sich zu teilen...«

Es schien fast, als wollte sich Cosimo auf sie stürzen, dann reckte er sich zwischen den Ästen empor, biß in die Blätter, stieß mit dem Kopf gegen den Baumstamm. »Sie sind nichts als Geschmei–eiß...!«

Viola hatte ihre steinerne Miene aufgesetzt und war vor ihm zurückgewichen. »Du hast noch viel von ihnen zu lernen!« Sie wandte sich um, stieg schnell vom Baum hinunter.

Die beiden Verehrer hatten ihren früheren Streit begraben und keinen anderen Ausweg gefunden, als sich geduldig gegenseitig die Stacheln herauszusuchen. Donna Viola unterbrach sie bei dieser Beschäftigung. »Schnell! Steigt in meine

Kutsche!« Sie verschwanden hinter dem Pavillon. Der Wagen fuhr ab. Auf der indischen Kastanie barg Cosimo sein Gesicht in den Händen.

Nunmehr begannen für ihn qualvolle Tage, aber auch für die beiden früheren Rivalen. Und war es vielleicht für Viola eine Freudenzeit? Ich glaube, die Marchesa quälte die anderen nur, weil sie sich selbst quälen wollte. Die beiden vornehmen Offiziere waren ständig auf den Beinen; unzertrennlich standen sie unter Violas Fenstern oder waren in ihren Salon geladen oder warteten lange auf sie im Wirtshaus. Sie machte ihnen beiden Hoffnungen und verlangte von ihnen um die Wette Beweise ihrer Hingabe, zu denen sie sich jedesmal bereit fanden: Schon waren sie gewillt, sie auch noch mit anderen zu teilen; und da sie sich nunmehr auf der abschüssigen Bahn der Konzessionen bewegten, gab es für sie kein Halten mehr; jeder war von dem Verlangen getrieben, Viola schließlich auf diese Weise zu rühren und die Erfüllung ihrer Verheißungen zu erlangen; beide fühlten sich durch ihr Solidaritätsversprechen an den Rivalen gebunden, und doch verzehrten sie Eifersucht und die Hoffnung, den anderen zu verdrängen, wozu noch die dunkle Empfindung der Erniedrigung hinzukam, in der sie sich beide versinken sahen.

Jedesmal, wenn Viola den Marineoffizieren ein neues Versprechen entrissen hatte, sprang sie aufs Pferd, um es Cosimo mitzuteilen.

»Hör zu, der Engländer ist jetzt bereit, dies und das zu tun... Und der Neapolitaner desgleichen...«, schrie sie ihm zu, sobald sie ihn zu Gesicht bekam, der finster auf seinem Baum hockte.

Cosimo antwortete nicht.

»Das nennt man absolute Liebe!« beharrte sie.

»Absoluter Kuhdreck seid ihr alle miteinander!« schrie Cosimo und verschwad.

Auf diese grausame Art und Weise liebten sie sich jetzt und konnten sich nicht davon befreien.

Das englische Admiralsschiff lichtete die Anker. »Ihr bleibt doch, nicht wahr?« fragte Viola Sir Osbert. Sir Osbert erschien nicht an Bord, er wurde für fahnenflüchtig erklärt. Aus Solidarität und um ihm nachzueifern, desertierte auch Don Salvatore!

»Beide sind desertiert«, verkündete Viola Cosimo triumphierend, »mir zuliebe! Und du...«

»Und ich?« brüllte Cosimo und blickte so wild drein, daß Viola kein Wort mehr sagte.

Sir Osbert und Salvatore di San Cataldo, Fahnenflüchtige der Flotten ihrer beiden Majestäten, verbrachten ihre Tage im Wirtshaus, wo sie blaß und aufgeregt Würfel spielten und sich bemühten, einander das ganze Geld abzunehmen; währenddessen war Violas Mißvergnügen mit sich selbst und ihrer ganzen Umgebung auf einem Höhepunkt angelangt.

Sie stieg auf ihr Pferd und ritt in den Wald. Cosimo befand sich auf einer Eiche. Sie hielt darunter, auf einer Wiese.

»Ich hab genug.«

»Von den beiden?«

»Von euch allen.«

»Ach!«

»Die beiden haben mir die größten Beweise ihrer Liebe gegeben...«

Cosimo spie aus.

»...doch genügt mir das nicht.«

Cosimo blickte sie an.

Und sie: »Du aber... glaubst du nicht, daß die Liebe absolute Hingabe ist, Selbstentsagung...?«

Dort war sie auf der Wiese, schöner denn je, und um die Kühle aufzutauen, die ihre Züge und die stolze Haltung ihrer ganzen Person ein klein wenig verhärtete, um sie wieder in die Arme schließen zu können – dafür hätte ein Nichts genügt... Cosimo hätte nur etwas zu sagen brauchen, irgendein entgegenkommendes Wort, etwa: »Sag mir doch, was ich tun soll, ich bin bereit...«, und schon wäre sein Glück zurückgekehrt, das Glück zu zweit, ohne Schatten. Statt dessen sagte er: »Liebe kann es nur geben, wenn einer mit allen Kräften er selbst ist.«

Viola machte eine ablehnende Geste, aus der zugleich Müdigkeit sprach. Und doch hätte sie ihn auch jetzt noch verstehen können, wie sie ihn in der Tat verstand. Die Worte schwebten ihr schon auf der Zunge: Du bist, wie ich dich haben will! – die Worte, die sie ihm hätte sagen sollen, um dann gleich wieder zu ihm hinaufzusteigen... Sie biß sich auf die Lippe. Sie sagte: »So mußt du eben allein du selbst sein!«

Aber dann hat das Selbstsein ja gar keinen Sinn! Ja, das war es, was Cosimo äußern wollte. Statt dessen sagte er: »Wenn du diese beiden Würmer vorziehst...«

»Ich erlaube dir nicht, meine Freunde zu mißachten!« schrie sie ihn an und dachte doch immer noch: Du allein bist wichtig für mich; alles, was ich tue, tue ich nur für dich!

»Mir allein kann man Mißachtung bezeigen...«

»Das ist deine persönliche Auffassung!«

»Mit ihr stehe und falle ich.«

»Dann lebe wohl! Ich reise noch heute abend. Du wirst mich nie wiedersehn.«

Sie eilte zur Villa, packte ihre Koffer, reiste ab, ohne den Leutnants auch nur ein Wort zu sagen. Sie hielt Wort. Nach Ombrosa kehrte sie nicht mehr zurück. Sie ging nach Frankreich, und die historischen Ereignisse kamen ihrem Entschluß zu Hilfe, als sie schon keinen anderen Wunsch mehr kannte, als heimzukehren. Die Revolution brach aus und dann der Krieg; die Marchesa war zunächst an der neuen Entwicklung der Dinge interessiert (sie gehörte zur Umgebung Lafayettes), emigrierte später nach Belgien und von dort nach England.

Während der langen Jahre der Napoleonischen Kriege träumte sie im Londoner Nebel von den Wäldern Ombrosas. Dann heiratete sie in zweiter Ehe einen Lord, der an der Ostindischen Handelsgesellschaft beteiligt war, und ließ sich in Kalkutta nieder. Von ihrer Terrasse aus blickte sie auf die Wälder, die Bäume, die noch seltsamer waren als die im Garten ihrer Kindheit, und jeden Augenblick glaubte sie, Cosimo zu sehen, wie er sich seinen Weg zwischen den Blättern bahnte. Es war jedoch nur der Schatten eines Affen oder eines Jaguars.

Sir Osbert Castlefight und Salvatore di San Cataldo blieben in Leben und Tod vereint und schlugen sich als Abenteurer durch. Sie wurden in den Spielhäusern Venedigs gesehen, später in der Göttinger Theologischen Fakultät und in Petersburg am Hofe Katharinas II.; von da an verlor sich ihre Spur.

Cosimo irrte lange in den Wäldern umher, zerlumpt, jede Speise verweigernd. Er weinte ganz laut wie ein Neugeborenes, und die Vögel, die früher beim Herannahen dieses unfehlbaren Jägers die Flucht ergriffen hatten, kamen jetzt dicht an ihn heran, umschwirrten ihn auf den Baumwipfeln oder flogen ihm auf den Kopf: Die Spatzen lärmten, die Stieglitze trillerten, die Turteltauben gurrten, die Drossel zirpte, Fink und Zaunkönig zwitscherten; aus den Baumhöhlen kamen Eichhörnchen, Hasel- und Feldmäuse hervor, um ihr Gequieke in den Chor zu mischen, und so bewegte sich mein Bruder inmitten dieser Klagewolke.

Dann kam die Zeit seiner Zerstörungswut. Bei den Bäumen begann er am Wipfel, riß ein Blatt nach dem anderen ab, ließ sie bald in winterlicher Kahlheit dastehen, auch wenn sie ihr Kleid nicht wechseln konnten. Dann kletterte er wieder in den Wipfel empor und zersplitterte alle Zweige, bis nur das starke Geäst zurückblieb, stieg nochmals hinauf und begann die Rinde mit einem Federmesser abzuschaben, so daß bei den geschundenen Bäumen das Weiße zum Vorschein kam, was ihnen ein fröstelndes und wundes Aussehen verlieh. Und in all diesem Ingrimm äußerte sich nicht mehr Groll gegen Viola, sondern nur der Zorn über sich selbst, weil er sie verloren hatte, weil er sie, statt sie an sich zu binden, durch seinen ungerechten und albernen Stolz verletzt hatte. Denn das sah er

331

jetzt ein: Sie war ihm immer treu gewesen und hatte nur deshalb zwei andere Männer eingefangen, um zu verstehen zu geben, daß sie Cosimo allein für würdig hielt, ihr Geliebter zu sein; aus ihrem Unbefriedigtsein, ihren Zornesausbrüchen sprach nur das unersättliche Verlangen, ihrer beider Verliebtheit derart zu steigern, daß sie niemals den Höhepunkt erreichte, und er, er hatte das alles nicht begriffen und sie so lange in Harnisch gebracht, bis sie ihn verließ.

Einige Wochen blieb er im Walde, einsamer als je zuvor; nicht einmal Ottimo Massimo war bei ihm, denn Viola hatte ihn mit sich genommen. Als sich mein Bruder wieder in Ombrosa zeigte, war er verwandelt. Selbst ich mußte jetzt gestehen: Diesmal war Cosimo wahrhaftig närrisch geworden.

24

Daß Cosimo närrisch sei, hatte man in Ombrosa schon immer gesagt, seit er als Zwölfjähriger auf die Bäume gestiegen war und nicht mehr herunterkommen wollte. Aber wie das so geht, später hatten sich alle mit diesem seinem Wahnsinn abgefunden, und zwar nicht nur mit seiner fixen Idee, dort oben zu leben, sondern auch mit den verschiedenen Eigentümlichkeiten seines Charakters, so daß alle lediglich ein Original in ihm sahen. Später, in der Blütezeit seines Verhältnisses mit Viola, war es zu jenen Kundgebungen in unverständlichen Idiomen gekommen, insbesondere zu seinen Äußerungen während des Patronatsfestes, welche die meisten als blasphemisch empfanden, da sie seine Worte als einen häretischen Schlachtruf deuteten: vielleicht als ein auf karthagisch, der Sprache der Pelagianer, abgefaßtes Manifest oder als ein Bekenntnis zum Unitariertum in polnischer Version! Seit jener Zeit begann das Gerücht umzulaufen: »Der Baron ist verrückt geworden«, und die vernünftigen Leute fügten hinzu: »Wie kann einer verrückt werden, der schon immer närrisch gewesen ist?«

Während die Urteile so widerspruchsvoll ausfielen, hatte Cosimo wirklich den Verstand verloren. Wenn er sich früher von Kopf bis Fuß in Felle zu kleiden pflegte, so begann er sich jetzt den Kopf mit Federn zu schmücken, wie die Eingeborenen Amerikas, mit den Federn des Wiedehopfs oder des Grünspechts in ihren lebhaften Farben, und zwar trug er sie nicht nur auf dem Kopf, sondern verstreut auch auf seinen Kleidern. Schließlich fertigte er sich Fräcke, die ganz mit Federn bedeckt waren, und ahmte die Gewohnheiten verschiedener Vögel nach: So holte er wie der Sprecht Maden und Larven aus dem Stamm hervor und rühmte sie als große Kostbarkeiten.

Vor den Leuten, die sich unter den Bäumen versammelten,

um ihn anzuhören und zu verspotten, pflegte er auch Lobreden auf die Vögel zu halten: Aus einem Jäger der Gefiederten war er zu ihrem Fürsprecher geworden; er erklärte sich selbst zu Schwanzmeise oder Schleiereule oder zum Rotkehlchen, indem er sich entsprechend vermummte, und klagte die Menschen an, daß sie es nicht verstünden, in den Vögeln ihre wahren Freunde zu erkennen. Solche Reden waren übrigens in der Form von Parabeln Anklagen gegen die ganze menschliche Gesellschaft. Auch die Vögel hatten diesen Wandel seiner Anschauungen bemerkt; sie kamen nahe an ihn heran, selbst dann, wenn sich drunten Menschen befanden, um ihm zuzuhören. So konnte er seine Ausführungen am lebenden Beispiel erklären, das er auf den benachbarten Zweigen vorführte.

Wegen dieser seiner Gabe war unter den Jägern Ombrosas viel davon die Rede, ihn als Lockmittel zu benutzen, doch getraute sich keiner, auf die Vögel zu schießen, die sich in seiner Umgebung niederließen. Denn auch jetzt noch, trotz seiner verminderten geistigen Fähigkeiten, flößte der Baron Achtung ein; zwar wurde er gehänselt, und häufig fand sich ein Haufen Gassenbuben und Müßiggänger unter seinem Baume ein, die sich über ihn lustig machten, doch behandelte man ihn andererseits mit einer gewissen Ehrerbietung und lieh ihm stets ein aufmerksames Ohr.

Seine Bäume waren jetzt mit Manuskripten und auch mit Schildern geschmückt, auf denen Maximen Senecas und Shaftesburys zu lesen waren; daneben hingen die verschiedensten Gegenstände: Federbüsche, Kirchenkerzen, Hippen, Kränze, Korsetts, Pistolen, Waagen, die in einer bestimmten Reihenfolge aneinandergebunden waren. Die Einwohner Ombrosas verbrachten Stunden damit, um diese Bilderrätsel zu entschlüsseln: der Adel, der Papst, die Tugenden, der Krieg. Meiner Meinung nach hatten sie manchmal gar keinen Sinn, sondern sollten nur den Verstand schärfen und deutlich machen, daß Ideen selbst dann richtig sein können, wenn sie aus dem Rahmen des Üblichen herausfallen.

Cosimo verfaßte damals auch einige Schriften, wie zum Beispiel *Der Gesang der Amsel, Der Klopfspecht, Die Zwiesprache der Käuze,* die er öffentlich verteilte. Ja, er erlernte sogar in dieser Zeit seiner Umnachtung die Druckerkunst und begann flugblatt- oder zeitungsartige Schriften, darunter den »Elsterkurier«, zu drucken, die später unter dem Titel »Generalanzeiger der Zweifüßler« zusammengefaßt wurden.

Er hatte ein Brett, ein Gestell, eine Druckerpresse, einen Kasten mit Lettern, eine Korbflasche mit Druckerschwärze auf einen Nußbaum hinaufbefördert und verbrachte seine Zeit damit, den Text zu setzen und Abzüge herzustellen. Zuweilen schlichen sich Spinnen und Schmetterlinge zwischen Presse und Papier ein, und ihre Spuren erschienen dann im Druck; mitunter sprang eine Haselmaus auf das frisch mit Druckerschwärze bestrichene Blatt und verschmierte alles mit ihrem Schwanz; es kam auch vor, daß ein Eichhörnchen einen Buchstaben des Alphabets erhaschte und ihn in seine Höhle trug, da es ihn für etwas Eßbares hielt: So erging es dem Buchstaben Q, der wegen seines rundlichen und verschnörkelten Aussehens für eine Frucht gehalten wurde, so daß Cosimo manche seiner Artikel mit Cuando und Cuantunque statt mit Quando und Quantunque beginnen mußte.

Alles das war schön und gut, doch gewann ich den Eindruck, daß mein Bruder damals nicht nur völlig wahnsinnig geworden war, sondern zugleich allmählich verblödete – ein weit ernsterer und schmerzlicherer Vorgang; ist doch der Wahnsinn eine Naturkraft, die ihre guten und schlechten Seiten hat, während es sich bei der Verdummung um eine natürliche Schwäche ohne positiven Ausgleich handelt.

Im Winter schien sein Dasein wahrhaftig in Lethargie zu versinken. In einem wattierten Sack hing er an seinem Baumstamm und schaute nur mit dem Kopf heraus wie ein Nestling, und es war schon viel, wenn er in den wärmeren Stunden vier Sprünge machte, um die Erle über dem Bergbach Merdanzo

335

zu erreichen, auf der er seine Notdurft verrichtete. Er hockte in seinem Sack, las ein wenig (wenn es finster war, zündete er ein Öllämpchen an) oder brummelte etwas in sich hinein oder trällerte ein Liedchen. Die meiste Zeit aber schlief er.

Für seine Ernährung hatte er durch gewisse geheimnisvolle Vorräte vorgesorgt, verschmähte aber auch nicht einen Teller mit Gemüsesuppe oder Ravioli, wenn eine brave Seele sie ihm auf einer Leiter hinaufbrachte. Bei den kleinen Leuten war nämlich der Aberglaube entstanden, es bringe Glück, wenn man dem Baron eine milde Gabe anbiete – ein Zeichen dafür, daß er entweder gefürchtet oder beliebt war; meiner Meinung nach war das letztere der Fall. Die Tatsache nun, daß der Erbe des freiherrlichen Titels di Rondò von öffentlichen Almosen zu leben begann, erschien mir unziemlich; vor allem mußte ich daran denken, was wohl unser Vater dazu gesagt hätte. Ich selbst hatte mir bis dahin nichts vorzuwerfen gehabt, denn mein Bruder hatte stets alle familiären Annehmlichkeiten von sich gewiesen und mir eine Urkunde ausgestellt, auf Grund deren ich, von der Zahlung einer kleinen Leibrente – die er fast ausschließlich für Bücher verwandte – abgesehen, aller Verpflichtungen ledig war. Jetzt aber, da ich sah, daß er nicht in der Lage war, sich selbst zu ernähren, machte ich den Versuch, einen unserer Lakaien in Livree und mit weißer Perücke auf einer Gartenleiter zu ihm zu entsenden, damit er ihm ein viertel Truthahn und ein Glas Burgunder auf einem Tablett brächte. Ich glaubte, er würde aus irgendwelchen mysteriösen grundsätzlichen Erwägungen ablehnen; statt dessen nahm er es sofort bereitwillig an, und seitdem schickten wir ihm jedesmal, wenn wir daran dachten, eine Portion unserer Mahlzeiten auf den Baum hinauf.

Kurzum, er machte eine Zeit argen Verfalls durch. Glücklicherweise kam es dann zu der Invasion der Wölfe, bei der Cosimo wiederum seine besten Fähigkeiten unter Beweis stellte. Es war ein eiskalter Winter, sogar in unseren Wäldern lag Schnee. Rudel von Wölfen, die der Hunger aus den Alpen vertrieben hatte, fielen in unser Gebiet ein. Ein Holzfäller sah sie zuerst und brachte voller Entsetzen die Nachricht. Die Ombrosaner, die in den Zeiten der Brandwache gelernt hatten, sich zusammenzutun, wenn Gefahr im Verzuge war, entschlossen sich, einen Wachdienst rings um die Stadt einzurichten, um die Annäherung der hungernden Bestien zu verhindern. Doch getraute sich niemand, vor allem nachts, die bewohnten Gegenden zu verlassen.

»Leider ist der Baron nicht mehr der, der er früher war«, pflegte man in Ombrosa zu sagen.

Der schlimme Winter war für Cosimos Gesundheit nicht ohne Folgen geblieben. Eingemummelt baumelte er in seinem Sack wie eine Seidenraupe in ihrem Kokon, mit tropfender Nase und stumpfem, verschwollenem Gesicht. Als der Alarm wegen der Wölfe gegeben war, sagten die Leute, die dort unten vorübergingen, zu ihm: »Ach, Baron, früher hättest du auf deinen Bäumen für uns Wache gehalten, jetzt aber müssen wir für dich sorgen!«

Er hielt weiter die Augen halb geschlossen, als hätte er solche Äußerungen nicht verstanden oder als wären sie ihm gleichgültig. Auf einmal aber hob er den Kopf, schnaufte auf und sagte mit heiserer Stimme: »Die Schafe. Für die Jagd auf die Wölfe. Die Schafe müssen auf die Bäume. Angebunden.«

Schon liefen dort unten die Menschen zusammen, um zu hören, was für närrisches Zeug er von sich geben würde, und ihn dann zu verspotten. Statt dessen erhob er sich prustend und spuckend aus seinem Sack, sagte: »Ich zeige euch, wo« und machte sich über die Zweige auf den Weg.

Er verlangte, daß sie an sorgfältig ausgewählten Stellen Schafe oder Lämmer auf einige zwischen Wald und Acker gelegene Nußbäume und Eichen beförderten. Die zappelnden und blökenden Tiere band er dann an den Ästen fest, so daß sie nicht hinunterfallen konnten. Auf jedem dieser Bäume versteckte er eine mit einer Kugel geladene Flinte. Er selbst vermummte sich als Schaf: Kapuze, Joppe, Hosen – alles war aus lockigem Schaffell. Dann legte er sich nachts auf einem der Bäume auf die Lauer. Alle hielten das für eine seiner größten Torheiten.

Doch dann erschienen in jener Nacht die Wölfe. Sie hatten die Schafe gewittert, ihr Blöken gehört, und als sie sie dort droben gewahr wurden, machte das ganze Rudel am Fuße des Baumes halt, worauf alle heulend ihre hungrigen Mäuler aufsperrten und ihre Pfoten gegen den Stamm stemmten. In diesem Augenblick näherte sich ihnen Cosimo mit großen Sprüngen auf den Zweigen, und als die Wölfe dieses Mittelding zwischen Schaf und Mensch erblickten, das dort droben wie ein Vogel einherhüpfte, blieben sie wie gebannt mit offenem Maule stehen. Bis es knallte und zweien eine gut gezielte Kugel in den Hals fuhr. Es waren zwei Schüsse; denn ein Gewehr führte Cosimo bei sich (und lud es jedesmal wieder neu), und ein anderes stand geladen auf jedem Baume bereit; so blieben jedesmal zwei Wölfe auf dem vereisten Boden liegen. Auf diese Weise brachte er eine große Anzahl zur Strecke, und bei jedem Schuß ergriff das Rudel ziellos die Flucht; dann liefen die Jäger dorthin, wo sie Geheul und Schüsse hörten, um den Rest zu besorgen.

Von dieser Wolfsjagd pflegte Cosimo später einzelne Episoden in vielen Varianten zu erzählen, und ich könnte nicht sagen, welche der Wahrheit entsprach. Zum Beispiel berichtete er: »Der Kampf war in vollem Gange, als ich mich auf den Baum mit dem letzten Schaf zubewegte; dort fand ich drei Wölfe vor, denen es gelungen war, auf die Äste zu klettern, wo sie dem Schaf den Garaus machten. Da ich durch den Schnupfen halb blind und betäubt war, berührte ich die Wölfe fast an der Schnauze, ohne es zu bemerken. Und als die Wölfe dieses neue Schaf erblickten, das auf den Ästen spazierte, wandten sie sich ihm zu und öffneten ihre Mäuler, die noch rot von Blut waren. Meine Flinte war nicht geladen, denn nach dieser

Schießerei hatte ich keine Munition mehr; und das auf diesem Baume vorbereitete Gewehr konnte ich nicht erreichen, da sich dort die Wölfe befanden. Ich war auf einem etwas schwachen Nebenzweig, hatte aber einen stärkeren Ast in Reichweite. Ich begann auf meinem Zweig zurückzukriechen und entfernte mich so allmählich vom Stamm. Ein Wolf folgte mir langsam. Ich klammerte mich indessen mit den Händen an den obersten Ast und erweckte nur den Anschein, als hätte ich mich auf dem schwachen Zweig bewegt; in Wahrheit hielt ich mich oben fest. Der Wolf ließ sich täuschen und ging getrost weiter, bis der Zweig unter ihm durchbrach, während ich mich auf den höheren Ast emporschwang. Er hingegen stürzte mit kaum vernehmbarem Hundegekläff, brach sich alle Knochen beim Anprall auf den Boden und blieb dort steif liegen.«

»Und die anderen beiden Wölfe?«

»... Die anderen beiden musterten mich, ohne sich zu regen. Da zog ich mir ganz plötzlich Jacke und Kapuze aus Schaffell aus und warf sie ihnen zu. Als der eine der Wölfe sah, daß etwas Weißes, Lammartiges auf ihn zuflog, suchte er es mit den Zähnen zu packen, da er aber auf ein großes Gewicht gefaßt gewesen war und es sich statt dessen nur um einen leeren Balg handelte, verlor er das Gleichgewicht, so daß auch er sich schließlich Pfoten und Hals beim Fall auf den Boden brach.«

»Einer bleibt noch übrig...«

»Einer war noch übrig; weil ich aber plötzlich dünner gekleidet war – ich hatte ja die Jacke fortgeworfen –, bekam ich einen jener Niesanfälle, die den Himmel erbeben ließen. Durch diesen plötzlichen und unerwarteten Ausbruch wurde der Wolf so verwirrt, daß auch er vom Baum fiel und sich wie die anderen den Hals brach.«

So pflegte mein Bruder von seiner Kampfnacht zu berichten. Jedenfalls steht fest, daß ihm die Erkältung, die er sich in seinem schon kränkelnden Zustand geholt hatte, fast zum Verhängnis wurde. Ein paar Tage lang schwebte er zwischen

Leben und Tod und wurde zum Zeichen der Dankbarkeit auf Kosten der Gemeinde Ombrosa gepflegt. Er lag in einer Hängematte und war von Doktoren umringt, die ständig auf Leitern hinauf- und hinunterstiegen. Die besten Ärzte der Gegend wurden hinzugezogen: Einer verabreichte ihm Klistiere, ein zweiter ließ ihn zur Ader, ein dritter behandelte ihn mit Senfpflastern, ein vierter mit warmen Umschlägen. Niemand sprach mehr vom Baron di Rondò als von einem Verrückten, sondern alle nannten ihn einen der größten Geister und Phänomene des Jahrhunderts.

Dabei blieb es, solange er krank war. Nach seiner Genesung bemerkten die einen wieder, er sei jetzt so weise wie früher, und die anderen, er sei genauso verrückt wie eh und je. Auf jeden Fall benahm er sich nicht mehr so absonderlich. Er druckte weiter ein Wochenblatt, das er nicht mehr *Generalanzeiger der Zweifüßler*, sondern *Das vernünftige Wirbeltier* nannte.

25

Ich weiß nicht, wann bereits eine Freimaurerloge in Ombrosa gegründet wurde: Viel später, nach dem ersten Napoleonischen Feldzug, wurde ich gleichzeitig mit einem großen Teil des wohlhabenden Bürgertums und mit dem niederen Adel unserer Gegend in die Freimaurerei eingeweiht, und ich kann daher über die ersten Beziehungen zwischen meinem Bruder und der Loge nichts berichten. In diesem Zusammenhang möchte ich eine Episode erwähnen, die sich etwa in der Zeit abspielte, von der ich jetzt erzähle, und die durch verschiedene Zeugnisse verbürgt ist.

Eines Tages trafen in Ombrosa zwei Spanier ein, die sich auf der Durchreise befanden. Sie begaben sich ins Haus eines gewissen Bartolomeo Cavagna, eines Konditors, der als Freimaurer bekannt war. Offenbar hatten sie sich als Brüder der Madrider Loge ausgewiesen, so daß er sie am Abend zu einer Sitzung der Ombrosaner Freimaurer mitnahm, die sich damals bei Kerzen- und Fackelschein auf einer Waldlichtung zu versammeln pflegten. Über alle diese Vorgänge gibt es nur Gerüchte und Mutmaßungen; es steht lediglich fest, daß Cosimo di Rondò am nächsten Morgen, sobald die beiden Spanier ihr Wirtshaus verlassen hatten, ihnen folgte und sie unbemerkt von den Baumwipfeln aus überwachte.

Die beiden Reisenden betraten den Hof einer außerhalb der Stadt gelegenen Schenke. Cosimo postierte sich auf einer Glyzinie. An einem Tisch saß ein Gast, der die beiden erwartete; man sah sein Gesicht nicht, das durch einen breitkrempigen schwarzen Hut überschattet wurde. Die drei Köpfe, oder vielmehr die drei Hüte, besprachen sich über dem weißen Viereck der Tischdecke; und nachdem sie eine Weile geplaudert hatten, begannen die Hände des Unbekannten etwas auf einen schmalen Zettel zu schreiben, was ihm die beiden anderen diktierten; der Reihenfolge nach zu schließen, in der er die Worte untereinander setzte, handelte es sich um ein Namenverzeichnis.

»Guten Tag, meine Herren!« sagte Cosimo. Die drei Hüte fuhren in die Höhe und gaben drei Gesichter frei, deren Augen den Mann auf der Glyzinie anstarrten. Einer der drei – der mit der breiten Krempe – bückte sich aber sofort wieder, und zwar so sehr, daß er den Tisch mit der Nasenspitze berührte. Mein Bruder konnte gerade noch eine Physiognomie erkennen, die ihm bekannt vorkam.

»Buenas dias a usted!« sagten die beiden. »Aber ist es hier üblich, daß man sich Fremden vorstellt, indem man wie eine Taube vom Himmel fällt? Hoffentlich kommen Sie gleich herunter, um uns das zu erklären!«

»Wer in der Höhe lebt, ist überall gut zu sehen«, sagte der Baron, »während es Leute gibt, die auf dem Boden kriechen, um ihr Gesicht zu verstecken.«

»Sie müssen wissen, Señor, daß niemand von uns verpflichtet ist, Ihnen sein Gesicht zu zeigen, genausowenig wie er Ihnen seinen Hintern zu zeigen braucht.«

»Ich weiß, daß es für manche Leute Ehrensache ist, ihr Gesicht verborgen zu halten.«

»Für wen, mit Verlaub?«

»Für Spione zum Beispiel!«

Die beiden Kumpane zuckten zusammen. Der Gebückte rührte sich nicht, aber zum erstenmal hörte man seine Stimme. »Oder, um ein anderes Beispiel zu nennen, die Mitglieder der Geheimbünde...«, skandierte er langsam.

Dieser Einwurf ließ verschiedene Deutungen zu. Cosimo dachte es im stillen, um es sodann laut auszusprechen: »Ihre Antwort, mein Herr, läßt sich auf verschiedene Weise auslegen. Sie sagen ›Mitglieder von Geheimbünden‹ und insinuieren damit, daß ich dazugehöre – oder insinuieren, wir beide oder keiner von uns oder dritte gehören dazu, oder ist es vielleicht in jedem Fall eine Antwort, die begreiflich machen könnte, was ich hinterher sage?«

»Como, como, como?« sagte der Mann mit dem breitkrempigen Hut verwirrt; in dieser Verwirrung vergaß er, daß er den Kopf geneigt halten mußte, und erhob sich, um Cosimo in die Augen zu blicken. Cosimo erkannte ihn wieder: Es war Don Sulpicio, der Jesuit, sein Feind aus den Zeiten in Olivabassa!

»Aha! Ich hatte mich nicht getäuscht! Herunter mit der Maske, hochwürdiger Vater!« rief der Baron aus.

»Sie sind es! Das hatte ich mir doch gedacht!« sagte der Spanier, zog den Hut und verneigte sich, wobei er sein Habit sehen ließ: »Don Sulpicio de Guadalete, Superior de la Compañia de Jesùs.«

»Cosimo di Rondò, Freimaurer und Logenbruder.«

Auch die beiden anderen Spanier stellten sich mit einer kurzen Verbeugung vor.

»Don Calisto!«

»Don Fulgenico!«

»Sind die Herren ebenfalls Jesuiten?«

»Nos tambien!«

»Aber ist nicht Ihr Orden kürzlich auf Befehl des Papstes aufgelöst worden?«

»Nicht um den Freigeistern und Ketzern Ihres Schlages eine Atempause zu geben«, sagte Don Sulpicio und entblößte seinen Degen.

Sie waren spanische Jesuiten, die nach der Auflösung des Ordens im Lande umherzogen und überall zur Bekämpfung der neuen Ideen und des Deismus eine Miliz zu gründen suchten. Auch Cosimo hatte seinen Degen gezogen. Ringsum waren Leute zusammengeströmt.

»Haben Sie die Güte herunterzukommen, wenn Sie sich caballerosamente schlagen wollen«, sagte der Spanier.

In einiger Entfernung lag ein Nußbaumwäldchen. Es war die Zeit, da die Nüsse geschlagen wurden; daher hatten die Bauern Tücher zwischen den Bäumen ausgespannt, um die abgeschüttelten Nüsse aufzufangen.

Cosimo eilte auf einen Nußbaum zu, sprang auf das Tuch

und hielt sich aufrecht, indem er die Füße, die auf dieser Art Hängematte abzurutschen drohten, fest in die Leinwand stemmte.

»Steigen Sie zwei Spannen hoch, Don Sulpicio, denn ich bin schon weiter als üblich hinabgestiegen!«, und damit zückte auch er den Degen.

Der Spanier sprang ebenfalls auf das gespannte Tuch. Man konnte sich nur mit Mühe aufrecht halten, da das Laken die Neigung hatte, sich sackförmig um ihre Körper zusammenzuschließen, aber die beiden Kämpen waren so erbittert, daß es ihnen gelang, die Degen zu kreuzen.

»Ad majorem Dei gloriam!«

»Zum Ruhme des großen Baumeisters des Universums!«

Dann begannen sie zu fechten.

»Sagen Sie mir, was aus der Señorita Ursula geworden ist, bevor ich Ihnen diesen Degen zwischen die Rippen stoße!« sagte Cosimo.

»Sie ist im Kloster gestorben.«

Cosimo wurde durch diese Nachricht verwirrt (die jedoch meiner Meinung nach absichtlich erfunden war), und der frühere Jesuit nutzte seine Bestürzung zu einem heimtückischen Stoß. Mit einem weit ausholenden Hieb erreichte er einen der an die Äste des Nußbaums geknüpften Zipfel, der das Tuch auf Cosimos Seite festhielt, und trennte es mittendurch. Cosimo wäre unweigerlich gestürzt, hätte er sich nicht flugs auf Don Sulpicios Seite geworfen und sich am Tuch festgeklammert. Bei diesem Sprung durchbrach sein Degen die Abwehr des Spaniers und bohrte sich ihm in den Leib.

Don Sulpicio ließ sich fallen, rollte auf der Seite des Tuches hinunter, wo er den Zipfel abgetrennt hatte, und stürzte zu Boden. Cosimo schwang sich auf den Nußbaum. Die anderen beiden früheren Jesuiten hoben den Leib ihres verwundeten oder getöteten Gefährten auf (über dessen Schicksal war nie Genaues zu erfahren), suchten das Weite und ließen sich nie mehr blicken.

Die Zuschauer drängten sich rings um das blutige Laken. Von jenem Tage an stand mein Bruder allgemein im Ruf eines Freimaurers.

Infolge des Logengeheimnisses konnte ich weitere Einzelheiten nicht in Erfahrung bringen. Als ich, wie bereits erwähnt, selbst Freimaurer wurde, sprach man mir von Cosimo als von einem früheren Bruder, dessen Beziehungen zur Loge nicht völlig geklärt seien; einer meinte, diese Beziehungen »ruhten«, ein zweiter nannte ihn einen zu einer anderen Loge übergegangenen Häretiker, ein dritter bezeichnete ihn geradezu als Abtrünnigen; stets aber gedachte man seiner früheren Betätigung mit großer Hochachtung. Ich halte es nicht einmal für ausgeschlossen, daß er jener legendäre Meister »Mauerspecht« gewesen ist, dem man die Gründung des »Orients von Ombrosa« zuschreibt, zumal die Schilderung der ersten Riten, die dort anscheinend abgehalten wurden, seinen Einfluß erkennen läßt. Es sei nur erwähnt, daß den Neophyten die Augen verbunden wurden, worauf sie einen Baum erklimmen mußten; von dort ließ man sie an Seilen schwebend wieder hinunter.

Verbürgt ist jedenfalls, daß bei uns die ersten Zusammenkünfte der Freimaurer nachts mitten im Walde stattfanden. Cosimos Anwesenheit wäre daher mehr als gerechtfertigt gewesen, gleichviel, ob nun er selbst dort die Loge gründete, nachdem er von seinen ausländischen Korrespondenten die Schriften mit den freimauerischen Satzungen empfangen hatte, oder ob ein Dritter, vermutlich nach vorheriger Ausbildung in Frankreich oder in England, die Riten in Ombrosa einführte. Es ist auch möglich, daß die Freimaurerei schon geraume Zeit bestanden hatte, ohne daß Cosimo davon wußte, und daß er eines Nachts auf einem Gang durch den Wald in einer Lichtung eine Versammlung mit seltsamen Gewändern und Geräten entdeckte, die dort im Scheine von Kandelabern beriet; daß er oben auf seinem Baume innehielt, um zunächst zuzuhören und dann einzugreifen, indem er mit einer seiner verblüffenden Bemerkungen, wie beispielsweise: »Baust du eine Mauer, so denke an das, was draußen bleibt!« – ein Satz, den ich öfter von ihm hörte –, oder mit einer anderen seiner Sentenzen Verwirrung stiftete, und daß ihn daraufhin die Freimaurer, beeindruckt von seiner großen Gelehrsamkeit, in die Loge aufnahmen und mit besonderen Aufgaben betrauten, während er seinerseits zahlreiche neue Riten und Symbole beisteuerte.

Die Loge unter freiem Himmel (ich wähle diese Bezeichnung, um sie von der Loge zu unterscheiden, die später in geschlossenen Räumen tagte) hatte jedenfalls in jener Zeit, als mein Bruder mit ihr zu tun hatte, eine weit reichhaltigere Symbolik, zu der Eulen, Fernrohre, Tannenzapfen, Wasserpumpen, cartesianische Teufelchen, Spinngewebe, pythagoreische Tafeln gehörten. Auch Schädel spielten eine gewisse Rolle, aber nicht nur menschliche, sondern auch Kuh-, Wolfs- und Adlerschädel. Solche Gegenstände und noch andere, darunter die Maurerkellen, Winkelmaße und Kompasse des üblichen Freimaurerritus, sah man damals in sonderbaren Anordnungen an Zweigen hängen, was meist auf den Wahnsinn des Barons zurückgeführt wurde. Nur wenige Betrachter gaben zu verstehen, daß diesen Bilderrätseln jetzt eine ernsthaftere Bedeutung zukomme, doch konnte man im übrigen zwischen den früheren und späteren Zeichen nie einen genauen Unterschied feststellen, auch erschien es nicht ausgeschlossen, daß es sich von Anfang an um esoterische Sinnbilder irgendeines Geheimbundes gehandelt hatte.

Denn Cosimo unterhielt schon lange vor seiner Freimaurerzeit Beziehungen zu mehreren Gilden und Zünften, darunter der Schuhmacherzunft von Sankt Crispin sowie den Gilden der »Tugendsamen Böttcher«, der »Gerechten Waffenschmiede« und der »Ehrbaren Hutmacher«. Da er sich alle Dinge, die er brauchte, selbst herstellte, beherrschte er die verschiedensten Künste und durfte sich seiner Mitgliedschaft in vielen

Vereinigungen rühmen; diese waren ihrerseits stolz darauf, einen Adligen, der solche bizarren Einfälle hatte und erwiesenermaßen uneigennützig war, in ihrer Mitte zu haben.

Wie sich nun diese Leidenschaft, die Cosimo stets für Zusammenschlüsse und Vereine zeigte, mit seiner ständigen Flucht vor dem bürgerlichen Zusammenleben vertrug, habe ich nie recht verstanden; es bleibt das keine geringe Eigentümlichkeit seines Charakters. Es sah fast so aus, als hätte er, je mehr er entschlossen war, sich auf seine Bäume zurückzuziehen, um so stärker das Bedürfnis verspürt, neue Beziehungen zur Menschheit herzustellen. Aber mochte er sich auch mit Leib und Seele für die Bildung einer neuen Vereinigung einsetzen, indem er bis ins einzelne ihre Satzung, ihre Ziele, die Auswahl der fähigsten Personen für jedes Amt festlegte, so wußten seine Genossen doch nie, wieweit sie auf ihn zählen, wo sie ihn finden konnten und wann statt dessen seine Vogelnatur plötzlich wieder von ihm Besitz ergreifen würde, so daß er sich nicht mehr einfangen ließ. Will man diese einander widersprechenden Haltungen wirklich auf einen Nenner bringen, so muß man bedenken, daß er auch ein Feind jeder Form menschlichen Zusammenlebens war, wie sie für seine Zeit Gültigkeit besaß, und sich hartnäckig bestrebt zeigte, neue Formen dieser Art zu erproben. Keine davon hielt er jedoch für gerecht und für hinreichend von den bestehenden unterschieden; daraus erklärt es sich, daß ihn in gewissen Abständen eine unbedingte Menschenscheu immer wieder überkam.

Was ihm vorschwebte, war die Idee einer universalen Gesellschaftsordnung. Und da es ihm jedesmal, wenn er Menschen zusammenbrachte (sei es für genau bestimmte Aufgaben wie den Feuerschutz oder die Abwehr der Wölfe, sei es in Berufsgenossenschaften wie den »Vollkommenen Scherenschleifern« oder den »Erleuchteten Lohgerbern«) – da es ihm jedesmal gelang, sie nachts im Walde rings um einen Baum zu versammeln, von wo er ihnen Reden hielt, hatten

diese Unternehmungen immer etwas von einer Verschwörung, von Sektierertum und Ketzerei an sich, und in solch
einer Atmosphäre konnte man leicht vom Besonderen zum
Allgemeinen übergehen und bei der Erörterung bloßer Hand-
werksregeln mühelos auf die geplante Errichtung einer Welt-
republik der Gleichen, Freien und Gerechten zu sprechen
kommen.

In der Freimaurerei wiederholte also Cosimo lediglich, was
er bereits in anderen geheimen oder halbgeheimen Vereinigungen, deren Mitglied er gewesen war, durchgeführt hatte.
Und als ein gewisser Lord Liverpool, den die Londoner
Großloge zum Besuche der Mitbrüder auf dem Kontinent
entsandt hatte, in Ombrosa eintraf, während mein Bruder
Meister war, nahm er solchen Anstoß an seiner mangelnden
Rechtgläubigkeit, daß er nach London schrieb, in Ombrosa
handle es sich offenbar um eine neue Freimaurerei des schottischen Ritus, die von den Stuarts bezahlt werde, damit sie
gegen den Thron des Hauses Hannover und für die jakobiti-
sche Restauration arbeite.

Hernach kam es zu dem Vorgang, von dem ich bereits
berichtet habe: daß sich zwei spanische Reisende bei Bartolomeo Cavagna als Freimaurer ausgaben. Als Gäste einer Versammlung der Loge fanden sie alles völlig normal, ja erklärten,
alles sei genauso wie im Madrider Orient. Eben hierdurch
schöpfte Cosimo Verdacht, der genau wußte, wie viele Be-
standteile des Rituals seine eigene Erfindung waren: So begann
er denn, den Spionen nachzuspüren, bis er sie entlarvte und
über seinen alten Feind Don Sulpicio den Sieg davontrug.

Ich bin im übrigen der Auffassung, daß diese Veränderun-
gen des Ritus einem persönlichen Bedürfnis meines Bruders
entsprachen, denn von jedem anderen Gewerbe hätte er mit
gutem Grunde die Wahrzeichen übernehmen können, nicht
aber vom Maurerhandwerk; war es ihm doch niemals in den
Sinn gekommen, Behausungen aus Mauerwerk zu bauen oder
zu bewohnen.

26

Ombrosa war auch ein Rebenland. Ich habe das bisher nicht erwähnt, da ich mich, wenn ich Cosimo begleitete, stets an die Baumwelt halten mußte. Es gab jedoch weite Rebenhänge, und im August schwollen die rötlichen Beeren unter den Weinblättern zu Trauben, die einen dickflüssigen und schon weinfarbenen Saft enthielten. Manche Weinberge bestanden aus Laubengängen; ich komme darauf auch deshalb zu sprechen, weil Cosimo im Alter so klein und leicht geworden war und das schwerelose Gehen so gut beherrschte, daß die Querstangen der Laubengänge ihn trugen. Er konnte sich daher auf den Weinbergen entweder auf diese Weise oder derart fortbewegen, daß er sich mit den umliegenden Obstbäumen behalf; indem er sich an den sie stützenden Pfählen festhielt, konnte er viele Arbeiten verrichten: etwa im Winter die Reben beschneiden, wenn sie sich nur als kahle Schnörkel um den Eisendraht winden, oder das allzu dichte sommerliche Laub lichten oder Insekten suchen und dann im September an der Weinlese teilnehmen.

Zur Weinlese kam tagsüber die ganze Ombrosaner Bevölkerung in die Weinberge, und zwischen dem Grün der Rebenreihen sah man dann nur bunte Röcke und mit Troddeln besetzte Mützen. Die Maultiertreiber luden volle Körbe auf die Saumsättel und leerten sie in die Kufen; weitere Körbe holten sich die verschiedenen Steuereinnehmer, die unter Bedeckung von Sbirren erschienen, um die Abgaben an die örtlichen Adelsfamilien, die Republik Genua, den Klerus und sonstige Zehnten zu überwachen. Alljährlich kam es dabei zu Streitigkeiten.

Die Fragen, die sich aus der Verteilung der Ernte nach rechts und nach links ergaben, bildeten auch den Anlaß zu den ernsthaften Protesten in den sogenannten Beschwerdeheften nach Ausbruch der Französischen Revolution. Solche Hefte wurden damals auch in Ombrosa geführt, und zwar lediglich, um Beweise beizubringen, auch wenn sie völlig nutzlos waren. Es war das einer von Cosimos Einfällen gewesen, der in jener Zeit nicht mehr zu den Versammlungen der Loge zu gehen brauchte, um sich dort mit Hohlköpfen herumzustreiten. Er stand auf den Bäumen des Marktplatzes, und rings um ihn sammelten sich Landvolk und Seeleute, um sich die neuesten Nachrichten erklären zu lassen; empfing er doch die Zeitungen durch die Post und hatte überdies Freunde, die ihm schrieben, darunter den Astronomen Bailly, der darauf zum Maire von Paris ernannt wurde, und andere Jakobiner. Jeden Augenblick gab es etwas Neues: Necker und das Ballhaus und die Bastille und Lafayette auf seinem Schimmel und Ludwig XVI., der sich als Lakai verkleidet hatte. Cosimo berichtete das alles und erläuterte es, indem er von einem Ast auf den anderen hüpfte. Auf dem einen Ast imitierte er Mirabeau auf der Tribüne, auf einem anderen Marat vor den Jakobinern und auf einem dritten wiederum Ludwig XVI. in Versailles, der sich die rote Mütze aufsetzte, um die aus Paris zu Fuß herbeigeeilten Hausfrauen in Schach zu halten.

Um klarzumachen, worum es sich bei den »Beschwerdeheften« handelte, sagte Cosimo: »Versuchen wir einmal, eins zusammenzustellen!« Er nahm ein Schulheft und befestigte es mit einer Schnur am Baum; jeder trat dann heran und verzeichnete die Dinge, die nicht in Ordnung waren. Dabei kamen die verschiedensten Beanstandungen zusammen: Die Fischer führten Klage über den Fischpreis, die Winzer über die Zehnten, die Hirten über die Gemarkungen der Weiden, die Holzfäller über die Staatswälder, und dann stellten sich alle ein, deren Verwandte im Gefängnis saßen oder die wegen irgendeines Vergehens bestraft worden waren, schließlich diejenigen, die mit Edelleuten irgendwelche Weiberhändel hatten – es wollte kein Ende nehmen. Cosimo überlegte sich, daß selbst ein »Beschwerdeheft« nicht so trübsinnig sein dürfe; er kam daher auf den Gedanken, alle zu bitten, das niederzuschreiben, was ihnen die größte Freude machen würde. Und wiederum brachte ein jeder seine Anliegen vor, diesmal in positiver Hinsicht: Da schrieb einer wegen des Kuchens, ein anderer wegen der Gemüsesuppe; einer sehnte sich nach einer Blonden, ein anderer nach zwei Brünetten, einer hätte am liebsten den ganzen Tag geschlafen, ein anderer wollte das ganze Jahr Pilze sammeln; einer wünschte sich einen Wagen mit vier Pferden, ein anderer hätte sich mit einer Ziege begnügt, einer hätte gern seine verstorbene Mutter wiedergesehen, wieder ein anderer wollte mit den Göttern im Olymp zusammentreffen – kurzum, alles, was es an Gutem in der Welt gibt, wurde in diesem Hefte niedergeschrieben oder durch eine Zeichnung dargestellt, denn viele konnten nicht schreiben, oder sogar mit Farben hingemalt. Auch Cosimo trug sich ein; er schrieb einen Namen: Viola. Den Namen, den er seit Jahren überall hinschrieb.

So kam ein schönes Heft zustande, und Cosimo nannte es »Das Heft der Beschwerden und der Zufriedenheit«. Als es jedoch vollgeschrieben war, fand sich keine Versammlung, der man es hätte schicken können; daher blieb es dort, mit einer Schnur befestigt, am Baume hängen, und wenn es regnete, begann es zu faulen, und vieles wurde ausgelöscht. Dieser Anblick schnitt den Ombrosanern ins Herz wegen des gegenwärtigen Elends und erweckte in ihnen aufsässige Gefühle.

So waren also auch bei uns alle Ursachen der Französischen Revolution vorhanden. Nur daß wir uns nicht in Frankreich befanden und daß es keine Revolution gab. Wir lebten in einem Lande, in dem immer nur die Ursachen zutage treten und nicht die Wirkungen.

Jedoch durchlebten auch wir in Ombrosa bewegte Zeiten. Zwei Schritt von uns entfernt zog die republikanische Armee in den Krieg gegen die Österreicher und die Sardinier. Massena stand bei Collardente, Laharpe auf dem Nervia, Muret an der Küste, zusammen mit Napoleon, der damals erst General der Artillerie war, so daß jener Geschützdonner, den man in

Ombrosa hören konnte, je nachdem wie der Wind stand, auf ihn zurückging.

Im September rüstete man zur Weinlese. Und es sah so aus, als rüstete man zu etwas Geheimnisvollem und Furchtbarem.

Von Tür zu Tür raunte man sich zu: »Die Trauben sind reif!«

»Sie sind reif! Jaja!«

»Nicht nur reif! Jetzt geht die Lese an!«

»Und die Kelter!«

»Wir sind alle dabei! Wo gehst du hin?«

»Zum Grafen Pigna.«

»Ich zum Weinberg der Mühle.«

»Hast du gesehen, wie viele Sbirren da sind? Als wären's Amseln, die einfallen, um die Trauben wegzupicken.«

»Aber dieses Jahr picken sie nichts weg!«

»Mag es noch so viele Amseln geben; wir sind hier alle Jäger!«

»Es gibt aber manche, die sich nicht blicken lassen. Einige machen sich aus dem Staube.«

»Wie kommt es nur, daß die Weinlese dieses Jahr so vielen Leuten nicht gefällt?«

»Bei uns sollte sie verschoben werden. Aber jetzt ist die Traube reif!«

»Ja, sie ist reif.«

Am nächsten Tage begann indessen die Weinlese unter völligem Schweigen. Die Weinberge waren voller Menschen, welche die Reihen zwischen den Reben ausfüllten, doch kam kein Gesang zustande. Vereinzelte Rufe waren zu hören; man schrie: »Seid ihr auch da? Die Trauben sind reif!« Gruppen rückten vor, es lag etwas Dumpfes in der Luft; vielleicht rührte das auch vom Himmel her, der nicht völlig bedeckt, aber etwas drückend war, und wenn einer ein Lied anstimmte, so blieb er sogleich mittendrin stecken, da die anderen nicht mittaten.

Die Maultiertreiber trugen die mit Trauben gefüllten Körbe zu den Kufen. Früher pflegte man den Adelsfamilien, dem Bischof, der Regierung ihre Anteile zuzumessen; diesmal geschah es nicht, anscheinend hatte man es vergessen. Die Steuereinnehmer, die erschienen waren, um die Zehnten einzutreiben, wurden unruhig; sie wußten nicht, wo sie zupacken sollten. Die Zeit verstrich, aber es geschah nichts, und doch spürte man immer stärker, daß etwas zu geschehen hatte; auch die Sbirren sahen ein, daß sie sich rühren mußten, aber sie wußten immer weniger, was zu tun war.

Cosimo hatte begonnen, mit seinen Katzenschritten auf den Laubengängen umherzuwandern. Er hielt eine Schere in der Hand und schnitt hie und da eine Traube ab, ohne eine bestimmte Ordnung einzuhalten; dann reichte er sie den Lesern und Leserinnen unter ihm, wobei er einem jeden etwas zuflüsterte.

Der Anführer der Sbirren hielt es nicht länger aus. Er sagte: »Na also, was wird denn nun mit dem Zehnten?« Kaum war das Wort heraus, als er es auch schon bereute. Aus den Weinbergen erscholl ein dumpfer Ton, ein Mittelding zwischen Donnerrollen und Zischen: Es war ein Winzer, der auf einer trompetenförmigen Muschel blies und den Alarm in die Täler weitertrug. Von jeder Anhöhe antworteten die gleichen Töne; die Winzer hoben die Muscheln hoch wie Posaunen, ebenso Cosimo auf seiner Weinlaube.

In den Rebenzeilen erscholl Gesang; zunächst gebrochen und mißtönend, so daß man nicht wußte, was es bedeuten sollte. Dann fanden sich die Stimmen zusammen, hielten den gleichen Ton, nahmen die Melodie auf und sangen wie von Flügeln davongetragen; die Männer und Frauen standen zwischen den Reben, die sie halb verdeckten, und die Pfähle, die Weinstöcke, die Trauben – alles schien davonzulaufen; die Weinlese, das Füllen der Kufen, das Keltern schien sich ganz von allein zu vollziehen; die Luft, die Wolken, die Sonne wurden zu Traubenmost; und allmählich begann man auch, den Gesang zu verstehen, zunächst die Noten der Musik und dann einige der Worte; sie lauteten: »Ça ira! Ça ira! Ça ira!« Die jungen Männer traten die Trauben mit bloßen roten Füßen. – »Ça ira!« –, die Mädchen trieben die spitzen Scheren wie Dolche in das dichte Grün und verwundeten die gekrümmten Weinstöcke. – »Ça ira!« –, dichte Fliegenwolken sammelten sich über den Traubenhaufen, die für die Kelter bereitstanden. – »Ça ira!«. Und in diesem Augenblick verloren die Sbirren ihre Selbstbeherrschung. »Aufhören! Still! Genug mit dem Lärm! Wer singt, auf den wird geschossen!« – und damit begannen sie mit ihren Büchsen in die Luft zu feuern. Ein Flintengeknalle antwortete ihnen, das von kampfbereit auf den Hügeln versammelten Regimentern herzurühren schien. Alle Jagdbüchsen Ombrosas gingen los, und von einem hohen Feigenbaum herab blies Cosimo auf einer Posaunenmuschel zum Angriff. Auf allen Weinbergen kam Bewegung in die Menschen. Man konnte nicht mehr unterscheiden, was Weinlese war und was Handgemenge: Trauben, Frauen, Rebenschößlinge, Rebenmesser, Weinblätter, Pfähle, Körbe, Flinten, Pferde, Eisendrähte, Fausthiebe, Maultiertritte, Schienbeine, Busen; und alles sang: »Ça ira!«

»Da habt ihr eure Zehnten!« Das Ende vom Lied war, daß die Steuereinnehmer und die Sbirren kopfüber in die mit Trauben gefüllten Kufen gestürzt wurden, während die Beine draußen blieben und um sich stießen. Ohne etwas eingetrieben zu haben, mußten sie schließlich abziehen, von Kopf bis Fuß durchtränkt und beschmiert mit Traubensaft, verdorbenen Beeren, Trester, Olivenschalen, Traubenkämmen, die sich in den Gewehren, den Patronentaschen, den Schnurrbärten festgesetzt hatten.

Die Weinlese nahm ihren Fortgang wie ein Fest, denn alle waren überzeugt, daß sie die feudalen Vorrechte abgeschafft hatten. Derweil hatten wir, die Nobili und Krautjunker, uns in unseren Palazzi verschanzt; wir waren bewaffnet und bereit, unsere Haut teuer zu verkaufen. Ich selbst begnügte mich in

Wahrheit damit, meine Nase nicht vor die Tür zu stecken, vor allem, um mir von meinen Standesgenossen nicht nachsagen zu lassen, ich steckte mit meinem Bruder, diesem Erzteufel, der im Rufe stand, der ärgste Agitator, Jakobiner und Sansculotte der ganzen Gegend zu sein, unter einer Decke! Doch an diesem Tage wurde nach der Vertreibung von Steuereinnehmern und Militär niemandem ein Haar gekrümmt.

Alle waren völlig mit Festvorbereitungen beschäftigt. Sie dachten dabei auch an einen Freiheitsbaum nach französischem Muster; freilich wußten sie nicht genau, wie das Original aussah, und außerdem gab es bei uns so viele Bäume, daß es sich nicht gelohnt hätte, noch einen künstlichen aufzurichten. So schmückten sie denn einen echten Baum, eine Ulme, mit Blumen, Weintrauben, Girlanden und Inschriften: »Vive la Grande Nation!« Hoch oben auf dem Wipfel hockte mein Bruder und hatte eine Kokarde in den Farben der Trikolore auf seiner Mütze aus Katzenfell; er hielt einen Vortrag über Rousseau und Voltaire, von dem man kein einziges Wort verstand, weil das ganze Volk unten im Kreise herumtanzte und sang: »Ça ira!«

Die Ausgelassenheit währte nicht lange. Es trafen beträchtliche Truppenverbände ein: Genuesen, um die Zehnten einzutreiben und die Neutralität unseres Gebiets zu sichern, sowie Österreicher und Sardinier, da sich das Gerücht verbreitet hatte, die Jakobiner Ombrosas wollten den Anschluß an die »Große und Universale Nation«, das heißt an die Französische Republik, proklamieren. Die Anführer suchten Widerstand zu leisten, bauten einige Barrikaden, schlossen die Stadttore... Aber das reichte bei weitem nicht aus. Die Truppen drangen von allen Seiten in die Stadt ein, stellten auf allen Landstraßen Sperrposten auf, und jeder, der als Agitator galt, wurde ins Gefängnis geworfen, abgesehen von Cosimo, der sich nicht so leicht fangen ließ, und einigen wenigen, die sich ihm anschlossen.

Der Prozeß gegen die Revolutionäre wurde mit Vorrang

betrieben, doch gelang es den Angeklagten, nachzuweisen, daß sie keine Schuld traf und daß gerade die wirklichen Rädelsführer sich aus dem Staube gemacht hatten. So wurden denn alle wieder freigelassen, zumal wegen der Truppen, die in Ombrosa verblieben, keine weiteren Aufstände zu befürchten waren. Auch österreichisch-sardinische Besatzungstruppen bezogen in der Stadt Quartier, um ein mögliches Einsickern des Feindes zu verhindern; sie standen unter dem Befehl unseres Schwagers, des Grafen d'Estomac, des Gatten Battistas, der im Gefolge des Grafen de Provence aus Frankreich emigriert war.

So hatte ich denn wieder meine Schwester Battista auf dem Halse, und das Vergnügen, das ich darüber empfand, läßt sich leicht vorstellen. Mitsamt ihrem Gatten, dem Offizier, den Pferden und Ordonnanzen ließ sie sich in meinem Haus nieder. Dort verbrachte sie ihre Abende damit, uns von den letzten Hinrichtungen in Paris zu berichten; ja, sie hatte das winzige Modell einer Guillotine mit einer richtigen Klinge mitgebracht, und um das Ende aller ihrer Freunde und angeheirateten Verwandten vorzuführen, enthauptete sie Eidechsen, Regenwürmer und sogar Mäuse. Das war unsere Abendunterhaltung. Ich beneidete Cosimo, der seine Tage und Nächte im Busch verbrachte und sich in irgendwelchen Wäldern versteckt hielt.

27

Von seinen Unternehmungen während des Krieges in den Wäldern erzählte Cosimo so viele und so unglaubliche Dinge, daß ich mich nicht imstande sehe, der einen Fassung vor der anderen den Vorrang zu geben. Lieber lasse ich ihn selbst zu Wort kommen, indem ich getreulich einige seiner Erzählungen wiedergebe. –

Im Walde bewegten sich Aufklärungspatrouillen der feindlichen Heere. Oben im Geäst spitzte ich bei jedem Schritt, den ich im Gesträuch hörte, das Ohr, um festzustellen, ob es sich um Österreicher und Sardinier oder um Franzosen handelte.

Ein hochblonder kleiner Leutnant kommandierte eine österreichische Patrouille in tadellosen Uniformen; er ließ die Soldaten, die mit Zopf und Quaste, Dreispitz und Gamaschen, gekreuzten weißen Binden, Gewehr und Bajonett ausgerüstet waren, in Zweierreihe marschieren und war bestrebt, auf den abschüssigen Waldwegen die Richtung nicht zu verlieren. Da dieses Offizierchen nicht wußte, wie der Wald aussah, jedoch davon überzeugt war, daß er die empfangenen Befehle haargenau ausführen konnte, folgte er genau den Angaben seiner Karte; dabei stieß er ständig mit der Nase gegen Baumstämme und war schuld daran, daß die Truppe mit ihren Nagelstiefeln auf den glatten Steinen ausrutschte oder sich in den Dornbüschen die Augen ausstieß, doch blieb er sich stets der Überlegenheit der kaiserlichen Waffen bewußt.

Es waren vorzügliche Soldaten. Ich erwartete sie auf einer Pinie. In der Hand hielt ich einen pfundschweren Tannenzapfen, den ich dem Unteroffizier am Schluß des Zuges auf den Kopf fallen ließ. Der Bursche breitete die Arme aus, ging in die Knie und fiel in das Farnkraut zwischen dem Unterholz. Keiner bemerkte es; die Truppe marschierte weiter.

Ich holte sie nochmals ein. Diesmal warf ich einem Korporal einen zusammengerollten Igel auf den Nacken. Der Korporal neigte den Kopf zurück und fiel in Ohnmacht. Jetzt beobachtete der Leutnant den Vorgang, sandte zwei Soldaten aus, die eine Tragbahre holen sollten, und setzte den Marsch fort.

Als hätte sie es eigens darauf abgesehen, stürzte sich die Patrouille in das dichteste Wacholdergestrüpp des ganzen Waldes. Und dort erwartete sie ein neuer Hinterhalt. Ich hatte gewisse haarige blaue Raupen, bei deren Berührung die Haut schlimmer anschwillt als durch Brennesseln, in einem Pappkarton gesammelt und ließ sie zu Hunderten auf sie herniederregnen. Die Abteilung zog vorbei, verschwand im Gebüsch und tauchte wieder auf, während sich alle kratzten und die Gesichter ganz mit roten Bläschen bedeckt waren; so marschierte sie weiter.

Es war eine vorzügliche Truppe unter einem vorzüglichen Offizier. Alles im Walde war ihm so fremd, daß er nicht unterscheiden konnte, was darin ungewöhnlich war; so rückte er weiter vor, mit einer dezimierten Truppe, die jedoch stolz und unbezähmbar blieb. Ich kam daher auf den Gedanken, eine Familie von Wildkatzen einzusetzen: Ich hielt die Tiere am Schwanze und schleuderte sie fort, was sie in maßlose Wut versetzte. Es entstand großer Lärm, der vor allem von den Katzen herrührte, dann trat Stille und Gefechtspause ein. Die Österreicher versorgten ihre Verwundeten. Mit weißleuchtenden Binden setzte darauf die Patrouille ihren Vormarsch fort. Hier hilft nur eins: Man muß sie gefangennehmen! sagte ich mir und beeilte mich, sie zu überholen, da ich hoffte, eine französische Patrouille zu finden, die ich vom Herannahen des Feindes verständigen könnte. Seit geraumer Zeit schienen jedoch die Franzosen auf diesem Frontabschnitt kein Lebenszeichen mehr von sich zu geben.

Als ich an gewissen moosbewachsenen Stellen vorüberkam, sah ich, wie sich etwas bewegte. Ich blieb stehen und horchte. Ich vernahm Laute, die wie das Geplätscher eines Baches klangen und dann in ein beständiges Gemurmel übergingen; schließlich ließen sich Worte unterscheiden wie etwa: »Mais

alors... crénom-de... foutez-mois-donc... tu m'emmer...
quoi...« Ich blickte scharf in das Halbdunkel und stellte fest,
daß diese schwammige Vegetation vor allem aus zottigen
Pelzmützen sowie aus dichten Schnauz- und Backenbärten
bestand. Es war eine Abteilung französischer Husaren. Feuchtigkeit hatte während des Winterfeldzuges ihren ganzen Haarwuchs durchtränkt, so daß er jetzt im Frühjahr von Schimmel
und Moos überwuchert war.

Dieser Vorposten stand unter dem Befehl des Dichters
Agrippa Papillon aus Rouen, eines Freiwilligen der repulikani-
schen Armee. Da Leutnant Papillon von der allgemeinen Güte
der Natur überzeugt war, wollte er nicht, daß sich seine
Soldaten die Fichtennadeln, Kastanienschalen, Zweige, Blätter und Schnecken abstreiften, die sich, während sie den Wald
durchquerten, an ihnen festsetzten. Und auf diese Weise war
die Patrouille schon derart mit ihrer Umwelt verschmolzen,
daß es wirklich meines geübten Auges bedurfte, um sie
wahrzunehmen.

Inmitten seiner biwakierenden Soldaten hockte der dichten-
de Offizier mit seinen langen Ringelhaaren, die sein hageres
Gesicht unter dem Zweispitz umrahmten, und besang die
Wälder: »O Wald! O Nacht! Hier bin ich in eurer Gewalt! Ein
zartes Zweiglein aus Venushaar, das den Knöchel dieser
stolzen Soldaten umschlingt, könnte also Frankreichs Bestimmung verändern? O Valmy! Wie fern bist du!«

Ich trat auf ihn zu. »Pardon, citoyen!«

»Was? Wer ist dort?«

»Ein Patriot aus diesen Wäldern, Bürger Offizier!«

»Wahrhaftig! Wer? Wo ist er?«

»Gerade vor Eurer Nase, Bürger Offizier!«

»Ich sehe! Wer ist dort? Ein Vogelmensch, ein Sohn der
Harpyien! Seid Ihr vielleicht ein Geschöpf der Mythologie?«

»Ich bin der Bürger Rondò, menschlicher Wesen Kind,
sowohl von Vater- wie von Mutterseite, das könnt Ihr mir
glauben, Bürger Offizier! Ja, ich hatte sogar einen wackeren

Soldaten zur Mutter, aus den Zeiten des spanischen Erbfolgekriegs.«

»Ich verstehe. O Zeitläufte, o Ruhm! Ich glaube Euch, citoyen, und bin begierig, die Neuigkeiten zu hören, die Ihr mir offenbar vermelden wollt.«

»Eine österreichische Patrouille dringt in Eure Linien ein!«

»Was sagt Ihr? Das bedeutet Kampf! Es ist Zeit! O Bach, lieblicher Bach, nun wird bald Blut deine Wasser färben! Vorwärts! Zu den Waffen!«

Auf Befehl des Leutnants und Poeten sammelten die Husaren ihre Waffen und Kleidungsstücke, bewegten sich dabei aber so lässig und zerstreut, rekelten sich, spuckten und fluchten, daß ich an ihrer militärischen Tüchtigkeit zu zweifeln begann.

»Bürger Offizier, habt Ihr einen Plan?«

»Einen Plan? Wir marschieren gegen den Feind.«

»Gewiß, aber wie?«

»Wie? In Reih und Glied.«

»Nun, wenn ich Euch einen Rat geben darf, so würde ich die Soldaten in aufgelöster Ordnung vorrücken lassen und zurückhalten, damit die feindliche Patrouille von allein in die Falle geht.«

Leutnant Papillon war ein entgegenkommender Mann und erhob gegen meinen Plan keine Einwände. Die im Wald verstreuten Husaren unterschieden sich kaum von Grasbüscheln, und der österreichische Leutnant war sicherlich der Allerungeeignetste, um diesen Unterschied wahrzunehmen. Die kaiserliche Patrouille folgte auf ihrem Marsche der in der Karte eingezeichneten Route, und von Zeit zu Zeit erscholl ein barsches »Rechtsum!« oder »Linksum!«. Auf diese Weise kamen sie ganz nah an den französischen Husaren vorbei, ohne sie zu bemerken. Die Husaren verhielten sich stumm, beschränkten sich auf natürliche Geräusche wie Blätterrauschen oder Flügelgeschwirr und begannen ein Umgehungsmanöver.

Von den Baumwipfeln aus signalisierte ich ihnen durch den Pfiff der Wachtel oder den Schrei des Käuzchens die Bewegungen der feindlichen Truppen und die Abkürzungswege, die sie einschlagen sollten. Die nichtsahnenden Österreicher saßen in der Falle.

»Halt! Im Namen von Freiheit, Gleichheit und Brüderlichkeit erkläre ich euch alle zu Gefangenen!« hörten sie auf einmal von einem Baume rufen; dann tauchten die Umrisse einer menschlichen Gestalt zwischen den Zweigen auf, die eine alte Flinte mit langem Lauf schwenkte.

»Urràh! Vive la Nation!« – und alle Büschel ringsum entpuppten sich als französische Husaren unter Führung des Leutnants Papillon.

Dumpfe Flüche erschollen auf der Seite der Österreicher, aber bevor sie sich hätten wehren können, waren sie schon entwaffnet. Bleich, doch erhobenen Hauptes überreichte der Leutnant dem Franzosen seinen Degen.

Ich leistete der republikanischen Armee wertvolle Hilfe, zog es aber vor, auf eigene Faust zu handeln wie an jenem Tage, als ich eine österreichische Kolonne dadurch in die Flucht jagte, daß ich ein Wespennest auf sie schleuderte.

Meine Taten hatten sich im österreichischen und sardinischen Lager herumgesprochen, und zwar mit solchen Übertreibungen, daß es hieß, der Wald wimmle von auf den Baumwipfeln versteckten bewaffneten Jakobinern. Auf ihren Märschen spitzten die königlichen und kaiserlichen Truppen die Ohren: Beim leisesten Fall einer aus ihrer Schale geplatzten Kastanie oder beim feinsten Quieken eines Eichhörnchens sahen sie sich bereits von Jakobinern eingekreist und wechselten die Marschrichtung. Dergestalt, indem ich Lärm und kaum wahrnehmbare Geräusche machte, brachte ich die österreichischen und piemontesischen Verbände vom Wege ab und konnte sie dorthin führen, wohin ich wollte.

Eines Tages dirigierte ich eine Abteilung in ein dichtes

Dornengestrüpp, wo sie nicht ein noch aus wußte. In dem Dickicht hatte sich ein Rudel Wildschweine versteckt; aus den Bergen aufgescheucht, in denen die Kanonen donnerten, kamen die Wildschweine in Scharen ins Tal hinunter, um sich ins Unterholz zu flüchten. Die verstörten Österreicher marschierten, ohne eine Handbreit weit sehen zu können, und auf einmal stießen sie auf eine Herde borstiger Wildschweine, die markerschütternde Grunzlaute ausstießen. Mit vorgestrecktem Rüssel drängten sich die Untiere zwischen die Knie der Soldaten, schleuderten sie in die Luft, zertrampelten die Gestrauchelten mit ihren spitzen Hufen und bohrten ihnen ihre Hauer in den Leib. Das gesamte Bataillon wurde aufgerieben. Ich hockte zusammen mit meinen Kameraden auf den Bäumen; von dort verfolgten wir sie mit Gewehrschüssen. Von denen, die wieder ins Lager zurückkehrten, berichteten die einen, ein Erdbeben habe plötzlich unter ihren Füßen das dornige Erdreich erschüttert; andere erzählten von einem Kampf gegen eine Jakobinerbande, die auf einmal, wie aus dem Boden gewachsen, ihnen gegenübergestanden habe; denn diese Jakobiner waren ja nichts anderes als Teufel, halb Mensch, halb Tier, die entweder auf den Bäumen oder mitten im Dickicht lebten.

Ich sagte schon, daß ich meine Streiche am liebsten allein oder gemeinsam mit den wenigen Kameraden ausführte, die sich nach der Weinlese mit mir in die Wälder geflüchtet hatten. Mit der französischen Armee wollte ich möglichst wenig zu schaffen haben, denn man weiß ja schon, wie es mit den Armeen geht; jedesmal, wenn sie sich in Bewegung setzen, hecken sie irgendein Unheil aus. Ich hatte jedoch die Patrouille des Leutnants Papillon in mein Herz geschlossen und war um ihr Los recht besorgt. Die völlige Ruhe an der Front drohte nämlich der von dem Poeten befehligten Truppe zum Verhängnis zu werden. Moose und Flechten, manchmal auch Heidekraut und Farngräser, wuchsen auf den Uniformen der Soldaten; auf den Pelzmänteln bauten die Zaunkönige ihr Nest oder sprießten und blühten Maiglöckchen; die Stiefel verbanden sich mit dem Waldboden zu einem festen Sockel: Die ganze Abteilung begann Wurzeln zu schlagen. Die Nachgiebigkeit des Leutnants Agrippa Papillon gegenüber der Natur bewirkte, daß diese Schar der Tapferen in einem animalischen und vegetativen Durcheinander versank.

Es galt, sie aufzuwecken. Aber wie? Ich hatte eine Idee und suchte Leutnant Papillon auf, um ihn dafür zu gewinnen. Der Poet stand da und dichtete den Mond an.

»O Mond! Rund wie ein Feuerschlund, wie eine Kanonenkugel, die nach Erschöpfung des Pulverantriebs auf ihrer langsamen Bahn weiterzieht und schweigend durch die Himmel rollt! Wann wirst du abbrennen, Mond; wann wirst du eine hohe Wolke aus Staub und Funken aufsteigen lassen, welche die feindlichen Heere und die Throne unter sich begräbt und mir eine Bresche des Ruhmes öffnet – eine Bresche in der festen Mauer der Geringschätzung, die mir meine Mitbürger bezeigen? O Rouen! O Mond! O Schicksal! O Nationalkonvent! O Frösche! O ihr Mädchen! O du mein Leben!« Und ich: »Citoyen...!«

Verdrossen über die ständigen Unterbrechungen, sagte Papillon trocken: »Na und?«

»Ich wollte darauf hinweisen, Bürger Offizier, daß es eine Methode gibt, Eure Leute aus einer nachgerade gefährlichen Lethargie zu erwecken.«

»Gäbe es der Himmel, citoyen! Ich für mein Teil strebe nach der Tat, wie Ihr seht! Und was wäre diese Methode?«

»Flöhe, Bürger Offizier.«

»Ich muß Euch leider enttäuschen, citoyen. Die republikanische Armee hat keine Flöhe! Infolge der Blockade und der Teuerung sind sie alle verhungert.«

»Ich kann Euch welche liefern, Bürger Offizier.«

»Ich weiß nicht, ob Ihr im Ernst redet oder Euch einen Scherz erlaubt. Auf jeden Fall werde ich den höheren Befehlsstellen darüber Bericht erstatten, und dann werden wir sehen.

Citoyen, ich danke Euch für alles, was Ihr für die republikanische Sache leistet. O Ruhm! O Rouen! O Flöhe! O Mond!« Damit entfernte er sich, indem er vor sich hin faselte.

Ich sah ein, daß ich selbst die Initiative ergreifen mußte. Ich versah mich mit einer großen Menge Flöhe, und sobald ich von den Bäumen einen französischen Husaren erspäht hatte, schoß ich ihm mit meinem Blasrohr einen Floh auf den Leib; dabei suchte ich durch genaues Zielen zu erreichen, daß er ihm unter den Kragen schlüpfte. Sodann begann ich die ganze Abteilung mit einer Handvoll nach der anderen zu bestreuen. Es waren das gefährliche Unternehmungen; hätte man mich nämlich auf frischer Tat ertappt, so hätte mir mein Ruf als Patriot nichts genützt: Als ein Geheimagent Pitts wäre ich gefangengenommen, nach Frankreich transportiert und guillotiniert worden.

Statt dessen hatte mein Eingreifen eine segensreiche Wirkung: Der durch die Flöhe verursachte Juckreiz ließ bei den Husaren das lebhafte menschlich-staatsbürgerliche Bedürfnis entstehen, sich zu kratzen, alles zu durchstöbern, sich zu entlausen; sie lüfteten die bemoosten Kleidungsstücke, die mit Pilzen und Spinnweben bedeckten Bündel und Tornister; sie wuschen sich, rasierten sich, kämmten sich, kurzum, sie wurden sich wieder ihrer individuellen Menschlichkeit bewußt und entschieden sich für die Kultur, für die Überwindung der rohen Naturgewalt. Überdies beseelte sie nun ein Tätigkeitsdrang, ein Eifer, eine Kampfeslust, die längst in Vergessenheit geraten waren. Als der Augenblick der Offensive herankam, waren sie von diesem Schwung erfüllt: So triumphierten die republikanischen Heere über den feindlichen Widerstand und erfochten die Siege von Dego und Millesimo...

28

Unsere Schwester und der Emigrant d'Estomac konnten gerade noch so rechtzeitig aus Ombrosa entkommen, daß sie nicht vom republikanischen Heere gefangen wurden. Das Volk Ombrosas schien zu den Tagen der Weinlese zurückgekehrt zu sein. Der Freiheitsbaum wurde aufgerichtet, und diesmal entsprach er mehr dem französischen Vorbild, das heißt, er war einem Maibaum etwas ähnlicher. Ich brauche kaum zu erwähnen, daß Cosimo hinaufkletterte, mit der phrygischen Mütze auf dem Kopf; er wurde es indessen bald leid und ging seiner Wege.

Rings um die Palazzi des Adels kam es zu einigen Krawallen, Rufe ertönten: »Aristò, aristò, alla laterna, sairà!« Mich ließen sie in Ruhe, zumal ich der Bruder meines Bruders war und wir stets zum niederen Adel gehört hatten; später betrachteten sie mich sogar ebenfalls als Patrioten (was mir Ungelegenheiten bereitete, als der Wind abermals umschlug).

Sie bildeten eine *municipalitè*, bestellten eine *maire*, alles nach französischem Muster; mein Bruder wurde in den vorläufigen Stadtrat berufen, obwohl viele damit nicht einverstanden waren, da sie ihn für verrückt hielten. Die Anhänger des Ancien Régime lachten und sagten, das Ganze sei ein Narrenkäfig.

Die Sitzungen des Stadtrates fanden im früheren Palais des Genueser Gouverneurs statt. Cosimo hockte auf einem Johannisbrotbaum in Fensterhöhe und folgte den Erörterungen. Zuweilen griff er ein, indem er laut seine Stimme erhob, auch beteiligte er sich an den Abstimmungen. Die Revolutionäre sind bekanntlich formalistischer als die Konservativen: Sie erhoben Einwendungen, meinten, solch eine Regelung sei unmöglich, die Versammlung büße dadurch an Ansehen ein und dergleichen; als daher die Ligurische Republik an die Stelle der oligarchischen Republik Genua trat, wurde mein Bruder nicht mehr in die neue Verwaltung gewählt.

Und dabei hatte Cosimo damals den *Entwurf einer Verfassung für ein republikanisches Staatswesen mit Erklärung der Menschenrechte, der Rechte der Frauen, der Kinder, der Haustiere und der wilden Tiere, einschließlich der Vögel, Fische und Insekten, sowie der Bäume, Gemüse und Gräser* ausgearbeitet und veröffentlicht. Es war eine sehr schöne Arbeit, die allen Regierungen als Richtschnur hätte dienen können; statt dessen schenkte ihr niemand Beachtung, und so blieb alles auf dem Papier.

Die meiste Zeit aber verbrachte Cosimo weiterhin im Walde, wo die Pioniere der französischen Armee eine Straße für den Transport der Artillerie bauten. Mit ihren langen Bärten, die unter den Pelzmützen hervorquollen und sich in den Lederschürzen verloren, unterschieden sich die Pioniere von allen anderen Truppeneinheiten. Vielleicht lag das auch daran, daß sie nicht wie die anderen Truppen Katastrophen und Verderb nach sich zogen, sondern statt dessen die Befriedigung über die beständigen Dinge und den Ehrgeiz, so gute Arbeit wie möglich zu leisten, mitbrachten. Überdies hatten sie so viel zu erzählen: Sie hatten fremde Nationen kennengelernt, Belagerungen und Schlachten erlebt; manche von ihnen hatten auch den großen Ereignissen, die sich in Paris abgespielt hatten – der Erstürmung der Bastille und den Hinrichtungen –, beigewohnt, und so verbrachte Cosimo ganze Abende damit, ihnen zuzuhören. Sie legten dann ihre Hacken und Pfähle nieder, hockten sich um ein Feuer, rauchten kurze Pfeifen und frischten Erinnerungen auf.

Tagsüber half Cosimo den Feldmessern, den Verlauf der Straße abzustecken. Keiner war dazu besser befähigt als er; kannte er doch alle Stellen, auf denen sich ein Fahrweg ohne große Höhenunterschiede und unter möglichster Schonung des Baumbestandes anlegen ließ. Und stets dachte er dabei, mehr als an die französische Artillerie, an die Bevölkerung dieser straßenlosen Gebiete. Jedenfalls hatte, so besehen, dieses ganze Treiben der hühnerstibitzenden Soldateska sein Gutes: Es wurde eine Straße auf ihre Kosten gebaut.

Das war kein Fehler; denn die Besatzungstruppen, vor allem seit sie sich aus einer republikanischen Armee in eine kaiserliche verwandelt hatten, gingen nachgerade allen auf die Nerven.

Und alle machten sich bei den Patrioten Luft: »Seht doch, wie sich eure Freunde aufführen!« Und die Patrioten breiteten die Arme aus, hoben die Augen gen Himmel und antworteten: »Es sind eben Soldaten! Hoffen wir, daß es bald vorbei ist!«

In den Ställen requirierten die napoleonischen Truppen Schweine, Kühe und sogar Ziegen. Mit den Steuern und Zehnten war es ärger als zuvor. Überdies wurde der Wehrdienst eingeführt. Soldat spielen wollte bei uns niemandem in den Kopf; die jungen Männer, die ihre Einberufung erhielten, flüchteten in die Wälder.

Cosimo tat, was in seinen Kräften stand, um diese Mißstände zu lindern. Er bewachte das Vieh, wenn die Kleinbauern es aus Angst vor einer Razzia in den Wald getrieben hatten, oder stand Posten bei geheimen Transporten, die Korn zur Mühle oder Öl zur Ölpresse beförderten, um zu verhindern, daß die Franzosen sich einen Teil davon holten; er zeigte auch den jungen Wehrpflichtigen die Höhlen im Walde, in denen sie sich verstecken konnten. Kurzum, er suchte das Volk vor Gewalttaten zu schützen; hingegen griff er die Besatzungstruppen niemals an, obwohl damals bewaffnete Banden umherzuziehen begannen, die den Franzosen das Leben sauer machten. Eigensinnig, wie Cosimo nun einmal war, wollte er sich immer selbst treu bleiben, und da er zuvor ein Freund der Franzosen gewesen war, hielt er daran fest, daß er loyal bleiben müsse, auch wenn sich so vieles gewandelt hatte und alles ganz anders aussah, als man es seinerzeit erwartet hatte. Im übrigen darf man nicht vergessen, daß er zu altern begann und sich nunmehr weder für die einen noch für die anderen besonders ins Zeug legen mochte.

Napoleon begab sich nach Mailand, um sich dort krönen zu lassen; sodann unternahm er einige Reisen durch Italien. In jeder Stadt wurde er mit großem Gepränge empfangen, auch zeigte man ihm die Sehenswürdigkeiten und Monumente. In Ombrosa wurde unter anderem ein Besuch bei dem »Patrioten auf den Bäumen« aufs Programm gesetzt, denn wie es oft geschieht, fand Cosimo bei uns keine Beachtung, während er draußen, vor allem im Ausland, viel genannt wurde.

Die Begegnung stand unter keinem guten Stern. Alles war von dem städtischen Festausschuß vorbereitet worden, damit wir gut abschnitten. Man hatte einen schönen Baum ausgewählt, es sollte eine Eiche sein, aber der am günstigsten gelegene war ein Nußbaum, und infolgedessen wurde der Nußbaum mit einigen Eichenblättern verkleidet und sodann mit der französischen und der lombardischen Trikolore sowie mit Kokarden und Schmuck behängt. Mein Bruder mußte sich auf ihm hinhocken: im Festgewand, aber mit seiner charakteristischen Mütze aus Katzenfell und mit einem Eichhörnchen auf der Schulter.

Alles war für zehn Uhr vorbereitet, und eine große Menschenmenge stand im Kreise herum, aber natürlich ließ sich Napoleon bis halb zwölf nicht blicken, zum großen Verdruß meines Bruders, der mit zunehmendem Alter an der Blase zu leiden begann und sich von Zeit zu Zeit hinter dem Stamm verstecken mußte, um sich zu erleichtern.

Der Kaiser erschien mit seinem Gefolge, dem die Zweispitze auf den Köpfen schwankten.

Es war Mittag, Napoleon schaute zwischen den Zweigen zu Cosimo hinauf, und die Sonne stach ihm in die Augen.

Er begann Cosimo mit vier improvisierten Sätzen anzureden: »Je sais très bien que vous, citoyen...« – und dabei hielt er sich die Hand vor die Augen – »... parmi les forêts...« – und dabei hüpfte er etwas nach links, damit ihm die Sonne nicht gerade in die Augen schien – »parmi les frondaisons de notre luxuriante...« – und dabei sprang er etwas nach rechts, weil

Cosimo ihn durch eine zustimmende Verneigung abermals der Sonne ausgesetzt hatte.

Als Cosimo Bonapartes Unruhe bemerkte, fragte er ihn höflich: »Kann ich etwas für Euch tun, mon Empereur?«

»Ja, ja«, sagte Napoleon, »bleibt bitte etwas dort stehen, um mich vor der Sonne zu schützen, ja, so ist's richtig, halt...!« Dann verstummte er, als hinge er einem Gedanken nach, und wandte sich an den Vizekönig Eugène: »Tout cela me rappelle quelque chose... Quelque chose que j'ai déjà vu...«

Cosimo kam ihm zu Hilfe: »Nein, *Ihr* wart das nicht, Majestät, das war Alexander der Große.«

»Ach ja, natürlich«, sagte Napoleon. »Die Begegnung zwischen Alexander und Diogenes.«

»Vous n'oubliez jamais votre Plutarque, mon Empereur«, bemerkte Beauharnais.

»Nur daß damals«, fügte Cosimo hinzu, »Alexander es war, der Diogenes fragte, was er für ihn tun könne, worauf Diogenes ihn bat, sich zu entfernen...«

Napoleon schnalzte mit den Fingern, als hätte er nunmehr endlich den Satz gefunden, den er suchte. Mit einem Blick auf die Würdenträger seines Gefolges vergewisserte er sich, daß sie ihm zuhörten, dann sagte er in ausgezeichnetem Italienisch: »Wäre ich nicht Kaiser Napoleon, so wäre ich am liebsten der Bürger Cosimo Rondò!«

Dann wandte er sich um und entfernte sich. Mit großem Sporengeklirr schloß das Gefolge sich ihm an.

Damit war alles zu Ende. Man hätte erwarten können, daß das Kreuz der Ehrenlegion binnen einer Woche bei Cosimo eintreffen würde. Nichts dergleichen geschah. Meinen Bruder ließ das freilich völlig kalt, aber seiner Familie hätte es Freude gemacht.

29

Die Jugend schwindet schnell dahin auf der Erde und erst recht auf den Bäumen, wo alles dazu bestimmt ist, abzufallen: Blätter und Früchte. All diese Jahre mit all ihren Nächten, all ihren im Frost, im Winde, im Wasser, unter zerbrechlichem Schutz, mit nichts ringsumher als der Luft verbrachten Nächten, ständig ohne Haus, ohne Feuer, ohne ein warmes Gericht... Cosimo war nachgerade ein verschrumpeltes altes Männlein mit krummen Beinen, langen Affenarmen, buckelig, in einem Pelzmantel eingemummelt, der in eine Kapuze überging, so daß er aussah wie ein zottiger Mönch. Das Gesicht war sonnverbrannt, rissig wie eine Kastanie, mit hellen runden Augen inmitten der Runzeln.

An der Beresina wurde Napoleons Heer in die Flucht geschlagen, in Genua vollzog sich die Landung der Engländer; so verbrachten wir unsere Tage in Erwartung der Nachrichten über die Umwälzungen. Cosimo ließ sich in Ombrosa nicht sehen: Er hockte auf einer Pinie im Walde, am Saum der Artilleriestraße, auf der die Geschütze nach Marengo gezogen waren; von dort schaute er nach Osten auf das verlassene Pflaster, auf dem sich jetzt nur Hirten mit ihren Ziegen oder mit Holz beladene Maulesel begegneten. Worauf wartete er noch? Napoleon hatte er gesehen; welch ein Ende die Revolution genommen hatte, wußte er; es konnte jetzt alles nur noch schlimmer werden. Und doch blieb er dort und starrte vor sich hin, als sollte im nächsten Augenblick die kaiserliche Armee an der Wegbiegung erscheinen, noch bedeckt mit russischen Eiszapfen, und Bonaparte zu Pferde, fiebernd und blaß, das schlechtrasierte Kinn auf die Brust gebeugt... Er würde unter der Pinie halten (während hinter ihm die Schritte verwirrt stockten, Gewehre und Tornister auf den Boden fielen, erschöpfte Soldaten am Straßenrand ihre Schuhe auszogen, gekrümmte Füße verbunden wurden) und sagen: »Citoyen

Rondò, gib mir die Verfassung zurück, die du ersonnen hast; spende mir wieder deinen Rat, auf den weder Direktorium noch Konsulat noch Empire hören wollten: Laß uns jetzt von neuem beginnen, die Freiheitsbäume wieder aufrichten, das universale Vaterland retten!« Sicherlich hing Cosimo solchen Träumen, solchen Hoffnungen nach.

Statt dessen kamen eines Tages auf der Artilleriestraße drei Gestalten aus Osten einhergehumpelt. Der eine lahmte und stützte sich auf eine Krücke, der zweite hatte einen Turban aus Binden um den Kopf geschlungen; der dritte war der gesündeste, denn er trug nur ein schwarzes Band über dem einen Auge. Die verschossenen Lumpen, die sie auf dem Leibe hatten, die zerfetzten Uniformschnüre, die ihnen von der Brust herunterhingen, die Pelzmützen ohne Deckel, auf denen einer von ihnen noch einen Federbusch hatte, die längs des ganzen Beins aufgerissenen Schaftstiefel – das alles schien zu den Uniformen der napoleonischen Garde gehört zu haben. Sie besaßen jedoch keine Waffen; genauer gesagt, einer schwenkte eine leere Säbelscheide, und ein anderer trug, wie einen Stock geschultert, einen Flintenlauf mit einem Bündel dran.

So kamen sie daher und sangen: »De mon pays... De mon pays... De mon pays...«, wie drei Betrunkene.

»Heda, Fremde!« rief mein Bruder ihnen zu. »Wer seid ihr?«

»Sieh doch den seltsamen Vogel! Was treibst du da oben? Frißt du Pinienkerne?« Und ein anderer: »Willst du uns Pinienkerne zu essen geben? Mit unserem Bärenhunger sollen wir Pinienkerne fressen?«

»Und der Durst! Der Durst, den wir durchs Schneefressen bekamen.«

»Wir sind vom dritten Husarenregiment.«

»Und zwar vollzählig!«

»Alle, die noch übrig sind!«

»Drei von hundert: Das ist nicht wenig!«

»Mir kann's gleich sein: Ich bin davongekommen, und das genügt mir.«

»Wirklich? Noch ist nicht aller Tage Abend, du bist noch nicht heil zu Hause!«

»Der Teufel soll dich holen!«

»Wir sind die Sieger von Austerlitz!«

»Und die Beschissenen von Wilna! Prost!«

»Sag einmal, sprechender Vogel, erklär uns, wo es hier eine Kneipe gibt!«

»Wir haben die Fässer von halb Europa geleert, aber der Durst ist uns geblieben!«

»Weil wir von Kugeln durchsiebt sind; da rinnt der Wein durch!«

»Du hast gerade an dieser Stelle ein Loch!«

»Eine Kneipe, die uns Kredit gibt!«

»Zahlen kommen wir ein andermal!«

»Napoleon zahlt für uns!«

»Prrr...«

»Der Zar zahlt! Er kommt hinter uns her, legt ihm die Rechnung vor!«

Cosimo sagte: »Wein gibt es hier keinen, aber dort hinten ist ein Bach, da könnt ihr euren Durst löschen!«

»Ersaufe nur in deinem Bach, du Nachteule!«

»Wär mir die Büchse nicht an der Weichsel verlorengegangen, ich hätte dich schon abgeknallt und am Spieß gebraten wie eine Wachtel!«

»Wartet: Ich geh zum Bach, um mir die Füße zu baden, sie brennen...«

»Meinetwegen, wasch dir nur auch den Hintern...«

Sie begaben sich jedoch alle drei zum Bach, um die Füße ins Wasser zu hängen, sich Gesicht und Kleider zu waschen. Die Seife hatte ihnen Cosimo mitgegeben, denn er gehörte zu den Leuten, die mit zunehmendem Alter immer sauberer werden, da sie dann einen Ekel vor sich empfinden, den man in der Jugend nicht kennt; so hatte er immer Seife bei sich. Das frische

Wasser ernüchterte die drei Rückkehrer ein wenig. Und mit dem Rausch war auch ihre Fröhlichkeit verflogen; sie wurden sich wieder ihres traurigen Zustandes bewußt, seufzten und stöhnten. In solcher Kümmernis wurde das Wasser zum Labsal; sie genossen es und sangen: »De mon pays... De mon pays...«

Cosimo war auf seinen Beobachtungsposten am Straßenrand zurückgekehrt. Er hörte Pferdegalopp. Da kam auch schon ein Reiterfähnlein heran, das eine Staubwolke aufwirbelte. Die Reiter trugen Uniformen, die er nie gesehen hatte; unter ihren schweren Pelzmützen zeigten sich blonde, bärtige und etwas plattgedrückte Gesichter mit halbgeschlossenen grünen Augen. Cosimo grüßte sie, indem er seinen Hut zog. »Welch guter Wind führt euch her, Reitersleute?«

Sie hielten an. »Sdrawstwui! Sag uns, batjuschka, wie weit ist es noch?«

»Sdrawstwuitje, Soldaten!« sagte Cosimo, der ein paar Worte in allen Sprachen gelernt hatte und daher auch etwas Russisch konnte. »Kuda wam? Bis wohin denn?«

»Bis da, wohin diese Straße führt...«

»Nun, diese Straße führt zu so vielen Orten... Wo wollt ihr denn hin?«

»W Parish.«

»Nach Paris führen aber bessere Wege...«

»Njet, njet, Parish. Wo Franziju, sa Napoleonom. Kuda wedjot eta doroga?«

»Nach so vielen Orten: Olivabassa, Sassocorto, Trappa...«

»Kak? Aliviabassa? Njet, njet.«

»Nun, mit der Zeit kommt man auch nach Marseille...«

»W Marsel... da, da, Marsel... Franzija...«

»Und was gedenkt ihr in Frankreich zu tun?«

»Napoleon kam und führte Krieg gegen unseren Zaren, und jetzt läuft unser Zar hinter Napoleon her.«

»Und wo kommt ihr her?«

»Is Charkowa. Is Kiewa. Is Rostowa.«

»Da habt ihr ja schon viel Schönes gesehen! Und gefällt es euch besser bei uns oder in Rußland?«

»Es gibt schöne Orte, häßliche Orte. Uns gefällt Rußland.«

Man hörte galoppieren, eine Staubwolke stieg auf, dann hielt ein Pferd an; ein Offizier saß darauf, der den Kosaken zurief: »Won! Marsch! Kto wam poswolil ostanowitssja?«

»Do swidanija, batjuschka«, sagten diese zu Cosimo. »Nam pora...«, und damit sprengten sie davon. Der Offizier hielt weiter unter der Pinie. Er war schlank, ja hager, und sah vornehm und traurig aus; barhäuptig blickte er zum Himmel, über den Wolken jagten.

»Bonjour, Monsieur«, sagte er zu Cosimo, »vous connaissez notre langue?«

»Da, gospodin ofizer«, antwortete mein Bruder, »mais pas mieux que vous le français, quand-même.«

»Êtes-vous un habitant de ce pays? Étiez-vous ici pendant qu'il y avait Napoléon?«

»Oui, monsieur l'officier.«

»Comment ça allait-il?«

»Vous savez, monsieur, les armées font toujours des dégâts, quelles que soient les idées qu'elles apportent.«

»Oui, nous aussi nous faisons beaucoup de dégâts... mais nous n'apportons pas d'idées.«

Er machte einen schwermütigen und sorgenvollen Eindruck, und doch war er ein Sieger. Cosimo begann Sympathie für ihn zu empfinden und wollte ihn trösten:

»Vous avez vaincu!«

»Oui. Nous avons bien combattu. Très bien. Mais peut-être...«

Man hörte auf einmal Geschrei, ein dumpfes Aufschlagen, Waffengeklirr.

»Kto tam?« sagte der Offizier. Die Kosaken kehrten zurück und schleiften halbnackte Leiber hinter sich her; in der Hand hielten sie etwas: in der Linken (die Rechte umklammerte den gezückten breiten Krummsäbel, der – wahrhaftig – von Blut triefte); dieses Etwas waren die bärtigen Köpfe der drei trinklustigen Husaren.

»Franzusy! Napoleon! Alle umgebracht.«

Der junge Offizier erteilte mit knappen Worten den Befehl, sie fortzuschaffen. Er wandte sich ab. Nochmals sprach er Cosimo an: »Vous voyez... La guerre... Il y a plusieurs années que je fais le mieux que je puis une chose affreuse: la guerre... et tout cela pour des idéals que je ne saurais presque expliquer à moi-même...«

»Auch ich«, sagte Cosimo, »lebe seit vielen Jahren für Ideale, die ich mir selbst kaum erklären könnte: mais je fais une chose tout-à-fait bonne: je vis sur les arbres.«

Der schwermütige Offizier wurde auf einmal nervös. »Alors«, sagte er, »je dois m'en aller.« Er grüßte militärisch. »Adieu, Monsieur... Quel est votre nom?«

»Le Baron Cosme de Rondeau«, rief Cosimo hinter dem Offizier her, der sich schon in Trab gesetzt hatte. »Proschtchaije, gospodin... Et le vôtre?«

»Je suis le Prince Andrej...«, und der Galopp des Pferdes nahm den Familiennamen mit sich fort.

30

Ich weiß jetzt nicht, was uns dieses neunzehnte Jahrhundert noch bringen wird, das so schlecht angefangen hat und einen immer ärgeren Verlauf nimmt. Auf Europa lastet der Schatten der Restauration; alle Neuerer – gleichviel ob Jakobiner oder Bonapartisten – sind unterlegen; der Absolutismus und die Jesuiten beherrschen wieder das Feld; die Ideale der Jugend, die Leuchten, die Hoffnungen unseres achtzehnten Jahrhunderts, alles ist Asche.

Ich vertraue meine Gedanken diesem Heft an und könnte sie nicht anders ausdrücken: Ich bin immer ein gesetzter Mensch gewesen, ohne große Aufschwünge oder Passionen, ein Familienvater, Angehöriger eines adligen Geschlechts, von Ideen erleuchtet, den Gesetzen gehorsam. Die Exzesse der Politik haben mich niemals allzu stark erschüttert, und das wird hoffentlich auch künftig so bleiben. Innerlich aber – welch eine Traurigkeit!

Früher war es anders, da hatte ich meinen Bruder; ich sagte mir: Es gibt ja ihn, der nachdenkt! und war darauf bedacht, zu leben. Für mich war das ein Zeichen dafür, daß sich die Dinge gewandelt hatten, nicht die Ankunft der Österreicher und der Russen, auch nicht unsere Einverleibung in Piemont oder die neuen Steuern oder irgend etwas anderes; sondern nur dies, daß ich ihn nicht mehr dort oben balancieren sah, wenn ich das Fenster öffnete. Jetzt, da er nicht mehr da ist, habe ich das Gefühl, daß ich über so viele Dinge nachdenken sollte: Philosophie, Politik, Geschichte; ich verfolge die Gazetten, lese Bücher, zerbreche mir den Kopf, aber die Dinge, die er sagen wollte, stehen nicht darin; er hatte etwas anderes im Sinn, etwas, was alles umspannen sollte, und er konnte es nicht mit Worten sagen, sondern nur dadurch, daß er so lebte, wie er gelebt hat. Nur weil er so unerbittlich er selbst war, wie er es bis zum Tode gewesen ist, konnte er allen Menschen etwas geben.

Ich muß noch an seine letzte Krankheit zurückdenken. Wir wurden sie gewahr, als er sein Lager auf dem großen Nußbaum dort inmitten des Marktplatzes aufschlug. Früher hatte er sich aus Scheu vor den Menschen immer im Verborgenen schlafen gelegt. Jetzt spürte er das Bedürfnis, stets im Blickfeld der anderen zu bleiben. Mir schnitt es ins Herz: Ich hatte immer gedacht, daß er nicht gern allein sterben würde, und das war vielleicht schon ein Zeichen. Wir schickten ihm einen Arzt auf einer Leiter hinauf; als er wieder herunterstieg, verzog er sein Gesicht und breitete die Arme aus.

Auch ich stieg die Leiter hinauf. »Cosimo«, redete ich ihn an, »du bist jetzt schon über fünfundsechzig, wie kannst du nur weiter dort oben bleiben? Was du sagen wolltest, hast du ja gesagt, wir haben es verstanden; du hast große Seelenstärke bewiesen, du hast es vollbracht, jetzt kannst du hinabsteigen. Auch für den, der sein ganzes Leben auf dem Meere verbracht hat, kommt ein Alter, wo er an Land geht.«

Ach was! Er machte eine verneinende Handbewegung. Er sagte kaum noch ein Wort. Von Zeit zu Zeit erhob er sich, bis zum Kopf in eine Decke gehüllt, und setzte sich auf einen Ast, um etwas die Sonne zu genießen. Weiter entfernte er sich nicht mehr. Eine alte Frau aus dem Volke, die ein frommes Leben führte (vielleicht war sie früher seine Geliebte gewesen), sorgte bei ihm für Sauberkeit und brachte ihm warme Speisen. Wir hatten veranlaßt, daß eine Gartenleiter an dem Stamm angelehnt blieb, denn man mußte ständig hinaufsteigen, um ihm behilflich zu sein, und zugleich hoffte man, daß er sich jeden Augenblick entschließen würde, herunterzukommen. (Das heißt, die anderen gaben sich dieser Hoffnung hin; ich wußte genau, wie seine Natur war.) Ringsum auf dem Marktplatz stand stets ein Kreis von Leuten, die ihm Gesellschaft leisteten, miteinander plauderten und ihm zuweilen auch ein Scherzwort hinaufriefen, obwohl jeder wußte, daß er nicht mehr gewillt war, den Mund aufzutun.

Sein Zustand verschlechterte sich. Wir hievten ein Bett auf

den Baum hinauf; es gelang uns, es so zu befestigen, daß es im Gleichgewicht blieb, er legte sich gern hinein. Wir empfanden Gewissensbisse, weil wir nicht früher daran gedacht hatten: In Wahrheit hatte er Annehmlichkeiten keineswegs verschmäht; sofern es auf den Bäumen geschehen konnte, war er stets bestrebt gewesen, möglichst gut zu leben. Nun suchten wir ihn schnellstens mit weiterem Komfort zu versehen: mit Strohmatten, um ihn vor Luftzug zu schützen, mit einem Baldachin, einem Kohlenbecken. Es ging ihm etwas besser, und so brachten wir ihm einen Lehnstuhl, den wir zwischen zwei Ästen befestigten; in seine Decken gehüllt, verbrachte er dort den ganzen Tag.

Eines Morgens sahen wir ihn indessen weder im Bett noch im Lehnstuhl und blickten besorgt hinauf: Er war bis in den Wipfel emporgeklettert und saß rittlings auf einem sehr hohen Ast, nur mit einem Hemde bekleidet.

»Was machst du da oben?«

Er antwortete nicht. Er war halb erstarrt. Nur durch ein Wunder schien er sich dort auf dem Wipfel zu halten. Wir schafften ein großes Tuch herbei, wie man es zum Olivensammeln verwendet, und ließen es ausgebreitet von etwa zwanzig Männern halten, da wir annahmen, er würde herunterstürzen.

Inzwischen ging der Arzt zu ihm hinauf; es war ein schwieriger Aufstieg, man mußte zwei Leitern aneinanderbinden. Er kam wieder herunter und sagte: »Schickt ihm einen Priester!«

Wir waren bereits übereingekommen, daß einer seiner Freunde, ein gewisser Don Pericle, ein während der Franzosenzeit der Republik ergebener Priester und Mitglied der Loge, als der Beitritt dem Klerus noch nicht untersagt war, den Versuch wagen sollte; erst kürzlich hatte ihn das bischöfliche Ordinariat nach mancherlei Ungelegenheiten in sein Amt wiedereingesetzt. Er stieg im Ornat und mit dem Ziborium hinauf, hinter ihm der Meßdiener. Er blieb eine Weile oben;

offenbar sprachen sie miteinander, dann stieg er wieder herunter.

»Hat er denn die Sakramente empfangen, Don Pericle?«

»Nein, nein, aber er sagt, daß es ihm gut geht, daß für ihn alles gut geht.« Mehr war nicht aus ihm herauszubekommen. Die Männer, die das Tuch hielten, wurden müde. Cosimo blieb dort droben und rührte sich nicht. Ein Wind kam auf, eine kräftige Südwestbrise, die Baumspitze schwankte hin und her, wir standen bereit.

Da tauchte am Himmel eine Montgolfiere auf. Einige englische Luftschiffer machten mit ihr Flugversuche über der Küste. Es war ein schöner, mit Fransen, Ornamenten und Schleiern geschmückter Luftballon, an dem eine aus Weiden geflochtene Gondel hing; zwei Offiziere mit goldenen Tressen und Zweispitz saßen darin und betrachteten die Landschaft unter ihnen mit dem Fernrohr. Sie richteten es auf den Marktplatz, beobachteten den Mann auf dem Baume, das ausgespannte Tuch, die Menschenmenge: sonderbare Aspekte der Welt. Auch Cosimo hatte den Kopf gehoben und blickte aufmerksam auf den Ballon.

In diesem Augenblick wurde die Montgolfiere von einer Bö erfaßt, der Wind riß sie fort, während sie wie ein Kreisel herumgewirbelt wurde, und trieb sie dem Meer zu. Die Luftschiffer bewahrten ruhiges Blut und bemühten sich offenbar, den Druck des Ballons zu vermindern; gleichzeitig ließen sie den Anker herunter, in dem Bestreben, irgendeinen Halt zu finden. Der silbrige Anker, der an einem langen Seil hing, flog über den Himmel und folgte schräg dem Kurs des Ballons; jetzt überquerte er den Marktplatz und befand sich etwa in Höhe des Nußbaumwipfels, so daß wir befürchteten, Cosimo könnte von ihm getroffen werden. Freilich konnten wir nicht ahnen, was unsere Augen eine Sekunde später sehen sollten.

Der sterbende Cosimo machte in dem Augenblick, als das Ankerseil nah an ihm vorüberkam, einen jener Sprünge, die ihm in seiner Jugend keine Schwierigkeiten bereitet hatten, und klammerte sich an den Strick, während er mit den Füßen auf dem Anker stand und sein Leib sich zusammenkauerte; so sahen wir ihn fliegen, vom Winde fortgerissen und kaum den Flug des Ballons behindernd, bis er in Richtung des Meeres verschwand...

Nachdem die Montgolfiere die Bucht überquert hatte, glückte ihr die Landung am anderen Ufer. Am Seil hing nur noch der Anker. Die Ballonfahrer, die allzusehr damit beschäftigt gewesen waren, Kurs zu halten, hatten nichts bemerkt. Man nimmt an, daß der Sterbende abgestürzt ist, während sich der Ballon mitten über der Bucht befand.

So verschwand Cosimo und bereitete uns nicht einmal die Genugtuung, als Toter auf den Erdboden zurückzukehren.

In der Familiengruft bewahrt ein Grabstein mit folgender Inschrift sein Andenken: »Cosimo Piovasco di Rondò – Er lebte auf den Bäumen – Er liebte stets die Erde – Er entschwand gen Himmel«.

Von Zeit zu Zeit halte ich inne im Schreiben und trete ans Fenster. Der Himmel ist leer, und uns alten Ombrosanern, die wir gewohnt waren, unter jenen grünen Kuppeln zu leben, schmerzen die Augen bei seinem Anblick. Fast scheint es, als hätten die Bäume nicht standhalten können, nachdem mein Bruder sie verlassen hatte, oder als wären die Menschen von der Raserei der Äxte befallen worden. Überdies hat sich die Vegetation gewandelt: Es gibt keine Buchen, keine Ulmen, keine Eichen mehr – Afrika, Australien, Amerika, Indien strecken bis zu uns ihre Äste und Wurzeln aus. Die alten Bäume sind auf die Höhen zurückgewichen: Auf den Hügeln finden sich Oliven, und in den Bergwäldern gibt es Pinien und Kastanien; unten an der Küste herrschen Australien und Asien mit der Röte des Eukalyptus, dem Elefantenwuchs der Feigenbäume, riesigen und einsamen Gartengewächsen, und überall sonst stehen Palmen mit ihren zerzausten Wipfeln, diese unwirtlichen Bäume der Wüste.

Ombrosa ist nicht mehr. Wenn ich zum entvölkerten Himmel emporblicke, frage ich mich, ob es überhaupt existiert hat. Diese Enklave aus Zweigen und Blättern, Astgabeln, Samenlappen und Flaum, die so winzig war und unbegrenzt, dieser Himmel, der nur aus regellosen Lichtspritzern und Fetzen bestand – vielleicht gab es das alles nur, damit mein Bruder mit seinem leichten Schwanzmeisengang darüber hinweghuschen konnte; ein Stickmuster war es, über dem Nichts gewoben, dem Tintenfaden gleichend, den ich über Seiten und Seiten laufen ließ, beladen mit Korrekturen, Strichen, nervösen Klecksen, Flecken, Lücken – diesem Faden, der sich zuweilen zu dicken, lichten Beeren ausweitet, zuweilen sich, wie zu punktförmigen Samen, zu winzigen Zeichen verdichtet, bald in sich selbst zurückschlingt, bald sich gabelt, bald Satzklümpchen mit Blätter- oder Wolkengirlanden verbindet und sodann stockt und sich abermals zu verschlingen beginnt und läuft und läuft und sich in einer letzten närrischen Traube von Worten, Ideen, Träumen abspult und verwickelt und damit zu Ende ist.

10. Dezember 1956–26. Februar 1957

Der Ritter, den es nicht gab

1

Unter den roten Mauern von Paris war das Heer der Franken angetreten. Karl der Große sollte die Parade abnehmen. Gut drei Stunden standen die Paladine bereits da; es war heiß: ein etwas bedeckter, wolkiger Frühsommernachmittag; in den Rüstungen schmorte es wie in Kochtöpfen über langsamem Feuer. Wohl möglich, daß manch einer in dieser unbewegten Ritterfront schon das Bewußtsein verloren hatte oder eingeschlummert war, doch hielt der Harnisch alle gleichermaßen aufrecht in ihren Sätteln. Plötzlich erschollen drei Trompetenstöße; in der stillen Luft bauschten sich die Federn der Helmbüsche auf wie bei einem Windstoß, und sofort verstummte jenes meeresgleiche Brausen, das man soeben noch hatte hören können: offensichtlich das Schnarchen der Krieger im metallenen Schlund der Helme. Dort endlich – sie gewahrten ihn in der Ferne, Karl der Große, wie er auf einem ungewöhnlich mächtigen Roß daherkam, den Bart bis über die Brust, die Hände am Sattelknauf. Er herrscht und führt Krieg, führt Krieg und herrscht, unentwegt; er schien etwas gealtert seit jenem Mal, da ihn die Ritter zuletzt gesehen.

Er hielt sein Pferd vor jedem Offizier an und wandte sich ihm zu, um ihn von oben bis unten zu betrachten. »Und wer seid Ihr, fränkischer Paladin?«

»Salomon von der Bretagne, Majestät!« antwortete der Angesprochene mit lauter Stimme, lüftete zugleich das Visier und zeigte sein erhitztes Gesicht; sodann fügte er einige praktische Angaben hinzu, wie etwa: »Fünftausend Ritter, dreitausendfünfhundert Fußsoldaten, achtzehnhundert Knechte, seit fünf Jahren im Felde.«

»Auf geht's mit den Bretonen, mein Paladin«, sagte Karl, und tack-tack, tack-tack kam er zu einem anderen Anführer. »Undwerseidihr, fränkischer Paladin?« fragte er von neuem.

»Oliver von Wien, Majestät!« skandierten die Lippen, sobald sich die Helmklappe geöffnet hatte. Und dann: »Dreitausend ausgesuchte Reiter, siebentausend das Fußvolk, zwanzig Mauerbrecher. Sieger über den Heiden Fierabraccia durch Gottes Gnaden und zum Ruhme Karls, Königs der Franken!«

»Gut gemacht, bravo, Wiener!« sagte Karl der Große; er wandte sich den Offizieren seines Gefolges zu: »Die Pferde sind etwas mager, Haferrationen erhöhen!« Und weiter ging es.

»Undwerseidihr, fränkischer Paladin?« wiederholte er in immer gleichem Tonfall. »Tatatatà, tàtata tatatà . . .«

»Bernhard von Montpellier; Majestät! Sieger über Brunamonte und Galifer.«

»Schöne Stadt, Montpellier! Die Stadt der schönen Frauen!« Und zu seiner Begleitung: »Schau zu, ob wir ihn nicht befördern können!« Alles Dinge, die, vom König gesagt, Freude machen; nur, seit so vielen Jahren waren es immer die gleichen Wendungen.

»Undwerseidihr, mit dem Wappen, das mir bekannt vorkommt?«

Er erkannte alle an dem Wappen auf ihrem Schild, ohne daß sie etwas hätten zu sagen brauchen; aber es war üblich, daß ein jeder selbst Namen und Gesicht kundtat, vielleicht, weil sonst jemand, der Besseres zu tun fand, als an der Parade teilzunehmen, einfach seine Rüstung mit einem anderen hätte entsenden können.

»Aluard von Dordogne, Sohn des Herzogs Haimon . . .«

»So ist's recht, Aluard, was sagt denn der Papa?« und so fort.

»Tatatatà, tàtata tatatà . . .«

»Gottfried von Monjoie! Achttausend Reiter, Gefallene ausgenommen!« Die Helmbüsche schwankten. »Roger der Däne! Namo von Bayern! Palmerin von England!«

Der Abend sank nieder. Die Gesichter zwischen Visierhaube und Brustsatz ließen sich kaum mehr unterscheiden. Jedes Wort, jede Geste war vorauszusehen – wie alles in diesem Krieg, der schon so lange dauerte. Jedes Treffen, jeder Zweikampf wurde stets nach den gleichen Regeln ausgefochten. Schon heute wußte man, wer morgen als Sieger oder Besiegter, als Held oder Feigling dastehen würde; wem es bestimmt war, mit aufgeschlitztem Bauch zu enden, oder wer mit einem Sturz vom Pferd und einem wehen Hintern davonkommen konnte. Abends, beim Schein der Fackeln, hämmerten die Schmiede an den Rüstungen stets die gleichen Beulen aus.

»Und Ihr?« Der König hielt jetzt vor einem Ritter in strahlendweißer Rüstung; nur ein schmaler, schwarzer Streifen zierte die Ränder, sonst war sie blendend hell, in bestem Zustand, ohne einen Kratzer, tadellos in den Scharnieren. Darüber ragte der Helm mit einem Federbusch, der von irgendeinem orientalischen Hahn herrühren mochte und in allen Regenbogenfarben schillerte. Auf dem Schild war zwischen den beiden Zipfeln eines bauschigen Mantels ein Wappen abgebildet, und innerhalb dieses Wappens öffneten sich zwei weitere Umhänge über einem kleineren Wappen, das seinerseits ein noch kleineres, von Draperie umhülltes enthielt. In immer feineren Umrissen war eine Folge von Mänteln dargestellt, von denen ein jeder sich innerhalb des anderen öffnete, und in der Mitte mußte irgend etwas sein, was man jedoch nicht erkennen konnte, so winzig wurde die Zeichnung. »Und wer seid denn Ihr, in einem so sauberen Aufzuge...«, sagte Karl der Große, der, je länger der Krieg dauerte, immer seltener bei der Inspektion seiner Paladine die Gebote der Sauberkeit beachtet fand.

»Ich bin« – metallisch drang die Stimme aus dem geschlossenen Helm, als vibriere darin nicht ein Kehlkopf, sondern lediglich, mit schwachem Widerhall, das Blech der Rüstung – »Agilulf Emo Bertrandino derer von Guildiverne und der anderen von Korbentratz und Sura, Ritter von Selimpia Citerior und Fez.«

»Oooh...«, machte Karl der Große und stieß mit einem kurzen harten Geräusch Luft gegen die vorgeschobene Unterlippe, als wolle er sagen: Ich hätte viel zu tun, wenn ich mir die Namen von ihnen allen merken müßte. Aber dann runzelte er sogleich die Brauen. »Und weshalb öffnet Ihr nicht das Visier und zeigt Euer Gesicht?«

Der Ritter rührte sich nicht; seine Rechte in einem dicht gewobenen Eisenhandschuh umklammerte fester den Sattelbaum, während der andere Arm, der den Schild hielt, wie von einem Schauer durchlaufen schien.

»Heda, ich frage Euch, Paladin!« wiederholte Karl der Große mit Nachdruck. »Warum zeigt Ihr Eurem König nicht das Gesicht?«

Die Stimme drang deutlich durch die Kinnkette: »Weil es mich nicht gibt, Majestät!«

»Das ist ja allerhand!« rief der Kaiser. »Jetzt haben wir im Heer auch einen Ritter, den es gar nicht gibt! Laßt doch einmal sehen.«

Agilulf schien noch einen Augenblick zu zögern, dann öffnete er das Visier mit ruhiger, wenn auch langsamer Hand. Der Helm war leer. In der weißen Rüstung mit dem regenbogenfarbenen Helmbusch steckte niemand.

»Aber nein! Was man nicht alles zu sehen bekommt!« staunte Karl der Große. »Und wie bringt Ihr es fertig, Dienst zu tun, wenn Ihr gar nicht da seid?«

»Mit der Kraft meines Willens«, antwortete Agilulf, »und dem Glauben an unsere heilige Sache!«

»Ach so... ach so, gut gesagt. So soll man seine Pflicht tun! Na schön, für einen, der nicht existiert, seid Ihr in Ordnung!«

Agilulf war Flügelmann. Der Kaiser hatte nunmehr allen die Parade abgenommen; er wendete sein Pferd und entfernte sich in Richtung der königlichen Zelte. Er war alt und suchte schwierige Fragen seinem Sinn fernzuhalten.

Die Trompete blies das Signal zum Wegtreten. Die Pferde liefen wie üblich auseinander, und der große Wald der Lanzen neigte sich, schwankte in Wellen wie ein Kornfeld, durch das der Wind streicht. Die Ritter stiegen aus ihren Sätteln, stapften umher, um sich die Beine zu vertreten; Schildknappen führten die Pferde am Zügel fort. Dann lösten sich aus Gewühl und Staubwolken einzelne Paladine heraus, sammelten sich zu kleinen Gruppen, aus denen bunte Helmbüsche hervorleuchteten, und erholten sich – mit Scherz und Prahlereien, mit Klatsch über Frauen und Komplimenten – von der erzwungenen Reglosigkeit jener Stunden.

Agilulf tat ein paar Schritte, um sich unter eine dieser Gruppen zu mischen. Dann ging er ohne jeden Grund weiter zu einer anderen, drängte sich aber nicht vor, wurde auch von niemandem beachtet. Etwas unschlüssig blieb er bald hinter diesem, bald bei jenem stehen, ohne sich an ihren Gesprächen zu beteiligen. Schließlich wandte er sich ab. Die Dämmerung sank herab; die irisierenden Federn auf seinem Helmbusch hatten jetzt alle die gleiche unbestimmte Färbung angenommen, doch die weiße Rüstung hob sich noch als einzige von der Wiese ab. Als fühle er sich mit einemmal entblößt, kreuzte Agilulf die Arme und zog die Schultern zusammen. Dann raffte er sich auf und strebte mit großen Schritten den Stallungen zu. Dort stellte er fest, daß die Wartung der Pferde nicht den Vorschriften entsprach; er fuhr die Knechte an, verhängte Strafen über Stallburschen, beaufsichtigte alle Verrichtungen, verteilte die Arbeit aufs neue, wobei er einen jeden bis ins kleinste unterwies, was er zu tun habe, und ließ sich das Gesagte wiederholen, um festzustellen, ob man ihn auch richtig verstehe. Und da sich unentwegt zeigte, wie säumig im Dienst seine Kollegen, die Offiziere und Paladine, gewesen waren, rief er auch sie, einen nach dem anderen, ohne Rücksicht auf ihr angenehm müßiges Abendgeplauder, und hielt ihnen in aller Zurückhaltung, aber mit Präzision und Entschiedenheit ihre Nachlässigkeiten vor. Sodann nötigte er den einen, Posten zu beziehen, einen zweiten, die Nachtwache zu übernehmen, einen dritten, eine Patrouille zu führen, und so fort. Immer hatte er recht, und die Paladine konnten sich ihm nicht entziehen, doch verhehlten sie kaum ihr Mißvergnügen. Agilulf Emo Bertrandino derer von Guildiverne und der anderen von Korbentratz und Sura, Ritter von Selimpia Citerior und Fez war ohne Zweifel das Musterbild eines Soldaten, aber er war ihnen allen unsympathisch.

2

Die Nacht ist für lagernde Heere geregelt wie der gestirnte Himmel: Es gibt die Wachablösungen, den Offizier vom Dienst, die Patrouillen. Alles übrige – die ständige Unordnung innerhalb einer Armee im Kriegszustand, das tägliche Durcheinander, aus dem plötzlich das Unvorhergesehene herausspringen kann wie ein scheuendes Pferd – ist jetzt verstummt, hat doch der Schlaf alle Krieger und alle Vierfüßler der Christenheit bezwungen: diese in Reihen und stehend, wobei sie von Zeit zu Zeit einen Huf auf dem Boden reiben, vielleicht auch ein kurzes Wiehern oder ein Eselsgeschrei hören lassen; jene, endlich von Helm und Harnisch befreit, zufrieden, sich wieder als selbständige und unverwechselbare menschliche Wesen fühlen zu können: dort liegen sie schon alle und schnarchen.

Drüben, im Lager der Ungläubigen, ist es dasselbe: die gleichen Schritte der Posten vor und zurück; der Wachhabende, der den letzten Sand im Stundenglas verrinnen sieht und sich aufmacht, um die Männer der Ablösung zu wecken; der Offizier, der die Nachtwache zur Gelegenheit nimmt, seiner Frau zu schreiben, und die christliche wie die ungläubige Patrouille rücken beide eine halbe Meile vor; beide erreichen nahezu den Wald, aber dann kehren sie um, die eine hierhin, die andere dorthin, ohne sich je zu begegnen; sie finden sich wieder im Lager ein mit der Meldung, daß alles ruhig sei, und gehen schlafen. Sterne und Mond ziehen schweigend über den feindlichen Lagern dahin. Nirgendwo schläft man so gut wie im Heer.

Nur Agilulf war diese Erquickung nicht vergönnt. Unter seinem Zelt, einem der am besten eingerichteten des christlichen Lagers, mit großem Komfort, bemühte er sich, in seiner tadellos sitzenden Rüstung auf dem Rücken zu liegen, und hing weiterhin seinen Gedanken nach: nicht müßigen und abschweifenden Gedanken eines Einschlummernden, sondern bestimmten und exakten Überlegungen. Nach einer Weile richtete er sich auf einem Ellbogen hoch: er verspürte das Bedürfnis nach irgendeiner manuellen Arbeit, etwa sein Schwert zu putzen, das allerdings schon glänzte, oder die Scharniere seiner Rüstung einzufetten. Nur wenige Augenblicke – schon stand er auf und trat mit Lanze und Schwert ins Freie, und sein weißlicher Schatten huschte durch das Lager. Aus den kegelförmigen Zelten drang das Konzert der schwer atmenden Schläfer. Was dies bedeutete – die Augen schließen und das Bewußtsein seiner selbst verlieren zu können, hinsinkend in die Leere der Stunden, um dann beim Erwachen unverändert sich wiederzufinden, die Fäden des eigenen Lebens neu zu knüpfen –, das konnte Agilulf nicht wissen, und sein Neid über die Existierenden mit ihrer Fähigkeit zu schlafen, dieser Neid war verschwommen wie gegen etwas, was sich nicht einmal begreifen ließ. Außerdem machte ihn der Anblick der nackten Füße, die hie und da mit hochgerecktem großem Zeh aus den Zelten herausragten, unruhig und betroffen. Das schlafende Lager war das Reich der Leiber. Ausgebreitet ruhte das Fleisch des alten Adam, Lobpreisung des genossenen Weins und des Schweißes eines kriegerischen Tagewerks, während die leeren Rüstungen, die von Schildknappen und Knechten am nächsten Morgen geputzt und gerichtet werden sollten, jetzt ungeordnet vor den Zelteingängen umherlagen. Wachsam, gereizt, nervös, hochmütig schritt Agilulf vorüber; die Leiber dieser Leute, die einen Körper besaßen, erfüllten ihn nicht nur mit einem an Mißgunst grenzenden Unbehagen; ihn überkam zugleich ein Gefühl des Stolzes und der verächtlichen Überlegenheit. Da lagen sie nun, die vielgenannten Kameraden, die ruhmreichen Paladine, und was waren sie wirklich? Die Rüstung, Zeugnis ihres Rangs und Adels, ihrer vollbrachten Taten, ihrer Macht und Geltung – sie war jetzt zu einer tauben Hülle, einem leeren Eisending herabgewürdigt; die Menschen selbst schnarchten, das Gesicht in Kissen vergraben, und Speichelfäden rannen ihnen von den geöffneten Lippen. Er selbst, nein, er ließ sich nicht in Einzelteile auflösen, zerstückeln; er war und blieb in jedem Augenblick des Tages und der Nacht Agilulf Emo Bertrandino derer von Guildiverne und der anderen von Korbentratz und Sura, gewappneter Ritter von Selimpia Citerior und Fez, der an einem ganz bestimmten Tag die und die Taten zum Ruhme der christlichen Waffen vollbracht und im Heere Kaiser Karls des Großen den Befehl über die und die Truppen übernommen hatte. Zugleich besaß er die schönste Rüstung des ganzen Lagers, die sich nicht von ihm trennen ließ und keinerlei Makel zeigte; er war ein besserer Offizier als viele andere, deren Ruhm in aller Munde war; er war sogar der beste Offizier. Und dennoch wanderte er unglücklich in der Nacht umher.

Er hörte eine Stimme: »Herr Offizier, mit Verlaub, wann kommt denn die Ablösung? Schon seit drei Stunden läßt man mich warten!« Es war ein Posten, der sich an seiner Lanze aufrecht hielt, als habe er Bauchweh.

Agilulf wandte sich nicht einmal um:

»Du irrst, ich bin nicht der Offizier vom Dienst«, und er ging weiter.

»Verzeihung, Herr Offizier. Da ich Euch hier vorbeikommen sah, meinte ich...«

Die geringste dienstliche Unregelmäßigkeit konnte Agilulf dazu treiben, alles zu kontrollieren, weiteren Irrtümern und Schlampereien der anderen nachzuspüren, sie ließ ihn über alles schlecht Gemachte, Unangebrachte einen heftigen Schmerz empfinden... Aber es gehörte nicht zu seinen Obliegenheiten, zu dieser Stunde Inspektionen auszuführen, man hätte ein solches Verhalten als nicht angemessen, ja als geradezu undiszipliniert ansehen müssen. Agilulf suchte sich also zu beherrschen und sein Interesse auf Sonderfragen zu beschränken, die ohnehin am nächsten Morgen seiner harrten: einige Ständer für die Lanzen, zum Beispiel, mußten instand gesetzt werden, Vorkehrungen, daß das Heu trocken lagerte, waren zu treffen . . . All diesen Überlegungen zum Trotz tauchte sein weißer Schatten immer wieder vor den Wachhabenden, dem Offizier vom Dienst oder der Patrouille auf, die auf der Suche nach einer vom Abend übriggebliebenen Weinflasche die Kantine durchstöberte. Jedesmal war Agilulf dann einen Augenblick unschlüssig, ob er sich wie jemand benehmen solle, der schon durch seine bloße Gegenwart Respekt einzuflößen weiß, oder ob er besser verstohlen, wie einer, der sich ohne triftigen Grund irgendwo aufhält, einen Schritt zurückgehen und so tun solle, als sei er nicht zugegen. In solchem Zwiespalt blieb er nachdenklich stehen, ohne daß es ihm gelungen wäre, sich für die eine oder andere Haltung zu entscheiden. Er spürte nur, daß er allen lästig fiel, und hätte gern etwas getan, um irgendeine Beziehung zum Nächsten herzustellen; er hätte Befehle, Feldwebelschimpfworte brüllen oder aus vollem Halse lachen oder Zoten wie unter Wirtshauskumpanen zum besten geben mögen. Statt dessen murmelte er irgendein schwerverständliches Grußwort. Hochmut tarnte seine Schüchternheit, oder Schüchternheit schwächte seinen Hochmut ab. Er ging weiter; dann schien ihm, die anderen fragten etwas; er wandte sich kaum merklich um und sagte »Eh?«, überzeugte sich aber sofort, daß sie nicht mit ihm sprachen und entfernte sich fluchtartig.

Er begab sich zum Rand des Lagers, dort, wo es einsam war, und stieg eine kahle Anhöhe hinauf. Die stille Nacht wurde nur vom sanften Flug kleiner unförmiger Schatten mit lautlosen Flügeln bewegt, die umherschwirrten, ohne je die gleiche Richtung einzuhalten: Fledermäuse. Selbst diese kläglichen Leiber, ungewisse Gebilde zwischen Maus und Vogel, waren noch etwas, was man hätte greifen können, etwas, was mit offenem Maul die Luft durchsegelte und Mücken schnappen konnte, während Agilulf, trotz seines Panzers, in jeder Ritze von Windstößen durchzogen wurde, von fliegenden Mücken und Mondstrahlen. Eine unbestimmte Wut, die in ihm hochgestiegen war, brach plötzlich hervor. Er riß das Schwert aus der Scheide, packte es mit beiden Händen und hieb mit aller Kraft gegen jede tiefer fliegende Fledermaus. Nichts – sie setzten ihren Flug ohne Anfang und Ende fort, kaum daß die aufgerührte Luft sie schüttelte. Agilulf fuhr mit dem Schwert durch die Luft, Schlag um Schlag. Er suchte jetzt nicht einmal mehr die Fledermäuse zu treffen; seine Hiebe ordneten sich, folgten regelmäßigeren Bahnen, wie es den Figuren der Fechtkunst entsprach. Er begann mit Übungen, als wolle er sich auf den nächsten Kampf vorbereiten, und setzte die Theorie der Querhiebe, der Paraden und der Finten in die Tat um.

Plötzlich hielt er inne. Ein junger Mann war auf der Anhöhe hinter einer Hecke aufgetaucht und schaute ihm zu. Er war nur mit einem Schwert bewaffnet und trug einen leichten Brustharnisch.

»Oh, Ritter!« rief er. »Ich wollte Euch nicht unterbrechen! Übt Ihr Euch für die Schlacht? Nicht wahr, beim ersten Morgengrauen soll doch die Schlacht stattfinden? Erlaubt Ihr, daß ich mit Euch trainiere?« Dann, nach einer Pause: »Gestern bin ich im Lager eingetroffen... Für mich wird es das erste Gefecht sein... Alles ist so anders, als ich es mir vorgestellt hatte...«

Agilulf stand jetzt schräg vor ihm, das Schwert mit verschränkten Armen gegen die Brust gepreßt; der Schild bedeckte ihn ganz. »Die vom Kommando für einen etwaigen Waffengang beschlossenen Maßnahmen werden den Herren Offizieren und der Truppe eine Stunde vor Beginn der Operation mitgeteilt.«

Der junge Mann wurde etwas verwirrt, als habe sein Eifer nachgelassen; aber dann überwand er sich und fuhr nach einem leichten Stottern gleichermaßen fort: »Ich bin nämlich jetzt hierhergekommen... um meinen Vater zu rächen... Und ich möchte gern, daß Ihr Älteren mir bitte sagt, wie ich es anfangen soll, diesem heidnischen Hund, dem Kalifen

Isoarre – ja, ihm und keinem anderen – zu begegnen, damit ich meine Lanze zwischen seinen Rippen zerbrechen kann, so wie er es mit meinem heldenhaften Erzeuger getan hat, dem verewigten Grafen Gerhard von Roussillon, dem Gott immer gnädig sein möge!«

»Das ist ganz einfach, mein Junge«, sagte Agilulf; aus seiner Stimme sprach jetzt ein gewisser Eifer – der Eifer eines Mannes, der Reglement und Gesetz bis ins kleinste kennt und es genießt, die eigene Beschlagenheit zu zeigen, zugleich aber den ahnungslosen Partner aus der Fassung zu bringen. »Du brauchst nur bei der Oberintendantur für Duelle, Blutrache und Ehrenhändel einen Antrag zu stellen und darin die Gründe für dein Verlangen darzulegen; dann wird man prüfen, wie du am besten die gewünschte Genugtuung erhältst.«

Der junge Mann, der wenigstens ein Zeichen verwunderter Ehrerbietung erwartet hatte, als der Name seines Vaters fiel, war mehr durch den Ton als den Sinn dieser Antwort gekränkt. Dann versuchte er, über die Rede des Ritters nachzudenken, mit dem Ergebnis, daß sie innerlich abzulehnen und die eigene Begeisterung wachzuhalten sei. »Versteht doch, ich mache mir nicht Sorgen wegen der Intendanturen, sondern weil ich mich frage, ob in der Schlacht der Mut, von dem ich mich jetzt erfüllt weiß, und die Erbitterung, die ausreichte, um nicht einem, sondern hundert Ungläubigen den Bauch aufzuschlitzen, und auch meine Waffengewandtheit, denn ich bin gut ausgebildet, wißt Ihr, ich meine, ob ich dort in diesem großen Durcheinander, bevor ich mich zurechtgefunden habe... ich weiß nicht, wenn ich nun diesen Hund verfehle, wenn er mir entwischt... ich wüßte gern, wie Ihr Euch in solchen Fällen verhaltet. Ritter, sagt mir doch: Wenn in der Schlacht eine persönliche Frage auf dem Spiel steht, eine für Euch und nur für Euch unbedingt wichtige Frage...«

Agilulf erwiderte trocken: »Ich halte mich streng an die Vorschriften. Tu das gleiche, und du wirst nicht fehlgehen.«

»Verzeiht mir«, sagte der junge Mann wie vor den Kopf

geschlagen, »ich wollte Euch nicht belästigen. Ich hätte nur gern ein paar Schwertübungen mit Euch, einem Paladin, gemacht. Denn, wißt Ihr, ich bin zwar tüchtig im Fechten; aber mitunter, früh am Morgen, sind meine Muskeln erstarrt, kalt; sie federn nicht, wie ich möchte. Ist das bei Euch auch so?«

»Bei mir nicht«, sagte Agilulf, drehte ihm den Rücken zu und entfernte sich.

Der junge Mann schlug den Weg zum Lager ein. Es war jene ungewisse Stunde vor Sonnenaufgang. Zwischen den Zelten regte es sich schon. Der Generalstab war bereits auf den Beinen, bevor die Truppe geweckt wurde. In den Befehlsstellen und Schreibstuben wurden Fackeln angezündet, die gegen das vom Himmel einfallende Zwielicht ankämpften. War dieser anbrechende Tag wirklich der Tag der Schlacht, wie seit dem Abend das Gerücht ging? Der Neuankömmling wurde von Erregung ergriffen. Aber es war eine andere Erregung, als er sie erwartet oder bis dahin empfunden hatte; genauer gesagt, es war der sehnliche Wunsch, wieder festen Boden unter den Füßen zu spüren. Denn alles, was er anrührte, schien hohl zu klingen.

Er begegnete Rittern, die bereits in glänzenden Rüstungen steckten. Sie hatten ihre federgeschmückten Kugelhelme aufgesetzt, die Gesichter waren von Sturmhauben verdeckt. Der junge Mann wandte sich nach ihnen um. Ihn überkam das Verlangen, ihre Haltung nachzuahmen, dieses stolze Drehen in den Hüften, bei dem Harnisch, Helm und Schulterstücke aus einem Guß zu sein schienen. Da war er nun inmitten der Schar unbesiegbarer Paladine, bereit, mit ihnen zu wetteifern und, die Waffen in der Hand, so zu werden wie sie! Die beiden indessen, denen er folgte, setzten sich, statt das Pferd zu besteigen, an einen mit Schriftsachen über und über bedeckten Tisch. Gewiß waren sie hohe Befehlshaber. Der junge Mann beeilte sich, ihnen seinen Namen zu nennen: »Ich bin Rambald von Roussillon, Bakkalaureus, Sohn des verewigten Grafen

Gerhard! Ich trat ins Heer ein, um meinen Vater zu rächen, der als Held vor den Mauern Sevillas gefallen ist!«

Die beiden führten die Hand zum Helm mit den wallenden Federn, lösten die Sturmhaube vom Halsband und hoben ihn ab. Zwei gelbliche Kahlköpfe kamen zum Vorschein, zwei Gesichter mit etwas schlaffer Haut, großen Tränensäcken und schütteren Schnurrbärten – Gesichter von Schreiberlingen, alten Beamten und Federfuchsern. »Roussillon, Roussillon«, murmelten sie, befeuchteten die Finger mit Speichel und gingen irgendwelche Register durch. »Aber wir haben dich doch schon gestern eingetragen! Was willst du denn? Warum bist du nicht bei deiner Truppe?«

»Nichts Besonderes, ich weiß nicht, gestern nacht konnte ich keinen Schlaf finden ... der Gedanke an die Schlacht ... ich muß meinen Vater rächen, müßt ihr wissen, den Kalifen Isoarre will ich umbringen und ihn daher erst suchen ... Ach ja, wo finde ich die Oberintendantur für Duelle, Blutrache und Ehrenhändel?«

»Hör sich das doch einer an, womit der schon alles auspackt, obwohl er gerade erst angekommen ist! Aber was weißt du denn von der Oberintendantur?«

»Das hat mir der Ritter gesagt – wie heißt er doch? –, der mit der weißen Rüstung.«

»Uff! Der hat uns gerade noch gefehlt! Der steckt doch wahrhaftig überall seine Nase rein, die er gar nicht hat!«

»Was? Er hat keine Nase?«

»Weil er selbst keine Krätze kriegt und keine Haut hat, um sich zu kratzen, findet er nichts Besseres zu tun, als den anderen das Fell über die Ohren zu ziehen.«

»Weshalb bekommt er keine Krätze?«

»An welcher Stelle soll er sie bekommen, wenn er gar keine Stelle hat? Das ist nämlich ein Ritter, der nicht da ist.«

»Aber wieso denn? Ich selber habe ihn gesehen! Er war da!«

»Was hast du denn gesehen? Hohles Eisen! Das ist nämlich einer, der ist, ohne zu sein; kapiert, du Grünschnabel?«

Niemals hätte sich der junge Rambald träumen lassen, daß der Schein so trügen könne. Seitdem er das Lager betreten hatte, entdeckte er, daß alles anders war, als es aussah. »Im Heer Karls des Großen kann man also Ritter sein mit so vielen Namen und Titeln und überdies ein tapferer Kämpfer und eifriger Offizier, ohne zu sein?«

»Nur sachte! Niemand hat gesagt: im Heere Karls des Großen könnte man und so weiter und so weiter. Wir haben lediglich festgestellt: in unserem Regiment gibt es einen Ritter, der so und so ist. Das ist alles. Was es, allgemein gesehen, geben oder nicht geben kann, interessiert uns nicht. Hast du verstanden?«

Rambald begab sich zum Zelt der Oberintendantur für Duelle, Blutrache und Ehrenhändel. Jetzt fiel er nicht mehr auf Harnische und Helme mit Federbüschen herein. Er begriff, in den Rüstungen hinter diesen Tischen waren gelbliche und staubige Männlein verborgen. Und man konnte noch dankbar sein, daß überhaupt jemand darin steckte.

»Du willst also deinen Vater rächen, den Grafen von Roussillon, der im Rang eines Generals stand. Laß sehen... Das beste Verfahren, einen General zu rächen, ist, drei Majore zu erledigen. Wir könnten dir drei zuteilen, mit denen du leichtes Spiel hast. Dann kommt die Sache in Ordnung.«

»Ich habe mich wohl nicht klar genug ausgedrückt. Ich muß den Kalifen Isoarre umbringen. Er persönlich hat meinen ruhmreichen Vater niedergestreckt.«

»Ja, ja, das haben wir schon verstanden. Aber glaube nur ja nicht, daß es so einfach ist, einen Kalifen umzulegen... Willst du vier Hauptleute haben? Wir garantieren dir für den Vormittag vier heidnische Hauptleute; vergiß nicht, daß man vier Hauptleute für einen Generaloberst rechnet, und dein Vater war nur Generalmajor.«

»Ich werde Isoarre finden und ihm den Bauch aufschlitzen. Ihm – und keinem anderen!«

»Du wirst im Arrest landen und nicht in der Schlacht, glaube mir! Überlege doch erst ein bißchen, ehe du den Mund auftust! Wenn wir dir mit Isoarre Schwierigkeiten machen, so wird das schon seinen Grund haben . . . Zum Beispiel wäre es denkbar, daß unser Kaiser mit Isoarre gerade irgendwelche Verhandlungen laufen hätte . . . «

Einer der Beamten aber, der bis dahin den Kopf tief zwischen den Akten stecken hatte, erhob sich jetzt zufrieden. »Alles in Ordnung, alles in bester Ordnung! Man braucht überhaupt nichts zu unternehmen. Aber was denn, Blutrache! Das hat doch gar keinen Zweck. Als Olivier neulich glaubte, seine beiden Onkel seien in der Schlacht gefallen, hat er sie gerächt. Statt dessen waren sie betrunken unter einem Tisch liegengeblieben. Also haben wir diese beiden Onkelrachen zuviel am Hals und sind arg in Verlegenheit. Nun geht alles glatt auf: Eine Onkelrache rechnen wir als halbe Vaterrache. Es ist so, als verfügten wir über eine Vaterrache in blanko. «

»O Vater, Vater!« Rambald bekam einen Wutanfall.

»Aber was ist denn nur los mit dir?«

Die Trompeten hatten zum Wecken geblasen. Das Lager, im frühen Licht, wimmelte von Bewaffneten. Rambald hätte sich gern unter diese Menge gemischt, die sich allmählich zu Fähnlein und marschbereiten Kompanien ordnete. Aber dieses Eisengeklirr mutete ihn an, als surrten Insektenflügel oder als knisterten die Hüllen vertrockneter Käfer. Viele Krieger waren bis zu den Hüften schon in Helm und Harnisch, während unter den Seitenpanzern und Nierenschützern noch die Beine in Hosen und Strümpfen zum Vorschein kamen; denn Schenkel- und Beinschienen sowie die Knieleder wurden erst dann angelegt, wenn man zu Pferde saß. Im Vergleich zu dem stählernen Brustkasten wirkten die Beine schmächtig wie Grillenbeinchen; auch die Art, wie sich diese Bewaffneten fortbewegten und mit ihren runden, augenlosen Köpfen sprachen und dazu ihre von Ellbogen- und Handschützern behinderten Arme gekrümmt hielten, erinnerte an Grillen oder Ameisen. Die ganze Geschäftigkeit glich dem ziellosen Gezappel von Insekten. Rambald stand inmitten des Gewühls und ließ die Augen suchend umherschweifen: er hoffte, die weiße Rüstung Agilulfs zu entdecken; vielleicht, weil dessen Gegenwart dem übrigen Heer mehr Wirklichkeit verliehen hätte, oder auch, weil das Solideste, was er hier bisher getroffen hatte, gerade dieser Ritter war, den es nicht gab.

Rambald entdeckte ihn unter einer Fichte, wo er auf dem Boden saß und kleine, vom Baum gefallene Zapfen säuberlich zu einem regelmäßigen Muster, einem rechtwinkligen Dreieck, zusammenfügte. Zur Stunde des aufdämmernden Morgens verspürte Agilulf stets die Notwendigkeit, sich Präzisionsübungen zu widmen, Gegenstände zu zählen, sie zu geometrischen Figuren anzuordnen, arithmetische Probleme zu lösen. Es ist die Stunde, in der die Dinge den beständigen Schatten, der sie während der Nacht begleitete, verlieren und nach und nach ihre Farben zurückgewinnen. Aber während noch das Licht sie kaum streift, sie gleichsam mit einem Mondhof umgibt, durchqueren sie ein ungewisses Zwischenreich.

Es ist die Stunde, in der man sich der Existenz der Welt am wenigsten sicher ist. Agilulf jedoch hatte stets das Bedürfnis, sich den Dingen wie einer massiven Mauer gegenüber zu fühlen, der er die Spannung seines Willens entgegensetzen konnte. Nur so gelang es ihm, ein verläßliches Bewußtsein seiner selbst aufrechtzuerhalten. Wenn sich die Umwelt hingegen ins Unbestimmte, Zwielichtige auflöste, fühlte auch er sich in jenen weichen Halbschatten versinken; er vermochte dann nicht mehr, der Leere einen klaren Gedanken, eine schnelle Entscheidung, eine fixe Idee abzugewinnen. Es erging ihm schlecht in solchen Momenten; das waren Augenblicke, in denen er sich dahinschwinden fühlte. Mitunter brachte er es nur mit äußerster Anstrengung fertig, seiner völligen Auflösung Einhalt zu gebieten. Dann begann er zu zählen: Blätter, Steine, Lanzen, Tannenzapfen, alles, was er gerade zur Hand hatte; oder er ordnete sie in Reihen, stellte sie zu Quadraten oder Pyramiden zusammen. Wenn er sich dergestalt in solch exakte Tätigkeiten vertiefte, gelang es ihm, sein Unbehagen zu überwinden. Unzufriedenheit, Unrast und Kräfteschwund ließen nach, die gewohnte geistige Klarheit und Gesetztheit kehrten zurück.

Rambald erblickte ihn so, wie er mit selbstvergessenen, flinken Bewegungen die Zapfen zu einem Dreieck ordnete, über dessen Seiten wiederum zu Quadraten, um schließlich hartnäckig die Zapfen der Kathetenquadrate zusammenzuzählen und sie mit denen des Hypothenusenquadrates zu vergleichen. Der junge Mann begriff, daß hierbei alles nach bestimmten Riten, Konventionen und Formeln vor sich gehe; und was bedeutete das? Ihn überkam eine schwer zu benennende Bestürzung, weil er sich außerhalb der Regeln des Spiels wußte... Aber war im Grunde nicht sein Entschluß, den Vater zu rächen, und auch seine Kampfbegeisterung, sein Eifer, in das Heer Karls des Großen einzutreten – waren sie nicht ebenfalls ein Ritual, um nicht im Nichts zu versinken? Genauso, wie Ritter Agilulf die Tannenzapfen aufhob und zurechtlegte? Die Wirrnis solch unerwarteter Gedanken überwältigte ihn, er warf sich auf den Boden und brach in Tränen aus.

Da spürte er, daß sich ihm etwas aufs Haar legte, eine Hand, eine Eisenhand, die jedoch ganz leicht war. Agilulf kniete neben ihm: »Was hast du denn, Junge, warum weinst du?«

Sah Agilulf andere Menschen in Verwirrung, Wut oder Verzweiflung, so gewann er gleich Ruhe und Sicherheit zurück. Die Gewißheit, von den Schrecken und Ängsten existierender Wesen verschont zu bleiben, gab ihm eine überlegene, ja beschützende Haltung.

»Verzeiht mir«, sagte Rambald, »vielleicht ist es Müdigkeit. Die ganze Nacht habe ich kein Auge zugetan; jetzt bin ich völlig durcheinander. Wenn ich doch nur einen Augenblick schlafen könnte... Aber jetzt ist es Tag... Und Ihr, der Ihr gleichfalls gewacht habt – wie bringt Ihr das fertig?«

»Ich käme völlig durcheinander, wenn ich auch nur einen

Augenblick einschlafen würde«, sagte Agilulf leise. »Ja, ich könnte mich überhaupt nicht mehr zurechtfinden, würde mich für immer verlieren. Jeden Augenblick des Tages und der Nacht bleibe ich darum hellwach.«

»Das muß aber arg sein.«

»Nein.« Die Stimme klang wieder trocken, kräftig.

»Und legt Ihr denn niemals die Rüstung ab? Behaltet Ihr sie ständig auf dem Leib?«

Er begann wieder zu flüstern: »Für mich gibt es keinen Leib. Ablegen und Anlegen hat für mich keinen Sinn.« Rambald hatte den Kopf gehoben und spähte zwischen die Spalten des weißen Visiers, als suche er in diesem Dunkel das Aufleuchten eines Blicks.

»Und wie ist das?«

»Wie ist es denn anders?«

Die Eisenhand der hellen Rüstung lag noch auf dem Haar des jungen Mannes. Rambald spürte sie nur leicht auf seinem Kopf und ohne daß sie ihm die Wärme menschlicher Nähe mitgeteilt hätte; ein lebloser Gegenstand. Aber mochte sie nun tröstlich oder lästig sein, er bemerkte jedenfalls eine Art angespannten Starrsinns, der sich in ihm ausbreitete.

3

Karl der Große ritt an der Spitze des fränkischen Heeres. Es hatte keine Eile, man war nicht schnell. Um den Kaiser scharten sich die Paladine und hielten ihre feurigen Pferde in Zaum; sie ritten scharfe Volten und stießen sich mit den Ellbogen, und währenddem hoben und senkten sich die silbernen Schilde wie die Kiemen eines Fisches. Das ganze Heer glich einem langen, schuppigen Fisch: einem Aal.

Bauern, Hirten, Dorfbewohner strömten am Straßenrand zusammen. »Da ist er, der König, das ist Karl!« riefen sie und verneigten sich bis auf den Boden. Sie hatten ihn nicht so sehr an der ihnen wenig vertrauten Krone als vielmehr an seinem Bart erkannt. Dann richteten sie sich gleich wieder auf, um die Krieger zu betrachten. »Das ist ja Roland! – Aber nein, das ist doch Olivier!« Sie errieten nicht einen richtig, aber das machte nichts. Ob nun gerade dieser oder jener: zugegen waren alle Paladine, und so konnte ein jeder aus dem Volke schwören, daß er gerade den gesehen habe, nach dem ihm der Sinn stand.

Agilulf ritt mit in der Gruppe. Zuweilen galoppierte er ein Stück voraus und hielt dann an, um auf die anderen zu warten, blickte zurück, um festzustellen, ob das Fußvolk aufschloß, oder er wandte sich zur Sonne, als wolle er nach ihrem Stand die Tageszeit berechnen. Er war voller Ungeduld. Er allein in diesem Haufen hatte die Marschordnung und alle Etappen im Kopf, kannte den Ort, den sie vor Einbruch der Dunkelheit erreichen sollten. Bei den anderen Paladinen hieß es: Annäherungsmarsch; na schön, ob wir nun schnell oder langsam vorrücken, so ist es doch immerhin ein Vorrücken; und unter dem Vorwand, der Kaiser sei alt und erschöpft, waren sie bereit, bei jeder Schenke anzuhalten. Sie hatten bloß Augen für Wirtshausschilder und die Hintern der Mägde, nur um ein paar freche Bemerkungen anzubringen. Im übrigen reisten sie, als wären sie in einem Koffer eingeschlossen.

Karl der Große war noch am meisten interessiert, für alles, was man ringsum sehen konnte. »Oh, die Enten, seht diese Enten!« rief er. Auf den Wiesen, längs der Straße, zog eine Entenschar vorbei, mitten unter ihnen ein Mann; jedoch war nicht recht einzusehen, was er eigentlich trieb: Er ging geduckt, die Hände auf dem Rücken, watschelte wie ein Schwimmvogel mit vorgerecktem Hals und sagte: »Quak... quak... quak!« Die Enten beachteten ihn überhaupt nicht, als hielten sie ihn für ihresgleichen. Und wahrhaftig, er bot auch keinen von ihnen sehr verschiedenen Anblick. Auf dem Kleid, das dieser Mann trug (es war erdbraun und offenbar zum größten Teil aus Sackleinen zusammengestückelt), gab es breite Flächen, deren Graugrün an Entengefieder erinnerte; außerdem waren Leinenstückchen, Fetzen und Flecken in verschiedensten Farben aufgenäht, wie es der Musterung dieser Vögel entsprach.

»Heda, du! Verbeugt man sich so vor dem Kaiser?« schrien ihn die Paladine an; sie waren stets bereit, einen Streit vom Zaun zu brechen.

Der Mann wandte sich nicht um; aber die Rufe erschreckten die Enten. Alle flatterten gleichzeitig auf. Der Mann stutzte einen Augenblick, schaute ihnen nach, die Nase in die Luft. Dann vollführte er flatternde Bewegungen mit den Armen, von denen zerfranste Stoffstückchen herabbaumelten, hüpfte hoch und schickte sich unter Sprüngen, Lachausbrüchen und freudigem »Quak-quak« an, der Entenschar zu folgen.

In der Nähe war ein Teich, auf dem sich die Vögel niederließen und mit flink geschlossenen Flügeln davonschwammen. Der Mann, kaum war er am Ufer angelangt, warf sich bäuchlings ins Wasser, wirbelte mächtige Spritzer auf, strampelte heftig herum und versuchte es nochmals mit einem »Quak-quak«, das in ein Gurgeln überging, weil er unter Wasser sackte; dann kam er wieder hoch, versuchte zu schwimmen, versank aufs neue.

»Hütet denn der da die Enten?« fragten die Krieger ein

405

Bauernmädchen, das mit einem Stecken in der Hand herbei-
lief.

»Nein, die Enten hüte ich, die gehören mir. Er hat nichts
damit zu tun, das ist Gurdulù. . . .«, sagte das Mädchen.

»Und was macht er mit deinen Enten?«

»Oh, gar nichts, manchmal kommt es nur so über ihn: Er
sieht sie, irrt sich, glaubt, er selber sei . . .«

»Meint er, auch er sei eine Ente?«

»Er glaubt, er selber sei die Enten . . . Das ist so Gurdulùs
Art, er gibt nicht acht, müßt Ihr wissen.«

»Aber wo steckt er denn jetzt?«

Die Paladine ritten zum Teich. Gurdulù war nicht zu sehen.
Die Enten hatten die Wasserfläche überquert und setzten
watschelnd ihren Weg auf der Wiese fort. Am Ufer des
Tümpels, im Farnkraut, plärrte ein Chor von Fröschen.
Plötzlich hob der Mann seinen Kopf über das Wasser, als
erinnere er sich daran, daß er atmen müsse. Er blickte verwirrt
um sich, anscheinend begriff er nicht, was in diesen Farnkräu-
tern vor sich ging, die eine Handbreit vor seiner Nase im
Wasser sich spiegelten. Auf jedem Blatt hockte, grün und glatt,
ein kleines Tier, das ihn anschaute und aus Leibeskräften »Gra!
Gra! Gra!« schrie.

»Gra! Gra! Gra!« antwortete Gurdulù zufrieden. Beim
Klang seiner Stimme hüpften alle Frösche von den Farnen ins
Wasser und vom Wasser ans Ufer; Gurdulù rief »Gra!«, machte
ebenfalls einen Satz und gelangte, durchnäßt und von Kopf bis
Fuß voll Schlamm, an den Uferrand; dort kauerte er sich
nieder wie ein Frosch und brüllte ein so kräftiges »Gra!«, daß
sein Gleichgewicht verlor und durch das krachende Schilfrohr
wieder ins Wasser plumpste.

»Aber ertrinkt er denn nicht?« fragten die Paladine einen
Fischer.

»Nun, manchmal vergißt sich Homobon, verliert sich . . .
Ertrinken, nein . . . Schlimm ist nur, wenn er mitsamt den
Fischen im Netz endet . . . Eines Tages ist ihm das passiert, als

er selbst fischen wollte... Er wirft das Netz ins Wasser, sieht einen Fisch, der sich gerade verfängt und fühlt sich so eins mit dem Fisch, daß er ins Wasser springt und sich selber ins Netz geht... Ihr wißt doch, wie er ist, der Homobon.«

»Homobon? Heißt er denn nicht Gurdulù?«

»*Wir* nennen ihn Homobon.«

»Aber das Mädchen da...«

»Ach so, die ist nicht aus meinem Dorf; kann sein, daß sie da drüben ihn so nennen.«

»Aus welchem Dorf kommt er denn?«

»Tja, er zieht so herum.«

Die Reiter trabten an einem Hain mit Birnbäumen vorbei. Die Früchte waren reif. Die Krieger spießten sie mit ihren Lanzen auf, ließen sie im Schnabel ihrer Helme verschwinden und spuckten dann die Gehäuse aus.

Wen entdeckten sie aufgereiht zwischen den Bäumen? Gurdulù-Homobon! Er hielt die Arme hoch, wie Zweige ineinander verschränkt, in den Händen, auf dem Kopf, in den Löchern seiner Kleider hatte er Birnen.

»Jetzt seht bloß, wie er Birnbaum spielt!« sagte Karl der Große belustigt.

»Ich werde ihn schütteln«, meinte Roland und versetzte Gurdulù einen Stoß.

Der Narr ließ alle Birnen auf einmal fallen. Sie rollten die abschüssige Wiese hinunter. Als er das sah, konnte er nicht umhin, gleichfalls wie eine Birne den Abhang hinunter zu kugeln, und so entschwand er ihren Blicken.

»Eure Majestät mögen ihm verzeihen!« sagte ein alter Obstgärtner. »Martinzùl begreift zuweilen nicht, daß sein Platz nicht unter den Pflanzen oder den unbeseelten Früchten ist, sondern bei den ergebenen Untertanen Eurer Majestät!«

»Aber was hat er nur für Flausen im Kopf, dieser verrückte Kerl, den ihr Martinzùl nennt?« erkundigte sich unser Kaiser leutselig. »Mir scheint, er weiß überhaupt nicht, was in seinem Dickschädel vor sich geht!«

»Wie könnten wir das verstehen, Majestät?« Der alte Gärtner sprach mit der bescheidenen Weisheit eines Mannes, der schon viel erlebt hat. »Verrückt kann man ihn wohl nicht nennen, es handelt sich bloß um einen, der ist und es nicht fertigbringt dazusein.«

»Da hört sich doch alles auf! Dieser mein Untertan *ist*, bringt es aber nicht fertig dazusein, und dieser mein Paladin bringt es fertig dazusein, aber dafür *ist* er nicht. Sie geben ein schönes Paar ab, das muß ich schon sagen!« Karl der Große war nunmehr müde, zu Pferde zu sitzen. Er stützte sich auf seine Steigbügelhalter, keuchte in seinen Bart und stieg ab, während er »Armes Frankreich!« vor sich hin brummte. Wie auf ein Signal machte das ganze Heer halt, sobald der Kaiser seinen Fuß zu Boden gesetzt hatte, und begann, das Biwak zu rüsten. Die Kochtöpfe für die Suppe wurden aufgesetzt.

»Bringt mir diesen Gurgur . . . Wie heißt er doch?« sagte der Kaiser.

»Je nach den Flecken, die er durchwandert«, antwortete der weise Gärtner, »und in den Heeren der Christen oder der Ungläubigen heißen sie ihn Gurdurù oder Gudi-Ussuf oder Ben-Va-Ussuf oder Ben-Stanbuk oder Pestanzul oder Bertinzul oder Martinbon oder Homobon oder Homobestia oder auch den Häßlichen vom Tal oder Giovanni Paciasso oder Piero Paciugo. Es kommt vor, daß sie ihm in einer entlegenen Meierei einen Namen geben, der von den anderen völlig verschieden ist; auch habe ich bemerkt, daß seine Namen mit den Jahreszeiten wechseln. Man könnte sagen, daß seine Namen über ihn hinweglaufen, ohne daß es ihm je gelänge, sie sich anzuheften. Im übrigen ist es ohnedies gleichgültig, wie man ihn nennt. Ruft man ihn, so denkt er, man habe einer Ziege gerufen. Sagt man ›Käse‹ oder ›Sturzbach‹, so antwortet er – hier bin ich.«

Zwei Paladine – Klein Simon und Dudo – kamen herbei und zerrten Gurdulù mühsam hinter sich her wie einen Sack. Vor Karl dem Großen stellten sie ihn auf die Beine und versetzten ihm dabei manchen Rippenstoß. »Zieh deinen Hut, du Tölpel! Siehst du denn nicht, daß du vor dem König stehst?«

Gurdulùs Gesicht hellte sich auf – ein breites, erhitztes Gesicht, in dem fränkische und maurische Züge sich mischten: die olivfarbene Haut war mit rötlichen Sommersprossen gesprenkelt, Blutäderchen durchzogen die wasserblauen Augen; darunter zeigte sich eine Stupsnase und ein Mund mit wulstigen Lippen; er hatte blondschimmernde, aber krause Locken, einen scheckigen Stachelbart, und inmitten dieses Haarwuchses verfilzten sich kastanienbraune Strähnen mit weizenfarbenen Stoppeln.

Er warf sich ehrerbietig zu Boden und ließ einen Schwall von Worten hervorsprudeln. Die edlen Herren, die bislang nur tierische Laute von ihm vernommen hatten, zeigten sich erstaunt. Er sprach sehr hastig, verschluckte die Sätze, verhedderte sich; mitunter schien er ohne Unterbrechung von einem Dialekt in einen anderen, ja auch von einer Sprache in eine andere hinüberzuwechseln, mochten es nun christliche oder maurische Idiome sein. Abgesehen von unverständlichen oder ungereimten Worten, verlief seine Rede etwa wie folgt: »Ich berühre die Nase mit dem Boden, ich falle vor Euren Knien zu Füßen, ich erkläre mich zum erhabenen Diener Eurer demütigsten Majestät, befehlt Euch, und ich werde mir gehorchen!« Er schwang einen Löffel, den er an seinem Gürtel getragen hatte. »... Und wenn Eure Majestät sagen: ›Ich befehle, gebiete und will‹ und so mit dem Szepter machen, so mit dem Szepter, wie ich es mache, seht ihr's?, und so schreien, wie ich jetzt schreie: ›Befe-e-eh-le, gebie-ie-te, wi-i-ill!‹, so müßt ihr anderen hündischen Untertanen mir alle gehorchen; sonst lasse ich euch alle auf Pfähle spießen, und dich da als ersten, mit deinem Bart und deiner Visage eines alten Ga-ga!«

»Soll ich ihm fein sauber den Kopf abschneiden, Majestät?« fragte Roland und zückte bereits das Schwert.

»Ich flehe um Gnade für ihn, Majestät«, fiel der Gärtner ein. »Das war eben eines seiner üblichen Versehen; während er zum

König sprach, kam er durcheinander und erinnerte sich nicht mehr, ob der König er selbst war oder der, den er anredete.«

Von den dampfenden Kochtöpfen stieg der Essengeruch auf. »Gebt ihm einen Schlag Suppe!« sagte Karl der Große huldreich. Mit Grimassen, Verbeugungen und unverständlichen Reden zog sich Gurdulù unter einen Baum zurück, um zu essen.

»Aber was macht er denn jetzt?«

Er bohrte den Kopf in den Napf, den er auf den Boden gestellt hatte, als wolle er hineinschlüpfen. Der brave Gärtner trat zu ihm, schüttelte ihn an der Schulter: »Wann begreifst du denn endlich, Martinzùl, daß *du* die Suppe essen sollst, nicht aber die Suppe dich! Weißt du das nicht mehr? Du mußt sie mit dem Löffel zum Mund führen...« Gurdulù begann, gierig die Suppe zu schlürfen. Er schwang den Löffel so ungestüm, daß er zuweilen das Ziel verfehlte. In dem Baum, unter dem er saß, war ein Loch, gerade in Höhe seines Kopfes. Gurdulù verfiel darauf, die Suppe in den hohlen Stamm zu schütten.

»Das ist doch nicht dein Mund! Er gehört dem Baum!«

Agilulf hatte von Anbeginn voll mißtrauischer Aufmerksamkeit die Bewegungen dieses Fleischkloßes verfolgt, der sich zwischen allen seienden Dingen herumzuwälzen schien, zufrieden wie ein Füllen, das sich den Rücken reiben möchte. Ihn überkam eine Art Schwindel.

»Ritter Agilulf!« rief Karl der Große. »Hört Ihr, was ich Euch sage? Ich teile Euch diesen Mann hier als Schildknappen zu. Wie, ist das nicht eine gute Idee?«

Die Paladine grinsten schadenfroh. Agilulf hingegen, der alles ernst nahm (und erst recht einen ausdrücklichen kaiserlichen Befehl), wandte sich dem neuen Schildknappen zu, um ihm seine ersten Befehle zu erteilen. Gurdulù, nachdem er die Suppe heruntergeschlungen hatte, war jedoch im Schatten des Baumes eingeschlafen. Er lag im Grase ausgestreckt, schnarchte mit offenem Mund, während sich Brust, Magen und Bauch wie der Blasebalg eines Schmieds hoben und senkten. Der verschmierte Suppentopf war neben einen seiner dicken, nackten Füße gerollt. Ein Stachelschwein, vielleicht vom Geruch angelockt, hatte sich zwischen den Gräsern herangemacht und begann, den letzten Suppentropfen aufzulecken. Dabei stießen seine Stacheln gegen Gurdulùs Fußsohle und bohrten sich immer tiefer in das bloße Fleisch, je weiter das Tier sich vorschob, um das winzige Suppenrinnsal zu erreichen; bis schließlich der Strolch die Augen aufschlug. Er blickte umher, ohne zu begreifen, von wo der Schmerz herrührte, der ihn geweckt hatte. Er sah den nackten Fuß wie einen Kaktus aufrecht im Gras und preßte ihn gegen das Stachelschwein.

»O Fuß«, begann Gurdulù seine Rede. »Fuß, heda, ich spreche mit dir! Was hockst du denn da wie ein Dummkopf? Siehst du denn nicht, daß dies Tier dich sticht? O Fu-u-uß! O du Trottel! Warum kommst du nicht her? Fühlst du denn nicht, daß es dir weh tut? Dummkopf von einem Fuß! Ein ganz klein bißchen, es genügt, daß du ein ganz klein bißchen wegrückst. Oh, wie kann man bloß so dumm sein! Fu-u-uß! Hör mich doch! Jetzt seht nur, wie er sich massakrieren läßt! So komm doch schon her, du Idiot! Wie kann ich dir das jetzt erklären? Paß auf: sieh einmal, was ich jetzt mache; ich zeige dir jetzt, was du tun sollst . . .«

Bei diesen Worten krümmte er das Knie, zog den Fuß an und löste ihn vom Stachelschwein. »Na siehst du! Es war doch so einfach; kaum hab' ich dir gezeigt, wie das geht, da machst du's mir auch schon nach. Dummer Fuß, warum bist du so lange dort geblieben und hast dich stechen lassen?« Er rieb sich die schmerzende Sohle, sprang auf, pfiff vor sich hin, nahm einen Anlauf, stürzte ins Gebüsch, ließ einen Furz fahren, dann noch einen und war verschwunden.

Agilulf machte sich auf, Gurdulù zu suchen, aber wo steckte der nur? Das weite Tal war von dichten Haferfeldern, Reihen wilder Kirschbäume und Ligusterhecken durchzogen. Windstöße, schwer von Pollenstaub und Schmetterlingen, strichen darüber hin; oben, am Himmel zogen schaumigweiße Wolken. Gurdulù war dort verschwunden, in jener Senke, deren Felder die wandernde Sonne mit Flecken von Licht und Schatten bemalte. Er konnte sich überall, an diesem oder an jenem Hang verbergen.

Von irgendwo erhob sich ein mißtönender Gesang: »*De sur les points de Bayonne*...«

Hoch oben am Rand des Tals kreuzte Agilulfs weiße Rüstung die Arme über der Brust. »Nun, wann tritt denn der neue Knappe seinen Dienst an?« erkundigten sich die Kameraden. Mechanisch, mit tonloser Stimme versicherte Agilulf: »Eine mündliche Erklärung des Kaisers hat die unmittelbare Wirkung eines Dekrets!«

»*De sur les ponts de Bayonne*...«, ertönte, weiter entfernt, jetzt die Stimme.

4

Verwirrung herrschte zu jener Zeit, da unsere Geschichte spielt, noch in den Dingen dieser Welt. Damals konnte man nicht selten Namen, Gedanken, Formen und Institutionen finden, denen keine Wirklichkeit entsprach. Umgekehrt wimmelte es in der Welt von Gegenständen und Möglichkeiten und Personen, die weder einen Namen trugen noch sich sonst vom Rest unterschieden. Es war dies eine Epoche, in welcher der Wille und die beharrliche Bemühung, dazusein, eine Spur zu hinterlassen, sich mit dem Seienden auseinanderzusetzen, noch nicht mit ganzer Kraft eingesetzt wurden, da sich viele Leute nichts daraus machten – sei es aus Armut oder aus Ignoranz, oder im Gegenteil, weil ihnen alles trotzdem gut von der Hand ging, weshalb sich denn eine gewisse Menge jener unverbrauchter Energien im Leeren auflöste. Damals also konnte es geschehen, daß sich ein derart verflüchtigter Wille, ein Selbstbewußtsein, an einem Punkt zusammenballte (wie sich der kaum wahrzunehmende Wasserstaub zu Wolkenflocken verdichtet), und daß diese Kräfteansammlung – sei es durch Zufall, sei es durch Instinkt – in einem Namen oder Adelsgeschlecht (wo es in jenen Zeiten häufig Vakanzen gab), in den oberen Rängen einer militärischen Organisation, an der Stelle, wo unerledigte Aufträge und feste Regel sich kreuzen, oder auch – und dies vor allem – in einer leeren Rüstung ihren Niederschlag fand; denn in dergearteten Zeitläuften drohte auch einer existenten Person die Gefahr zu verschwinden, von jemandem, den es nicht gab, ganz zu schweigen ... Und so hatte denn Agilulf derer von Guildiverne mit seinem Wirken und seinen Ruhmestaten begonnen.

Ich, die ich diese Geschichte erzähle, bin Schwester Theodora, Klosterfrau im Orden des heiligen Columban. Ich schreibe im Kloster und bediene mich dazu alter Papiere, verwende die Klatschgeschichten, die im Parlatorium mitzuhören ich Gelegenheit hatte, sowie die Zeugnisse von einigen wenigen Leuten, die dabeigewesen sind. Haben wir Nonnen doch wenig Gelegenheit, uns mit Soldaten zu unterhalten; was ich nicht weiß, suche ich mir also vorzustellen; was anderes könnte ich machen? Auch ist mir die ganze Geschichte nicht bis ins letzte verständlich. Ihr müßt Nachsicht mit mir üben; unsereins gehört zu jenen Mädchen vom Lande, die, wenngleich adeliger Herkunft, doch stets ein zurückgezogenes Dasein geführt haben in entlegenen Burgen und sodann in Klöstern; abgesehen von den religiösen Pflichten, den Triduen und Novenen, von Feldarbeiten, vom Dreschen, von Weinlesen, Stäupen der Knechte, Blutschande, Feuersbrünsten, Exekutionen am Galgen, Einbrüchen fremder Heere, Plünderungen, Vergewaltigungen, Pestilenzen, haben wir nie etwas erlebt. Was also kann schon eine arme Klosterfrau von der Welt wissen? So fahre ich denn mühselig in dieser Geschichte fort, die niederzuschreiben ich um meiner Buße willen unternommen habe. Gott mag wissen, wie ich es jetzt anfangen soll, euch die Schlacht zu beschreiben, ich, die ich mich allen Kriegen – Gott behüte uns davor – ferngehalten habe; und außer den vier oder fünf Geplänkeln auf offenem Feld, die sich in der Ebene unterhalb unserer Burg abspielten, und die wir Mädchen zwischen glühendheißen Pechkesseln von den Dachzimmern aus verfolgen konnten (wie viele unbeerdigte Gefallene verwesten dann noch auf unseren Wiesen, wo wir sie im folgenden Sommer unter einer Wolke von Hummeln beim Spielen fanden!) – davon abgesehen, wie gesagt, weiß ich nichts von Schlachten.

Auch Rambald wußte nichts davon. Mochte er auch in seinem jungen Leben nichts anderes im Sinne geführt haben – dies war doch seine Waffentaufe. Er wartete auf das Angriffssignal, dort, in Reih und Glied, hoch zu Pferde; aber er fand keinen Geschmack daran. Er trug zu vielerlei auf dem Leib: das Kettenhemd mit Halsberge, Harnisch, Halsschutz und Schulterblechen, den schweren Panzer, den Helm mit Spatzenschnabel, aus dem er kaum herausschauen konnte, das Oberkleid über der Rüstung, einen Schild, der größer war als er selbst, eine Lanze, die er bei jeder Wendung den Gefährten an den Kopf stieß, und darunter ein Pferd, das man nicht sehen konnte, so breit war die eiserne Schabracke, die es bedeckte.

Fast war ihm schon die Lust vergangen, den Mord an seinem Vater mit dem Blut des Kalifen Isoarre zu vergelten. Man hatte ihm gesagt – und dabei irgendwelche Karten studiert, auf denen alle Verbände eingezeichnet waren: »Wenn die Trompete bläst, galoppiere geradenwegs mit eingelegter Lanze voran, bis du ihn durchbohrst. Isoarre kämpft immer an jener Stelle der Aufmarschlinie. Weichst du nicht von der Richtung ab, so triffst du bestimmt auf ihn, es sei denn, das ganze feindliche Heer läuft auseinander, was beim ersten Zusammenstoß jedoch nie zu geschehen pflegt. Freilich, eine kleine Abweichung ist immer denkbar, aber wenn du ihn nicht durchbohrst, so trifft ihn bestimmt dein Nebenmann...« Wenn sich die Sache wirklich so verhielt, legte Rambald keinen Wert mehr darauf.

Das Zeichen, daß die Schlacht begonnen hatte, war der Husten. In der Ferne sah Rambald eine Staubwolke, die näher rückte; eine zweite Staubwolke stieg vom Boden auf, da auch die christlichen Pferde in Galopp übergingen. Rambald mußte husten, und das gesamte, in Rüstungen eingepferchte, kaiserliche Heer hustete ebenfalls. Mit solchem Gehuste und Gestampfe lief es der ungläubigen Staubwolke entgegen, und der sarazenische Husten war bereits immer näher zu hören. Beide Staubwolken vereinigten sich schließlich: Die Ebene hallte wider von Husten- und Lanzenstößen.

Bei der ersten Attacke kam es nicht so sehr darauf an, den Gegner zu durchbohren (denn du riskierst, daß die Lanze an den Schilden zersplittert und du wegen des heftigen Anlaufs selbst auf die Nase fällst); vielmehr galt es, ihn aus dem Sattel zu schleudern, indem man ihm im Augenblick der Schwenkung – hoppla! – die Lanze zwischen Gesäß und Sattel trieb.

415

Das konnte auch schlecht ausgehen, weil die nach unten gekehrte Lanze leicht in einem Hindernis steckenblieb oder sich gar in den Boden bohrte und dabei wie ein Katapult durch die Hebelwirkung den Reiter selbst hochwarf. Der Zusammenprall der vorderen Linien bestand also darin, daß die Krieger, die sich an ihre Lanzen klammerten, in der Luft herumflogen. Ein Ausweichen zur Seite war kaum möglich, zumal man sich nicht, und sei es auch nur wenig, umdrehen konnte, ohne die Waffe Freund oder Feind in die Rippen zu jagen. Es entstand sofort ein solcher Wirrwarr, daß man nicht mehr ein noch aus wußte. In diesem Augenblick sprengten dann die Vorstreiter mit gezückten Schwertern heran und hatten leichtes Spiel, das Durcheinander mit kräftigen Hieben zu zertrennen.

Das dauerte so lange, bis sich die feindlichen Kämpen Schild an Schild gegenüberstanden. Dann begannen die Zweikämpfe; aber weil sich bereits Leichen und Pferdekadaver auf dem Boden häuften, kam man nur mühsam vorwärts; wo man sich nicht erreichen konnte, brach man in Beschimpfungen aus. Grad und Heftigkeit der Beleidigungen waren dabei entscheidend, denn je nachdem, ob es sich um tödliche, ehrenrührige, unhaltbare, mittlere oder leichte Kränkungen handelte, wurden verschiedenartige Wiedergutmachungen oder auch ein unversöhnlicher Haß verlangt, der sich auf die Nachkommen übertrug. Es war also wichtig, den anderen zu verstehen, was zwischen Christen und Mauren, überdies noch bei den verschiedenen maurischen und christlichen Sprachen, keine leichte Aufgabe war. Was aber tun, wenn einem eine Beleidigung zuteil wurde, die sich nicht enträtseln ließ? Man mußte sie einstecken und blieb dann unter Umständen sein Leben lang entehrt. An dieser Phase des Kampfes pflegten daher Dolmetscher teilzunehmen, eine schnell und leichtbewaffnete Truppe auf mageren Kleppern, die hin und her flitzte, Beleidigungen im Fluge erhaschte, und sie aus dem Stegreif in die Sprache des Adressaten übersetzte.

»Khar as-Sus!«
»Kot eines Wurms!«
»Muschrik! Sozo! Mozo! Escalvao! Marrano! Hijo de puta! Zabalkan! Merde!«

Beide Parteien waren stillschweigend übereingekommen, diese Dolmetscher nicht zu töten. Außerdem entwischten sie schnell; und wenn es in dem Gewirr schon schwierig war, einen schwerfälligen Krieger auf einem dicken Streitroß umzubringen, das nur mit Mühe die in Schutzdecken gewickelten Beine vom Fleck bewegen konnte – wie sehr dann erst einen solchen Springinsfeld. Aber Krieg ist bekanntlich nun einmal Krieg, und mitunter blieb auch einer von ihnen auf der Walstatt. Andererseits verschafften sie sich mit der Ausrede, »Hurensohn« in mehreren Sprachen sagen zu können, auch viele Vorteile. Ist man nämlich auf dem Schlachtfeld flink bei der Hand, so läßt sich meist eine gute Ernte einheimsen, zumal wenn man rechtzeitig zur Stelle ist, noch vor dem großen Schwarm des Fußvolks, das alles zusammenrafft, was nur greifbar ist.

Gilt es Beute zu machen, sind die bodennahen Fußsoldaten im Vorteil; nur wenn sie gerade im besten Zuge sind, betäuben die Ritter von ihren Sätteln sie durch einen Schlag mit der flachen Klinge und angeln alles zu sich empor. Wenn ich »Beute« sage, so sind damit nicht so sehr die Sachen gemeint, die den Gefallenen vom Leib gestreift werden (denn Leichenfleddern ist eine Arbeit, die besondere Sammlung verlangt), sondern vielmehr alles, was in Verlust gerät. Da es Brauch ist, mit so viel Zaumzeug beschwert in die Schlacht zu ziehen, fällt beim ersten Ansturm ein bunter Haufen verschiedenster Gegenstände auf die Erde. Wer wollte da noch an Kampf denken? Der große Streit geht darum, viel aufzusammeln. Abends nach der Rückkehr ins Lager wird dann getauscht und gefeilscht. Immer die gleichen Dinge zirkulieren von einem Heerlager zum anderen oder, im gleichen Lager, von einem Regiment zum anderen; was ist der Krieg denn sonst als dies Von-Handzu-Hand-Gehen von Gegenständen, die immer zerbeulter werden?

Rambald erging es ganz anders, als man ihm vorausgesagt hatte. Er warf sich mit vorgestreckter Lanze ins Gewühl, zitterte vor Aufregung beim Zusammenprall der beiden Heere. Ja, sie prallten zusammen; doch war offenbar alles so berechnet, daß jeder Ritter in die Lücke zwischen zwei Feinden stieß, ohne daß sie sich auch nur berührten. Eine Weile liefen beide Haufen in der eingeschlagenen Richtung noch voran und zeigten einander den Rücken; sodann machten sie kehrt und suchten das Gefecht zu beginnen, doch war die Kraft des ersten Ansturms erlahmt. Wer konnte in diesem Gewühl noch den Kalifen finden? Rambald stieß, Schild gegen Schild, mit einem Sarazenen zusammen; der war so hart wie ein Stockfisch. Offenbar war keiner willens, dem anderen Platz zu machen. Sie drückten mit den Schilden, während die Pferde ihre Hufe in die Erde bohrten.

Der Sarazene, ein blasses Gipsgesicht, sagte einige Worte.

»Dolmetscher!« schrie Rambald. »Was sagt er?«

Einer jener Tagediebe kam herbeigetrabt. »Er sagt, Ihr solltet ihn vorbeilassen.«

»Nein, zum Henker!«

Der Dolmetscher übersetzte; der andere antwortete.

»Er sagt, daß er aus dienstlichen Gründen vorbei muß; sonst könne die Schlacht nicht planmäßig durchgeführt werden.«

»Ich lasse ihn vorbei, wenn er mir sagt, wo der Kalif Isoarre ist.«

Der Sarazene deutete auf einen Hügel und rief etwas.

Und der Dolmetscher: »Dort oben links, auf der Anhöhe!«

Rambald machte kehrt und galoppierte hin.

Der Kalif, in grünem Gewande, schaute zum Horizont.

»Dolmetscher!«

»Zur Stelle!«

»Sagt ihm, ich bin der Sohn des Grafen von Roussillon und komme, um meinen Vater zu rächen.«

Der Dolmetscher übersetzte. Der Kalif hob die Hand mit geschlossenen Fingern.

»Und wer ist das?«

»Wer mein Vater ist? Das soll dein letztes Schmähwort sein!« Rambald zückte sein Schwert. Der Kalif tat es ihm nach. Er war ein wackerer Haudegen. Rambald war bereits in Bedrängnis, als der gipsgesichtige Sarazene von vorhin atemlos herbeistürzte und etwas dazwischenrief.

»Haltet ein, Herr!« übersetzte der Dolmetscher hastig. »Ich bitte um Verzeihung, ich habe mich geirrt: Der Kalif Isoarre ist dort auf dem rechten Hügel! Dies hier ist der Kalif Abdul!«

»Ich danke Euch! Ihr seid ein Ehrenmann!« sagte Rambald, grüßte den Kalifen Abdul mit dem Schwert, wandte sein Pferd und sprengte auf die gegenüberliegende Anhöhe zu.

Als man ihm sagte, Rambald sei ein Sohn des Grafen, sagte der Kalif Isoarre »Wie?« Man mußte ihm mehrmals die Nachricht ins Ohr schreien.

Schließlich nickte er und zückte sein Schwert. Rambald drang auf ihn ein. Während sie jedoch die Klingen kreuzten, beschlich ihn der Zweifel, auch dieser Gegner sei vielleicht nicht Isoarre, und das hemmte ihn etwas. Er war bestrebt, mit ganzer Seele dem Kampf sich hinzugeben, aber je mehr er sein Bestes gab, desto weniger war er von der Identität seines Feindes überzeugt.

Diese Ungewißheit drohte ihm verhängnisvoll zu werden. Die Angriffe des Mauren trieben ihn immer mehr in die Enge, als neben ihnen ein heftiges Handgemenge entstand: Ein mohammedanischer Offizier war tief in den Kampf verwickelt und stieß plötzlich einen Schrei aus. Auf diesen Schrei hin erhob Rambalds Gegner den Schild, als wolle er um Waffenruhe bitten, und rief ein paar Worte. »Was hat er gesagt?« fragte Rambald den Dolmetscher.

»Er sagte: ›Ja, Kalif Isoarre, ich bringe dir sofort deine Brille!‹«

»Da haben wir's: auch er nicht!«

»Ich bin«, erklärte der Feind, »der Brillenträger des Kalifen Isoarre. Die Brille, ein euch Christen noch unbekanntes Gerät, besteht aus bestimmten Linsen, die die Sehkraft verbessern. Isoarre ist wegen seiner Kurzsichtigkeit gezwungen, sie auch in der Schlacht zu tragen. Aber da Linsen aus Glas sind, zerbrechen sie bei jedem Gefecht. Meine Aufgabe ist es, ihn stets mit neuen zu versorgen. Ich bitte daher um die Erlaubnis, den Zweikampf mit Euch abbrechen zu dürfen, da sonst der Kalif mit seinen schwachen Augen übel dran wäre!«

»Also, der Brillenträger!« brüllte Rambald und wußte vor Zorn nicht, ob er ihm den Bauch aufschlitzen oder vielmehr den echten Isoarre anfallen solle. Doch was für eine Heldentat war es schon, gegen einen halbblinden Gegner zu kämpfen!

»Ihr müßt mich wirklich gehen lassen«, begann wieder der Optiker, »denn der Schlachtplan sieht vor, daß Isoarre verschont bleibt; aber wenn er nichts mehr sieht, ist er verloren!« Damit schwenkte er die Augengläser und rief hinüber: »Hier bin ich, Kalif, jetzt kommt die Brille!«

»Nein!« sagte Rambald und führte einen Hieb gegen die Gläser, daß sie in Stücke sprangen.

Im gleichen Augenblick, als sei das Klirren der zersplitternden Brille für ihn das Zeichen seines Ende gewesen, lief Isoarre geradenwegs in eine christliche Lanze.

»Jetzt brauchen seine Augen keine Brille mehr, um die Huris des Paradieses zu schauen«, murmelte der Optiker und sprengte davon. Der herabgeschleuderte Leichnam des Kalifen verfing sich mit den Beinen in den Steigbügeln; und so zog das Pferd ihn weiter, bis er vor Rambalds Füßen lag.

Die Erschütterung, Isoarre tot am Boden liegen zu sehen, die widerstreitenden Gedanken, die ihn bestürmten, das Siegesgefühl, endlich das Blut seines Vaters gerächt zu haben, der Zweifel, ob auch die Rache als pflichtgemäß anzusehen sei, da er ja bloß des Kalifen Brille in Stücke geschlagen hatte, die Verwirrung darüber, daß ihm nun auf einmal sein Ziel genommen war, das ihn bis dahin geleitet hatte – dies alles dauerte nur

einen Augenblick. Bald empfand er nichts mehr als eine
außergewöhnliche Erleichterung darüber, sich jetzt ohne jede
Verpflichtung mitten auf dem Schlachtfeld zu wissen, nun
laufen, herumschauen, kämpfen zu können, als habe er Flügel
in den Füßen.

Verfolgt von der Idee, den Kalifen töten zu müssen, war ihm
die Schlachtordnung bislang überhaupt nicht in den Sinn
gekommen, er hatte nicht einmal gedacht, es könne eine
Ordnung geben. Alles war ihm neu, Begeisterung und Schau-
der schienen ihn erst jetzt zu berühren. Das Gelände war schon
mit Gefallenen besät. Niedergebrochen in ihren Rüstungen
lagen sie da, in unsinnigen Stellungen, so, wie sich eben Bein-
und Armschienen oder die anderen Eisenteile zu Haufen
gefügt hatten; manche streckten Arme oder Beine in die Luft.
Die schweren Panzer klafften auseinander, und das Innere
quoll heraus, als seien die Rüstungen ehedem nicht mit
unversehrten Körpern, sondern mit aufs Geratewohl darin
aufgespießten Eingeweiden angefüllt gewesen, die nun beim
ersten Hieb zum Vorschein kamen. Rambald war von diesen
blutigen Bildern erschüttert. Hatte man vergessen, daß es
warmes, menschliches Blut war, das alle diese Hüllen bewegte
und ihnen Kraft verlieh? Ihnen allen, außer einer. Schien ihm
bereits die ungreifbare Natur des weißen Ritters sich über das
ganze Feld zu breiten?

Er gab seinem Pferd die Sporen. Er sehnte sich, lebenden
Wesen gegenüberzustehen, gleichviel ob Freund oder Feind.

Er befand sich in einem Tal. Es war verlassen, abgesehen
von den Gefallenen und den Fliegen, die über ihnen summten.
Die Schlacht war vorübergehend zum Stillstand gekommen,
oder aber sie wütete in einem entfernteren Teil der Ebene.
Rambald spähte während seines Rittes umher. Plötzlich hörte
er Hufschlag: Ein Reiter tauchte hinter einer Hügelkuppe auf.
Es war ein Sarazene, der schnell um sich blickte, die Zügel
lockerte und das Weite suchte. Rambald spornte sein Pferd an,
um die Verfolgung aufzunehmen. Er gelangte auf die Anhöhe;

weit hinten, auf der Wiese, sah er den Sarazenen davonspren-
gen und zwischen Nußbäumen verschwinden. Sein eigenes
Roß war schnell wie der Blitz und wartete offenbar nur auf die
Gelegenheit zu einem neuen Wettlauf. Der Jüngling hatte seine
Freude daran; endlich war unter diesen seelenlosen Gehäusen
das Pferd wieder ein Pferd, der Mensch wieder ein Mensch.
Der Sarazene bog rechts ab? Warum? Rambald hatte ihn fast
erreicht. Doch in diesem Augenblick tauchte ein zweiter
Maure aus dem Buschwald auf und schnitt ihm den Weg ab.
Beide Ungläubigen machten kehrt, ritten ihm entgegen. Es
war ein Hinterhalt. Mit gezücktem Schwert stürmte Rambald
vor und schrie: »Feiglinge!«

Der eine Sarazene stellte sich ihm; er hatte einen schwarzen
und doppelgehörnten Helm wie eine Hornisse. Der Jüngling
wehrte seinen Hieb ab und traf den Schild des anderen mit der
flachen Klinge; aber sein Pferd machte einen Satz, und er
wurde nun von jenem ersten bedrängt. Jetzt mußte Rambald
Schild und Schwert spielen lassen, sein Pferd zugleich im
Kreise wenden, die Knie in seine Flanken pressen. »Feiglinge!«
schrie er. Jetzt hatte ihn echter Zorn gepackt, der Kampf war
ein wirklicher, erbitterter Kampf, das Nachlassen der Kräfte,
während er zwei Gegner abwehrte, war eine wirkliche Schwäche im Blut und in den Knochen: Vielleicht würde Rambald
sterben, jetzt, da er die Gewißheit besaß, daß die Welt existiert.
Und er wußte nicht, ob das Sterben deshalb trauriger oder
weniger traurig ist.

Beide bedrängten ihn hart. Er wich zurück. Er hielt den
Schwertknauf, als wolle er sich daran anklammern; er wußte:
Verliert er sein Schwert, ist er selbst verloren. Plötzlich, in
dieser äußersten Gefahr, hörte er Pferdegetrappel. Als hätte
man die Trommel gerührt, ließen beide Feinde sofort von ihm
ab. Sie hoben die Schilde zum Schutz und traten den Rückzug
an. Auch Rambald wandte sich um: Neben sich erblickte er
einen Ritter in christlichen Waffen, mit einem hellgrünen Rock
über dem Harnisch. Auf dem Helm flatterten lange Federn,

auch sie hellgrün. Geschwind bewegte sich die leichte Lanze und hielt die Sarazenen in Schach.

Rambald und der unbekannte Ritter, der noch immer mit seiner Lanze wirbelte, kämpften jetzt Seite an Seite. Einer der Feinde versuchte es mit einer Finte und wollte Rambald die Waffen aus der Hand reißen. Doch im gleichen Augenblick legte der Grüne die Lanze ein, umklammerte ihren Schaft. Er stürzte sich auf den Ungläubigen; der Zweikampf entbrannte.

Rambald bemerkte die große Behendigkeit seines fremden Helfers, vergaß alles andere und hätte am liebsten zugeschaut. Doch nur für einen kurzen Augenblick: Dann griff er selbst den anderen Sarazenen an, und die Schilde prallten heftig aufeinander.

So focht er, Seite an Seite mit dem hilfreichen Grünen. Jedesmal, wenn sich die Feinde nach einem ergebnislosen Ansturm zurückzogen, begann einer der beiden Waffenbrüder in schnellem Wechsel den Gegner des anderen zu attackieren, und so verwirrten sie mit ihrer Taktik die Sarazenen.

Hat man einen Gefährten zur Seite, so ist das weit besser, als wenn einer allein seinen Mann stehen müßte. Man spornt sich an, man tröstet sich, und das Gefühl, einen Feind zu haben, verschmilzt mit jenem anderen, einen Freund zu besitzen. Um sich selber anzufeuern, rief Rambald des öfteren dem anderen etwas zu. Aber jener blieb stumm. Der Jüngling begriff, daß man in der Schlacht mit dem Atem haushalten müsse, doch mißfiel ihm, die Stimme seines Kameraden nicht hören zu können. Das Handgemenge wurde hitziger. Da, der grüne Krieger warf seinen Sarazenen aus dem Sattel; der kam auf die Füße zu stehen und rannte ins Gebüsch davon. Der andere warf sich gegen Rambald, aber beim Anprall zerbrach ihm sein Schwert; aus Furcht vor der Gefangenschaft wendete er sein Pferd und ergriff ebenfalls die Flucht.

»Hab Dank, Bruder!« rief Rambald seinem Helfer zu und lüftete das Visier. »Du hast mir das Leben gerettet«, und damit wollte er ihm die Hand reichen.

»Mein Name ist Rambald, Graf von Roussillon, Bakkalaureus.«

Der grüne Ritter blieb stumm. Er nannte weder seinen Namen, noch ergriff er Rambalds ausgestreckte Rechte, noch enthüllte er sein Gesicht. Der Jüngling errötete. »Warum gibst du mir keine Antwort?« Da wendete der andere sein Pferd und ritt davon. »Ritter, ich verdanke dir zwar mein Leben, muß dies aber als tödliche Beleidigung ansehen!« Rambald schäumte. Aber der Angeredete war bereits über alle Berge.

Dankbarkeit gegenüber dem Unbekannten, die im Kampf entstandene stillschweigende Übereinkunft, die Empörung über die unerwartete Flegelei, Neugier nach jenem Geheimnis, ein Tatendurst, den der Sieg nur vorübergehend hatte eindämmen können, all dies trieb Rambald dazu, den grünen Krieger zu verfolgen. »Wer du auch seiest, für diese Beleidigung wirst du mir büßen!« Er gab mehrmals die Sporen, doch das Pferd regte sich nicht. Er zog am Zügel: Das Maul klappte herunter. Er stieß es mit den Sattelbögen: Es wackelte wie ein Holzpferd. Da stieg er ab. Als er den eisernen Maulkorb abhob, sah er das Weiße im Auge – sein Pferd war tot. Ein sarazenischer Degenstich hatte die Plättchen der Satteldecke durchdrungen und es ins Herz getroffen. Schon seit geraumer Zeit hätte es am Boden gelegen, wären nicht die eisernen Hüllen um Beine und Hüfte gewesen, die es starr und wie angewurzelt an seinen Platz bannten.

Rambalds Schmerz um das wackere Streitroß, das im Stehen den Tod gefunden hatte nach soviel treuen Diensten, war einen Augenblick stärker als sein Zorn. Er schlang die Arme um den Hals des Tieres, das unbeweglich blieb wie eine Statue, und küßte das erkaltete Maul. Dann aber raffte er sich zusammen, trocknete seine Tränen und lief davon.

Doch wohin sollte er sich wenden? Er geriet auf ungewisse Waldpfade, die an einem Gebirgsbach entlangführten; hier fanden sich keine Anzeichen einer Schlacht. Die Spur des unbekannten Kriegers hatte sich verloren. Rambald ging aufs

Geratewohl weiter; er stand im Begriff, sich schon damit abzufinden, daß der andere ihm entkommen war, freilich sagte er sich noch im stillen: »Ich werde dich wiederfinden, und sei es am Ende der Welt.«

Das, was ihn nach diesem hitzigen Vormittag am meisten quälte, war der Durst. Als er an das Bachbett hinunterstieg, um zu trinken, hörte er plötzlich Zweige knacken: Ein mit lockerem Strick an einen Nußbaum gebundenes Pferd weidete auf der Wiese. Es war von den beschwerlichen Stücken der Rüstung befreit, sie lagen neben ihm. Es gab keinen Zweifel: Das Tier gehörte dem unbekannten Krieger, der also nicht weit sein konnte. Rambald brach durch das Schilf, um ihn zu suchen.

Er erreichte das Bachbett, steckte den Kopf durch die Blätter: Dort war der Ritter! Kopf und Oberkörper waren noch wie bei einem Schaltier in der undurchdringlichen Hülle von Helm und Harnisch eingeschlossen; Schenkelpanzerung, Beinschienen und Knieschützer hatte er jedoch abgelegt, war nackt von der Hüfte abwärts und lief barfuß über die Kiesel des Gießbachs. Rambald traute seinen Augen nicht! Der entblößte Teil zeigte weibliche Formen: Einen glatten Leib mit goldenem Flaum, rundliche rosa Hinterbacken und lange, schlanke Mädchenbeine. Diese weibliche Hälfte (die Schaltierhälfte wirkte jetzt noch unmenschlicher und ausdrucksloser) vollzog eine Kehrtwendung, suchte einen geeigneten Platz, setzte einen Fuß auf die eine Seite, den zweiten auf die andere, des Rinnsals, beugte etwas die Knie, stützte die Arme auf die eisernen Ellbogenschienen, streckte den Kopf vor und den Rücken nach hinten und begann seelenruhig und herablassend Pipi zu machen. Es war eine Frau mit harmonischen Rundungen, zartem Gliederbau und anmutigem Geplätscher. Rambald war sogleich in sie verliebt.

Die junge Amazone stieg in den Bach, hockte sich nochmals über das Wasser, nahm eine hurtige Waschung vor, wobei sie etwas zusammenzuckte, und hüpfte dann in kleinen Sprüngen mit ihren nackten, rosa Füßen davon. In diesem Augenblick bemerkte sie, daß Rambald sie hinter dem Schilf beobachtete. »Schweinehund!« schrie sie, zog einen Dolch aus ihrem Gürtel und schleuderte ihn in seine Richtung: Nicht mit der Bewegung einer Meisterin des Waffenhandwerks, die sie war, sondern wütend und hochfahrend wie eine erboste Frau, die ihrem Mann einen Teller oder eine Bürste oder irgendeinen Gegenstand an den Kopf wirft, den sie gerade zur Hand hat.

Immerhin verfehlte sie Rambalds Stirn nur um Haaresbreite. Beschämt zog sich der Jüngling zurück. Doch schon im nächsten Augenblick verspürte er das heiße Verlangen, sich ihr bekannt zu machen, ihr auf irgendeine Weise seine Verliebtheit kundzutun. Er hörte Hufschläge und lief zur Wiese; Pferd und Reiterin waren verschwunden. Die Sonne stand am Horizont. Erst jetzt wurde ihm bewußt, daß ein ganzer Tag vergangen war.

Müde, auf Schusters Rappen, allzu verstört durch diese vielen Erlebnisse, um glücklich zu sein, allzu glücklich, um zu begreifen, daß er gegen seine frühere Unruhe eine noch brennendere Unrast eingetauscht hatte, kehrte er ins Lager zurück.

»Hört, meinen Vater habe ich gerächt, ich habe gesiegt, Isoarre ist tot, ich . . .« Er erzählte alles viel zu hastig, weil er die Frage anschneiden wollte, die ihn am meisten beschäftigte und die jetzt eine andere war. ». . . Dann kämpfte ich gegen zwei Gegner. Ein Ritter kam mir zu Hilfe, und schließlich entdeckte ich, daß er kein Kriegsmann war, sondern eine Frau: Bildschön, doch ihr Gesicht kenne ich nicht. Über der Rüstung trägt sie einen hellgrünen Rock . . .«

»Ei, ei, ei!« grinsten die Zeltgenossen, die gerade inmitten des durchdringenden Schweißgeruchs, wie er stets beim Abrüsten nach der Schlacht herrschte, damit beschäftigt waren, ihre blauen Flecke an Brust und Armen mit Salbe einzureiben. »Mit der Bradamante willst du dich einlassen, du Naseweis! Vorausgesetzt, daß sie dich nimmt. Die Bradamante treibt es entweder mit Generälen oder mit Stallburschen. Du wirst sie nie kriegen, und wenn du ihr Salz auf den Schwanz streust!«

Rambald konnte kein Wort mehr herausbringen. Er trat aus dem Zelt. Rot ging die Sonne unter. Gestern hatte er sich noch im Abendsonnenschein gefragt: »Was wird mit mir sein, wenn morgen der Tag zur Neige geht? Wird dann die Prüfung hinter mir liegen, und werde ich so die Bestätigung haben, daß ich ein Mensch bin? Daß ich eine Spur hinterlasse von meinen Erdentagen?« Jetzt war er da, der Sonnenuntergang jenes morgigen Tages, und nun, da die ersten Prüfungen bestanden waren, galten sie schon nichts mehr. Die neue Prüfung aber kam unerwartet und war schwierig, doch nur sie konnte ihm die Bestätigung bringen.

In dieser Stimmung der Ungewißheit hätte sich Rambald gern dem weißen Ritter anvertraut, dem einzigen, der ihn verstehen würde; weshalb, hätte er nicht einmal sagen können.

5

Unter meiner Zelle liegt die Klosterküche. Während ich schreibe, höre ich das Klappern der Zinnteller und Kupferkrüge. Die Küchenschwestern spülen das Geschirr aus unserem schlichten Refektorium. Mir hat die Äbtissin eine andere Aufgabe übertragen als ihnen: Ich soll diese Geschichte schreiben; aber alle Mühen des Klosterlebens dienen ja nur einem einzigen Ziel: dem Seelenheil. Gestern schrieb ich über die Schlacht, und beim Geklapper im Spülstein war mir, als hörte ich Lanzen gegen Schilde und Harnische prallen, Helme unter den Schlägen mächtiger Schwerter erdröhnen. Über den Hof drangen die Stöße vom Webstuhl der Schwestern Weberinnen zu mir herüber, und dabei glaubte ich galoppierende Pferdehufe zu hören: Und so verwandelten meine halbgeschlossenen Augen, was meine Ohren vernahmen, in Bilder, erfanden meine stummen Lippen Worte und abermals Worte, während meine Feder über das weiße Blatt eilte, um sie einzuholen.

Heute ist die Luft vielleicht wärmer, der Kohlgeruch durchdringender, mein Sinn träger; es gelingt mir nicht, mich vom Lärm der Mägde weiter tragen zu lassen als bis zu den Kantinen des fränkischen Heeres:

Ich sehe die Krieger vor den dampfenden Kochtöpfen Schlange stehen, die Eßnäpfe klappern, die Löffel trommeln, die Schöpfkellen stoßen gegen den Rand der Kessel, und das ranzige Fett bleibt auf dem Boden der leeren und verkrusteten Kochtöpfe zurück. Dieser Anblick und dieser Kohlgeruch wiederholt sich bei jedem Regiment, dem aus der Normandie, aus Anjou oder Burgund. Wenn sich die Stärke einer Armee an dem Lärm beweist, den sie verbreitet, so kann man das geräuschvolle Heer der Franken wahrhaftig zur Zeit des Essenfassens erkennen. Das Getöse pflanzt sich im Widerhall durch Täler und Ebenen fort bis zu der Gegend, wo es sich mit einem gleichgearteten Echo vermischt, das von den ungläubigen Kochtöpfen herrührt. Denn auch die Feinde sind zur gleichen Stunde darin vertieft, eine abscheuliche Kohlsuppe herunterzuwürgen. Die Schlacht gestern war weniger laut. Und sie verbreitete auch nicht einen solchen Gestank.

Es bleibt mir also nichts übrig, als mir die Helden meiner Geschichte im Umkreis der Kantine vorzustellen. Agilulf sehe ich dort zwischen den Rauchschwaden auftauchen. Unempfindlich gegen den Kohlgeruch, beugt er sich über einen Kochtopf und ermahnt die Köchin des Regiments aus der Auvergne. Jetzt kommt der junge Rambald im Laufschritt herbei.

»Ritter«, sagte er, noch ganz außer Atem, »endlich finde ich Euch! Gestern, in der Schlacht, habe ich meinen Vater gerächt... im Handgemenge... dann war ich allein... hatte zwei gegen mich... es war ein Hinterhalt... und dann... kurzum, ich weiß jetzt, was kämpfen heißt. Ich möchte gern in der Schlacht auf gefährlichstem Posten stehen... oder zu irgendeinem Abenteuer aufbrechen und Ruhm erwerben... für unseren heiligen Glauben... gebrechliche Frauen, schwache Greise erretten... Ihr könnt mir doch sagen...«

Agilulf kehrte ihm zunächst den Rücken, wie um seinen Verdruß zu bezeigen, daß er bei der Erfüllung seiner Obliegenheiten unterbrochen worden war. Als er sich dann umwandte, setzte er zu einer flüssigen und zugleich gedrechselten Rede an, voll Genugtuung, sich eines Themas, das ihm unversehens unterbreitet worden war, bemächtigen und es sachkundig ausweiden zu können.

»Aus dem, was du mir sagst, Bakkalaureus, meine ich zu entnehmen, du glaubst, unser Dasein als Paladine erschöpfe sich ausschließlich darin, daß wir uns mit Ruhm bedecken, entweder an der Spitze der Truppen in der Schlacht oder auch in kühnen Einzelunternehmungen, und zwar die letzteren im Sinne der Verteidigung unseres heiligen Glaubens oder aber der Unterstützung von Frauen, Greisen, Gebrechlichen. Habe ich recht verstanden?«

»Aber gewiß doch.«

»Nun schön. Diese von dir angeführten Tätigkeiten sind wohl für uns auserwähltes Offizierskorps besonders kennzeichnend. Aber . . .«, Agilulf stieß ein kurzes Lachen aus, das erste, das Rambald aus dem Halsstück der weißen Rüstung vernahm – ein zugleich höfliches und sarkastisches Lachen –, ». . . aber es sind nicht die einzigen. Wenn du wünschst, fällt es mir nicht schwer, nacheinander die Aufgaben herzuzählen, die den einfachen Paladinen, den Paladinen erster Klasse, den Paladinen des Generalstabs obliegen . . .«

Rambald unterbrach: »Es genügt mir, Euch zu begleiten und zum Vorbild zu nehmen, Ritter!«

»Du gibst also der Erfahrung den Vorzug vor der Doktrin; das ist erlaubt. Nun gut, du siehst mich heute, wie jeden Mittwoch, Dienst tun als Inspektor im Auftrage der Heeresintendantur. In dieser Funktion kontrolliere ich jetzt die Küchen der Regimenter aus der Auvergne und aus Poitou. Wenn du mitkommst, kannst du nach und nach in diesem schwierigen Zweig unseres Dienstes eine gewisse Fertigkeit erlangen.«

Rambald hatte etwas anderes erwartet, so daß er nicht gerade begeistert war. Um sich jedoch nicht selbst Lügen zu strafen, täuschte er vor, alles zu beachten, was Agilulf mit den Chefköchen, Kantinenwirten und Küchengehilfen beredete. Er hoffte noch immer, es handle sich nur um ein vorbereitendes Zeremoniell, ehe man sich in irgendein glänzendes Waffenabenteuer stürzte.

Agilulf zählte immer wieder die Lebensmittelzuteilungen, die Suppenrationen, die Zahl der zu füllenden Eßnäpfe, den Inhalt der Kochkessel. »Du mußt wissen«, erklärte er Rambald, »daß es zu den schwierigsten Aufgaben eines Armeekommandos gehört, auszurechnen, wie viele Suppenrationen ein Kochkessel enthält. Bei keinem Regiment geht die Rechnung auf. Entweder bleiben Rationen übrig, bei denen man dann nicht weiß, wo sie hinkommen, wie man sie auf den Listen verzeichnen soll; oder es fehlen welche, weil man die

Zuteilungen einschränkte, und dann greift in der Truppe sofort eine Mißstimmung um sich. Freilich gibt es bei jeder Militärküche ständig einen Schwarm von Bettlern, armen alten Weibern und Krüppeln, die überschüssige Rationen in Empfang nehmen. Das führt jedoch offensichtlich zu großer Unordnung. Um etwas Klarheit zu schaffen, habe ich angeordnet, daß jedes Regiment neben dem Verzeichnis seines Personalbestandes auch die Namen der Armen vorlegen muß, die für gewöhnlich beim Essenholen Schlange stehen. Man weiß dann genau von jeder Suppenportion, wo sie hingekommen ist. Du könntest jetzt zum Beispiel, um dich in deinen Pflichten als Paladin zu üben, mit den Verzeichnissen in der Hand die Runde bei den Regimentsküchen machen und kontrollieren, ob alles in Ordnung ist. Danach hast du mir das Ergebnis zu berichten.«

Was sollte Rambald tun? Sich weigern und Ruhmestaten verlangen – oder nichts? Er hätte sich auf diese Weise unter Umständen die ganze Karriere wegen einer Kleinigkeit verderben können. Er machte sich auf.

Verdrossen, ohne sich Klarheit verschafft zu haben, kehrte er zurück. »Nun ja, es scheint mir alles der Ordnung nach zu gehen«, erklärte er Agilulf. »Natürlich herrscht viel Durcheinander. Außerdem – sind denn die Armen, die wegen der Suppe kommen, alles Brüder?«

»Brüder? Warum?«

»Nun, weil sie sich ähnlich sehen, genauer, sie gleichen einander sogar wie ein Ei dem anderen. Jedes Regiment hat so einen. Zuerst glaubte ich, es sei ein und derselbe Mann, der von einer Küche zur anderen hinüberwechselt. Dann aber sehe ich die Verzeichnisse durch und finde lauter verschiedene Namen: Bumoloz, Carotun, Balingaccio, Bertella... Auch habe ich die Feldwebel gefragt, habe kontrolliert: Ja, es stimmte immer. Allerdings diese Ähnlichkeit...«

»Ich werde selber nachsehen.«

Sie gingen gemeinsam zum Lager der Lothringer. »Da ist er,

431

der Mann.« Rambald zeigte auf eine Stelle, als sei jemand dort. Bei genauerem Zusehen war es auch so, nur ging der Blick zuerst über den Strolch hinweg, der abgetragene und verschmutzte, grüne und gelbe Fetzen am Leibe hatte, daß man ihn mit der Farbe des Bodens und der Blätter verwechselte. Sein Gesicht war voller Sommersprossen und Bartstoppeln.

»Aber das ist ja Gurdulù!«

»Gurdulù? Das ist noch ein Name! Kennt Ihr ihn?«

»Es ist ein Mann ohne Namen oder mit allen nur denkbaren Namen. Ich danke dir, Bakkalaureus; du hast nicht nur eine Ordnungswidrigkeit bei unseren Dienststellen entdeckt, sondern mich auch in die Lage versetzt, meinen Knappen wiederzufinden, der mir durch kaiserlichen Befehl zugeteilt wurde und gleich danach verlorenging.«

Nach der Essensausgabe überließen die Lothringer Köche Gurdulù den Kochkessel.

»Hier, das ist alles für dich!«

»Alles Suppe!« rief Gurdulù, beugte den Kopf über den Rand, als neige er sich über ein Fensterbrett und hieb gegen das Eisen, um den kostbaren Inhalt eines jeden Kochtopfes abzulösen: Die an den Wänden klebende Kruste. »Alles Suppe!« dröhnte seine Stimme in dem Behälter, der, als Gurdulù ungeschickt daraus emportauchte, sich über ihn ergoß. Gurdulù steckte in dem umgestülpten Kessel. Man hörte ihn wie in einer dumpfen Glocke mit dem Löffel schlagen und »Alles ist Suppe!« brüllen. Dann bewegte sich der Topf wie eine Schildkröte, schlug nochmals um, und Gurdulù kam wieder zum Vorschein. Er war von Kopf bis Fuß mit Kohlsuppe besudelt, bespritzt, gesalbt und rußgeschwärzt obendrein. Die Brühe troff ihm über die Augen und blendete ihn anscheinend. Er tappte vorwärts, schrie »Alles ist Suppe!«, vollführte Schwimmbewegungen mit vorgestreckten Armen und sah nichts als die Suppe, die ihm Augen und Gesicht beklebte. »Alles ist Suppe!« Dabei schwang er in einer Hand den Löffel, als wolle er löffelweise alles um sich herum zu sich ziehen. »Die ganze Welt ist eine Suppe!«

Rambald wurde durch diesen Anblick so verwirrt, daß ihn Schwindel ergriff. Er empfand jedoch weniger Abscheu als Zweifel, ob der Mann, der dort geblendet vor ihm einherschwankte, nicht doch recht haben könne; die Welt sei tatsächlich nichts anderes als eine unendliche, formlose Suppe, in der alles sich auflöse und auf alles andere abfärbe. Fast fühlte er sich versucht zu rufen: »Hilfe, ich will nicht zu Suppe werden!« Aber da bemerkte er neben sich, reglos mit verschränkten Armen, Agilulf, als gehe ihn diese vulgäre Szene keinen Deut an, ja, als werde er gar nicht einmal von ihr beeindruckt. Rambald begriff, daß Agilulf niemals seine Angst verstanden hätte. Die ursprüngliche Unruhe, die ihm der Anblick des Kriegers im weißen Harnisch stets einflößte, wurde jetzt durch ein neuartiges Gefühl, das er beim Anblick Gurdulùs empfand, wieder wettgemacht. Also gelang es ihm sein inneres Gleichgewicht zu bewahren und seine Ruhe wiederzugewinnen.

»Weshalb bringt Ihr ihm nicht bei, daß nicht alles Suppe ist, und weshalb laßt Ihr ihn nicht aufhören mit diesem Zirkus?« fragte er Agilulf; es gelang ihm, seiner Stimme den gewohnten Klang zu geben.

»Man kann ihn nur dann begreifen, wenn man sich etwas ganz Bestimmtes vornimmt«, sagte ihm Agilulf und dann zu Gurdulù: »Du bist mein Schildknappe laut Befehl Karls des Königs der Franken und heiligen römischen Kaisers. Jetzt mußt du mir in allem gehorchen. Und da ich von der Intendantur für Bestattungswesen und Pflichten der Pietät den Auftrag habe, für die Beisetzung der gestern in der Schlacht Gefallenen Sorge zu tragen, mußt du dich mit Schaufel und Hacke ausrüsten; dann werden wir aufs Feld gehen, um die getauften Leiber unserer Brüder zu begraben, die an Gottes Herrlichkeit teilhaben.«

Er forderte auch Rambald auf, ihn zu begleiten, damit der sich über diese heikle Aufgabe der Paladine unterrichte. Sie alle drei zogen zum Schlachtfeld: Agilulf in jenem Schritt, der gelockert wirken sollte, vielmehr aber anmutete, als wandle jemand über ausgestreute Stecknadeln. Rambald ließ die Augen umherschweifen, da er es nicht erwarten konnte, die Stätte wiederzusehen, die er gestern unter einem Hagel von Pfeilen und Degenhieben durcheilt hatte; Gurdulù, Spaten und Hacke auf dem Rücken, pfiff und sang, nicht im geringsten von dem Ernst seiner Aufgabe durchdrungen. Von der Anhöhe, die sie jetzt entlanggingen, sah man auf die Ebene hinunter, wo das blutige Gemetzel stattgefunden hatte. Der Boden war mit Leichen übersät. Geier saßen still darauf, krallten sich an Schultern oder Gesichtern der Toten fest und neigten die Schnäbel, um die zerquetschten Leiber zu durchstöbern.

Die Geier können diese Arbeit nie sofort nach der Schlacht beginnen. Kaum neigt sich der Kampf dem Ende zu, lassen sie sich herab. Das Feld ist jedoch mit Toten bedeckt, die festverpanzert sind durch stählerne Harnische. Die Schnäbel der Raubvögel hämmern dagegen, ohne sie auch nur ritzen zu können. Sobald es Abend wird, kriechen leise, auf dem Bauch, von beiden entgegengesetzten Lagern, die Leichenfledderer heran. Die Geier sind wieder aufgestiegen und kreisen am Himmel, bis die Fledderer ihr Werk beendet haben. Das erste Morgenlicht ergießt sich über ein von nackten Toten weißschimmerndes Feld. Nun lassen sich die Geier wieder herab und beginnen den großen Festschmaus. Sie müssen sich jedoch sputen. Es währt nicht lange, bis die Totengräber zur Stelle sind, die den Vögeln verweigern, was sie den Würmern zugestehen.

Agilulf und Rambald verjagten mit Schwerthieben die schwarzen Besucher, Gurdulù verscheuchte sie mit seiner Schaufel. Dann machten sie sich an ihr trauriges Geschäft. Jeder suchte sich einen Toten aus, packte ihn an den Füßen und zog ihn den Abhang hinauf bis zu einer Stelle, die geeignet schien, um ihm ein Grab zu schaufeln.

Agilulf schleifte einen Toten und dachte: O Toter, du hast

das, was ich nie hatte und haben werde: ein Gerippe. Oder, du *hast* es nicht: du *bist* dieses Gerippe, bist das, worum in Augenblicken der Melancholie die Menschen zu beneiden ich mich ertappe. Schönes Ding! Ich darf in der Tat mich glücklich schätzen, daß ich so auskomme und doch alles fertigbringe – alles, was mir wichtig scheint, versteht sich. – Und vieles gelingt mir besser als denjenigen, die existieren, abgesehen von den üblichen Mängeln, als da sind Plumpheit, Ungenauigkeit, Inkonsequenz, Gestank. Freilich, einer der existiert, hinterläßt etwas von sich, gibt seinen Taten eine besondere Note, wie ich es niemals könnte. Aber wenn hier jetzt ihr Geheimnis verborgen ist, hier, in diesem Gekrösesack, dann bedanke ich mich und kann es entbehren. Dieses Tal mit nackten, verwesenden Leibern flößt mir keinen größeren Ekel mehr ein als die Fleischkammer der lebenden Menschheit.

Gurdulù schleifte einen Toten und dachte: Da läßt du deine Furze fahren, die noch mehr stinken als die meinen, Leichnam! Ich verstehe nicht, weshalb dich alle beweinen! Was fehlt dir denn? Früher hast *du* dich bewegt; jetzt ist diese Bewegung auf die Würmer übergegangen, die du ernährst. Dir wuchsen Nägel und Haare, jetzt speist du die Fäulnis, durch die das Gras in der Sonne höher sprießt. Zu Gras sollst du werden; dann zu Milch in den Kühen, die das Gras fressen, zum Blut des Kindes, das die Milch getrunken hat, und so fort. Siehst du nicht, daß du es besser verstehst zu leben als ich, o Leichnam?

Rambald schleifte einen Toten und dachte: O Toter, ich laufe und laufe, um schließlich wie du hierherzugelangen und mich an meinen Fersen ziehen zu lassen. Was für eine Raserei treibt mich? Was bedeutet noch dieses Verlangen, zu kämpfen und zu lieben, sobald man alles von jenem Punkt aus betrachtet, von dem aus deine aufgerissenen Augen starren, an dem dein schiefliegender Kopf auf den Steinen hin und her gestoßen wird? Ich denke daran, o Toter; du läßt mich daran denken. Aber was ändert das? Nichts. Es gibt keine anderen Tage, für uns Lebende und auch für euch Tote, als diese unsere Tage, ehe wir ins Grab sinken. Möge mir vergönnt sein, daß ich sie nicht vergeude, daß ich nichts vergeude, was ich bin und was ich sein könnte! Daß ich Heldentaten für das fränkische Heer vollbringe. Daß ich die stolze Bradamante umarme und von ihr umarmt werde. Hoffentlich hast du, Toter, deine Tage nicht schlechter zugebracht. Jedenfalls sind für dich die Würfel schon gefallen. Für mich scheppern sie noch im Becher. Und ich liebe, o Toter, meine Unruhe und nicht deinen Frieden.

Gurdulù schickte sich singend an, das Grab für den Toten auszuheben. Er legte ihn flach auf den Boden, um Maß zu nehmen, markierte die Grenzen mit der Hacke, schob ihn weg und machte sich mit großer Ausdauer an die Arbeit. »Toter, es langweilt dich vielleicht, daß du so lange warten mußt!« Er drehte ihn auf die Seite, zur Grube hin, damit er ihm beim Graben zuschauen könne. »Toter, vielleicht kannst auch du mit der Schaufel etwas mithelfen!« Er richtete ihn auf, versuchte, ihm eine Schaufel in die Hand zu drücken. Doch der Leichnam sackte in sich zusammen.

»Genug damit! Du schaffst es nicht! Das heißt also, daß ich die Grube ausheben und du sie dann ausfüllen wirst.« Das Grab war fertig. Gurdulù aber hatte allzusehr drauflosgearbeitet. Die Grube zeigte unregelmäßige Formen, ihr Grund glich dem einer Muschel. Gurdulù wollte sie ausprobieren. Er stieg hinein und streckte sich aus. »Wie wohl man sich hier fühlt! Wie gut man sich hier ausruht! Wie schön weich die Erde ist! Wie bequem man sich umdrehen kann!« Sodann überlegte er: »Wir hatten doch abgemacht, daß du das Grab ausfüllen solltest; aber es ist besser, wenn ich unten bleibe, und du die Erde mit der Schaufel auf mich schüttest.« Er wartete eine Weile. »Los! Beeil dich! Was brauchst du denn so lange? So macht man das!« Er hob seine Hacke und begann, Erde herunterzuholen. Der Erdhaufen stürzte auf ihn herab.

Agilulf und Rambald hörten einen erstickten Schrei und wußten nicht, ob sich nun Erschrecken oder Befriedigung über ein so gründliches Begrabensein darin ausdrückten. Sie kamen gerade noch rechtzeitig, um den völlig mit Erde zugeschütteten Gurdulù herauszuziehen, bevor er erstickt war.

Der Ritter fand Gurdulùs Arbeit mangelhaft und Rambalds Leistung unzureichend. Er selbst hingegen hatte einen richtigen kleinen Friedhof angelegt und die Umrisse rechteckiger Gräber markiert, parallel zu den beiden Seiten eines schmalen Weges.

Als sie gegen Abend ins Lager zurückkehrten, durchquerten sie einen Wald, in dem sich die Zimmerleute des fränkischen Heeres mit Baumstämmen für Kriegswerkzeuge und mit Brennholz versorgten.

»Jetzt mußt du Holz hacken, Gurdulù!«

Gurdulù hieb jedoch einfach mit der Axt drauflos, häufte trockene Reisigbündel, frisches Holz, Sprößlinge, Frauen-haarsträucher und Gezweig der Meerkirschbäume zusammen mit moosbedeckten Rindenstücken.

Der Ritter überwachte die Arbeit der Zimmerleute, inspizierte ihre Werkzeuge und die Holzscheite. Zugleich erklärte er Rambald die Obliegenheiten eines Paladins bei der Holzbe-schaffung. Rambald hörte ihm nicht zu; schon lange brannte ihm eine Frage auf den Lippen. Jetzt ging der Ausflug mit Agilulf seinem Ende zu, und noch immer hatte er kein Wort herausgebracht. »Ritter Agilulf!« unterbrach er ihn.

»Was gibt's?« fragte Agilulf, während er mit einer Axt hantierte.

Der junge Mann wußte nicht, wie anfangen. Es fiel ihm kein Vorwand ein, den er hätte benutzen können, um jenes Thema anzuschneiden, das ihm mehr als alles andere am Herzen lag. Schließlich sagte er errötend: »Kennt Ihr Bradamante?«

Gurdulù war schwer beladen mit seinen wirren Bündeln herangekommen. Als er diesen Namen hörte, machte er einen Satz. Holzstückchen, blühendes Geißblatt, Wacholderbeeren, Ligusterzweige stoben durch die Luft.

Agilulf hielt eine überaus scharfe, zweischneidige Axt in

437

Händen. Er schwang sie hoch, nahm einen Anlauf und trieb sie in einen Eichenstamm. Die Axt durchfuhr den Baum mit sauberem Schnitt in seiner ganzen Breite, aber die Eiche rührte sich nicht. So glatt war der Hieb geführt. »Was hat das zu bedeuten, Ritter Agilulf?« rief Rambald und fuhr zusammen. »Was ist denn über Euch gekommen?«

Agilulf kreuzte die Arme und prüfte den Stamm von allen Seiten. »Siehst du?« sagte er dem jungen Mann. »Ein glatter Schlag, ohne daß der Baum auch nur im geringsten schwankt. Betrachte einmal den Schnitt, wie gerade er ist.«

6

Diese Geschichte, die zu schreiben ich unternommen habe, ist noch schwieriger, als ich dachte. Ich muß nämlich nun die größte Narrheit der Sterblichen schildern: Die Liebesleidenschaft, vor der mich Gelübde, Kloster und natürliches Schamgefühl bisher bewahrt haben. Nicht, daß ich niemals davon hätte sprechen hören; vielmehr diskutiert man im Kloster zuweilen über sie – soweit wir dazu bei unseren verschwommenen Vorstellungen in der Lage sind –, um uns vor Versuchungen zu warnen. Namentlich geschieht das jedesmal, wenn eine von uns aus Unerfahrenheit in andere Umstände gekommen ist, die Ärmste, oder wenn irgendein Mächtiger ohne Gottesfurcht sie geraubt hat und sie nach ihrer Rückkehr uns alles erzählt, was man mit ihr anstellte. Auch von der Liebe, wie vom Kriege, werde ich daher auf gut Glück berichten, so, wie ich sie mir denke: Besteht doch die Kunst des Geschichtenschreibens darin, daß man aus jenem Nichts, das man vom Leben begriffen hat, das übrige herauszuholen weiß; ist das Blatt dann jedoch beschrieben, so nimmt man das Leben wieder auf und wird gewahr, daß alles, worüber man Bescheid wußte, wahrlich ein Nichts ist.

Wußte Bradamante mehr davon? Ihr kriegerisches Dasein als Amazone hatte nur dazu geführt, daß sich ihrer Seele eine tiefe Unzufriedenheit bemächtigte. Sie hatte sich dem Reiterleben gewidmet, aus Liebe zu all dem, was streng, genau, hart, einer sittlich fundierten Ordnung gemäß war und – im Umgang mit Waffen und Pferden – äußerste Präzision der Bewegungen erforderte. Wovon hingegen sah sie sich umgeben? Von schwitzenden, unleidlichen Männern, die es sich angelegen sein ließen, auf unbedachte und leichtfertige Weise Krieg zu führen; die sich außerhalb der Dienststunden ständig betranken und ihr tölpelhaft nachschlenderten, um herauszubekommen, wen sie an diesem Abend mit in ihr Zelt zu nehmen gedachte. Denn bekanntlich ist die Kavallerie etwas Großes; die Kavalleristen hingegen sind rechte Trottel, gewohnt, großartige Unternehmungen ungenau und einfach aufs Geratewohl durchzuführen, sind Leute, denen es gerade noch gelingt, recht und schlecht die sakrosankten Regeln einzuhalten, die zu befolgen sie gelobt hatten – Regeln, die so genau festliegen, daß ein jeder sich der Mühe des Nachdenkens enthoben sieht. Der Krieg ist ja nichts weiter als teils ein wenig Gemetzel, teils ein Alltagstrott; so darf man es mit ihm nicht allzu genau nehmen.

Auch Bradamante war im Grunde nicht anders geartet; vielleicht hatte sie sich diese ihre Schwärmerei für das Strenge und Genaue nur aus Widerspruch gegen ihre wahre Natur in den Kopf gesetzt. Wenn es, zum Beispiel, eine große Schlampe im ganzen Frankenheer gab, so war sie es. Ihr Zelt, um nur dieses zu erwähnen, war das unordentlichste im ganzen Lager. Während sich die Männer, diese armen Teufel, einrichteten, so gut es ging, und sich auch mit jenen Tätigkeiten abfanden, die als Frauenarbeit gelten, wie Wäschewaschen, Kleiderflicken, Bodenfegen, Aufräumen, rührte sie, die wie eine verwöhnte Prinzessin aufgewachsen war, nicht einen Finger; wären nicht die alten Wäscherinnen und Küchenmägde gewesen, die sich stets bei den Regimentern herumtreiben – sie sind samt und sonders Kupplerinnen –, so hätte ihr Zelt schlimmer ausgesehen als ein Hundestall. Sie hielt sich ja ohnehin kaum darin auf. Ihr Tag begann, wenn sie die Rüstung anlegte und das Pferd bestieg. Kaum daß sie die Waffen trug, schien sie völlig verwandelt. Sie erstrahlte von der Helmspitze bis zu den Beinschienen, prunkte mit den neuesten und besten Waffen, mit der Halsberge, die immergrüne Bänder schmückten, und wehe, wenn eines davon nicht an der richtigen Stelle saß! In diesem Bestreben, alle anderen auf dem Schlachtfeld an Glanz zu übertreffen, äußerte sich, mehr noch als weibliche Eitelkeit, ihr Wille, die Paladine ständig herauszufordern, zeigte sich ihr Gefühl der Überlegenheit, ihr stolzes und herrisches Wesen.

Von allen Kriegern, sei es Freund oder Feind, erwartete sie tadellos gepflegte Waffen, die souverän gehandhabt wurden; dies nahm sie dann als Zeichen einer entsprechenden inneren Vollkommenheit. Und traf sie auf einen Kämpen, der bis zu einem gewissen Grad diesen ihren Ansprüchen genügte, so erwachte in ihr das Weib mit kräftigen Liebesgelüsten. Auch in diesem Punkt, so erzählte man sich, verleugnete sie ihre sonst so strengen Ideale. Sie sei eine zugleich zärtliche und entfesselte Geliebte. Folgte ihr der Mann aber in dieser Richtung, gab sich hin und verlor seine Selbstbeherrschung, so war es gleich um ihre Verliebtheit geschehen; sie begab sich erneut auf die Suche nach einem Charakter von diamantener Härte. Doch wer noch hätte ihr genügen können? Keiner der christlichen oder gegnerischen Recken hatte mehr einen Stein bei ihr im Brett; von allen kannte sie die Schwächen und Albernheiten.

Sie übte sich auf dem Platz vor ihrem Zelt im Bogenschießen, als Rambald, der sie angstvoll gesucht hatte, zum erstenmal ihr Gesicht erblickte. Sie trug einen kurzen Leibrock; die nackten Arme spannten den Bogen; die Anstrengung verdüsterte ihre Züge etwas; die Haare waren im Nacken zusammengebunden und baumelten in einem großen, zerzausten Schweif herab. Doch Rambalds Auge blieb an keiner Einzelheit haften: Er sah sie nur als Ganzes, sah die Frau, ihre Gestalt, ihre Farben und wußte, daß sie es war und keine andere, die er so verzweifelt begehrte, fast ohne sie je gesehen zu haben. Schon konnte er sie sich nicht anders mehr vorstellen. Der Pfeil schnellte vom Bogen, bohrte sich in den Pfahl, der als Ziel diente, genau auf die gleiche Linie, wohin sie bereits früher drei andere gesandt hatte. »Ich fordere dich zum Wettkampf im Bogenschießen heraus!« sagte Rambald und lief auf sie zu.

Stets läuft so der Jüngling auf die Frau zu; aber ist es wirklich Liebe zu ihr, die ihn treibt? Oder ist es nicht vielmehr vor allem Liebe zu sich selbst, die Suche nämlich nach Bestätigung des eigenen Daseins, die nur die Frau ihm zu geben vermag? Er läuft, der Jüngling, und entbrennt in Leidenschaft, seiner selbst unsicher, selig und verstört; für ihn ist die Frau das Wesen, das ohne jeden Zweifel da ist, sie allein kann ihm Gewißheit seiner selbst geben. Doch auch die Frau ist da und ist nicht da. Sieh, nun steht sie vor ihm, ebenfalls zagend und unschlüssig; wie kann nur der Jüngling das nicht bemerken? Was tut es, wer von beiden der Stärkere und wer der Schwächere ist? Der Jüngling indessen weiß das nicht, weil er es nicht wissen will: Ihn hungert nur nach der Frau, die da ist, die gewiß ist. Sie hingegen weiß um mehr – oder auch um weniger; jedenfalls weiß sie von anderem als er; jetzt aber sucht sie eine neue Seinsweise.

Beide begannen den Wettkampf im Bogenschießen; sie herrschte ihn an, verachtete seine Ergebnisse; er begriff jedoch nicht, daß es nur ein Spiel war. Ringsum: Die Zelte des fränkischen Heeres, die Paniere im Winde, die Reihen der Pferde, die endlich ihren Hafer fressen konnten. Das Gesinde richtete den Tisch für die Paladine, die auf die Mahlzeit warteten; sie standen dort plaudernd umher, um Bradamante zuzuschauen, wie sie mit dem jungen Mann Bogen schoß.

Bradamante sagte: »Du triffst das Ziel, aber immer nur aus Zufall.«

»Aus Zufall? Wo mir kein Pfeil danebengeht?«

»Selbst wenn du mit hundert Pfeilen Erfolg hättest, wäre es immer noch Zufall!«

»Was wäre denn dann kein Zufall? Wem glückte etwas, was nicht Zufall wäre?«

Am Saum des Lagers ging langsam Agilulf vorbei; über der weißen Rüstung hing ein langer schwarzer Mantel; er schritt daher wie einer, der nicht zuschauen will, aber zugleich spürt, daß er beobachtet wird, und nun glaubt, er müsse so tun, als sei ihm das alles gleichgültig; in Wirklichkeit war es ihm wohl wichtig, aber in anderer Weise, als jene hätten begreifen können.

»Ritter, komm du doch her und führe uns vor, wie man so etwas macht...« In Bradamantes Stimme schwang nicht mehr der übliche, verächtliche Ton; auch ihre Haltung hatte etwas von ihrem Hochmut verloren. Sie war Agilulf zwei Schritte entgegengetreten und hielt ihm den Bogen mit einem bereits aufgelegten Pfeil hin.

Langsam trat Agilulf heran, ergriff den Bogen, schlug den Mantel zurück, stellte einen Fuß vor, den anderen zurück und hob Arme und Bogen. Seine Bewegungen glichen nicht jenen von Muskeln und Sehnen, die sich auf ein Ziel zu richten suchen: An ihrer Statt setzte er Kräfte ein, in gewollter Reihenfolge, brachte den Pfeil in der unsichtbaren Ziellinie zur Ruhe, bewegte den Bogen nur soviel als eben nötig war; die Sehne schnellte zurück. Der Pfeil hätte nichts als das Ziel treffen können.

Bradamante rief: »Das nenn' ich einen Schuß!«

Agilulf beeindruckte das nicht; er hielt den noch zitternden Bogen mit ruhigen Eisenhänden; dann ließ er ihn fallen, hüllte sich wieder in seinen Mantel, zog ihn mit den Fäusten über dem Brustharnisch zusammen und ging davon. Er hatte nichts zu sagen und sagte nichts.

Bradamante hob den Bogen wieder auf, stemmte ihn mit angespannten Armen hoch und schüttelte den Haarschopf über ihren Schultern. »Gibt es einen anderen, irgend jemand anderen, der ebenso sauber mit dem Bogen schießen könnte? Wer ist fähig, so genau und unbedingt in jeder Bewegung zu sein wie er?«

Während sie dies sagte, schleuderte sie Erdschollen mit den Füßen fort und zerbrach Pfeile an den Palisaden. Agilulf war schon weit und wandte sich nicht um. Sein regenbogenfarbener Federbusch schwankte vornüber, als ginge er gebückt; die Fäuste preßte er gegen den Harnisch; der schwarze Mantel schleifte hinter ihm her. Einige der Kriegsleute, die sich ringsum versammelt hatten, setzten sich ins Gras, um die Szene der rasenden Bradamante zu genießen.

»Seit wann ist sie denn so in Agilulf verliebt? Diese Unselige, die hat auch niemals ihre Ruh'...!«

Rambald hatte die Worte im Fluge erhascht und packte den Sprecher am Arm.

»Nun, du Küken, jetzt kannst du dich aber aufplustern mit unserer Paladina! Der gefallen jetzt nur noch Harnische, die außen und innen blank sind! Weißt du nicht, daß sie bis über die Ohren in Agilulf verliebt ist?«

»Aber wie ist das möglich...? Agilulf... Bradamante... Wie kann sie nur?«

»Kann –? Wenn eine sich die Lust auf alle Männer verdorben hat, die es gibt, bleibt ihr nur die Sehnsucht nach einem Mann, den es überhaupt nicht gibt.«

Längst war in allen Augenblicken des Zweifels oder der Mutlosigkeit für Rambald der Wunsch, den Ritter in weißer Rüstung aufzusuchen, zur natürlichen Regung geworden. Auch jetzt trieb es ihn zu ihm, aber er wußte nicht, war es, um noch seinen Rat einzuholen, oder schon, um ihm wie einem Rivalen gegenüberzutreten.

»Hallo, Blondine, ob er nicht ein bißchen zart fürs Bett ist?« pöbelten die Kameraden sie an. Dieser Abstieg Bradamantes von der Höhe ihrer Triumphe war recht traurig. Man stelle sich vor, sie hätten früher den Mut gehabt, in diesem Ton mit ihr zu reden.

»Sag doch«, bestanden die Quälgeister auf ihrem Spaß, »wenn du ihn ausziehst, was hältst du dann in Händen?« Und sie kicherten.

Der zweifache Schmerz, dergestalt über Bradamante und über den Ritter herziehen zu hören, und zugleich die zornige Einsicht, daß er selbst in dieser Geschichte keine Rolle spiele, niemand ihn für belangvoll halten könne, verschmolzen in Rambald zu einer einzigen großen Niedergeschlagenheit.

Bradamante hatte sich inzwischen mit einer Peitsche bewaffnet, um die Neugierigen zu vertreiben.

Jene stoben auseinander und brüllten zurück: »Uh! Uh! Wenn du willst, Bradamantchen, daß wir ihm etwas leihen, brauchst du's nur zu sagen!«

Rambald wurde von den anderen mitgerissen und folgte dem Schwarm der müßigen Krieger, bis sie sich zerstreuten. Er verspürte nicht mehr den Wunsch, zu Bradamante zurückzukehren; auch in Agilulfs Gesellschaft hätte er sich unbehaglich gefühlt.

Er entdeckte zufällig neben sich einen jungen Mann, der sich Torrismund nannte, aus der jüngeren Linie der Herzöge von Cornwall. Er schritt jetzt, finster auf den Boden stierend, einher und pfiff vor sich hin. Rambald ging weiter mit diesem Jüngling, den er kaum kannte, und da es ihn drängte, sich Luft zu machen, begann er ein Gespräch.

»Ich bin ganz neu hier; ich weiß nicht – es ist alles anders, als ich glaubte; alles entschwindet, man kommt nie ans Ziel, man versteht nichts.«

Torrismund blickte nicht auf; er unterbrach nur einen Augenblick sein dumpfes Gepfeife und sagte: »Es ist alles zum Speien.«

»Schau einmal«, antwortete Rambald. »So pessimistisch wäre ich nicht; es gibt Momente, da empfinde ich Begeisterung, sogar Bewunderung; mir ist dann, als verstünde ich endlich etwas und sage mir: Wenn ich jetzt den richtigen Standpunkt gefunden habe, von dem aus die Dinge zu betrachten sind, wenn der ganze Krieg im fränkischen Heer so ist, dann hat sich wahrhaftig mein Traum erfüllt. Und man kann niemals sichergehen...«

»Und wobei willst du denn sichergehen?« unterbrach ihn Torrismund. »Fahnen, Dienstgrade, Zeremonien, Namen... Eine ganze Parade. Die Schilde mit den Wappen und Wahlsprüchen der Paladine sind nicht aus Eisen: Sie sind aus Pappe, und du kannst von der einen zur anderen Seite den Finger durchstecken!«

Sie waren bei einem Tümpel angelangt. Auf den Steinen am Ufer hüpften Frösche umher und quakten. Torrismund hatte sich dem Heerlager zugekehrt und deutete auf die Banner über den Palisaden mit einer Geste, als wolle er alles wegwischen.

»Aber das kaiserliche Heer«, wandte Rambald ein; sein Ausbruch von Bitterkeit war durch den Verneinungstrieb des anderen erstickt worden, und er suchte jetzt das richtige Gefühl für Proportionen nicht zu verlieren, auch, um den eigenen Kümmernissen ihren Platz zuzuweisen. »Das kaiserliche Heer – so muß man doch zugeben – kämpft immerhin für eine heilige Sache und verteidigt die Christenheit gegen die Ungläubigen.«

»Es gibt keine Verteidigung noch Beleidigung, nicht im geringsten hat das einen Sinn«, sagte Torrismund. »Der Krieg wird bis zum Ende aller Zeiten dauern, keiner wird ihn gewinnen oder verlieren; wir werden, einer dem anderen, auf ewig gegenüberstehen. Und ohne die einen wären die anderen nichts; sowohl wir als auch die Gegner haben inzwischen vergessen, weshalb wir eigentlich kämpfen... Hörst du diese Frösche? Allem, was wir tun, wohnt ebensoviel Sinn und Ordnung inne wie ihrem Gequake, ihrem Hopsen vom Wasser aufs Ufer und vom Ufer ins Wasser.«

»Ich sehe das nicht so«, sagte Rambald. »Im Gegenteil, alles kommt mir zu eingeschachtelt, zu geregelt vor. Ich sehe die Tapferkeit, sehe Leistungen, aber alles ist so kalt... Daß es einen Ritter gibt, der nicht existiert, macht mir, offen gestanden, Angst... Und doch bewundere ich ihn; in allem, was er tut, ist er so vollendet; er flößt mehr Sicherheit ein, als wenn es ihn wirklich gäbe, und« – Röte stieg ihm ins Gesicht – »fast kann ich Bradamante verstehen... Agilulf ist ohne Zweifel der beste Ritter in unserem Heer...«

»Pah!«

»Warum: pah?«

»Auch bei ihm ist alles Mache, schlimmer noch als bei den anderen.«

»Was verstehst du unter ›Mache‹? Alles, was er tut, tut er ernsthaft.«

»Ach was! Das sind alles Märchen. Es gibt weder ihn noch die Dinge, die er tut und die er sagt; da ist nichts, nichts...«

»Aber wie hätte er, der im Vergleich zu den anderen schon im Nachteil ist, es sonst zu so einer Stellung in der Armee bringen können?«

Torrismund schwieg einen Augenblick, dann sagte er leise: »Hier sind sogar die Namen falsch. Wenn ich könnte, würde ich alles auffliegen lassen. Es bleibt uns ja nicht einmal fester Boden unter den Füßen.«

»Aber gibt es denn nichts, was sich retten ließe?«

»Vielleicht. Aber hier nicht.«

»Wer denn? Wo?«

»Die Ritter vom heiligen Gral.«

»Und wo sind die?«

»In den schottischen Wäldern.«

»Hast du sie gesehen?«

»Nein.«

»Und woher weißt du von ihnen?«

»Ich weiß es.«

Sie schwiegen. Man hörte nur die Frösche quaken. Rambald überfiel die Vorstellung, dieses Quaken werde alles überdauern, so daß auch er in einem grünen, klebrigen, blind pulsierenden Kehlkopf versinken müsse. Doch da erinnerte er sich Bradamantes, wie sie ihm mit gezücktem Schwert in der Schlacht erschienen war; all seine Beklommenheit war vergessen: Er konnte die Stunde nicht erwarten, da er sich schlagen und Heldentaten vor ihren smaragdenen Augen vollbringen würde.

7

Einer jeden von uns hier im Kloster ist eine Buße auferlegt, ein besonderer Weg, sich das ewige Heil zu verdienen. Ich wurde dazu beschieden, Geschichten zu schreiben: Das ist hart, sehr hart. Draußen strahlt der sonnendurchflutete Sommer, und vom Tal dringen Rufe und das Geräusch spritzenden Wassers herauf: Meine Zelle liegt hoch, und ich sehe aus dem Fenster auf eine Flußbiegung hinab, sehe entkleidete Bauernburschen darin baden und weiter drüben, hinter Weidenbüschen, junge Mädchen, die gleichfalls ihre Kleider abgelegt haben und in den Fluß steigen, um ein Bad zu nehmen. Einer, der unter Wasser schwamm, taucht jetzt auf, um die Mädchen zu betrachten, und sie zeigen kreischend auf ihn. Auch ich könnte unter ihnen sein, in fröhlicher Runde, mit jungen Leuten meines Standes, mit Mägden und Knechten. Aber unsere fromme Berufung verlangt, daß wir den vergänglichen Freuden dieser Welt etwas Bleibendes entgegensetzen. Etwas Bleibendes ... wenn nur nicht dieses Buch und alle unsere Werke der Frömmigkeit, die wir mit unseren Herzen aus Asche vollbringen, auch schon Asche sind ... mehr Asche als die sinnlichen Begebenheiten dort im Fluß, die vor Leben zittern und sich wie Kreise im Wasser ausbreiten ... Da macht man sich voll Ausdauer ans Schreiben, doch es kommt die Stunde, in der die Feder nur staubige Tinte kratzt und nicht ein Tropfen Leben daraus rinnt; das Leben ist dann nur noch draußen, draußen vor dem Fenster, außerhalb deiner selbst, und so dünkt dich, du könntest niemals mehr zu dem Blatt zurückflüchten, das du mit Schriftzügen bedeckst, könntest niemals mehr eine andere Welt heraufbeschwören, den Sprung nicht vollbringen. Und vielleicht ist es ja besser so: Vielleicht war es nicht Gnade und Wunder, als du mit Freuden schriebst, sondern Sünde, Götzendienst, Hoffart. Bin ich jetzt also frei von ihnen? Nein, durch mein Schreiben habe ich mich nicht zum Besseren verändert: Ich habe lediglich etwas von meiner angstvollen, unbedachten Jugend verbraucht. Zu was frommen mir diese mißvergnügten Seiten? Das Buch, das Gelübde ist nicht mehr wert als du selbst. Es ist nicht gesagt, daß man durch Schreiben seine Seele retten könnte. Schreibe, schreibe – und schon ist deine Seele verloren.

Wollt ihr also, daß ich zur Mutter Äbtissin gehen soll, um sie anzuflehen, sie möge mir eine andere Arbeit geben, mich damit betrauen, daß ich Wasser vom Brunnen heraufschleppe, Hanf spinne oder Erbsen enthülse? Das hätte keinen Zweck. Ich werde also weiter meine Pflicht als Schwester Schreiberin erfüllen, so gut ich kann. Jetzt muß ich vom Festmahl der Paladine erzählen.

Entgegen allen kaiserlichen Protokollvorschriften hatte sich Karl der Große schon vor der festgesetzten Stunde zu Tisch begeben, als noch keine anderen Gäste zugegen waren. Er setzte sich hin und begann, Brot oder Käse oder Oliven oder Pfefferkörner – kurzum alles, was schon auf dem Tisch herumstand – zu knabbern. Er bediente sich sogar mit den Händen! Nicht selten führt absolute Macht dazu, daß auch maßvollere Herrscher alle Hemmungen verlieren; sie erzeugt Willkür.

Nach und nach fanden sich auch die Paladine ein, in ihrer schönen Gewandung für offizielle Gelegenheiten, bei der zwischen Brokat und Spitzen immer noch die Eisenmaschen von Panzerhemden durchschienen, freilich solche mit übergroßen Löchern; dazu Harnische, wie für Spaziergänge: Spiegelblank, doch genügte ein einziger Stockhieb, daß sie zersplitterten. Zunächst nahm Roland zur Rechten seines Onkels, des Kaisers, Platz; dann schlossen sich Reinhard von Montauban, Astolf, Angelin de Bayonne, Richard von der Normandie und alle übrigen an.

Am äußersten Ende der Tafel setzte sich Agilulf nieder, wie stets in makelloser Kriegsrüstung. Was hatte er dort bei Tische zu suchen, obwohl er doch niemals Appetit verspürte oder verspüren konnte, keinen Magen besaß, den er füllen mußte, keinen Mund, um eine Gabel in seine Nähe zu führen, keinen Gaumen, um Burgunderwein zu kosten? Und doch fehlte er nie bei diesen Banketten, die sich stundenlang hinzogen – er, der doch diese Stunden für dienstliche Obliegenheiten weit besser hätte nutzen können. Da er aber, wie alle anderen, Anspruch auf einen Platz an der kaiserlichen Tafel hatte, nahm er ihn wahr: Mit der gleichen, peinlich genauen Sorgfalt, die er bei jedem anderen Zeremoniell im Laufe des Tages aufwandte, vollzog er auch die Formalien des abendlichen Festmahls. Die Gerichte waren die für Offiziere üblichen: farcierter Truthahn, Gans am Spieß, Ochsenbraten, Milchferkel, Aale, Goldbarsche. Die Knappen fanden kaum Zeit, die Platten abzusetzen, als sich auch schon die Paladine darüberwarfen, mit den Händen die Stücke an sich rissen, sich die Rüstungen mit Brühe bekleckerten, alles mit Sauce bespritzten. Die Verwirrung war größer als während einer Schlacht, Suppenterrinen stürzten um, Brathühner flogen durch die Luft, die Knappen zogen noch eben rechtzeitig die Teller fort, bevor besonders Gierige den ganzen Inhalt in ihre Näpfe schütten konnten. An der Tischecke hingegen, wo Agilulf saß, ging alles sauber, ruhig und geordnet vor sich; für ihn, der nichts aß, war jedoch ein größerer Aufwand an Bediensteten nötig als für die ganze übrige Tafel. Während überall schmutzige Teller durcheinanderstanden, so daß sie zwischen zwei Gängen überhaupt nicht gewechselt werden konnten, und jeder dort aß, wo er sich gerade befand, vielleicht sogar auf der Tischdecke – verlangte Agilulf zunächst, daß sie immer neues Geschirr, neue Bestekke, Teller, Tellerchen, Näpfe, Gläser jeder Form und Größe, dazu Gabeln, Löffel, Löffelchen und Messer vor ihm aufbauten, und wehe, wenn sie nicht in Reih und Glied lagen! Auch stellte er so hohe Ansprüche an die Sauberkeit, daß ein dunkler Schatten auf einem Glas oder einem Besteck genügte, damit er sie wieder zurückschickte. Sodann bediente er sich: Nicht übermäßig, aber er bediente sich und ließ kein einziges Gericht vorübergehen. Er teilte, zum Beispiel, eine Scheibe von einem Wildschweinbraten ab, legte das Fleisch auf einen Teller, goß die Sauce in ein Schüsselchen; sodann schnitt er den Braten mit einem äußerst feinen Messer in viele dünne Streifen; diese Streifen wiederum beförderte er allmählich auf einen anderen Teller, wo er sie mit Tunke vermengte, bis sie völlig damit durchtränkt waren; die so bereiteten Stücke legte er dann auf einen weiteren Teller und rief von Zeit zu Zeit einen Knappen herbei mit der Weisung, diesen letzten Teller fortzutragen und verlangte einen neuen. Auf diese Weise machte er sich etwa eine halbe Stunde zu schaffen. Nicht zu reden von Huhn, Fasan und Rebhühnern: Er arbeitete ganze Stunden daran, ohne sie je anzurühren, es sei denn mit der Spitze gewisser Messerchen, die er eigens verlangte und des öfteren wechseln ließ, um mit ihnen vom letzten kleinen Knochen selbst die feinste und hartnäckigste Faser abzuschaben. Auch vom Wein nahm er, goß ihn zu wiederholten Malen von einem der vielen Kelche und Becherchen, die vor ihm standen, in einen anderen, verteilte ihn darin oder schüttete ihn in Näpfe, mehrere Weinsorten mischend. Ab und an reichte er ihn dann einem Knappen, damit dieser ihn forttragen und gegen neue austauschen solle. Sein Verbrauch an Brot war beträchtlich: Immer wieder ballte er die Molle zu völlig gleichen Kügelchen, die er dann auf dem Tischtuch zu geordneten Reihen aufbaute; die Kruste zerteilte er zu Bröckchen und errichtete damit kleine Pyramiden: Bis er es müde wurde und die Diener anwies, mit einem Handbesen das Tischtuch freizufegen. Dann begann er von neuem.

Bei all dieser Betriebsamkeit verlor er nie den Faden der Unterhaltung, die sich über die Tafel hinweg angesponnen hatte, und griff immer im richtigen Augenblick ein.

Wovon reden Paladine während der Mahlzeit? Sie prahlen, wie üblich.

Roland meinte: »Ich muß schon sagen, daß die Schlacht von Aspramonte eine schlimme Wendung zu nehmen drohte, bevor ich den König Agolante im Zweikampf zu Boden streckte und ihm die Durlindana fortnahm. Er klammerte sich so an sie, daß seine Faust fest an ihrem Ellbogen haften blieb, als ich ihm den Arm mit einem glatten Hieb abgetrennt hatte; ich mußte eine Zange nehmen, um sie loszureißen.«

Und Agilulf: »Ich will dich ja nicht widerlegen, aber der Genauigkeit halber muß gesagt werden, daß die Durlindana von den Feinden während der Waffenstillstandsverhandlungen, fünf Tage nach der Schlacht von Aspramonte, ausgeliefert worden ist. Sie wurde in der Tat auf einer Liste der leichten Waffen verzeichnet, die dem fränkischen Heer aufgrund der Vertragsbedingungen zustanden.«

Reinhard bemerkte: »Jedenfalls hält sie keinen Vergleich mit der Fusberta aus. – Als wir die Pyrenäen überquerten, habe ich den Drachen, gegen den ich kämpfte, mit einem Hieb in zwei Teile gespalten, und ihr wißt, daß Drachenhaut härter ist als ein Diamant.«

Agilulf unterbrach: »Versuchen wir doch einmal, etwas Ordnung in diese Dinge zu bringen: Der Marsch über die Pyrenäen fand im April statt, und im April wechseln die Drachen bekanntlich ihre Haut und sind weich und zart wie Neugeborene.«

Die Paladine: »Aber ja doch, wenn nicht an diesem Tage, so war es eben an einem anderen, und wenn nicht dort, war es woanders; kurzum, es hat sich so abgespielt; zu Haarspaltereien ist gar kein Anlaß . . .«

Aber sie waren verärgert über diesen Agilulf, der nie etwas vergaß, der bei jedem Geschehnis die Dokumente anzuführen wußte, der ein Unternehmen – selbst dann, wenn es in aller Munde war, alle es anerkannten und sogar einer, der es nie gesehen, bis ins kleinste darüber Bescheid wußte – zu einem ganz gewöhnlichen Dienstvorgang herabwürdigen wollte, als handele es sich um den abendlichen Rapport an das Regimentskommando.

Zwischen dem, was im Kriege geschieht und dem, was man

später darüber erzählt, zeigt sich, solange die Welt besteht, immer ein gewisser Unterschied; ob sich nun aber bestimmte Fakten in einem Kriegerleben wirklich abgespielt haben oder nicht, ist eigentlich ziemlich gleichgültig: Deine Person, deine Kraft, die Beständigkeit deines Verhaltens bürgen ja dafür, daß die Dinge, auch wenn sie sich nicht Punkt für Punkt so zugetragen haben, sich doch so hätten zutragen können und vielleicht auch, bei einem ähnlichen Anlaß, sich tatsächlich so zugetragen hatten. So jemand wie Agilulf hatte nichts, die eigenen Taten hervorzukehren, seien es nun echte oder unechte: entweder sie wurden Tag für Tag durch ein Protokoll festgehalten und in den Registern verzeichnet, oder aber es herrschte Leere, völliges Dunkel. Und auf diese Weise wollte er auch die Kollegen zurechtstutzen, diese mit Bordeauxwein und Prahlereien vollgesogenen Schwämme, diese albernen Pläneschmiede, die sich der Vergangenheit zuwandten, ohne je in der Gegenwart heimisch gewesen zu sein, erfüllt von Legenden, die zunächst ein wenig dem einen und dann dem anderen zugeschrieben wurden, bis sie schließlich immer den Protagonisten fanden, der für sie aufkam.

Ab und zu berief sich einer auf Karl den Großen als Zeugen. Der Kaiser hatte jedoch schon so viele Kriege geführt, daß er sie ständig miteinander verwechselte, und er erinnerte sich auch nicht genau, welcher zur Zeit gerade ausgefochten wurde. Seine Aufgabe bestand darin, den jeweiligen Krieg zu leiten und allenfalls noch an den nächsten zu denken; die bereits geführten Kriege hatten den Gang genommen, den sie genommen hatten, und was die Erzählungen von Chronisten und Bänkelsängern angeht, so weiß jeder, daß es daran allerhand auszusetzen gibt; wohin hätte das führen sollen, wenn der Kaiser hinter allem hätte her sein und Berichtigungen hätte vornehmen müssen! Nur wenn irgendein ganz großer Unsinn zustande kam, mit Rückwirkungen auf die militärische Organisation, auf die Dienstgrade, auf die Anerkennung von Adelstiteln oder Landbesitz – nur dann hatte der König sein

Wort mitzureden. Das ist freilich, wie man weiß, eine bloße Redensart: In Wahrheit zählte der Wille Karls des Großen nicht viel; man mußte sich ja an die Fakten halten, auf Grund der vorhandenen Beweise urteilen, mußte Gesetzen und Bräuchen Geltung verschaffen. Wenn sie ihn befragten, zuckte er daher mit den Achseln, ließ es bei allgemeinen Feststellungen bewenden, half sich mitunter auch mit einem: »Nun, wer weiß! In Kriegszeiten gehen die Lügenmärchen auf keine Kuhhaut.« So zog er sich aus der Affäre. Diesem Ritter Agilulf derer von Guildiverne, der immer noch Kügelchen aus Brotkrumen zusammenknüllte und alle Ereignisse anzweifelte – die doch den wahren Ruhm des fränkischen Heeres ausmachten, selbst wenn sie nicht in einer ganz zuverlässigen Version berichtet wurden –, diesem Agilulf hätte Karl der Große am liebsten eine lästige Fron aufgebürdet; aber man hatte ihm gesagt, der Ritter betrachte sogar die beschwerlichsten Aufträge als ersehnte Prüfungen seines Eifers; so war alles überflüssig.

»Ich verstehe deine Haarspaltereien nicht, Agilulf«, sagte Oliver. »Der Ruhm unserer Taten pflegt im Gedächtnis des Volkes noch zuzunehmen, und gerade das ist ein Beweis dafür, daß es echter Ruhm ist: das Fundament der Titel und Ränge, die wir uns erworben haben.«

»Nicht der meinen«, fuhr ihm Agilulf über den Mund. »Jeden meiner Titel und Prädikate habe ich auf Grund von genau nachprüfbaren Taten erhalten, die durch unangreifbare Dokumente zu erhärten sind.«

»Durch Angabe!« sagte eine Stimme.

»Wer das gesagt hat, wird mir Rede und Antwort stehen!« rief Agilulf und erhob sich.

»Beruhige dich, sei vernünftig«, beschwichtigten ihn die Kameraden. »Du, der du ständig an den anderen etwas auszusetzen hast, kannst dich nicht wundern, wenn jemand auch dir am Zeuge flicken will...«

»Ich beleidige niemanden: Ich beschränke mich darauf, Tatsachen mit Ort, Zeitpunkt und Beweisen anzuführen!«

»Ich bin es, der das eben gesagt hat. Auch ich werde Tatsachen anführen können.« Ein junger Krieger war aufgestanden, bleich vor Erregung.

»Ich möchte wirklich wissen, ob du in meiner Vergangenheit etwas finden kannst, was Widerspruch hervorriefe, Torrismund«, sagte Agilulf zu dem Jüngling, eben jenem Torrismund von Cornwall. »Willst du zum Beispiel bestreiten, daß ich zum Ritter geschlagen wurde, weil ich vor genau fünfzehn Jahren die Jungfrau Sofronia, Tochter des Königs von Schottland, vor zwei Briganten rettete, die ihr Gewalt antun wollten?«

»Ja, das bestreite ich: Vor fünfzehn Jahren war Sofronia, die Tochter des Königs von Schottland, keine Jungfrau mehr.«

Ein Gemurmel lief die Tafel entlang. Der damals geltende ritterliche Kodex enthielt nämlich die Vorschrift, daß einer, der die Jungfräulichkeit eines Mädchens vornehmer Abstammung vor nachgewiesener Bedrohung gerettet hatte, den Ritterschlag erhielt; hatte er indessen eine Edelfrau, die nicht mehr Jungfrau war, vor Notzucht bewahrt, so war lediglich eine ehrenvolle Erwähnung und für drei Monate doppelter Sold vorgesehen.

»Wie kannst du eine solche Behauptung aufrechterhalten, mit der du nicht nur meine Ritterehre, sondern auch die Dame beleidigst, der ich den Schutz meines Schwertes gewährt!«

»Ich erhalte sie aufrecht.«

»Und die Beweise?«

»Sofronia ist meine Mutter.«

Die Paladine stießen Rufe der Überraschung aus. Entstammte also Torrismund nicht dem Geschlecht der Herzöge von Cornwall?

»Ja, vor zwanzig Jahren hat mich Sofronia geboren, die damals dreizehn war«, erläuterte Torrismund. »Hier seht ihr das Medaillon des schottischen Königshauses.« Er tastete seine Brust ab und zog eine Bulle hervor, die an einem goldenen Kettchen hing.

Karl der Große, der bis dahin Gesicht und Bart über einen Teller mit Flußkrebsen geneigt hatte, hielt jetzt den Augenblick für gekommen, um aufzublicken.

»Junger Ritter«, sagte er und verlieh seiner Stimme den Klang höchster kaiserlicher Autorität, »seid Ihr Euch auch der ganzen Tragweite Eurer Worte bewußt?«

»Gewiß«, erwiderte Torrismund, »und weiß mich selbst noch mehr davon betroffen als andere Leute.«

Es herrschte Totenstille: Torrismund leugnete damit seine Abstammung von den Herzögen von Cornwall, die ihm als Nachgeborenem ritterlichen Rang eingetragen hatte. Da er sich zum Bastard erklärte, wenn auch als Sohn einer Prinzessin königlichen Geblüts, drohte ihm, aus der Armee ausgestoßen zu werden.

Weit mehr aber stand für Agilulf auf dem Spiel. Vor seiner Begegnung mit der von Wegelagerern überfallenen Sofronia, deren Reinheit er beschützte, war er lediglich ein namenloser Krieger in einer weißen Rüstung gewesen, der aufs Geratewohl in der Welt umherzog. Oder vielmehr (wie sich bald herumgesprochen hatte) war er eine leere weiße Rüstung, in der gar kein Ritter steckte. Seine Verteidigung Sofronias hatte ihm den Anspruch auf den Ritterschlag eingebracht; da der Titel von Selimpia Citerior damals gerade vakant war, hatte er ihn angenommen. Sein Eintritt ins Heer, alle Zeugnisse, Dienstgrade und Namen, die später hinzukamen, waren nur eine Folge dieses Vorganges. Wurde nachgewiesen, daß die angeblich von ihm errettete Jungfräulichkeit Sofronias gar nicht bestanden hatte, so löste sich auch sein Rittertitel in Schall und Rauch auf, und alle seine Namen und Prädikate müßten dann annulliert werden, wodurch auch seine sämtlichen Ämter und Obliegenheiten ebenso nichtexistent würden wie seine eigene Person.

»Ein Kind noch, ging meine Mutter mit mir schwanger«, erzählte Torrismund, »und da sie den Zorn der Eltern fürchtete, sobald diese von ihrem Zustand erfahren hätten, flüchtete sie aus dem schottischen Königsschloß und zog im Hochland umher. Unter freiem Himmel, auf einer Heide brachte sie mich zur Welt und durchwanderte mit mir die Felder und Waldungen Englands, bis ich fünf Jahre zählte. Diese Erinnerungen gelten der schönsten Zeit meines Lebens, die durch die Einmischung von dem da ihr Ende fand. Meine Mutter hatte mich zurückgelassen, damit ich unsere Höhle bewachte, um selbst, wie üblich, Feldfrüchte stehlen zu gehen. Sie stieß auf zwei Wegelagerer, die sie mißbrauchen wollten. Vielleicht hätte sie mit ihnen Freundschaft geschlossen; klagte doch meine Mutter oft über ihre Einsamkeit. Aber da erschien plötzlich diese leere Rüstung auf ihrer Suche nach Ruhm und verjagte die Banditen. Sie erkannte, daß meine Mutter königlichen Geblüts war, nahm sie unter ihren Schutz und führte sie in das nächste Schloß, das Schloß der Cornwalls, um sie den Herzögen anzuvertrauen. Ich war währenddessen allein und hungernd in der Höhle zurückgeblieben. Sobald meine Mutter Gelegenheit fand, gestand sie den Herzögen die Existenz ihres Söhnchens, das sie hatte verlassen müssen. Knechte begaben sich mit Fackeln auf die Suche und brachten mich aufs Schloß. Um die Ehre des schottischen Hauses zu retten, das mit den Cornwalls durch verwandtschaftliche Beziehungen verbunden war, wurde ich adoptiert und als Sohn des Herzogs und der Herzogin anerkannt. Ich mußte nun ein ödes, von allerhand Zwang eingeengtes Leben führen, wie das stets bei jüngeren Söhnen von Adelsfamilien der Fall ist. Ein Wiedersehen mit meiner Mutter, die in einem entlegenen Kloster den Schleier nahm, war mir nicht vergönnt. Die Last dieses Berges von Fälschung, die den natürlichen Gang meines Daseins verschob, hat mich bis heute bedrückt. Jetzt ist es mir endlich gelungen, die Wahrheit zu sagen. Was auch kommen mag, jedenfalls wird es mir jetzt besser gehen als bisher.«

An der Tafel war inzwischen der Nachtisch serviert worden, ein spanisches Brot mit übereinanderlagernden Schichten in zarten Farben; die Verblüffung über diese Folge von Enthüllungen war indessen so groß, daß keine Gabel zu den verstummten Mündern geführt wurde.

»Und was habt Ihr zu dieser Geschichte zu sagen?« wollte Karl der Große von Agilulf wissen. Allen fiel auf, daß er ihn nicht als Ritter angesprochen hatte.

»Es sind Lügen. Sofronia war Jungfrau. Auf der Blüte ihrer Reinheit beruht mein Name, beruht meine Ehre.«

»Könnt Ihr das beweisen?«

»Ich werde Sofronia suchen.«

»Meint Ihr wirklich, Ihr werdet sie fünfzehn Jahre später noch im gleichen Zustande wiederfinden?« bemerkte Astolf boshaft. »Selbst unsere Harnische aus gehämmertem Eisen haben eine kürzere Dauer.«

»Sie nahm sofort den Schleier, nachdem ich sie jener frommen Familie anvertraut hatte.«

»In den heutigen Zeitläuften ist kein Kloster der Christenheit fünfzehn Jahre lang vor Zerstörungen und Plünderungen sicher, und jede Nonne hat die Möglichkeit, mindestens vier- oder fünfmal den Schleier abzulegen und wieder zu nehmen...«

»Jedenfalls setzt die Schändung der Keuschheit einen Schänder voraus. Ich werde ihn finden, und er wird mir den Tag bezeugen können, bis zu dem Sofronia als Jungfrau anzusehen war.«

»Ich gebe Euch Urlaub, damit Ihr sofort aufbrechen könnt, wenn Ihr wollt«, sagte der Kaiser. »In diesem Augenblick liegt Euch, glaube ich, nichts so sehr am Herzen als das Recht, Namen und Waffen zu führen, das Euch jetzt bestritten wird. Sagt dieser junge Mann die Wahrheit, so könnte ich Euch nicht in meinen Diensten behalten, ja, Euch überhaupt nicht berücksichtigen, nicht einmal bei den Nachzahlungen des rückständigen Soldes!« Karl der Große konnte nicht vermeiden, daß der Ton seiner Worte Erleichterung und Befriedigung ausdrückte, als hätte er sagen wollen: Seht, jetzt haben wir ein Mittel gefunden, um diesen lästigen Patron loszuwerden!

Die weiße Rüstung hing ganz vornüber, noch nie zuvor war so deutlich geworden, daß sie leer war, wie in diesem Augenblick. Kaum hörbar drang aus ihr die Stimme: »Ja, mein Kaiser, ich werde gehen!«

»Und Ihr?« Karl der Große wandte sich wieder an Torrismund. »Seid Ihr Euch darüber klar, daß Ihr nicht mehr den Dienstgrad bekleiden könnt, der Euch der Herkunft nach zukam, nachdem Ihr erklärt habt, Ihr wäret außerehelich geboren? Wißt Ihr wenigstens, wer Euer Vater ist? Besteht Aussicht, daß er Euch anerkennt?«

»Ich kann niemals anerkannt werden . . .«

»Das ist nicht gesagt! Mit zunehmendem Alter ist jedermann bestrebt, seine Lebensbilanz ins reine zu bringen. Auch ich habe alle mir durch Kebsweiber geborenen Söhne anerkannt, und das waren eine ganze Menge; sicher befanden sich auch einige darunter, die nicht von mir stammen.«

»Mein Vater ist kein Mensch.«

»Was denn sonst? Etwa der Beelzebub?«

»Nein, Majestät«, sagte Torrismund ruhig.

»Wer also?«

Torrismund trat in die Mitte des Saales, beugte das Knie, hob die Augen gen Himmel und sprach: »Der ehrwürdigste Orden der Ritter vom heiligen Gral.«

Ein Flüstern durchlief die Tafelrunde. Einige Paladine bekreuzigten sich.

»Meine Mutter war ein kühnes Mädchen«, erläuterte Torrismund, »und pflegte tief in die Wälder hineinzulaufen, die das Schloß umgaben. Eines Tages stieß sie im Waldesdickicht auf die Ritter vom heiligen Gral, die dort lagerten, um ihren Geist in völliger Abgeschiedenheit zu kräftigen. Sie begann, mit ihnen zu spielen, und suchte von da an immer wieder das Lager auf, sobald sie der Aufsicht ihrer Familie entgehen konnte. Es dauerte indessen nicht lange, bis sie durch jene kindlichen Spiele in andere Umstände geriet.«

Karl der Große dachte einen Augenblick nach und sagte

dann: »Die Ritter vom heiligen Gral haben alle ein Keuschheitsgelübde abgelegt; keiner von ihnen kann dich daher anerkennen.«

»Das wäre auch gar nicht mein Wunsch«, erklärte Torrismund. »Meine Mutter hat mir niemals von einem einzelnen Ritter gesprochen, sondern mich gelehrt, den ganzen ehrwürdigen Orden als Vater zu verehren.«

»Nun, der Orden als Ganzes ist durch kein derartiges Gelübde gebunden«, bemerkte der Kaiser. »Nichts steht dem also im Wege, daß er als Vater ein Kind anerkennt. Gelingt es dir, zu den Rittern vom heiligen Gral zu stoßen und dich von ihrem Orden in seiner Gesamtheit als Sohn anerkennen zu lassen, so wären auf Grund der Privilegien des Ordens deine militärischen Rechte die gleichen, wie sie dir als Sproß eines adeligen Geschlechtes gebührten.«

»Ich breche gleich auf«, sagte Torrismund.

Dieser Abend wurde im Lager der Franken ein Abend des Abschieds. Agilulf traf bis ins kleinste die notwendigen Vorbereitungen für seine Ausrüstung und sein Pferd, während der Schildknappe Gurdulù aufs Geratewohl Decken, Striegel, Kochtöpfe zusammenraffte und daraus ein Bündel machte, das ihm beim Aufbruch die Sicht versperrte, so schlug er die entgegengesetzte Richtung ein wie sein Herr und galoppierte davon, wobei er unterwegs alles verlor.

Niemand kam, sich von Agilulf zu verabschieden, außer den armen Stallburschen, Pferdeknechten und Hufschmieden, die zwischen den einzelnen Offizieren keine allzu großen Unterschiede machten und lediglich begriffen, daß dieser hier lästiger, aber auch unglücklicher war als die anderen. Die Paladine zeigten sich nicht, unter dem Vorwand, daß sie von der Zeit der Abreise nicht in Kenntnis gesetzt worden seien; das traf im übrigen auch zu, denn Agilulf hatte, seitdem er vom Bankett aufgestanden war, niemanden mehr gesprochen. Über seinen Aufbruch verlor keiner ein Wort: Seine Ämter wurden so verteilt, daß keine seiner Aufgaben unversorgt blieb; danach wurde die Abwesenheit des nichtexistenten Ritters wie auf allgemeine Verabredung mit Stillschweigen übergangen.

Die einzige, die durch all das erschüttert wurde, ja völlig durcheinandergeriet, war Bradamante.

Sie stürzte in ihr Zelt. »Schnell!« herrschte sie Diener, Küchenmägde und Zofen an, »schnell«, und damit warf sie Tücher, Harnische, Lanzen und Zaumzeug heraus, »schnell!«, und das geschah nicht wie gewöhnlich, beim Auskleiden oder in einem Wutanfall, sondern um Ordnung zu schaffen, um ein Inventar des Vorhandenen anzulegen, um aufzubrechen.

»Macht mir alles fertig, ich muß fort, fort von hier! Ich bleibe nicht eine Minute länger; er ist nicht mehr da, der einzige, durch den dieses Heer noch einen Sinn hatte, der einzige, der auch meinem Leben und meinem Kampf einen Sinn geben konnte! Was jetzt noch übrigbleibt, das ist nur ein Haufen von Trunkenbolden und Wüstlingen, mich einbegriffen, und das Leben ist ein Herumwälzen zwischen Betten und Totenbahren; er allein kannte die geheime Geometrie, die Ordnung, die Regeln, mit denen man Anfang und Ende begreift!«

Unter solchen Reden legte sie Stück für Stück ihrer Kriegsausrüstung an, dazu den immergrünen Überrock, und bald saß sie im Sattel, bereit zum Aufbruch: männlich in allem, außer in jenem stolzen Gehaben, das Männlichkeit vortäuschen sollte und Frauen, die wahrhaft Frauen sind, eigen sein kann. Dann spornte sie ihr Pferd zum Galopp an, riß Palisaden, Zeltseile und die Stände der Lebensmittelhändler um, worauf sie schnell in einer hohen Staubwolke verschwand.

Diese Staubwolke erblickte Rambald, der überall umherlief, um Bradamante zu suchen, und er schrie ihr nach: »Wo willst du hin, wo willst du hin, Bradamante, hier bin ich doch, nur für dich, und du gehst fort!« – dies mit jener eigensinnigen Entrüstung des Verliebten, die besagt: Hier bin ich, jung, von Liebe entbrannt; wie kann ihr nur meine Liebe nicht gefallen! Was, um alles in der Welt, verlangt sie denn, daß sie mich nicht nimmt, mich nicht liebt; wie vermag sie mehr zu wollen als das, von dem ich spüre, daß ich es ihr geben kann und geben muß? So tobte er und wollte keine Vernunft annehmen; bis zu einem gewissen Grade war die Verliebtheit in sie auch eine Verliebtheit in sich selbst: in sein Selbst, das in sie verliebt war; er war in das verliebt, was sie beide zusammen hätten sein können und nicht waren. Und in solcher Raserei stürmte Rambald in sein Zelt, sattelte sein Pferd, ergriff Waffen und Reisegepäck; dann brach auch er auf, weil man im Kriege nur dort wirklich seinen Mann steht, wo man zwischen den Lanzenspitzen einen Frauenmund ahnt, und alles, die Wunden, der Schmutz, der Pferdegestank, gewinnt seinen besonderen Reiz durch jenes Lächeln.

Torrismund zog an jenem Abend gleichfalls seines Weges, traurig auch er, voller Hoffnung auch er. Er wollte den Wald wiederfinden, den feuchten, düsteren Wald seiner Kindheit, die Mutter, die Tage in der Höhle, und dahinter noch die reine Bruderschaft der Väter, die in Waffen an den Feuern eines verborgenen Biwaks wachten: schweigend, in Weiß gekleidet, tief im Waldesdickicht, wo die niedrigen Zweige fast die Farnkräuter streifen und Pilze, die niemals die Sonne schauen, aus dem fetten Boden wachsen.

Karl der Große war mit etwas schwankenden Beinen vom Bankett aufgestanden; nachdem er all diese Nachrichten über plötzliche Abreisen erfahren hatte, strebte er dem kaiserlichen Zelte zu und dachte an die Zeiten zurück, in denen Astolf, Reinhold, Guido der Wilde und Roland zu Abenteuern aufgebrochen waren, die dann später in die Gesänge der Dichter eingingen, während es mittlerweile unmöglich geworden war, diese Veteranen hierher oder dorthin in Marsch zu setzen, es sei denn, es lagen ausgesprochen dienstliche Gründe vor.

»Sie sollen nur ziehen, sie sind ja jung, laßt sie doch!« sagte Karl der Große, als Mann der Tat gewohnt, Bewegung stets für etwas Gutes zu halten; doch sprach aus seinen Worten auch schon die Bitterkeit alter Leute, die unter dem Hinschwinden der Dinge von einst mehr leiden, als sie über das Heraufkommen der neuen Freude empfinden.

8

Buch, es ist Abend geworden; ich habe jetzt schneller zu schreiben begonnen; vom Fluß dringt nur noch das Rauschen des Wasserfalls herauf, am Fenster fliegen lautlos die Fledermäuse vorbei, irgendwo bellt ein Hund, von den Heuböden schallt eine Stimme herüber. Vielleicht hat die Mutter Äbtissin meine Buße gar nicht so schlecht ausgewählt: Von Zeit zu Zeit fällt mir auf, daß der Kiel wie von selbst über das Blatt eilt und ich hinter ihm herlaufe. Wir laufen der Wahrheit entgegen, der Federkiel und ich – der Wahrheit, die vom Grund eines weißen Blattes entgegenzunehmen ich immer erhoffte, die ich nur einholen kann, wenn es mir gelungen ist, mit meinen Federzügen die ganze Trägheit, die Unlust und den Groll darüber zu begraben, daß ich hier eingeschlossen bin, meine Schuld abzutragen.

Es genügt der plumpsende Sprung einer Maus (der Dachboden des Klosters wimmelt von Mäusen) oder ein plötzlicher Windstoß, der die vors Fenster gespannte Leinwand knattern läßt (sie droht ständig mich abzulenken, ich werde sie gleich wieder hochziehen); es genügt, daß eine Episode in dieser Geschichte ihren Abschluß gefunden und eine neue begonnen hat, oder auch nur, daß eine Zeile endet, und schon wird die Feder wieder so schwer wie ein Balken, und der Lauf auf die Wahrheit zu verliert sich im Ungewissen.

Jetzt habe ich die Gegenden zu schildern, die Agilulf und sein Schildknappe auf ihrer Wanderung durchziehen. Alles muß auf dieser Seite Platz finden: die staubige Landstraße, der Fluß, die Brücke; jetzt überquert Agilulf sie auf einem leichthufigen Roß – tock, tock – tock, tock; er wiegt nicht viel, dieser Ritter ohne Leib; das Pferd kann Meilen und Meilen zurücklegen, ohne zu ermatten, und sein Herr ist erst recht unermüdlich. Jetzt dröhnt ein schwerer Galopp auf der Brücke: Tututum! Es ist Gurdulù, der sich voranarbeitet und am Hals seines Pferdes hängt – zwei Köpfe, so dicht beieinander, daß man nicht weiß: denkt das Pferd mit dem Kopf des Knappen oder der Knappe mit dem Kopf des Pferdes? Ich ziehe auf dem Papier einen geraden Strich, den ab und zu ein Winkel unterbricht: Agilulfs Route! Die andere Linie aber, aus Schnörkeln und beständigem Hin und Her, ist Gurdulùs Spur. Sieht er einen Schmetterling einherflattern, hetzt er sofort sein Pferd hinterher; er meint gleich, nicht auf dem Sattel, sondern auf dem Schmetterling zu reiten, und verläßt daher die Straße, um sich auf den Wiesen zu tummeln. Derweil rückt Agilulf gradlinig vor und bleibt auf seinem Weg. Manchmal führen indessen Gurdulùs Wanderungen ihn auf unsichtbare Abkürzungswege (oder ist es das Pferd, das eine Richtung eigener Wahl einschlägt, da es von seinem Knappen nicht geführt wird?), und so befindet sich der Vagabund nach vielen Abschweifungen immer wieder an der Seite seines Herrn.

Am Flußufer zeichne ich eine Mühle ein. Agilulf hält davor und fragt nach dem Weg. Höflich antwortet ihm die Müllerin und bietet ihm Wein und Brot, er aber lehnt ab. Nur Hafer für das Pferd. Die Straße ist staubig, die Sonne sticht; die braven Müllersleute wundern sich, daß der Ritter trotz der Hitze keinen Durst verspürt. Als er fort war, kam Gurdulù herangesprengt und machte soviel Lärm wie ein ganzes Regiment.

»Habt ihr meinen Herrn gesehen?«

»Wer ist denn dein Herr?«

»Ein Ritter... nein, ein Pferd...«

»Stehst du im Dienste eines Pferdes?«

»Nein, mein Pferd steht im Dienste eines Pferdes...«

»Und wer reitet auf diesem Pferd?«

»Hmm... das weiß keiner.«

»Und wer reitet auf deinem Pferd?«

»Was weiß ich? Fragt es doch selbst!«

»Und du möchtest auch nichts zu essen und zu trinken?«

»Aber gewiß doch! Essen! Trinken!« Damit schlang er alles in sich hinein.

Was ich jetzt einzeichne, soll eine mauernbewehrte Stadt sein. Agilulf mußte sie durchqueren. Die Wache am Tor verlangte, er solle sein Visier öffnen; sie hatte Befehl, niemanden vorbeizulassen, der sein Gesicht verbarg; denn es hätte ja der Durchlaßheischende eben jener gefährliche Bandit sein können, der in der Umgebung sein Unwesen trieb. Agilulf lehnte das Ansinnen ab, griff zu den Waffen, erzwang sich den Weg und entkam.

Was ich hier male, ist der Wald hinter der Stadt. Agilulf durchkämmte ihn seiner ganzen Länge und Breite nach, bis er den schrecklichen Räuber gefunden hatte. Er entwaffnete und fesselte ihn; dann schleppte er ihn vor die Häscher, die ihn vorhin nicht hatten vorbeiziehen lassen.

»Hier habt ihr den in Ketten, der euch solche Angst eingejagt hat.«

»Gottes Segen über dich, weißer Ritter! Aber sage uns doch, wer bist du und weshalb öffnest du nicht dein Visier?«

»Mein Name ist das Ziel meiner Reise«, antwortete Agilulf und suchte das Weite.

In der Stadt hielten ihn manche für einen Erzengel, andere für eine Seele aus dem Fegefeuer.

»Das Pferd lief so leicht«, bemerkte einer, »als hätte niemand im Sattel gesessen.«

Dort, wo der Wald endete, lief eine andere Straße, die gleichfalls zur Stadt führte. Auf ihr war Bradamante unterwegs. Sie erkundigte sich bei den Leuten der Stadt: »Ich suche einen Ritter in einer weißen Rüstung. Ich bin sicher, daß er hier ist!«

»Nein, er ist nicht da.«

»Wenn er nicht da ist, so ist er es bestimmt.«

»Dann such ihn doch da, wo er ist. Von hier machte er sich auf und davon.«

»Ihr habt ihn wahrhaftig gesehen? Eine weiße Rüstung, die aussieht, als stecke darin ein Mensch?«

»Und wer sollte denn sonst darin stecken?«

»Einer, der mehr ist als jeder andere Mensch!«

»Mir kommt das alles vor wie Teufelswerk«, sagte ein Greis, »auch bei dir, Ritter mit der so lieblichen Stimme!« Bradamante sprengte davon.

Nach einer Weile war es Rambald, der auf dem Marktplatz sein Pferd anhielt.

»Habt ihr einen Ritter vorbeikommen sehen?«

»Welchen denn? Zwei sind schon durchgeritten, und du bist der dritte.«

»Den, der hinter dem anderen her war.«

»Stimmt es, daß der eine kein Mensch ist?«

»Der zweite ist eine Frau.«

»Und der erste?«

»Nichts.«

»Und du?«

»Ich? Ich bin ein Mann.«

»Gott sei Dank.«

Agilulf kam dahergeritten, gefolgt von Gurdulù.

Ein Edelfräulein mit aufgelöstem Haar und zerrissenen Kleidern stürzte ihm über die Straße entgegen und warf sich auf die Knie. Agilulf zog die Zügel.

»Zu Hilfe, edler Ritter«, flehte sie. »Eine halbe Meile von hier entfernt umlagert ein Rudel blutrünstiger Bären das Schloß meiner Herrin, der edlen Witwe Priscilla. Wir bewohnen nur zu wenigen und wehrlosen Frauen das Schloß. Niemand kann es jetzt betreten oder verlassen, und ich bin den Pranken dieser Raubtiere nur wie durch ein Wunder entronnen. Ach, Ritter, eile, uns zu befreien!«

»Mein Schwert steht immer im Dienste der Witwen und Wehrlosen«, sagte Agilulf. »Gurdulù, nimm das junge Fräulein auf deinen Sattel, damit es uns den Weg zum Schloß zeige.«

Sie zogen einen Gebirgspfad entlang. Der Schildknappe ritt voran, achtete aber überhaupt nicht auf den Weg: die Brüste der Jungfer in seinen Armen zeigten sich zwischen den Fetzen ihres Kleides, rosa und voll; Gurdulù fühlte, daß er sich in ihnen verlor.

Das Fräulein hatte sich zurückgewandt, um Agilulf zu betrachten.

»Welch edle Haltung zeigt dein Herr!«

»Uh, uh!« erwiderte Gurdulù und streckte eine Hand nach jenem warmen Busen aus.

»Er ist so sicher und stolz in jedem Wort und jeder Gebärde...«, sagte sie und blickte unverwandt auf Agilulf.

»Uh!« sagte Gurdulù, streifte die Zügel über die Handgelenke und suchte sich mit beiden Händen Klarheit darüber zu verschaffen, wie ein Wesen zugleich so fest und so zart sein könne.

»Und die Stimme«, sagte sie, »so schneidend, metallisch...« Aus Gurdulùs Mund drang ein dumpfes Brummen, was sich auch daraus erklären mochte, daß er ihn zwischen dem Hals und der Schulter des Mädchens gepreßt hielt, von dem Dufte ganz benommen.

»Wie glücklich wird meine Herrin sein, daß gerade er es ist, der sie von den Bären befreit... Oh, wie ich sie beneide... Aber wir kommen ja vom Weg ab! Was hast du denn, Schildknappe, bist du zerstreut?«

An einer Wegbiegung hob ein Einsiedler seinen Teller für Almosen hin. Agilulf pflegte jedem Bettler, dem er begegnete, eine milde Gabe nach dem festen Satz von drei Pfennigen zu spenden; er hielt sein Pferd an und kramte in seiner Börse.

»Gott segne Euch, Ritter«, sagte der Einsiedler, steckte die Münzen ein und bedeutete Agilulf, er möge sich niederbeugen, damit er ihm etwas zuflüstern könne. »Ich will Eure Güte gleich vergelten, indem ich Euch warne: Hütet Euch vor der Witwe Priscilla! Diese Geschichte mit den Bären ist nur eine Falle. Sie selbst zieht die Tiere auf, um sich dann von den wackersten Rittern, die auf der Landstraße vorbeiziehen, befreien zu lassen. Hernach lockt sie sie in die Burg, um ihre unersättlichen Begierden zu stillen.«

468

»Was du sagst, trifft gewiß zu, Bruder«, erwiderte Agilulf. »Doch bin ich Ritter, und es wäre unhöflich, wenn ich mich dem ausdrücklichen Beistandsverlangen einer weinenden Frau versagen wollte.«

»Fürchtet Ihr nicht die Flammen der Wollust?«

Agilulf war etwas betroffen. »Nun, wir werden schon sehen...«

»Wißt Ihr, was nach einem Aufenthalt in dieser Burg von einem Ritter übrigbleibt?«

»Was denn?«

»Das, was Ihr jetzt vor Augen habt. Auch ich war Ritter, auch ich habe Priscilla vor den Bären gerettet – und seht mich nur hier!« In der Tat sah er recht heruntergekommen aus.

»Eure Erfahrung ist mir kostbar, Bruder. Aber ich darf der Prüfung nicht ausweichen!« Damit gab er seinem Pferd die Sporen und holte Gurdulù mit dem Mädchen ein.

»Ich weiß nicht, was diese Eremiten ständig zu klatschen haben!« sagte die Maid zum Ritter. »In keinem Mönchsorden und auch nicht unter den Laien ist je so viel Geschwätz und üble Nachrede im Umlauf.«

»Gibt es denn viele Eremiten in dieser Gegend?«

»Es wimmelt nur so von ihnen. Und immer wieder kommt ein neuer hinzu.«

»Ich werde nicht zu ihnen gehören«, bemerkte Agilulf. »Sputen wir uns!«

»Ich höre das Gebrumm der Bären«, rief das Fräulein. »Ich habe Angst! Laßt mich absteigen, ich will mich dort hinter der Hecke verbergen.«

Agilulf brach aus dem Gestrüpp heraus auf die Lichtung, wo die Burg aufragte. Alles ringsum war schwarz von Bären. Als sie Pferd und Ritter erblickten, fletschten sie die Zähne und drängten sich Flanke an Flanke gegeneinander, um ihm den Weg zu versperren. Agilulf hob die Lanze und schwang sie nach allen Seiten. Einige der Bestien durchbohrte er, andere betäubte oder zermalmte er.

Gurdulù trabte heran und verfolgte sie mit dem Spieß. Bald verschwanden alle, die nicht liegengeblieben waren wie Teppiche, im dichten Wald.

Das Burgtor öffnete sich. »Edler Ritter, kann meine Gastfreundschaft Euch vergelten, was ich Euch schulde?« Auf der Schwelle war Priscilla erschienen, von ihren Damen und Mägden umringt. (Unter ihnen befand sich auch das junge Fräulein, das die beiden hergeleitet hatte; seltsamerweise war sie schon daheim und trug nicht mehr die zerfetzten Kleider von vorhin, sondern eine hübsche saubere Schürze.) Agilulf betrat die Burg, gefolgt von Gurdulù. Die Witwe Priscilla war nicht sehr hoch gewachsen, nicht sehr füllig, recht geschmeidig; der Busen war nicht ausladend, aber schön hochgeschnürt, die schwarzen Augen funkelten – kurzum, sie war eine Frau, die etwas darstellte. Wohlgefällig stand sie da und betrachtete Agilulfs weiße Rüstung. Der Ritter hielt sich zurück, er war verlegen.

»Ritter Agilulf Emo Bertrandino derer von Guildiverne«, redete Priscilla ihn an. »Ich kenne bereits Euren Namen und weiß genau, was Ihr seid und was Ihr *nicht* seid.« Diese Ankündigung nahm Agilulf die Schüchternheit; als habe er ein Unbehagen überwunden, legte er sich nun eine selbstbewußte Haltung zu, verneigte sich gleichwohl, beugte das Knie, sagte »Euer Diener« und erhob sich wieder ruckhaft.

»Ich habe schon so viel von Euch gehört«, sagte Priscilla. »Seit langem war es mein glühender Wunsch, Euch kennenzulernen. Welch ein Wunder hat Euch nur in diese so entlegene Gegend geführt?«

»Ich bin unterwegs«, erklärte Agilulf, »um eine Jungfernschaft, die vor fünfzehn Jahren noch unversehrt war, ausfindig zu machen, ehe es zu spät ist.«

»Noch nie habe ich von einer ritterlichen Unternehmung gehört«, sinnierte Priscilla, »die ein so flüchtiges Ziel hatte! Wenn jedoch schon fünfzehn Jahre vergangen sind, so trage ich keine Bedenken, Euch noch eine Nacht aufzuhalten und Euch zu bitten, Gast in meiner Burg zu sein!« Und damit schritt sie an seiner Seite ins Haus.

Die anderen Damen ließen ihn nicht aus den Augen, bis er mit der Herrin in einer Zimmerflucht verschwunden war. Dann wandten sie sich Gurdulù zu.

»Oh, welch ein Trumm von einem Roßknecht!« riefen sie und klatschten in die Hände. Er stand derweil wie ein Tölpel und kratzte sich. »Bloß schade, daß er Flöhe hat und so sehr stinkt!« – »Los, schnell, wir wollen ihn waschen!« Sie zerrten ihn in ihre Gemächer und zogen ihm alle Kleider aus.

Priscilla hatte Agilulf zur Tafel geführt, die für zwei Personen gedeckt war.

»Ich weiß von der Mäßigung, die Euch eigen ist, Ritter!« sagte sie. »Aber ich frage mich, wie ich Euch ehren soll, es sei denn zunächst durch die Bitte, an meiner Tafel Platz zu nehmen. Freilich«, fügte sie listig hinzu, »sollen die Zeichen der Dankbarkeit, die ich Euch zu erweisen gedenke, damit nicht enden.«

Agilulf dankte, setzte sich der Schloßherrin gegenüber, zerkrümelte einige Brotstücke, schwieg eine Weile, räusperte sich dann und begann schließlich, von diesem und jenem zu reden.

»Wahrhaft sonderbar und wetterwendisch, gnädige Herrin, sind die Abenteuer, die ein fahrender Ritter zu bestehen hat. Man kann sie übrigens in mehrere Gruppen einteilen. Erstens...« Und so plauderte er, liebenswürdig, präzis, informiert; mitunter hätte der Verdacht aufkommen können, er nehme es allzu genau, wären diese Bedenken nicht sogleich wieder durch die Flatterhaftigkeit zerstreut worden, mit der Agilulf auf ein anderes Thema hinüberwechselte. Dabei ließ er zwischen ernsthaften Betrachtungen geistreiche Aussprüche und Scherze einfließen, die stets die rechte Würze besaßen; über Personen und Begebenheiten fällte er Urteile, die weder allzu günstig noch allzu ablehnend waren und die sich die Gesprächspartnerin immer zu ihren eigenen machen konnte;

überdies bot er ihr Gelegenheit, das Ihre zur Unterhaltung beizutragen, und ermunterte sie mit artigen Fragen.

»Oh, welch ein köstlicher Plauderer!« bemerkte Priscilla entzückt.

Ebenso plötzlich, wie er zu reden begonnen hatte, versank Agilulf wieder in Schweigen.

»Und jetzt laßt Gesang erschallen!« rief Priscilla und klatschte in die Hände. Lautenspielerinnen betraten den Saal. Eine stimmte das Lied an: »Das Einhorn pflückt die Rose...« und sodann »Jasmin, veuillez embellir le beau coussin«.

Für die Musik und die Stimmen fand Agilulf Worte der Anerkennung.

Anschließend tanzte ein Schwarm junger Mädchen herein. Sie trugen dünne Röckchen und hatten Blumengewinde ins Haar geflochten. Agilulf begleitete die Darbietung, indem er mit seiner eisernen Faust auf der Tischplatte den Takt schlug.

Nicht minder festlich waren die Tänze, die sich in einem anderen Flügel der Burg, in den Gemächern der Damen des Gefolges, abspielten. Leicht geschürzt spielte man Ball und gab vor, Gurdulù am Spiel zu beteiligen. Der Knappe, gleichfalls in einem Röckchen, das ihm die Damen geliehen hatten, wartete jedoch nicht auf seinem Platz, bis ihm der Ball zugeworfen wurde; er lief statt dessen hinter ihm her und versuchte, sich seiner auf jede nur mögliche Weise zu bemächtigen, wobei es vorkommen konnte, daß er sich wie ein Stück Holz auf das eine oder andere Fräulein fallen ließ; bei solchen Berührungen kam ihm häufig eine andere Eingebung, so daß er mitsamt der Dame auf eines der weichen Ruhelager rollte, die dort bereitstanden. »Oh, was machst du denn da? Nicht doch, du großer Flegel! Ach, jetzt seht bloß, was er mir antut, nein, ich will Ball spielen, ah! ah! ah!«

Gurdulù hatte nachgerade für nichts mehr ein Ohr. Das warme Bad, das er genommen, der Duft, das weiße und rosa Fleisch hatten den einzigen Wunsch in ihm geweckt, im allgemeinen Wohlgeruch zu versinken.

»Ah, ah, da ist er schon wieder, uh, oje, na hör mal, aaah!!!«
Die anderen spielten weiter Ball, als wenn nichts geschehen
sei, schwatzten, lachten und sangen: »Ringel, ringel reihe . . .«
Das Fräulein, das Gurdulù mit sich fortgerissen hatte, kehrte
nach einem letzten langen Schrei zu den Gefährtinnen zurück;
mit etwas erhitztem Gesicht, ein wenig benommen, klatschte
es lachend in die Hände: »Los, los, her zu mir!« und begann
wieder zu spielen.

Es dauerte nicht lange und schon wälzte sich Gurdulù auf
eine andere.

»Weg von hier, ksch, ksch! Wie lästig er ist, welch ein
Ungestüm, nein, du tust mir weh, aber sag doch . . .«, und
damit ergab sie sich.

Andere Frauen und Mädchen, die sich nicht an den Spielen
beteiligten, saßen auf Bänken und unterhielten sich.

». . . Denn wißt ihr, Filomena war eifersüchtig auf Clara,
aber statt dessen . . .«, in diesem Augenblick spürte die Spre-
chende, daß Gurdulù sie an der Taille packte. »Uh, hab' ich
mich erschrocken . . . statt dessen geht Wilhelm anscheinend
mit Eufemia . . . Wohin trägst du mich denn?« Gurdulù hatte
sie auf seine Schulter geladen. ». . . Stellt euch vor. Diese
andere Närrin aber mit ihrer üblichen Eifersucht . . .«,
schwatzte sie weiter, während sie auf Gurdulùs Schuler baumelte, und sie verschwand.

Bald danach kam sie ganz zerzaust mit zerrissenem Umhang
zurück und setzte sich flugs wieder an ihren Platz: »Es ist
wirklich, wie ich euch sage: Filomena hat Clara eine Szene
gemacht, und statt dessen war der andere . . .«

Die Tänzerinnen und Lautenspielerinnen hatten sich inzwischen aus dem Festsaal zurückgezogen.

Agilulf zählte der Schloßherrin des langen und breiten die
Kompositionen auf, die von den Musikanten am Hof Kaiser
Karls des Großen am häufigsten vorgetragen wurden.

»Der Himmel verdunkelt sich«, stellte Priscilla fest.

»Es ist Nacht, finstere Nacht«, gab Agilulf zu.

»Das Zimmer, das ich Euch zugedacht habe . . .«

»Danke. Hört die Nachtigall dort im Park!«

»Das Zimmer, das ich Euch zugedacht habe . . . ist meines.«

»Eure Gastfreundschaft ist erlesen . . . Die Nachtigall singt auf der Eiche. Laßt uns ans Fenster treten.«

Er erhob sich, reichte ihr den eisernen Arm, lehnte sich gegen die Fensterbrüstung und nahm die schlagende Nachtigall zum Anlaß für eine Reihe von poetischen und mythologischen Hinweisen.

Doch Priscilla fiel ihm ins Wort: »Kurzum, die Nachtigall singt aus Liebe. Und wir . . .«

»Oh, die Liebe!« rief Agilulf mit einem so jähen Stimmaufwand, daß Priscilla zusammenschrak. Er jedoch verbreitete sich ohne weitere Vorbereitung in gelehrten Betrachtungen über die Liebesleidenschaft. Priscilla war zärtlich entflammt; sie stützte sich auf seinen Arm und zog ihn in ein Zimmer, das von einem großen Bett mit Baldachin beherrscht wurde.

»Daß Amor von den Alten als Gott verehrt wurde . . .« Agilulf fuhr fort in seinem schnellen Redefluß. Priscilla drehte den Schlüssel zweimal um, näherte sich dem Ritter, neigte den Kopf über den Harnisch und sagte: »Mich fröstelt etwas, der Kamin ist ausgegangen . . .«

»Bei den Alten sind die Ansichten darüber geteilt, ob man in kalten oder in heißen Räumen der Liebe pflegen sollte. Die meisten indessen raten dazu . . .«

»Oh, wie gut Ihr über die Liebe Bescheid wißt . . .«, flüsterte Priscilla.

»Die meisten raten dazu, zwar eine erstickende Hitze zu vermeiden, empfehlen jedoch eine natürliche Wärme.«

»Soll ich die Frauen rufen, damit sie Feuer machen?«

»Ich werde es selbst anzünden.« Er prüfte die im Kamin angehäuften Scheite, pries die Flamme bestimmter Holzarten und zählte die verschiedenen Verfahren auf, mit denen sich im Freien oder in geschlossenen Räumen ein Feuer entfachen

474

läßt. Ein Seufzer Priscillas unterbrach ihn. Als sei er sich darüber klargeworden, daß sich durch diese neue Betrachtung die schon angebahnten Liebeserwartungen wieder verflüchtigten, ging er schnell dazu über, seine Ausführungen betreffs Methoden des Feueranzündens mit Hinweisen, Vergleichen und Anspielungen auf die Erhitzung der Gefühle und der Sinne zu umranken.

Priscilla lächelte jetzt, streckte mit halbgeschlossenen Augen die Hände dem hochknisternden Feuer entgegen und sagte: »Welch wohlige Wärme... wie angenehm muß es sein, sie im Liegen, zwischen den Bettlaken zu genießen...«

Da das Thema des Bettes angeschlagen war, sah sich Agilulf zu einer Reihe neuer Bemerkungen veranlaßt. Er erklärte, die schwierige Kunst des Bettenmachens sei den Mägden in Frankreich unbekannt; selbst in den vornehmsten Häusern gäbe es nur schlecht eingestopfte Laken.

»Ach nein, sagt doch, gilt das auch von meinem Bett...?«

»Zweifellos ist Euer königliches Bett jedem anderen in den kaiserlichen Landen überlegen, gestattet indessen, daß ich, in dem Bemühen, Euch nur von Dingen umringt zu sehen, die Eurer in jeder Hinsicht würdig sind, mit einiger Besorgnis diese Falte betrachte...«

»Oh, diese Falte!« schrie Priscilla, nun ihrerseits angesteckt von Agilulfs Vollkommenheitsfieber.

So deckten sie denn das Bett Schicht um Schicht auf, wobei sie kleine Unebenheiten und Fältchen, allzu gestraffte oder allzu schlaffe Stellen entdeckten und tadelten: Es war eine Suche, die sich teils als bittere Quälerei, teils als ein Aufstieg zu immer höheren Himmeln erwies.

Nachdem sie das Bett bis zu seiner Strohunterlage auseinandergerissen hatten, begann Agilulf, es kunstgerecht von neuem aufzubauen. Es war ein ausgeklügelter Arbeitsvorgang. Nichts durfte dabei dem Zufall überlassen bleiben; überdies wandte er geheime Kunstgriffe an, die er der Witwe in aller Ausführlichkeit darlegte. Zuweilen schien ihm dennoch etwas unvollkommen zu sein; dann begann er alles wieder von neuem.

Aus den anderen Schloßtrakten scholl Geschrei herüber; es klang wie ungezügeltes Geheul oder Eselsgebrüll.

Priscilla fuhr zusammen: »Was war denn das?«

»Nichts, das ist die Stimme meines Schildknappen«, sagte er. In diesen Schrei mischten sich andere, schrillere Laute, gleichsam herausgeschriene Seufzer, die zu den Sternen aufstiegen.

»Aber was ist denn das jetzt?« fragte sich Agilulf.

»Ach, das sind die Mädchen«, sagte Priscilla. »Sie spielen... man weiß ja, die Jugend...«

So stopften sie weiter das Bett zurecht, während sie von Zeit zu Zeit auf die Geräusche draußen in der Nacht lauschten.

»Da schreit Gurdulù.«

»Was die Mädchen nur für einen Lärm machen!«

»Die Nachtigall...«

»Die Grillen...«

Das Bett war jetzt bereit.

Agilulf kehrte sich der Witwe zu. Sie war nackt. Die Kleider waren keusch zu Boden gesunken.

»Nackten Damen«, erklärte Agilulf, »wird als höchste Steigerung der Sinnenlust empfohlen, einen Krieger in voller Rüstung zu umarmen.«

»Bravo! So komm und lehr es mich!« rief Priscilla. »Ich bin doch nicht von gestern!« Und mit diesen Worten sprang sie auf, umschlang Agilulf und preßte Beine und Arme gegen den Harnisch.

Sie erprobte der Reihe nach alle Möglichkeiten, eine Rüstung zu umarmen; dann sank sie ermattet auf das Lager zurück.

Agilulf kniete vor dem Lager. »Die Haare...«, sagte er. Priscilla hatte beim Auskleiden ihre braune, hochgesteckte Frisur nicht berührt. Agilulf begann, ihr darzutun, welche

476

sinnlichen Aufgaben offenen Haaren zufallen. »Versuchen wir es einmal!«

Mit entschiedenen und behutsamen Eisenhänden löste er den Aufbau ihrer Zöpfe, so daß sich die Flut der Haare über Busen und Schultern ergoß.

»Freilich«, fügte er hinzu, »ist ein Liebhaber noch raffinierter, wenn er es vorzieht, daß seine Dame zwar einen nackten Leib hat, ihr Haupt aber untadelig frisiert und überdies mit Schleiern und Diademen geschmückt ist.«

»Wollen wir es nochmals versuchen?«

»Ich werde Euch kämmen!«

Er kämmte sie wahrhaftig und bewies seine Gewandtheit, indem er Zöpfe flocht, übereinanderlegte und mit großen Nadeln am Kopf feststeckte. Sodann fertigte er einen prächtigen Kopfputz aus Schleiern und Perlenschnüren. Auf diese Weise verging eine Stunde, aber als er Priscilla den Spiegel vorhielt, vermutete sie, sich noch nie so schön gesehen zu haben.

Sie forderte ihn auf, sich an ihre Seite zu legen.

»Es heißt, daß Kleopatra jede Nacht träumte, ein Krieger in voller Rüstung ruhe neben ihr im Bett.«

»Ich habe es noch nie versucht!« gestand sie. »Alle pflegen sie schon viel früher abzulegen.«

»Nun, dann werdet Ihr es eben jetzt kennenlernen.«

Langsam, ohne die Bettlaken zu zerknittern, stieg er, gerüstet und gespornt, ins Bett und streckte sich so gemessen aus wie eine Grabmalsfigur.

»Bindet Ihr denn nicht einmal das Schwert vom Gehänge?«

»Liebesleidenschaft kennt keinen Mittelweg.«

Priscilla schloß verzückt die Augen.

Agilulf stützte sich auf einen Ellbogen: »Der Kamin qualmt. Ich stehe eben auf, um nachzusehen, weshalb er nicht zieht.«

Der Mond schaute ins Fenster. Auf dem Rückweg vom Kamin zum Lager hielt Agilulf inne. »Edle Dame, laßt uns auf den Bergfried hinaufsteigen, um dieses späte Mondlicht zu genießen!«

Er hüllte sie in seinen Mantel. Umschlungen bestiegen sie den Turm. Der Wald glänzte silbern im Licht. Ein Käuzchen schrie. Einige Fenster der Burg waren noch erleuchtet, und manchmal drangen Schreie, vermischt mit Gelächter oder Stöhnen, heraus; dazu hörte man das Eselsgebrüll des Knappen. »Die ganze Natur ist in Liebe entflammt...«

Sie kehrten ins Gemach zurück. Der Kamin war fast heruntergebrannt. Sie kauerten nieder, um die Glut anzublasen. Eine solche Nachbarschaft, bei der Priscillas rosa Knie seine eisernen Beinschienen berührten, schuf eine neue, unschuldigere Intimität.

Als sich Priscilla wieder niederlegte, zeigte sich am Fenster bereits der Widerschein der ersten Dämmerung.

»Nichts verwandelt das Antlitz einer Frau so sehr wie die ersten Strahlen des anbrechenden Tages«, sagte Agilulf; damit jedoch ihr Gesicht vorteilhafter beleuchtet wurde, mußte er das Himmelbett von der Stelle rücken.

»Wie sehe ich aus?« fragte die Witwe.

»Herrlich!«

Priscilla war glücklich. Die Sonne stieg jedoch schnell, und um ihren Strahlen zu folgen, mußte Agilulf ständig das Bett verrücken.

»Es tagt jetzt«, sagte er. Seine Stimme hatte sich verändert. »Meine Ritterpflicht gebietet, daß ich mich zu dieser Stunde auf den Weg mache.«

»O schon!« seufzte Priscilla. »Gerade jetzt?«

»Es tut mir leid, edle Dame, aber eine ernstere Aufgabe ruft mich.«

»Ach, es war doch so schön...«

Agilulf beugte das Knie. »Segnet mich, Priscilla!«

Er erhob sich und rief den Knappen. Er suchte ihn in der ganzen Burg und entdeckte ihn schließlich in einer Art Hundezwinger, wo er in totenähnlichen Schlaf versunken lag.

»Schnell, zu Pferde!«

Agilulf mußte ihn jedoch wie ein Stück Holz forttragen. Die schnell höher steigende Sonne warf ihre Strahlen auf die beiden Reiter, die sich vom goldenen Laub der Wälder abhoben: Der Knappe wie ein Sack, der umzufallen droht, der Ritter kerzengerade und schmal wie der Schattenkegel einer Pappel.

Die Damen und Mägde Priscillas waren herbeigeeilt und umstanden ihre Herrin.

»Wie war es, gnädige Frau, wie war es?«

»Oh, so etwas! Wenn ihr wüßtet! Ein Mann, sage ich euch, ein Mann...«

»Aber so sprecht doch, erzählt uns: Wie ist er?«

»Ein Mann, ein Mann... Das war eine Nacht, ohne Unterbrechung, ein Paradies!«

»Aber was hat er denn gemacht? Was hat er gemacht?«

»Wie kann ich das beschreiben? Oh, schön war es, schön...«

»Aber mit alldem, was er so an sich hat? So redet doch!«

»Ich wüßte jetzt wirklich nicht wie... es war ja so viel. Aber berichtet doch lieber von euch! Wie war es denn mit diesem Schildknappen?«

»Was? Ach so, nein, gar nicht, ich weiß nicht; weißt du vielleicht etwas? Nein; du? Ach nein, ich erinnere mich nicht...«

»Aber wie kommt das? Ihr wart doch zu hören, meine Lieben!«

»Na, wer weiß, der arme Teufel; ich kann mich nicht mehr erinnern, auch ich weiß es nicht mehr... Du vielleicht? Aber warum denn gerade ich? Gnädigste Herrin, erzählt uns doch von ihm, dem Ritter! Wie war er, der Agilulf?«

»O Agilulf!«

9

Ich, die ich dieses Buch schreibe und den kaum zu entziffernden Blättern einer alten Chronik folge, werde mir erst jetzt bewußt, daß ich Seiten und Seiten gefüllt habe und dabei noch am Anfang meiner Geschichte stehe: Beginnt doch der eigentliche Ablauf der Geschehnisse erst mit Agilulfs abenteuerlichen Fahrten, die sich mit denen Bradamantens überschneiden, der Verfolgerin und Verfolgten, mit denen des verliebten Rambald und denen Torrismunds, der sich auf die Sache nach den Rittern vom heiligen Gral begeben hatte. Doch gerade jetzt erschlafft mein Faden, verhaspelt sich, statt mir flink durch die Finger zu gleiten; und wenn ich daran denke, wieviel an Wanderungen und Hindernissen und Verfolgungen und Ränkespiel und Duellen und Turnieren ich noch aufzeichnen muß, stockt mir der Atem. Da erweist sich nun, wie sehr mich die strenge Zucht als Klosterschreiberin und die beharrliche Kasteiung verwandelt haben, die mich nach Worten suchen und über den letzten Gehalt der Dinge nachsinnen ließen: Das, was dem großen Haufen am meisten Vergnügen bereitet und auch mir ehedem bereitete – das Geflecht der Abenteuer, zu dem jeder Ritterroman sich zusammenfügt –, scheint mir heute überflüssiges Beiwerk, frostige Verzerrung und undankbarster Teil meines Pensums.

Im Laufschritt, vorbeihastend, möchte ich erzählen, jeder Seite nur so lange mit Beschreibungen von Duellen und Schlachten ausfüllen, bis es für einen Ritterroman genügt; halte ich jedoch inne, um die Zeilen nochmals zu überlesen, werde ich gewahr, daß die Feder auf dem Blatt keine Spur hinterließ, daß die Seiten noch weiß sind.

Soll die Erzählung meinen Wünschen entsprechen, müßte dies unberührte Blatt von rötlichen Felsen zerklüftet werden, dichter Sand mit vielen Kieseln sich darüber krümeln, von stachligem Gestrüpp aus Wacholdersträuchern überzogen.

Mitten durch diese Wüste, wo sich ein schlechtmarkierter Pfad windet, ließe ich Agilulf ziehen, aufrecht, hoch zu Rosse, mit eingelegter Lanze. Außer einer Felsenlandschaft müßte diese Seite auch noch eine hier oben abgeflachte Himmelskuppel darstellen; sie hätte so niedrig zu sein, daß nur eben für einen Schwarm krächzender Raben Platz bliebe. Es müßte mir gelingen, den Bogen mit der Feder anzuritzen, aber ganz leicht, denn auf der Wiese sollte die Spur einer kriechenden, von Gras verdeckten Natter erscheinen, und das Heideland hätte ein Hase zu durchqueren, der gerade hervorlugt, mit seinen kurzen Schnurrbarthaaren umherschnuppert und schon wieder verschwunden ist.

Alles bewegt sich auf dem glatten Blatt, ohne daß irgend etwas sichtbar würde, ohne daß sich auf der Oberfläche etwas änderte – wie ja im Grunde auch auf der zerfurchten Rinde dieser unserer Erde sich alles bewegt und nichts sich ändert: Es entbreitet sich nur die immergleiche Materie, genau so wie auf der Seite, die ich beschreibe; eine hingelagerte Materie, die sich zu verschiedenen Formen und Dichtegraden zusammenbraut und gerinnt, verschiedene Farbtönungen annimmt, sich aber zugleich doch nur als eine Schicht über einer ebenen Fläche darstellt, in haariger oder gefiederter oder knorriger Form, dem Panzer der Schildkröte gleich, mitunter hat es den Anschein, als bewege sich dies Haarige oder Gefiederte oder Knorrige; oder aber es wandeln sich die Beziehungen zwischen den verschiedenen Beschaffenheiten innerhalb dieser ringsum gleichmäßig ausgebreiteten Materie, ohne daß jedoch dadurch ihre Substanz sich änderte. Wir können sagen, daß inmitten all dieser Dinge der einzige, der sich verändert, Agilulf ist. Ich meine damit nicht sein Pferd oder seine Rüstung, nein, jenes abgesonderte, mit sich selbst beschäftigte Etwas, das sich, zu Pferde und gerüstet, voller Ungeduld auf Reisen befindet. Ringsum fallen die Kienäpfel von den Zweigen, rinnen die Bäche zwischen den Kieseln, schwimmen die Fische in den Bächen, nagen die Raupen die Blätter an, schleppen sich die

Schildkröten mit ihrem harten Leib auf dem Boden fort; aber all diese Bewegung ist ein Trugbild, ist ein ständiges Hin- und Herwälzen wie das Wasser der Meereswogen. Und in diesem Gewoge wälzt sich Gurdulù herum, ein Gefangener im Gestrüpp der Dinge; mitsamt den Kienäpfeln, Fischen, Raupen, Steinen, Blättern ist auch er im gleichen Teig vermengt: bloßer Auswuchs der Erdkruste.

Wieviel schwerer fällt es mir, auf diesem Blatt die Spur Bradamantens oder auch den Weg Rambalds oder des düsteren Torrismund aufzuzeichnen! Es bedürfte hierfür auf der gleichförmigen Oberfläche doch einer ganz leichten Aufrauhung, wie man sie etwa erlangt, wenn man die Rückseite des Blattes mit einer Nadel ritzt. Diese Unebenheit, dieser winzige Hügel wäre jedoch immer noch vom allgemeinen Erdenteig beladen und in ihn eingetaucht – gerade da müßten Sinn und Schönheit und Schmerz, müßten die wirkliche Reibung und Bewegung ihren Sitz haben.

Wie soll ich bloß mit meiner Geschichte vorankommen, wenn ich weiter derart die weißen Seiten traktiere, Täler und Schluchten in sie eingrabe, Falten und Rillen durch sie laufen lasse, aus denen ich die Wege der Paladine dann ablese? Eine bessere Hilfe, mit meiner Erzählung zu Rande zu kommen, wäre, wenn ich mir eine Karte der Örtlichkeiten aufzeichnete: das liebliche Frankreich und das stolze Britannien und den Kanal Englands mit seinen schwarzen Fluten; dort droben das schottische Hochland und unten die rauhen Pyrenäen, dazu Spanien, noch in den Händen der Ungläubigen, und Afrika, die Mutter der Schlangen. Dann könnte ich mit Pfeilen und Kreuzlein und Zahlen den Weg des einen oder des anderen Helden kennzeichnen. Schon gelingt es mir, ungeachtet einiger Umwege, Agilulf in England landen zu lassen und ihn zu jenem Kloster zu geleiten, in das sich Sofronia seit fünfzehn Jahren zurückgezogen hat.

Als er eintraf, fand er das Kloster in Trümmern.

»Zu spät kommt Ihr, edler Ritter«, sagte ein Greis. »Noch

hallen unsere Täler wider von den Schreien jener Unglückseligen. Eine Flotte maurischer Piraten, die an diesen Küsten gelandet war, plünderte das Kloster vor gar nicht langer Zeit, führte alle Nonnen als Sklavinnen fort und legte Feuer an die Gebäude.«

»Sie führten sie fort? Wohin?«

»Sie sollten als Sklavinnen nach Marokko verkauft werden, gnädiger Herr!«

»War unter diesen Schwestern auch eine, die in der Welt Sofronia, Tochter des Königs von Schottland, gewesen war?«

»Ach, Ihr meint wohl Schwester Palmira? Sie haben sie sich sofort auf die Schultern geladen, diese Abscheulichen! Sie war nicht mehr die Jüngste, sah aber immer noch gut aus. Ich vermeine ihre Hilferufe noch jetzt zu hören, als sie von diesen widerwärtigen Affengesichtern gepackt wurde.«

»Habt Ihr denn die Plünderung mit angesehen?«

»Na freilich, wir vom Dorf wissen immer von allem, wir sind doch immer auf dem Marktplatz.«

»Und Ihr seid nicht zu Hilfe geeilt?«

»Aber wie denn? Lieber Herr, was sollten wir machen? Es kam alles so plötzlich ... wir, ohne jemanden, der uns Befehle gab, ohne Erfahrung ... Vor der Wahl, etwas zu tun, aber dabei vielleicht Unheil zu stiften, entschloß man sich eben, nichts zu tun.«

»Und sagt mir, hat diese Sofronia im Kloster ein frommes Leben geführt?«

»In diesen Zeitläuften gibt es ja Nonnen jeglicher Art, aber Schwester Palmira war die frömmste und keuscheste im ganzen Sprengel!«

»Schnell, Gurdulù, zum Hafen, wir müssen uns nach Marokko einschiffen!«

All das, was ich jetzt mit kleinen Wellenlinien ausfülle, ist das Meer, vielmehr der Ozean. Hier das Schiff nun, auf dem Agilulf unterwegs war, und weiter hinten zeichne ich einen riesigen Walfisch, dazu ein Schildchen mit den Buchstaben

»Mare Oceanum«. Dieser Pfeil hier gibt die Fahrtrichtung des Schiffes an. Ich kann auch noch einen zweiten Pfeil machen, der die Route des Walfisches angibt. Da haben wir es: Sie begegnen sich! An dieser Stelle des Ozeans also werden Walfisch und Schiff aufeinanderprallen, und weil ich den Fisch größer gezeichnet habe, wird das Schiff dabei den kürzeren ziehen. Ich male jetzt viele, sich in allen Richtungen kreuzende Pfeile, damit kenntlich wird, daß sich hier zwischen Walfisch und Schiff ein erbitterter Kampf abspielt. Agilulf steht dabei seinen Mann und bohrt seine Lanze in die Flanke des Ungetüms: ein ekelerregender Strahl von Lebertran ergießt sich über ihn. Gurdulù springt auf den Wal und vergißt darüber das Schiff. Ein mächtiger Schwanzhieb des Tieres bringt das Fahrzeug zum Kentern. Agilulf, in seiner eisernen Rüstung, muß zwangsläufig in den Fluten versinken. Bevor er völlig von den Wogen verschlungen wird, schreit er seinem Schildknappen zu: »Wir treffen uns in Marokko! Ich gehe zu Fuß!«

Tatsächlich, nachdem er meilentief gesunken war, kam Agilulf auf dem sandigen Meeresgrund zu stehen und begann, rüstig fürbaß zu schreiten. Des öfteren stieß er auf Meeresungeheuer und wehrte sich mit seiner Klinge. Jedermann weiß, worin der einzige Nachteil für eine Rüstung auf dem Meeresgrund besteht: Sie rostet! Da aber die weiße Rüstung von oben bis unten mit Lebertran begossen worden war, deckte sie nun eine schützende Fettschicht.

Auf dem Ozean zeichne ich jetzt eine Schildkröte. Gurdulù hatte einen Liter Salzwasser geschluckt, ehe er begriff, daß nicht das Meer in ihm, sondern er im Meer zu bleiben hatte. Schließlich klammerte er sich am Panzer einer dicken Meerschildkröte fest. Teils ließ er sich von ihr tragen, teils suchte er sie durch Kraulen und Zwicken zu lenken und näherte sich so der afrikanischen Küste. Dort verfing er sich in einem Netz, das sarazenische Fischer ausgeworfen hatten.

Als sie die Netze an Bord zogen, entdeckten sie auf einmal

inmitten der Schwärme zappelnder Seebarben einen mit Algen
überzogenen Mann in schimmeligen Kleidern.

»Ein Fischmensch! Ein Fischmensch!« schrien sie.

»Ach was, Fischmensch! Das ist doch Gudi-Ussuf!« erklärte
der Älteste der Fischer. »Ja, es ist Gudi-Ussuf, ich kenne ihn
doch.«

Gudi-Ussuf war einer der Namen, die man im Umkreis der
mohammedanischen Küchen Gurdulù gegeben hatte, wenn
er, ohne es gewahr zu werden, die Linien überschritten hatte
und sich auf einmal im Lager des Sultans befand. Der alte
Fischer war in spanischen Landen Soldat des maurischen
Heeres gewesen. Da ihm Gurdulùs robuste Natur und willfäh-
rige Sinnesart bekannt waren, nahm er ihn zu sich, um ihn zum
Austernfischer auszubilden.

Eines Tages saßen die Fischer auf den Klippen der marokka-
nischen Küste, Gurdulù mitten unter ihnen; sie waren gerade
damit beschäftigt, die frischen Austern zu öffnen, als aus dem
Wasser auf einmal ein Federbusch, ein Helm, dann ein Harnisch, kurzum eine vollständige Ritterrüstung emportauchte,
die weiterwanderte und Schritt für Schritt dem Ufer zustrebte.

»Der Hummermensch! Der Hummermensch!« kreischten
die Fischer und liefen voller Angst davon, um sich hinter den
Felsen zu verstecken.

»Ach was, Hummermensch!« sagte Gurdulù. »Das ist doch
mein Herr! Gewiß seid Ihr völlig erschöpft, mein Ritter.«

»Ich bin überhaupt nicht müde«, erwiderte Agilulf. »Und
was machst du hier?«

»Wir suchen Perlen für den Sultan«, antwortete der ehemalige Soldat. »Er muß nämlich jeden Abend einer anderen seiner
Frauen eine neue Perle schenken.«

Der Sultan hatte dreihundertfünfundsechzig Frauen und
besuchte allnächtlich eine andere. Jede seiner Gemahlinnen
empfing seinen Besuch daher einmal im Jahr. Derjenigen, die
er gerade aufsuchte, pflegte er als Geschenk eine Perle mitzu-
bringen. Deshalb mußten ihm die Kaufleute täglich ganz

frische Perlen liefern. An jenem Tag war ihnen der Vorrat ausgegangen, und sie hatten die Fischer angefleht, um jeden Preis eine Perle zu verschaffen.

»Hört mich an, der Ihr so gut auf dem Meeresgrund vorangekommen seid«, redete der ehemalige Soldat Agilulf an. »Warum schließt Ihr Euch nicht unserem Unternehmen an?«

»Ein Ritter beteiligt sich nie an Unternehmen, die gewinnbringende Zwecke verfolgen, namentlich, wenn sie von Feinden seines Glaubens betrieben werden. Ich danke Euch, Heide, daß Ihr meinen Schildknappen gerettet und ernährt habt, aber daß Euer Sultan heute nacht seiner dreihundertfünfundsechzigsten Gattin keine Perle schenken kann, ist mir, wahrhaftigen Gottes, völlig gleichgültig.«

»Uns aber gar nicht, denn sonst werden wir ausgepeitscht. Auch ist heute keine Hochzeitsnacht wie jede andere. Vielmehr gelangt die Reihenfolge an eine neue Gattin, die der Sultan zum ersten Male besuchen wird. Vor etwa einem Jahr schon wurde sie irgendwelchen Piraten abgekauft und mußte warten, bis ihre Zeit gekommen war. Es schickt sich nicht, daß der Sultan mit leeren Händen vor ihr erscheint, um so mehr, als sie eine Glaubensgenossin von Euch ist: Sofronia von Schottland, königlichen Geblüts, die als Sklavin nach Marokko gelangte und sogleich für den Harem unseres Herrschers auserkoren wurde.«

Agilulf ließ sich seine Erregung nicht anmerken. »Ich kann Euch aus der Verlegenheit helfen!« sagte er. »Die Kaufleute müssen dem Sultan vorschlagen, er solle der neuen Gattin nicht die übliche Perle, sondern ein Geschenk überbringen lassen, das ihr Heimweh nach dem fernen Schottland lindert: nämlich die vollständige Ausrüstung eines christlichen Ritters.«

»Und wo finden wir eine solche Rüstung?«

»Nehmt die meine«, antwortete Agilulf.

In einem Gemach des Frauenpalastes wartete Sofronia darauf, daß es Abend werde. Hinter dem Gitter ihres Giebelfensters betrachtete sie die Palmen unten im Garten, die Springbrunnen, die Beete. Die Sonne stand tief, der Muezzin sandte seinen Ruf aus, im Garten öffneten sich die betäubenden Blumen der Nacht.

Sie hörte Klopfen. Es ist Zeit! Nein, es waren nur die üblichen Eunuchen. Sie brachten ein Geschenk des Sultans. Eine Rüstung. Eine ganz weiße Rüstung. Was das wohl zu bedeuten hatte? Sofronia war wieder allein und trat ans Fenster. Seit fast einem Jahr lebte sie nun schon hier. Nachdem der Sultan sie als Nebenfrau gekauft hatte, war ihr der Platz einer soeben verstoßenen zugewiesen worden, die eigentlich, nach über elf Monaten, an der Reihe gewesen wäre. Dieses Leben im Harem, ein Tag wie der andere, ohne irgendeine Beschäftigung, war noch schlimmer als das Klosterleben.

»Fürchtet Euch nicht, edle Sofronia!« sagte eine Stimme hinter ihr. Sie wandte sich um. Es war die Rüstung, die sprach. »Ich bin Agilulf von Guildiverne, der schon einmal Eure unbefleckte Tugend gerettet hat.«

»Oh, zu Hilfe!« Die Gattin des Sultans war zusammengefahren. Dann faßte sie sich wieder: »Wahrhaftig, ich dachte mir schon, daß mir diese weiße Rüstung nicht unbekannt ist. Vor Jahren seid Ihr gerade im rechten Augenblick erschienen, um zu verhindern, daß ein Brigant mich mißbrauchte . . . .«

»Und nunmehr komme ich gerade zur rechten Zeit, um Euch vor der Schande einer heidnischen Hochzeit zu bewahren.«

»Ja, gewiß doch . . . Immer seid Ihr es . . .«

»Unter dem Schutz dieses Schwertes werde ich Euch jetzt aus dem Machtbereich des Sultans hinausgeleiten.«

»Gewiß . . . natürlich.«

Als die Eunuchen kamen, um die Ankunft des Sultans zu melden, wurden sie durch Schwerthiebe niedergestreckt. In einen Mantel gehüllt, lief Sofronia an der Seite des Ritters durch die Gärten. Die Wachen schlugen Alarm. Wenig vermochten die schwerfälligen Krummsäbel gegen die treffliche, bewegliche Waffe des Kriegers im weißen Harnisch auszurichten. Und sein Schild hielt ohne weiteres dem Ansturm eines ganzen Fähnleins stand. Gurdulù wartete mit den Pferden hinter einem Feigenkaktus. Im Hafen lag eine Feluke, flottgemacht zur Ausfahrt in die christlichen Lande. Vom Deck aus sah Sofronia die Palmen am Ufer entschwinden.

Jetzt zeichne ich hier im Meer die Feluke. Ich mache sie etwas größer als das erste Schiff, damit es nicht wieder zu einer Katastrophe kommt, selbst wenn man einem Walfisch begegnen sollte. Mit dieser gekrümmten Linie trage ich die Route des Schiffes ein, das ich bis zum Hafen von Saint-Malo führen möchte. Leider Gottes ist nur hier, auf der Höhe des Golfes von Biskaya, ein solches Gewirr sich überschneidender Linien, daß ich die Feluke lieber etwas weiter oben, erst hier und dann dort, fahren lasse, und da – der Teufel soll's holen! – läuft sie doch tatsächlich auf die Riffe der bretonischen Küste auf! Sie kentert und sinkt; mit Mühe und Not gelingt es Agilulf und Gurdulù, Sofronia sicher ans Ufer zu bringen.

Sofronia ist müde. Agilulf beschließt, sie in einer Höhle zu bergen, während er selbst mit dem Schildknappen zum Heere Karls des Großen aufbricht, um ihm zu melden, daß Sofronia noch Jungfrau ist und er somit seinen Namen zu Recht führt. Jetzt zeichne ich also die Höhle und füge ein Kreuzlein an dieser Stelle der Bretagne hinzu, damit ich sie wiederfinden kann. Ich weiß nicht recht, was diese Linie hier besagen soll, die auch in dieser Gegend vorbeiläuft; ist doch mein Blatt ein rechtes Durcheinander von Strichen, die nach allen Richtungen weisen. Ja, jetzt hab' ich es: Es ist die Linie, die dem Wege Torrismunds entspricht. Der nachdenkliche Jüngling kommt also gerade hier vorbei, während Sofronia in der Höhle ruht. Auch er nähert sich der Grotte, tritt ein, erblickt sie.

10

Wie aber war Torrismund dorthin gekommen? Während Agilulf von Frankreich und England, von England nach Afrika und von Afrika nach der Bretagne gezogen war, hatte der angeblich jüngste Sohn der Herzöge von Cornwall die Wälder der christlichen Nationen durchstreift, um das geheime Lager der Ritter vom heiligen Gral zu suchen. Der heilige Orden pflegte von Jahr zu Jahr seinen Sitz zu wechseln, ohne ihn jemals den Nichteingeweihten kundzutun. Torrismund fand daher keinerlei Hinweise, denen er auf seiner Irrfahrt hätte nachspüren können. So zog er aufs Geratewohl umher, folgte jener fernen Empfindung, die sich in ihm mit dem Namen Gral verband.

Aber war es denn der Orden der frommen Ritter, den er suchte, oder war es vielmehr die Erinnerung an seine Kindheit im schottischen Heideland? Manchmal, wenn ein Tal, mit Lärchen dicht bewachsen, oder eine Schlucht grauer Felsen sich vor ihm auftat, auf deren Grund ein Wasserfall schäumte, überkam ihn eine unerklärliche Erregung, ein gutes Omen, wie er glaubte. »Vielleicht sind sie hier, sie müssen ganz nahe sein!« Und wenn in jener Gegend dumpf und fern ein Horn erklang, blieben Torrismund keine Zweifel mehr, und er begann, Zoll für Zoll jede Einbuchtung nach irgendeiner Spur zu durchsuchen. Er traf dann höchstens auf einen verirrten Jäger oder einen Hirten mit seiner Herde.

Als er das ferne Kurwaldia durchstreifte, hielt er eines Tages in einem Dorfe Rast und bat die Bauersleute um etwas Hirsebrei und Graubrot.

»Wir würden, weiß Gott, Euch gerne etwas geben, junger Herr«, sagte ein Ziegenhirt. »Aber seht mich an, mein Weib, meine Kinder, abgemagert zu Skeletten. Wir müssen den Rittern schon so viele Abgaben leisten. Dieser Wald wimmelt von Euren Kollegen, die freilich anders gekleidet sind.«

»Ritter, die im Wald wohnen?« Und wie kleiden sie sich?«
»Der Mantel ist weiß, der Helm aus Gold mit zwei weißen
Schwanenflügeln zu beiden Seiten.«
»Und sind sie sehr fromm?«
»Ja, gewiß, fromm sind sie schon. Und mit Geld beflecken
sie ihre Hände nicht, da sie keinen Groschen besitzen. Aber
Ansprüche stellen sie, und unsereins muß ihnen parieren! Jetzt
sind wir elend dran; es herrscht Hungersnot. Was sollen wir
ihnen bloß geben, wenn sie das nächstemal kommen?«
Der Jüngling eilte bereits dem Walde zu. Auf der Wiese
durchzog gemächlich eine Schar weißer Schwäne die ruhigen
Wasser eines Flüßchens. Torrismund folgte ihnen am Ufer.
Aus dem Laube erklangen vereinzelte Akkorde. »Flin, flin,
flin.« Der Jüngling schritt weiter aus, bald schienen die Töne
ihm zu folgen, bald ihm vorauszueilen. »Flin, flin, flin.« Dort,
wo der Wald sich lichtete, wurde eine menschliche Gestalt
sichtbar. Es war ein Krieger, der einen mit weißen Flügeln
geschmückten Helm trug; in den Händen hielt er eine Lanze
und dazu eine kleine Harfe, der er von Zeit zu Zeit jenen
gebrochenen Akkord entlockte: »Flin, flin, flin.« Er sagte
nichts; sein Blick vermied Torrismund nicht, aber er schien
über ihn hinwegzugehen, als habe er ihn gar nicht bemerkt,
und doch war es, als gäbe er dem jungen Mann das Geleit;
wenn Stämme und dichtes Buschwerk sie trennten, wies er
ihm mit einem seiner zirpenden Akkorde den Weg. »Flin, flin,
flin.«
Torrismund hätte ihn anreden, ihn befragen mögen, war
aber eingeschüchtert und folgte ihm stumm.
Sie bogen in eine Lichtung. Überall sah man mit Lanzen
bewehrte Krieger in goldenen Harnischen und wallenden
weißen Mänteln; ein jeder starrte, den Blick ins Leere, regungslos in eine andere Richtung. Einer fütterte einen Schwan
mit Maiskörnern und wandte die Augen ab. Als der Harfen-
spieler abermals einen Akkord anschlug, gab ein Krieger zu
Pferde ein langgezogenes Signal mit seinem Horn als Antwort.

Sowie er sein Instrument absetzte, begannen die Krieger, sich zu bewegen, gingen ein paar Schritte, ein jeder in anderer Richtung, und blieben abermals stehen.

»Ritter...«, brachte Torrismund schließlich heraus. »Verzeiht, es kann sein, ich irre mich, aber seid ihr vielleicht die Ritter des Gra...«

»Sprecht niemals den Namen aus!« unterbrach ihn eine Stimme von hinten. Ein weißhaariger Ritter stand neben ihm. »Ist es dir noch nicht genug, daß du uns in unserer frommen Andacht gestört hast?«

»Ach, verzeiht mir«, der Jüngling wandte sich ihm zu. »Ich bin so glücklich, daß ich bei euch bin. Wenn ihr wüßtet, wie ich euch gesucht habe!«

»Weshalb?«

»Weil...«, und der Drang, sein Geheimnis zu verkünden, war stärker als die Angst, er könne einen Frevel begehen. »Weil ich euer Sohn bin.«

Der alte Ritter blieb unbewegt. »Hier gibt es weder Väter noch Söhne«, sagte er nach einer Pause. »Wer in den heiligen Orden eintritt, verzichtet auf alle irdischen Bindungen.«

Torrismund fühlte sich weniger verstoßen als vielmehr enttäuscht. Eher hätte er geglaubt, bei seinen keuschen Vätern auf verächtliche Ablehnung zu stoßen, die er hätte bekämpfen können, indem er Beweise beibrachte und die Stimme des Blutes anrief. Indessen, diese so gelassene Antwort, welche die Möglichkeit des Geschehenen nicht bestritt, aber jede Erörterung darüber grundsätzlich ausschloß, wirkte entmutigend.

»Ich strebe nur nach einem: anerkannter Sohn des heiligen Ordens zu sein«, beharrte er, »dieses Ordens, für den ich eine grenzenlose Bewunderung hege.«

»Wenn du unseren Orden so sehr verehrst«, sagte der Alte, »solltest du nach nichts anderem trachten, als in ihm Aufnahme zu finden.«

»Meint Ihr, das wäre möglich?« rief Torrismund, von dieser neuen Aussicht sofort angezogen.

»Wenn du dich als seiner würdig erwiesen hast.«

»Was muß ich dafür tun?«

»Dich Stufe um Stufe von jeder Leidenschaft reinigen, damit die Liebe zum Gral von dir Besitz ergreife.«

»Oh, jetzt sprecht Ihr den Namen ja aus!«

»Wir Ritter dürfen es; euch Ungeweihten ist es verwehrt.«

»Aber sagt mir bitte, weshalb schweigen denn alle, und weshalb redet Ihr als einziger?«

»Mein Amt ist es, die Beziehungen zu den Ungeweihten aufrechtzuerhalten. Worte sind häufig unrein. Die Ritter ziehen es vor, sich ihrer zu enthalten, wenn sie nicht durch ihre Lippen den Gral sprechen lassen.«

»Sagt mir, wie soll ich beginnen?«

»Siehst du dort das Ahornblatt? Ein Tautropfen liegt darauf. Verharre still, unbeweglich, schaue unverwandt auf diesen Tautropfen, werde eins mit ihm, vergiß alles in der Welt durch diesen Tropfen, bis du spürst, daß du dich selbst verloren hast und von der unendlichen Macht des Grals durchdrungen bist.«

Damit ließ er ihn stehen. Torrismund starrte auf den Tautropfen, starrte, starrte, dachte dabei an seine eigenen Angelegenheiten, entdeckte eine Spinne, die sich auf das Blatt herabgelassen hatte, betrachtete die Spinne, versuchte wieder den Tropfen anzusehen, bewegte einen Fuß, der ihm eingeschlafen war, uff!, er langweilte sich.

Um ihn her tauchten aus dem Wald Ritter auf, die langsam einherschritten und wieder verschwanden, Ritter mit offenem Mund und weitaufgerissenen Augen. Sie wurden von Schwänen gefolgt, denen sie von Zeit zu Zeit über das weiche Gefieder strichen. Einige der Ritter breiteten plötzlich die Arme aus, setzten zu einem kurzen Lauf an und stießen dabei seufzende Laute aus.

»Seht doch die da drüben!« Torrismund konnte nicht umhin, den Alten zu fragen, der wieder in seiner Nähe erschienen war. »Was ist nur mit ihnen?«

»Sie sind in Ekstase«, erklärte der Alte. »Etwas, was du nie kennenlernen wirst, wenn du weiter so zerstreut und neugierig bleibst. Diese Brüder haben endlich das Stadium des vollkommenen Einsseins mit dem All erreicht.«

»Und die anderen dort?« erkundigte sich der Jüngling. Einige der Ritter schwankten einher wie von süßen Schauern befallen; dazu schnitten sie Grimassen.

»Sie befinden sich noch in einem Zwischenstadium. Bevor der Novize sich mit Sonne und Sternen eins weiß, fühlt er nur die Dinge der näheren Umgebung sich einverleibt, empfindet sie aber sehr lebhaft. Das beeindruckt vor allem die Jüngeren. Unseren Brüdern dort teilen der dahinfließende Bach, die rauschenden Blätter, die unter der Erde wachsenden Blätter, die unter der Erde wachsenden Pilze ein ganz gelindes, angenehmes Kitzeln mit.«

»Und sie ermüden nicht, auf die Dauer?«

»Sie erklimmen allmählich die höheren Stadien, in denen nicht nur die Schwingungen der Umgebung von ihnen Besitz ergreifen, sondern vielmehr der weite Atem der Himmel, und ganz allmählich lösen sie sich von der sinnlichen Wahrnehmung.«

»Geht das allen so?«

»Nur wenigen. Und auf vollkommene Weise nur einem unter uns, dem Auserwählten, dem Gralskönig.«

Sie waren an eine Lichtung gelangt, wo zahlreiche Ritter vor einer mit einem Baldachin überspannten Tribüne sich im Waffenhandwerk übten. Unter diesem Baldachin saß, oder kauerte vielmehr, reglos ein Wesen, das weniger einem Menschen als einer Mumie glich und ebenfalls die Graluniform, doch prächtiger ausgestattet, trug. In dem Gesicht, das vertrocknet war wie eine alte Kastanie, standen die Augen offen, weit aufgerissen.

»Aber lebt er denn?« fragte der Jüngling.

»Er lebt, aber die Liebe zum Gral erfüllt ihn so sehr, daß er nicht mehr zu essen, sich nicht mehr bewegen, nicht mehr seine Notdurft zu verrichten braucht, ja kaum mehr atmet. Er sieht und fühlt nicht mehr. Keiner kennt seine Gedanken; wahrscheinlich spiegelt sich in ihnen der Lauf ferner Planeten. «

» Warum muß er einer militärischen Schau beiwohnen, wenn er nichts mehr sieht? «

» Die Riten des Grals fordern es. «

Die Ritter übten sich im Fechten. Ruckhaft bewegten sie ihre Schwerter und schauten dabei ins Leere; ihre Schritte waren hart und unvermittelt, als könnten sie nicht voraussehen, was sie im nächsten Augenblick tun würden. Und doch verfehlten sie nicht einen Hieb.

» Wie können sie kämpfen, wo sie wie Halbentschlummerte aussehen? «

» Es ist der Gral in uns, der unsere Schwerter führt. Die Liebe zum All kann sich zu schrecklicher Raserei steigern und uns dazu treiben, unsere Feinde liebevoll zu durchbohren. Eben deshalb ist unser Orden im Krieg nicht zu besiegen, weil wir ohne jede Anstrengung und ohne Wahl kämpfen; wir lassen lediglich den heiligen Zorn durch unsere Leiber sich entladen. «

» Und das geht immer gut aus? «

» Gewiß, wenn man jeden Rest menschlichen Willens verloren hat und sich auch in den kleinsten Regungen der Macht des Grals überläßt. «

» Jede kleinste Regung? Auch jetzt, da Ihr neben mir geht? «

Der Alte schritt einher wie ein Schlafwandler. » Freilich. Nicht ich bewege meinen Fuß: Ich stelle anheim, daß er bewegt wird. Versuche es auch einmal. Wir alle beginnen so. «

Torrismund versuchte es; aber erstens gelang es ihm überhaupt nicht, und zweitens fand er auch keinerlei Geschmack daran. Da war nun der Wald, grün, voll dichten Laubes, war ein Schwirren und Zwitschern; am liebsten wäre er gleich losgelaufen, hätte sich ausgetobt, Wild aufgespürt, hätte diesem Dämmer, diesem Geheimnis, dieser fremdartigen Natur sich selbst, seine Kraft, seine Anstrengung, seinen Mut entgegengestellt. Statt dessen sollte er hier nun umhertappen wie ein Gelähmter.

»Laß dich besitzen«, mahnte der Alte, »bis du vom All besessen wirst!«

»Ich würde aber wahrhaftig lieber selbst besitzen«, fuhr es Torrismund heraus, »statt besessen zu werden.«

Der Greis kreuzte seine Ellbogen vor seinem Antlitz, so daß er Augen und Ohren zuhalten konnte. »Du mußt noch vieles lernen, mein Junge!«

Torrismund blieb im Lager der Gralsritter. Er gab sich redliche Mühe, etwas zu erlernen, seinen Vätern oder Brüdern (er wußte nicht recht, wie er sie nennen sollte) nachzueifern; er suchte jede Regung seines Geistes zu ersticken, die ihm zu persönlich schien, suchte ganz in der Gemeinsamkeit mit der unendlichen Liebe zum heiligen Gral aufzugehen; er konzentrierte sich darauf, auch das kleinste Anzeichen jener unaussprechlichen Empfindungen zu beachten, die die Ritter in Ekstase brachten. Doch die Tage vergingen, ohne daß seine Läuterung auch nur den geringsten Fortschritt gemacht hätte. Alles, was ihnen am besten gefiel, stieß ihn ab: jene Stimmen, jene Melodien, jene unentwegte Bereitschaft, in Schwingung zu geraten. Und vor allem wurden ihm diese Brüder im ständigen Umgang immer unsympathischer: in ihrem Harnisch ohne Beinschienen und dem Goldhelm wirkten sie halbnackt, waren von milchweißer Hautfarbe, einige von ihnen schienen schon älter zu sein, andere wiederum waren zarte, sentimentale, eifersüchtige, empfindliche Jünglein. Und schließlich diente jene Geschichte, der Gral sei es, der sie bewege, als Vorwand für jegliche Ausschweifung; dabei maßten sie sich noch an zu behaupten, immer rein geblieben zu sein.

Der Gedanke wurde unerträglich, daß er selbst auf diese Weise gezeugt worden sein könnte, mit ins Leere stierenden Augen, ohne daß sich seine Erzeuger auch nur im geringsten darum kümmerten, was sie da taten, und es sogleich vergaßen.

Es kam der Tag, an dem der Zehnte beigetrieben werden sollte. Alle umliegenden Dörfer mußten den Rittern zu festgesetzten Terminen eine bestimmte Anzahl von Weißkäsen, Rübenkörben, Gerstensäcken und Lämmchen liefern. Eine Abordnung der Bauern kam heran. »Wir wollten vermelden, daß wir im ganzen kurwaldischen Land ein mageres Jahr gehabt haben. Wir wissen nicht einmal, wie wir den Hunger unserer Kinder stillen sollen. Reich und arm müssen gleichermaßen darben. Fromme Ritter, wir kommen hier in aller Demut, Euch zu bitten, uns diesmal den Zehnten erlassen zu wollen!«

Der König des Grals saß wortlos und reglos wie immer unter seinem Baldachin. Nach einer Weile zog er langsam die Arme auseinander, die er über dem Bauch verschränkt hatte, hob sie gen Himmel (er hatte äußerst lange Fingernägel), und seinem Mund entrang sich ein »Iiiiih . . .«.

Auf diesen Laut hin rückten alle Ritter mit eingelegten Lanzen gegen die armen Kurwaldenser vor. »Zu Hilfe! Zu den Waffen!« schrien diese. »Schnell, holt Sicheln und Äxte!« Und sie stoben auseinander.

Unter dem Ruf der Hörner, die Blicke nach oben gekehrt, rückten die Ritter gegen die nächtlichen Dörfer Kurwaldiens. Zwischen Hopfenstangen, hinter Hecken sprangen die Bauern hervor und versuchten, ihnen mit Heugabeln und Sicheln den Durchgang zu verwehren. Doch vermochten sie gegen die unerbittlichen Lanzen der Ritter wenig auszurichten.

Die schwachen Linien der Verteidiger hielten dem Ansturm nicht stand. Die Ritter warfen sich auf ihren mächtigen Schlachtrossen gegen die Hütten aus Felsbrocken oder Stroh, hatten kein Ohr für das Geschrei der Frauen, der Kinder, der Kälber. Andere schwenkten brennende Fackeln und steckten Dächer, Heuschober und auch die ärmlichen Kornspeicher in Brand, bis die Dörfer nichts mehr waren als heulende und brüllende Scheiterhaufen.

Torrismund, vom Ansturm der Ritter fortgerissen, sah erschüttert dies alles.

»So stimmt es nicht, daß Ihr von Liebe zum All durchdrungen seid. Heda, gebt acht, Ihr reitet die alte Frau dort über den Haufen! Habt Ihr denn kein Herz, daß Ihr so grausam unter diesen Hilflosen wütet? Zu Hilfe, die Flammen greifen dort nach der Wiege! Was macht Ihr nur?«

»Erdreiste dich nicht, die Ratschlüsse des Grals zu erforschen, Novize!« ermahnte ihn der Älteste. »Nicht wir tun dies alles; der Gral in uns ist es, der uns bewegt! Gib dich nur seiner rasenden Liebe hin.«

Torrismund war jedoch vom Pferd gesprungen, lief zu einer Mutter, ihrem gestürzten Kind wiederaufzuhelfen.

»Nein! Tragt mir nicht meine ganze Ernte weg! Ich habe mich so damit abgeplagt!« schrie ein Greis.

Torissmund war an seiner Seite. »Laß den Sack los, du Lümmel!« Er stürzte sich unbesonnen auf einen Ritter und entriß ihm den Raub wieder.

»Daß Gott dich segne! Bleibe bei uns!« sagten einige jener Elenden, die sich nur mit Mistgabeln, Hackmessern und Beilen hinter einer Mauer zu wehren suchten.

»Bildet einen Halbkreis, dann rücken wir ihnen alle zusammen auf den Leib!« schrie ihnen Torrismund zu und stellte sich an die Spitze der kurwaldischen Bauernmiliz.

Dann trieb er die Ritter aus den Häusern. Er sah sich dem Ältesten und zwei Begleitern, die Fackeln schwangen, gegenüber. »Ein Verräter! Greift ihn!«

Es kam zu einem heftigen Handgemenge. Die Kurwaldenser beteiligten sich daran mit Bratspießen, die Frauen und Kinder mit Steinen. Auf einmal erscholl das Horn. »Rückzug!«

Angesichts des kurwaldischen Vorstoßes waren die Ritter an mehreren Stellen zurückgewichen und räumten jetzt das Dorf.

Auch jenes Häuflein, das Torrismund bedrängte, trat den Rückmarsch an. »Fort, Brüder«, rief der Älteste, »folgt mir, wohin der Gral uns führt!«

»Sieg dem Gral!« riefen die anderen im Chor und rissen die Pferde herum.

»Vivat! Du hast uns gerettet!« Die Bauern umdrängten Torrismund. »Du bist ein Ritter, aber voller Edelmut. Endlich gibt es doch einen wahren Ritter. Bleibe bei uns! Sag uns, was du haben möchtest, wir geben es dir!«

»Was ich jetzt will? . . . Ich weiß es nicht mehr . . .«, stammelte Torrismund.

»Auch wir wußten von nichts; wußten nicht einmal, daß wir Menschen sind, bevor es zu dieser Schlacht kam . . . und jetzt ist es uns, als könnten . . . als wollten . . . als müßten wir alles selbst schaffen. Auch, wenn es uns hart ankommt.«

Dann wandten sie sich ab, um ihre Toten zu beklagen.

»Ich kann nicht bei euch bleiben. Ich weiß nicht, wer ich bin. Lebt wohl . . .« Schon sprengte er davon.

»Komm zurück!« riefen ihm die Landleute nach. Torrismund aber hatte das Dorf, den Gralswald und Kurwaldia bereits verlassen. Er begann von neuem, in den Landen umherzuschweifen. Jeden Ruhm, jedes Vergnügen hatte er bis dahin verschmäht, da er als einzigem dem Ideal des heiligen Ordens der Gralsritter nachstrebte.

Und welches Ziel gab es jetzt für seine Unrast, da jenes Ideal zerstört war?

Er nährte sich von Waldbeeren, von Bohnensuppe in Klöstern, an denen er vorüberkam, von Seeigeln, die er auf felsigen Klippen fand. Und als er an der bretonischen Küste auf der Suche nach Seeigeln eine Höhle betrat, erblickte er auf einmal eine schlafende Frau.

Jene Sehnsucht, die ihn durch die Welt getrieben hatte – die Sehnsucht nach lieblichen Gegenden, die der Samt zarten Planzenwuchses einhüllte und über die ein niedriger Wind strich, nach klaren Tagen ohne Sommerhitze –, jetzt endlich schien sie gestillt zu sein, da er die langen schwarzen Wimpern vor sich sah, die sich über volle und blasse Wangen senkten, die auf prallen Brüsten ruhende Hand sah, das weiche, aufgelöste Haar, die Lippen, die Hüften, den Fuß, die Bewegung des Atems.

Er neigte sich über Sofronia, in ihren Anblick versunken, als sie die Augen aufschlug. »Ihr werdet mir doch nichts antun?« fragte sie sanft. »Was sucht Ihr auf diesen verlassenen Klippen?«

»Ich suche, was mir immer gefehlt hat und was mir erst jetzt, da ich Euch erblicke, zu Bewußtsein kommt. Wie seid Ihr an dieses Ufer verschlagen worden?«

»Ich wurde zur Hochzeit mit einem Anhänger Mohammeds gezwungen, obwohl ich Nonne war; doch wurde die Ehe nie vollzogen, war ich doch die dreihundertfünfundsechzigste Frau, und christliche Waffen griffen ein und geleiteten mich hierher; überdies erlitt ich auf der Rückfahrt Schiffbruch, so wie ich auf dem Hinwege von argen Piraten ausgeplündert worden war.«

»Ich verstehe. Und seid Ihr allein?«

»Mein Retter hat sich ins kaiserliche Lager begeben, um dort, wenn ich recht verstanden habe, gewisse eilige Formalitäten zu erledigen.«

»Ich würde Euch gern den Schutz meines Schwertes anbieten. Aber ich fürchte, das Gefühl, das mich bei Eurem Anblick entflammt hat, könnte das rechte Maß überschreiten und sich in Anträgen äußern, die Ihr vielleicht als nicht ehrbar anseht!«

»Oh, da braucht Ihr keine Skrupel zu haben, wißt Ihr, das habe ich schon so oft erlebt. Jedesmal freilich, wenn es gerade soweit ist, taucht der Retter auf, immer derselbe.«

»Wird er auch diesmal erscheinen?«

»Nun, man kann nie wissen.«

»Wie heißt Ihr?«

»Azira; oder Schwester Palmira. Je nachdem, ob ich im Harem des Sultans oder im Kloster weile.«

»Azira, mir ist, als hätte ich Euch schon immer geliebt, als hätte ich mich schon an Euch verloren...«

11

Karl der Große ritt der Bretonischen Küste entgegen. »Bald werden wir es haben, gleich werden wir sehen, nur mit der Ruhe, Agilulf von Guildiverne! Stimmt das, was Ihr mir da sagt, und ziert dieses Mädchen noch ebenso die Jungfräulichkeit wie vor etwa fünfzehn Jahren, so seid Ihr mit Fug und Recht zum Ritter geschlagen, und dieser junge Mann wollte uns nur an der Nase herumführen! Um sicherzugehen, ließ ich eine Hebamme mitkommen, die sich auf Weibersachen versteht; wir Soldaten haben ja für so etwas nicht die rechte Hand.«

Das alte Weiblein, das auf Gurdulùs Pferd hochgezogen worden war, stammelte: »Gewiß doch, Majestät, es wird alles genauestens besorgt, selbst wenn Zwillinge zur Welt kommen sollten...« Sie war schwerhörig und hatte noch nicht begriffen, worum es sich handelte.

Als erste betraten zwei Offiziere des Gefolges mit Fackeln die Höhle. Sie kehrten bestürzt zurück. »Majestät, die Jungfrau liegt in enger Umarmung mit einem jungen Soldaten.«

Die Liebenden wurden vor das Angesicht des Kaisers gebracht.

»Du! Sofronia!« schrie Agilulf auf.

Karl der Große ließ das Gesicht des Jünglings anheben.

»Torrismund!«

Torrismund stürzte auf Sofronia zu. »Du bist Sofronia? Ah – meine Mutter!«

»Kennt Ihr diesen jungen Mann, Sofronia?« fragte der Kaiser.

Bleich neigte die Frau das Haupt. »Wenn es Torrismund ist, so habe ich selbst ihn geboren«, sagte sie kaum hörbar.

Torrismund schwang sich aufs Pferd. »Ich habe die abscheulichste Blutschande begangen! Nie werdet Ihr mich wiedersehen!«

Er gab seinem Roß die Sporen und ritt in gestrecktem Galopp nach dem Wald.

Agilulf sprengte ebenfalls davon. »Auch mich werdet Ihr nie mehr wiedersehen!« sagte er. »Ich habe keinen Namen mehr! Gott behüte Euch!« Im Nu war er im Walde verschwunden. Alle standen wie versteinert. Sofronia barg ihr Gesicht in den Händen.

Da hörte man wieder Pferdegetrappel. Es war Torrismund, der in gestrecktem Galopp aus dem Wald zurückkehrte. Er rief: »Aber wieso denn? Wenn sie doch vor kurzem noch Jungfrau war? Wie nur habe ich nicht gleich daran denken können. Sie war Jungfrau. Sie kann gar nicht meine Mutter sein!«

»Würdet Ihr uns bitte näher erklären...«, sagte Karl der Große.

Und also berichtete Sofronia: »Torrismund ist in Wahrheit und tatsächlich nicht mein Sohn, sondern mein Bruder oder vielmehr Stiefbruder. Als mein Vater, der König von Schottland, ein Jahr lang im Kriege war, brachte meine Mutter, die Königin, nach einer zufälligen Begegnung – so heißt es – mit dem heiligen Orden der Gralsritter, einen Sohn zur Welt. Als dann der König seine Heimkehr ankündigte, beschloß jene ruchlose Kreatur (wahrhaftig, jetzt bin ich gezwungen, unsere Mutter so zu nennen), unter dem Vorwand, ich solle den Stiefbruder spazierenführen, mich im Walde aussetzen zu lassen. Um aber den Gatten zu täuschen, der in gerade diesem Augenblick ankam, heckte sie einen ungeheuerlichen Betrug aus. Sie erzählte ihm, ich, die Dreizehnjährige, sei geflohen, um einen kleinen Bastard zur Welt zu bringen. Aus falsch verstandenem Respekt vor der Mutter verriet ich niemandem ihr Geheimnis, bis jetzt. Gemeinsam mit dem Stiefbrüderchen lebte ich im Heideland. Es waren freie und glückliche Jahre im Vergleich zu den Zeiten, die mich im Kloster erwarteten, in das mich die Herzöge von Cornwall verbannten. Bis heute früh, im Alter von dreiunddreißig Jahren, habe ich nie einen Mann gekannt, und nun will es das Unglück, wehe mir, daß diese erste Begegnung mit einem Manne eine Blutschande ist.«

»Laßt uns die Dinge ein wenig mit Ruhe betrachten«, sagte Karl der Große begütigend. »Freilich ist es immer noch Blutschande; doch gehört sie, wenn es Stiefbruder und Stiefschwester sind, nicht gerade zu den schlimmsten...«

»Es ist ja gar keine Blutschande, heilige Majestät. Freue dich, Sofronia!« frohlockte strahlenden Gesichts nun Torrismund. »Während der Nachforschungen über meinen Ursprung habe ich ein Geheimnis erfahren, das ich niemals preiszugeben gedachte: Die ich immer für meine Mutter gehalten, also du, Sofronia, bist nicht ein Kind der Königin von Schottland, sondern eine natürliche Tochter des Königs, die ihm die Frau eines Burgvogts geboren hat. Der König bestimmte seine Gattin – die, wie ich erst jetzt erfahre, meine wirkliche Mutter gewesen ist und nur deine Stiefmutter war –, dich an Kindes Statt anzunehmen. Jetzt begreife ich auch, weshalb sie, die der König wider ihren Willen gezwungen hatte, sich als Mutter zu geben, es nicht erwarten konnte, dich loszuwerden; sie erreichte ihr Ziel, indem sie die Frucht eines eigenen Fehltritts – mich also – dir unterschob. Du, Tochter des Königs von Schottland und einer Bäuerin, ich, Sohn der Königin des heiligen Ordens, wir beide sind nicht durch unser Blut, sondern nur durch jene Liebesbande miteinander verknüpft, zu denen ein freier Entschluß uns soeben zusammenführte und von denen ich inbrünstig hoffe, daß du sie wiederaufnehmen willst.«

»Mir scheint, alles fügt sich auf das beste«, sagte Karl der Große und rieb sich die Hände. »Doch zögern wir nicht, unseren braven Ritter Agilulf ausfindig zu machen, und ihn zu beruhigen, daß seinem Namen und seinem Titel keinerlei Gefahr drohen.«

»Das übernehme ich!« rief ein Ritter und eilte davon. Es war Rambald.

Er drang in den Wald ein. Er rief: »Ri-i-itter! Ritter Agilu-u-ulf! Ritter von Guildive-e-erne! Agilulf Emo Bertrandino derer von Guildiverne und der anderen von Korbentratz und Sura, Ritter von Selimpia Citerior und Fe-e-ez! Alles in O-o-ordnung! Kommt zurü-ü-ück!« Nur das Echo antwortete ihm.

Rambald machte sich daran, im Wald jeden Pfad und dann, abseits der Wege, Schluchten und Sturzbäche abzusuchen. Er rief, lauschte, suchte nach einem Zeichen, einer Spur. Dort – Abdrücke von Hufeisen. An einer Stelle schienen sie tiefer eingegraben, als habe das Tier dort angehalten. Dann setzte die Spur wieder ein, aber schwächer, wie von einem Pferd ohne Reiter. Vom gleichen Ort jedoch nahm eine andere Spur ihren Ausgang, auf der sich Tritte von Eisenschuhen abzeichneten. Rambald folgte ihr. Er hielt den Atem an. Jetzt hatte er eine Lichtung erreicht. Auf dem Boden ausgebreitet, unter einer Eiche, lagen ein umgestürzter Helm mit regenbogenfarbenem Helmbusch, ein weißer Harnisch, die Bein- und Armschienen, die eisernen Handschuhe, kurzum alle Stücke der Rüstung Agilulfs, von denen einige offenbar zu einer regelmäßigen Pyramide hatten aufgeschichtet werden sollen, während andere kunterbunt durcheinanderlagen. Am Schwertknauf war ein Zettel befestigt: »Ich hinterlasse diese Rüstung dem Ritter Rambald von Roussillon.« Darunter befand sich ein halber Schnörkel wie von einem begonnenen und sofort wieder unterbrochenen Namenszug. »Ritter!« rief Rambald und wandte sich an den Helm, den Harnisch, die Eiche, den Himmel, »Ritter, nehmt die Rüstung wieder an Euch! Euer Rang im Heer, Euer fränkischer Adelstitel sind unbestritten.« Dann mühte er sich, die Rüstung wieder zusammenzufügen, sie auf die Füße zu stellen, und rief abermals: »Ihr habt es geschafft, Ritter, niemand kann Euch das jetzt noch streitig machen!« Keine Stimme antwortete. Die Rüstung blieb nicht stehen, der Helm rollte auf den Boden. »Ritter, so lange habt Ihr nun standgehalten, allein durch Eure Willenskraft; es ist

Euch gelungen, mit allem so fertig zu werden, als wenn Ihr existiertet: Warum wollt Ihr Euch jetzt plötzlich geschlagen geben?«

Aber er wußte nicht mehr, wohin er sich noch wenden sollte: Die Rüstung blieb leer; nicht leer in der Art wie zuvor, es fehlte ihr jetzt auch jenes Etwas, das sich Ritter Agilulf nannte und das sich nun aufgelöst hatte wie ein Tropfen im Meer.

Rambald band seine eigene Rüstung auf, legte sie ab, schlüpfte in den weißen Harnisch, setzte sich Agilulfs Helm auf, ergriff Schild und Schwert, schwang sich aufs Pferd.

So gewappnet erschien er vor dem Kaiser und seinem Gefolge.

»Ach, Agilulf! Wieder zurück? Jetzt ist alles in Ordnung, nicht wahr?«

Doch aus dem Helm antwortete eine andere Stimme: »Ich bin nicht Agilulf!«

Das Visier hob sich, Rambalds Gesicht kam zum Vorschein.

»Vom Ritter von Guildiverne blieb nur noch diese Rüstung. – Jetzt kann ich die Stunde nicht mehr erwarten, wo ich mich in eine Schlacht stürzen kann.«

Die Hörner bliesen Alarm. Eine Flotte sarazenischer Feluken hatte in der Bretagne an Land gelegt. In aller Eile scharte sich das Frankenheer zusammen. »Dein Wunsch ist erhört!« sprach König Karl. »Jetzt schlägt für dich die Stunde des Kampfes. Führe die Waffen in Ehren, die du trägst. Agilulf hatte freilich einen schwierigen Charakter, aber auf das Soldatsein verstand er sich!«

Das Frankenheer trotzte den Eindringlingen; der Einbruch in die sarazenische Front gelang; der junge Rambald führte als Erster den Vortrupp, es kam zum Handgemenge: Er schlug um sich, setzte sich zur Wehr, teilte Hiebe aus, steckte andere ein. Zahlreiche Mohammedaner mußten dran glauben. Rambald spießte so viele auf seine Lanze, wie darauf Platz hatten. Schon wichen die Truppen der Invasoren zurück, sammelten sich um die vor Anker liegenden Feluken. Von den fränkischen Waffen bedrängt, stachen die Besiegten in See, soweit sie nicht mit ihrem Mohrenblut die graue Erde der Bretagne hatten tränken müssen.

Siegreich und unverletzt ging Rambald aus dieser Schlacht hervor. Aber die weiße, unversehrte, makellose Rüstung Agilulfs war über und über mit Schlamm verkrustet, von Beulen, Rissen, Kratzern, Dellen übersät: der Helmbusch hatte die Hälfte seines Federschmuckes eingebüßt, der Helm war verbogen, der Schild eben dort abgeschabt, wo sich das geheimnisvolle Wappen befunden hatte. Jetzt erst fühlte sich der Jüngling heimisch in der Rüstung, als wäre es die seine; die Rüstung Rambalds von Roussillon; das erste Unbehagen, das er beim Anlegen empfunden hatte, war längst vergessen; der Harnisch saß ihm jetzt an wie ein Handschuh.

Er galoppierte einsam über einen Hügelrücken. Unten aus dem Tal drang eine hohe Stimme herauf: »Hallo, da droben! Agilulf!«

Ein Reiter sprengte auf ihn zu. Über der Rüstung trug er einen hellgrünen Rock. Es war Bradamante, die ihn verfolgte.

»Endlich habe ich dich wiedergefunden, weißer Ritter!«

»Bradamante, ich bin nicht Agilulf, ich bin Rambald!« hätte er ihr am liebsten gleich zugerufen, aber dann schien ihm besser, sie erst aus der Nähe anzusprechen, und so wandte er sein Pferd, um ihr entgegenzureiten.

»Endlich bist du es, der mir entgegeneilt, unerreichbarer Ritter!« rief Bradamante. »Ach, wäre es mir doch vergönnt zu erleben, daß auch du meine Nähe suchst, du einziger Mann, dessen Taten nicht aufs Geratewohl als plötzliche Einfälle hervorsprudeln, wie bei der üblichen Meute, die hinter mir her ist!« Und mit diesen Worten riß sie ihr Pferd herum und suchte ihm zu entkommen; freilich wandte sie ständig den Kopf, um festzustellen, ob er auch das Spiel einhielt und ihr auf den Fersen blieb.

Rambald brannte darauf, ihr zu sagen: »Siehst du denn

nicht, daß auch ich mich unbeholfen bewege; daß jeder meiner Gebärden Verlangen, Unbefriedigtsein, Unruhe ausdrückt? Aber auch mein ganzes Streben geht danach, einer zu sein, der weiß, was er will.« Und um das mitzuteilen, trabte er hinter ihr her; sie lachte und rief: »Das ist der Tag, von dem ich immer geträumt habe.«

Er hatte sie aus den Augen verloren; vor ihm öffnete sich ein einsames Wiesental. Ihr Pferd stand da, an einen Maulbeerbaum gebunden. Alles erinnerte an jenes erste Mal, als er ihr gefolgt war und noch nicht ahnte, daß sie eine Frau war. Rambald stieg ab. Dort war sie! Sie lag auf einem bemoosten Hang. Die Rüstung hatte sie abgeschnallt und trug eine kurze topasfarbene Tunika. Liegend streckte sie ihm die Arme entgegen. In weißer Rüstung kam Rambald auf sie zu. Dies wäre der Augenblick, ihr zu sagen: »Nein, ich bin nicht Agilulf! Sieh doch, wie die Rüstung, in die du dich verliebt hattest, wieder die Schwere eines Körpers spürt, mag er auch jung und geschmeidig sein wie der meine. Bemerkst du nicht, wie der Harnisch seine unmenschliche Vollkommenheit verloren hat, wie er zu einem willigen und brauchbaren Werkzeug wurde?« Ja, dergleichen müßte er ihr sagen; statt dessen stand er da mit zitternden Händen und ging zögernd auf sie zu. Am besten wäre vielleicht, er legte die Rüstung ab, um sich ihr als Rambald zu zeigen. Jetzt zum Beispiel wäre dazu Gelegenheit, da sie die Augen geschlossen hielt und erwartungsvoll zu lächeln schien. Der Jüngling riß sich die Rüstung vom Leibe, ängstlich fragte er sich: Wird Bradamante die Augen aufschlagen, mich jetzt erkennen . . . Nein, sie bedeckte ihr Gesicht mit der Hand, als wolle sie nicht durch ihren Blick die Annäherung des Ritters, den es nicht gab, behindern. Und so warf Rambald sich über sie. »O ja, ich wußte es doch!« rief Bradamante mit geschlossenen Augen. »Schon immer wußte ich, daß es möglich sein würde!« Damit zog sie ihn zu sich; beide hatte das gleiche Fieber ergriffen, und so vereinigten sie sich. »O ja, ich habe es gewußt!«

Da nun auch dieses vollzogen war, nahte der Augenblick, da sie sich in die Augen schauen mußten.

»Sie wird mich sehen«, durchzuckte es Rambald in Hoffnung und Stolz, »und wird alles verstehen, sie wird begreifen, daß es so richtig und schön gewesen ist, wird mich ihr Leben lang lieben!«

Bradamante schlug die Augen auf. »Ah, du bist es!« Sie fuhr vom Lager hoch, stieß Rambald zurück.

»Du! Du!« schrie sie, und ihr Mund sprühte vor Zorn, während ihr Tränen aus den Augen schossen: »Du Betrüger!«

Sie sprang auf, schwang das Schwert über Rambald, ließ es auf seinen Kopf niedersausen – aber mit flacher Klinge –, betäubte ihn. Während er die wehrlosen Hände erhoben hatte, vielleicht um sich zu schützen, vielleicht um sie zu umklammern, brachte er nichts als die Worte heraus: »Aber sprich doch, so sprich, war es denn nicht schön . . .?« Dann schwanden ihm die Sinne, und nur der Hufschlag drang verworren an sein Ohr, als sie fortritt.

Wenn ein Verliebter, der sich nach nie gespürten Küssen sehnt, unglücklich ist, so ist noch jener tausendmal ärmer daran, dem dieser Genuß, kaum gekostet, auch schon wieder entzogen wird. Rambald erwies sich weiterhin als unerschrockener Kriegsmann. Wo das Getümmel am dichtesten war, bahnte er sich mit seiner Lanze den Weg. Wenn er im Wirbel der Schwerter etwas Hellgrünes aufblinken sah, eilte er herbei. »Bradamante!« rief er, doch immer vergebens.

Der einzige, dem er seine Leiden hätte gestehen mögen, war verschwunden. Wanderte Rambald im Biwak umher, so fuhr er zuweilen zusammen, wenn ein Harnisch aufrecht auf den Beinschienen stand oder ein Ellbogenschützer sich ruckhaft bewegte. Es erinnerte ihn an Agilulf. Und wäre nicht denkbar, daß der Ritter, statt sich aufzulösen, eine andere Rüstung gefunden hätte? Rambald trat heran und sagte: »Nichts für ungut, Kollege, aber könntet Ihr eben einmal Euer Visier öffnen?«

Jedesmal hoffte er, sich wieder einem Hohlraum gegenüberzusehen, statt dessen stieß er immer wieder auf eine Nase über zwei hochgedrehten Schnurrbartenden. »Entschuldigt bitte«, murmelte er dann und ging seines Weges. Auch ein anderer war auf der Suche nach Agilulf: Gurdulù, der jedesmal stehenblieb, wenn er einen leeren Kochtopf, einen Hohlziegel oder einen Bottich zu Gesicht bekam, und dann rief: »Da bin ich, Herr! Zu Befehl, Herr!«

Er saß auf einer Wiese am Straßenrand und hielt gerade eine lange Rede in einen Flaschenhals hinein, als jemand ihn ansprach: »Was suchst du denn da drinnen, Gurdulù?« Es war Torrismund, der nun – nach einer festlichen Hochzeit in Anwesenheit Karls des Großen mit Sofronia –, begleitet von seiner Gattin und prächtigem Gefolge, nach Kurwaldia ritt, wo ihn der Kaiser zum Grafen ernannt hatte.

»Ich suche meinen Herrn«, antwortete Gurdulù.

»In dieser Flasche?«

»Mein Herr ist einer, der nicht da ist; daher kann er sich ebensogut in einer Flasche wie in einer Rüstung aufhalten.«

»Aber dein Herr hat sich doch in Luft aufgelöst!«

»Bin ich dann also der Schildknappe der Luft?«

»Du wirst mein Schildknappe, wenn du mit mir kommst.« So zogen sie in Kurwaldia ein.

Die Gegend war nicht wiederzuerkennen. An Stelle von Dörfern waren Städte mit Palästen aus Stein, Mühlen und Kanälen aus dem Boden gewachsen.

»Da bin ich wieder, liebe Leute, um bei euch zu bleiben...«

»Bravo! Gut so! Hoch soll er leben! Es lebe seine Gemahlin!«

»Wartet noch mit eurem Jubel, auf daß er noch größerer Freude weiche, bis ihr erfahren habt, was ich euch melde: Kaiser Karl der Große, vor dessen heiligem Namen ihr euch fortan verneigen werdet, hat mir den Titel eines Grafen von Kurwaldia verliehen.«

»Wie... Aber... Karl der Große?... Eigentlich...«

»Begreift ihr denn nicht? Jetzt habt ihr einen Grafen! Nun

werde ich euch wieder vor den Schindereien der Gralsritter beschützen.«

»Ach, die haben wir schon vor geraumer Zeit aus ganz Kurwaldia verjagt. Seht, so lange haben wir immer gehorchen müssen... Doch jetzt haben wir erkannt, daß man gut leben kann, ohne Rittern und Grafen etwas schuldig zu sein... Wir bebauen unseren Boden, haben Werkstätten und Mühlen errichtet, sorgen selbst dafür, daß unsere Gesetze geachtet und unsere Grenzen verteidigt werden; kurzum, wir kommen ganz gut voran, wir können uns nicht beklagen. Ihr seid ein hochherziger junger Mann, und wir vergessen nicht, was Ihr für uns getan habt... Es wäre uns recht, wenn Ihr bei uns bliebet... aber als Gleicher unter Gleichen.«

»Als Gleicher unter Gleichen? Ihr wollt mich nicht als Grafen? Aber es ist doch ein Befehl des Kaisers, versteht ihr das nicht? Es ist ausgeschlossen, daß ihr euch dem nicht fügt.«

»Ja, so heißt es immer: Ausgeschlossen... Auch daß wir uns die Leute vom Gral vom Hals geschafft haben, erschien ausgeschlossen... Und damals hatten wir nur Gartenmesser und Heugabeln... Wir wünschen niemandem etwas Böses, junger Herr, und Euch noch weniger als allen anderen... Ihr seid ein tüchtiger Mann, seid in vielen Dingen erfahren, von denen unsereins keine Ahnung hat... Wenn Ihr auf gleichem Fuß mit uns lebt, ohne Euch etwas anzumaßen, werdet Ihr vielleicht dennoch der Erste unter uns...«

»Torrismund, ich bin all dieser Irrfahrten müde«, sagte Sofronia und lüftete ihren Schleier. »Diese Leute machen einen vernünftigen und liebenswürdigen Eindruck, und auch die Stadt scheint mir schöner und besser versorgt zu sein als viele andere... Warum versuchen wir nicht, uns mit ihnen einzurichten?«

»Und unser Gefolge?«

»Sie alle erhalten Bürgerrecht in Kurwaldia«, entgegneten die Bewohner der Stadt, »und einem jeden wird zuteil, was ihm gebührt.«

»Muß ich dann auch mit dem Schildknappen Gurdulù auf gleichem Fuße leben, der nicht einmal weiß, ob er existiert oder nicht?«

»Er wird es schon lernen... Wir wußten ebenfalls nicht, daß wir auf der Welt sind... Auch das Existieren kann man lernen...«

12

Buch, nun bist du zu Ende. Diese letzten Aufzeichnungen habe ich Hals über Kopf niedergeschrieben. Von einer Zeile zur anderen sprang ich zwischen Nationen und Meeren und Erdteilen hin und her. Was hat mich nur solch eine Raserei gepackt, solch eine Ungeduld? Fast, als erwarte ich etwas. Aber was können Klosterfrauen erwarten, die eben deshalb zurückgezogen leben, um außerhalb der ständig wechselnden Zeitläufte zu bleiben! Was sollte ich schon anderes erwarten als neue Seiten, die es vollzuschreiben gilt, und die gewohnten Glockenschläge vom Turm des Klosters. Da – jetzt höre ich ein Pferd auf der steilen Straße herankommen. Es hält genau vor der Klosterpforte an. Der Reiter pocht ans Tor. Aus meinem Fensterchen kann ich ihn nicht sehen, aber ich höre die Stimme: »Heda, gute Schwestern, heda, hört mich an!«

Ist das denn nicht die Stimme, oder irre ich mich? Doch sie ist es, wahrhaftig! Es ist Rambalds Stimme, die ich so oft auf diesen Seiten erschallen ließ! Was will Rambald wohl hier?

»Hört, gute Schwestern, mit Verlaub, könntet ihr mir sagen, ob eine Kriegerin in diesem Kloster Obdach gefunden hat: ich meine die berühmte Bradamante?«

Nun endlich: Rambald, der Bradamante in der ganzen Welt suchte, mußte schließlich auch hierhergelangen! Ich höre die Stimme der Schwester Pförtnerin antworten: »Nein, Soldat, bei uns gibt es keine Kriegerinnen, sondern nur arme, fromme Frauen, die beten, um deine Sünden abzutragen!«

Jetzt bin ich es, die ans Fenster läuft und ihm zuruft: »Doch, Rambald, warte auf mich, ich wußte, daß du kommen würdest! Gleich bin ich unten; ich werde mit dir aufbrechen!«
In aller Eile reiße ich mir die Haube ab und den Nonnen-

schleier, schlüpfe aus der härenen Soutane; dann hole ich meine topasfarbene, kleine Tunika, den Harnisch, die Beinschienen, den Helm, die Sporen, das hellgrüne Oberkleid aus der Truhe. »Warte auf mich, Rambald, hier bin ich, Bradamante!«

Ja, Buch: Schwester Theodora, die diese Geschichte erzählte, und die Kriegerin Bradamante – sie sind beide dieselbe Frau. Zuweilen galoppiere ich auf den Schlachtfeldern umher, erlebe Zweikämpfe und Liebesleidenschaften, und zuweilen schließe ich mich in Klöstern ein, wo ich über die Geschichten nachsinne, die mir widerfuhren, und, in dem Bemühen, sie zu begreifen, sie niederschreibe. Als ich mich hier einschloß, erstarb ich in Liebe zu Agilulf; jetzt bin ich für den jungen Heißsporn Rambald entflammt.

Und deshalb kam meine Feder an einer bestimmten Stelle ins Hasten. Sie eilte ihm entgegen; sie wußte, daß er bald dasein werde. Eine jede Seite hat nur ihr Gutes, wenn man sie umwendet; dahinter steht das Leben, das alle Seiten des Buches vorantreibt und aufwühlt. Der Lauf der Feder wird von der gleichen Lust getrieben, die dich die Straßen durcheilen läßt. Das Kapitel, das du beginnst und bei dem du noch nicht weißt, welche Geschichte es erzählen wird, gleicht der Ecke, um die du biegst, wenn du das Kloster verläßt, ohne zu wissen, was sich hinter ihr verbirgt; ein Drache, ein Barbarenhaufe, eine verwunschene Insel, eine neue Liebe...

Ich spute mich, Rambald. Ich verabschiede mich nicht einmal von der Äbtissin. Sie kennen mich hier schon und wissen, daß ich nach Streithändeln und Umarmungen und Enttäuschungen immer wieder in dieses Kloster zurückkehre. Doch einmal wird das anders sein. Es wird...

Nachdem ich das Vergangene und das Gegenwärtige erzählt habe, das auf erregten Strecken meine Hand führte, bin ich nun zu dir aufs Pferd gestiegen, o Zukunft! Welch neue Insignien streckst du mir entgegen von Wimpeln, die auf den Türmen noch nicht gegründeter Städte flattern? Welchen Rauch läßt du von verwüsteten Schlössern und Gärten aufsteigen, denen meine Liebe gehörte? Welche ungeahnten Goldenen Zeitalter bereitest du vor, du ungezügelte, du Vorbotin teuer erkaufter Schätze, du mein Reich, das es zu erobern gilt, Zukunft...?

Inhalt

Italienische Literatur
im Carl Hanser Verlag

Almanach zur italienischen Literatur der Gegenwart
Herausgegeben von Viktoria von Schirach
1988. 200 Seiten

Italo Calvino

Die unsichtbaren Städte
Roman. Aus dem Italienischen von Heinz Riedt
1977. 200 Seiten

Das Schloß, darin sich Schicksale kreuzen
Roman. Aus dem Italienischen von Heinz Riedt
1978. 152 Seiten mit Abbildungen

Wenn ein Reisender in einer Winternacht
Roman. Aus dem Italienischen von Burkhart Kroeber
1983. 320 Seiten

Kybernetik und Gespenster
Überlegungen zu Literatur und Gesellschaft
Aus dem Italienischen von Susanne Schoop
1984. 240 Seiten

Herr Palomar
Aus dem Italienischen von Burkhart Kroeber
1985. 152 Seiten

Abenteuer eines Lesers
Ausgewählte Erzählungen. Zusammengestellt vom
Autor und mit einem Nachwort von
Hans J. Fröhlich. Aus dem Italienischen von Nino Erné
Juliane Kirchner, Helene Moser, Oswalt von Nostitz und
Caesar Rymarowicz
1986. 304 Seiten

Unter der Jaguar-Sonne
Drei Erzählungen.
Aus dem Italienischen von Burkhart Kroeber
1987. 101 Seiten

*Marcovaldo oder Die Jahreszeiten in der Stadt /
Der Tag eines Wahlhelfers*
Aus dem Italienischen von Heinz Riedt, Nino Erné und
Caesar Rymarowicz
1988. 221 Seiten

Daniele Del Giudice

Das Land vom Meer aus gesehen
Roman. Aus dem Italienischen von Dagmar Leupold
1986. 384 Seiten

Der Atlas des Westens
Roman. Aus dem Italienischen von Karin Fleischanderl

Umberto Eco

Der Name der Rose
Roman. Aus dem Italienischen von Burkhart Kroeber
1983. 656 Seiten

Nachschrift zum »Namen der Rose«
Aus dem Italienischen von Burkhart Kroeber
1984. 96 Seiten

Über Gott und die Welt
Essays und Glossen. Aus dem Italienischen von
Burkhart Kroeber
1985. 304 Seiten

Lector in fabula
Die Mitarbeit der Interpretation in erzählenden Texten.
Aus dem Italienischen von Heinz-Georg Held
Edition Akzente
1987. 320 Seiten

Über Spiegel und andere Phänomene
Aus dem Italienischen von Burkhart Kroeber
1988. 262 Seiten

Das Foucaultsche Pendel
Roman
Aus dem Italienischen von Burkhart Kroeber
1989. 768 Seiten

Platon im Striptease-Lokal
Parodien und Travestien
Aus dem Italienischen von Burkhart Kroeber
1990. 176 Seiten

Die Untergegangenen und die Geretteten
Aus dem Italienischen von Moshe Kahn
1990. 212 Seiten

Claudio Magris

Mutmaßungen über einen Säbel
Aus dem Italienischen von Ragni Maria Gschwend
Edition Akzente
1986. 78 Seiten

Donau
Biographie eines Flusses
Aus dem Italienischen von Heinz-Georg Held
1988. 482 Seiten

Eugenio Montale

Gedichte 1920–1954
Aus dem Italienischen von Hanno Helbling
Edition Akzente
1987. 496 Seiten

Anna Maria Ortese

Iguana
Ein romantisches Märchen
Aus dem Italienischen von Sigrid Vagt
1988. 208 Seiten

Antonio Tabucchi

Kleine Mißverständnisse ohne Bedeutung
Erzählungen. Aus dem Italienischen von Karin Fleischanderl
1986. 184 Seiten

Der Rand des Horizonts
Roman. Aus dem Italienischen von Karin Fleischanderl
1988. 108 Seiten

Indisches Nachtstück
Aus dem Italienischen von Karin Fleischanderl
1990. 120 Seiten

Fulvio Tomizza

Das Liebespaar aus der Via Rossetti
Roman. Aus dem Italienischen von Ragni Maria Gschwend
1989. 192 Seiten

Die venezianische Erbin
Roman. Aus dem Italienischen von Ragni Maria Gschwend
1991. 248 Seiten